丹心寄北流

漫|忆|篇

南水北调中线水源有限责任公司 编

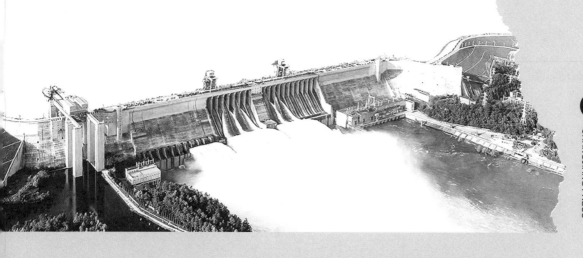

长江出版社
CHANGJIANG PRESS

丹心寄北流

漫忆篇

目录

C O N T E N T S

丹心寄北流

—目录—

丹心寄北流

—目录—

特稿

TEGAO

"中华民族的世纪创举"*

——记习近平总书记在河南专题调研南水北调并召开座谈会

杜尚泽　龚金星　张晓松　朱基钗

"我对这件事一直十分重视。南水北调工程事关战略全局、事关长远发展、事关人民福祉。之前看到相关报告，我说这件事要专门来研究一次。"

河南南阳，西依秦岭、南临汉江、绾毂中原，南水北调中线一期工程"水龙头""总开关"所在地。逶迤近三千里的丹江口水库的水，就从这里起步，走中原、穿黄河、依太行、入华北。

正值初夏时节，水波浩荡，习近平总书记来到这里，专题调研南水北调。

13日，在陶岔渠首，察看工程运行情况，乘船考察丹江口水库；再赴移民新村，看一看那些为南水北调搬离故土的乡亲们。

14日，南阳宾馆，推进南水北调后续工程高质量发展座谈会开到中午时分。

水运连着国运。习近平总书记一席话语重心长：

"在我们五千多年中华文明史中，一些地方几度繁华、几度衰落。历史上很多兴和衰都是连着发生的。要想国泰民安、岁稔年丰，必须善于治水。"

泱泱大国的治水史，气吞山河。

相隔半年时间，从东线起点到中线渠首
"吃水不忘挖井人"

巨闸揽江卧，船行碧波间。

习近平总书记伫立船头，他的目光望向烟波浩渺的水、望向林木葱郁的山。

半年前的江苏扬州之行历历在目。江都水利枢纽，东线一期工程的起点。一泓碧水从那里出发，沿京杭大运河提水北送。

---

*原载于2021年5月16日《人民日报》第1版。

而今，来到中线一期工程渠首。青山环峙，浪花翻卷，思绪万千。

"这个地方我一直想来。南水北调工程建设，这个地方的运行以及这里的移民工作，我一直关注着，这一次看一看我很高兴。"

端起一杯新打上来的水库水，总书记迎着光看了又看，笑着说："'水龙头'水质不错！"

这些水千里奔流，由一个个渡槽护送，长途跋涉 1432 千米，润泽豫冀津京。

供水线，一条生命线。昔日北京三杯水中就有一杯来自密云水库，现在中线水源占城区供水的 70% 左右。过去，沿途有的地方"自来水能腌咸菜"，有的"泡茶没有茶味儿"。如今，清澈甘甜的引江水替代了北方某些地区的苦咸水、高氟水。习近平总书记打了个比方："窝窝头换馒头了。"

考察时，总书记讲述了他所亲历的水的故事。

在河北正定工作期间，"地下水水位年年降，每年降 0.5 米左右"，"看县志，滹沱河水丰草茂。可到实地一看，哪还有什么河，都是干沙床子。骑自行车到了那儿，扛起车就能过河"。

时过境迁。正定的地下水位止跌回升，滹沱河水波光粼粼。碧水、飞鸟、花海、林荫道，色彩斑斓。

南水北调，造福人民，也依靠人民。

下了船，习近平总书记乘车前往丹江口水库的一个移民村，九重镇邹庄村。

途中，省里的负责同志介绍了当地口口相传的一句话，习近平总书记听了不由动容："老百姓很朴实啊，说'北京人渴了，咱们得给他们供点水'。多么朴实的语言，但又体现了一种多么伟大的奉献精神。"

8 省市 150 多个县市 40 多万移民，他们的日子过得好不好？习近平总书记走进移民户邹新曾家。

种田、务工，还有电商直播新业态，这家日子红红火火。总书记接过土坯房老照片端详："移民之后，乡亲们 10 年收入提高了 3.6 倍，这是我们欣慰的地方。"

听了总书记的话，老邹有些激动："共产党好，都是为着人民。"

"我们党的一百多年不容易、多么艰难，但有一条，这个党建起来就是为了老百姓。人民就是江山。共产党打江山、守江山，守的是什么？就是守人民的心啊。人民拥护我们党，我们党就有生命力。"

临别时，习近平总书记看到墙上贴的奖状，驻足细看，叮嘱要把孩子教育搞好，将来做对社会有用的人。

一出院门，村里的乡亲们都赶来了。鼓掌声、欢呼声沸腾了宁静村落。习近平总书记动情地说：

"我很牵挂你们。咱们过去那个家啊，离开是不容易的，我听说'有山有水、有田有林'，有的还有船是吧？为了沿线人民能够喝上好水，大家舍小家为大家，搬出来了。这是一种伟大的奉献精神。沿线人民、全国人民都应该感谢你们，滴水之恩涌泉相报，吃水不忘挖井人哪，你们就是挖井人。"

从大气魄畅想到大工程落地

"功在当代，利在千秋"

追溯南水北调的历史，要从 1952 年讲起。

那一年深秋，毛泽东同志视察黄河。在研究黄河水涨上去怎么办、没水了怎么办等问题时，他说："南方水多，北方水少，如有可能，借点水来也是可以的。"

次年 2 月 19 日，春寒料峭。毛主席从武汉登船，顺江东去南京。船上，他再次提到这个话题。

14 日的座谈会，习近平总书记回忆这段历史，感慨道："毛主席这个伟大而浪漫的畅想，是有科学根据的。建设新中国的奠基工程中，水利占重要位置，治国先治水。"

坝怎么建、闸如何修、渠往哪开、水怎么流？自 20 世纪 50 年代起，中国行动起来了。一代代水利人研究论证、推敲方案，一次次跋山涉水、实地勘探。

2002 年，《南水北调工程总体规划》出炉，"四横三纵、南北调配、东西互济"的水资源配置格局落地。

"这一格局是中华民族的世纪创举。"习近平总书记分析道，"我们国家的水系分布是东西向的。'四横'，长江、淮河、黄河、海河四大江河水系，基本是天然形成的。'三纵'，东、中、西三条调水线路，是工程性的。"

2002 年东线、中线一期工程开工建设，分别于 2013 年、2014 年主体工程建成通水。

碧水北送，扬波千重；长河泱泱，利泽万方。中国的发展格局由此掀开了新篇章。

2014 年 3 月，习近平总书记主持召开中央财经领导小组第五次会议，研究水安全问题，提出"节水优先、空间均衡、系统治理、两手发力"的 16 字治水新思路。

当年 4 月，到南水北调团城湖调节池参加首都义务植树活动，总书记问起了南水北调有关情况。

当年年底，中线一期工程通水之际，他再次强调"三先三后"："希望继续坚持先节水后调水、先治污后通水、先环保后用水的原则。"

两条线的一期主体工程建成通水，效果立竿见影。座谈会上，沿途八省市负责人都来了，中央和国家机关有关部门负责同志也来了。发言的省市负责同志中，有的来自"送水区"，有的来自"受水区"。他们汇报时，不约而同都引用了一组组数字。

东线、中线一期主体工程通水以来，累计调水 400 多亿立方米，直接受益人口达 1.2

亿人。

"这是很了不起的事情，在国家的经济社会生活中产生了巨大效益。功在当代，利在千秋。"习近平总书记感慨系之，"实践证明，党中央关于南水北调工程的决策是完全正确的。"

"禹之决渎也，因水以为师。"

实施重大跨流域调水工程的经验，在恢宏而丰富的实践中，一点点积累、一次次完善。总书记将其概括为六方面经验：坚持全国一盘棋，集中力量办大事，尊重客观规律，规划统筹引领，重视节水治污，精确精准调水。

问渠哪得清如许？这项民生工程，同时也是生态工程。水质是否达标，是衡量调水输水的硬杠杠。

库区工程启动时，达标河段不足一半。补生态欠账迫在眉睫。重拳减排、铁腕治污。河南仅淅川县一个县就关停企业 386 家，依法取缔"小散乱污"企业 216 家。南水成为转型之水，二类水质的丹江口，堪称"重视节水治污"这一经验的生动写照。

大江大河大治理。古时的郑国渠、都江堰、灵渠、京杭大运河……习近平总书记回想起考察都江堰的情景："按照'深淘滩、低作堰'的思路建设，真是巧妙，我们先人多么智慧。"

南水北调工程宏大、复杂、艰巨，规模前所未有，难度世界罕见。

世界最大输水渡槽、首次隧洞穿越黄河、世界最大规模现代化泵站群……数十万建设者矢志奋斗，攻克一个个世界级难题，书写了"集中力量办大事"的生动实践。

抚今追昔，习近平总书记赞叹道："建设过程高质高效，运行也很顺利。体现了中国速度、工匠精神、科学家精神。"

"十四五"时期和更长远未来，摸清底数、厘清问题、研判趋势、优化对策
"科学推进后续工程规划建设"

水已经成为我国严重短缺的产品。解决不好将影响我们第二个百年奋斗目标实现，影响中华民族伟大复兴目标实现。

用之不觉，失之难存。总书记拿空气类比水："这个问题非常关键，而且情况非常严重，人无远虑必有近忧。"

自古以来，我国基本水情一直是夏汛冬枯、北缺南丰，水资源时空分布极不均衡。

南水北调，缓解了北"渴"。从"极度紧缺"到"紧平衡"，北方水资源安全却依然容不得喘口气。座谈会上，有部委负责同志拿京津冀地区举例，以全国 0.9% 的水资源量、2.3% 的国土面积，养育了全国 8% 的人口、贡献了 10% 的 GDP。数字发人深思。

习近平总书记语重心长："我一直在思考这个问题，黄淮海流域作为北方地区的主要

特稿

组成部分，在国家发展格局中具有举足轻重的作用，关乎经济安全、粮食安全、能源安全、生态安全。进入新发展阶段、贯彻新发展理念、构建新发展格局，形成全国统一大市场和畅通的国内大循环，促进南北方协调发展，需要水资源的有力支撑。"

对于这次座谈会，总书记定位为："深入分析南水北调工程面临的新形势新任务，研究论证下一步怎么干，对南水北调后续工程建设做一个总体性、指导性意义的部署。""既积极，又慎重。既要有大格局，又要很缜密。要遵循确有需要、生态安全、可以持续的重大水利工程论证原则。"

世界上规模最大、距离最长、受益人口最多、受益范围最广的调水工程，也是极端复杂的系统性工程。跨水跨山、跨省跨市，供水、防洪、排涝、航运、生态、移民……烟波浩渺的水，流淌过熙熙攘攘的城、阡陌灯火的乡，牵一发而动全身。

习近平总书记将"坚持系统观念"，放在下一步做好南水北调工作的首位。"不要顾此失彼，南水北调的各个环节像多米诺骨牌似的，都是连着的。""处理好轻重缓急，什么时候干什么事，哪些是当务之急，哪些是战略性的储备。"

"要深化各可能方案的比选论证，协调部门、地方和专家意见，确保规划设计方案经得起历史和实践检验。"习近平总书记作出明确指示要求。

"要统筹来讲。一方面是南水北调下一步怎么做，一方面是调过去的水怎么发挥最佳效应。好钢用在刀刃上，怎么把调过去的水用在刀刃上。"

节水，拧紧水龙头的事，是个等不得、拖不了的当务之急。一路走来，习近平总书记反复强调。

有省市负责同志发言说："建议国家出台相关政策，激励南水北调沿线省市节约用水。"

总书记感同身受："不能是会哭的孩子有奶喝。节水做得好，是否给予激励奖励？有的地方怎么浪费水都没感觉，花点小钱就打发了，那是不行的。要建立更规范、更严格的节水制度，把节水作为受水区的根本出路。"

有省市负责同志提到"受水区"和"送水区"的对口帮扶。

"我从看东线时就讲，滴水之恩涌泉相报。这哪是滴水之恩？是涌泉之恩啊。沿途吃水的人怎么涌泉相报？"习近平总书记娓娓道来，"除了对口帮扶，最主要的措施是不辜负送水人的关怀。我们不能糟蹋水啊。南水北调沿线，无论城市建设、产业布局、农业生产，都要考虑节水这个因素。要更科学用水、更合理布局。"

"围绕节水的方方面面，采取大中小各类举措。'是以泰山不让土壤，故能成其大；河海不择细流，故能就其深。'涵养水源，大大小小的措施都汇集在一起，北方地区节水要实实在在去落实。"

他接着说："就像粮食，千辛万苦丰收了，收割、运输、保藏、加工、餐饮，哪个环节都得注意。节水也得这样。节水是关键，调水是补充。不能一边调水一边浪费，更不能无节制用水。"

"加快构建国家水网主骨架和大动脉"提上了日程，相关任务写入"十四五"规划纲要。总书记感慨："水网建设起来，会是中华民族在治水历程中又一个世纪画卷，会载入千秋史册。"

一截截垒砌，一寸寸夯实，一汩汩流淌，一方方润泽。从畅想到落地，再到新的梦想、新的梦圆……治水历程，伴随着中华民族伟大复兴的漫漫征程。

特稿

牢记殷殷重托　不负职责使命[*]

——习近平总书记考察中线渠首
在渠首职工和当地干部群众中引起强烈反响

李强胜　屈晓妍　李倩

"习近平总书记来到南水北调陶岔渠首枢纽考察啦！"喜讯传来，南水北调中线陶岔渠首分局职工及当地干部群众备受鼓舞，深感振奋。

5月13日下午，习近平总书记考察南水北调中线陶岔渠首枢纽工程及附近移民村，在渠首职工和当地干部群众中引发热烈反响。

"习总书记的话像春风细雨，让我们心中充满着暖暖的感动！总书记牵挂着南水北调，关注着南水北调工程的建设和运行管理，作为中线工程千里长渠'水龙头'的运行维护管理者，虽然我们与北京的距离是远的，但我们的心却是贴得最近的。为了不负党中央和总书记的殷殷重托，让沿线人民能够喝上好水，我们唯有更加努力工作，将感动化作不竭的动力，做好每一项工作。"陶岔管理处运行维护科职工骆军峰说。

陶岔电厂负责人高义激动地说："习总书记亲临陶岔渠首枢纽视察，让我们深受鼓舞。作为南水北调中线渠首枢纽的运行管理工作者，深感荣幸与自豪。守护好超级工程的'水龙头'，倍感使命光荣、责任重大。下一步，我们将进一步加强陶岔枢纽的标准化建设，强化运行安全管理工作，统筹发挥好供水与发电两大职能作用，守好千里长渠的'最初一千米'，让京津冀喝上甘甜优质的丹江水。"

水质是南水北调的生命线。"总书记来的时候我们正在采集水样。"河南省南水北调中线渠首生态环境监测中心副主任黄进说。在丹江口水库库区，有20个水质手工监测点位和14个水质自动监测点位，分别在环库区以及丹江河、老灌河、淇河3条主要河流入库口处。"我向总书记汇报，南水的水质一直稳定地保持在饮用水Ⅱ类及以上标准。"黄进抑制不住兴奋和激动，"没想到总书记会到一线来看望我们水质监测人员，我们深受鼓舞，一定会把水质监测工作做好。"黄进说，为确保一渠清水永续北送，他把自己的工作

＊原载于2021年5月15日《中国南水北调》，A2版，https://epaper.nsbd.cn/html/nsbd/20210515/535240.html。

看得格外重要，"这份工作是政治任务，自己手里监测的数据更是民生数据"。

中线建管局渠首分局水质监测中心负责人韩品磊表示，总书记评价南水北调水质不错，这是对南水北调水质保护工作者最大的褒奖。今后，监测中心将充分利用水质监测体系和"陆海空"多样化监测手段，持续抓好水质监测工作，做好除藻等工作，提升应急处置能力，坚决防范突发水污染事件发生，保障水质持续稳定在Ⅰ类水标准。

"总书记去年11月去了南水北调东线源头，现在又来到南水北调中线渠首，可见南水北调工程在总书记心中的重要位置。作为南水北调工程的建设者和运行管理者，深感责任重大，使命光荣。"中线邓州管理处负责人周学友说，"当前，已进入汛期，做好防汛应急和安全管理是重中之重的工作。我们将锁定工程安全、供水安全和水质安全目标，全力做好各项运行管理工作，守护一渠清水北送，用心呵护好这个'国之大者'，使之更好地造福民族、造福人民。"

中线方城管理处是中线工程中管辖渠道最长的管理处，该处负责人李斌在看到总书记考察南水北调工程的新闻后有感而发："总书记考察南水北调中线工程，充分体现了党和国家对南水北调事业的重视。我们将用心用情用力维护南水北调工程安全、供水安全和水质安全，做到守土有责、守土负责、守土尽责。"

中线镇平管理处负责人马世茂表示，要扛起"国之重器"的责任，强化政治担当，持续践行习近平总书记对南水北调工程"四条生命线"重要指示，努力做好运行管理处各项工作，进一步写好南水北调高质量发展新篇章。

"总书记为中线工程工作指明了方向，擘画了新蓝图。"渠首分局南阳管理处负责人孙翔说，"南阳管理处将把党和国家的要求、人民的期盼转化为立足岗位、扎实工作的动力，在补短板和强监管中找准位置、履行职责、发挥作用，打造南水北调'大国重器'的'高标准样板工程'。"

渠首分局党委书记尹延飞说："总书记来到南阳视察南水北调中线工程，这是对我们工作的最大激励。渠首分局党委将认真学习习近平总书记讲话精神，聚焦主责主业，扬优势、补短板、强弱项，扎实做好当前大流量输水保障工作和防汛工作，积极谋划'十四五'规划体系编制，以实际行动践行'两个维护'，不断满足人民群众对优质水资源的需要，为我国经济社会高质量发展提供可靠的水资源支撑。"

5月13日下午，伴着时停时续的小雨，正在淅川县九重镇邹庄村丹江绿色果蔬园基地务工的几位村民和技术员，突然迎来了"大惊喜"，收获了"大幸福"。

"太激动了！真想不到能见到总书记，还和他面对面站在一起。"在基地务工的邹庄村村民张光先、盛亚丽等人说起那个幸福的时刻，脸上光彩四溢。

"移民搬迁到这里，国家给政策，果园提供务工机会，让我们这些中年妇女也可以就业有收入。"盛亚丽说，"我们对总书记说，希望国家的好政策一直持续下去，我们会安安心心扎根这里，天天过好日子。"

作为南水北调中线工程最重要的水源地，通水 7 年来，淅川县为守护好这一渠清水，淘汰落后产业，向绿色发展转型。"要持续抓好输水沿线区和受水区的污染防治和生态环境保护工作。"总书记的嘱咐，让淅川县委书记卢捍卫备受鼓舞。"一直以来，淅川县都以'两山'理论为指导，以绿色发展理念为引领，持续推进生态建设与产业发展，我们要让'绿水青山'真正变成富民增收的'幸福靠山'。"

五月风，吹皱一池春水[*]

——温家宝副总理考察南水北调中线

刘铁军

五月的鄂西北大地雨水纷纷，山冈田野，一片翠绿。

2002 年 5 月 8 日，久雨乍晴。对于南水北调中线水源地的丹江口人来说，这是一个让人难以忘怀的日子。中共中央政治局委员、国务院副总理温家宝一行考察了南水北调中线水源地——丹江口水利枢纽工程、丹江口水库以及引水渠首——陶岔。陪同温家宝副总理考察的有水利部部长汪恕诚，国家计委副主任刘江、国务院副秘书长马凯、财政部副部长张佑才、环保总局副局长汪纪戎、水利部副部长张基尧、总工程师高安泽、湖北省委书记俞正声、河南省省长李克强等领导以及长江委主任蔡其华。

重谒旧地　倍感亲切

上午 10 时 40 分，温家宝从机场直接来到丹江口大坝的十八坝段。在这里等候的长江委副主任王忠法以及汉江集团公司领导贺平、张庆华、宋信荣走上前去与温家宝握手问候。温家宝高兴地说："我还是 1962 年来过这里，这些年变化可真大！"1962 年，温家宝在地质部门工作，曾来丹江进行过一次地质普查。40 年后的今天，温家宝又重返故地，倍感亲切。

大坝十八坝段，竖立着 6 幅展示牌，分别为丹江口水库地区卫星影像图、汉江流域开发图、南水北调中线工程位置图，南水北调中线调蓄工程示意图，以及江汉集团主要经济指标示意图、汉江集团公司概况等。

在展示牌前，长江委设计院院长钮新强向温家宝介绍了南水北调中线工程的大坝加高情况。温家宝问："大坝加高，你们准备采取哪些措施？"钮新强说："为能保证大坝加高的安全性和可靠性，我们不仅做了模型试验，还做了实地现场试验，并对不同坝面层块结合的技术要求做了认真的计算研究。"温家宝听了以后高兴地走到汉江流域开发图前，

* 原载于《政策》2002 年第 6 期。

特稿

这时长江委主任蔡其华介绍了南水北调可调水的情况，以及避免调水影响汉江流域生态环境所采取的一些措施。当温家宝看见汉江集团公司的展示牌后，问公司总经理贺平："你们为南水北调做了哪些工作？"贺平走上前去汇报说："一是完成了右岸土石坝的加固工程，丹江口工程在60年代的建设初期，出现了一些质量问题，现在我们都处理完了；二是完成了大坝加高的鉴定工作。"温家宝说："大坝安全鉴定很重要，能不能加高？"这时，站在旁边的蔡其华笑着对贺平说："你还有一句关键的话没说完。"然后转过身来对温家宝汇报说，"大坝经过鉴定是正常的，加高是安全的。"随后，贺平又向温家宝汇报了集团公司这些年所取得的社会效益和经济效益。

看完十八坝段，温家宝步行到升船机，江汉集团公司总工程师宋信荣向温家宝介绍了丹江口水库的运行情况。温家宝一边听，一边看，当他看见1983年10月丹江口水库经历的那场特大洪水的标示牌时，询问了当时的过洪情况。随后，温家宝又来到新老混凝土结合试验的坝段，详细询问了试验的结果以及混凝土所能承受的耐力。温家宝听后问："大坝加高还有没有问题？"这时，站在旁边的水利部总工程师高安泽走到温家宝身边回答说："大坝加高的试验是成功的，技术上没有问题！"

下午2时，温家宝一行登上"水源号"游船视察丹江口水库。在船上，水利部副部长张基尧向温家宝汇报了《南水北调工程总体规划的报告》，温家宝边听边记，对有疑问的地方问得十分仔细。当船过"小太平洋"时，温家宝走上船头，两手扶着栏杆，满面春风地望着一望无边的水库感叹道："这水真好！"这时，水利部部长汪恕诚走到温家宝身边说："看见水，人的心情都会感觉好！这次清华大学水利水电工程系65届校友捐赠五十周年系庆纪念雕塑上面写的一句话就是'知者乐水，仁者乐山'。"蔡其华说："这是孔子《论语》里说的。"随后，温家宝在船上与大家纷纷合影留念。

问寒问暖　亲如一家

下午4时10分，温家宝乘坐的"水源号"游船经过两小时的平稳运行，安全抵达清泉沟泵站。

"五一"节日的7天长假，地处水源地的鄂西北地区有5天时间都是在阴雨连绵的天气中度过的。连续的中到大雨，使这里的黄土地变得更是泥泞不堪。河南省淅川县香花镇的群众听说温家宝副总理要来看渠首陶岔，早已在他下船的必经之路翘首等候，河渠两旁的护堤草地上围聚了很多当地的农民。

温家宝走下船，先与在码头等候的河南省省长李克强和副省长王明义亲切握手问好。然后踩着群众新铺出来的石子路，一边走，一边不停地向两岸的百姓招手问候。4时20分，温家宝由清泉沟泵站出发，前往南水北调中线的渠首——陶岔。

从泵站到渠首约有10千米的路程，大约需要20分钟的行程。在经过香花镇南王营村时，杨湾北组的村民早已在路旁迎候，距离路边 10 多米的高坡地上有一块平坦的稻场，上面也站了很多当地的村民。温家宝看见路边的群众，突然要求停车。

踩着泥浆路面，温家宝来到这片稻场。"我要跟这里的农民聊聊天"，温家宝边说边招手，"来，来，来，咱们往前拢一拢，随便聊一聊。"

这时，一位村民主动给温家宝搬来了一把椅子，温家宝坐下来，热情地叫了几位村民坐在他身边："你们知不知道南水北调？"

"知道，就是要从这里取水到北京。"

"那你们跟我说心里话，愿不愿意搬迁？"

村民杨永山愉快地回答说："愿意！"

温家宝问："为什么？"

"因为现在不一样了，不同于 70 年代了，那个时候一户只给 30 块钱！"

这时，年近六旬的村民杨万忠赶紧接过话茬："30 块，还是哩哩啦啦给的。"一句说把大家都说笑了。

温家宝也笑了："那现在为什么愿意搬？你一定要跟我说实话！"

村民杨友政说："现在国家的政策好了，你看三峡的移民，人还没搬去，房子都给你盖得美美的，盖得多漂亮！"温家宝笑了。

这时，村民杨万忠赶紧又接过话茬："现在搬可美了！"一句话又把大家说笑了，温家宝又笑了。

随后，温家宝又叫了几位本地村民坐在他身边，亲切地跟大家问寒问暖：你们全家几口人？土地面积有多大？一年收入有多少？生活水平有没有保障？能不能天天吃到大米白面？生活负担重不重？孩子上学有没有钱？外面欠不欠账？中央的税费改革政策传达贯彻以后，在这里得没得到落实？

当说到农民的税费话题时，温家宝问："你们一年交多少税？"

"一年一个人交 80 块钱。"一位村民回答说。

温家宝放心不下，怕农民不敢讲真话，又嘱咐道："你跟我说实话！没关系！"

这时，坐在温家宝身边的河南省省长李克强说："你有啥就说啥，不要怕！"

"是的，就这些！"

温家宝了解到这里农民对迁居的心态以及农民的生活状况后，还是放心不下，又步行往村里走。他要亲眼看一看这里农民的家。

村庄的小路经过几天雨水的冲洗，路中间到处是一个个泥坑，没有下脚的地方；中间低洼的地方还积着一些雨水，两边的路尚处于泥泞状态，十分难行。温家宝身穿一件深灰色的中长风衣，脚穿一双防滑鞋，深一脚浅一脚地往村子里的深处走去。他要去看哪一家，陪同的随行人员谁也不知道，就连在场的镇委书记李章海也不知道。

在行走的过程中，温家宝拉过来一位学生娃，左手扶着孩子的肩膀，关心地问："你多大了？上几年级？"

"12岁，上四年级！"

原来，这个学生是外村九重镇张冲村人，这次到杨洵庄是来走亲戚的。

温家宝踩着满地泥泞，走村串户，问寒问暖。当他走进一户农民家时，院门和屋门都敞开着，但屋里没人。镇委书记李章海很快将家人找了进来。这家户主叫李明江。

温家宝热情地握着李明江的手问："你今年多大了？孩子多大了？"

李明江回答说："我今年49岁，两个小孩，大女孩已经出嫁了，小的是个儿子，去年考上了河南财经学院。"

"那是凭真本事考上的，不简单"，温家宝又接着问，"学费够不够？一年要花多少钱？"

"一年要花几千块，读下地（完成学业）得一两万。"李明江回答说。

这时，陪同的河南省省长李克强指着温家宝问李明江："你知道他是谁吗？"

"知道，我在电视里见过！"李明江激动地说。

"你们家有没有电视？"

"屋里有一台14时（英寸）的黑白电视。"李明江笑着回答。

接着温家宝又详细询问了李明江家庭的生活情况，种了多少地？粮食够不够吃？李明江一一做了回答。

在回来的路上，杨洵庄的村民们主动将垛堆上的玉米秆铺在泥路上，让温家宝走过去。当温家宝走过来时，站在村头的一位村民主动领队："咱们一起鼓掌，欢迎温副总理！"温家宝踩着松软的玉米秆，频频向大家招手："谢谢大家！谢谢大家！"

下午5时10分，温家宝一行驱车前往渠首陶岔视察。

在陶岔渠首，长江委计划局局长魏山忠向温家宝汇报了渠首的开发情况以及为南水北调工程开工所做的准备工作。视察完渠首以后，温家宝正准备上车，抬头看见对面山上集聚了很多群众，便不断地向大家招手。

当地群众听说温副总理来视察南水北调渠首陶岔，都想亲眼看一看温副总理。山上的群众激动地一边招手，一边往下拥，大家都想与温家宝距离近一点，看得更清楚一点。温家宝不顾一天的疲劳，主动登上高高的台阶，与群众一一握手。这时，距离远一点的群众也向温家宝身边聚拢。最后，在恋恋不舍中，温家宝才和大家挥手告别。

南水北调　呼之欲出

晚上7时30分，在龙山宾馆2号会议室，围绕南水北调中线的相关内容，湖北省委书记俞正声、副省长贾天增代表省委、省政府向温家宝一行作了工作汇报，表示坚决拥护党中央的决策，积极动员全省人民像支持三峡工程一样支持南水北调中线工程，同时做好水源地的保护工作，让京津、华北地区人民喝上洁净的汉江水；做好汉江中下游治理工程的规划及前期准备工作，为工程早日开工创造良好的施工环境。

温家宝听取汇报后，首先强调要充分认识南水北调工程的重大意义。他说，党中央是把这项工程作为具有长远战略意义的工程来对待的。在我国，北方耕地占 60% 以上，人口占 40% 以上，而水资源只占全国的三分之一；从经济布局看，北方有许多重要的工业基地，同时对保障全国粮食供给具有重要意义。南水北调对解决北方经济发展的制约因素，对全国经济、社会发展大局，意义十分重大。同时，调水到北方，不仅能解决北方缺水，还能实现长江、黄河、淮河和海河水资源的合理配置，这些都具有十分重要的战略意义。

温家宝指出，要把能否妥善安置移民作为工程是否成功的一个重要标志。移民工作要坚持"安置好，稳定住，能致富"三项原则，核心是能致富。

搞好生态建设和环境保护，确保丹江口水库永远是一库清水。这是温家宝反复强调的一个重要问题。他说，因污染而导致水库丧失供水功能的教训一定要认真汲取，党中央对此尤为关注。要切实做好汉江上游及周边的环境和生态保护工作，严禁上污染项目。如果这一条不能保证，南水北调工程的基础就将全部瓦解。同时也要重视汉江下游的生态建设，实现南北双赢。南水北调，一方面要促进北方经济、社会的健康发展；另一方面，也要使汉江下游的生态环境得到合理的保护和健康的发展。对于这个问题，宁可想得多一点，方案中没有注意的地方，还可以补充和完善。

温家宝强调，要高度重视汉江流域的经济、社会发展。汉江流域是湖北的重要经济地带，南水北调将为北方经济发展提供保障，但也要借此加快汉江流域经济发展，这两个方面是相辅相成的。湖北要像借三峡工程之机加快自身发展一样，这次也要借南水北调之机，加快汉江流域及全省经济发展，这一工程重点在湖北，必将对湖北发展起到促进作用，湖北要趋利避害，使汉江流域的经济发展得更快更好。

五月风，吹皱一湖碧水。南水北调，呼之欲出。

特稿

毛泽东与南水北调工程 *

——林一山同志访谈录

王香平　林一山

记者：非常感谢您接受我们的采访。从现有记载看，您作为新中国的水利专家，毛主席多次找您谈水利问题。

林一山：是的。从 1953 年到 1958 年，这 6 年当中，除南宁会议上毛主席点名要我向会议谈三峡问题为会议性接触，可以不计外，他专门见我面谈就有 6 次。实际上可以说是 7 次，因为还有一次是告别会。为什么会有这么多次接触？原因就是主席特别关注长江的建设，尤其是三峡工程和南水北调这样的关键性项目。

记者：毛主席在 50 年代初就提出了南水北调的设想。关于南水北调，主席当年有些什么具体想法？

林一山：1953 年 2 月 19 日，我接到中南局通知，要我随毛主席外出并汇报工作。为了随行方便，我被安排住在毛主席下榻的汉口"杨森花园"内。由于是第一次陪同主席外出，我的心情既紧张又兴奋，心中不停地揣摩着主席此行的用意，也猜测主席将和我谈些什么。

这天，我备齐了一切必要的资料，随毛主席一行数人分乘几辆小卧车朝着江边疾驶而去。主席在长江边下车后，漫步穿过宽阔的江滩。时近中午，驻足远望，大江显得格外浩瀚。这种观感自然与我当时的心情不无关系。武汉关附近临时搭成的一个码头上，毛主席走在簇拥着的随行人员前面，健步登上"长江"号军舰。从此，我随行主席身边，开始了三天三夜的航程。

第一天，也就是 2 月 20 日，主席向我详细地了解有关长江建设的主要问题。就长江洪水成因、长江气象流域特点、暴雨分布等方面的问题，主席一一向我提问。主席说："要驯服这条大江，一定要认真研究，这是一个科学问题。"接着，他转过头来对我说："长江的水文资料你们研究得怎样？"我暗自佩服毛主席对水利问题如此内行，便向他详细汇

---

*原载于《党的文献》2006 年第 1 期。

报。接着，主席又详细询问了许多具体问题。

第二天，军舰抵达九江，江西省委书记杨尚奎到舰上迎接毛主席。主席在省委接待室听了江西省委和九江地委领导的汇报后，就离开九江上船继续东行。主席又继续与我交谈起来。这次，他把话题转到长江流域和水资源的开发利用这个更大的题目上来。我向主席概略汇报了我们已做的关于长江平原防洪工程的规划工作，然后就谈到三峡水库的问题。后来在1954年冬天，主席又问我，三峡工程技术上能不能解决问题？我说，那要看中央的方针了。如果中央批准我们先修丹江口工程，在完成丹江口工程时，我们就可以修三峡了。毛主席千方百计地争取三峡工程早日开工，但没有实现。现在我们知道，没有葛洲坝工程的建设成功，三峡工程的开工建设几乎是不可能的。

关于南水北调工程，是在第三天谈到的。我记得，当时主席开门见山地问我："南方水多，北方水少，能不能把南方的水借给北方一些？这件事你想过没有？"我说："想过，那是当我想到全国农村水利化问题时，考虑过这个问题。"主席又问："你研究过这个问题没有？"我说没有。"为什么？"主席问。我说："不敢想，也没有交代我这个任务。"于是，主席就在我带去的一本地图上，用铅笔指着白龙江问："白龙江的水，能不能引向北方？"我说不行。"为什么？"主席问。我说："白龙江发源于秦岭，向东南流向四川盆地，越向下游水量越大，但地势越低，不可能穿过秦岭把水引向北方。而将白龙江水引向西北更有意义，引水工程也有兴建的可能性。越是河流的上游，地势越高，居高临下，则利用地势自流引水的可能性越大，但水量却越小，因此引水价值不大；反之，河流越是下游，水量越大，地势又越往下越低，引水工程的可能性就越小。"主席觉得我说得有道理，也就没有往下问。但主席又把铅笔指向嘉陵江的干流西汉水说："这里行不行？"我说不行。主席说："为什么？"我用与不能将白龙江水引向北同样的道理做了说明。接着，主席指着汉江问："汉江行不行？"我回答说，汉江有可能。主席问为什么，我说："汉江与黄河、渭河只隔着秦岭平行向东流，越往东地势越低，水量越大，而引水工程规模反而越小。"这时，主席用铅笔从汉江上游至下游画了许多杠杠，每画一个杠杠他都要问："这里行不行？"我说："这些地方都有可能性，但要研究哪个方案最好。"当主席指向丹江口一带时，我说："这里可能性最大，可能是最好的引水线路。"主席就问："这是为什么？"我说："汉江再往下即转为向南复向北，河谷变宽，没有高山，缺少兴建高坝的条件，所以也不具备向北方引水的有利条件。"

记者：您刚才说，与毛主席谈话之前，没有考虑过南水北调，那您当时为什么会觉得丹江口一带引水可能性大呢？

林一山：我说丹江口一带可能最好，是因为，当时我们在研究汉江中下游防洪问题时，曾提出过丹江口工程，只是还没有考虑利用这个工程进行南水北调。主席的提醒立刻使我想到，如果经过调查研究，丹江口工程有可能作为南水北调的一个方案。于是在这次接见后不久，当年我便布置了引汉济黄线路的查勘。主席听到丹江口一带可能有条件兴建引水工程时，立刻高兴地说："你回去以后立即派人查勘，一有资料就立刻给我写信。"说到丹江口工程，不能不提到刘澜波。刘澜波主动突破了南水北调（即丹江口工程）这一小范围的工作局面。如果不是他，丹江口工程将做不成，那么我也一事无成。军舰快到南京时，主席又叮嘱："三峡问题暂时还不考虑开工，我只是先摸个底。但南水北调工作要抓紧。"船到南京以后，陈毅同志上船来迎接，这时主席亲切地握住我的手说："好，我算是了解了长江，了解了长江的许多知识，学习了水利，谢谢你！"

记者： 在当时的条件下，您认为毛主席为什么会提出要抓紧"南水北调"工作呢？

林一山： 后来我才知道，主席在同我谈话前不久，即 1952 年 10 月间去黄河视察，黄河水利委员会主任王化云向他汇报在通天河查勘中有引汉济黄的打算时，毛主席已经说过，"南方水多，北方水少，如有可能，借一点水来是可以的"。接着在 1953 年 2 月，也就是这次在"长江"号军舰上接见我的前几天，主席约见王化云，了解通天河引水调查情况。当他听说只能引水 100 亿立方米时，当即表示，100 亿太少了，能在长江多引些水就好了。这样看来，他这次约见我的目的，是看有没有更好的调水办法。结果，我不仅与主席谈论了引水的选址选线方面的问题，而且所提引汉水到华北的方案更具有优越性，他显然是满意的，所以要我抓紧进行。主席找我谈话，谈到了长江的一些问题，我认为这是主席不得已而求其次的一种选择。毛主席很重视水利，他知道中国是个农业国家，水利是农业的命脉。早在 1949 年前，毛主席曾在位于黄河西岸山上的陕北葭县，指着黄河对葭县县委书记说：山下的黄河，我们要综合利用它的资源，首先是大兴灌溉。但大陆刚解放，美国人就打过了朝鲜半岛的三八线，主席没有时间考虑黄河问题。到 1952 年下半年，朝鲜战场大局已定，主席就开始研究水利了。他找了水利部领导谈话，又找管理官厅水库的全国第一个工程局的同志谈话，没有了解到多少情况。于是他又找黄委，询问黄河治理方案，黄委说可能会修成泥库。主席讲，陕北的千沟万壑我都走过，你怎么能修那么多泥库呢？在确定三门峡工程上马时，主席又讲了修水库不修泥库的话，可是三门峡还是修成了泥库。所以我说，主席来南方找我谈是不得已而求其次。为什么主席把修建三峡水库看成是重要问题，主要缘于 1954 年大洪水时，湖北省委书记王任重向主席汇报时说，我们的损失至少可以修几个三峡水库。

记者： 关于毛主席对"南水北调"工程的关注，您当时一定有不少思考吧？

林一山： 是的。主席在"长江"号军舰上勾画的这么一幅宏伟蓝图，深深地印在了我的脑海里，使我豁然开朗。主席的眼光、胸怀和气魄确实与众不同，他从战略的高度肯定了长江建设中最为关键的三峡工程和南水北调这两大课题。从主席的总体设想来看，虽然对三峡仅仅是摸底，暂时不干，只要求马上抓紧南水北调工作，但并不是说他厚此薄彼。我理解他的意思，是根据我的汇报情况，他所设想的南水北调这项工作还未开展起来，相对于三峡工程，他所了解的情况还远远不够，还没有达到三峡工程那样的程度，因此指示我立即回去作调查，有了情况马上给他写信，使他对南水北调工作也能和三峡工程一样心中有数。以后的事实证明，由于我们迅速组织力量布置南水北调工作，同时进行三峡工程各项科研工作，1958 年中央成都会议通过的《关于三峡水利枢纽和长江流域规划的意见》才决定兴建丹江口工程，从而为南水北调中线工作奠定了基础。

记者：“长江”舰谈话之后，就南水北调的研究，您具体做了哪些工作？毛主席是否继续关注这个问题？

林一山：自从在“长江”号军舰上与主席长谈以后，我心中便一直考虑南水北调的问题，总想早些见到勘查成果，以便早日向主席提出具体可行的引水方案。因此，我一回到机关就迅速行动起来。这年，我们在汉江丹江口河段勘查了三条线路，其中一条就是由丹江口水库自流引水，通过“方城缺口”向北方引水的线路，也就是当前南水北调中线的基本线路。我将这一勘查结果迅速报告了毛主席。方城在豫南，汉江支流唐河的上游。境内有一处地方的南北水系分水岭的地势较低，略施人工，便可引水北去。宋代对此已经发现，并进行过引水的尝试，史称“方城缺口”。据说主席看了我的信后很高兴。

后来，通过进一步的调查研究，我又把发现嘉陵江上游原来是汉江河源的情况和白龙江通过嘉陵江上游引入汉江的规划方案也写信报告了主席。信中，我解释了 1953 年主席问我白龙江、嘉陵江的水能否引向华北，我当时认为不可能，是因为还不知道嘉陵江上游河段曾经是汉江的河源，因而认为从嘉陵江上游不能直接穿过秦岭向华北引水，而未曾想到可以利用西高东低的地形条件，沿秦岭以南的等高线，绕道通过汉江向华北引水。在1958 年 3 月成都会议上，毛主席在讲话中曾说过这样一句话：“打开通天河、白龙江，借长江水济黄，丹江口引汉济黄，引黄济卫，同北京连起来了。”这句话说明毛主席看了我给他写的那些信。

关于引水线路的选择问题，经过毛主席一系列问话的启发，我想到了利用我国地形西高东低的这一特征来选择线路。特别是当发现汉江上游的袭夺现象以后，通过西汉水或从白龙江向汉江引水均变成可能，从而使我深刻地认识到南水北调充分利用西高东低地形规律的意义。这是思想认识上的一次升华。我的这种认识与发展，完全是受主席问话启发的结果。没有主席当时的那些问话，我还不会去思考这个问题。

此后数年，“长办”曾先后有两个勘测队进行过引汉工程的勘测工作。那几年所做的南水北调方面的工作进展，我都给毛主席写信汇报过。据我所知，这些信主席基本上都亲自看过了。他得知引水线路找到了，非常高兴。1958 年南宁会议期间，我听说毛主席追问陈伯达，为什么把林一山给他的信丢了一封？我当时只知道这件事，却想不起主席没有看到的是哪一封信。

正因为“长办”人员那几年在南水北调线路上付出的艰辛劳动受到了中央的重视，南水北调才成为长江流域规划中一个重要的篇章。1958年成都会议决定丹江口工程立即上马，固然是为了综合治理开发汉江，但为南水北调预作准备也是一大原因。

记者：后来毛主席又提到过南水北调工程吗？

林一山：提到过。据说，1960年5月，主席在郑州听取河南省负责人谈工农业生产情况，一个省委领导汇报河南的自然资源情况，说河南还缺石油，主席接着就说：你们还缺水，要南水北调。这说明，主席对南水北调工程是很重视并时时记挂着的。

记者：南水北调工程，现在东线、中线都相继上马了。今后还要做些什么工作，比如说，您对西部调水工程与开发西部有哪些看法？

林一山：在这方面，我们做过很多研究、规划和设计，包括水工技术革命的工作，这样将来搞工程的话，可以节省很多资金。例如，现在三峡的围堰发电，就是源于我当初的建议。用围堰的水头发电，三峡现在就可以受益了。我在1958年提出水工技术革命，主席很感兴趣，当时我们在湖北修了个试验坝——陆水。东部地区平原很少，只有华北平原和东北平原，不过几十万平方千米。而西部地区的平原大，有100万～200万平方千米。但是，这100万～200万平方千米的平原是沙漠平原，没有水，没有用。所以，西部地区我们国家一定要开发，这在农业上、地下资源上，价值太大了。另外，从西部地区的稳定发展来看，少数民族地区不开发不行。当初，毛主席健在的时候，我们的调水方案还不成熟。毛主席重视南水北调，主要目的是开发北方，开发西部。对于向西部引水和促进民族团结、巩固西部边疆这样一个重大问题，毛主席在1949年就考虑到了。我听说，毛主席对周恩来总理说：我们除了考虑国家内政外交的大政方针外，还要亲自掌握像南水北调、大三峡和铁路通拉萨这样几个重大问题。西部问题很重要的是一个民族团结的问题。民族团结是投多大资、花多大钱都买不到的。

宏愿篇

HONGYUAN PIAN

我与南水北调规划[*]

林一山

1953 年 2 月 19 日，毛泽东同志在"长江"舰上接见了我，并与我就长江流域规划作了长谈。其间，毛主席创造性地提出了南水北调的宏伟设想，我对他说，丹江口一带可能是最好的引水线路。毛主席立刻叮嘱我："你回去以后立即派人查勘，一有资料就给我写信。"他那种恨不得立刻见到查勘成果的急切样子，像一股无形的巨大动力催促着我，那宏伟远景更是激励和吸引着我，我一回到机关就迅速地行动起来。

南水北调与汉江流域规划

我站在南水北调这个新的高度，对我们过去已做的汉江流域规划工作做了一次全面系统的思考和审视。

汉江在历史上经常发生特大洪水灾害，1935 年 7 月初的一次洪水，造成 8 万多人死亡。因此新中国成立后，我们立即把汉江作为防洪和水资源综合利用规划的重点之一。

过去几年，我们对汉江流域规划本着以防洪为主、综合利用水资源的指导思想，找到了丹江口水库坝址方案，这个方案可以解决汉江防洪问题，预防 1935 年那种洪水灾害。但是由于丹江口水库的淹没面积太大，我们又在丹江口上游数十千米一个高山峡谷河段选定了一个高坝坝址，其防洪发电效益与丹江口一样，而淹没损失却可能减少一半。出于这种考虑，我们还准备对两个坝址作最后的比较，再作决定。

现在，由于毛主席的提醒，我惊奇地发现，规划比较中的丹江口水利枢纽不仅是较理想的汉江防洪工程方案，同时也可能成为南水北调设想中的关键工程。于是我立即组织了一个强有力的查勘队伍，重新查勘丹江口水库坝址线，并寻找其他具有研究价值的引水线路，以作比较分析。在这次查勘中，带队的是高级工程师王明庶。王工思想敏锐、工作积极。他根据我的意图，带领科研人员不辞劳苦，主动灵活地寻找可能的方案，认真查勘了有研究价值的引水线路。加上其他有关专家的研究成果，我们终于找到了最有利于选择引水水库坝址线的理想河段，并与我向毛主席汇报时提出的设想相符合，即丹江口河段是最好的引水线路，而由此向华北引水的运河线路更是意外符合要求。这次查勘研究成果表明，丹

---

[*] 原载于《湖北文史资料》2001 年第 2 期。

江口水库坝址方案比上游坝址方案占有绝对优势，它在南水北调中所处的地位是上游坝址方案绝对不可能具备的，因而，我们结束了两个坝址的比较，迅速确定了丹江口工程方案。

由于赋予了丹江口坝址以南水北调的伟大使命，使修建丹江口水库的实际意义得到了巨大的丰富与扩展。更加令人欣慰的是，汉江的防洪规划与南水北调的宏图已在丹江口水利枢纽中得到高度统一和密切结合。

我曾考虑到丹江口电站会不会因将水库里的水送到北方而丧失发电的效益，经过研究认为，丹江口水电站作为华中大电网的组成部分，仍不失其应有地位和作用，只是在电网中由直接供电的职能转变到保证电网运行的必不可少的其他职能上，如可以承担尖峰负荷、调相和备用容量等方面的职能。因而，从整个电网系统来看，丹江口水电站的地位和作用丝毫不会因承担南水北调的任务而减弱。由于丹江口水电站承担了尖峰负荷职能，因而其少量下泄的水流保证了丹江口下游梯级航道良好的航运效益。

在规划设计工作中，经过进一步深入调查研究，证明从丹江口最低水位沿着京广铁路直至北京的运河线路，从坡降到水头都非常理想。

在这个线路中，唯有汉江支流唐白河与淮河分水岭的开凿工作量可能要大些。但经过实地测量，这个分水岭并不高。更加凑巧的是，早在北宋时期，就有人在这个分水岭上凿出一条人工运河，这条河恰恰在我们规划中的引水线路上。这证明古人就有过类似设想，而且测量准确，开挖深度与我们设计标准基本相符。这个意外发现使我们原估计的工作量又进一步减少。

据历史记载，北宋王朝年间，西京转运使程能为了把湖南湘潭的粮食运到北宋首府东京（即开封），计划修建一条联通湘潭与开封的人工运河。在他计划中的运河附近赊旗镇正是当时南船北马的连接点。他将唐河的水从赊旗镇以北的方城附近引入淮河，从此将南北水上运输联通起来。遗憾的是，这项运河工程未能完成。据《方城县志》记载，在工程进行过程中，一场大雨冲毁了已作的工程。我查阅了这段历史，认为不完全是洪水造成该工程的流产，而是当时北宋已近末期，金兵南下，威逼京都，国库已没有多大力量去继续完成这项庞大的工程，因而只留下了这条运河工程的关键———一个挖开的山口。作为历史的见证，我们可以去探索古人智慧的脉搏，作为南水北调的引水线路，它又为我们提供了极为有利的工程条件。

我把这个意外的收获给毛主席写了许多信，一一作了详细汇报。据我所知，毛主席基本上都亲自阅过了，他得知引水线路找到了，非常高兴。1958年南宁会议期间，我听说毛主席追问陈伯达："为什么把林一山给我的信丢了一封？"据说陈伯达紧张了一阵。我当时只知道这件事，却想不起毛主席没有看到的是哪一封信。

南水北调引汉济黄从此就变成汉江流域规划的一个重要组成部分，也使汉江流域规划更加完善，更加显示出它在我国国民经济建设中的重要地位。1955年春，苏联第一批专家组临时组长马林诺夫斯基到来后，听了我们的汇报，非常羡慕我们国家有这么好的资源和条件，并惋惜苏联没有。

南水北调方案的研究发展

在研究南水北调的工作过程中，我们发现嘉陵江干流上游的西汉水在地质年代不太久远以前，曾经就是汉江河源，后来经过嘉陵江上游的巴山南侧河源的溯源侵蚀，经过不断的切割，袭夺了汉江上游，变成嘉陵江的河源，所以嘉陵江干流的上游河段名称叫西汉水。根据1954年我对汉江河源的查勘，发现河源河床开阔，从地貌学来讲，与一般分水岭河源不相同，这与后来发现西汉水本是汉江河源的情况很相符，证实了这种袭夺理论。因而，把嘉陵江上游的水引到汉江，就具备了向北引水的可能。

在研究白龙江的开发过程中，我们在规划上选择了宝珠寺坝址线。该水库的正常高水位和尾水位都高于嘉陵江上游的水位，因而，在相对的等高线二者之间也具备了选择引水线路的有利条件。当然，这只是规划方案中的一种可能性，具体的设计工作还需要进行大量的勘测科研工作。虽然未做设计工作，不能对这种研究方案作出具体的估计，但是这个引水方案的经济价值是可以肯定的。

由于发现白龙江、嘉陵江上游可以通过汉江引水到华北，因此在丹江口二期工程完成以后，丹江口年平均调蓄水量可达350多亿立方米，如果再加上白龙江、嘉陵江上游可以引入汉江的水量约10余亿立方米，丹江口水库年总水量就可达约500亿立方米，相当于黄河年平均入海水量，也就是说，我们有足够的水量可以利用丹江口水库调往北方了。因此，汉江规划与丹江口水库的修建在南水北调中有了更重要的战略地位。历史上就有江淮河汉并列的说法，既然汉江可以联通江、淮、河几大水系，那么今天来看，这个提法就更有道理了。

我把发现嘉陵江上游原来是汉江河源的情况和白龙江通过嘉陵江上游引入汉江的规划方案写信报告了毛主席。在信中，我解释过去主席问我白龙江、嘉陵江的水能否引向华北，我当时认为不可能的原因：当时不知道嘉陵江上游河段曾经是汉江的河源，因而只想到直接穿过秦岭向华北引水，而未曾想到可以利用西高东低的地形条件，沿秦岭以南的等高线，绕道通过汉江向华北引水。在1958年3月的成都会议上，毛主席在讲话中曾说过这样一段话：引白龙江、嘉陵江上游的水到汉江，经过汉江再向华北引水。这句话证明毛主席看了我的信。

丹江口水利枢纽的兴建

由于南水北调引水线路规划方案合理，且丹江口水利枢纽的初步设计工作也已完成，所以在毛主席主持的成都会议的决议中虽然主要是关于三峡工程的决议，但是该文件中还专门写了一段有关汉江丹江口工程规划设计工作已经完成，可以开工的文字。紧接成都会议之后，根据这个决议，周总理在武汉主持召开了一个会议，决定丹江口工程立即作开工的筹备工作，由王任重同志代表中央主持这项工作，由"长办"负责设计，湖北省政府负责施工，当年开工，土法上马，逐步增加机械设备。丹江口工程的设计除了电站、船闸、溢流坝以外，计划在完成第一期工程的时候，也把向华北引水闸工程和渠首工程同时建成。

该工程处于山区与平原地区的过渡段，这种地理位置和相应的地形地貌既有利于拦蓄洪水，又有条件选择有利的南水北调运河线路。

为了解决库区淹没问题，经过对丹江口多年移民实践的反复研究，我们终于在 70 年代成功地总结出一套水库淹没区合理的移民安置方案，这就是"就地后靠"的土地垦殖规划方案。我们把它叫作"移民工程"，纠正了过去几乎普遍推行的一种错误移民方案，即开发山区却把居民向平原迁移，打乱了淹没区居民原有的社会关系，使移民受尽了分散流离他乡的苦头，而我们所找到的移民工程方案，不仅对丹江口水利工程，而且对全国各个水利工程的移民问题都具有普遍意义。实践证明，我国地大物博，在哪里淹没土地，就可以在哪里增垦新的土地，我们不应担心因修建水库而减少土地，事实可能正好相反。

在丹江口工程的兴建过程中，前有"大跃进"的影响，后有"文化大革命"的干扰，加上国家体制尚未配套，工程遇到许多阻力和困难，但经过各方面的艰苦努力和不懈奋斗，尤其是周总理的巨大关怀（经常了解施工中存在的问题，亲自处理施工中多次发生的各类重大问题），所以第一期工程终于在 1968 年基本建成，第一台机组开始发电并起到拦蓄洪水的作用。由于该工程综合效益很大，周总理将它确定为我国五利（防洪、发电、灌溉、航运、养殖）俱全的水利工程代表，并制作模型出国展览宣传。

长江上游南水北调工程的研究与发展

由于发现了汉江上游的袭夺现象，使得从白龙江、西汉水向东引水变成可能。经过进一步仔细考察研究，我们又发现长江上游流域境内的地形规律：西高东低、北高南低，降雨量分布越是向东南水量越大。这一重要发现，使我的思路由朦胧而变得清晰起来。我想到可以利用我国地形西高东低的规律来选择引水线路。

根据这一设想，我从 1972 年开始，组织并参加了四次查勘巴颜喀拉山分水岭的活动。1989 年夏，我在第四次查勘中，基本弄清了从长江上游引水到黄河的几条运河线路，利用西高东低的有利地形和该地区水量和降雨量由西而东逐步增加的规律，引水线路沿巴颜喀拉山南侧等高线越是向东延伸地形越有利，引水量越大。由于有国家计委支持，四川省水利厅做了许多研究工作，他们对金沙江、雅砻江和大渡河各支流源头可以兴建的引水水库都做了一定的研究分析和引水量的观测工作，因而这个引水方案从规划工作说应该是合理的。这样，我们就有可能把从长江上游的自流引水量由原来的 200 亿立方米扩大到 500

多亿立方米，这对于开发大西北大面积干旱沙漠平原，有着不可估量的经济价值和巨大的战略意义。

我们这一认识的逐步发展，是由于受到毛主席谈话的启发。毛主席的问话使我在从长江上游绕过巴颜喀拉山脉向黄河引水的方案研究上少走了许多弯路，我们利用西高东低的地形规律提前完成了初期准备工作。

由于长江上游有可能向黄河输送大量水资源，使得黄河上游的规划前途更加宏伟了。黄河上游规划最重要的，也可能是全黄河流域最重要的一个梯级是大柳树水利枢纽，它位于甘肃、宁夏边境上的黑山峡峡谷下段。该方案争论多年，现已基本定论，有可能较早地兴建。大坝建在宁夏境内，水库上游在甘肃境内，坝上水位 1380 米，坝下水位 1250 米，这个水位高程可灌溉贺兰山以西数千万亩甚至成亿亩沙漠荒地。这块沙漠荒地是西北地区最有发展前途的农业地区，它的荒废是因为缺水。为了了解这个地区，我曾亲自查勘过这一片广大的沙漠。大柳树水利枢纽建成后，还可解决宁夏、内蒙古、陕西边界一部分严重缺水地区的用水问题。

本文所说的南水北调方案，都是属于兴建运河自流供水的方案。如果加上电力提水方案，其中包括从长江下游江苏、安徽向北提水灌溉黄河以南广大地区方案，也包括三峡水库自流引水方案，南水北调的引水量还有可能再增加一倍。从北方的城市工业用水的迫切需要出发，这种远景方案的制定是十分重要的，必须力争把引水工程的规划设计工作做到精细可靠。

南水北调方案的科学性与计划的现实性

南水北调西线的引水线路可以分三个部分来考虑，第一是上游部分，也就是穿过巴颜喀拉引水隧洞；二是中游部分，从巴颜喀拉引水隧洞经黄河上游河道到大柳树；第三部分是从大柳树以下灌区渠道系统。其中，第三部分的引水渠道系统最为复杂。

引水渠道系统又可分为两个引水系统，第一系统是属于贺兰山以西约在海拔 1300 米以下或 1500 米以下广大沙漠区，这个灌区可能是南水北调沙漠灌区中最大的一个，该灌区地形不太复杂，主要是灌渠引水经过贺兰山东侧向北开挖渠道，穿过贺兰山与阴山之间的缺口向西延伸。经过适当地区的水库调蓄，然后分成若干支流渠道，引向以吉兰泰盐池地为中心的广大沙漠地区。吉兰泰低地约在海拔 1000 米以下，其周边海拔高约 1300 ~ 1500 米，基本是一种不显著的盆地地貌，可灌溉的总面积可达 5000 万到 1 亿亩，具体数字需在设计工作完成后方可定出。

第二系统尽量利用大柳树枢纽最高水位向西引水，穿过贺兰山隧洞，然后选择等高高程下修建渠道。这个渠道因地形复杂，必须作大量的规划设计工作，才能定出比较合理的渠道系统。这一渠道系统分为两个干渠，1200 米高程干渠引向乌兰布和沙漠、腾格里沙漠、巴丹吉林沙漠、哈密、乌鲁木齐，1350 米高程引向南疆，扩大河西走廊灌区，并伸向塔克拉玛干沙漠。尽管我们的引水量尚不能满足这一灌区灌溉面积要求，但能将水引到这里本身就有巨大的战略意义，将来经过研究，通过提水可以大大增加引水量的可能。

在选择与确定引水渠道系统时，有一个重要的条件就是引水渠道沿线必须有可供选择调蓄水量的水库，也就是所谓长藤结瓜的概念。在这一系统的大小水库的规划设计工作中，地质工作和有关地质的勘探工作任务是很重的。

在引水计划中，需要完成一系列的科研设计任务，其中最重要的是在上游引水渠道系统中，解决长江冻土带修建引水渠道和渠道较长期的结冰问题。这种渠道工程中的冻土带岩石风化层的地质研究工作与渠道开挖深度之间的矛盾问题，必须在有代表性的典型地带作现场的工程试验。另一个工程科研试验项目将是沙漠区的节约用水办法，据说以色列这方面的经验最为丰富，我们可以学习借鉴。

在实现上述引水的伟大工程计划中，不仅需要全面规划，还必须从现实出发，把局部和近期工作计划与整体的远景计划密切结合起来。这个计划最困难，除了必须做到工程效益明显、投资较少外，更重要的是要与实现计划的各种阻力作斗争。显然这就不是单纯的科学技术可以解决的问题，而是需要国家从实现整个南水北调计划的系统工程加以解决的问题。

在实施步骤上，可分为两个部分，一部分是在大柳树梯级工程实现以后，开始建设较大规模的引水工程。在大柳树这一梯级以上的各个电站梯级工程完成得越多，越有利于我们在上游兴建引水工程。根据我国第八、九个五年计划，大柳树以上约 210 米落差的黄河河段中，梯级电站将逐步实现。这样，穿过巴颜喇拉山洞的引水工程即将处于有利地位。因为，这将使我们由长江引入黄河的水量，每增加一个流量，可得电量 1000 万度，若增加 10 个流量，便可得 1 亿度。另一部分是在巴颜喀拉以南兴修长江流域渠道工程。在兴建计划中应该先从下游向上游逐步延伸，延伸计划应以效益为主，分若干阶段进行。在设计工作中，必须计算比较每一延伸阶段的工程量与经济效益，选择最优方案。根据初步估算，应以大渡河、雅砻江上游流域为第一阶段，至于引用大渡河、雅砻江上游水库水量的具体的工程计划，也应从各种比较方案中选择出最优方案。这些比较方案包括巴颜喀拉山引水隧洞，远景与近期隧洞，大渡河上游、雅砻江的引水量等等，从巴颜喀拉山南侧引水到黄河上段水库龙羊峡之间还有 1000 米落差，可在计划中进一步考虑利用这个水头修建电站。

在一系列的引水计划中，要考虑好水量调度问题。最主要的是做到全年均匀调水与发电，要满足夏季灌溉用水高峰的需要，就必须在非农业季节利用水库存水。

南水北调是一项艰巨的工程，需好几代人锲而不舍地艰苦奋斗，才能使这项伟大工程达到最后规模。在南水北调方案的研究工作中，我们每前进一步，都发现新的有利条件比预想的还要好。最近，我又得到军委测绘总局的帮助，那些珍贵的地图资料向我们呈现出南水北调的巨大潜力，为以上建设沙漠灌区的设想提供了依据。

华北胜江南——引江济黄济淮路线查勘记[*]

林一山

　　1958 年 5 月下旬的一个早晨，我和水利电力部冯仲云副部长、河南省彭副省长以及河南南阳专区专员，出邓县县城，向淅川盆地与唐白河平原的分水岭进发。吉普车在牛车道上缓慢地颠簸着，两旁正在抢收小麦的农民们好奇地瞅着我们，有的还向我们打招呼："你们到哪里去呀？干什么呀？"其实，问话的人，对于我们的行动，早就猜得八九不离十了。只是他们想更确切地知道，我们国家在什么时候实现那个已盛传 5 年之久的宏伟计划——把汉江的水引向华北去。当然他们深信，汉江水若引向了华北，他们的家乡一定是近水楼台先得月，首先受益。

　　把汉江的水引向华北，听起来似乎是奇闻，但在唐白河流域早就成为家喻户晓的好消息了。还在长江流域规划办公室的工程师们开始寻找引水路线的时候，还在研究比较着通过唐白河平原的运河线路的时候，当地人民已根据自己的体验，坚信我们的国家一定能控制这条历史上与长江、淮河、黄河并称为"江淮河汉"的汉江，引汉江水流入缺水的华北平原。

　　中午 12 时光景，吉普车到了引水渠首的所在地陈岗。在这里，向西可以看到被山地包围着的淅川盆地。我们的眼前仿佛展现着一个波涛汹涌的人工大海，驯服了的汉江洪水在为我们传送电力、灌溉良田，并成为京广大运河开封到汉口段的唯一水源。向东可以望到一片黄色波浪向前延伸到遥远的地方，这一带便是可以自流灌溉 1200 万亩的唐白河大平原。多么美丽的大平原啊！它引起我一系列的想象，使我想起即将实现的伟大计划。我们只要在脚下开挖土方 100 万立方米，打通数条长约两千米的隧洞，就可以将约等于一条黄河水量的汉水引出来。

　　这条运河渠首的水位高程为海拔 150 米，往下穿过大平原的北部约 170 千米，以 1 ∶ 2 万的坡降绕过南阳城郊，流向唐白河与淮河的分水岭。它将以 1200 立方米每秒的输水能力，保证 0.5 亿～1 亿亩农田得到灌溉，以及千吨级内河航轮在大运河京汉段航行。同时，大运河的南岸，将出现许多分水建筑物，首先在南阳和襄阳之间形成一片比成都平原更为宏大的水网地带。

---

　　* 原载于散文报告文学集《万里长江》，作家出版社 1959 年 11 月版。

我们沿着大运河设计线路的附近，驱车到南阳，然后又驶向唐白河与淮河分水岭的方城县。沿途到处呈现着群众劳动的热潮，广大农民正在开渠挖水塘，竖起"苦战几年赶上江南"的旗帜。他们并没有把引水作为先决条件，可见他们的壮志是如何的雄伟了。

我向专员建议，在汉江引水之后，要即刻把"赶江南"改为"超江南"，因为有了足够的水，华北大平原的生产条件就会比江南更加优越。拿素称"水旱无虞"的天府之国成都平原来说，它的面积有 300 万～400 万亩，土壤覆盖厚度平均也只有 1.5 米，而其下却是无底深的卵石层；素称江南的太湖区，也因为地面坡度太缓，流水不畅，要保证庄稼丰收，还得兴办大规模的除涝工程。而唐白河大平原，则覆盖着厚层黄土，并以平均 1：2000 的地面坡降向天然河道排水，所以从改造自然条件来说，是比上述两地都有利的。

也许有人怀疑，北方的气候条件是否可以赶上南方呢？我的答复是北方气候也有优点。在冀中德石铁路以南直到南岭的广大地区内，北部的无霜期虽然比南部为短，但一麦一稻同双季稻的经营结果基本上是一样的。北方没有双季稻，南方麦稻两收区的农民往往把麦收当作次要作物是有道理的。北方日照时间长，阳光充足，这个特点应该看作北方气候的有利条件。只要我们改造了大自然，使北方利用南方的水灌溉，那么北方就能占到南方的便宜了。

在这里顺便插一句，把长江三峡的水引向丹江口水库，再利用上述的引水渠道系统，使长江三角洲的江南区，由沪、宁、苏、杭、扬的小平原一直扩大到华北大平原，也应该是一个值得研究的伟大计划。

我的说法没有受到同行者的反对，因为他们都是"引水派"，所共同关心的是怎样更多更快地把水引出来。早在 1958 年 3 月间，周总理已经作了结论，决定把唐白河流域 1200 万亩的引水计划列为丹江口水利枢纽的同期工程了。第二期引水工程，估计也不会太远。至于具体的引水问题，要根据以后的具体情况再作决定。河南省彭副省长十分关心引水问题，他要求在正式向华北引水以前，每年先给淮河流域 20 亿～30 亿立方米的水。河南省还决定先在方城以东的山区修建一个燕山水库，把汉江每年可以挤兑出来的水蓄上 20 亿～30 亿立方米。

怎样把汉水引向淮河呢？这恐怕是大家最关心的事。而引水华北的关键所在，就是汉淮分水岭的工程有多大的规模。所以我们看过从丹江口水库向唐白河引水的渠道地点以后，就要看一看汉淮分水岭。

汽车到了方城县之后，又顺着牛车道前进。这次只走了几千米平地。没有爬过任何小岗就到达了目的地。出乎首次查勘者的意料之外，谁也看不出哪里是汉淮分水岭，也辨别不出降雨的水流是向哪里流的。恰好在分水岭上有几个种红薯的农民，我们请教了他们，才弄清水从哪里分东、西，熟悉情况的同志还领着我们去看因引水而出名的始皇沟，并在那里的土埂上找到了测量队埋设的石制小坐标，坐标上面刻着"汉淮分水岭"字样。

提起始皇沟，人们会顾名思义联想到这是秦始皇的功绩。其实，根据史书记载并不是这样的。据《资治通鉴》说：太平兴国三年，辽保宁十年（978年）春，正月，"京西转运使程能献议，请自南阳下向口置堰，回白河水入石塘、沙河，合蔡河，达于京师，以通襄、潭之漕，帝壮其言而听之。戊戌，发兵役数万，分遣使护其役，堑土埋谷，历博望、罗渠、小祐山，凡百余里。逾月，抵方城，地高，水不能至，又增役以致水，然终不可通漕。会山水暴涨，石堰坏，河竟不克就"。

始皇沟工程的失败原因何在，现在没有考证的必要。但有一点是可以肯定的，即古人早已确切地明白：从唐白河引水与开封通航，是完全可能的。

始皇沟在方城以东约8里，又名八里沟，是伏牛山由东西走向转折而南与桐柏山连接的一个大缺口。缺口很奇特，似乎是造物者专门为我们引水而生的。

唐白河平原是一个北高南低的大盆地，因而由丹江口水库选择一条向华北引水的运河线路，在水位高程方面，可以基本上不受地形条件的约束。如果运河水位需要确定得高些或低些，那么只要把运河线路向北或向南稍微移动一下就可以了。

丹江口水库的正常蓄水位可以在165～190米之间；死水位则可由145～150米自由选择，方城的汉淮分水岭以始皇沟为标准则是149米。由此可以知道，以丹江口水库的死水位150米为标准，则运河向东北流水到方城共170千米，以1∶2万的水面坡降计算水头损失的话，也只有8.5米就够了。就是说运河到了方城时，水面高程为141.5米，只低于始皇沟底约7.5米。始皇沟一带的开挖，根据钻探资料证明是没有石方工程的，始皇沟以东的地势倾斜更不会受到什么地形限制。

由汉淮分水岭沿河继续向东北行约50千米，就到了河南省即将建筑的燕山水库。燕山水库的正常蓄水位已定为137米，死水位为102米。由燕山水库再向东北一直到开封黑岗口，黄河平均水位是79米；如果到郑州花园口，黄河平均水位则是90米。由丹江口水库直到开封，共长495千米，沿途均无石方，只开挖土方约4亿立方米。运河的灌溉效益在方城以西每延伸1千米可以扩大灌溉面积约7万亩。打开地图一看，就会知道方城汉淮分水岭是处在一个多么有利的地理位置上啊！在它东北方面的燕山水库，连接着一个储煤量1000多亿吨的平顶山煤矿；在它西南方面的唐河或白河，可以通向武汉工业区，或者经过汉江中下游之间的沙洋镇，再沿两沙运河经过沙市直通宜都、宜昌新工业区。由平顶山、南阳、襄阳、武汉、宜都、宜昌，沿运河和大江两岸构成新型工业区是多么宏伟啊！不用说在京广大运河通航以后的沿河盛况，就是以平顶山、武汉、宜都之间的近期发展计划来说，这些地方将很快地兴建起一批工业城市；大量物资将由巨轮昼夜不停地通过至今还是生长着红薯的汉淮分水岭。

把汉江的水引向华北，这是前人办不到的英雄事业，这个规模巨大的水利工程计划是在我们敬爱的毛主席亲切关怀之下进行的。1953年春，毛主席问我："华北缺水怎么办？

从西北高原向长江借水行不行？"当他问到汉江引水有无可能时，我回答说有可能。他问我考虑过没有？我说考虑过。他又问我研究过没有，我说没有。他马上说："你回去即刻部署查勘，如果可能，立刻写信给我。"从这以后，我便把这件事情列为长江流域规划的重点任务之一，并且把每次获得的有价值的查勘成果，写信报告毛主席。

5年了，在毛主席的启示和鼓舞之下，这个伟大的理想将要成为现实。我们面对着未来胜过江南的华北平原，可以自豪地感到：改造自然，建设社会主义和共产主义社会，就是我们这一代人最神圣的任务。

宏
愿
篇

三峡引水工程——南水北调工程的一个重要发展[*]

郭树言　李世忠　魏廷琤

经过几代人的努力，三峡工程明年将蓄水发电，其防洪、发电、航运的三大效益将得到初步发挥。随着三峡工程的建成，不少三峡建设者在思考这样的问题：如何发挥三峡水库的调水功能，以三峡水库作为水源地，调水穿过巴山、秦岭向华北、西北地区供水，实现长江、黄河、海河水资源的合理配置，支援西部大开发，为国家的经济建设服务，充分发挥三峡工程的综合效益。

国务院三峡工程建设委员会办公室组织国内水利水电、铁道等行业的一些资深专家，借鉴和参考有关单位几十年来对长江、黄河、海河流域的研究成果；南水北调工程规划资料；巴山、秦岭地区铁路、公路建设勘测资料和实践经验，以及高扬程大流量抽水蓄能电站建设的资料，经过近3年的研究和实地勘察，编写了《三峡水库引水入渭济黄济华北工程（以下简称三峡引水工程）规划纲要》及11个专项研究报告。本文主要探讨三峡引水工程的特点和相关的工程研究问题。

一、三峡引水工程特点

三峡引水工程是以三峡水库为主要水源地，即在重庆开县小江建抽水站，设水泵10台，扬程380米，年抽水120亿立方米至高程525米处的静水池。同时，在秦巴山区修建调节水库4座，每年蓄纳汛期高山洪水15亿立方米。这135亿立方米的年调水量，通过两条长约312千米的多段输水隧洞，穿过巴山、汉水、秦岭，进陕西咸阳附近的渭河。经陕西潼关出渭河入黄河的水量为110亿立方米，流经三门峡、小浪底及待建的西霞院水库，于西霞院水库坝下沿京广铁路西侧修高线总干渠，输水到京、津及沿线城市。

三峡引水工程施工可分3个阶段，共14年。第一阶段4年，建西霞院到北京的输水渠道，设计流量265立方米每秒，初期每年可引黄河水约20亿～25亿立方米供京、津及沿线城市急用，投资350亿元，同时进行小江—渭河输水工程前期工作。第二阶段6年，建小江抽水站及第一条隧洞，流量285立方米每秒，年抽水量60亿立方米，同时建高山水库4

* 原载于《科技导报》2003年第5期。

座，汛期拦蓄洪水 15 亿立方米。在小江不抽水时（12月—次年3月）供水，年总引水量 75 亿立方米，其中供关中 10 亿立方米、供京津及沿线城市 65 亿立方米。第二阶段工程投资 506 亿元（含第三阶段施工的预建工程）。第三阶段 4 年，扩建第二条隧洞，年输水至少增加 60 亿立方米，其中供关中 15 亿立方米，供黄河下游城市及生态用水 45 亿立方米，投资 343 亿元。

三峡引水工程一、二阶段共投资 856 亿元，年引水 75 亿立方米，与现南水北调中线近期工程（总投资 917 亿元，设计引水 95 亿立方米，保证率较低）相比，向黄河以北供水量大致相当，但保证率高。如加上第三阶段，三峡引水工程年引水可达 135 亿立方米，工程总投资约 1199 亿元，与现南水北调中线后期方案（引水 120 亿～ 130 亿立方米）相当，而三峡引水工程的优点和效益更为明显。

第一，水源充足、水质好、移民少，对生态环境影响小。三峡水库多年平均径流量 4510 亿立方米，年调水 135 亿立方米只占三峡水库平均年来水量的 3%，调水后三峡电站仍有约 300 亿立方米弃水（将来再增加调水量 100 亿立方米，仍有充分保证）。工程主要采用隧洞输水，基本无移民问题。4 座高山蓄洪水库移民安置共约 1 万多人，较易解决。

第二，在解决京、津及沿线诸城市和陕西关中平原缺水需要的同时，还能有效治理渭河下游、黄河中下游的泥沙淤积与洪水灾害。该工程能可靠均匀地向京、津及沿线城市提供 65 亿立方米年水量，为受水区经济社会和生态环境发展提供有力支撑。该工程可向渭河关中平原提供 25 亿立方米年水量，能较好地解决关中地区城市、工农业和生态用水，对保护生态环境、支援西部大开发有重要作用。工程的 110 亿立方米年水量与渭河来水汇合，可加大渭河下游河床的冲沙能力，对河道淤积泥沙可产生显著冲刷。经计算，10 年内或再多一点时间可基本上将三门峡建库后 40 年淤在咸阳至渭河口 211 千米河槽内的 3 亿立方米泥沙冲走，使渭河下游恢复天然冲淤平衡、解除悬河状态，对渭河下游防洪减灾有着重要作用。这 110 亿立方米水由渭河下游进入黄河，在三门峡水库合理调度及对潼关至大坝河段进行整治的情况下，用 10 年或再多一点时间将会使潼关河床高程下降约 4 米，基本恢复到三门峡水库修建前的状况。原受三门峡水库影响的近百万亩土地将变为稳产农田，近 70 万原水库移民将得以安居乐业。三峡引水工程每年汛期向黄河下游可补充 45 亿立方米生态输沙水量，可充分发挥小浪底水库调水调沙作用，每年减少黄河下游主槽泥沙淤积约 1 亿立方米，能使黄河下游主槽基本不再淤高，并改善下游生态环境，减轻黄河下游断流的威胁，确保黄河下游长期安澜，实现我国几千年治黄以来一直梦寐以求的目标。

第三，充分发挥黄河已建三门峡、小浪底水库的调节能力与综合效益。除上述提到的调节作用外，三门峡、小浪底、西霞院 3 座水电站因水量增加每年可增加发电量共约 40 亿千瓦时。

第四，主要在丰水期（4—11月）抽水，可以消纳三峡电站大量电能（年耗电约 140

亿千瓦时），并对长江中下游防洪有利；枯水期 4 个月（12 月—次年 3 月）不抽水，对三峡电站保证出力无影响。

第五，工程可分期兴建，逐步扩大供水规模，且能尽早向京、津及沿线城市供水。

第六，三峡引水工程一、二阶段完成后调水的效益费用比为 1 ： 2 左右，优于现南水北调中线方案，在经济上是合理可行的。

二、三峡引水工程研究的新进展

1. 黄河缺水形势严峻，南水北调必须解决黄河的缺水问题

黄河流经我国干旱、半干旱的西北地区及半干旱、半湿润的华北地区，这些地区为资源型缺水地区，加上黄河水少沙多、输沙量大、河道淤积严重，需要保留必要的河槽造床输沙流量，这是黄河水资源开发利用必须注意的。早在 20 世纪 50 年代就已明确了"增水减沙"的治黄战略，一方面抓紧研讨黄河上中游黄土高原的水土保持生态建设方案，以减少入黄泥沙；另一方面积极研究如何从长江调水入黄河，以增加黄河水量。黄河多年平均天然径流量 580 亿立方米，年可用水量约 370 亿立方米（黄河水沙量年际变化大，中下游主汛期因输沙量大不能调蓄利用，实际可用水量还小于 370 亿立方米）。

半个世纪以来，黄河用水量增长迅速，已由 1949 年的 74 亿立方米增加到 2001 年的近 400 亿立方米（其中包括黄河上中游地区水土保持生态建设增加的蓄用水量约 50 亿立方米）。近 20 年，黄河下游每年向华北海河流域、淮河流域及胶东地区供水 100 多亿立方米，枯水年黄河径流量的利用率已高达 80% 甚至 90% 以上，致使生态环境用水（主要是输沙用水）被挤占，输沙功能衰竭，河床淤积加重，已危及黄河生命。黄河干支流频繁发生断流，就是水资源供需严重失衡的突出表现。

1999 年对黄河干流实行水量统一调度以来，随着小浪底水库投入运用，对黄河下游水量调控能力增强，黄河下游断流现象有所缓解。但是 2000 年、2001 年黄河入海年水量只有 40 亿立方米。2001 年 7 月 22 日，黄河中游潼关站只发生 0.95 立方米每秒流量，几乎断流。2001 年 6—7 月，黄河上游也接近断流，中游的多座电站因缺水而影响发电，这些情况表明黄河功能性缺水仍在发展。

黄河流域属资源型缺水地区，其中中游陕西关中地区是全国水资源最贫乏地区之一，干旱缺水与渭河下游严重淤积带来的洪水灾害是制约关中地区经济社会发展的重要因素。随着西部大开发，陕西关中地区和西安市的重要性与日俱增，经济社会发展与黄土高原水土保持生态建设加速进行，黄河需水量将不断增加，黄河缺水形势将越来越严峻。预计 2010 年前后，如黄河下游流域外供水仍按 1987 年国务院分水指标控制（每年约 110 亿立方米），正常年份黄河缺水约 100 亿立方米，枯水年份缺水约 150 亿立方米，如遇 1922 年至 1932 年黄河连续 11 年枯水，郑州花园口站有可能连年发生断流，黄河将无水供下游

两岸地区使用。黄河如再发生这类特大干旱灾害，必将打乱黄河流域和我国北方地区经济社会发展的部署。因此，从长江流域调水济补黄河势在必行，南水北调必须解决黄河的缺水问题。

2. 三峡引水工程对三峡枢纽发电的影响

三峡水库在丰水期调水，枯水期（12月—次年3月）不抽水。4—11月期间从三峡水库抽水，平均流量570立方米每秒，仅占当月上游来水流量的1.9%～8.5%，所占比例较小。引水将减少三峡电站年发电量约18亿千瓦时，只占电站年发电量的2%，对三峡电站发电影响很小。经逐月计算，均不影响三峡电站正常运行，不影响长江中下游航运和生态环境。拟建的小江抽水站最大用电负荷252万千瓦，年抽水量120亿立方米，年用电140亿千瓦时，按市场运作付费，有利于消纳三峡电站丰水期电能。利用在秦巴山区修建的水库拦蓄部分高山洪水，在枯水期供水约15亿立方米，既可保证供水不中断，还有利于长江、汉江防洪削峰及发展当地山区水电。

3. 黄河、渭河的污染防治与泥沙处理

三峡引水工程拟利用渭河下游及黄河中游总长480千米的河道向华北输水，建成一条清洁输水通道向华北供应好水。对这一工程必须予以高度重视。黄河中游龙门至三门峡河段是黄河干流污水接纳量最大的河段。2001年审查通过的《黄河流域水资源保护规划》确定了到2010年黄河干支流大、中城市集中供水水源河段（水库）达到Ⅱ类及Ⅲ类水质标准，全河干流不劣于Ⅲ类水质标准的目标。只要抓紧水污染的防治工作，保证各地区排污量符合入河污染物总量和出境水质控制目标的要求，这个目标是能达到的。有人担心，长江水经黄河到华北，水会变浑，增加了泥沙处理的困难。实际上，小浪底水库建成后，由于采取"多年调节泥沙，相机排沙"的运用方式，可确保每年有300天以上时间向华北供应清水。

三、南水北调工程宜分期兴建，先开工黄河以北工程

1. 应深入分析、统筹协调、科学论证，加紧做好南水北调规划的前期工作

通过对三峡引水工程的研究，我们认为：南水北调工程涉及的调水区和受水区，关系到全国一半左右省市（区）经济、社会、生态的协调发展。南水北调总体规划是一项复杂、艰巨的工作，既需要对缺水地区当地水资源和可能调入的各种水源进行综合研究，又要根据各地水资源的短缺性质和程度，确定分期分片的实施方案，逐步解决北方缺水问题，实现可持续发展的目标。自今年起，国家计委与水利部将组织全国各省（区）及有关部委，计划用3年时间完成全国水资源综合规划研究，其成果必然有助于南水北调工程总体规划的完善，使之更加符合实际。目前人们对于中线方案水源不足、保证率低、移民安置困难、黄河和渭河缺水以及生态环境严重恶化等的认识正在不断加深，但仍有许多新问题尚待研

究。

2.南水北调先开工黄河以北工程,既可减少投资风险,又能对华北地区及早供水南水北调工程主要受水区在黄河以北,目前提出的各种调水方案输水线路长度都在1000千米以上,最缺水的北京位于输水渠道的末端,而调水工程总工程量和投资的约2/3在黄河以南。因此,当务之急是寻找一个既能适应各不同方案,又能尽早为北京提供应急水源、缓解华北城市严重缺水,并且能分期实施、分片见效的供水方案。根据多年来的研究成果,我们认为,南水北调工程建设宜以黄河小浪底水库为过渡性水源,先实施黄河以北西霞院至北京的输水工程,确保北京及沿线城市应急供水。其依据如下。

(1)向黄河以北沿线城市供水选用京广铁路以西高线方案,各方面意见比较一致。无论以长江干支流何处为水源,黄河以北输水工程都是需要的,不会造成浪费。

(2)黄河年径流量虽然减少,但小浪底水库126.5亿立方米库容,仍有相当大的调蓄能力,且建库时就有在水库拦沙运行期15~20年内供水北京的任务。在2015年以前,黄河向北京、河北应急年供水20亿~25亿立方米是可行的。

(3)黄河以北高线输水工程按年供水量65亿立方米规模建设,投资约需350亿元,工期4年,每年约90亿元,筹资难度不大。

(4)先引用黄河水,见效既快,还可为后续工程积累规划建设、资金筹集、运行管理和水费征收等方面的经验。

综上所述,三峡引水工程方案是南水北调工程中线方案的一个重要发展,具有支持西部大开发、治理黄河、向华北供水、改善生态环境等综合效益,符合可持续发展战略,是一项一举多得、利国利民的宏伟工程。该工程目标明确,效益突出,水源充足,水质好,对输水工程沿线生态环境影响较小,在技术上不存在不可克服的困难。当然,按照可行性研究的深度要求,还是有些问题需要进一步研究。建议国家有关部门论证研究我们的规划纲要报告,安排开展前期工作,抓紧组织力量对该工程方案进一步深入研究论证,争取用2~3年时间提出可供决策的可行性研究报告。

中国"南水北调"的研究[*]

李镇南

毛主席首次接见林一山主任时,提出的第一个问题是:"北方水少,南方水多,北方要向南方借水,长委要进行这方面的研究。"我们根据毛主席的指示,开始了对南水北调的研究,我们一方面研究水资源的分布,另一方面研究如何实现南水北调。

关于北方缺水问题,经过多方面研究确认,我国水资源本来就不丰富,人均亩均水量全都低于世界平均值。而在水资源的分布上,尤其不均衡,有些地区水资源多些,而有些地区水资源严重不足。长江及以南地区,河川径流量占全国的80%以上,而耕地占全国的约40%,黄、淮、海河地区河川径流量只占全国的6.5%,耕地却占全国的40%。长江流域人均水量为2396立方米,耕地亩均水量为2680立方米,均高于全国平均值,属丰水区。而黄、淮、海河地区人均水量为186~604立方米,亩均水量为127~347立方米,其中海河流域最低,人均水量186立方米,亩均水量127立方米,仅为长江流域的1/13和1/21,属严重缺水区。整个黄、淮、海河地区从全国看也属缺水区。从多年平均年总水量看,长江是9600亿立方米,而黄、淮、海河共为1400亿立方米,总耕地长江流域是3.6亿亩,黄、淮、海河流域共为5.1亿亩,黄、淮、海流域的平原人口密集,不仅耕地率高,而且工业日益发展,水资源缺乏已成为其进一步发展的制约因素。至于西北地区,缺水情况则更为严重。华北与西北缺水已成定局。

近年来,随着国民经济的发展,尤其是华北地区,为保证工业生产和城市生活用水,挤占农业用水和超采地下水等现象日趋严重,不仅影响农业生产,而且形成大面积地下水位下降漏斗,引起地面下沉,河道甚至断流,舟楫之利大减,排洪排涝能力降低,河道自净能力锐减,水质严重污染,入海水量减少,河口淤积,生态环境恶化。水资源不足的问题已成为国民经济发展和改善生态环境的制约因素。至于西北地区的问题则更为严重,制约着该地区的经济发展。

我们研究水资源的分布情况和丰水与缺水地区的问题,同时又组织进行查勘。从地理位置讲,汉江是长江的主要支流之一,它最接近北方地区,因此我们考虑在汉江方面寻找一个地方向北方引水。经过查勘选择后,发现淮河与汉江分水岭,在南阳东北不远的方城

*节选自李镇南《治江侧记》,中国水利水电出版社1997年版。

县有一个垭口，海拔高程只有 147.6 米，从这里调水去北方最方便。早在宋朝就有人研究从这儿引水供漕运用。当地有个古迹叫始皇沟，就是宋朝初年曾在那里施工所遗留下来的。若我们在其附近的汉江上做一个工程，把汉江水位稍予抬高，如汉江规划中的丹江口工程，就创造了将汉江水调过方城分水岭到黄、淮、海流域的可能性。1958 年周总理查勘三峡时，在由武汉至三峡的途中，我们汇报了丹江口工程情况，及其作用与投资情况。当时提出丹江口水库正常蓄水位高程 170 米，比方城垭口高出 20 余米，在丹江口水库边上做个南水北调的引水闸，在闸下游开挖渠道经过南阳盆地，通过方城分水岭，就可引水到黄、淮、海流域范围。当时，周总理和同行的李富春、李先念副总理听过汇报后都认为丹江口工程准备已较成熟，可以尽早施工，但目前可只考虑汉江流域问题和武汉市防洪问题等，把南水北调作为远景任务考虑。后来，周总理把这一情况向其后的成都会议做了汇报，会议批准了总理的意见。同年 9 月，丹江口工程就开工了。后因我国在三年困难时期，国民经济遇到严重困难，中央提出"调整、巩固、充实、提高"方针，丹江口工程亦改为分期建设。经过反复研究，到 1966 年 6 月国务院才批准丹江口工程的分期建设方案，初期先把坝顶做到 162 米，蓄水位及移民高程也逐步提高到 157 米。后来在丹江口工程施工中，为了满足河南省引库水灌溉的需要，南水北调的引水闸也提前部分建成。

在编制长江流域规划时，将南水北调作为长江的一个重要任务提出。有关方面对此积极参加。在规划中研究的调水方案不仅是汉江一条线，而是上、中、下游通盘考虑，也就是叫西线、中线和东线的几种不同方案。西线是从上游通天河调水到西北去，后来又扩大研究到从雅砻江、大渡河等调水；研究了引水路线及提水路线各三条；在引水方案中，都是超高的坝（水库），连续的长隧洞，工程艰巨。在提水方案中，虽坝高及隧洞长有些减少，但扬程都不低于 300 米，工程仍是艰巨的。中线是从汉江经方城调水到华北，可以全线自流，穿黄位于郑州西北牛口峪附近。东线主要是从江苏省江都三江营建提水站将水位提高，经过京杭大运河，沟通洪泽、骆马、南四等湖，在闸坝处层层提水，直至山东省东平湖，然后向下在山东省位山通过黄河，开一段渠道，再利用卫连河、南运河、马厂减河，以至天津。西、中、东线工作都比较繁重，各有关省、地、市对此都很重视，经过协议，确定西线由长委、黄委研究，中线由长委研究，东线由天津院及有关省、水利委如江苏、山东、河北等省及淮委共同研究，有关部门参加工作。

西线的金沙江地区地形复杂，要引水通过长江黄河分水岭，工程艰巨，工程量是很大的。调出的水将引到西北何处，如何利用，要做具体规划。中线则由长委及有关的湖北、河南、河北等省及北京市研究。汉江丹江口水库兴建后，在水库东北部的河南省陶岔建引水节制闸，就可调水通过南阳地区，经过方城分水岭，到达淮河流域继续往北，穿过黄河，沿着京广线以西，太行山以东坡地往北，将水引到北京玉渊潭。中线的特点是可以全线自流，所开渠道都在城市的上游侧，以避免水质污染，从而保证了水质。最近天津也提出水质问题，要求改由中线供水到天津。

现在西、中、东三线都仍在研究，均有些发展，且互不干扰。若天津加入中线，供水范围则东线就可考虑不过黄河，而只解决江苏和山东等省缺水问题。但不管做哪条线，及怎样做，都不会否定另一条线。西线由长江上游引水解决西北缺水问题，需要建设一系列的艰巨工程，耗费的精力和投资是很大的，调过去的水究竟应将其引到何处，仍需全面考虑研究与慎重比较、选择，以满足西北国民经济全局发展的急需。至于利用沿途落差发些电，仅是一个附带的问题，而调水到西北的缺水区，则应是主要的。

中线可以解决华北大部分地区问题，现中线的关键工程，丹江口初期规模虽已建成，蓄水位157米，已可向华北调水。但据最近研究，为了保证调水量，准备在开始调水前把丹江坝按最终规模加高，蓄水位抬到170米，水库库容增至190.5亿立方米，北调水量也可增至145亿立方米，穿黄位置亦已经过比较选择，定在孤柏嘴，并研究了渡槽及倒虹吸两种方案。原1959年规划要点报告中提到此干渠将来成为京广运河的一部分。现有许多方面以保证水质为由，不赞成这段渠道作为运河的意见，不坚持通航运河的设想，问题仍在进一步研究中。调水还将影响丹江口工程现时的任务与效益，原有的发电任务要让位给南水北调，水库的任务顺序安排也会有变化，原排位是防洪、发电、灌溉、航运，实施南水北调后，任务排列中发电要排在供水与灌溉之后了。由于任务的变化，原有效益受到的影响，要做些补偿工作。

至于中线远景引江问题可作为中线调水的强大补充与后盾，在1959年的规划要点报告中曾有提及，但其后基本未研究。根据引汉效益与实际发展，结合三峡工程的最终方案做进一步研究，比较选择方案。唯不论采取何种方案，修建三峡工程可以调节水量，增加枯水流量，替代丹江口水电站的发电任务，对中线引水都将是有利的。

在1959年规划要点报告中曾提到，东线的另一部分：引江济淮线，当时提到的巢湖将军岭线，在裕溪口引水，经巢湖江淮分水岭将军岭而达淮河，主要给淮北地区补水，并结合沟通江淮航运。70年代以来，经安徽省有关部门多次研究、规划，从长江北岸裕溪口、凤凰颈、神塘河等地引水，经巢湖到淮河，补给两淮地区的工农业和城市生活用水，结合沟通江淮，发展航运。

宏愿篇

南水北调工程决策经过[*]

张基尧　谢文雄　李树泉

【摘要】人类有史以来规模最大的水利工程——中国南水北调工程开工以来，举世瞩目。为使大家更多地了解这一超大型工程，我们特地采访了国务院南水北调工程建设委员会办公室原主任张基尧，请他纵谈南水北调工程建设的决策经过。

2002年12月27日，朱镕基总理宣布南水北调工程开工，标志着南水北调工程建设正式进入实施阶段。南水北调工程是人类有史以来规模最大的水利工程，是有效缓解我国北方地区水资源严重短缺问题，构筑"四横三纵，南北调配，东西互济"的水资源总体格局，保证我国经济社会和生态环境协调发展的重大举措。南水北调工程规划分东线、中线和西线三部分：东线从长江江苏扬州段调水，经过江苏、山东到达河北、天津；中线从湖北丹江口水库调水，经河南、河北到北京、天津；西线规划从长江上游调水到黄河上游，供应西北和华北，正在规划阶段。工程总投资5000亿元，工期40年至50年，每年向北方调水448亿立方米，等于一条黄河的水量。建设南水北调工程，对我国实现全面建设小康社会的奋斗目标，推进经济社会的可持续发展，具有极其重要的意义。

南水北调工程历经长期科学论证

我国是水资源非常贫乏的国家，水资源总量为2.8万亿立方米，人均仅2163立方米，只及世界人均占有量的1/4。我国水资源不仅短缺，而且时空分布不均，这进一步加剧了问题的严重性。如北京和英国伦敦的降水量差不多，但伦敦是全年均衡分布，而北京集中在夏季三个月，这样两个城市的水生态和水资源状况就完全不同。我国大部分地区夏季7月至9月降雨多，给南方及沿海经常造成洪涝灾害，但其他月份水资源短缺严重。

20世纪80年代以来，随着经济社会的发展，北方地区水资源供需矛盾日趋尖锐，河流断流，湖泊干涸，地下水过量开采，地面沉降塌陷，水体污染严重。一些地区因缺水而导致生态环境恶化，直接危及人民群众的身体健康。由于缺水，不仅制约北方地区经济社

---

* 原载于《百年潮》2012年第7期、第8期。

会的正常发展，也造成较多的生态环境问题。2000年，黄淮海流域的人口、国内生产总值、工业产值、有效灌溉面积、粮食产量均占全国的1/3强，是我国重要的经济区和粮食、棉花的主产区，具有承东启西、优势互补的有利条件，在我国国民经济与社会发展中占有极其重要的战略地位。但黄淮海流域水资源总量仅占全国的7.2%，人均水资源量为462立方米，为全国人均的20%，是我国水资源承载能力与经济社会发展最不适应的地区，资源性缺水严重。由于长期干旱缺水，尽管各地特别是黄淮海平原和胶东地区都加大了节约用水的力度，但仍然不得不过度开发利用地表水，大量超采地下水，不合理占用农业和生态用水，以及使用未经处理的污水，由此造成黄河下游断流频繁，淮河流域污染严重，海河流域基本处于"有河皆干、有水皆污"和地下水严重超采的严峻局面。黄河、淮河和海河三大流域的水资源开发利用率分别高达67%、60%和超过95%，水资源承载能力与经济社会发展和生态环境保护之间的矛盾日趋尖锐。特别是海河流域，为了支撑经济社会的发展，长期过量开发利用地表水。由于平原河道长期干涸，被迫大量超采地下水。全国主要是北方地区，20多年来已累计超采900多亿立方米，造成地下水位大面积持续下降。黄淮海流域水资源的过量开发，导致的河湖干涸、河口淤积、湿地减少、土地沙化、地面沉陷以及海水入侵等生态环境问题日趋恶化，严重制约经济社会的可持续发展。在采取节水、污水资源化、挖掘已有工程潜力等多种措施的前提下，经水资源供需平衡分析，黄淮海流域缺水量2010年约为210亿至280亿立方米，2030年为320亿至395亿立方米。

长江是我国最大的河流，水资源丰富，年平均径流量约为9600多亿立方米，入海水量约占径流量的94%以上，有条件从长江流域调出部分水量。因此，为解决北方严重缺水问题，从20世纪50年代以来，在党中央的关心下，国家有关部门就组织各方面专家对南水北调进行了长期勘察调查和规划研究。

早在新中国成立之初，根据我国水土资源分布的特点，毛主席就提出南水北调的宏伟设想。1952年10月30日，毛主席视察黄河，在听取黄河水利委员会主任王化云关于引江济黄设想的汇报后，说："南方水多，北方水少，如有可能，借点水来也是可以的。"由此第一次提出南水北调的宏伟设想。这年8月12日，为解决黄河流域水资源不足的问题，黄河水利委员会进行黄河源查勘，研究通天河色吾曲——黄河多曲的引水线路。这是研究从长江上游引水济黄的开始。1953年2月，毛主席乘"长江号"军舰从武汉至南京视察。19日，在听取长江水利委员会主任林一山汇报长江治理工作时，毛主席说：南方水多，北方水少，能不能从南方借点水给北方？毛主席还用铅笔指向地图上腊子口、白龙江、西汉水，最后指向汉江和丹江口，每一处都问到引水的可能性。林一山一一作了回答。毛主席指示要对汉江引水方案作进一步的研究，要组织人员查勘，一有资料就立即给他写信。22日，林一山又向毛主席汇报了长江防洪的初步设想。临别时，毛主席对林一山说："三峡问题暂时还不考虑开工，但南水北调工作要抓紧。"1958年3月，毛主席在成都召开的中央政治局扩大会议上再次提出引江、引汉济黄和引黄济卫问题。同年8月，中共中央在北戴河召开的政治局扩大会议上，通过并发出《关于水利工作的指示》，明确指出："全国范围的较长远的水利规划，首先是以南水（主要指长江水系）北调为主要目的，即将江、淮、河、汉、海各流域联系为统一的水利系统规划。"这是"南水北调"一词第一次见诸中央正式文献。1958年到1960年3年中，中央先后4次召开全国性的南水北调会议，制订了1960年至1963年间南水北调工作计划，提出在3年内完成南水北调初步规划要点报告的目标。1959年2月，中国科学院、水电部在北京召开"西部地区南水北调考察研究工作会议"，确定南水北调指导方针是："蓄调兼施，综合利用，统筹兼顾，南北两利，以有济无，以多补少，使水尽其用，地尽其利"。1958年9月1日，丹江口水利枢纽工程举行开工仪式。1974年，丹江口水库初期工程全部完工。1974年1月18日，在赴日本展出的中华人民共和国展览会国内预展会上，朱德委员长在审查丹江口水利枢纽模型时问：能不能把水引到华北呢？那里缺水。介绍的同志回答：丹江口水库的重要意义，就是将来通过它调蓄汉江的水引到华北去。目前水库蓄水位可到157米，汉淮分水岭是148米，将来完全可以把水引到华北。这是实现毛主席南水北调宏伟理想的一条比较好的通道。

1978年，五届全国人大一次会议通过的《政府工作报告》正式提出"兴建把长江水引到黄河以北的南水北调工程"。1978年9月，陈云就南水北调问题专门写信给水电部部长钱正英，建议广泛征求意见，完善规划方案，把南水北调工作做得更好。同年10月，水电部发出《关于加强南水北调规划工作的通知》。

改革开放后，我国经济社会飞速发展，综合国力日趋雄厚，水利现代科技发展水平不断提高，面对我国北方地区日益严峻的水资源短缺局面，党中央、国务院站在历史发展的潮头，从全局和战略高度继续论证南水北调工程。1979年12月，水电部正式成立部属的南水北调规划办公室，统筹领导协调全国的南水北调工作。1980年7月22日，邓小平同志视察丹江口水利枢纽工程，详细询问了丹江口水利枢纽初期工程建成后防洪、发电、灌溉效益与大坝二期加高情况。10月3日至11月3日，根据中国科学院和联合国大学协议，联合国大学比斯瓦斯博士等8位专家，联合国一位官员，我国水利部，高等院校，科研部门的专家、教授、工程技术人员共60多人，对南水北调中线和东线进行考察，并在北京举行了学术研讨会。经过考察和讨论，专家们认为南水北调中线和东线工程技术上可行。联合国专家建议在经济和环境方面补充研究南水北调问题。1982年2月，国务院批转《治淮会议纪要》，提出在淮河治理中实现南水北调工程的任务，并把调水入南四湖的规划列入治淮十年规划设想。1983年3月28日，国务院以[83]国办函字29号文，将《关于抓紧进行南水北调东线第一期工程有关工作的通知》发给国家计委、国家经委、水电部、交通部，江苏、安徽、山东、河北省人民政府，天津、北京、上海市人民政府。1985 年 3 月 11 日至 12 日，万里副总理、李鹏副总理主持召开治淮会议，对南水北调东线工程也进行了讨论。会议指出，由于种种原因，东线第一期工程设计任务书提出的时间推迟了，现应抓紧。会议基本同意淮河水利委员会提出的该工程设计任务书，由水电部报国家计委审批。1988 年 6 月 9 日，国务院总理李鹏在国家计委报告上批示：同意国家计委的报告，南水北调必须以解决京津华北用水为主要目标，按照谁受益谁投资的原则，由中央和地方共同负担。11 月，国务院副总理邹家华视察丹江口水利枢纽并了解丹江口水库引水至华北的规划。陪同视察的有湖北省省长郭树言、水利部部长杨振怀、水利部副部长张春园、长江水利委员会主任魏廷琤等同志。邹家华同志题词：开发汉江，造福人民。

进入 90 年代后，1991 年 3 月召开的七届全国人大四次会议通过的《国民经济和社会发展十年规划和第八个五年计划纲要》，明确提出"'八五'期间要开工建设南水北调工程"。1992 年 10 月 12 日，江泽民总书记在中国共产党第十四次全国代表大会的报告中说："集中必要的力量，高质量、高效率地建设一批重点骨干工程，抓紧长江三峡水利枢纽、南水北调、西煤东运新铁路通道等跨世纪特大工程的兴建。"1995 年 6 月 6 日，李鹏总理主持召开国务院第 71 次总理办公会议，研究南水北调问题。这年 12 月，南水北调开始全面论证。1996 年 3 月，根据 1995 年国务院第 71 次总理办公会议研究南水北调问题会议纪要的精神，经国务院领导同志批准，成立南水北调工程审查委员会，邹家华副总理任审查委员会主任，姜春云副总理、陈俊生国务委员、全国政协钱正英副主席任审查委员会副主任，何椿霖、陈锦华、甘子玉、叶青、钮茂生、陈耀邦、王武龙等任常务委员。委员由中央和国务院有关部委，科研设计、咨询单位，大学，南水北调工程规划责任单位，淮河、长江、黄河水利委员会，以及北京、天津、河北、河南、湖北、陕西、山东和江苏八省市主管副省市长、计委和水利厅局负责同志组成，共 86 人，另聘专家 40 余人参加专题审查工作。1999 年 6 月，江泽民总书记在黄河治理开发工作座谈会的讲话中指出："为从根本上缓解我国北方地区严重缺水的局面，兴建南水北调工程是必要的，要在科学选比、周密计划的基础上抓紧制定合理的切实可行的方案。"

确定"三先三后"的建设总体指导原则

1996 年我调到水利部工作，了解到当时水利部内部在南水北调怎么调水的问题上有很多意见分歧。南水北调工程与三峡工程不同，三峡争论的焦点是建与不建的问题，而南水北调工程是如何建的问题，也就是说大家都认为需要建这项工程。但是怎么建？一部分人建议先建设东线，一部分人要求先建中线。东、中线的争论持续了多年，主要原因是当时国家的财力有限，不可能两者同时建设。我记得一次在京西宾馆开会，那时候国务院成立了南水北调规划审查委员会，邹家华同志是主任。他主持会议，会上两种意见争执不下，最后不了了之。因此，水利部当时面临的问题，就是怎么样才能够对南水北调早一点儿形成统一的意见，开工建设。1998 年南方的大洪水给我们新的启示是：不仅要加强防汛工程的建设，还要利用洪水资源给北方多补水，在减少南方洪涝灾害的同时，兼顾北方对水资源的需求。随后，南水北调工程规划开始有序展开。现在回过头来看，20 世纪 90 年代末至 21 世纪之初这段时间，是南水北调工程规划论证发展最快、目标最明确的阶段，在党中央、国务院的直接领导下，水利部对南水北调工程原来的工作进行了认真梳理，既充分借鉴，又有创新。

2000 年 6 月，经过数十年研究，南水北调工程总体格局定为东、中、西三条线路，分别从长江流域上、中、下游调水。东线工程：从长江下游扬州抽引长江水，利用京杭大运河及与其平行的河道逐级提水北送，并连接起具有调蓄作用的洪泽湖、骆马湖、南四湖、东平湖。出东平湖后分两路输水：一路向北，在位山附近经隧洞穿过黄河；另一路向东，通过胶东地区输水干线经济南输水到烟台、威海。中线工程：从丹江口水库陶岔渠首闸引水，沿唐白河流域西侧过长江流域与淮河流域的分水岭方城垭口后，经黄淮海平原西部边缘，在郑州以西孤柏嘴处穿过黄河，继续沿京广铁路西侧北上，可基本自流到北京、天津。西线工程：在长江上游通天河、支流雅砻江和大渡河上游筑坝建库，开凿穿过长江与黄河的分水岭巴颜喀拉山的输水隧洞，调长江水入黄河上游。西线工程的供水目标主要是解决青、甘、宁、内蒙古、陕、晋等 6 省、自治区黄河上中游地区和渭河关中平原的缺水问题。

2000 年 9 月 27 日，国务院总理朱镕基在中南海主持召开座谈会，听取国务院有关部门领导和各方面专家对南水北调工程的意见。李岚清、温家宝、王忠禹、钱正英等出席会议。就是在这次会议上，朱镕基总理提出南水北调工程建设的"三先三后"的总体指导原则，即"先节水后调水、先治污后通水、先环保后用水"，明确要求南水北调工程的规划与实施必须建立在水资源合理配置的基础上。在这次座谈会上，水利部部长汪恕诚、中国国际工程咨询公司董事长屠由瑞、国家计委副主任刘江，就南水北调中的有关问题进行了汇报。他们全面汇报了近年来有关部门和专家对南水北调工程的调研论证和工程实施意见，并对东、中、西线三个调水方案进行了分析比较。张光斗、何璟、潘家铮、黎安田、鄂竟平、宁远等在会上发了言。他们一致认为，南水北调工程势在必行，应尽快开工建设。他们对南水北调工程的总体布局、建设原则、实施步骤，以及需要注意解决的一些重要问题，提出了许多很好的意见。朱镕基总理在听取部门汇报和专家的意见后作了讲话，他说，北方地区特别是华北地区缺水越来越严重，已经到了非解决不可的时候。实施南水北调工程是一项重大战略性措施，党中央要求加紧南水北调工程的前期工作，尽早开工建设。国务院将按照这个要求，周密部署，精心组织，加快工作进度。朱镕基总理说，解决北方地区水资源短缺问题必须突出考虑节约用水，坚持开源节流并重、节水优先的原则。目前，我国一方面水资源短缺，一方面又存在着用水严重浪费的问题。许多地方农田浇地仍是大水漫灌，工业生产耗水量过高，城市生活用水浪费惊人。因此，在加紧组织实施南水北调工程的同时，一定要采取强有力的措施，大力开展节约用水。要认真制定节水的规划和目标，绝不能出现大调水、大浪费的现象。关键是要建立合理的水价形成机制，充分发挥价格杠杆的作用。逐步较大幅度提高水价，是节约用水的最有效措施。现行的水价过低，既不利于节约用水，也不利于供水事业的发展，必须坚决改革，理顺供水价格，促进节约用水。朱镕基总理说，水污染不仅直接危害人民的生活和身体健康，影响工农业生产，而且加剧水资源短缺，使有限的水资源不能充分利用。在开展南水北调的规划和实施过程中，必须加强对水污染的治理，如果不治理水污染，那么调水越多污染越重，南水北调就不可能成功。一定要先治污，再调水。朱镕基总理说，在规划和实施南水北调工程中，要高度重视对生态环境的保护，这个问题非常重要。生态平衡一旦遭到破坏，就会造成难以挽回的后果。特别是对于调出水的地区，要充分注意调水对其生态环境的影响，一定要在周密考虑生态环境保护的条件下才能实施调水工程。朱镕基强调，南水北调工程的实施势在必行，但是各项前期准备工作一定要做好。关键在于搞好总体规划，全面安排，有先有后，分步实施。同时，要认真搞好配套工程的规划和建设。加快南水北调工程建设，现在条件基本具备。近期开始分步实施，经济实力可以承受。同时，加快一些重大基础设施建设，既可以有效拉动国内需求，开拓传统产业市场，又可以为经济持续发展增加后劲，促进经济良性循环。

在朱镕基总理提出明确要求后，我们就在原来规划的基础上做了相应调整，进行了重新编订。在编订工作过程中主要做了四项工作：

第一项工作，因为朱镕基总理提出要先节水，我们就对中、东线沿线 44 个城市重新编制了水资源规划。水资源规划是在节水的基础上编制，就是看 2010 年、2015 年、2020 年、2030 年节水治污以后，节约了多少水。就我们现在做的南水北调这个规划，实际上是解决在节水、治污、挖掘北方水资源潜力前提下的缺水量。我们在专门编制南水北调节水规划的同时，还有一个专门治污规划。以北京为例，我们以 2002 年为设计水平年，2010 年至 2020 年为初期年，2020 年至 2030 年为中期年，2030 年至 2050 年为长期年。2010 年缺水量 7 亿立方米，2030 年缺水量 17 亿立方米，其他沿线城市也都经过详细规划测算。我们当时考虑的就是必须将南水北调工程建立在落实节水规划的基础上。治污（也即水的再利用）这套规划也要落实。治污后的中水要作为水资源充分利用。有一些同志总是说，你们南水北调是借水，不是节水。实际上我们做规划是建立在节水的基础上，南水北调是在节水以后的一种补充，是对治污回用的一种补充。我们还按照南水北调在水量的选择上要本着适当从紧的原则来测算调水总量。这一要求的前提，还是要尽量节约用水。因为调水越多，必然会出现污水越多的情况。经过充分研究论证，南水北调总体规划中，中线调水量由原规划145亿调整为130亿立方米，其中还包含了每年超采69亿立方米地下水的水量，体现了节水优先的原则。

第二项工作，把水污染的治理和调水工程紧密结合起来。根据朱镕基总理提出的先治污后通水的要求，我们编制了南水北调东线治污规划。因为东线京杭运河水质很差，必须进行全面治理，在规划中提出了明确的治理目标，明确了治理责任，制定了治污方案，把治污资金纳入南水北调的总体规划中去，也就是说，南水北调不仅仅是一个工程规划，还是一个综合规划。对南水北调的中线保护，当时没有纳入总体规划里面，是后来单独批复的，并纳入南水北调总体可行性研究报告中。

第三项工作，南水北调前期规划阶段对中、东线谁先建设的争议很大。根据山东、天津、北京、河北等缺水区的强烈要求，结合我国当时的经济实力，经研究，水利部提出南水北调统一规划分期建设的意见，即东线分三期，中线分二期，西线后续建设。根据北方缺水的情况，率先在东线和中线同时开工建设第一期工程，这样也就把原来的争论化解了。东线工程建设中的前提是把污染治理好。山东是南水北调的受水区，但它境内的运河两岸又是污染较重的地区。因此必须先治理好污染，不治理好即使调来长江水也没法使用。由于东线一期工程加大了污水治理力度，使水质达到地表水Ⅲ类的标准，这也就为东线二期工程延伸供水到河北、天津创造了条件。中线一期工程送水到河南、河北、天津、北京，调水95亿立方米。其中，河南37.7亿立方米，河北34.7亿立方米，北京12.4亿立方米，天津10.2亿立方米。根据丹江口水库来水情况和中线受水区节水治污及对水资源的需求，适时开工建设二期工程。

第四项工作，对南水北调工程的建设管理体制和运行机制提出新的要求。在以前的规划中，都是把南水北调工程当作政府工程，就是中央出钱、地方用水。随着市场经济理念的不断深化，人们认识到，南水北调不能用完全计划经济的思路，所以我们首先在南水北调工程中积极探索和逐步建立水的准市场配置机制和管理体制，供水的目标定位为向城市供水，按照还贷、保本、微利的原则收取水费。改变城市长期挤占农村用水的状况，把为农民服务的水库和水量交还给农村农民。现在看来这个原则符合城市和农村协调发展的理念。在这个前提下，我们提出，南水北调的性质定位要符合政府宏观调控，准市场机制运作，现代企业管理，用水户参与的思路，按照产权明晰的现代企业制度建立南水北调基金、组建管理机构等。

这年10月，党的十五届五中全会通过的《中共中央关于制定国民经济和社会发展第十个五年计划的建议》要求："加紧南水北调工程的前期工作，尽早开工建设。"10月16日，《人民日报》刊发国务院南水北调工程座谈会的情况，并发表评论员文章《抓紧实施南水北调工程》。

2002 年 8 月 19 日，在考察南水北调中线工程后，国务院副总理温家宝主持会议，听取国家计委、水利部关于南水北调工程总体规划工作情况汇报。23 日，朱镕基总理主持召开国务院第 137 次总理办公会议，听取关于南水北调工程总体规划的汇报。会议审议并通过《南水北调工程总体规划》，原则同意成立国务院南水北调工程领导小组，决定江苏三阳河、山东济平干渠工程年内开工。10 月 9 日，朱镕基总理主持召开国务院第 140 次总理办公会议，批准丹江口水库大坝加高工程的立项申请，要求抓紧编制丹江口水库库区移民安置规划。第二天，江泽民总书记主持召开中共中央政治局常务委员会会议，听取国家计委主任曾培炎和水利部部长汪恕诚受国务院委托作的南水北调工程总体规划汇报，审议并通过经国务院同意的《南水北调工程总体规划》。24 日、25 日，我代表水利部并国家计委分别向全国人大常委会财经委、环资委、农委以及政协全国委员会汇报了南水北调工程总体规划。这些部门代表全国人大、全国政协听取汇报后，提出了一些具体的意见。我们据此对规划作了修改，于 10 月底再次报国务院。12 月 23 日，国务院正式批复《南水北调工程总体规划》。与此同时，我们着手准备举行南水北调工程的开工仪式。考虑到马上要换届了，因此决定把举行开工典礼的时间定在年前。12 月 27 日，南水北调工程开工典礼在人民大会堂和江苏省、山东省施工现场三地同时举行，江泽民同志给工程开工发来贺信，贺信指出："兴建南水北调工程，对缓解我国北方水资源严重短缺的局面，推动经济结构战略性调整，改善生态环境，提高人民群众的生活水平，增强综合国力，具有十分重大的意义。"开工典礼由国家计委主任曾培炎主持，国务院总理朱镕基在人民大会堂主会场宣布工程正式开工，国务院副总理温家宝发表讲话，代表党中央、国务院对工程开工表示热烈的祝贺。这标志着南水北调工程正式进入实施阶段。

南水北调工程管理机构的建立

2002 年 12 月，朱镕基总理宣布工程开工时，说的是南水北调工程开工，而不是南水北调东线和中线开工，这样，南水北调工程建设此后的所有项目都不再搞开工仪式了。这同时意味着历经 50 多年的南水北调工程规划论证阶段已经结束，经国务院批复的南水北调工程总体规划进入设计建设阶段。

开工以后面临的一个关键问题，就是怎么管理南水北调这项巨大的系统工程。我们在《南水北调工程总体规划》中曾提出"成立南水北调建设委员会，下设办公室"，这参照了三峡工程的模式。为此，国家发改委主任马凯、副主任刘江以及水利部部长汪恕诚三位同志联名给国务院写了一封信，请求尽快成立南水北调建设委员会办公室筹备组（那时候叫筹备组）。不久，温家宝同志批示同意成立南水北调建设委员会办公室筹备组，提名我为组长。

2003 年 2 月 28 日，按照国务院领导同志的要求，国务院南水北调工程建设委员会办公室筹备组正式成立并开始工作。筹备组包括我在内一共 7 个人，在水利部借了一间房子开始办公。4 月，南水北调工程基金工作小组成立。与此同时，我开始着手南水北调工程建设委员会办公室工作。我首先考虑的是南水北调办公室的职能、编制等问题。经过与国务院有关部门反复协调，最后拟出南水北调办公室的职责、机构、人员配置等。在协调南水北调工程建设委员会名单的过程中，我们提出建议，由国务院秘书局起草，再报给中央编制委员会办公室（当时南水北调办公室尚无公章）。7 月 31 日，国务院决定成立国务院南水北调工程建设委员会，委员会由国务院有关领导同志、中央有关部门和有关省市主要负责同志组成，国务院总理温家宝任委员会主任，国务院副总理曾培炎、回良玉任副主任。

国务院南水北调工程建设委员会成立后，它还要有一个工作班子，也就是下设的办公室。8 月 4 日，国务院批准南水北调工程建设委员会办公室主要职责、内设机构和人员编制。南水北调工程建设委员会办公室机关行政编制为 70 名。其中，主任 1 名，副主任 4 名；司级领导 21 名（含总工程师、总经济师和机关党委专职副书记各 1 名）。明确南水北调工程建设委员会办公室承担南水北调工程建设期间的工程建设行政管理职能，内设综合司、投资计划司、经济与财务司、建设管理司、环境与移民司和监督司 6 个职能机构。8 月 13 日，中共中央宣布成立国务院南水北调工程建设委员会办公室党组，任命我为党组书记，李铁军、宁远为党组成员；任命我为国务院南水北调工程建设委员会办公室主任，李铁军、宁远为副主任。第二天，国务院南水北调工程建设委员会第一次全体会议在京召开。中共中央政治局常委、国务院总理温家宝主持会议并发表重要讲话，国务院副总理、南水北调工程建设委员会副主任曾培炎、回良玉出席会议并讲话，建设委员会全体成员出席会议。会上，我代表南水北调工程建设委员会办公室作了关于南水北调工作情况的汇报。会议审议并原则通过提请委员会第一次全体会议审议的委员会工作规则、2003 年拟开工项目及中央投资、东线治污规划实施意见、加强前期工作等有关问题。至此，南水北调工程管理机构正式成立。

南水北调工程总体规划的设想

北方地区尤其是南水北调受水区的北京、天津、山东、河北、河南等地，是以大量超采地下水、挤占河道及生态用水维系经济社会发展和人民生活的。这就造成一种困境：在经济社会不断发展、城市化进程不断推进的同时，南水北调受水区生态环境却不断恶化。

南水北调工程的根本目标是修复和改善北方地区的生态环境。由于黄淮海流域的缺水量 80% 分布在黄淮海平原和胶东地区，因而优先实施东线和中线工程势在必行。在黄淮海平原和胶东地区的缺水量中，又有 60% 集中在城市，城市人口和工业产值集中，缺水所造成的经济社会影响巨大。因此，国家确定南水北调工程近期的供水目标为：解决城市缺水为主，兼顾生态和农业用水。南水北调东线和中线工程涉及7省（直辖市）44个地级以上城市，受水区为京、津、冀、鲁、豫、苏的39个地级及其以上城市、245个县级市（区、县城）和17个工业园区。

为了做好南水北调工程总体规划，遵照国务院领导的多次指示精神，汲取以往调水工程规划的经验教训，经过反复酝酿，大家认为，本次规划应按照水资源合理配置、工程分期建设、市场机制运作、方案科学可行的基本思路进行。

1. 水资源合理配置。依据水资源合理配置的抑制需水、有效供水和保护水质三大基本任务，水资源的高效利用和有效保护就成为南水北调工程总体规划的重要基石和前提。朱镕基总理"先节水后调水、先治污后通水、先环保后用水"的指示，明确要求南水北调工程的规划与实施必须建立在水资源合理配置的基础上。由于当前我国的供水系统明显存在城市与农村两大供水系统，南水北调工程近期的主要供水目标是满足城市发展用水需求，其主要原因是城市人口与工业企业集中，用水需求增长较快，水污染严重，水价有较大的调整空间。黄淮海平原地区的许多城市大量挤占了农业用水，限制了农业的发展，调水后可通过水量置换的办法还水于农业，还水于生态，部分解决农业发展用水及生态环境用水。另一方面，科学、准确地预测未来主要用水城市的需水量，为合理确定南水北调东线和中线工程规模提供基本依据。要在认真调查分析近三年（1997年至1999年）各规划城市水资源开发利用现状的基础上，编制城市节水规划、水污染防治规划、地下水控采规划、制水与配水系统规划，以及分年度提高水价计划等，拟定相应的政策法规，改革水资源管理体制，确定不同规划水平年（2010年、2030年）需要南水北调东线、中线工程的供水量。因此，开展南水北调城市水资源规划不仅非常必要，同时也有利于把高效利用和有效保护水资源的工作落到实处。

2. 工程分期实施。由于水资源合理配置是一个长期的、动态的过程，调水工程建设不可能一劳永逸，需要根据需水增长、科技水平、经济实力等多方面情况的变化，滚动作业，均衡发展。要按照先通后畅的原则，全面规划，分期实施，依据受水地区节水情况以及可持续发展对水资源数量和质量在时间与空间上的需要，合理确定需水过程，据此确定工程规模，最大限度地发挥南水北调工程的效益。事实上，需水增长是一个渐变过程，节水、治污需要一个发展过程，受水地区的用水达到规划设计的调水规模需要一个消化过程，评价调水对生态和环境不利影响所采取措施的效果同样需要一个观测过程。而供水增长是一个突变过程，需水与供水的增长过程不可能在任意时间都达到平衡。

3. 市场机制运作。只有通过市场，才能更为合理地配置水资源。应当特别指出，农业与生态用水是很难采用市场机制运作的，属政府行为。尤其是我国加入世界贸易组织后，政府补贴农业生产用水将不可避免。因此，从短期来看，"缺水"实际上是一个经济的概念，即边际产品价值大于边际供水成本，也就是由于供水价格偏低，资本市场缺乏向供水工程建设投入资金的驱动力。从长远来看，由于人口的增长和经济的发展，需水对可利用水资源不断增加的压力，可能会危及区域或国家经济社会发展的总目标。此外，低价位的城市供水还会导致用水浪费，水资源利用效率低下。需要特别注意的是，较大幅度地提高水价将会直接导致社会产品成本的提高和利润的下降，影响国际竞争力和人民群众的生活，解决问题的关键是尽快建立符合市场经济要求的新的管理体制和水价形成机制。南水北调工程规划将按照"政府宏观调控，市场机制运作，企业化管理，用水户参与"的思路，构建适应社会主义市场经济和现代企业制度要求的建设管理体制和良性运行机制，并逐步形成以市场为导向，兼顾社会承受能力的水价形成机制。

4. 方案科学可行。方案科学可行主要是以科学的态度编制工程规划方案，具体体现在南水北调工程规划方案具有可行性并且使涉及的各方有较高的认同性。为此，我们必须在工作中保持较高的透明度，才能基本保证规划方案的科学性和可行性。在具体工作中，重点采取"金字塔式"审查程序。《南水北调工程总体规划》有12个附件，每个附件又有若干专题。先组织有关专家对最基础的专题进行评审，当全部专题都通过评审后，才能对相应的附件进行审查。当全部附件都通过审查之后，最后对《南水北调工程总体规划》报告进行审查。邀请各方面的院士及专家参与专题、附件和总体规划的评审和审查，是保证规划方案科学性和可行性的重要举措。参与南水北调规划与研究工作涉及经济、社会、环境、农业、水利众多学科的科技人员超过2000人，在评审和审查过程中先后召开过近百次专家咨询会、座谈会、审查会，与会专家近6000人次，其中中国科学院和中国工程院院士30人、110多人次。此外，及时召开由地方和部门代表参加的各类座谈会、协调会和咨询会，沟通情况，征求意见。

5. 工作重点。南水北调工程总体规划主要围绕以下四个方面展开：一是"三先三后"，重点是研究节水、治污和生态环境保护三大问题，把朱镕基总理的重要指示落到实处。为此，我们撰写了三个附件，即《南水北调节水规划要点》（全国节水办公室）、《南水北调东线工程治污规划》（国家计委地区发展司、水利部南水北调规划设计管理局、中国环境科学研究院、建设部城市给水排水研究中心）和《南水北调工程生态环境保护规划》（中国环境科学研究院）。二是"资源配置"，主要是在分析研究北方地区特别是海河平原地区缺水现状、用水水平和水资源配置情况的基础上，形成三个附件，即《南水北调城市水资源规划》（国家计委、水利部和东线、中线工程沿线七省市人民政府）、《海河流域水资源规划》（水利部海河水利委员会）、《北方地区水资源合理配置》（水利部南水北调规划设计管理局、中国水利水电科学研究院）。三是"四横三纵"，突出做好南水北调东线工程、中线工程和西线工程规划以及南水北调工程总体布局，并对历史上各种南水北调工程规划方案进行综述，形成了四个附件，即《南水北调东线工程规划（2001 年修订）》（水利部淮河水利委员会、海河水利委员会）、《南水北调中线工程规划（2001 年修订）》（水利部长江水利委员会）、《南水北调工程总体布局》（水利部南水北调规划设计管理局）和《南水北调工程方案综述》（水利部南水北调规划设计管理局）。四是"体制机制"，侧重于研究南水北调工程投资机制、水价机制和建设管理体制，形成两个附件，即《南水北调工程水价分析研究》和《南水北调工程建设与管理体制研究》（水利部发展研究中心）。

在南水北调整个规划过程中也有各种思想、理念、利益的碰撞。实际上，南水北调工程建设委员会办公室解决的不仅是工程技术的问题，还要协调、解决大量各方面的分歧，更多的是利益博弈的决策问题。胡锦涛总书记告诫我们，要站在各方利益的结合点上考虑问题，筹划工作。这就要求我们在日常工作中，要平衡国家利益与企业利益、个人利益；在地方，则要平衡各省利益、各市利益。也就是说要把各个方面的利益都考虑到。我举个例子，现在华北地区一年抽取地下水 60 多亿立方米，中线调水的 95 亿立方米中，相当一部分就弥补了这 60 多亿立方米的水，不然各地每年还得打井，井就会越打越深，地下水也会越来越枯竭。南水北调通水后就要严格控制超采地下水，在丰水年还要进行适当回补。当时我们定这个水量的时候，有的同志不同意，认为我们设定的调水量太多了。实际上，如上面所说，真正意义上的增量水仅 30 多亿立方米，大量的水被用来弥补由于不再继续抽取地下水而造成的缺口。这其实就是观念的碰撞，也就是到底还要不要继续超采地下水。

南水北调工程建设进展

南水北调工程开工建设几年来，总体上是顺利的，各项工作有序推进，主要取得了五个方面的成果：

一是创新工程建设管理体制和机制。南水北调工程点多，线长，涉及范围广，和社会的联系密切，因此既不能沿用类似长江干堤维修加固工程的线型工程的管理体制，又不能沿用类似三峡工程的独立工程的管理体制。在国务院南水北调工程建设委员会的领导下，我们研究制定并且完善了工程建设管理体制。在项目管理上，采取"以项目法人为主导，直接管理、委托管理相结合，大力推行代建制管理"的工程建设管理新模式；在移民工作中，采取"建委会领导、省级政府负责、县为基础、项目法人参与"的征地移民工作管理新体制；在水污染防治上，采取地方各级政府负责、治污规划支撑、治污资金保证、部门联合监督的工作机制。

二是加强协调，前期工作取得重大进展。南水北调东线、中线工程可行性研究总报告经国务院批复后，初步设计审批工作交国务院南水北调办负责。我们按照国务院及建设委员会有关加快工程建设的要求，深入研究加快审查审批的措施，进一步完善审查审批程序，提高审查审批工作效率。目前南水北调东中线工程 155 个设计单元初步设计已批复 154 个，涉及工程建设的资金渠道已经明确，资金来源已经落实。同时，一些技术方案的比选和技术问题的研究逐步深入，也为今后的工程建设和新的工程项目开工奠定了基础。

三是工程建设进展顺利。截至目前，与通水相关的 147 项设计单元工程已全部开工，基本建成 48 项。截至 2012 年 4 月底，工程建设项目（含丹江口库区移民安置工程）累计完成投资 1484 亿元，占在建设计单元工程总投资 2188.7 亿元的 67%，工程建设项目累计完成土石方 123527 万立方米，占在建设计单元工程设计总土石方量的 92%；累计完成混凝土浇筑 2566.1 万立方米，占在建设计单元工程混凝土总量的 66%。多年以来，南水北调工程已建项目已持续在区域调水、防汛抗旱工作中发挥效益。中线京石段工程已成功实施三次向北京应急调水，累计供水约 12 亿立方米，极大缓解了北京高峰期的供水压力。东线江苏境内三阳河、潼河、宝应站工程在抗御 2006 年、2007 年洪涝灾害中发挥防洪排涝作用，极大缓解了里下河地区防洪压力。在 2011 年淮北大旱情况下，南水北调江都三站、四站，淮阴三站，淮安四站，宝应站和皂河一站工程先后投入抗旱运行，累计调水 63 亿立方米，为地方经济社会发展和人民生产生活用水提供了保障。东线山东境内济平干渠工程已多次在为济南市生态补水等方面发挥积极作用。

四是征地移民取得突破性进展。2011 年丹江口库区移民取得阶段性重要进展，河南、湖北两省累计搬迁移民 33 万人（河南 16.2 万人，湖北 16.8 万人），占移民总数 34.5 万人的 96%，实现了建设委员会确定的"四年任务、两年基本完成"的搬迁目标，实现了和谐搬迁、平安搬迁、科学搬迁。至此，丹江口库区移民大规模搬迁任务基本完成。今年河南、湖北两省要完成 1.5 万人后续搬迁任务，着重做好移民发展帮扶和城集镇、专业项目迁建及库底清理等工作。目前，库区涉及的一般性专业项目和企业迁建基本完成，建设周期较长的湖北丹江口市均县镇、郧县柳陂镇、遇真宫文物保护和河南淅川 X011 线迁复建工作正稳步推进。库区和安置区各地正组织开展土地整理和生产用地划拨、移民发展帮扶等工作。干线工程已大规模交地，施工用地得以保障。截至目前，南水北调东、中线一期干线工程（含汉江中下游工程，不含丹江口坝区、东线截污导流工程）累计完成建设用地交付 89.7 万亩（其中永久占地 43.7 万亩，临时用地 46 万亩），搬迁人口 9.1 万人，生产安置 24 万人，拆迁房屋 460 余万平方米，满足了工程建设需要。当前，正着重做好工期紧张的控制性工程的施工用地保障和专业项目迁建协调等工作。

五是治污环保工作取得明显成效。（1）东线治污。东线治污规划控制单元实施方案确定的 426 项治污项目，2011 年底前全部建成并投入使用。补充完善了东线治污规划，主要措施和重点治理项目纳入《国家重点流域水污染防治规划（2011—2015 年）》，部分项目已经启动。江苏、山东两省结合自身实际，有针对性地深化治污措施。江苏省完善沿线城市污水厂配套管网收集系统，加强区域尾水导流和资源化利用；山东省加快淘汰沿线落后产能，提高工业企业治理标准，升级改造现有城镇污水处理厂，加快推进南四湖、东平湖人工湿地和生态带建设，完善中水截蓄导用工程。目前，除山东省 6 个水质监测断面因治污项目未完尚未达标外，其余断面基本达标。（2）中线水源保护。《丹江口库区及上游水污染防治和水土保持规划》确定的 97 项水污染防治项目已完成 51 项，在建 17 项，部分项目已经发挥环境效益，改变了水源区人口集中的地级市、库周重点县生活污水和垃圾直排的面貌；151 个项目区的 697 条小流域治理任务基本完成，累计治理水土流失面积 1.44 万平方千米，重点区域水土流失得到有效控制。水源区各地还加大经济结构调整力度，加快淘汰"两高一低"企业，严格执行各种环保准入制度，从源头上控制污染物排放。根据六部委联合印发的《丹江口库区及上游水污染防治和水土保持规划实施情况考核办法》，对"十一五"期间的规划实施情况进行了考核，42 个考核断面有 38 个达到水质目标，河南、湖北、陕西三省达标率分别为 91.7%、83.3%、100%。《丹江口库区及上游水污染防治和水土保持规划修订本》和《丹江口库区及上游地区经济社会发展规划》已编制完成并上报国务院。北京、天津、河北、河南等四省（市）按照中线干线总干渠两侧保护区划定方案，严格执法，从严控制保护区内新上项目，特别是北京市出台了《南水北调工程保护办法》，为保护工程设施、防止输水污染、发挥工程效益提供了法律支撑；河北在未正式颁布方案的情况下，已按照有关保护区划定方案开展日常监管工作。通过严格执法，制止了数千起危害工程和水质安全的行为。会同有关部门组织编制了《南水北调中线干线工程两侧生态带建设规划》，推动了沿线生态带建设工作。

建设南水北调工程是科学发展观的具体体现

现在回过头来看，南水北调工程之所以得以顺利实施，主要有三点：第一，这项工程是在党和国家历届领导人直接关心、领导下进行的，南水北调工程建设每到一个重要阶段，中央领导同志都有明确的指示。最明显的是，总体规划以及总体可行性研究报告的审定，工程建设领导机构的组建、资金的筹措等，都是逐步议定批复的，每一项工作都要经过很多环节，经过多部门、多省市的协调，所有这些工作如果没有中央领导同志的支持，是很难推进的。再比如，我们规划的南水北调工程移民补偿标准突破了原来规定，但是后来国务院批准出台的条例还是采纳了我们的意见。在那种情况下，没有党中央、国务院的支持，这些问题是不可能得到解决的。因此，南水北调工程之所以能够建设到今天这个程度，主

宏愿篇

要得益于党中央、国务院领导同志的正确领导，得益于有关方面的支持。南水北调工程仅靠水利部做不到，其他任何单一的部门也做不下来，因为南水北调工程是一项超大型的系统工程，任何一个方面不配合，即使工程建成了，也不能全面发挥它的功能。

第二，南水北调工程是科学发展观的具体实践。在一般人看来，南水北调工程就是调水。其实，调水仅仅是工程建设的一个手段，其目的是促进受水区有关省市进一步节水，进一步治污，从而解决他们在治污和节水中的问题。例如，如果没有南水北调东线工程，山东的水污染治理就不可能取得如此明显的成效，受水区各省市也不会如此快地通过建立南水北调基金，提高水价，加大节水力度。因此，南水北调作为一个巨型系统工程，不仅有工程建设，还有水污染防治、水资源保护、征地移民、文物保护等工作，充分体现了全面、协调、可持续的科学发展理念。南水北调考虑的不仅是生活、生产用水，还考虑农业和生态用水。工程建设管理，不仅考虑工程建设和运行调度，还考虑生态保护和水资源配置。这些都是科学发展观在南水北调工程建设中的具体实践。

第三，南水北调工程是国家综合国力和技术能力显著增强的体现。南水北调工程规划阶段的投资额近 5000 亿元，国家批复的可行性研究阶段东线、中线一期工程的投资达 2546 亿元。这如果是在 20 年前，我国经济实力是难以承受的。南水北调工程建设能获得国家那么大的投入，我觉得这充分体现了改革开放 30 多年来的成果和国家综合实力的提高。另外，建设南水北调工程也是我国技术水平不断提高的体现。现在全世界水利工程的科技前沿在中国，举世闻名的三峡工程、南水北调工程都在中国。国外很多同行对我们非常羡慕，羡慕社会主义制度的优越性，能够集中力量办大事；羡慕中国综合国力能够支撑规模如此浩大的工程建设；羡慕南水北调等水利工程顺利建设推动了世界水利科技的进步，中国的科学家更是受益其中。

南水北调是一项造福子孙后代的战略性工程，熔铸了工程建设者的智慧和心血，给后人留下了一笔宝贵的精神财富。一是工程建设者的使命感、责任感、光荣感。工程建设之初，很多同志从各行各业汇聚到南水北调工程上来，且大多数人是原工作单位的业务骨干，他们投身这项工程的建设，不是为了拿多少钱或者享受安逸的生活和工作条件，而是出于强烈的荣誉感和使命感。南水北调办的公务员和事业单位的同志，收入微薄，工作条件艰苦，大家很坦然、很勤奋。休息日办公室没有空调，有些同志赤膊上阵，挥汗如雨，常加班到深夜两三点钟。他们的人生追求体现了历史责任感和无私奉献的精神。这些正是南水北调工程最重要的精神财富之一。二是强烈的集体意识和协作意识。南水北调这样浩大的工程，不是哪一个人、哪个部门能单独干起来的，必须齐心协力，团结共建。无论是前期工作，还是工程建设乃至今后的运行管理，也不管是征地移民，还是水污染治理，离不开方方面面的协作和配合。服务一线、加强协调是南水北调办的职责，我们要把方方面面的积极性调动起来，形成团结共建的氛围。三是求真务实、执着追求。南水北调办虽然是国家政府机关，和其他政府部门相比有共同点，也有不同点。南水北调办既要管宏观又要管微观，既要指导又要协调，既要布置又要抓落实，因此必须做到求真务实，切实解决问题，以开拓创新的精神推进工程建设。可以说，认真负责的精神，牺牲小我的团队意识，求真务实的工作作风，都是南水北调工程建设不竭的精神之源。

宏愿篇

南水北调——解决北方缺水的关键工程

张修真　俞澄生

新中国成立初期，百废待兴，党和政府十分重视经济的恢复和建设，也关注着未来的发展。1952 年和 1953 年，毛主席视察黄河、长江时，提出："南方水多，北方水少，能不能从南方借点水给北方？"这个设想拉开了我国研究南水北调的序幕。1992 年，江泽民总书记在中共十四次全国代表大会上，将南水北调列入须抓紧兴建的跨世纪特大工程之一，使南水北调的实施提到国家的议事日程。

几十年来，长江水利委员会和有关部门对南水北调不断深化研究。水利部和国家计委根据国务院指示组织了南水北调的全面论证和审查，1998 年完成了审查报告，为决策提供了依据。南水北调，是从丰水的长江流域向干旱缺水的北方地区调水，根据地形、地势、河流、水系等自然条件和社会经济条件，选择了多线路引水的格局：

西线：从长江上游的通天河、雅砻江、大渡河引水到黄河上游，供黄河上中游沿岸地区。

中线：从长江中游干流和汉江引水，供华北平原西中部地区。

东线：从长江下游引水，供华北平原东部地区。

三条线各有主要供水范围，长远发展都需兴建，近期宜先实施中线和东线，并抓紧西线的研究工作。

南水北调是长江综合治理开发的重要工程，长江委在历次长江流域综合利用规划中都认真考虑各调水线路专项规划中的意见和要求进行协调汇总，并按水利部的分工，承担了南水北调中线工程的规划、设计、勘测、科研等前期工作。南水北调是特大型的跨流域调水工程，虽然尚未全面实施，但因其范围包括几大流域和众多省市，涉及国民经济各个部门、专业，所以其前期研究工作本身就是一个庞大的系统工程，研究成果来之不易，而且对我国的可持续发展有着深远意义。

本文拟从跨流域调水与社会发展的一般关系，结合中国水资源的特点，介绍南水北调的概况，以及长江委几十年来为南水北调所做的工作。

一、跨流域调水和社会发展的关系

水是生命的源泉，是一切生物赖以生存的基本条件，是不可替代的重要自然资源，没有水就没有人类社会的存在和发展。早期人类多傍水而居，生产与生活都要以水为依托。随着社会生产力的发展，需要的资源品种日益多样化，就逐渐开始了人为调配自然资源以适应生产、生活的需要。水资源需求的数量和调配的范围随着人类生活与社会生产力的发展而不断扩大，并由于技术水平的提高和经济实力的增长，人们从就地就近利用水资源逐步发展到长距离、大水量地跨流域调水。

1.跨流域调水是社会发展的必然产物

我国早已出现中小河流间、平原河道间的跨流域调水工程。我国古代为发展漕运而开凿的人工运河，有的也起到连接流域间水系并兼备跨流域调水的作用。著名的都江堰灌溉工程就具有跨流域调水性质，它将岷江干流的水引入内江灌溉农田。该工程于公元前三世纪中叶由秦蜀守李冰主持创建，具灌溉、防洪、航运、漂木等综合效益，使成都平原成为"水旱从人"的"天府之国"，成都也因此成为历史上繁荣的名城。经济上的发展在政治上起了很大作用，战国末期秦利用蜀的富饶资财供应军用得以灭楚并统一中国。盛秦时期还兴建了陕西的郑国渠，以引泾水向东注入洛水灌溉良田；凿灵渠运粮沟通了湘江和漓江，成为连接长江和珠江两大水系的古运河。

著名的京杭运河始凿于公元前五世纪的春秋末期，经隋、元两代扩展成为跨越钱塘江、长江、淮河、黄河、海河五大流域，沟通南北的交通要道。清咸丰五年（1855年）黄河改道北徙，京杭运河在会通河中段被冲断，又由于海运和铁路的兴起，大运河的作用逐渐缩小，河道淤浅，水源不足，多处断航，仅里运河及江南运河始终在地区性运输中起重要作用。

历史上兴建的跨流域调水工程一般都能得到巩固和发展。古老的都江堰工程其效益经久不衰且日益扩展，现在，岷江的水已能过沱江流域向东延伸进入嘉陵江流域。都江堰工程灌溉面积已达1000多万亩；古郑国渠经扩大引水范围已发展成为100万亩以上的大型灌区，即陕西泾惠渠灌区。

新中国成立后，社会生产力飞跃发展，水利事业也有很大发展，新建了一些跨流域调水工程。如江苏自江都引水的江水北调工程，广东东江向深圳、香港供水工程，安徽的淠史杭灌溉工程，引滦入津工程，引黄济青工程等。长江及黄河中下游平原地区向海河及淮河流域的年引水量也在200亿立方米左右。

据有关资料介绍，世界上一些国家也都建成大量的跨流域或长距离调水工程。如加拿大的水资源主要在北部水系，而人口主要集中在南部水系，全国已建54处调水工程，年调水量达1000多亿立方米；苏联已建15项调水工程，年调水量600多亿立方米；美国在加利福尼亚州从北部多雨区往南部干旱区调水，已建两处调水工程，年调水量100多亿立方米。还有印度、巴基斯坦、澳大利亚和其他一些国家也都建成相当规模的调水工程。这些都说明跨流域调水工程在全世界有很大发展，这是人类社会进步的标志。

2. 跨流域调水支撑着人类社会的可持续发展

1992 年 6 月联合国环境与发展大会在巴西里约热内卢召开。会议通过的各项文件，充分体现了当今人类社会可持续发展的新思想，反映了关于环境与发展领域合作的全球共识和最高级别的政治承诺。可持续发展战略包括众多的方面，水资源保护与水资源可持续利用虽只是这一战略中的一个方面，但由于水的问题存在于每一个领域，与可持续发展战略密不可分。

（1）可持续发展，前提是要发展。中国是发展中国家，要提高社会生产力、增强综合国力和不断提高人民生活水平，就必须毫不动摇地把发展国民经济放在第一位，各项工作都要紧紧围绕经济建设这个中心来开展。而跨流域调水就是为了对水资源进行优化配置，使之适应生产力发展的布局，符合可持续发展的战略方针。

（2）水资源保护与可持续利用的总体目标就是保护水质不遭严重污染，节约利用水资源。持续利用应做到满足社会各部门对水资源的基本需求，在一定范围内进行调剂，以余补缺，这个范围一旦扩展到另一个流域，就需要通过跨流域调水解决。

（3）可持续发展应有一定范围，这个范围的界定需根据各个国家的具体条件确定。中国幅员广阔，有利于扩大资源调配的范围，尤其对于可循环再生的水资源，不必囿于局部地区自生自用，消极遏制需求的增长。而水资源分布特征主要因江河流域而异，丰贫相差悬殊，因而从丰水流域调水到缺水地区，就为缺水地区可持续发展提供了必要的条件。

（4）水既是重要的自然资源，又是环境要素。跨流域调水，既可满足生产力布局发展的需要，又可改善环境、生态，只要工程措施合理，调水得当，就有利于环境与发展。

3. 跨流域调水和社会发展的关系

跨流域调水是随社会的发展逐步实施的，其建设规模要和社会生产力发展水平相适应，因为大型跨流域调水工程技术要求高，工程规模及所需资金庞大，只有在社会的技术经济条件许可时才能兴建。同时，由于跨流域调水实质是水资源的重新分配，会引起地区间、部门间效益的重新分配，这一社会问题有时比技术经济问题更难于协调。跨流域调水总体上是利大于弊，它保证了更大范围的可持续发展，但总会对局部地区特别是调出水资源的地区带来一些不利影响。因此，跨流域调水既是社会发展的需要，又受社会条件的制约，必须时机成熟并有相应的对策和补偿措施时，才能突破制约相机建设，促进生产力的飞跃和持续发展。

二、中国和长江流域的水资源概况

1. 中国水资源的特点

中国的国土面积仅占全世界陆地面积的 6%，人口却占世界的 22%。中国人得以生存和发展，除自身的勤奋和智慧外，还因具备有必要的自然条件。水资源方面，雨热同期，是最突出的优点，这为农作物生长提供了良好的条件，使有限的土地经过辛勤耕耘能取得较丰硕的收获。但中国水资源的时空分布还不能完全适应人们生活、生产的需要，尤其和社会生产力发展的布局间存在许多矛盾。

（1）中国水资源总量多，人均少。中国多年平均水资源总量为 28124 亿立方米，居世界第六位，仅低于巴西、苏联、加拿大、美国和印尼。但由于我国人口众多，耕地也比较多，人均、亩均占有水量都相当低，人均占有量仅为世界平均值的 1/4，亩均占有量仅为世界平均值的 3/4。从人均、亩均占有水资源的数量看，我国水资源并不丰富。因此，注意有效保护和节约使用水资源，应作为我国长期坚持的基本国策。

（2）水资源年内和年际变化大，水旱灾害频繁。我国大部分地区受季风影响明显，降水及径流量年内和年际变化很大，而且贫水地区的变幅一般都大于丰水地区。南部丰水地区最大年降水量和径流量一般为最小年的 2～4 倍；而北部干旱地区最大、最小年份雨量之比为 3～6 倍，年径流量为 3～8 倍，有的地区达 10 多倍。汛期最大的降水量多为同年最小月降水量的 10 倍以上，有的雨量站高达 100 多倍。

我国多数地区雨季为 4 个月左右，南方有的地区可长达 6～7 个月，北方干旱地区仅 2～3 个月。全国大部分地区连续最大 4 个月降水量占全年降水量 70% 左右，南方部分地区占 60%～70% 左右，华北平原和辽宁沿海可达 80% 以上。水资源年际、年内变化大，即时间分布上的不均匀性，不仅对充分利用水资源造成困难，也是水旱灾害频繁的根本原因，尤其北方地区，不仅长期承受着干旱缺水的困扰，还经常遭受洪涝灾害的威胁。

（3）水资源地区分布不均与生产力布局不适应。南方水多，北方水少，是我国水资源自然分布的一大特点。全国多年平均径流深 284 毫米。按流域片划分，长江流域及其以南的珠江流域、浙闽台诸河、西南诸河等南方四片，都在 500 毫米以上，其中浙闽台诸河超过 1000 毫米。北方六片中，淮河片 225 毫米，黄河、海滦河、辽河、黑龙江四片只有 100 毫米左右，内陆河流域仅 32 毫米。水资源自然分布和生产力布局不相适应，可从人均和亩均占有水量反映。长江流域等南方四片国土面积和耕地面积均为全国的 36% 左右，人口占全国 54%，但水资源总量却占全国的 81%，人均占有水量 4180 立方米，约为全国平均值 2730 立方米的 1.6 倍；亩均占有水量 4130 立方米，为全国平均值 1780 立方米的 2.3 倍。其中西南诸河片因水多、人少、耕地少，人均和亩均水量达全国均值的 15 倍和 12 倍。北方的海滦河、黄河、淮河三片总面积占全国的 15.1%，但水资源总量仅 2126 亿立方米，只占全国的 7.5%。这三片平原人口、耕地密集，人口占全国的 33.7%，耕地占全国的 38.5%，人均占有水量 637 立方米，亩均占有水量 360 立方米，远低于全国均值。其中海滦河流域片人均水量只有 430 立方米，亩均水量只有 251 立方米，分别为全国均值的 16% 和 14%。

2. 中国最干旱和最缺水的地区

（1）西北部是中国最干旱的地区。从中国年均降水量分布图上可以看出，由东北斜贯西南的 400 毫米年降水量等值线，始于东北中俄边界，经大兴安岭南端、赤峰、呼和浩特、兰州，绕祁连山东段一周后折向西南，过那曲、日喀则，止于中尼边界。这条线在气候、水文分区上有重要意义。400 毫米年雨量是半湿润和半干旱带分界的标准，此线东南是半湿润带和湿润带，西北除阿尔泰山、天山等山地降水量有 600 ~ 800 毫米外，绝大部分地区干旱少雨，属半干旱和干旱带。

其中，东北西部，内蒙古、宁夏、甘肃大部，青海和新疆部分地区，全年降水日数为 60 ~ 80 天，年降水量仅 200 ~ 400 毫米，气候干燥，农作区一般需灌溉补足水量；大部分地区以生长草类为主，为我国主要牧区。这里中、高山地有森林分布，低地多草原，绿洲上有少量人造林木，属半干旱带。而内蒙古、宁夏、甘肃北部，青海的柴达木盆地，新疆的塔里木盆地、准噶尔盆地以及藏北高原大部分地区，全年降水日数低于 60 天，沙漠盆地不足 20 天，降水量少于 200 毫米。日照条件好，灌溉是农业生产的必要条件。这里植被很少，仅有稀疏的小灌木，大部分地区是荒漠，属干旱带。

干旱带是我国最干旱的地区，多集中在我国西北部，幅员辽阔，约占我国国土面积的27%。正由于该地区历来干旱少雨，造成人口稀少，工农业生产基础薄弱。这一地区开发潜力很大，如果要有大的发展，除引进技术人力资源外，也要解决好水的问题。

（2）华北平原是中国最缺水的地区。缺水是自然条件和社会条件的综合反映。自然条件主要是降水、河川径流、地下水等因素，社会条件主要指人口、工农业、城镇化水平和生产力布局及发展要求等因素。而缺水又有多种类型。工程性缺水是有水源但工程措施不够，污染性缺水也是有水但未保护好而受到污染影响使用。本文中所指的缺水是资源性缺水，即可供利用的水资源量不能满足本地区的需要，供需有缺口，从而使现有设施不能充分发挥效益，也制约了社会经济进一步发展。

华北平原属半湿润地带，年均降雨量多在 500 ~ 800 毫米，在我国并不算干旱地区。历史上水资源条件较好，加之地势平坦，光热资源充足，矿产资源丰富，因此耕地多，人口密集，在我国政治、经济、文化、工农业生产等方面都占有重要地位。平原总面积仅占全国面积的 3%，但拥有耕地 2.9 亿亩，占全国的 18%，人口占全国的 17%。随着社会生产力的发展，平原内工农业生产和城市化水平提高，需水量也迅速增长。如北京市现在与新中国成立初期相比工业用水增长了 31 倍。而流入平原的各河流上游也因经济增长耗水增加使进入平原的水量逐年递减，如河北省入境水量从 20 世纪 50 年代的 100 亿立方米锐减到 80 年代的 26 亿立方米。需用水递增，来水递减，使华北平原逐渐出现水资源危机，成为我国最缺水地区。

3. 长江流域水资源优势

（1）数量优势。长江是我国最大的河流，全长 6300 余千米，流域面积 180 万平方千米，多年平均径流量 9600 亿立方米，人均和亩均占有水量高于全国均值，属丰水区。

长江流域水能、森林、矿产、土地资源丰富，社会经济发展有悠久的历史，经过 50 年建设，已经形成一个农轻重产业结构比较协调、经济发展水平在全国居先的地区。流域国土面积为全国的 19%，水资源占 34%，人口占 35%，耕地占 24%，工农业总产值占全国的 37%。这些数据也说明长江流域社会经济基础较好，从自然资源特别是水资源条件分析，流域经济还有很大的潜在优势'只要妥善保护好水资源不受严重污染，流域内社会经济的发展将不会受到水资源的制约。

长江的入海水量与天然径流量接近，尽管流域内工业用水增长较快，但大多可以回归，实际消耗量很小，只占年径流量的 2% ～ 5%，这是南方湿润地区河流的特点。从全国社会生产力发展需要考虑，长江流域的水资源还未得到充分利用，有相当大的潜力，可调出一部分水量支撑邻近干旱缺水地区的可持续发展。

（2）区位优势。从我国各流域片水资源总量看，长江流域最大；从人均和亩均水量比较，南方的珠江流域、浙闽台诸河、西南诸河比长江更高，即水资源更丰富。但从水资源的调配条件来看，南方诸河受地理条件限制，兴建向北方缺水区调水工程的难度甚大，技术经济条件不利。而长江正好自西向东流经大半个中国，上游靠近西北部最干旱的地区，中下游与最缺水的华北平原相邻，地理条件极有利于兴建跨流域调水工程向北方缺水地区输送水资源。

三、南水北调总格局

南水北调的总体格局取决于总体和相关区域的地形、地势、地质、气象、水文等自然条件和社会经济条件。《长江流域综合利用规划报告》中已说明了多年研究形成的南水北调总体格局。中国大陆地势由西向东呈三个阶梯，西线工程在最高一级的青藏高原上，地形上可以控制西北和华北，因长江上游水量限制，只宜为黄河上中游的西北和华北部分地区补水；中线工程从第三阶梯西部边缘通过，从长江中游引水，可自流供水给华北平原的大部分地区；东线工程位于第三阶梯东部，从长江下游取水，因地势低需抽水北送。经有关部门多年研究，以上所述的南水北调的总体格局，比较成熟，并纳入长江开发任务中经国务院审查批准。三条线路各有适宜的供水范围，从总体和长远看都是需要的，但这些工程规模都很庞大，只能按照我国社会生产力发展条件分期逐步实施。

1. 南水北调东线工程

东线工程从长江下游引水，基本沿京杭大运河逐级提水北送，向华北平原东部供水，范围涉及苏、皖、鲁、冀、津五省市，终点天津。长江下游水源充沛，调水量主要取决于适宜的工程规模，可以分步实施达到年均 180 亿立方米。

东线工程是在江苏省江水北调工程和古代京杭大运河的基础上的扩充和延伸。输水工程首端最大设计流量为 1000 立方米每秒，自南向北递减，以京杭运河为输水主干线，全长 1150 千米。部分河段增设分干线，共计长度 740 千米，90% 的输水渠可利用原有河道疏浚扩建。引水口的长江水位比线路过黄河处的地面低 40 余米，需设 13 个梯级抽水泵站，总扬程 65 米，逐级提水到黄河南岸，总装机约 100 万千瓦。线路过黄河采用输水隧洞，穿过黄河后即可自流向北输水。

东线工程沿渠线有较多的天然湖泊可供调蓄水量。

2. 南水北调中线工程

南水北调中线工程先从汉江丹江口水库引水，必要时再从长江干流三峡水库库区或坝下引水。汉江年均径流量约 591 亿立方米，泄入长江的水量约为 554 亿立方米，即流域内的耗水量为 37 亿立方米，仅占年径流量的 6%，尚有余水可供北调。但由于汉江来水年际、年内变化较大，且中下游为富饶的江汉平原，工农业生产、生活、航运现状和发展都对水有较高的要求，必须根据水源区工程建设的条件确定适宜的调水量。当加高丹江口水库增加调蓄能力，中下游渠化、引江济汉等项目建成后，从汉江丹江口水库调出的水量年均可达 230 亿立方米左右。推荐先实施加高丹江口大坝，中下游作局部补偿工程，年均调水 145 亿立方米。

中线工程供水范围主要是华北平原的西、中部，涉及京、津、冀、豫、鄂五省（市）。中线主体工程由水源区工程和输水工程两大部分组成。

水源区工程：丹江口水利枢纽已建成初期规模，尚须加高完建，提高蓄水位 13 米，增加库容 116 亿立方米；另在汉江中下游建一些局部性补偿工程，并结合综合开发利用逐步完成梯级渠化，适时建设引江济汉工程。

从长远发展看，中线工程需扩大引水量时，可从长江干流三峡水库引水绕荆山或以隧洞穿越荆山到丹江口水库，也可以从汉江逐级提水北上，还可以从三峡库区抽水穿分水岭入汉江水系下行并可发电，即抽水蓄能与调水相结合。这些扩大引水的构想，还有待研究，并不影响近期的实施方案。

输水工程即引汉总干渠，首端最大设计流量 800 立方米每秒，向北逐段递减，过黄河后为 500 立方米每秒，进京、津各 90 立方米每秒。从丹江口水库边陶岔引水渠首至北京，全长 1240 余千米，并分出天津干渠 140 余千米，总干渠线路沿唐白河及华北平原西侧布置，可全线自流输水，还能自流向平原地区供水。由于是新开挖渠道，需穿越众多的天然河流，建相应的河渠交叉工程，其中最大的为穿黄河干流工程，拟用渡槽或倒虹吸隧洞通过。渠线通过公路、铁路时，分别兴建公路、铁路桥涵。为控制分配水量还需修建大量的节制、分水退水闸。

输水总干渠沿线的水库、洼淀、地下水储存条件较好，引用的汉江水可与当地的地表、地下水联合调度运用，以取得较好的供水效果。

3. 南水北调西线工程

长江上游与黄河之间有巴颜喀拉山阻隔，黄河河床高于长江相应河床 80 ～ 450 米，需筑坝壅水或提水并需用隧洞穿过巴颜喀拉山。经方案比较，代表性的引水线路和工程措施是：在通天河同加筑坝，该处海拔高程 3860 米，坝高 300 米，调水约 100 亿立方米，通过 158 千米长的隧洞入雅砻江，顺流而下再在雅砻江长须河段海拔 3795 米处筑 175 米高的坝，水从这里再通过 131 千米长的隧洞入黄河的恰给弄。此线还可增加从雅砻江调出的水量 45 亿立方米，大渡河地势较低，拟在斜尔尕（海拔 2920 米）处筑 296 米高的坝，建三级泵站总扬程 458 米，线路总长 30 千米，其中隧洞 28.5 千米，通过黄河支流贾曲（海拔 3540 米）入黄河，年调水量 50 亿立方米，装机 125 万千瓦，年用电量 71 亿千瓦时。通天河、雅砻江、大渡河三条河总引水量 195 亿立方米，约占引水点以上径流量的 90%，由于引水点下游人口密度小，需水也少，而且很快有支流汇入，故认为调水是可行的。

西线主体工程的任务是把水引入黄河，补充黄河水量，通过黄河供水。供水范围为青海、甘肃、宁夏、陕西、内蒙古和山西六省区沿黄地区。

四、南水北调宏观效益及其对社会经济发展的支撑作用

水资源的优化配置，将对其他资源、环境、社会经济等方面产生巨大的综合效应。如增加农业供水可进一步利用土地、光热资源，提高农作物产量；向产煤区供水便有条件多建坑口电站以输电减少煤运；向湖泊洼淀供水可增加水产养殖，改善环境，发展旅游等。有些地区矿产资源因缺乏水源而不能开发，有的项目因缺水不能建设，引进水资源后便能有一个新的发展。干旱缺水地区水环境的改善是社会经济可持续发展的前提条件，因此，南水北调将对北方缺水地区社会经济可持续发展起到重要的支撑作用。

1. 中、东线调水

南水北调中线和东线主要涉及的六省市是中国人口、耕地、工业生产较集中、经济基础较好的地区，而华北平原又是其精华所在。

现以中线供水区为例，说明调水对可持续发展的支撑作用。中线工程供水区分属京、津、冀、豫、鄂五省市，主要在华北平原，少部分属唐白河地区，总面积 15.5 万平方千米，耕地面积 1.26 亿亩，人口 1.1 亿，均约为全国的 9%，人口密度达每平方千米 703 人，耕地利用率达 54%，耕地、人口密集。本区内有北京、天津、石家庄、郑州等一大批大中城市，城市化水平较高，1993 年城镇人口已超过总人口的 25%。区内交通设施、工农业生产基础设施较好，光热资源丰富，能源及其他矿产资源均有较大开发利用的价值，唯有水资源不足已成为经济发展的制约因素。

中线供水区年雨量一般为 500～800 毫米，属半湿润地带，地表径流量年均 147 亿立方米，地下水资源年均约 182 亿立方米，扣除重复计算部分，当地水资源总量为 258 亿立方米，年产水模数每平方千米 17 万立方米，为全国平均值的 58%；如计入各河系上游的入境水量 154 亿立方米，则每平方千米水量约 27 万立方米，接近全国平均值。因此这一地区自然条件并不是最干旱的。但是从人均和亩均占有水量看，只计当地水资源，人均 236 立方米、亩均 205 立方米，计入入境水量也只有人均 378 立方米、亩均 327 立方米，与全国人均 2730 立方米、亩均 1870 立方米有很大差距。这说明本地区是由于人口密集、耕地率高、社会经济发展等综合因素形成的资源性缺水。

本地区今后仍将是社会经济重点发展地区，工农业生产、城镇生活需水量将进一步增加，而上游的入境水量则将随上游地区发展、耗水量增加而递减，本区缺水量迅速增长的趋势十分严峻。调水对本区可持续发展的支撑作用主要体现在以下几个方面：

（1）改善水环境。北京市 60 年代以来平原区累计超采地下水 40 多亿立方米，形成了 1000 多平方千米的下降漏斗区，东郊漏斗区中心地下水埋深 40 多米，西郊地下含水层已近疏干，东郊约 200 平方千米出现地面下沉；天津市目前每年超采地下水 3 亿多立方米，年均地面沉降达 15～112 毫米；河北省 1980—1993 年累计超采地下水约 310 亿立方米，现在全省已形成地下水位下降漏斗区 30 多个，面积达 2 万多平方千米；沧州漏斗面积 9400 多平方千米，漏斗中心水位埋深 90 米以上，引起地面下沉 1 米多；石家庄市区西部中心水位埋深 40 多米，预计 2000 年前后京广线以西、太行山山前平原区地下含水层将全部疏干。

华北平原地下含水层相当于一个庞大的地下水库，具有多年调节的功能。地下水位大面积持续下降，不仅使原有机井提水设施不断改型换代甚至报废，地下水位下降引起的地面沉降还使地表建筑遭受破坏，另外也存在土地沙化、海水入侵等严重威胁。南水北调实施后可以减少地下水超采，增加补给，使地下水位趋于稳定并逐步回升，也使天然河道、湖泊得以复苏，水环境可得到极大改善。

（2）促进当地资源的开发利用。华北平原土地肥沃、光热资源充足，但因缺水，部分耕地无水灌溉或灌水不足，供水区粮食作物平均亩产约 230 公斤，低于亩产 300 公斤的全国平均水平。据调查，本区农田有无灌溉亩产相差 2～6 倍。调水工程实施后，直接供农业部分水量，并由供工业和城市生活用水中释放出当地原占用农业的水量，这将使耕地得到比较多的灌溉用水，提高灌溉农业的比重，使土地、光热资源得到更充分的利用。

中线供水区具备能源、原材料和交通优势。由于缺水，使建设能源、原材料基地和综合经济开发区受到制约，规划兴建的一些大型工业企业如钢铁厂、化纤厂、碱厂和火电厂，多因水源缺乏保证而举棋不定或另择他址。南水北调实施后，可促进当地资源优势的发挥，对改变我国基础产业落后的局面具有重要意义，并可促进纺织、机械、造纸、生物化学、食品等工业以及第三产业的进一步发展，为改善工业结构及综合经济的发展提供较大的空间。

（3）创造稳定、健康的社会环境。水资源分配和利用是人类社会发展的重要因素，生活饮用水必不可少，工业、农业需要水。各个地区如河流的上下游、左右岸也需要水。水资源丰沛时会被误认为是无偿取用的自然资源，而当水资源不足时，就出现地区之间、部门行业之间争水，常因此引发水事矛盾和纠纷。如河北省60年代初平原地区每年水事纠纷不足30起，70年代末增加到190起，1992年已增至近千起，这对于社会是个不安定因素。省际对水资源分配利用的争夺也很激烈。调水实施后，缺水地区水资源危机可得到极大缓解，将为妥善解决地域间、部门间、城乡间关系创造极为有利的条件。

在各项用水中，生活饮用水最为重要，而中线供水区由于城市化水平较高，生活用水较集中，目前有些城镇不仅供水量难以保证，有时被迫实施限量定时供水，而且水质也难以保证。如沧州一带因饮用含氟量高的深层地下水，导致氟骨病等地方病蔓延，居民健康受到危害。中线调水方案实施后，将有利于改善和提高人们的生活质量与健康水平。

2. 西线调水

南水北调西线工程从长江上游调水入黄河，主要解决黄河上中游地区缺水问题。

黄河流域大部分为干旱、半干旱区，黄河水少沙多，多年平均径流量580亿立方米，需保持200亿立方米水量输沙入海，可供水量为370亿立方米，实际用水量已超过400亿立方米，约占河川径流量的70%，利用程度与国内外大江大河比较已经很高。流域内水量时空分布不均，随着工农业用水增长，供需矛盾已很突出，部分地区出现水危机。1972—1992年间黄河下游有18年断流；1991—1995年黄河下游年年断流，累计断流357天，年均71天；1995年黄河下游利津河段连续断流122天，1997年断流9次累计224天，断流河段700多千米，断流已上延到河南省境内，造成严重影响。

黄河上中游地面由于水资源短缺，水土流失和土地荒漠化逐年扩大，环境污染加剧，经济、人口、环境与资源长期失调，自然灾害频繁，干旱年份不仅农业大量减产，城镇供水、乡村人畜饮水也十分困难。

黄河上中游地区土地辽阔，有宜农荒地2亿亩，是我国待开发土地的重要后备资源，而且光热资源丰富，补充水资源是进一步开发利用的重要条件。

此外，黄河流域能源资源丰富，已初步形成上游以水电为主，中游以煤炭、石油和天然气为主的能源工业基地；矿产资源也较丰富，金、银、铜、铁、铝、镍等金属矿产和非金属矿产资源在全国占有重要地位。

新中国成立50年来，黄河上中游地区的社会经济发展已有长足进步，具有一定的经济基础和技术实力，但与我国东部发达地区相比，经济发展速度和水平相对较低，除了历史、自然和社会等条件外，水资源短缺是重要因素。中国发展规划要求21世纪中叶基本实现现代化，人民过上富裕的生活，必须加快西部地区的发展，逐步缩小东西部差距。黄河中上游地区社会经济的发展要得到足够的水资源作支撑，重要的战略措施就是实施南水北调西线工程。

五、南水北调对长江的影响和对策

南水北调受益区主要在北方干旱缺水地区，对于水源地——长江流域的影响和对策，也是重要的研究课题。从宏观分析，南水北调西、中、东三线加上安徽境内的引江济淮线，规划年总引水量不到1000亿立方米，小于长江多年平均入海年径流量的10%，只要有相应的措施，不会影响长江流域的可持续发展，但对每条线路的影响和对策，则需进行具体和周密的分析研究。

1.南水北调东线工程对水源区的影响及对策

东线工程引水点在长江尾，水量丰沛，对长江流域用水基本无影响，只是引水后可能引起入海口盐水上溯，对此，可在枯水期采取不引或少引水的避让措施。

2.南水北调中线工程对水源区的影响及对策

南水北调中线工程近期先从汉江丹江口水库引水。汉江是长江的支流，年均径流量591亿立方米，调水145亿立方米，约占25%。而丹江口水库以下汉江中下游为江汉平原，工农业生产基础较好，是湖北省重要商品粮基地，汉江又是重要的内河航道，对干流水位、水量要求较高，因此，中线调水所产生的不利影响需采取相应对策。

（1）对汉江发电的影响。调水必将减少发电，已建丹江口水电站在大坝加高增加水头的情况下调水145亿立方米，将比现在减少年发电量约9亿千瓦时，汉江干流可能开发的水电站将减少年发电量约12亿千瓦时。这需在电力系统中调整解决，三峡枢纽的兴建为此创造了条件。

（2）对汉江中下游工农业生产用水的影响。从丹江口水库引水后，汉江水资源数量上仍能满足中下游工农业生产及生活用水现状和发展的需要，但由于水库下泄水量减少，河道水位降低，使沿江引、提水闸站的供水能力受到不同程度影响。这可通过在干流建渠化梯级和沿江部分闸站改扩建解决。

（3）对航运的影响。航运不消耗水量，只需满足不同航段的航道设计水深。汉江干流航道基本处于天然状态，水库下泄流量减少将减少航道水深，对航运有不利影响。这可通过渠化梯级、部分航道整治解决。

（4）对水质和环境容量的影响。调水后，中下游总水量减少，相应水环境容量减少，自净能力降低。这需要加强水资源保护，在沿岸增加部分污水处理厂。

（5）对汉江上游地区的影响。调水对丹江口水库以上航运无不利影响，对库区段航运还有改善，对各种用水均无直接影响，但应保护入库的水质，控制污染源，对上游工业特别是产生较大污染源的项目要严格限制。丹江口水库加高还将增加水库淹没，需迁移安置 20 多万人口。拟采用开发性移民方针，妥善处理，从资金、政策上给予保证，促进库区周边及移民安置区社会经济的发展；将汉江上游列为水土保持重点地区，加强治理，控制水土流失，在资金和政策上支持贫困山区脱贫致富。

另外，兴建引江济汉工程可使汉江上游调出水量后，又在下游从长江干流得到补充水量。按规划加高完建丹江口水库，不仅可增加调蓄能力，提高汉江水资源的利用率，而且可改善防洪条件，在不运用分蓄洪区条件下，将汉江中下游防洪标准由二十年一遇提高到百年一遇，可极大地改善汉江中下游地区的投资环境，促进社会经济的持续发展。

3. 南水北调西线工程对水源区的影响及对策

西线调水水源在长江上游的通天河、雅砻江、大渡河总调水量约 200 亿立方米，占调水点以上径流总量的 90% 以上。因该地区人口稀少，工农业生产基础薄弱，需水量少，且引水点以下很快有较大支流汇入，初步分析对水源邻近地区工农业生产及生活供水影响不大，对漂木略有影响。

西线调水对长江主要的影响是干流的发电。因为西线调水的设计水平年尚不确定，均按远景水平即长江干流上规划的枢纽都建成，计算西线调水共 195 亿立方米，对长江发电的影响为：装机容量损失约 1840 万千瓦，保证出力损失 844 万千瓦，年发电量损失 1155 亿千瓦时，分别为调水前的 14%、13.5% 和 15.7%。这种影响不致危及长江上游地区的可持续发展，不构成调水的制约条件，但还需进一步深化研究。

六、长江委与南水北调工程

引长江水支援北方干旱缺水地区，是我国社会经济发展的客观需要，历来受到党中央和国务院的关注。南水北调早已被确定是长江综合治理开发的一项重要任务。新中国成立 50 年来，在国家计委和水利部领导下，长江委和有关流域机构、部、委、省（市）分工协作，开展各线路的前期研究工作，积累了大量的勘测、水文、科研和规划设计成果，为国家决策提供了依据。南水北调中线工程前期工作按水利部分工主要由长江委承担。在最近对南水北调工程东、中、西线的全面论证审查中，中线被推荐优先实施，这是由中线所在地区自然条件和社会经济发展客观需要决定的。前期工作中对工程技术经济条件进行了充分研究，也在决策过程中起了重要作用。在此，将中线工程前期工作作一简略介绍。

1. 早期研究阶段

1953 年，毛泽东主席在"长江舰"上听取长江委主任林一山汇报长江治理工作时说："南方水多，北方水少，能不能从南方借点水给北方？"毛主席边说边用铅笔指向地图上的腊子口、白龙江、西汉水，最后指到汉江丹江口，每指一处都问到引水的可能性，并指示要对汉江引水方案进行研究，有了资料立即给他写信。22 日，他再次指示"南水北调

宏愿篇

　　林一山同志根据毛主席指示，迅即组织工程技术人员研究引汉济黄的线路，第一次实地查勘选线，根据当时尚不完善的地形、水文资料，结合现场考察测量找到的引水线路是在汉江上游旬河口以下筑 250 ～ 280 米高的坝，从旬河回水末端开始，沿子午线方向开挖一条长约 80 千米的隧洞，穿过秦岭，即可引汉江水经渭河济黄河。以后又继续查勘、比选，在汉江和淮河流域分水岭的伏牛山与桐柏山之间查明有一处低而平坦的垭口即"方城缺口"，可在汉江丹江口建水库自流引水，经唐白河平原由方城缺口进入淮河流域，然后向东北经许昌等地在郑州附近入黄河，并推荐选用这一调水线路。长江委经过反复研究，认为还可以从嘉陵江上游引水入汉江，增加汉江的北调水量。林一山将上述成果向毛主席写信作了汇报，由此拉开了长江委及有关部门研究南水北调具体方案的序幕。

　　50 年代至 60 年代初，经过各方面研究，已初步形成南水北调分西、中、东三线引水的总体格局。长江委对于中线进行了调水规模、线路选择等具体问题的研究。

　　1958 年：南水北调中线水源工程，由长江委设计的丹江口水利枢纽开工建设，1968年下闸蓄水，1973 年建成初期规模。同期建成清泉沟、陶岔两处引水渠首，其中清泉沟渠首向湖北供水自成体系，陶岔渠首向河南供水，也是中线工程的引汉总干渠渠首。还相继建成 8 千米长的总干渠，成为南水北调中线工程的基础设施。在此期间，长江委对南水北调中线工程的规划研究工作从未间断，除对中线工程水源、取水口、引水线路、唐白河灌区等作了较为深入的研究、规划外，还将一个综合性勘测队伍基地建在南阳，专门承担中线工程的地质勘探、测量等任务，并在南阳地区设立了灌溉试验站，进行了鸭河口水库及其灌区的规划设计。这些都是为实施中线工程作实战准备。此阶段长江委还进行了从长江干流三峡水库引水到汉江丹江口水库的初步研究。

　　2. 近期规划阶段

　　1979 年，中国水利学会在天津召开了南水北调规划学术讨论会。长江委介绍的中线研究成果引起各界关注。1980 年，水利部组织有关省市、部委、科研部门及大专院校的领导和专家、教授对中线工程进行了全面查勘，并开会讨论提出进一步工作的规划、科研计划，由水利部在 1981 年正式下达。1983 年，国家计委将南水北调中线工程列为"六五"前期工作重点项目。

　　长江委在当时经费十分困难的条件下，积极组织各专业开展工作，得到有关部门支持，于 1987 年完成了《南水北调中线规划报告》，又按水利部组织审查会的要求，于 1988 年提出了《南水北调中线补充规划报告》和《南水北调中线规划简要报告》。

　　1988—1990 年，长江委配合国家"七五"攻关项目"三峡工程综合效益"专题研究，对中线远期从长江三峡引水到华北的调水量、线路方案以及和三峡工程的关系作了研究。

3. 可行性研究阶段（1990—1998 年）

1990 年 6 月，包含南水北调在内的《长江流域综合利用规划简要报告》经国务院审查批准。1990 年 10 月，水利部发文，布置长江委"抓紧完成丹江口水利枢纽后期完建工程及调水方案的可行性研究和设计任务工作"。

长江委在有关省市和部门配合下，对中线工程涉及的问题进行了全面的复核研究，对一些关键性的问题如丹江口水库后期工程淹没和移民安置规划、总干渠穿黄工程、总干渠是否通航、供水规划、水源建设及影响、对策等投入大量人力进行了重点研究。

1991 年完成了规划报告修订和初步可行性研究报告。1992 年底提出了《南水北调中线工程可行性研究报告》。1993 年，国家计委、水利部和中国国际咨询公司针对南水北调中线工程的重大技术经济问题，组织若干专家组进行了调研、评估和论证，长江委按专家组意见进行了补充研究。1994 年 1 月，水利部组织审查并通过了《南水北调中线工程可行性研究报告》。

长江委长江水资源保护科研所牵头编制的《南水北调中线工程环境影响报告书》也在 1995 年 8 月通过水利部预审，1995 年 10 月国家环保局组织专家进行了终审，11 月，国家环保局正式批准了该报告书。

4. 论证审查及初步设计工作

1995 年 6 月 6 日，国务院总理办公会议决定对南水北调进行全面论证和审查。论证工作由水利部组织，审查工作由国家计委组织。

长江委承担配合中线工程论证审查的有关工作，负责编制文件报告、答疑，根据专家意见作补充研究。1995 年 12 月，长江委提交了中线工程论证报告，经水利部组织的专家审查后于 1996 年 3 月提交国家计委组织的审查委员会审查。1998 年 3 月，国家计委审查委员会经过认真审议，同意论证报告提出的主要结论意见。论证审查结果与长江委编制的可行性研究报告基本一致。

长江委在《南水北调中线工程可行性研究报告》审查通过后，即着手与有关省市共同开展了中线工程的主体工程初步设计，主要有丹江口后期工程设计和移民规划、引汉总干渠的总体布置及明渠和建筑物设计，穿黄工程方案进一步比选和设计，供水规划、调度、运行管理、监控等设计工作。现在总干渠的勘测、水文等外业工作已基本完成，总干渠（含穿黄工程）累计机钻孔进尺约 30 万米，并提出了众多大小河流的设计洪水分析计算成果。规划设计和科研工作也取得很大进展，为决策后的实施作了较充分的准备。

结语

长江丰富的水资源不仅是本流域社会经济可持续发展的基础，并以数量和区位优势，使南水北调工程成为北方干旱缺水地区社会经济发展的重要支撑。

　　根据我国自然及社会经济条件，宜先实施南水北调中线和东线工程，以缓解华北平原的水资源危机，满足近期发展要求，同时加强西线工程前期工作，为实施南水北调西线工程创造条件，支撑西北地区的持续发展，逐步缩小东西部差距，增强我国经济实力。南水北调并不制约长江流域的可持续发展，规划合理、措施得当，便能将水资源优势转化为经济优势，促进供水区和水源区社会经济的共同发展。

　　长江委人不但为治理开发长江作出了贡献，也为南水北调的实施，为我国社会经济的全面发展进行着不懈的努力。

我与南水北调的不解之缘

傅秀堂

古人云，朝闻道，夕死可矣。鄙人才疏学浅，达不到闻道的境界，但参与了长江三峡工程、南水北调工程这两项世界级工程、世纪工程，自感此生足矣！

这两项工程均已建成，已在发挥着巨大的防洪、发电、航运、供水、调水的巨大效益。我想，国内外那些疑惑、误解，随着时间的流逝，实践的证实，也会渐渐化解。我作为这两项工程的建设者只有高兴，尽管一位作家说，评价一项大工程像评价一个朝代一样需要时间。三峡工程最大坝高 175 米，总库容 393 亿立方米，装机容量 2250 万千瓦，我已写了不少文章，本文只讲南水北调。

跨流域调水恐不唯是中国的近代发明，美国加利福尼亚州有调水工程，建水库 23 座，总库容 84 亿立方米，泵站容量 250 万千瓦。澳大利亚有雪山调水工程，把雪山河的水引到墨累河，涉及维多利亚州、新南威尔士州和堪培拉特区，由总库容 84.4 亿立方米的 16 座水库 12 条总长 134.7 千米的输水隧洞，总装机容量 375.6 万千瓦的 7 座水电站以及 2 座扬水站组成。年供水量 23.6 亿立方米，灌溉面积 26 万公顷。1974 年建成，与坝高 196 米，总库容 290 亿立方米，装机容量 1260 万千瓦的巴西、巴拉圭合建的伊泰普水电站一起，被誉为世界七大工程奇迹之一。以色列在叙以边界戈兰高地山麓下的加利利湖修了北水南调工程，调水 4.5 亿立方米，全国人口按 500 万人计，人均约 90 立方米。这三项工程我都去过，没有听到负面的声音。还有秘鲁的马赫斯调水工程，调水量 10 亿立方米，苏联的额尔齐斯河东水西调工程，调水量 22 亿立方米。至于连接里海、亚速海、黑海、波罗的海、白海的苏联列宁—伏尔加—顿河运河工程，1952 年就作为共产主义工程早已建成了。古代，我们秦朝的灵渠、隋朝的大运河，都应该算跨流域的工程，至今还在运行的不朽的都江堰也应该算。可见，调水是人类生存与发展之必需。过去的中国，积贫积弱，财力不济，国力不堪，只是共产党领导的中国把 GDP 搞成世界第二才把南水北调搞成了，把清甜如甘露的汉江水调到北京和天津。

我与南水北调的不解之缘要从 20 世纪 60 年代说起，1962 年，我大学五年级，在丹江口大坝实习，住在苏家沟武汉水利电力学院的教学基地里，边听课，边去大坝和附属施工企业参观学习，为时两个月。其时，丹江口大坝因混凝土裂缝已停工。灰色的混凝土重力坝屹立汉江，巍峨雄伟，令我兴奋不已！毕业分配时，我填的第一志愿是长办，应该说，和这次实习不无关系。来长办后，分在枢纽设计处丹江口土石坝组，我的工作是丹江口左岸土石坝连接坝段的设计，设计水位170米，远景175米。丹江口大坝混凝土补强完成后，将设计水位降至157米，按坝顶高程162米复工。1967年冬下闸蓄水，我曾有幸目睹这一盛况，当时正值"文化大革命"时期，这是难得的高兴事了。

1968年，调我去搞援阿富汗帕尔旺水利工程，该工程也是调水工程，其任务是城乡供水，包括向驻阿美军巴格拉姆空军基地供水。帕尔旺工程引水流量和总干渠长度约为南水北调中线工程的1/10，我为修建水电站和灌溉渠道在阿当了五年专家。

1986年调我去库区规划设计处当处长，除进行三峡移民规划论证外，还有丹江口水库移民遗留问题处理。1984年国家给3亿元，分10年安排，处理丹江口水库38.3万移民在生产、生活上的困难问题。为如何用好这笔钱，我跑遍了湖北、河南、陕西库区五县二市的城镇和乡村。出生库区的一位作家深情地说，面对国家北方水少南方水多的局面，库区有一代人，用吃红薯积蓄的能量，奋力挖土凿石，梦想给后代创造出更好的生存条件。

丹江口水库，南水北调水源地，最大坝高97米，装机容量90万千瓦，1958年开工，1968年第一台机组发电。移民安置自1958年底开始，至1978年结束，分6批迁安，157米水位的移民费分五次核算，七次追加，共计3.2亿元。90%以上是农业人口，后靠移民21.13万人，远迁移民17.23万人。曾远迁青海省的早已返迁重新安置。移民安置区分布在20个县市，武昌都有。

鉴于丹江口水库移民，在经济收入，出行、购物、看病、饮水、上学等存在诸多困难，1984年6月25日，国务院〔84〕国函字102号文"关于解决丹江口水库移民遗留问题的批复"，批准从丹江口超发电收入中筹措3亿元，解决水库移民遗留问题。这3亿元，大致河南2/3，湖北1/3，还有陕西的白河县。1987年当我向美国斯卡特移民教授谈及此事时，他说这是正确的理论，是一种创举。

也许是丹江口大坝设计蓄水位从170米降至157米的缘故，南水北调中线工程的声音随之沉寂了下来；又或许是华北平原深井灌区的地下水位降低太厉害的缘故，20世纪80年代南水北调中线工程的呼声又高了起来。于是又想到需要把丹江口大坝的设计蓄水位恢复至170米，增加淹没面积305平方千米，增大库容至290.5亿立方米，那么要增加多少移民呢？领导到库区调查，问：你这个省增加多少移民呢？答：48万，简单乘以2，全库就是96万，因两省增加的淹没面积约略相等。领导当然嫌多，要求复核。过了几天，答曰：51万，那么全库就是102万了，是丹江口157米水位移民38.3万人的2.7倍，是三峡175米水位调查人口84.46万人的1.2倍，并且导出农村每方千米人口3100人的谬误来。如果真有那么多的移民，南水北调中线工程搞不成了。我觉得问题出在混淆了移民的概念，对什么是移民的理解出了偏差，也不能说是冒叫一声，解决的办法是调查。而调查前先要和地方沟通讲清什么是淹没人口，什么是淹地不淹房人口，什么是建房人口，什么是生产安置人口，影响人口，为什么几种人口不能简单相加等等。在1990年下半年移民调查时，我带着这些问题去库区跑了一圈，和县委书记、县长、移民局局长聊天、解疑释惑，终于统一了思想，求得了共识。由我带队，库区处几乎全处出动，经半年调查，结果淹没人口为22.36万人。自此，南水北调中线工程正式展开。1990年的移民调查数据一直是南水北调中线工程移民规划的基础资料。到2014年试通水时，历经24年，移民35万人。

1991—1992年三峡进行175米水位移民调查复核，由于有了丹江口移民调查的成功经验，此次调查十分成功，23年后，其成果至今还在应用。1992年4月3日，四届人大五次会议通过了兴建长江三峡工程的决议，我的主要精力就转到三峡了，曾有几次要我分管南水北调的移民规划工作，我都以三峡事太忙而婉辞了。但也断断续续地参加了些南水北调移民工程的评审工作，而时间最长的一次是2010年作为移民专家参加以李国安将军为组长的稽查组在湖北郧县、十堰、丹江口、枣阳、襄阳、荆门等移民安置区跑了一圈。以后都是我们老人摘桃子了。2012—2015年数次以老专家的身份参观大坝建成后的雄姿，以无限喜悦的心情欣赏进入陶岔进水闸的一库清水缓缓地流到了河南，穿过黄河隧道，流向河北，沿着大行山东麓，行程1432千米，下坡百余米自流至北京和天津。

自毛主席1952年10月30日提出"南方水多，北方水少，如有可能，借点水来也是可以的"宏伟设想以来，经过半个多世纪的讨论、争论、争辩，起起伏伏，几上几下，中线工程终于大功告成了。像中国工程院对三峡工程的评价一样，我认为南水北调中线工程也是一项伟大的工程，是我国建设社会主义新时代的杰出工程，凝结了我国亿万人民群众的殷切期望，几代国家领导人的决策情思，千万工程技术人员的智慧结晶，和广大劳动者的建设热情，广大库区移民的无私奉献。这项伟大的工程是中华民族的骄傲，将得到广泛而久远的称颂。人无完人，金无足赤，世界上也不可能存在完美无缺的工程，对于工程中存在的和可能出现的问题，将会负责地逐个分析认识，防患处理，妥善解决。将利拓展到最大，弊控制到最小。中线调水的梦想终于实现了，但南水北调的任务，并未完成。2002年12月27日，朱镕基总理在人民大会堂宣布"南水北调工程开工"，后来我在三峡听朱总说，原来叫"南水北调中线工程"，是他把"中线"二字删除了。这是很有深意的，朱总理清楚得很，根据国务院批准的长江流域规划南水北调是有东、中、西三条线路的。

东线工程从长江下游江苏江都抽水，利用京杭大运河及其平行的河道和湖泊，分别向江苏、山东、安徽、河北、天津供水，分三期完成。一期工程2002年12月开工，抽水量87亿立方米，主要向江苏、山东供水。二期抽水量106亿立方米，三期148亿立方米。干渠总长约1800千米，由于黄河比长江高，要扬水，抽水功率约100万千瓦。

西线工程从长江上游通天河、支流雅砻江和大渡河上游调水入黄河上游，再向青海、甘肃、宁夏、内蒙古、陕西古、山西供水，拟调水量80亿立方米。

而林主任的西线工程要宏伟得多，从青藏高原的怒江、澜沧江、金沙江、雅砻江、大渡河引水，穿过巴颜喀拉山入黄河，以兰州市下游的大柳树枢纽为总干渠渠首把水引向内蒙古西部，直至新疆东部各地，除满足渠道沿线的甘肃、宁夏、陕西、山西的用水外，主要用于灌溉内蒙古西部的腾格里沙漠、巴丹吉林沙漠，以及新疆东部的广大沙漠，可将 2 亿亩的沙漠改造成为稳产高产的农林区。林主任曾和我说，当年他向周总理汇报西线工程时，讲到要修 200 米高的高坝，打很长的隧洞，工程量巨大，造价很高，周总理笑了笑，说，我是看不到了。

林主任除了从金沙江、雅砻江、大渡河、怒江、澜沧江等河流调水 500 亿立方米至青海、甘肃、宁夏、内蒙古、新疆外，还要在龙羊峡以西修水库，引水干渠斜穿阿尔金山，把水引到新疆塔克拉玛干沙漠。还要把额尔齐斯河的水引到北疆，从伊犁河和哈萨克、吉尔吉斯、乌兹别克引水至南疆。还有从西藏阿里地区流向南亚的河流包括普兰县的孔雀河引水至南疆的方案，20 世纪 90 年代，长江委在那里修了一座装机容量为 500 千瓦的普兰水电站。林主任郑重其事地对我说，这不是西线工程，是西部调水工程。

林主任还有将三峡水库与丹江口水库连通的调水方案。以上这些构思很大胆，很遥远，却是睿智深邃的。

林主任为南水北调奔波呼号数十载，如今中线工程梦想成真，如他活着，该是多么地高兴啊！可惜他像周总理看不到西线工程一样，他也看不到中线工程通水了。

林主任不辞辛劳地把丹江口水利枢纽促上马，停工后又千方百计促其复工。1967 年大坝达到 162 米高程，按 157 米水位运行后，他又积极活动加高大坝，使中线工程调水成为可能。我曾听他讲是如何游说李先念主席的。林说大坝加高很容易，将已建大坝头上戴顶帽子，屁股上添块膏药就行了，李主席笑着问，就那么简单？林答，是的。至于林主任在新中国成立初期如何向毛主席、周总理汇报，把丹江口水利枢纽作为三峡工程之实战准备，我没有问他，估计他不会错过用他三寸不烂之舌发挥其最大功能的机会的。远在 1952 年，水利部傅作义部长、李葆华副部长、苏联专家布可夫在荆江分洪工程施工期间就考察了丹江口和三峡坝址，这未尝不是林主任的鼓动呢？林主任是职业革命家，抗日战争时期在山东半岛当司令，他的身上散发着党的联系群众、实事求是的优良传统和作风。他管宏观，也管微观，他拿大主意，也管细枝末节。记得 1964 年讨论丹江口大坝左岸连接段避开地质破碎带的大拐弯方案时，会场就在红楼二楼西会议室。他和我们这些刚参加工作的青年坐在一起，我们说，他也说，轻轻松松，无拘无束，还开着玩笑，说我们的大拐弯方案像挺歪把子机枪。他抓大放小，只对枢纽总平面布置图和施工总平面布置图签字，但也不尽然，据说红楼的窗框采用钢构就是林主任的意见，理由是防火。水磨石地面也是他的意见。1964 年，丹江口大坝混凝土裂缝补强，他亲自下到基坑，和刚参加工作的清华学生一起搞灌浆，满身浆泥，还亲昵地称他们为小老虎，我是从当年的《人民长江报》

上看到这则消息的。

据2014年12月12日新华网北京电，南水北调中线一期工程本日正式通水，北京、天津、河北、河南四省市沿线约6000万人将直接喝上水质优良的汉江水，间接惠及人口1亿人。中线一期工程将向华北平原包括京津在内的100多个县市提供生活、工业用水、生态和农业用水。在一期95亿立方米的调水量中，河南37.7亿立方米，河北34.7亿立方米，北京12.4亿立方米，天津10.2亿立方米。中线工程可研投资2013亿元，2003年12月30日开工，2013年12月25日全线贯通，2014年9月21日完成了工程验收，9月29日完成了全线通水验收。

这里为什么说是一期工程呢？因为按2012年长流规，中线工程调水量为130亿立方米。林主任对我说，1990年长流规中线调水量148亿立方米，也只能算初期工程，将来还要增加到200多亿立方米。

2015年1月，长江委组织老专家到丹江口看通水，知道历经半个月，水已达到北京。4月，我在北京开三峡移民会，逢人必问，这河水是南水北调的水吗？这自来水是丹江口水库的水吗？不等回答，我就明白这是胡话。北京有密云水库、十三陵水库，还有井水，说得清是哪儿的水呀！这是因为南水北调四个字在我大脑刻得太深想糊涂了。

本文本该就此打住，说到"胡话"又想多说几句。历史上流传着这种说法，古往今来一些哲人狂士说过的一些不切实际的胡话几百年后居然成了现实。诸如几百年前欧洲有人要从伦敦飞到纽约去，几千年前中国有人要登月会嫦娥等等，现在不都实现了吗？工程艰难、耗资巨大的两洋工程不也一一实现了么？连接太平洋和大西洋的巴拿马运河1914年建成通航；连接地中海和红海的苏伊士运河1869年通航。最近又动议在尼加拉瓜建第二条巴拿马运河，设计院库区处曾参加移民调查。

在中学学地理时，我知道苏联有五海通航工程，中国在秦朝有了连接湘江和漓江的灵渠。我们也在做梦，把灵渠扩大，两端延伸，中国不也可以搞一条像苏联那样的通海工程吗？将南海、渤海、黄河、东海连接起来，乘船从广州，经梧州、柳州、长沙、武汉、郑州、石家庄直至北京。灵渠不就是第二条列宁—伏尔加—顿河运河吗？1999年我到伏尔加格勒参观，看到连通伏尔加河和顿河的船闸，横梁上的一排俄文字，不用翻译我就认出来了，"为了共产主义和苏联人民"。给我们作工程介绍的老工程师在言谈话语中洋溢着民族自豪感。

据我所知，新中国成立初期的南水北调中线工程是兼有通航任务的，20世纪80年代高速公路冲击内河航运，又随着对环保的重视，怕污染水源，中线工程的航运任务被取消了。

我崇尚发展是第一要务，以人为本，全面协调可持续、统筹兼顾的科学发展观，这是人类社会发展的历史规律。如果停止发展，人类还处在原始蒙昧状态，咱们中国也不会有耀眼的世人称羡的国民经济总产值跃居世界第二的奇迹，也不会有生态建设、环境保护的现代化理念。近年，西方流行一种思潮，轻率地认为科学有害，发展无用，逢工程必反，只有原始生态是最好的，不知其是否属于后现代化主义和反科学主义的研究范畴。根据马克思主义的唯物辩证法，事物是发展变化的，静止不变的观点是形而上学，是不科学的。哪有永恒不变的原始生态呢？太阳也在变化，不也要遵循发生、发展、衰亡之规律吗？我们只有正确运用唯物辩证法处理发展与环保的关系，以生态建设促进社会经济发展，以社会经济发展促进生态环境向良性循环转化。列宁说，真理向前跨进一步，哪怕是一小步，就会变成荒谬。我们要遵循辩证唯物主义的质量互变规律，注意度的界限，不能过度，不能走极端，要么只讲生态环境，不准发展，要么只顾发展，破坏生态环境。更不允许愚蠢到那一步，为了蝇头小利把自己连同地球一起毁灭了。

真扯远了，就此打住。"大江文艺"刘军主编，李卫星副主编几次三番向我约稿，谨以此文聊以塞责吧！我75岁了，闻过则喜，死则可矣，还怕批评吗？如有不周，敬请大家不吝赐教。

丹江口大坝加高方案的论证与决策[*]

刘宁

【摘要】丹江口水库是南水北调中线工程的水源地，大坝加高是关键性控制工程。本文从工程效益、移民、投资、经济、环保等方面对丹江口水库大坝加高方案进行了综合分析，选取主要影响因素，用多目标决策分析方法对加高方案进行了论证。通过对正常蓄水位 170 米方案和 165 米（加泵站）方案进行的模糊评价隶属度计算，得出 170 米方案较优的结论。

1. 研究背景

丹江口水库初期工程于 1973 年建成，初期建设规模为正常蓄水位 157 米，死水位 140 米，水下工程按正常蓄水位 170 米方案修建。作为南水北调中线一期工程的水源地，大坝加高方案是中线工程论证的关键。几十年来，围绕丹江口水库正常蓄水位的选择，长江水利委员会及相关单位、专家进行了大量的论证比选工作，先后对大坝不加高（按现状规模运行）改变水库任务或降低水库极限消落水位方案，大坝加高水库正常蓄水位 160 米、161 米、165 米（不加泵站）、165 米（加泵站）、170 米方案进行了比选，最后论证的焦点集中在 165 米（加泵站）及 170 米方案上。针对这两个方案，2003 年 10 月，国家发展和改革委员会、水利部、南水北调办公室再次联合组织有关单位及专家，从工程投资、调水需要、防洪减灾、生态环境、投资效益以及为解决库区移民的历史遗留问题与脱贫解困提供机遇等方面进行了综合论证。本文力图真实记述论证的思路、过程和结论，采用的资料均是当时工作条件下的成果与数据。随着工程项目研究的推进，有些条件和数据发生了改变，但其变化预计是有限的，论证是充分的。丹江口水库大坝加高工程已于 2005 年 9 月 26 日正式开工建设，为 2010 年实现通水目标奠定了基础。

宏愿篇

* 原载于《水利学报》2006 年第 8 期。原标题为《南水北调一期工程丹江口大坝加高方案的论证与决策》。

2. 丹江口大坝加高方案论证

2.1 工程规模与效益

2.1.1 正常蓄水位 170 米方案

坝顶高程为 176.6 米。水库的综合利用任务为防洪、供水、发电、航运。大坝加高工程主要包括加高初期挡水建筑物、通航建筑物改建、机组设备改造、金属结构改造及安全监测等。陶岔渠首枢纽工程主要包括堆石坝及引水闸改扩建等。

（1）死水位的选取

通过对受水区的自然条件、输水建筑物布置、电能指标、工程量及投资等多方面的比较分析，按全线基本自流，及在设计流量下，丹江口水库最低水位需要达到 150 米（包括引渠、过闸水头损失）要求，综合考虑确定死水位为 150 米，遇特枯年份水库水位可降低至 145 米（极限消落水位）。则 150 ~ 145 米间有 27 亿立方米的蓄水可供特枯年使用。

（2）防洪限制水位的选取

防洪限制水位既要保证水库在汛期有足够的兴利库容蓄水以备枯季使用，又要留有充分的防洪库容，保证汉江中下游地区的防洪安全。丹江口水库年均来水量 388 亿立方米，中线一期工程年均有效调水量 95 亿立方米，汉江中下游地区工农业供水和环境用水年均需要丹江口水库下泄 162 亿立方米，经过长系列演算，要满足上述两项任务，主汛期的防洪限制水位应为 160 米，即主汛期的调节库容需达到 98.2 亿立方米。由于秋汛相对夏汛要小，为充分利用径流，增加调水的稳定性，秋汛的汛限水位可抬高到 163.5 米。

（3）防洪高水位的选取

汉江中下游地区以防御 1935 年洪水为标准，则按丹江口水库初期规模、堤防、东荆河分流 5000 立方米每秒、杜家台分洪 5300 立方米每秒、配合 14 个民垸分蓄洪 25 亿立方米，方可防御 1935 年洪水。丹江口水库大坝按最终方案加高后，依 1935 年洪水标准，当碾盘山夏季预报洪水大于 5000 立方米每秒、秋季预报洪水大于 10000 立方米每秒时，丹江口水库开始预泄，按此调度可使最大下泄流量减至 5960 立方米每秒，中游仅需个别民垸分蓄洪即可保障遥堤安全。杜家台分蓄洪区使用机会由现状的 5 ~ 10 年 / 次提高到 15 年 / 次。另外，丹江口水库防洪能力的提高也有利于减轻长江干流（汉口段）和武汉市的防洪压力。按此调度方式和前述的汛限水位计算，20 年一遇防洪高水位为 169.4 米，1935 年型洪水防洪高水位为 171.7 米，预留防洪库容为 81.2 亿 ~ 110 亿立方米。

经长系列调度计算分析，在 2010 水平年，该方案多年平均可调水量为 97.13 亿立方米，枯水年（95%）为 61.73 亿立方米。丹江口水电站多年平均发电量为 33.78 亿千瓦时，电站保证出力为 25.8 万千瓦。在华中电网中可充分发挥其调峰、调频及事故备用作用。

2.1.2 正常蓄水位 165 米（加泵站）方案

坝顶高程为 172.3 米。大坝加高工程主要包括加高初期挡水建筑物、通航建筑物改建、机组设备改造、金属结构改造及安全监测。陶岔渠首枢纽工程主要包括引渠、引水闸、深孔泄流坝段及连接坝段、提水泵站及左、右岸非溢流坝；另外，还有清泉沟泵站改造工程。

按照与 170 米方案防洪效益、供水效益相同的要求，为使汉江中下游地区能够防御 1935 年洪水，确定 165 米（加泵站）方案夏季防洪限制水位为 153.4 米，秋季防洪限制水位为 157.6 米，防洪高水位为 166.9 米，设计洪水位为 167.46 米，校核洪水位为 170.03 米。水库正常蓄水位为 165 米，极限消落水位需降低至 130.8 米，陶岔渠首需建泵站以满足供水要求。陶岔渠首泵站装机容量为 60 兆瓦，耗电量为 0.27 亿千瓦时；抽水的时段数为 220 旬。由于该方案水库极限消落水位需降低至 130.8 米，现有泵站扬程不能满足设计要求，需要全部更换，初步估算原泵站需改建或扩建总装机容量为 24 兆瓦。

经长系列调度计算分析，2010 水平年，该方案多年平均可调水量为 96.99 亿立方米，枯水年（95%）为 60.64 亿立方米。多年平均发电量为 30.37 亿千瓦时，较 170 米方案年均电量 33.78 亿千瓦时减少了 3.41 亿千瓦时，减少替代系统火电容量 190 兆瓦。

2.1.3 其他论证方案

有关单位和专家还研究了大坝加高正常蓄水位 160 米、汛限水位抬高到 152.5～156 米、防洪仍然维持现状的方案及正常蓄水位 161 米、相应汛限水位 154～157 米的方案。结果表明，这两个方案不能解决汉江中下游地区的防洪问题，也不能满足京津华北地区国民经济和社会发展对水资源的需求。随后，又研究了下列方案：大坝不加高、水库兴利任务中供水提前到发电以前；大坝不加高、降低水库极限消落水位、增加泵站；大坝按正常蓄水位 161 米加高、防洪限制水位维持不变（汉江中下游遇 1935 年洪水民垸可基本不分洪）、调水量不足由建造堵河梯级水库群和从长江三峡抽水解决。这几个方案由于水库调节能力不足，使汉江水资源不能得到有效的开发利用，难以协调调水与水源区用水的矛盾。此外，从三峡水库抽水需要建 200 米以上扬程的大流量泵站和深埋长隧洞，工程十分艰巨，由于前期工作基础差，工程实施难度大，近期建设的可能性非常小。况且从三峡引水仍需丹江口水库具有相当大的库容进行调节。在 2003 年 6 月编制的《南水北调中线一期工程项目建议书》中，还比较了正常蓄水位 165 米、不建泵站方案，该方案多年平均调水量为 86.1 亿立方米，枯水年（95%）调水量为 49.7 亿立方米，不能满足受水区城市供水的要求，且稳定性差，长系列调度过程中，有 21 旬引不到水，故未采用。

2.2 水库淹没处理及移民安置

2.2.1 丹江口水库库区现状

丹江口水库初期工程移民 21.1 万人，一些移民就近安置在库周。由于耕地资源缺乏和当时政策的导向，库周，特别是临水库周环境容量不足。如 170 米以下人口密度 739

宏愿篇

人 / 平方千米，耕园地率 57%，高于库区 5 县的平均水平。根据 2003 年实物指标调查，水库淹没涉及组人均耕园地仅 0.94 亩，且各组之间很不平衡，人均耕园地在 1 亩以下的组数和人数占总数的 60%，其中 0.5 亩 / 人以下的接近 20%。库区农民耕种的消落区土地面积达 17.68 万亩，占消落区土地面积 320k 平方米的 37%。淹没及影响区农民人均房屋不足 24 平方米，农村土木结构正房面积达 133 万平方米。

几十年来，受水库建设方案多次变更影响，在 170 米高程以下的投资相对较少，国家没有在 170 米高程以下开工大的基本建设项目，当地政府也较少在 170 米高程以下进行基础设施和农田水利设施建设。群众不想建房或无能力建房，人均房屋面积小、质量差。由于多次搬迁，城镇、居民点建设缺乏统一规划，居民居住环境差，生活质量低。同时，丹江口水库作为南水北调中线工程的水源地，库区有些地方出台了一些保护法规，对水源地的生产与建设进行严格限制，这些规定对保证城乡人民的供水安全、提高生活质量是必要的，但是，也会制约库区经济发展，尤其是二、三产业的发展，减少了库区人民增收的出路。多年来库区群众心理不能稳定，库区干部、群众盼望工程尽早开工，实施一次性搬迁，尽量多地解决多年积存的问题，为改变贫困面貌创造条件。因此，丹江口水库移民必须将"移民"与"解困"和环境改善结合起来考虑。

2.2.2 两种加高方案淹没及移民指标比较

长江设计院会同河南、湖北两省及涉及的地方政府和有关部门组成联合调查组，于 2003 年完成丹江口水库淹没及影响区实物指标外业调查工作。（1）正常蓄水位 170 米方案。具体指标为：水库淹没影响人口 22.36 万人，其中农村 20.22 万人；房屋 621.16 万平方米；土地面积 307.7k 平方米，其中耕地 22.19 万亩；规划生产安置人口 26.8 万人；规划动迁人口 32.8 万人；规划补偿各类房屋面积 991.6 万平方米，其中农村 822.82 万平方米。经估算，移民补偿总投资 152.37 亿元。（2）正常蓄水位 165 米（加泵站）方案。主要淹没实物指标：土地征用线以下面积 201.78k 平方米；移民迁移线以下人口为 11.61 万人，其中农村 10.34 万人；房屋 314.35 万平方米。水库淹没处理及移民安置规划，根据初步规划，搬迁建房人口规模为 23.91 万人，其中农村 22.44 万人，规划迁建房屋 704.19 万平方米。依 2002 年第四季度价格水平，匡算补偿投资为 115.03 亿元。

2.2.3 分期蓄水与一次性移民方案安置效果

（1）方案比较

分期蓄水方案规划搬迁建房人口为 33.29 万人，较一次性实施移民安置增加 0.69 万人，其中农村增加 0.63 万人（含外迁安置增加 0.62 万人），规划生产安置人口增加 0.36 万人；规划建房面积增加 16.55 万平方米；水库淹没处理估算投资增加 7.4 亿元。水库蓄水至 165 米，库周交通、取水设施以及供电、电信网络受淹，需要恢复重建。除等级公路、重要码头、泵站及供电、电信干线可以在 172 米以上复建以避免损失外，其余众多复建项目（包括局部受淹的工矿企业）均将因水位上升至 170 米而需要再次重建。

丹江口水库不同于新建水库，一次性移民有利于库区的稳定。若选择分期蓄水方案使库周的基础设施重复建设，则易造成浪费；库区一次建设到位有利于基础设施效益的发挥，有利于外迁安置区的建设和经济发展；分期实施，库区建设将受到很大制约，不易安排重点和基础项目建设，库区群众也不敢建房、发展生产，需要各级政府做好宣传解释工作。

分期蓄水方案规划生产安置人口和搬迁人口大于一次性移民方案，两方案规划搬迁人口相差 0.69 万人，其中增加外迁安置移民 0.62 万人；一期安置移民 23.91 万人后又进行二期移民 9.38 万人的安置工作，对土地调整、安置区基础设施建设带来很大困难，并且增加了移民安置资金的投入。

（2）效果分析

丹江口水库 2010 年蓄水至 165 米，2018 年蓄至 170 米，165 ～ 170 米之间剩余耕园地 6.08 万亩，分期移民可增加土地的利用时间。分期移民与一次性移民相比，增加了移民数量和投资，按 2002 年的价格和标准，一期移民补偿投资为 145.13 亿元。分阶段蓄水方案合计移民补偿投资 204.92 亿元，170 米方案移民补偿投资 196.52 亿元，两方案相差 7.4 亿元。若考虑移民随着经济发展的建房、其他投入费用及动态投资因素，分期蓄水方案将增加更多的投资。

加高工程建立在初期工程之上，加高工程移民与初期移民有着千丝万缕的联系，由于历史的原因，初期移民没有得到妥善安置，虽然可以通过后期扶持逐步解决，但利用大坝加高的机遇，为解决好初期移民遗留问题创造必要条件，解决他们的部分困难，也将减少国家的总投入，将收到事半功倍的效果，一次移民也易为当地政府和群众所接受，对工程实施有利。

多年来库区以 170 米为界开展各项建设活动，170 米以下已成为一个不宜分割的整体，分期移民容易诱发社会问题，且为满足 165 ～ 170 米之间的生产生活需求，需进行临时性基础设施配套建设，不仅造成基础设施重复建设加大了国家投资，延缓了库区经济建设的发展。同时 165 ～ 170 米之间每平方千米淹没损失较 157 ～ 165 米以下损失小，一次达到正常蓄水位 170 米相对有利。

分期蓄水增加了库周临时性建设，增加了水源受污染的概率，增加了移民和投资，且不利于库区建设及社会稳定，不利于库区的可持续发展。因此，一次移民方案比较有利。

2.3 投资估算与经济评价

（1）正常蓄水位 170 米方案。投资估算：水源工程静态总投资为 182.295 亿元。国民经济评价：主要评价指标经济内部收益率为 16.21%，经济净现值 124 亿元，经济效益费用比 1.84。各项指标均大于国家规定的相应标准，在经济上是合理的，同时敏感性分析结果表明工程具有较强的抗风险能力。财务评价：按筹资方案"贷款 45%，资本金 55%"

测算，经营期平均供水成本为 0.118 元 / 立方米，供水价格为 0.193 元 / 立方米。工程具有一定的盈利能力和偿债能力。（2）正常蓄水位 165 米（加泵站）方案。投资估算：水源工程投资由大坝加高工程、陶岔渠首改建及增建泵站工程、清泉沟渠首泵站更新改扩建工程、环保等投资组成。估算水源工程总投资为 158.766 亿元。国民经济评价：多年平均经济效益为 44.06 亿元。经济内部收益率 16.43%，大于社会折现率 10%；经济净现值 111 亿元，大于零；经济效益费用比 1.8，大于 1。因此，165 米（加泵站）方案在经济上是合理的。财务评价：按一期工程项目建议书筹资方案测算，经营期（30 年）平均供水成本为 0.137 元 / 立方米，供水价格为 0.204 元 / 立方米。工程具有一定的盈利能力和偿债能力。

2.4 环境影响

大坝加高工程不同于新建工程，新建水库的现状经长期演化已达到了自然平衡状态，而大坝加高工程的库区现状则是经过人为干预后的非自然状态，这种状态与初期工程未建前相比，人均资源拥有量大为减少。由于库区人多地少的矛盾难于从根本上解决，要实现库区生态环境良性循环，增加农民收入，需要增加库区人均资源拥有量，需要外迁部分人口。与 165 米（加泵站）方案相比，170 米方案可移出 165～170 米间密集的人口及厂矿企业，将明显减少库周排污量，有利于保护水库水源。

3. 基本认识与关键问题决策

3.1 论证的基本认识

从上述研究成果分析，有以下认识趋同：（1）相对于 170 米、165 米（加泵站）方案，160 米、161 米、165 米（不加泵站）等其他方案由于不能解决汉江中下游地区的防洪问题，不能满足向华北地区调水的要求，因而不予采用。（2）从工程布置和技术方面比较，170 米、165 米（加泵站）两方案无大差异。采用 165 米方案需在引水渠首增加泵站，而 170 米方案全线基本自流，运行成本低。（3）170 米方案与 165 米（加泵站）方案比较，多年平均发电量多 3.41 亿千瓦时、保证出力多 10.6 万千瓦，容量效益增加约 190 万千瓦，对电力系统运行调度有利。（4）两方案虽然多年平均供水效益基本相同，但 170 米方案保留的死库容较 165 米（加泵站）方案多 49 亿立方米，如遇南北同枯或连续枯水年，则有条件动用储备水量应急供水，保障供水安全。（5）从水库的特定条件、库区经济发展、社会稳定等综合影响因素分析，170 米方案虽直接淹没指标相对较多，移民数量多于 165 米（加泵站）方案，但可较多较好地解决初期工程移民遗留问题，并改善库区现有生存环境，从而实现库区经济社会的可持续发展。（6）两方案静态总投资略有差异，从差额投资内部收益率法进行方案经济比较的结果看，170 米方案较优。（7）170 米方案可移出 165～170 米间密集的人口及厂矿企业，将明显减少库区排污，有利水源保护。

3.2 关键问题的决策

针对 170 米与 165 米（加泵站）方案的择优问题，综合考虑前述 7 个方面的单向比较，通过分析论证的条件和目标，采用多目标决策方法的模糊评价方法进行研究。多目标决策分析，通常存在目标的冲突性，目标的量纲不统一以及没有绝对最优解等特点。丹江口水库大坝加高方案的比选论证，除同样存在这些问题外，还有自身特点：（1）工程的投资并不能简单地反映方案的优劣，而用工程的费效比更趋合理；（2）工程移民不能简单地用数量来衡量，而采用移民的安置与开发比更合理一些；（3）环境的影响主要受人群的影响，这是因为丹江口水库加高方案的环境生态系统是近几十年库区建设所致；（4）经济衡量指标需用内部收益率和经济效率费用比来衡量；（5）有些指标的满意解不是有限数，需要引入模糊数学的方法进行评价分析。

4. 结语

丹江口水库大坝加高方案论证，成果周密、科学、客观，特别是在移民问题上给予了高度的关注，进行了较充分的调查、分析、论证，为最终方案的决策提供了科学依据。本文基于对丹江口大坝加高方案论证的基本认识，采用多目标决策分析方法模糊评价法为丹江口大坝加高方案的择优提供了建设性的意见，正常蓄水位 170 米方案是隶属度较大的较优选择。鉴于丹江口水库大坝加高工程复杂性、重要性，特别是移民问题非常敏感、影响较大，在工程建设过程中，还需要对具体实施方案进行修正。

宏愿篇

南水北调中线工程技术研究 [*]

钮新强　文丹　吴德绪

【摘要】南水北调中线工程是我国水资源优化配置的一项基础性工程，涉及的技术问题多而复杂。本文主要介绍工程规划设计阶段研究的若干重点技术问题，包括：水资源优化配置、中线水源和输水总体方案比选、中线的控制运行方式技术、丹江口大坝加高新老混凝土结合技术、穿黄工程盾构技术等若干关键工程技术。

我国水资源的地区、时空分布不均匀，总的情况是从东南沿海向西北内陆递减，呈现南方水多，北方水少的基本格局。长江流域及其以南地区属丰水区，黄淮海流域属缺水地区。南水北调中线工程是解决这一资源型缺水地区供需矛盾的关键性跨流域调水工程。该工程的技术研究涉及区域水资源优化配置、工程总体方案以及相关工程技术等方面，上述方面的研究经历了近半个世纪，现将主要成果简述如下。

1. 南水北调中线工程水资源优化配置研究

中国的南水北调工程，研究了半个世纪才开始实施，一方面是由于技术经济条件复杂，另一方面则是社会生产力发展时机尚未成熟。水资源的优化配置早已体现在灌溉、城乡供水等水利工程中，南水北调只是工程规模更大，涉及范围更广，不仅跨流域还要跨省市，这就是南水北调工程具有的复杂性和困难所在。南水北调不单纯是水利工程，也是修复生态环境的工程，且涉及城市建设、占压耕地、增添交通设施等，不但投资费用大，其中包含的社会人文关系也很复杂。

按照国家批准的《南水北调总体规划》构想，以南水北调东、中、西三条线和长江、淮河、黄河、海河构建成"四横三纵"的水资源配置系统，中线在此系统中占有极其重要的地位。

中线工程输水总干渠长约1430千米（包括天津干渠），将北调水和受水区当地的各种水源联系起来，相互补偿，实现大范围长距离的水资源优化配置。中线工程具有如下特点：

---

*原载于2005年7月《人民长江》。

（1）水源区与受水区协调发展，实现南北双赢。水源（丹江口水库）在充分考虑汉江中下游未来可持续发展用水要求的基础上，按照发电服从调水、调水服从生态、生态服从防洪安全的原则拟定调度规则。

（2）丹江口水库水质优良，且中线工程在华北平原的西缘，居高临下控制了华北平原。不仅总干渠可以自南向北基本自流输水，沿线均可自西向东自流供水，相机供水的条件最好。

（3）虽然中线一期工程从汉江丹江口水库引水，水量受到一定制约，只能满足总干渠沿线的城市供水，但中线工程规划中明确远期将从长江干流扩大引水。

（4）水源区和受水区降水变化具有较好的互补性，有利于中线工程供水与当地水联合运用、丰枯互补；受水区及周边地区已建成有众多水源工程，中线输水总干渠穿过大量的当地供水系统，可以方便地与当地供水系统连接，为中线水与当地水统一调配创造了基本条件。

（5）由于利用并增加了丹江口水库的调蓄能力，因而中线工程的北调水量中很大部分是汉江的洪水，这部分北调水既增加了华北平原水资源的有效供给，又减轻了汉江中下游的防洪负担，充分体现了水资源优化配置的意义。

另外，从宏观上讲，华北平原广泛分布有良好的地下含水层，并且由于长期超采，地下水位大幅度下降，已经具备大容量的、有多年调节功能的地下水库，中线工程调水进入平原地区均能直接或间接地补充地下水。

中线工程不仅直接缓解了华北平原的资源性缺水态势，同时将汉江的水资源优势转化为经济优势；改善了京津华北地区的生产条件，促进工业基地的建设和发展；提高了城市供水条件，改善了人民饮用水条件和生活质量；增强了受水区农业发展后劲；对华北平原因长期超采地下水造成的生态环境恶化有逐步修复的作用；中线工程对于水资源地区则可减轻洪灾威胁，促进当地尤其是丹江口库区的经济建设和发展。中线工程是我国实现南北大范围内水资源优化配置的战略性基础工程。

2. 南水北调中线工程总体方案研究

南水北调中线工程的构思和前期研究工作始于20世纪50年代初。50余年来，长江勘测规划设计研究院会同沿线有关省市设计院和有关科研部门开展了持续、大量的勘测、水文、科研和规划设计工作。先后研究论证了调水145亿立方米，一次建成和一期调水95亿立方米，分期建成等不同方案。研究论证中遵循了"先节水后调水、先治污后通水、先环保后用水"及实现水资源优化配置的原则，以解决近期受水区城市生活、工业供水为主，适当兼顾生态和其他供水为目标，按国家宏观调控、市场机制运作、用水户参与的要求，同时也对工程建设方案、分期实施方式与运行管理体制进行了研究。

2.1 水源方案比选

比较了以汉江为水源和以长江为水源的方案。从长江引水，主要比较了从三峡库区大宁河、香溪河、龙潭溪引水，经丹江口水库北调的方案。经与从汉江丹江口水库引水方案比较，认为从长江引水技术难度大、投资多、工期长、运行费高，从技术经济上考虑，水源工程选择"近期引汉，远景引江"方案，即中线工程近期以长江的支流汉江为水源，从丹江口水库引水北上，远景将根据受水区需调水量要求，从长江引水。

以汉江为水源的方案又比较了丹江口水库大坝加高和不加高方案：丹江口水库不加坝只能调水 81.2 亿立方米，扣除输水损失，到用户的水量约 65 亿立方米，与受水区缺水 78 亿立方米相比，缺口较大，不能满足受水区近期的需水要求。而且 95% 保证率的净供水量不足 30 亿立方米，调水过程极不平稳，难以满足城市供水要求。加高大坝调水方案在总干渠渠首设计流量 350 立方米每秒的条件下，可以调出水量 97 亿立方米，保证率 95% 的水量为 61.7 亿立方米。由于南北水文情势丰枯互补，生活供水的保证率可以达到 95% 以上，工业供水保证率可以达到 90% 以上，因此，丹江口水库大坝加高调水才能满足受水区的基本要求。

丹江口水库大坝加高调水在满足受水区缺水要求的同时，能有效地控制汉江中下游防洪条件，可以使汉江中下游遇 1935 年洪水时不分洪。

加高丹江口水库大坝后，将居住在 157 米高程附近的大量移民外迁安置，一方面显著减轻了人类活动对水库水质的影响，使水库水质满足城市供水标准更有保障；另一方面大大改善了库区的环境容量。虽然移民有一定的难度，但是移民安置已按"以人为本，以土地为依托"的原则制定了规划方案，且得到各级政府与库区群众的支持，只要精心工作移民是能安置好的。

因此，经论证审定实施加高丹江口水库大坝的调水方案。

2.2 输水干渠工程方案比较

总干渠一次建成与分期建设比选：中线输水工程既可以按解决受水区城市近期缺水 78 亿立方米、后期缺水 128 亿立方米的规模分期建设，也可以一次建成，但由于需水预测存在一些不确定因素，经综合论证总干渠宜分期建设。

总干渠线路比选：主要对黄河以北总干渠线路布置高线或高低分流线（低线基本利用现有河道）进行了比选。低线水质无保障，管理困难，不能控制水的调配；而高线可较好兼顾近、后期城市供水的需要，并能相机向低线河道供水，形成多条"生态河"，从长远考虑，选择高线方案。

总干渠结构形式比选：主要进行了明渠、管（涵）、管（涵）渠结合布置方案的比选。综合比较，选择输水总干渠以明渠为主、局部采用管（涵）的方案。

研究结果表明：从调水规模而言，根据城市水资源规划所确定的近期调水 95 亿立方米、后期调水 130 亿～ 140 亿立方米方案，可以满足受水区 2010 和 2030 水平年的需要。水源工程推荐丹江口水库大坝加高方案。从建设方式而言，由于调水工程从建成到发挥效益需要一定的时间，且 2030 水平年的需水预测存在一些不确定因素，为减少投资风险，以采取分期建设方式为宜。即为满足受水区 2010 年水平年的需水要求，先行建设调水 95 亿立方米的工程，相应的总干渠渠首规模为设计流量 350 立方米每秒、加大流量 420 立方米每秒；到 2030 年随需水的增长再扩建工程规模至调水 130 亿～ 140 亿立方米，相应的总干渠规模为设计流量 500 ～ 630 立方米每秒、加大流量 630 ～ 800 立方米每秒。远景还可进一步研究论证从长江干流向北引水的方案。

3. 中线工程关键技术研究

南水北调中线工程从功能上可分为：水源工程、引汉总干渠工程、汉江中下游补偿工程。涉及的地域广，自然条件复杂，是一个庞大的系统工程，经过广大科技工作者几十年的不懈努力，对其中的关键技术问题开展了深入研究。

3.1 控制运行方式

长距离的明渠输水工程，如果渠道上没有水流控制建筑物和控制措施，水流从水源到用户需要花费很长时间。若用户的需水发生改变，水流难以很快适应需水的变化，造成供水不足或水流漫溢。在总干渠沿线众多分水口门的共同影响下，自然状态的水流无法满足输水的要求。

为了实现对渠道水位和流量的控制，应根据渠道的特性、调水灵活性在渠道系统中设置足够数量的节制闸，两个节制闸间的渠道称为渠段。每个渠段类似于一个小水库，长距离的输水渠道由这些小水库串联而成，通过控制这些小水库而控制整个渠道水流。

渠道运行控制是根据各用水户的需求，通过改变一系列节制闸的状态，适时适量将水送到用户的过程。控制动作与渠道水力学响应密切相关，在保证水位变率不超过允许值前提下，将用户需要的水量通过逐渠段水体传递，迅速送到用户的取水口。

通过调整节制闸的开度，可以维持渠段特定位置的水位不变，保持渠段内贮存一定的蓄水容量，以应付分水口取水流量的突然变化。另外，这也是渠道安全的需要，水位稳定有利于渠道衬砌保护。

渠道输水运行控制方式，根据渠段中水位不动点的位置，可分为渠段下游常水位（或称闸前常水位）、上游常水位（或称闸后常水位）、等容量和控制容量 4 种运行方式。4 种渠道控制方式各有优缺点，需要根据输水工程的具体条件、输水要求、经济合理性确定。国内外的大型跨流域调水工程均采用渠道运行控制技术来实现复杂的输水调度，并取得成功的运行控制经验。

根据南水北调中线工程的实际情况和渠道特性，通过初步对总干渠的运行控制方案研究，确定输水总干渠采用闸前常水位（渠段下游水位）运行方式。

3.2 丹江口大坝加高新老混凝土结合问题

新老混凝土结合问题是丹江口大坝加高突出的技术问题之一，有关单位先后进行了 3 次现场试验，并结合现场试验开展了大量的理论分析研究工作。研究分析结果表明，丹江口大坝加高后，由于新老混凝土弹性模量的不协调，运行期在年季节性气温变化作用下，结合面存在脱开的可能。根据实验研究成果，设计上采用加强施工期温控、在结合面设置键槽等工程措施解决新老坝体传力问题。对加高后的坝体结构，从施工到工程运行 10a 的受力情况进行了数字仿真分析，结果表明：采取上述工程措施后，坝体结构应力满足规范要求。

3.3 丹江口大坝加高工程的施工度汛问题

丹江口大坝加高工程施工期间仍承担汉江中下游防汛任务和发电任务，大坝加高施工混凝土浇筑与大坝建筑物泄洪之间的矛盾、坝顶施工机械与大坝泄水建筑物控制设备的启闭机械之间的矛盾是丹江口大坝加高施工度汛必须解决的施工技术问题。为此，设计单位从大坝加高的施工进度、施工期间坝顶施工设备和大坝运行机械设备的布局、拆迁次序等，结合汛期泄水建筑物泄洪能力和建筑物结构要求，进行了多方案的分析研究。决定通过要求大坝施工程序为先贴坡后加高，溢流坝段加高分批进行，并要求溢流坝单个坝段 128 米高程以上的坝顶加高、闸墩加高、坝顶设施、金属结构安装必须在一个枯水期完成等措施加以解决。

3.4 不良工程地质条件问题

引汉总干渠线路长，沿途地形地质条件复杂，渠道需要穿过膨胀土和湿陷性黄土等不良地质条件地段。这些不良地质条件将直接影响到渠道的边坡稳定、渠道衬砌结构正常工作。经分析研究和多方案的比较，设计上采用换填土的方法对膨胀土渠段边坡进行保护。根据当地条件采用预浸泡、翻筑和碾压等于处理的方法减少湿陷性黄土的湿陷变形。

3.5 穿越煤矿采空区问题

渠道多处将穿越煤矿采空区，采空区的地基沉降变形的不稳定性将直接影响到渠道的正常运行，设计上根据采空区的分布、采空区的历史年代等实际情况，适当调整渠线布置，避开沉降变形大的采空区，使输水干渠坐落在相对稳定的地基上。

3.6 穿黄工程

黄河为一游荡性河流，穿黄工程是南水北调总干渠穿越黄河的交叉建筑物，不仅规模大，其建筑物的布置、形式等直接与黄河河势相关，设计上就建筑物的长度、位置进行了大量的分析和河工模型试验研究工作，选择盾构隧洞方案，并结合穿黄河段的河道规划，对建筑物进行合理布局。

穿黄盾构隧洞自黄河粉细沙河床下穿越黄河，采用泥水盾构施工，其埋深大、内水压高是穿黄工程技术难点。设计单位先后对国内外大型盾构施工进行了广泛的调查研究，并就管片的接头问题、防水问题进行物理模型试验研究，对隧洞两端的大型超深工作竖井结构型式及施工工艺、隧洞地基振动液化等进行了数值模拟分析，经过多方案比较、多方面的研究分析，穿黄隧道采用双层衬砌结构形式，在内衬中施加预应力以克服高内水压力，并在隧道全线埋设了完善的监测仪器，随时监视隧道在施工和运行过程中的状况，确保工程施工和运行安全。

3.7 冰期输水问题

总干渠干线长 1276 千米，沿途地域气候差别大，冰期输水是南水北调中线工程必须面临的工程问题。为此，有关单位就冰期输水调度、输水方式、建筑物防冰排冰措施进行了专题研究。设计中对于冰冻区段的建筑物、金属结构设备要求考虑冰冻荷载和相应的防冰冻措施。确定冰期输水方式为：对于具备形成冰盖气温条件的渠段，通过沿线节制闸稳定渠道水位，控制渠道水流流速使渠道尽快形成冰盖。对于不具备形成冰盖气温条件的渠段，通过人工或机械扰动的方法防止在渠道及建筑物内形成冰坝或冰塞，在倒虹吸进口处设置拦冰索和排冰闸，辅以机械设备，分段及时排除冰块。

丹江口水库：南水北调引汉工程的理想水源[*]

邵长城

南水北调是我国一项规模空前影响深远的跨流域调水工程。它涉及江、淮、河、海四大流域水资源的合理调配及其国民经济各部门的发展，对解决我国北方水源不足问题将起到重大作用。

早在新中国成立初期，毛主席就提出了南水北调的战略构想：1952 年视察黄河时提出"南方水多，北方水少，如有可能，借点水来也是可以的"。1953 年 2 月，毛主席在听取林一山汇报长江水利工作时，再次提道："南方水多，北方水少，能不能借点水给北方？"并指示长委会组织查勘、研究由汉江向华北引水的可能性。

随后经长委会会同有关省和部门对从长江流域向北方调水进行总体规划，对可能调水线路的地形地理条件、地质情况进行了勘察了解，并对调水方案进行了规划研究。1959 年在完成的《长江流域规划要点报告》中，从长远调水全局考虑，提出了由长江上游、中游、下游分别引水补济我国西北华北缺水地区的总体布置格局。其中，由中游引水的中线方案从 1953 年开始即结合汉江流域规划着手研究，1957 年完成的汉江流域规划报告中提出首先修建丹江口水利枢纽工程，既可解决汉江中下游防洪，又可为引水济黄、济淮创造条件。丹江口工程的规划设计研究进一步肯定了引汉济黄、济淮作为枢纽远景任务，由此构成了南水北调中线引水方案中最主要最基础的水源工程规划布局。

嗣后，南水北调中线引水工程的规划研究，从供水范围、引水线路、可调水量、工程条件、工程规模等分别进行了方案深化比选。1990 年开始在选定的规划方案基础上全面开展可行性论证，至 1992 年底完成南水北调中线引汉工程可行性研究。

通过长期研究论证，确定的中线调水工程，重点在于解决黄淮海平原的缺水问题，主要供水目标是北京、天津以及河北、河南、湖北五省市的城市生活及工农业用水需要，包括 20 座大中城市，上百座县城，灌溉约 246.7 万公顷（3700 万亩）农田和沿线工矿企业供水。规划近期从汉江丹江口水库引水，通过丹江口水库调节和合理调度，配合中下游工程设施的不同规模，年平均调水量可达 150 亿～230 亿立方米。远期根据调水需要，仍以引汉工程为基础，再由长江干流引水补给，扩大调水规模。

---

[*] 原载于《人民长江》1993 年第 12 期。

引汉工程规划系将丹江口工程在已建初期规模基础上加高大坝至原设计的后期完建规模，抬高水库正常蓄水位至170米，以加大水库库容和调节能力，作为引汉水源。这一方案具有以下诸多特点和有利条件：

1. 具备自流输水供水的有利地理位置和地形条件

汉江流域北部以秦岭为方山及伏牛山与黄河流域为界，东北以伏牛山、桐柏山与淮河流域为界地势西北高、东南低。丹江口枢纽位于汉江上、中游交界处，坝址位于汉江由峡谷进入岗丘及平原区的过渡地带，水库东侧的库岸为支流丹江与唐白河低丘区的分水岭，地面高程高出水库蓄水位不多，规划的引汉总干渠即由此处已建的陶岔引水渠首开始向东北方向延伸，经南阳盆地北缘绕伏牛山东南麓穿越伏牛山与桐柏山间方城垭口过汉淮分水岭，再北引于郑州西过黄河，继沿太行山东麓山前平原京广铁路线以西，向北经河南的新乡、安阳，河北的邯郸、邢台、石家庄、保定等城市西侧，直抵北京玉渊潭。

总干渠西侧由南至北分布为伏牛山、嵩山和太行山脉，东侧为唐白河平原和黄淮海平原，渠道穿行于丘陵岗地与山前倾斜平原。沿线主要控制点地段的地面高程为：丹唐分水岭约180米，汉淮分水岭方城垭口约150米，黄河北岸约100米，石家庄约85米，北京玉渊潭约50米，总落差约达100米。因此，以丹江口水库为引汉水源基地，可以实现全线自流输水供水，降低引水运行管理费用和供水成本。

从丹江口水库引水以其与淮河黄河毗邻的有利地理位置，延伸170千米即越过汉淮分水岭向淮北平原供水，继续延伸190千米，即可穿越黄河。且利用了分水岭天然有利地形，全线地势平缓，能有效地减少渠道土石方挖填数量、工程难度和工程造价。

2. 经水库有效调节，可保证引汉规划的调水量

汉江是长江中游最大支流，地处东亚副热带季风区，多年平均降水深897.2毫米，降水较丰沛，天然平均年径流量约591亿立方米，经本流域利用后，平均每年有554亿立方米径流量注入长江。

丹江口水库控制集水面积9.5万平方千米，占汉江洪水期集流面积的67%，多年平均入库水量408.5亿立方米，占全流域径流量的70%，扣除各项用水损耗，平均每年还有393亿立方米水量下泄，预计到2000年丹江口以下一般年份总耗水量约17.7亿立方米，特干旱年份总耗水量约19.3亿立方米，说明汉江丹江口以上，有较丰富的水资源可供调用。

根据1956—1986年30年水文数据，加高丹江口大坝至完建规模后，在汉江中下游不同供水条件下，可调水量分别为：

（1）满足汉江中下游用水并保持丹江口电站现有发电水平，可调水100亿立方米。

（2）满足汉江中下游用水，保证中下游同样防洪条件并基本不使用民垸分洪区，只

适当减少发电，可调水约 150 亿立方米。

（3）除加高大坝外，并兴建中下游渠化梯级工程和江汉运河，调水量可达 230 亿立方米。

从以上结果可见，加高丹江口大坝至完建规模作为南水北调引汉水源工程，因水库正常蓄水位抬高到 170 米，较现在初期规模蓄水位提高了 13 米，可增加库容 116 亿立方米，水库进入不完全多年调节，扩大了水库的调节功能。按选定的近期调水 150 亿立方米方案，不仅可进一步改善汉江中下游防洪条件，扩大防洪效益，规划的年平均 150 亿立方米调水量可以得到保证，同时为今后扩大调水量还有可靠的规划措施。

3. 水库水质优良

根据对库区水质监测资料进行的单项和综合评价结果表明，丹江口水库各监测断面的水质良好，具有色度低，硬度低、溶解氧充足等优点。按国标 GB3838—8《地面水环境质量标准》综合评价均达到 1 类水标准。单项评价中有机污染中的高锰酸盐指数相对稍高，但根据现状及预测 2000 年丹江口库区高锰酸盐指数仍符合 1 类水标准，可以满足城市生活及工业用水的水质要求。

丹江口水库库周入库污染负荷不大，有毒有害污染物很少，加之水库稀释自净能力很大，为水源水质长期得到保证提供了有利条件，是得天独厚的理想水源地。考虑到水库水质直接涉及供水区供水质量，汉江上游应列为重点水源保护区，库周边地区加强植树造林、涵养水源并制定相应的水源保护规划和保护条例，使现有优良水质可长期得到保持。

4. 通过加高大坝可更有效地发挥工程综合利用功能

丹江口水利枢纽是一座具有防洪、发电、灌溉、航运、水产养殖等五利俱全的大型综合利用水利枢纽，是治理开发汉江的关键工程，原设计正常蓄水位 170 米，坝顶高程 175 米，总库容 332 亿立方米，1958 年 9 月正式开工建设。施工过程中由于历史原因，决定将工程改为分两期建设，初期工程规模为坝顶高程 162 米，水库蓄水位 15 米，开始运行时按水库蓄水位 145 米运用。初期工程于 1967 年 7 月开始拦洪，1968 年 10 月第一台水轮发电机组发电，1975 年起，根据兴利需要已将蓄水位抬高到 157 米运用。枢纽初期工程共浇筑混凝土 326 万立方米，挖填土石方 1200 万立方米，金属结构安装 1.3 万吨，总投资约 10 亿元。丹江口初期工程建成 20 余年来发挥了巨大作用：防洪方面，至 1990 年共拦蓄汉江上游大于 1 万立方米每秒以上洪水 59 次，减少了杜家台及中下游民垸分洪运用频度，初步解除了中下游平原地区洪水威胁，特别是 1983 年有效地防御了 1935 年以来最大一次洪水（洪峰流量 14300 立方米每秒，相当于 40 年一遇秋季洪水），对保证中下游干堤尤其是遥堤安全起到极大作用，防洪直接效益约 45.9 亿元。发电方面，至 1991 年底已累计发电 855 亿千瓦时（其中调峰电量 207.75 万千瓦时），创产值约 56 亿元。灌溉方面，至 1990 年底累计灌溉引水约 77.8 亿立方米，估计灌溉效益 4.7 亿元。航运方面，改善了枢纽上下游航道条件，促进了汉江航运事业的发展。水产养殖方面，捕捞量逐年增加，还安置了移民就业，取得明显的社会效益和经济效益。

丹江口初期工程虽已发挥了很大作用，但由于初期规模的库水位偏低，库容偏小，综合利用效益的发挥仍受到很大限制，防洪、发电、灌溉、航运之间矛盾尖锐。水量和水头的利用都很不充分。

初期兴利库容约 102 亿立方米，设置防洪库容约 78 亿立方米，大部分与兴利库容重叠。汛期由于需要腾出库容防洪，往往汛期有水不能蓄而被迫弃水，汛后又可能因来水不足，水库不能充满。由于防洪库容偏小，遇 1935 年同等大洪水，虽可保遥堤安全，但尚需利用近 6.7 万公顷（100 万亩）民垸配合分洪，损失仍是相当大的。从供水看，豫、鄂两省灌溉引水枢纽进口高程系按丹江口后期规模拟定的，分别为 140 米及 143 米。由于初期规模水库水位偏低，还常因发电降低水库水位使灌溉不能自流引水或引水量不足。对发电来说，由于电站水轮发电机组系按后期选定，初期规模水头偏低，90 万千瓦装机只能发挥相当于 75 万千瓦左右的作用。发电耗水量也大。

按后期规模加高后，蓄水位提高，库容加大，防洪库容与兴利库容均相应增大很多，若遇同 1935 年的大洪水，可基本不再动用民垸分洪区，显著提高防洪效益。

加高大坝后，水库水位提高，既保证了自流引水，又扩大了可调水量，为实现引汉调水提供了可靠水源。加高大坝，提高了水库水位，水头增大，汛期电站预想出力增加，可按电站装机 90 万千瓦满发，容量效益约增加 15 万千瓦，同时还降低了单位电能耗水量。调水后，电站可主要担负电网调频、调峰及事故备用等任务。

可见，按后期规模加高大坝可以更好地发挥枢纽功能，取得更大的综合效益。特别对解决汉江中下游防洪和实现南水北调引汉调水保证可靠水源这两项重大任务，具有重大作用，且要求十分迫切，又是其他工程所不能替代。

5. 加高已建大坝工程工期短、投资省、见效快

加高工程的工程数量：混凝土浇筑 120 万立方米，土石方开挖 622 万立方米，土石方回填 560 万立方米，金属结构及钢材 1.2 万吨。为满足度汛需要及不影响初期工程在施工期间的连续运行，初步安排施工期 5 年。

可行性研究阶段按 1991 年上半年价格水平估算加高工程静态总投资 6.2 亿元（不包括引水渠首工程）。

丹江口坝址具有修建高坝的良好地质条件，能适应大坝继续加高对地基的要求，施工初期又是按设计规模正常蓄水位 170 米修建的。河床混凝土坝右部 100 米高程，左部

107～117 米高程以下坝体及其基础在决定分期建设前已均按完建规模建成，大坝基础开挖、整修、处理严格，对施工初期出现的混凝土质量问题也均按后期规模要求作了认真细致的补强处理，而在决定分期建设修改设计时，已考虑到大坝后期加高需要，采取一些必要的工程技术和结构措施，以利于后期续建施工。如非常溢洪坝段坝坡保留台阶状以便于续建混凝土上升，对建筑物后期需加大断面的部位均在已浇混凝土面设置不同布置形式的键槽以利于加高时新老混凝土结合及应力传递；两岸岸边需加宽坝底的混凝土坝段均已将坝基扩挖一定范围，以减少后期开挖爆破影响，左岸土坝采用防渗斜墙，以更适于后期防渗体衔接，坝体主要由下游加高增厚等等，陶岔引水渠首闸也只是挡水部分需随大坝加高而相应加高。

所以大坝加高工程既已无水下工程，也不存在影响加高的重大工程技术问题，工程数量相对而言，也不是很大，完全可以在 5 年内施工完成。

丹江口枢纽按后期规模加高施工，是在已建初期工程基础上进行的，交通方便，有过去施工已形成的公路、铁路及水运，供水供电条件也好，现尚保留初期工程施工的部分施工企业，仍具有一定生产能力，加高工程可以利用。天然建筑材料储量丰富，开采运输条件均较方便。

加高施工前作好施工措施规划，加强施工调度管理可以做到在不致影响现有工程正常运转情况下完成加高任务。

初期工程运用 20 多年来，根据大量的系统观测资料分析表明：基础处理可靠，工程建筑物工况良好。在运行管理单位精心维护管理下，也保证了枢纽工程安全正常运转。

总之，通过工程实际运行检验及设计研究，工程技术方面不存在影响大坝加高的制约因素。

6. 移民安置方面已积累了贯彻开发性移民方针的丰富实践经验

丹江口水库大坝加高较为困难的问题是尚有 22.43 万人需搬迁安置，这是制约工程提高水库蓄水位的重要因素，必需妥善处理。回顾丹江口枢纽自初期工程建成运用以来，为解决过去库区移民工作的一些遗留问题，自 1982 年起，国家拨出一定资金，按照开发性移民方针，设计单位与地方结合进行了完善的安置规划并组织实施，经过实践，取得了可喜的成绩和丰富经验，已安置移民的生产生活均在不同程度上取得较大改善和提高。安置区良性循环的态势已基本形成为 2000 年奔小康打下了一定基础，这为丹江口大坝加高的移民安置提供了宝贵的借鉴。

为促进南水北调引汉工程的尽早实施，在河南、湖北两省及地方大力支持下，目前已完成了翔实的淹没实物指标调查，正在开展切实可行的安置规划并拟通过试点进一步积累经验，一定可以作好安置工作。

结语

综上所述，丹江口水利枢纽地理位置优越，地形条件好．从丹江口水库引水，总干渠能以较短距离、较少工程量穿越汉淮分水岭向黄、淮、海平原地区供水。

水库按后期规模完建可实现总干渠全线自流输水供水条件。

大坝加高，库容增大，水库调节性能改善，可为调水提供可靠水源。

丹江口水库水质良好，完全符合供水区城市生活用水及厂业用水标准。采取必要保护措施，预测可以长期保持向供水区调出优质水，是南水北调中线引汉工程最理想的水源基地。丹江口水库按后期规模完建，除实现南水北调宏大目标缓解京、津、冀、豫、鄂缺水地区用水需要外，同时能更有效地发挥工程综合利用功能、扩大工程效益尤其对中下游防洪更为有益。

在目前初期工程基础上加高大坝，工程量相对不大，不存在制约加高工程实施的重大技术问题，施工期间仍可保持现有工程正常运转。

移民安置是较为困难的问题，但有了以往实践成绩和丰富经验，从实际出发，因地制宜切实搞好安置规划，认真组织实施，使移民得到妥善安置，是肯定可以实现的。

目前我国京、津及华北地区缺水形势严峻，极大地制约着该地区工农业生产发展及众多大中城市人民生活供水需要，为加快改革开放和现代化建设步伐，国家已将南水北调工程列入"八五"计划开工建设。

丹江口工程当初规划的远景调水济黄、济淮任务已成为紧迫的现实需要，并被赋予了更高要求。

根据正在进行的设计研究，完全有条件加快丹江口枢纽续建工程施工，在较短时间内建成，为南水北调中线引汉尽早通水创造条件，让丹江口枢纽工程在新形势下为国民经济发展作出更大贡献。

宏愿篇

参加全国政协组织的南水北调中线工程
考察调研纪实

张荣国

党的十五届五中全会通过了关于制定"十五"计划的建议，国务院将南水北调工程建设提到议事日程。2000 年 9 月下旬，朱镕基总理主持召开会议，听取国务院有关部委领导和各方面专家对南水北调工程的意见后，指出"南水北调的实施势在必行，要加紧南水北调工程的前期工作，开工建设"，强调"必须正确认识和处理实施南水北调工程同节水、治理水污染和保护生态环境的关系，务必做到先节水后调水，先治污后通水，先环保后用水，南水北调工程的规划和实施要建立在节水、治污和生态环境保护的基础上"。此后，全国政协主席李瑞环指示全国政协要对南水北调工程作专题调研，全国政协要起到团结调水、促进南水北调工程尽快开工建设的作用。为此，全国政协人口资源环境委员会编制了南水北调工程专题调研大纲，组织了南水北调工程东线组、中线组和综合组三个调研组，组员有全国政协委员、地方政协委员和部分专家组成。专题调研分四个阶段实施：第一阶段（2000 年 10—11 月）成立调研组收集相关资料，听取国务院有关部门汇报，邀请有关省市政协委员、专家来京座谈；第二阶段（2000 年 11—12 月）赴实地考察，听取地方意见；第三阶段（2001 年 1 月）提出东、中线调研报告，召开交流会，邀请专家座谈；第四阶段由综合组完成总报告，提出意见建议，报全国政协主席会议审定。

本次全国政协的调研涉及南水北调工程的东线和中线，以下只介绍与湖北有关的南水北调工程中线调研情况。

一、湖北省政协的准备工作

湖北省政协接到全国政协配合南水北调工程专题调研的通知后，做了周密的安排，省政协决定由蔡述明和我两位副主席全面负责，由省政协人口资源环境委员会徐久气副主任具体负责，专委会办公室负责协调、联络、服务、接待工作。下设四个小组：第一小组（材料准备组）由徐久气、李良树、陈忠义负责，负责联络各省计委、中线办、水利厅、建设厅、农业厅、交通厅、环保局、林业局准备中线工程有关材料；第二小组（赴京座谈会）由我带队，组长张中国（省政协委员、省发改委副主任）；副组长陶建生（省政协委员会常委、省水利厅副总工程师）；组员省建设厅、省环保局、省林业局和长江委各一位负责人参加；第三小组（配合调研组）由蔡述明和我全程陪同，组长蔡建成（省政协常委、副秘书长、人资环委副主任），副组长陶建生（省政协委员、省水利厅副总工程师），组员由陈书奇、喻学山、陈绍娟、刘崇熙、陈际唐、余帆、黄春发等组成。第四小组组长李玉玲，副组长陈忠义。由于省政协同仁的共同努力及我省各有关部门和沿线地方政府的积极配合，使全国政协调研组较满意地完成了在我省的考察调研任务。

二、湖北省政协参加全国政协南水北调工程专题调研第一阶段活动情况

受全国政协邀请，我率领赴京座谈小组参加全国政协南水北调工程专题调研第一阶段活动（2000 年 11 月 6—8 日）。我们听取了水利部、中国工程院、建设部、农业部、国家环境保护总局、林业局有关南水北调工程工作情况的汇报，并参加江苏、山东、湖北、河南、河北地方政协委员、专家的座谈会。在座谈会上，陶建生代表湖北省政协作了发言，表达了湖北省的意见。发言的内容大意是：湖北省作为南水北调中线工程的水源地，将坚决贯彻十五届五中全会精神，支持南水北调中线工程的实施；丹江口水库必须加坝才能调水；实现南水北调中线工程应促进汉江中下游逐步实现梯级渠化，发展灌溉、供水、水能、水产与旅游；建设江汉运河解决汉江新城以下通航、灌溉水位不足问题；在国家统一部署下，处理好丹江口库区移民外迁安置，加快实现库区移民脱贫致富；丹江口水库的调度方式应该立法，以保障水源区、受水区的合法权益。

三、湖北省政协参加南水北调工程专题调研第二阶段的活动情况

在本阶段，全国政协南水北调中线调研组赴中线工程实地考察调研，听取沿线省市的意见。中线调研组一行 25 人，组长谭庆琏（全国政协委员，建设部原副部长），副组长方樟顺（全国政协委员、国家地震局原局长），调研成员属全国政协常委、委员的有李慈君、田均良、何开韬、张红武、曾庆存、蔡延松、徐麟祥、陈宗皋、黄光谦、刘明，属地方政协及特邀专家的，除我之外，还有黄伯明、袁檀林、蒋克训、邵益生、刘毅，以及全国政协工作人员 5 名。调研考察历时 12 天（2000 年 12 月 3—14 日），先后对水源区的汉江中下游泽口闸、谢湾闸、江汉运河出口（高石碑）、汉江遥堤、大柴湖移民安置区、碾盘山坝址、崔家营坝址、王甫洲梯级、余家湖煤码头进行考察，对水源区的丹江口水利枢纽及水库进行考察，还对中线工程输水总干渠的重要节点陶岔进水口、方城垭口、穿黄工程、穿漳工程进行了考察，此外还考察了白龟山水库坝址、东武仕水库、邯钢废水处理回用、邯郸市的污水处理、百泉灌区、石津灌区的萎缩情况，考察了邢台水厂，考察了白洋淀的干枯情况，考察了北京市第九水厂和有机化工厂的节水措施。调研组沿程分别听取了湖北、河南、河北、北京等省（直辖市）政府、地市政府及有关部门的汇报。调研组自

天考察，晚上开会讨论，在考察过程中，中线工程设计总成单位长江水利委员会派员全程陪同，并向调研组不断介绍中线工程的论证方案、规划设计示意图，提供调研组需要的技术资料，为调研组建言献策提供科学依据。12月14日，调研组在北京做了调研小结，完成了调研第二阶段的任务。

四、湖北省对南水北调中线工程的意见

2000年12月3日，全国政协调研组在武汉东湖宾馆听取湖北省的汇报。参加会议的省领导有省委副书记王生铁、副省长张洪祥、政协三位副主席（丁凤英、蔡述明和我），政协委员还有陶建生、喻学山、陈绍娟、陈书奇、徐久气，此外还有省部门负责人熊茂浩、吴克刚、段世耀、任国友，长江委也派8人出席了会议。

汇报会先由长江委作南水北调中线工程的全面介绍，之后由省计委副主任、省中线工程办公室主任熊茂浩代表湖北省作汇报，其主要意见是：

1. 省委、省政府一如既往地支持国家对南水北调中线工程的决策；

2. 坚持丹江口加坝调水方案，这是汉江防洪的需要，是调水的需要，也是汉江中下游环境用水的需要；对汉江中下游实施合理补偿，补偿的碾盘山工程应与主体工程同步建设，补偿的引江济汉工程应列为一期工程适时兴建；充分考虑丹江口库区的实际，制定合理的移民补偿安置标准，妥善安置好移民；湖北省不分摊丹江口加坝投资；制定丹江口水库调度法规以满足北方需水和保障汉江中下游用水；切实加强水源区的前期工作。

张洪祥副省长在会上也做了发言，发言的主要内容是：南水北调中线工程省委、省政府一致表示赞成；汉江中下游是湖北的精华所在，赞成丹江口加坝方案，它既能解决汉江洪水威胁，又解决受水区和水源区的用水，实现"南北两利，南北兼顾"；借南水北调中线补偿汉江中下游的机会滚动开发汉江；在中线工程涉及的各省市中，湖北省是弱者，希望全国政协协助反映湖北省的意见。

王生铁副书记在会上也作了发言，发言的主要内容是：全国政协考察中线工程，对促进工程尽早开工建设有积极意义；湖北省拥护南水北调中线工程，工程兼顾南北，惠及当代，造福子孙，政治经济意义深远；实施此项工程相应条件，必须加坝调水，建引江济汉工程；要求提出最佳工程规划设计方案。

五、南水北调中线工程受水区省市政府的主要意见

1. 河南省

省委、省政府坚决拥护并积极支持南水北调中线工程建设；赞成引水总干渠一次建成，不赞成分期建设；丹江口大坝加高，库区移民与总干渠河南段同步实施方案；成立由国家控股，地方、城市和用水企业参股的有限责任公司，负责主体工程的资金筹措、建设与运

行管理；建议增加中央投资比重；移民安置给予更多优惠政策；建议尽快调整现有丹江口水库调度方案，保证已建的引丹灌区健康发挥效益。

2. 河北省

南水北调中线工程是解决河北省缺水不可替代的最佳方案，应尽快实施；中线工程加坝调水 145 亿立方米方案的总干渠应一次建成，不赞成分期建设；中线工程是公益性的水利基础设施，同意国家与地方共同投资兴建，但国家应是投资主体；同意采取政府宏观调控下的市场经济动作和分省参与的联合管理方式，总干渠应采用国家与地方共同管理。

3. 北京市

南水北调中线工程是北京市从外流域调水的优选方案，总干渠北京段应一次建成，保证入京净水量 12 亿立方米；赞成组建供水公司，同意工程按市场经济方式运营；尽早决策修建张坊水库，解决总干渠北京段的水量调蓄问题；盼望中线工程尽早开工，希望汉江水在 2008 年前送入北京。

六、全国政协南水北调中线工程专题调研成果介绍（即专题调研第三阶段活动）

2000 年 12 月 27 日，全国政协人口资源环境委员会召开南水北调中线工程调研成果交流会，除参加调研的政协委员外，会议还邀请了在京部分专家参加。全国政协主席李瑞环出席会议，听取汇报。会议首先由人资环委副主任张春国作南水北调工程规划介绍，东中线调研组分别作调研成果汇报。中线调研成果主要意见如下：

1. 南水北调中线工程"势在必行"，应尽快开工建设。

2. 中线工程的供水目标是唐白河流域、淮河中上游和海河流域西部平原的湖北、河南、河北、北京、天津五省市，重点是京、津、冀 20 多座大中城市的供水，并兼顾沿线生态环境和农业用水，受水区应当尽量用好当地水资源和做好节水工作的基础上才能用外调水。中线工程多年平均调水 145 亿立方米的调水规模是合理的。

3. 实施步骤，多数赞成按设计规模一次建成。输水方式是明渠或管道输水，或明渠结合管道输水，建议从技术经济及社会效益上作进一步比较论证。建议重要城市供水用管道输水方式解决。

4. 为了向北方地区输水，丹江口水库大坝必须按原设计加高坝体，设计蓄水位由 157 米提高到 170 米，库容可达 290.5 亿立方米，由年调节变为不完全多年调节。

5. 调水必须对汉江中下游实施合理补偿，必须兴建汉江兴隆水利枢纽。引江济汉工程视三峡工程建成后大坝泄水对引江口门的影响程度确定后再研究是否上马。

6. 丹江口大坝加高水库淹没及移民安置数量大，但鄂豫两省均支持水库移民安置工作，应尽快编制移民安置规划，借鉴三峡库区移民经验，加强移民试点工作，探索不同形式的移民安置办法。

7. 南水北调中线工程是特大型公益性水利工程，建议以国家为主，国家和地方共同投资兴建。建议主体工程投资额中贷款额占20%，适当延长贷款期，中央财政给予一定贴息。建议资本金部分，中央与地方投资比例为 7 ∶ 3，建议中央给地方一定的筹资政策，例如允许发行南水北调债券等等。

8. 汉江上游及丹江口中区生态环境脆弱，水污染不可忽视，建议将汉江上游及库区列入国家天然林保护工程中的国家还林还草项目。建议将丹江口水库加坝工程列入国家重点防洪工程项目计划。建议颁布丹江口水库上游来水区及库区的生态保护条例，并严格执行，严格管理。

9. 建议水利部统筹安排陕西省汉水流域的用水（含外调水），以保证丹江口水库的来水量。

以上是我与湖北省政协参加全国政协南水北调中线工程考察调研情况的纪实，这是全国政协规模最大、最系统的一次南水北调工程考察，考察所提出的建议对"加快南水北调前期工作，尽快开展建设"起到积极的促进作用。此后，全国政协副主席李兆焯于2004年10月率团考察丹江口水库移民安置课题，全国政协副主席张思卿于2005年9月率团考察调研南水北调东、中线的文物保护课题，对做好南水北调工程的移民安置及文物保护工作均起到了积极的推动作用。

林一山的跨流域引水与国土安全 [*]

崔保新

说起林一山的大名，人们往往把他与长江水利综合治理联系在一起。林一山同志是长江委创始人、领导者，对水利问题有很深的见解。他品德高尚，博闻强记，著述甚丰，对长江综合治理、葛洲坝工程、三峡工程建设做出了不可磨灭的贡献，是共产党内不可多得的专家。这是人们一致的评价。

但在我眼里，林一山也是一位政治家。他是通过治水体现政治抱负的。林一山生前曾与毛主席有过 6 次长谈。他们除了谈水利、谈三峡外，还谈到边疆安全、民族关系等与水利有关的政治问题。能与大政治家长谈的人，至少也算半个政治家吧。中国自古是农业大国，水利是农业的命脉，政治始终与水利联系在一切。水能载舟，也能覆舟，单从水利上理解也说得通。林一山真实细致地记述了他与毛主席的 6 次谈话，目的是对历史负责，是政治家优良素质的体现。

林一山离休后，出任水利部顾问。虽然他身患癌症，视力几乎丧失，但还是奔走在祖国的山山水水之间，在全国范围内发挥他的治水才能和思想影响力。作为一名政治家，林一山的见解不仅体现在综合治理开发长江上，还表现在他关于边疆治水的方略中。

国土和民族团结千金买不到

2009 年 7 月 5 日，乌鲁木齐发生了暴力犯罪事件。7 月 13 日，一篇题为《林一山谈大西线调水与新疆民族问题》的文章，便出现在互联网上。时间绝不是巧合，这篇文章显然是有针对性的。

文章的作者叫邓英淘，系中国社会科学院经济文化研究中心教授，他曾协助林老整理著述。邓英淘曾在 20 世纪 80 年代撰文说："据预测，到下个世纪 30 年代，我国人口总量将达到 16 亿～ 17 亿，比今天增加约 4 亿人口。这 4 亿人住到哪里，吃什么？喝什么？以什么为业？"这是一个事关国家全局的大问题。林老的晚年就是围绕着这个问题耗尽了心智。

作为水利专家，林老为国家算了一笔大账："我国新疆、西藏、青海、宁夏和内蒙古

宏愿篇

---

* 节选自《林一山会刊》第四辑，文章标题有改动。

这 5 个省区的面积近 480 万平方千米。东边 480 万平方千米养活了约 12 亿人口，西边这一半养活了约 5000 万人。目前我国耕地 20 亿亩，人均 1.6 亩，当人口增加到了 16 亿时，要保持这个水平不下降，至少还要增加 5 亿～ 6 亿亩耕地。由于人民生活水平的提高，对畜产品的需求将会大幅度增加，因此可灌溉的人工草场大致也要增加 5 亿亩。这些耕地和草场从哪里来？从目前的情况看，主要只能来自新疆、宁夏、陕西和内蒙古西部。这里土地平坦，光热条件很好，只要有了水，作物产量会大幅度增长。例如内蒙古呼伦贝尔的天然草场，不浇水时亩产二三百斤，浇上水，产草量可达几千斤。另外，通过灌溉和草场改良、荒漠治理，还可以使我国的沙尘暴得到有效控制。显然，随着我国的现代化和人民生活水平的不断提高，需要西部农牧业有一个大发展。而这一切都离不开水；这样的水量又只有大西线才能供得起。另一方面，这种农牧业的大发展又使得兴建大西线成为有利可图的大业。"

新疆在全国的战略地位远远不止于此。新疆国土面积占全国 1 / 6，石油储量占 1/3，天然气、煤炭储量占 2/5，多种矿产储量都名列前茅。新疆土地广阔，光热资源好，人口 2100 万，人少地多。气象专家分析，西藏有水缺热，青海缺热缺水，新疆有热缺水。水可调，热不可调。有经济专家测算，只要解决水源问题，理论上新疆可养活 3.5 亿人口。2007 年，国务院针对新疆经济社会发展专门出台了有关文件。文件明确指出：新疆是中国能源资源战略基地，是西部地区经济增长的重要支点，是中国向西开放的战略屏障，在全国发展和稳定大局中具有特殊重要的战略地位。

在新疆问题上，林老颇具战略眼光："现在对于西部开发，有一些人死抱着单打一的技术观点，没有一种综合的水利规划概念。对于向西部引水和促进民族团结、巩固西部边疆这样一个重大问题，他们根本不考虑，不懂得西部开发的含义是什么。实际上，除了工程技术和西部的经济开发之外，还有很重要的社会、政治问题。我们的国家能不要西部吗？如果要西部，就要实现民族团结；如果要民族团结，就要实行民族杂居。只有这样，才能使我国的领土、主权保持完整。杂居带来的是文化和民族的融合，而不是统治、侵略。比如，我国的西南地区少数民族也很多，但没有民族分裂的问题。从长远看，西部的大开发和民族团结是千金买不到的！我们的民族政策很好；但再好，那些要搞民族分裂的分子还是不买账，尽管大多数民族群众不愿意分裂，但一小部分民族分裂分子利用民族矛盾，不断制造和挑起冲突。因此，没有民族杂居，就不会有民族团结。在西部大开发中，这是一个必须解决的非常重大的问题。"

林老指出："毛主席在 1949 年就考虑过这个大问题，那时他有一个移民计划，包括向西藏和新疆移民。我看过这个计划。另外，我还听说，毛主席对周总理说：我们除了考虑国家内政外交的大政方针外，还要亲自掌握像南水北调、大三峡和铁路通拉萨这样几个重大问题。西部问题基本上是一个民族团结的问题。毛主席的移民计划，有不同意见。王震在新疆搞农垦，做民族工作，很有成效。新疆的民族构成有很大改变，对一些民族分裂分子是个很大的抑制。但是，现在南疆还不行。而通过向南疆调水，开发农牧业，这个问题就自然解决了。因为开发这个地区，不能与当地人争水争地，否则会给民族分裂分子以口实。"

十多年过去了，林老的这番话言犹在耳，他对西部问题的分析，多么准确多么深刻啊！

林老说："边疆地区没有民族杂居，国土就保不住。80年代中期，有一些同志也讲过西部的问题，那实质上是不要新疆和西藏了。晚清的李鸿章和慈禧说新疆地广人稀，不要算了。左宗棠不同意，他是陕甘总督。他说：你们把新疆给了俄国，我这里陕甘就成了边疆了。后来，他带兵收复了新疆。新疆是个多民族地区，但维吾尔族占绝对多数。近十年，汉族人口从39%降至37%，维吾尔族人口从45%上升至47%。今后，必须从内地向那里再移一部分人口。例如，内蒙古，由于汉人占多数，民族分裂分子就成不了气候。所以说，民族地区，没有民族杂居，国土就保不住。这一条，那些抱着单打一技术观点的人根本不考虑。现在，国土多少钱能买到啊！"

林一山的大西北调水计划

如果探讨制约新疆发展的深层原因，无可避免会涉及经济生态上，那就是一个"水"字。这一点毛主席、林一山都看得很清楚。要在新疆、西藏实现民族杂居，就要大规模移民，而移民要以跨流域调水为前提。在一定程度上，调水才能开荒开矿，开荒开矿才能大规模移民。大规模移民，才能确保新疆长治久安。

为解决新疆水资源短缺问题，林老提出了经过踏勘和缜密研究的大西北调水计划。"从我们已有的研究看，在巴颜喀拉山以南可自流引水500多亿立方米，其中怒江近200亿，澜沧江约100亿，金沙江和雅砻江约200亿，大渡河约50亿。需要时，还可从引水线路的下游提水300亿～500亿。从现在的工程造价和水价看，如引、提1000亿方水兴办的工程，在经济上是合算的。随着将来水的稀缺程度越来越高，其经济价值也会越来越大，那时，还可从雅鲁藏布江调水几百亿立方米。不过，这是将来的事了。大西线调水，无论从工程技术的可行性和经济的必要性上看，都不存在根本性的困难和障碍。说到底，可归结为一个投入多少资金的问题。根据拉萨海拔3600米的工程施工经验，我们对前述大西线调水的工程概算约为8000亿元。"

在大西线调水问题上，林老是十分重视技术可行性的。"根据长办丰富的规划、设计和施工经验，无论从筑坝、打洞、开挖明渠、修建提水泵站，我们的大西线方案，在技术和工程上，应该说没有不可克服的困难。在阴山与贺兰山之间有一条地质断裂带，水进入黄河后可以从这里往西走，向新疆引水很顺。这里海拔是1250米，往西一直到哈密那里的海拔约900米。从贺兰山往西，内蒙古西部地势平坦，基本都是沙漠：乌兰布和、腾格里和巴丹吉林，它们连成一片，面积约有 28 万平方千米。目前，这里只有少数地方可以灌溉，将来有了水，这块大沙漠就全变成了大草场！"

"另一条线是河西走廊，这里有一条 1400 米的等高线。可以把水引到塔里木盆地的罗布泊，再往南引就过远了。这样，内蒙古西部、河西、东疆和南疆的一部分的水就都可以解决了。

"另外，我研究了很久，发现从草地若尔盖下面不远处，开条明渠，沿 2800 米等高线（格尔木以南），沿途都不用打洞，就可以一直到青海和新疆交界处的阿尔金山。在这里有一段刚刚高于 2800 米，约 3000 米，打一个 1000 ～ 2000 米的洞子就过去了。山中间有个湖，缺口朝向新疆，可以蓄水；在这个地方可建水闸控制。从这里下去，水就到了塔克拉玛干大沙漠了，这里海拔约 1100 米，落差可达 1700 米。水多了，就可以发很多电，然后水可以进入塔克拉玛干的干渠了。"

林老对边疆的未来充满了忧患意识。他指出："今天，民族问题突出的地方，就剩下新疆和西藏了。没有民族杂居，将来保不住的！我们的后代是谁接班，谁知道啊！国土没有居民，是不成的。西藏的问题有些不同。凡是海拔低的地方，他们不喜欢，因为在 3000 米以下，牦牛难以生存，气候太热了。高的地方，我们住不了，他们喜欢；低的地方，我们愿意住，他们不喜欢。这样，西藏就不会变成单一民族。"单从中国未来的国土安全计，大西线调水工程都应是当代领导人面临的迫在眉睫的决策性问题。

今天，我们用古人的立德、立功、立言的标准来衡量林一山，他都是能站得住的。新中国能有像林一山这样集水利专家、政治家、战略家于一身的杰出人物，应该是我们这个社会和民族的大幸。

林老离开我们快两年了。今天我们重新品读他的言论与思想，是为了更好地建设我们的国家，巩固我们的边疆。我坚信，林一山大西部治水思想是不朽的，他的大西部治水宏图一定会变为现实。后人会以一个繁荣富强开放稳定的新疆告慰他的英灵。

欣闻南水北调中线送水抵京津，怀念毛主席、林主任

许正甫

1953年，春寒料峭，毛主席乘"长江"舰由武汉顺江而下，视察长江。在舰上，毛主席听取了长江委老林主任的汇报，提出："南方水多，北方水少，能不能借一些水给北方。"在得到林主任的认同后，他拿着笔在林一山带来的地图上，沿着长江与黄河的分水岭依次询问调水地点。

从地形看，汉江上许多地方都可以调水；但当时水文资料有限，林主任只能凭自己的地理知识迅速作答，但汉江到底有多少水可调，怎么调，从哪里调，他心里没底。这可是向毛主席做的承诺啊。

所以林一山一回到长江委，就亲自向第二查勘队布置任务。因为他知道二勘队技术力量比较强（全队14人，其中工程师4人，技术员3人）、经验比较丰富。二勘队得知是毛主席直接交办给林主任的任务时，特别兴奋，立即做好资料收集和出差准备。

我知道林主任有1/100万地图集，是他在革命战争中的战利品。就斗胆（因为第一次见这么大的领导）去向林主任借。林主任知道是二勘队要用，欣然应允。二勘队很快就出发了。我们先到西安与地方联系后，再经两天的崎岖跋涉，跨越秦岭，抵达旬阳县城。在这里，我们以手头的1/5万军用地图和从林主任那里借来的1/100万地图集为依据。结合对汉江河段勘测结果，第一次提出了引汉济黄的设想方案——在汉江旬河口下两三千米筑坝，将江水蓄到超过西安地面。就可利用旬河部分河道作为引水明渠，继而连接垂直开挖穿越秦岭的隧道，然后引水进入渭水到达黄河。初步估算可引水大约400立方米每秒，年引水水量相当于黄河年水量的1/4。需开挖隧道石方4000万立方米。同时设想可以采取四个以上的开挖面。

这个工程量虽然很大，但大家都认为：在党的领导下，应该没有什么大困难。因为非常高兴。回汉后队长直接向林主任汇报，林主任也很高兴，并将此报告了毛主席。

几天后，林一山主任竟然设宴招待了二勘队全体队员，直接给我们转达了毛主席闻讯后的喜悦。

尽管当时我们始终认为这个方案完全可行。但是长江委的一些工程师，如王咸成等，认为工程量太大，还可以进一步做一些方案比较。据此，林主任要求二勘队从旬河口沿汉江向下游查勘，寻找更加优越的方案。与此同时，以王咸成为代表的工程人员等，在历史资料中继续寻找可能方案。

二勘队在旬河口以下的汉江上又找到另一支流，其情况与旬河相似，需开凿穿越伏牛山的隧道。两者进行比较后，认为工程量仍然很大。1955年，王咸成在历史资料中发现，叶县附近的江淮分水岭有一个垭口（即今天的方城垭口），是前人曾经考虑过引白河水东去的位置。从这里可能以明渠接丹江口水库引水送京津，这就是现在选定的引水京津的明渠路线方案。更令人兴奋的是，丹江口水库是二勘队在1952年已进行查勘与初步规划的枢纽，坝址已经选定，相关测量与调查初步完成。如果历史资料可靠，从丹江口水库开明渠引水经江淮分水岭入黄，当然是最佳选择。因此林主任再派二勘队前往叶县实地查勘落实。

我们在查勘过程中，翻阅了地方志，走访了当地老人，又做了水准测量。经过分析，该方案具有绝对优越性。只是此时二勘队选择的水库正常蓄水位为150米；如果想自流引水京津，正常蓄水位必须是170米。因此林主任将丹江口枢纽与引水的规划设计作为长江委的重要任务，将设计正常蓄水位确定为170米；同时确定丹江口水库为汉江第一期开发工程。长江委同时成立引水室，配备强有力的技术力量。

1958年9月1日，丹江口枢纽按170米标准正式开工。但是不久后，因工程出现质量事故，同时国家经济遭遇暂时困难，工程被迫停工，做大坝补强设计。此时，各种不同意见都出来了。

首先，是引水工程该不该做，汉江有没有水可调。"何如引水到天河"，这是当时反对派的有名诗句。他们还提出了各种好笑的方案，如列车运水、从黄河支流沁河引水等。

其次，是大坝该修到什么高度。最有力的反对意见是丹江口水库蓄水必须以159米为限。在各种阻力下，林主任同意按低水位方案上马，但是大坝基础等仍按170米的标准做。经中央批准、相关地方支持与配合，1964年工程恢复混凝土浇筑，1965年复工，1973年建成。后来，《人民日报》拟发表《丹江口水利枢纽建成》的通讯表示庆祝，送给林主任看。林主任增加了四个字，改成《丹江口水利枢纽"初期规模"建成》，报纸也按此发表了。

与此同时，长江委还继续组织力量对陶岔等引水闸进行设计，通过该水闸，可以引丹江口水库的水灌溉唐白河流域。如今的南水北调中线引水口，就设在陶岔，这也可看出林主任的先见之明。

2014年中线终于送水京津了！一位美籍华裔水利专家对我说："不能不佩服林主任的远见卓识。就大坝一项而言，当年如果不是按170米基础修建，就不可能这样轻而易举地迅速直接加高；整个工程设计施工的复杂性、工程量、投资与时间都不可同日而语！"有新闻报道，在即将通水的前夕，央视记者到丹江口枢纽采访时，工作人员在坝体内，指着许多设备说，大坝蓄水位加高后，这些仪器设备的基础部分都可以继续应用。言下之意，过去规划设计与实施是完全正确而有远见的。

本人虽然没有自始至终参加南水北调工程工作，但参加了引水渠道的开始与其选线过程，以及丹江口枢纽的查勘大坝选址与规划工作；一直关心其争论与结果等。在编写长江流域规划要点报告中，我高兴地看到这些设想与成绩。

记得1959年的"长流规要点报告"中有一段话，"南水北调，将使中国人民自古以来梦想把江南移到北方的愿望，完全实现了，而且将使著名的长江三角洲，由苏杭一直扩大到京津，由大别山扩大到长城脚下——在毛泽东时代的中国人民，会亲眼看到，华北水网化和河网化的实现，约等于两倍黄河的水量的巨大运河由三峡北去，切断巴山、秦岭纵割中原，但却驯顺地像天上银河那样清澈平静指向平津滚滚而来。这将是不久就要实现的宏伟事业，而不是什么遥远的理想了"。（引自1959年《长江流域综合利用规划要点报告》第一册，第24页。）这是现实主义的，也充满浪漫主义的情趣。

在20世纪70年代的国务院的一次会议上，周总理问，现在许多大型水利工程有能够体现五利俱全的吗？林主任在座，说，有"丹江口水利枢纽"。所谓五利，就是防洪、发电、航运、灌溉及水产养殖。

我作为一名具体工作人员，看到南水北调中线供水京津，不能不感怀林一山老主任的魄力、毅力，以及不计较得失的心态，特别佩服他那种顶住各种压力时体现的咬定青山不放松的精神。他在年近八旬，眼睛几乎失明的情况下，还亲自到长江源头巴颜喀拉山下实地考察，提出长江上游、怒江、澜沧江，南水北调西线引水方案。写出几十万字的初步规划报告。这就更令人敬佩与怀念！

南水北调中线工程，林主任也有遗憾。那就是当年他认为"三峡水库必须与丹江口水库联合，调水水源才有充分的保障"。当三峡水库批准上马时候，他坚持190米蓄水位，最好195米。这样三峡水库就能够自流进入丹江口水库，也就完全解决了汉江丹江口水量不稳定，同时对汉江中下游水量可给以充分补偿，发挥更大效益。可最后中央决定的三峡工程正常蓄水位175米，他的想法就不能实现了。他幽默地说，这好比是一件极好的大人衣料，做成了小孩衣服。可惜！

写到这里，作为长期参加长江治理工作的一员，我还自然想到毛主席对于长江开发治理的亲切关怀。他在1951年批准荆江分洪工程建设，1952年工程以75天的高速度建成时。他题词"为广大人民的利益，争取荆江分洪工程的胜利"。1954年长江发生特大洪水时，荆江分洪工程三次启用，为保住危在旦夕的荆江大堤发挥了无可替代的作用。1955年3月，他题词："庆祝武汉人民战胜了1954年洪水，还要准备战胜今后可能发生的同样严重的洪水。"这是老人家对长江人民的关怀鼓励与鞭策：要求我们做好长江防洪工作。毛主席还非常关心武汉长江大桥的建设。要求中国通过武汉长江大桥的建设后，以后建大桥就不要请苏联专家了。关于三峡水利枢纽，他在1953年视察长江时，就在"长江"舰上听林主任做汇报。1958年视察三峡时，他走进驾驶室问大副（舵手）："我们在这里建设一座水坝，你说好不好。"大副连连点头。他在《水调歌头·游泳》中写道："更立西江石壁，截断巫山云雨，高峡出平湖。神女应无恙，当惊世界殊。"将其宏伟理想，现实地，也是浪漫地表现出来。老人家还在他77岁寿诞之日，亲自批准葛洲坝上马，其批示："赞成修建此坝。现在文件设想是一回事。兴建过程中将要遇到一些现在想不到的困难问题。那又是一回事。那时要准备修改设计。"

听到南水北调中线的送水到京津的消息，这点点滴滴都不能不让我们深深地怀念与无限地敬仰毛主席、林主任。

160米，终成历史*

——喜迎丹江口水库水位突破历史最高纪录

常怀堂

金秋十月，神州大地处处呈现出秋粮归仓、果实飘香的丰收景象。就在全国人民喜庆丰收之时，从南水北调中线工程水源地丹江口传出一个振奋人心的消息：2014年10月17日13时，丹江口水库水位突破历史最高纪录160.07米，上升到160.08米。这标志南水北调中线工程已完全具备向北方送水的条件，同时也向世人宣告：毛泽东构想的"南水北调"即将变为现实。中华儿女历经半个多世纪奋力拼搏建设的南水北调中线工程已全面建成，北方人民世代期盼的调水梦即将成为现实。

这振奋人心的消息，已成为各大新闻媒体所聚焦和关注的热点与重点。一库清水送北方，已成为受水区和水源区人民街头巷尾争相议论的话题。

这振奋人心的消息，使当年参加丹江口工程建设，并在1983年10月初投入抗洪抢险的老领导、老同志心情格外激动，他们不顾年老体弱，纷纷要求上坝看一看水位突破历史最高纪录的情景。

10月18日9时，汉江集团公司离退休老干部，在集团公司离退休职工管理处的统一安排下，满怀激情地登上了海拔176.6米的坝顶。

老同志们站在坝顶，遥望水天相连的库区，浩瀚的水域一览无余。在坝顶上行走时，雄伟的丹江口大坝稳如泰山，这让他们回想起1983年10月初洪水将要漫坝的危险情景。

时任丹江口水利枢纽管理局水库调度处副处长的陈保亚、水工厂厂长许荣发、技术处处长杨献忠等人，争相讲述他们在1983年迎战特大洪水的惊心动魄的情景。

当年笔者陪时任《湖北日报》社驻郧阳地区记者站站长林胜固上坝采访。我们上到坝顶，走在人行道的铁板上，感觉整个大坝在上下摇晃。当他看到洪水已上升到160.07米，离坝顶只差一米多时，突然大声对我说："不得了，不得了，洪水再涨就要漫坝了。"这真叫人心惊肉跳、毛骨悚然啊！

1983年9月底10月初，经过气象预测，汉江上游没有大的降雨过程。为了早日蓄水

* 原载于《大江文艺》2015年第1期。

宏愿篇

多蓄水，有关部门将库水位提升到了 156 米多，逼近正常蓄水位 157 米。恰在此时，汉江上游突降大到暴雨，10 月 3 日出现特大洪水，10 月 6 日入库流量达 34300 立方米每秒。尽管丹江口水库打开所有闸门，让下泄洪水流量超过 20000 立方米每秒，但因来水太多，水库水位仍迅猛上涨，到 10 月 7 日 20 时涨到了 160.07 米，创下丹江口水库蓄水以来的最高水位纪录。

为了确保大坝及汉江中下游和武汉市千百万人民生命财产的绝对安全，丹江口水利枢纽管理局党政领导，率领全局处以上干部上坝抗洪抢险，日日夜夜坚守在大坝上。大家纷纷表示：人在坝在，誓与大坝共存亡。

时任丹江口水利枢纽管理局局长綦连安站在坝顶上，指着汹涌的洪水说："我们要竭尽全力战胜这场特大洪水，确保大坝和中下游千百万人民生命的绝对安全。不保住丹江口大坝，我们将成千古历史罪人。万一洪水漫坝、出现了险情，我将随洪水泄到东海，去见东海龙王。"这充分表现他人在坝在的决心。

在召开抗洪抢险紧急会议时，为了预防万一，让城区居民做好疏散的准备，丹管局特要求丹江口市有关部门先试拉一次预警警报。可预警部门的人员在事先没有向市民说清楚情况时就拉响了警报，结果造成全市人民惊慌，以为大坝被洪水冲垮，纷纷举家外逃。人们冒着大雨，用板车拉着衣被、家具、电视机，牵着羊、赶着猪，争相夺路向王大沟和金岗山逃难，丹江口市整个城区乱成了一锅粥。

当时，为了及时报道丹江口大坝抗洪抢险的情况，我每天 20 时用手摇电话向《湖北日报》社夜班值班编辑电话报稿，我写的报告文学《34 小时》、通讯《遥测千里水，驯服万丈波》等稿件，均被《湖北日报》及时刊登。

通过先进的库区水情遥测设备和科学、合理的洪水调度，我们终于战胜了这场特大洪水，确保了大坝的安全。为此，我与他人合作，编写了电视连续剧《在暴风雨中》（上、下集），很快被拍摄、制作出来，并于 1984 年 12 月 10 日在湖北电视台播放，后又被中央电视台播放。

如今，清澈的汉江水就要沿全长 1400 多千米的人造明渠，滔滔不绝地自流到北京和天津，这让我想起了丹江口工程建设总指挥部政治委员、湖北省委书记王任重和总指挥长、湖北省省长张体学，他们为丹江口工程建设起到了举足轻重的作用，做出了巨大的贡献，我们将永远铭记他们不朽的功绩。

现在可以告慰王任重老书记的是：1959 年 5 月 1 日，您在工地施工现场写的《赞丹江工程》诗中最后一句："指挥江流向北京"，即将变为现实。

2010 年，汉水进京[*]

——写在南水北调工程专题规划全部通过审查之际

孙军胜　曾祥惠　孔奇志

2001 年 12 月 10 日，初冬的北京刚刚下过一场大雪，寒意浓浓。然而，南水北调总体规划最后两个专题审查会场却暖意融融。

下午 4 时，当水利部副部长、水利部南水北调领导小组常务副组长张基尧宣布：南水北调工程总体规划 12 个专题规划全部通过专家组论证，近期将报送国务院。顿时，会场内响起了热烈的掌声——历时半个世纪的南水北调工程，从此进入倒计时阶段。

南水北调东、中、西三线工程中，造福北京的是中线工程，水取自我省汉江上游的丹江口水库。作为中线水源区，南水北调一期工程完成后，丹江口水库每年将往北方输送 95 亿立方米优质水，二期工程竣工后每年输水 130 亿立方米左右。

如此调水量，会不会影响汉江中下游用水条件，破坏当地的生态环境，阻碍汉江中下游经济、社会发展呢？为解答这些疑问，本报记者近日走访了水利部、中国环境科学研究院部分领导、专家。他们在接受采访时均表示：采取一些必要的工程措施，南水北调可以做到南北互济、南北两利！

汉江有水　可以北调

根据 1956 年至 1997 年系列水文资料分析评价，汉江流域年均降水总量为 1405 亿立方米，丹江口水库以上 848 亿立方米，扣除地下水与地表水相互转化的重复水量，全流域水资源总量为 582 亿立方米，丹江口水库以上为 388 亿立方米。

1958 年提出的《汉江流域规划报告节要》明确提出，汉江流域规划任务就是治理汉江洪涝灾害、综合利用水资源，并在满足本流域国民经济发展用水要求外，尽可能引水济黄和引水济淮。

水利部南水北调规划设计管理局副总工程师韩亦方，对调水有一笔细账，也有如何用好水资源的精到见解。她告诉记者，南水北调中线一期工程年调水 95 亿立方米，占丹

＊原载于 2002 年 1 月 4 日《湖北日报》1 版。

宏愿篇

江口水库水资源总量的 24%，占全流域水资源总量的 16.4%；即使二期工程年调水 130 亿立方米，也只占全流域水资源总量的 22.4%，占丹江口水库水资源总量的 33.5%。

作为长江最大的支流，汉江水资源总量比较丰富，其河川径流量相当于一条黄河，但水资源开发利用率却比较低，消耗量仅占天然径流量的 7%。长江委《南水北调中线工程规划》数据，汉江中下游以干流及其分支东荆河为水源的地区，包括十堰、襄樊、荆门、潜江、天门、仙桃等地区的 21 个县市及五三、沙洋、沉湖农场等，共有耕地 1082 万亩（其中灌溉面积 965 万亩），总人口 1152 万人（其中城镇人口 381 万人），至 2010 年，农业需水约 85 亿立方米，工业需水 47.8 亿立方米，城镇及农村生活用水 13.4 亿立方米，其他需水 4.8 亿立方米，合计 151 亿立方米。这 151 亿立方米水，实际上平均每年只有 39 亿立方米被真正消耗，剩下的水和干流江水一道，都源源不断地汇入浩浩长江。

由此可见，汉江流域水资源在满足本流域社会、经济与环境发展用水后，尚有多余的水资源可外调。

四大工程　减小影响

南水北调中线工程从丹江口水库调水后，丹江口水库下泄流量和中下游区间来水仍可以满足汉江中下游地区现状和发展用水需要，但由于调水改变了水源区水资源的自然分布，必然会对汉江中下游的水情、河势、生态、环境产生一定的影响。

干流流量趋于均化。调水后，按国务院领导人提出的"先生态，后调水"原则，丹江口水库保证 500 立方米每秒的下泄流量，因此干流枯水年和枯季流量加大，中水流量（600 至 1250 立方米每秒）历时减少，中下游河床变化总趋势向单一、稳定、窄深、微弯型发展，仍在冲刷的下游河床冲刷强度减弱。

用水不便。调水后，虽然水资源总量能满足汉江中下游用水需求，但由于水库下泄流量均化，来水和需水，尤其是农业需水在时间分布上不尽协调，难以完全满足沿岸工农业发展用水的水位要求，沿江引提水闸站的供水能力受到不同程度的影响，如罗汉寺、兴隆、谢湾、泽口等农业灌溉闸，不能再自流引水。

对水质和环境的影响主要表现在流速减缓、自净能力略有下降，另外，中丰水流量及历时减少也会降低东荆河的分流机会，造成东荆河水质和用水条件进一步恶化。

对航运也有影响。调水后，汉江中下游河势的变化对航运有利，但下泄流量中水时间缩短将影响航运部门的营运效益，汉江造床流量减小，也将增加河道整治的难度和成本。

对此，张基尧副部长郑重指出："南水北调工程总体规划，必须统筹兼顾，不仅要考虑解决北方地区用水和生态的需要，也要考虑对南方调水地区的生态影响，一定要在周密考虑生态环境保护的条件下实施大规模调水。"

中国环境科学研究院总工程师夏青告诉记者，为了实现既多调水，又减小对汉江中下游的影响，水源区将首先加高丹江口大坝，增加水库调节能力。同时，已将该地区列入"长江流域农业面源控制区"，进行环保耕作措施，今后还将分阶段采取一些必要的局部工程措施，尽可能减少调水对汉江中下游的影响，并逐步过渡到全面治理。

汉江中下游局部工程措施，包括兴隆枢纽、引江济汉工程、干流沿岸闸站改扩建工程和局部河段航道整治工程，已纳入南水北调工程总体规划。

兴隆枢纽位于丹江口水库下游、引江济汉入水口上游，是一个低水头的拦河建筑物，其任务是抬高水位，改善该枢纽以上河段的取水条件和航运条件。

引江济汉工程是指从枝江大埠街挖一条河道，引长江荆江河段水至潜江高石碑，补济汉江下游水量，解决受调水影响的东荆河灌区水源问题和兴隆以下河道的航运问题。

干流沿岸闸、站改扩建工程主要包括受调水影响的 11 座水闸及部分提水泵站，其中较大的主要有泽口、谢湾闸，拟增建泵站以提高供水保证率，其他受影响的闸站将根据调水后的水情改建或重建。

局部河段航道整治工程包括对已整治河段因调水引起整治流量减小而需要增加整治的工程。

张基尧告诉记者，国家将投资 64 亿元实施的汉江中下游 4 大工程，能在一定程度上降低或消除调水对汉江中下游地区带来的影响，改善用水条件，保障汉江中下游地区社会、经济持续发展，也为南水北调二期工程调水 130 亿立方米提供了有力的保障。

加坝调水　南北两利

丹江口水库大坝加高后，可增加 116 亿立方米的库容，大大增强入库径流的有效调节，做到洪水过境可拦蓄，枯水季节有水调，大大提高汉江水资源的利用率，缓解京、津及华北地区水资源短缺，改善受水区生态环境，促进该地区经济和社会发展。

除此之外，它还可以提高汉江中下游防洪能力和促进库区移民脱贫致富，真正做到南北互济、南北两利。

汉江曾是一条桀骜不驯、灾害频繁的河流，据历史资料记载，从 1822 年至 1955 年，汉江干堤发生溃决 73 次，平均每两年即溃口一次，因此江汉平原素有"沙湖沔阳洲，十年九不收"的民谣。

目前，汉江中下游依靠丹江口水库调蓄和堤防，只可抵御 5 年一遇的洪水，加上运用杜家台分洪工程，也只可抵御 20 年一遇的洪水，超过 20 年一遇的洪水就需要运用 14 个民垸分洪，影响人口 80 多万。事实上，这些民垸因人口密集或多年未临水，已难以再启用分洪。同时，分洪损失也很大，每分洪一次至少损失 20 亿元，而且一旦分洪不及时，洪水失控，造成的损失就不敢想象。

加高丹江口水库大坝至 176.6 米，总库容将达到 290 亿立方米至 330 亿立方米，防洪库容增加 25 亿立方米（秋汛期）至 33 亿立方米（夏汛期），依靠丹江口水库调蓄和杜家台分洪工程配合运用，基本上不需要启用民垸就能防御 1935 年型洪水，防洪标准达到百年一遇。因此，按《长江流域综合利用规划》加高丹江口水库大坝至最终规模，是从根本上加强和完善汉江中下游防洪系统的最佳方式。

长期以来，丹江口大坝加高问题久议不决，库区群众长期处于等待状态，人心不稳，开发自然不力，经济建设和群众生活水平受到极大的影响。加坝调水，丹江口库区湖北、河南两省 25 万人民即可早安定、早发展、早脱贫、早致富。

长江委南水北调负责人告诉记者，通过三峡工程建设，湖北省已积累了丰富的移民工作经验，培养了一支得力的移民工作队伍。近期，该委与湖北、河南两省有关部门合作，编制提出了丹江口库区移民规划方案，并在省内为南水北调中线工程移民留下了外迁安置区。

在外迁安置区，库区移民农业人均耕地可达到 1.76 亩，是库区内耕地的 2~3 倍，交通、用电、用水和农业灌溉条件都大大改善，一改过去在库区贫穷落后的现状，不仅不会低于原生活水平，还可以逐步实现与当地居民共同发展。

移民不仅仅是库区人民脱贫致富的需要，也是库区生态保护、水质保护的需要。在北京甘家口生活了几十年的“老北京”张涛，听说明年即将上马南水北调工程，眼睛里充满了憧憬。他告诉记者：“丹江口水库的水清得让你几乎无法想象，我们用矿泉水瓶灌了一瓶水带回北京，同事们居然认不出哪是矿泉水，哪是丹江口水库的水？”

生态防护　亟须兼顾

南水北调中线工程，引长江水和汉江水到京、津和华北地区，将江、淮、黄、海四大江河联结在一起，其规模之大，历史上没有，世界上也罕见。

作为一个自然河流生态系统，调取四分之一、甚至是三分之一的水量，汉江中下游的生态环境必然会发生一些难以预料的变化。

对此，朱镕基总理指出，在规划和实施南水北调工程中，要高度重视生态环境的保护，特别是对于调出水地区，一定要充分注意调水对其生态环境的影响，周密考虑生态环境保护，才能实施调水工程。

最近，水利部部长汪恕诚在一次讲话中也说，受水区水资源承载能力的提高，是基于被调水区水资源承载能力的降低，实施跨流域调水，一定要慎之又慎，不能造成被调水区生态环境系统的恶化。

然而，记者在采访中了解到，汉江兴隆以下河段，由于实施了引江济汉工程，生态环境不会有太大的变化，兴隆以上直至丹江口水库大坝河段的生态防护，却还没有引起足够的重视。

据悉，有专家提出建议，安排水源区维护费，包括库区移民扶持基金和汉江中下游水环境保护费。

对此，有环保专家不无忧虑地说："生态环境是一项系统工程，其变化有一个从量变到质变的过程，非常复杂又不可预见，一旦出现质的变化，恢复起来就特别困难。"他们建议，从每立方米北调水费中，抽取一定比例作为汉江中下游生态保护基金，用于处理局部工程所不能解决的生态问题和目前尚无法预料何时可能发生的问题。

家住襄樊的潘军直截了当地说："只有对汉江中下游的影响予以充分考虑，滋润着千百万荆楚儿女的汉江，才可能在给京、津和华北地区人们带来福利的同时，也给汉江中下游带来发展的机会。"

人们期待着南水北调工程能在兼顾南北两利的情况下，将清清汉江水送进北京、天津和华北地区。

引汉与引江济黄济淮

倪京苑[*]

一、济黄济淮的必要性

从区划我国南北气候的自然界线——秦岭和淮河起，在南方长江流域，年雨量约在750～2000毫米之间，雨量向南渐增；在北方淮北、华北黄河流域等地，年雨量约在750～350毫米之间，雨量向北逐渐减少，属于半干旱地区。

根据历史上黄淮流域旱灾资料的统计，在清代268年中黄河流域共有旱灾201次，较严重的旱灾有1876—1878，以及1929年等；淮河流域在14世纪以后，每一世纪的旱灾亦达到50次以上。

在华北平原水系总流域面积32.48万平方千米内，平均年径流量约为179亿立方米，其中60%以上集中在夏季，春季播种需水最殷切的时期，径流量仅占全年的17%，年雨量的变差和季变差都很大，时常遭遇干旱年份。例如永定河在1939年径流量约3亿立方米，而在1930年仅7亿～8亿立方米，各河枯水年常连续发生。如1926—1932年间，华北各河年流量均小于年平均值。

黄河支干流调节后的总水量有513亿立方米，远景计划中利用灌溉的水量为470亿立方米，占黄河总水量的91.6%，利用数量亦相当高。但据黄河综合利用规划技术经济报告说："黄河水利资源不能满足灌溉要求的地区有6000万亩，在将来需要依靠地下水源包括引用其他河流，如引汉水来解决这一个问题。"

据1956年水利部北京勘测设计院的研究：黄河北岸（包括海河流域）净耕地面积约为15000万亩（其中利用地下水可灌溉3800万亩），黄河南岸6000万亩。而黄河可供下游灌溉的水量约220亿立方米，海河可利用80亿立方米，二者的水量总共可灌6000万～9000万亩，尚有7000万～9000万亩缺水灌溉，需从相邻流域引水约300亿立方米，才能解决该地区的灌溉问题。虽然具体的缺水数量还可能有些变化，但缺水很多则是肯定的。

据淮委引汉济淮意见书说：在淮河流域的淮北平原上，其可灌溉的面积约为9654万亩，

---

* 原载于《人民长江》1957年第5期。

主要分布在废黄河以南、津浦路以西、京汉铁路以东、淮河以北的广大地区中，按淮河水量平衡打算，当保证率 50% 时，在淮北用淮河水可灌溉 1300 万亩，从黄河引水灌溉 1600 万亩，其余 6754 万亩，除由长江水灌溉 854 万亩及地下水灌溉 850 万亩外，尚有 6050 万亩须引汉水灌溉，最大需要引水量为 260 亿立方米。

综上所述，我们可以得出这一结论：华北淮北是灌溉水源不足的地区，解决这些地区的缺水灌溉问题，除地下水源外，只有从邻域引水。按上述资料计算，华北平原与淮北地区需要从邻域引水量是 560 亿立方米。

二、济黄济淮的可能路线

长江是我国河流中水量丰富的大河，全年入海水量达 1 万亿立方米以上，约等于黄河全年入海水量的 22 倍、淮河的 32 倍。其支流汉江在丹江口站年平均径流量达 382 亿立方米，仅次于黄河的水量，且长江流域北面紧邻黄淮流域，下游与淮河流域相邻，几无明确分界线，中下游虽有秦岭、伏牛、桐柏、大别、淮阳等山脉为界，但汉江流域与淮河流域的分水岭，有一天然缺口名曰方城缺口，具有引汉水及长江水入黄淮流域的优越条件。所以无论从水量和地理条件来说，华北和淮北水源不足的地区，是可以由引长江水和汉水供给的。据我们目前的研究，引汉水或长江水济黄济淮的路线有：

（一）引汉济黄济淮路线。即从汉江丹江口水库引水自流，经唐白河流域、方城缺口、淮河流域，由郑州市附近入桃花峪壅水坝库区的济黄济淮路线。

（二）引江济黄济淮路线有：

1. 引江济黄济淮中引江直流过汉的路线有：

（1）从长江三峡水库引水直流入南河，再由南河过丹江口水库接引汉济黄济淮干渠。

（2）从嘉陵江略阳或阳平关，引嘉陵江水入汉江丹江口水库，再接引水济黄济淮干渠。

2. 引江济黄济淮中引江提水入淮或过淮的路线有：

（1）从两沙运河经汉江唐白河逐级提水至方城缺口，接引汉济黄济淮干渠。

（2）从裕溪河经巢湖江淮分水岭——将军岭，逐级提水济淮的路线。

（3）从淮河入江水道，经洪泽湖逐级提水入淮黄流域。

以上这些路线，除从下游洪泽湖、巢湖的引水路线外，其他引水路线都须经丹江口水库、方城缺口的引汉济黄济淮路线。

我们目前所研究采用的方城引汉济黄济淮路线，在历史上亦有人以航运为目的而献议过，并且也开了工，按《方城县志》载："宋（太宗）太平兴国二年（即公元 977 年）。西京转运史程能献议，请自南阳下向口置堰，回白河入石塘河（今鲁山沙河），合蔡河达京都（即今日开封），以通湘潭之漕运……土人称曰始皇沟，故迹尚宛在也。"在汉江流域规划报告中，也已论证了此路线在技术上是可能的，在经济上是合理的，为目前济黄济淮现实性最大的引水路线。但是，汉江丹江口以上各年平均流量只有382亿立方米，并且也不能运行完全的多年调节。丹江口水库建成后，调节水量只有290亿立方米，除去本流域灌溉用水外，用于济黄济淮的水量也不过230亿立方米，所以此路线在水量上不能满足黄淮流域的要求，在远景中仍必须考虑从长江干流引水的其他路线。根据初步技术经济指标的比较，引江济黄济淮的几条路线中，以巢湖和洪泽湖线较为优越。

三、引汉济淮济黄路线的规划与主要技术措施轮廓

引汉干渠规划布置的初步原则：

1. 干渠规划以灌溉为主，结合发展航运和利用动能。

2. 干渠规划应与其所穿越各河流的山区治理、水土保持及其中下游水利问题的综合解决结合考虑，进行总体的规划。河流上多建小型山谷水库拦蓄水土，调节洪流，以保障渠道的安全。

3. 干渠过河建筑物与其上游山谷水库统一考虑，以尽量拦蓄为主，使部分河水可以入渠，以补引汉水量的不足，在不影响河流特性、挖方不大的情况下，将邻近河流合并，以减少过河建筑物的数量。

4. 干渠实行有条件的山谷水库，进行需水量反调节，降低最大引水量，并可结合航运发电的发展与要求。

兹将主要的渠道过河建筑物与反调节水库工程的初步布置分选如下：

1. 渠道

济黄济淮的渠道路线是自丹江口水库引水枢纽起，穿过丹江与刁河分水岭东行，经过唐白河流域，至汉淮分水岭的方城缺口。此段渠道长157千米，干渠越过20余条大小河流水沟，切穿七八处冈丘，其余多行走于丘陵平原间。沿线地质为第四纪黏土层，其特性是质地黏重，顶部多为黄色与黄棕色黏土，土层内广布着钙质结核（亦名沙礓石）和铁质结核（当地称无名子），地下水位一般在4～5米，渠线上所要开挖的基岩仅有两处：①在计划引水枢纽一的陶岔，岩性为石灰岩（若引水枢纽在王岗则无基岩）；②在方城缺口，为石英岩与片岩。开挖石方数量不大，开挖冈丘最深处为丹刁分水岭，深达46米余，其余开挖一般不超过15米。方城缺口地面高程为149米，此处引水高程约在136.6～142米之间，所以汉淮分水岭的最大挖深亦不过20米。

越汉淮分水岭东入淮河流域，渠线自栗树坎往北经常村、鲁山，跨过沣河、沙河，在宝丰东北注入具有较大反调节作用的郏县水库，引水渠道自水库下东北行，经禹县、新郑跨越颍河、双洎河，穿沙丘区，由郑州市附近入桃花峪壅水坝库区。此段长约320千米，沿线地质多为砂黏土、黄土，常村至郏县间渠线所经多为冈丘，地势起伏较大，表土以下有钙质结核与砂质黏土胶结卵石，可就附近打井和沟的切割面判断，这个卵石层可能有

4～5米。此段可能开挖的基岩有四处：①在李庄为石英砂岩；②在付巇岭为片麻岩，表面风化特别严重，近似土层；③在关庄为石英岩；④在禹县郭庄渠线切冈地面有石英岩。

又，引汉济黄济淮干渠至栗树坎分一支东线济淮，灌溉黄河与汾泉地区，约1842万亩。渠线是沿干江河而下入澧河，利用河道输水，并结合防洪建筑官寨水库（或铁佛寺水库）一座，兼可供济淮河反调节之用。渠首工程有二：一设在官寨水库下，以隧洞引水；引水高为95～100米；二设在漯河附近沙河上，筑拦河坝壅水，水位为59.5米。

2. 过河建筑物

此引汉济黄济淮总干渠经过唐白河、淮河流域，穿越河流54条，拦截河流集水面积总计约为2.31万平方千米，若除去郏县反调节水库，可控制的集流面积4860平方千米外，实际上考虑修建过河建筑物的排水面积18200平方千米。渠道在唐白河流域越过河流20条，拦截集流面积约为9140平方千米。在这些集流面积中，可以结合防洪、灌溉的需要，兴建水库13处，总控制面积约5990方千米，占干渠拦截河流集水面积的65%。

在淮河流域300余千米中，共计越过河流水道的34条，拦截流域面积约为13944平方千米，在此面积中结合防洪、灌溉等，需要拟建及已建的水库有5处，总控制面积7170平方千米，占拦截河流面积的52%。总之，在干渠拦截河流23100平方千米中，可兴建山谷水库控制面积约1320平方千米，约占拦截河流面积的57%，因而降低了洪水径流，减轻了渠道过河建筑物的负担。

除了在有些大河上修建山谷水库外，在无山谷水库的河道，为避免山洪破坏渠道，并在可能的条件下使河水能补给渠水，还须在这54条河上进行水土保持工作，有些过河处修建过河建筑物。初步拟定过河建筑物有46座，渠道过河建筑物选用以下几种方式——改并河道、平交法、上蓄下壅、涵洞或倒虹吸、截水沟、渡槽。

3. 反调节水库

济黄济淮灌区用水量随季节变化，若按无调节的最大需水量设计渠道，则工程数量非常庞大，且渠道的流量不均匀，灌溉不需用水时，则渠道内无水，不能与发电航运相结合，因此需要修建反调节水库。目前在干渠上拟修建较大的反调节水库是结合淮河流域规划所计划的郏县与官寨二水库，兹略述如下。

（1）郏县水库控制面积为4860平方千米，原为调节北汝河径流而兴建的，设计最高洪水位为112.2米（废黄河零点，合吴淞零点高约114米），其相应库容达13.2亿立方米，拟将原郏县水库扩大，坝址从姬山向北引伸与柿园连成一线，直抵山头。当水库蓄水位至131米（废黄河零点，合吴淞水位133米），有效库容可以增加到92亿立方米，

（2）济淮东支线官寨水库。此库位于干江河上，控制面积1080平方千米。原为调节澧河区径流的，原设计水位为119.3米（废黄河零点，约合吴淞为121米）其相应库容为7.28亿立方米，现拟将此水库扩大，兼为引水济淮的反调节水库。

除此两个反调节水库外，根据地形上的研究，在引汉干渠上结合过河平交措施，亦可兼作为反调节水库之用，但其反调节库容都不大。

四、引江济黄济淮概述

引江济黄济淮的方案，按其灌溉方式可分为：

1. 引江自流过汉的济黄济淮方案；

2. 引江提水济淮或过淮济黄的方案。

兹分述如下：

1. 引江自流过汉济黄济淮方案又有三条路线。

一是从三峡水库引水入南河，再从南河经丹江口水库接济黄济淮干渠的路线。此线从三峡水库香溪河凿隧洞，穿越山脉，与汉江支流南河相沟通，在南河老鸦山筑坝，拦水形成一调节水库，再凿一小隧洞，经北河自流入丹江口水库。此引水线路长 260 余千米，若三峡水库引水高 185 米，则隧洞约长 104 千米。

二是引嘉济汉路线。此路线的初步研究又有二：第一条路线是引嘉陵江之水入汉江北源白河，即自略阳至沮水铺，引水路线总长 67 千米，隧洞长 34 千米。按略阳最高洪水位为 646 米，筑坝引水高若为 631 米，可自流入汉江第一梯级黄龙岩水库（黄龙岩水库正常高水位为 620 米），估计年引水量可达 161 亿立方米；第二条路线是引嘉水入汉江中源漾水，郎处黑水乡至沮水铺或阳平关，全线长 63～58 千米，隧洞长 25 千米，引水量增加不多，且须建高墙，故较前者逊色。

2. 引江提水入淮或过淮的济黄济淮方案有三条路线。

一是两沙运河逐级提水，经汉江唐白河至方城接引汉济黄济淮干渠，此线由三段组成：①由沙市经长湖至汉江沙洋间的运河，长约 80 千米；②由汉江沙洋至唐白河的渠化段，长约 238 千米。设渠化沙洋水位 34.5 米，唐白河水位 60 米，则水面高差为 25.5 米；唐白河渠化段长 232 千米，水位高差 79 米，从长江沙市提水至方城，共提水高约 110 米，渠线长 540 千米，两沙运河与唐白河原有河身狭小，因此尚须拓宽浚深。此路线缺点：提水高，水道疏浚土方多，但结合航运似有两点可以考虑：①渠化唐白河衔接引汉济黄济淮干渠，作为南北大运河中段的组成部分；②汉江沙洋以下远景中可不建航运梯级，在沙洋从两沙运河提水入汉 300～500 立方米每秒，以济航运兼利汉江下游的灌溉。

二是由长江下游巢湖提引江水过将军岭入淮河峡山口水库，然后再由淮河支流如颍涡等河逐级提水，灌溉淮北地区等高线 60 米或 40 米以下的地区。渠线由四段组成：①裕溪河巢湖段，由长江裕溪口至巢湖县水道长 60 千米，由巢湖县渡巢湖至施口，长约 41 千米；②渠化淝河段，由巢潮施口提水，沿淝河而上，至将军岭长约 60 千米；将军岭高 54 米（吴淞高程），如巢湖水位为 7 米，则过将军岭时须提水约 20 米；③渠化东淝河段，从将军岭到瓦埠湖边邢家埠长 68 千米，地面高差为 35 米，由邢家埠渡瓦埠湖至正阳关，长 156 千米；④渠化疆涌河段：由峡山口水库循颍河逐级提水至脊背达 50 米等高线，全线长 674 千米。

此线路的经济价值不仅在灌溉一方面，对航道交通也有很重要的意义。如淮河流域八公山的煤可利用此线运到沿江各工业城市，并可与芜湖到太湖流域的运河连接起来，以畅通淮河、巢湖、青弋江、水阳江、太潞等区域的物资交流。

三是从淮河入江水道经大运河和洪泽湖逐级提水的济淮或过淮济黄路线。此线是由淮河入江水道的出口三江营提引江水经过邵伯湖、高邮湖、三河，入洪泽湖，此段长约 175 千米，提水高约 15 米。然后再由洪泽湖入湖河流逐级上提济淮，或由洪泽湖提水经洪福河、中运河、不牢河、微山湖至东平湖以济黄。济黄的提水路线长 690 千米，其中包括湖泊长度 110 千米，提水高差 46 米。

五、结语

（一）从我国各地区国民经济发展宜趋向平衡上看，引汉济黄济淮是具有重大的政治意义的。按 1952 年我国粮食生产量，全国平均约合每人 575 斤，而黄河流域粮食生产平均每人约合 491 斤，低于全国水平 84 斤，淮河流域粮食生产平均每人合 506 斤，低于全国水平 69 斤，究其低产的原因，主要是该地区田地缺水灌溉，因而产量低。若把汉江 230 亿立方米水送到了华北、淮北，则可增加该地区的灌溉面积 4470 万～ 4760 万亩，每年每亩增产数值约为 17 ～ 18 元，增产效益总值约为 10 亿余元。

这些因引水而增产的效益，对提高华北淮北人民生活起着很大的作用，因此，引汉济黄济淮不仅在技术上可行，在经济上合理，而且在政治上亦是正确的。

但我们也应了解到这个事实：即引汉济黄济淮的工程投资及工作量也是很巨大的，据初步计算，引水干渠的投资约为 29 亿元（如包括灌区发展投资在内，则为 44 亿元），像这样庞大的投资，资金的压力很大，国家不可能全线投资实施，只能采取分段分区逐步实施的办法，来完成这项伟大的工程。关于引汉济黄济淮妥善分期实施方案，意见有二：

1. 引汉济黄济淮工程分二期实施：第一期是引丹灌唐与济淮东支干渠灌区，第二期远景全部实施引汉济黄济淮计划。此方案是在引丹灌唐与济淮东干渠灌区统一考虑的前提下，而把引汉济黄济淮分为二期的，这样划分在地理条件上有很大现实性，因为引丹灌唐的渠道路线仅延长 15 千米，即越过汉淮分水岭入济淮东线官寨水库回水区，汉淮分水岭最大挖深仅 20 米左右。根据目前地质查勘资料估计石方约 70 万立方米，技术性并不复杂，工作量亦不算大，而其获益却很大。济淮东支干渠，以官寨水库反调节之水量，可灌田 1800 万亩，按自流灌区约为唐白河灌区的两倍。

2. 同样把引汉济黄济淮工程分为二期实施：即第一期是引丹灌唐，第二期实现引汉济

宏愿篇

黄济淮的计划。此计划考虑到济黄济淮的投资很大，华北淮北本身水利资源在近期还不能开发完成，并且国家在近期需要电力，因而将引丹灌唐列为第一期而把济黄济淮作为远景实施。用在汉江流域规划中，引丹灌唐列为第一期，济黄济淮列入远景第二期，不过这一问题将来还有进一步研究的必要。

（二）引江路线由于地理条件，在长江中上游引水，须筑高坝，凿很长的隧洞（如从三峡水库引水，沟通香溪河与南河的隧洞长约 104 千米，估计石方约 6000 万立方米），技术性复杂，施工时间长，积压资金多，非国家近期所能为，而在下游引水济黄济淮须用大量电力逐级提水，根据初步估计，如从巢湖提引江水灌溉淮北 50 米等高线以下的灌区，每亩最高需用电力 150 度左右，最低亦达 75 度，平均每亩需用电力约 120 度，年费用很高，所以在下游提引江水，首先就需要兴建大水电站供给充足的而成本低廉的电力，在此之前是不可能大量提引江水的。由上述论，引江济黄济淮在经济上的合理性与工程上的现实性是较逊于引汉济黄济淮的。

但是，华北淮北需要的引水量很多，以目前的计算，超过了汉水可能供给的水量约 830 亿立方米。这些汉水所不能供抬的水量，仍须由长江干支流供给，所以引江济淮的路线在将来仍是要实现的。

从淮河以北，燕山以南，太行山、伏牛山以东，至于滨海，在这广大的华北淮北平原区有三个较大的水系分布着，但由于水源不足，需要从邻域长江干支流引水发展该地区的灌溉。又由于需要引水灌溉的面积广阔，引水流量大，所以引水济黄济淮牵连的问题多而复杂，不仅与长江的规划有关，而且也影响淮河、黄河的流域规划。若一个流域机构单独进行研究引水问题，不可能把引水规划做好。例如引汉济黄济淮干渠规划、引水流量如何分配、干渠过河建筑物反调节水库的规划与河流治理应如何配合等等，都需要一个由各有关部门参加的规则设计机构来进行工作，才可能在黄河淮河海河等流域规划的基础上，做好济黄济淮综合利用的、超流域性的引水规划。

凌志篇

LINGZHI PIAN

南水北调一期工程库区移民搬迁工作回顾[*]

张基尧　谢文雄　李树泉

　　水库移民历来都是困扰世界水利工程的共同难题，被形容为"天下第一难"。南水北调是当今世界规模最大、涉及面积最广、受益人口最多的调水工程。作为特大型基础设施，整个工程占地规模很大。根据东、中线一期工程项目建议书，工程永久占地面积约为100万亩，临时占地面积约50万亩，涉及7个省市100多个县，38万人需要搬迁，50多万人需要进行生产安置，平均每年需要搬迁约8万人，任务艰巨而紧迫。征地移民工作涉及国家、部门、地方、单位、集体、个人等错综复杂的利益关系，具有很强的政策性、社会性。实施过程中程序多、环节多，哪个环节处理不好都会影响到工程建设的顺利进行，甚至关系到社会稳定。因此可以说，南水北调关键在中线，中线调水关键在移民。其中，丹江口库区移民的搬迁安置成为南水北调中线工程的难点和关键。

　　2009年库区移民搬迁工作正式开始。在移民搬迁工作中，我们坚持以人为本的理念，顺应和尊重移民意愿，制定了合理惠民的移民补偿补助政策，并不断调整完善，不折不扣地执行落实到位，把维护移民群众合法权益放在首位，让移民群众成为南水北调工程建设的受益者，努力把南水北调移民搬迁办成重大的惠民工程、民生工程。2012年4月23日，随着河南省淅川县最后一批省内安置移民搬进新家，南水北调一期工程库区移民工作顺利结束。

移民工作方针、目标和原则的确立

　　早在丹江口水库初期工程1973年建成后，水库正常蓄水位157米，淹没淅川县土地面积362平方千米，动迁移民20.2万人。库区移民搬迁工作从1959年至1978年，历时20年，先后分六批进行，移民分别被安置到青海省、湖北省以及河南省的淅川县和邓州市。南水北调工程中的丹江口水库加高工程需要移民34万人，干线沿线需要搬迁约18万人（南水北调工程干线沿线的18万人，我们不把他们定为移民，他们也不享受移民的后期政策，因为他们是在同一村子里面搬迁：某个农户的地被征了，村里再调整土地给他）。难点还是在丹江口这34万移民，因为他们要远距离搬迁。

---

*原载于《百年潮》2012年第9期。

在南水北调工程开工建设之初，由于补偿标准等政策不明确，征地移民工作存在许多问题，尤其是江苏、山东两省率先开工的项目，工作起步困难。但依靠地方主管部门和广大干部职工的努力，及时完成了征地搬迁，为工程建设提供了保障。湖北省移民局在丹江口大坝加高工程即将启动之前，积极主动地研究和实施坝区施工场地的先行征地拆迁，为工程的开工准备创造了条件。河南省移民办积极配合项目法人研究中线穿黄工程的征地问题，积极开展开工准备阶段的征地移民工作。项目法人也积极配合省市征地移民主管部门，做好服务工作：漕河、古运河等项目在预算不足的情况下，中线建管局想方设法筹集资金提供地方，保证了必要的经费；丹江口大坝加高工程资金尽管尚未到位，但水源公司主动从银行借款给湖北省移民局用于坝区的征地拆迁。各方面的工作促进了拟开工项目的进展，也增强了南水北调工程建设委员会办公室（以下简称"南水北调办"）做好征地移民工作的信心。

党中央、国务院高度重视南水北调工程建设。2005年2月19日，胡锦涛总书记在省部级主要领导干部提高构建社会主义和谐社会能力专题研讨班上发表重要讲话，在谈到做好构建社会主义和谐社会的各项工作时指出，"当前要重点解决好土地征用、城市拆迁涉及的问题"。南水北调工程作为解决我国北方地区水资源短缺，构建社会主义和谐社会的重大战略举措，在建设过程中始终重视做好工程的征地移民工作。国务院领导也多次作出重要批示，并召开汇报会、协调会，及时研究解决工程建设中的问题。2004年10月25日，国务院南水北调工程建设委员会第二次全体会议在北京召开，国务院总理、国务院南水北调工程建设委员会主任温家宝主持会议并讲话。会议对征地移民工作的方针、目标、体制、责任等重大问题作出决策，对耕地补偿计划标准、税费计列等问题也给予明确的答复，提出"南水北调工程征地补偿和移民安置工作贯彻开发性移民工作方针，被征地农民和移民以农业安置为主，确保安置后生活水平不降低，实现'搬得出、稳得住、能发展'"的要求，明确了南水北调工程征地补偿和移民安置的方针政策和管理体制，即：在南水北调工程建设征地补偿和移民安置工作中实行"建委会领导、省级政府负责、县为基础、项目法人参与"的管理体制。并要求南水北调办抓紧编制南水北调工程征地补偿和移民安置办法。南水北调办借鉴三峡、小浪底及其他大型水利水电工程征地移民工作的经验，针对南水北调工程建设征地移民特点，编制了《南水北调工程建设征地补偿和移民安置暂行办法》，按程序报国务院审批，同时起草了有关配套规定，印发了《预防和处置南水北调工程征地移民群体性事件的通知》。另外，为保证南水北调征地移民前期工作继续深入开展，有关单位编制完成了《丹江口大坝加高工程移民安置框架规划》和《东线一期工程征地移民规划设计大纲》。国务院于2005年1月批准了南水北调办上报的《南水北调工程建设征地补偿和移民安置暂行办法》，并于1月27日以国务院南水北调工程建设委员会的名义印发。

根据《南水北调工程建设征地补偿和移民安置暂行办法》，南水北调办与东中线一期工程沿线的北京、天津、河北、山东、江苏、河南、湖北等七省市人民政府协商了《南水北调主体工程征地补偿和移民安置工作责任书》，由省市人民政府明确了负责南水北调工程征地移民工作的省级主管部门。在此基础上，2005年4月5日，南水北调办组织召开了由国土资源部、国务院法制办、水利部、国家发展和改革委员会等有关部门和七省市人民政府参加的南水北调工程征地移民工作会议，贯彻落实国务院南水北调工程建设委员会第二次全体会议决定，并签订了责任书。随后，河北、北京、山东、江苏、河南、湖北等省市也相继召开了南水北调工程征地移民会议，省市县逐级签订了责任书。至此，南水北调工程征地移民工作的管理体制得到落实。

我曾经在小浪底水利枢纽负责过20万人的移民工作，根据我的经验，以前有些工程在移民安置中，往往注重生活安置，忽视生产发展，没有真正解决移民的生产生活出路问题，使得移民安置不稳定。房子建得再好，没有长远的生产发展规划，安置就不能长久。因此在编制南水北调工程移民安置规划时，我们强调要重视生活安置，更要重视生产发展，因为生产发展涉及被征地群众能否长治久安，并逐步达到生活富裕。为此，我在南水北调工程征地移民工作会议上的发言中，就征地移民工作的方针、目标和原则做了重点说明，提出征地移民的工作方针是：坚持开发性移民，克服以往重搬迁、轻安置的偏差，不仅要确保搬迁后移民的生活得到安置，而且要更加注意安置以后能够发展生产，使移民安置与资源利用、经济建设结合起来，提高投资效益。工作中要坚持以人为本，帮助被征地农民和移民调整产业结构，因地制宜发展种植业、养殖业及其他多种经营，提高其自身发展能力。工作目标主要包括两个方面：一方面对于被征地农民和移民来说，要确保他们在安置后生活水平不降低，实现搬得出、稳得住、能发展；另一方面对南水北调工程建设来说，征地移民能够及时推进且平稳有序，保证工程顺利开工和建设，为工程建设创造良好的社会环境。而要实现上述方针和目标，应该坚持以下六个原则：以人为本，合理保护被征地农民和移民合法权益的原则；依法办事，认真执行有关法律法规和政策的原则；统筹规划，尊重被征地农民和移民意愿的原则；责权明晰，落实征地移民工作责任的原则；因地制宜，以农业安置为主的原则；公开公正，严格征地移民资金管理和监督的原则。同时，要注意处理好几个关系：国家、集体与被征地农民、移民的关系；生活安置与生产安置的关系；移民安置与基础设施建设的关系；征地补偿费计列与兑付的关系；国家补偿标准与地方补偿标准的关系；移民安置与后期扶持的关系；征地移民与工程建设的关系。

随后，南水北调办抓紧配套制度管理建设，组织起草了有关办法和规定。2005年6月8日，印发了《南水北调征地移民资金管理办法（试行）》。它是规范南水北调工程征地移民资金筹集、使用、管理和监督的指导性文件，对南水北调工程征地移民资金管理的基本原则、实施主体、投资包干管理、计划管理、财务管理和监督检查等方面作了具体的规定。为了规范南水北调工程建设征地补偿和移民安置监理和监测评估工作，有序实施移民安置规划，依据《南水北调工程建设征地补偿和移民安置暂行办法》，南水北调办于8月3日印发了《南水北调工程建设征地补偿和移民安置监理暂行办法》和《南水北调工程移民安置监测评估暂行办法》。这两个办法明确了移民安置监测工作的依据、范围、确定了监测单位方式、监测单位的工作方法和对监测工作的检查和配合；明确了征地补偿和移民安置监理单位确定方法、监理合同签订、监理工作的组织实施等。此外，南水北调办还参与了国务院法制办公室主持的《大中型水利水电工程建设征地补偿和移民条例》的研究和修订工作，参与了国家发展和改革委员会组织的全国水库移民后期扶持政策调研。2008年10月31日，国务院南水北调工程建设委员会第三次全体会议在北京召开。根据会议的要求，在充分征求国家发展和改革委员会、财政部、国土资源部、水利部、国务院法制办公室意见的基础上，南水北调办就干线工程与其他重要基础设施建设征地补偿标准差异问题形成如下意见：根据修订后的《土地管理法》精神统筹解决南水北调干线工程同地同价问题，干线工程建设征地补偿和移民安置仍按照《大中型水利水电工程建设征地补偿和移民条例》执行。并于2009年7月底将意见呈送国务院，李克强、回良玉两位副总理圈阅表示同意。

移民工作的具体实施经过

南水北调工程从提出、论证到付诸实施，全国人民，尤其是北方缺水地区的人民，无不企盼着南水北调工程早日实施和通水，为这些干涸的地区注入新的活力。库区和工程沿线人民群众对工程给予充分的理解和支持，服从国家安排，在征地和搬迁过程中，积极配合，表现出了高度的大局意识、责任意识。

但是，南水北调工程征地移民情况十分复杂，库区和干线由于特点不同，工作的难易程度也不一样。前面说过，干线被征地的村，大部分被征地数量占其总的土地数量的比例较小，所余土地和生产资料，加上征地补偿投资能够保证生产水平、生活水平不降低，村集体经济组织应该通过调剂土地使失去承包地的农户再次获得承包地，也可以按照土地补偿费主要用于被征地农民的原则，以其他方式妥善安置这些农户的生产生活。而库区淹没面积大，大部分村被征地的数量占其总的土地数量的比例较大，本村剩余土地无法安置失去承包地的农户，应该由地方政府负责协调、就近调剂土地或规划外迁安置，出村安置的被征地农民就成为移民，相应的土地补偿费、安置补助费应该给提供安置用地的村集体经济组织。因此，丹江口库区移民工作就成为南水北调工程移民工作的重中之重。

南水北调工程正式进入施工阶段后，根据丹江口水库移民规划工作领导小组的统一部署，长江水利委员会（简称"长江委"）组织长江委设计院，会同河南、湖北两省有关部门以及涉及县（市、区，以下统称县）人民政府，组成联合调查组，共800余人，于2003年2月9日至4月28日，完成了丹江口水库淹没及部分影响区实物指标外业调查工作。

这年 6 月底 7 月初，长江委设计院经过与两省协商，组织了 200 余名设计人员，分批赴丹江口库区五县，开展库区农村移民安置规划、城镇迁建规划、工业企业迁建规划、专业项目复建规划及防护工程规划设计等工作，库区外业规划工作于 2003 年 8 月 15 日完成。据初步统计，南水北调中线丹江口大坝加高工程共需安置移民 34.5 万人，涉及湖北省 18.1 万人、河南省 16.4 万人。河南省需搬迁移民涉及南阳市淅川县的 11 个乡镇 1276 个村民小组。

为落实移民外迁安置区环境容量，河南省政府于 2003 年 6 月 24 日在郑州召开移民安置备选区环境容量调查动员会，湖北省政府于 7 月 4 日召开了移民安置备选区调查动员会。会后，长江委设计院分别同两省移民主管部门对其选择的外迁安置备选区进行环境容量初步调查，并于同年 8 月下旬编制完成两省外迁安置区环境容量初步调查报告。2004 年 2 月至 4 月，开展了丹江口大坝加高工程库区移民外迁安置规划工作，编制完成《丹江口大坝加高工程库区外迁移民安置规划专题报告（河南、湖北）》。7 月，水利部就丹江口库区淹没实物指标抽样复核工作，以水利部办水调〔2004〕96 号文，通知长江委加强丹江口水库大坝加高工程实物指标的复核工作。9 月，复核工作组分赴河南、湖北库区开展抽样复核，对移民搬迁现场实物工作量做了详细的清理。如某人家里面有多少地、房子、树（分大小）、鸡窝、猪圈、狗窝。这样才核算出移民实物，进而布置工作量。因为对农民来说，这些都属于他的私人财产，都要清理、核实清楚。甚至于要求不同季节，对于属于个人的树和庄稼，补偿标准也是不一样的：春天，树刚开花，庄稼也才发芽；秋天，树挂果了，庄稼也快收割了。虽然都是些鸡毛蒜皮的问题，但对农民来说，那是他们的心血，都得补偿。对此，我们的原则就是就高不就低。我们认为，在移民头上多花点钱，只要不在中间环节上"跑冒滴漏"、不被乡镇干部"吃拿卡要"，实事求是解决移民的实际困难，都会得到有关部门理解和支持的。

随后，各种移民规划设计紧锣密鼓地开展起来。2004 年 12 月，长江委设计院编制完成《中线一期工程丹江口水利枢纽大坝加高总体可行性研究水库建设征地移民安置规划设计报告（送审稿）》。这月 11 日至 12 日，水利部水利水电规划设计总院主持召开《丹江口水利枢纽大坝加高工程初步设计坝区施工占地移民安置规划报告》复审会议，按照复审意见对复审送审稿进行修改，形成了《丹江口水利枢纽大坝加高工程初步设计坝区施工占地移民安置规划报告（修订本）》。2005 年 4 月 18 日，湖北省下达了坝区移民动迁令。从 5 月下旬到 6 月 28 日，在短短一个多月的时间内，丹江口市区基本完成了坝区移民拆迁任务，确保了 9 月 26 日丹江口大坝加高工程顺利开工建设。随后，坝区移民工作重点转入移民生产、生活的安置工作中，居民点建设、移民建房、安置土地的调整、开发工作也相继开始，工业企业、专项设施拆迁复建工作进展顺利。河南省也完成了丹江口库区和中线干线河南段有关征地移民规划编制任务。

2006 年 3 月，南水北调中线水源有限责任公司组织召开《丹江口水库建设征地移民设计大纲（修订稿）》审查会。4月26日，国务院南水北调办批复了该设计大纲，设计大纲是开展库区移民初步设计工作的主要依据。在南水北调办主持下，召开了两次库区移民初步设计工作协调会，研究问题、部署工作、明确分工、落实责任，研究淹没线上典型房屋调查方案和外迁移民对接原则。在南水北调办的督促下，河南、湖北两省召开了丹江口水库征地移民规划初步设计工作动员会议，全面开展了初步设计工作。河北省、北京市的征地移民工作也全面进入实施阶段。通过深入调研，研究政策，完善制度，积极协调，以保障南水北调工程征地移民工作顺利实施为目标，以维护移民和被征地农民的合法权益为立足点，南水北调征地移民工作取得了明显进展：2007年全年搬迁人口近2万人，生产安置9万多人，维护了工程沿线建设环境和社会稳定，满足了工程建设的要求。

由于丹江口水库大坝加高工程库区移民规模大、周期长、情况复杂，为实现库区移民尽早搬迁的要求，加快丹江口库区移民实施进度，保证中线一期主体工程建设计划目标的实现，2008年1月26日，南水北调办在郑州召开了南水北调中线工程丹江口库区移民试点工作座谈会。会上，我就稳步推进丹江口库区移民试点工作提出了要求。随后，我带领征地移民调研工作组，针对南水北调工程征地移民工作中存在的突出问题，先后到江苏、山东、河南、湖北等省开展调研工作，并深入丹江口库区和移民安置区，实地了解地方政府和移民群众的意见，系统梳理南水北调工程征地移民现状、执行政策情况、存在的问题等，提出了政策性建议，形成了《南水北调征地移民调研报告》。南水北调办还于6月在郑州首次召开了南水北调工程征地移民工作暨先进单位和先进个人表彰大会，共49个先进单位、85名先进个人受到表彰。

10月17日，南水北调办给湖北省、河南省下发《关于开展丹江口库区移民安置试点工作的通知》，正式启动丹江口库区移民试点实施工作。要求：在年底完成居民点新址征地和"三通一平"等基础设施建设，力争开始移民建房工作；在2009年9月底前，完成移民村基础设施建设和移民生产用地调整及责任田划分工作，完成移民搬迁安置工作，确保移民搬迁后有房住、有地种，移民子女有学上；2009年底前全面完成移民试点工作。2009年5月23日，召开库区移民试点和干线工程征迁工作现场经验交流会，总结、交流了征地移民的工作经验。截至2009年底，河南省12个移民新居民点建设工作全部完成，试点移民10627人全部完成搬迁，在校学生及学龄儿童已全部在新址入学。湖北省完成了枣阳三个安置点、屈家岭管理区五个安置点和邓林农场两个安置点部分移民的搬迁安置，完成移民搬迁7170人。丹江口库区移民初步设计审批工作也取得重大进展，农村移民安置、城集镇迁建等专项审查和概算评审基本完成，按照"整体控制、分部批复、延续管理、紧密衔接"的工作原则，已先行批复了农村移民安置初步设计技术方案和直接费概算，为两省开展实施方案编制和全面启动大规模农村移民奠定了基础。

为什么搞试点呢？因为我们觉得，移民工作是比较复杂的，虽然我们觉得已制定的政策是正确的，但是不知道在实践中究竟可不可行，移民能不能接受？所以就搞移民试点。试点结束以后，我们发现，绝大部分移民对移民政策、搬迁规划是满意的，同时也发现了一些问题。对于出现的问题，我们后来在规划当中做了调整。如：当时拟定的政策中，规定给移民的房屋补偿是每平方米430元，试点开始后，我几次到搬迁现场了解情况，发现移民和施工队签的合同，仅建房成本一项就得450元，最少的也得420多元。当时我就想：每平方米430元的补偿肯定不够，让移民自己从裤兜里面掏钱出来盖，他们哪有钱？经过进一步深入调研，经国务院批准，我们就把房屋补偿调整到每平方米530元。但是在后来的移民调查中发现，有很多人还是盖不起房子：因为此前不少人家单门独户住五六平方米的房子。于是，后来我们又进一步规定，凡是24平方米以下的房屋都按照24平方米算。通过试点，力求使制定的政策更符合实际。

2010年6月10日，湖北、河南丹江口库区移民搬迁正式启动。此次移民跨区域搬迁的规模和强度在中国水利史上是空前的，在两省各级党委、政府高度重视，移民部门精心组织，有关部门密切配合下，9月4日，河南省圆满完成库区第一批移民的集中搬迁任务，顺利实现了"平安、文明、和谐"和"不伤、不亡、不漏、不掉一人"的搬迁目标，继2009年8月圆满完成1.1万人试点移民搬迁任务之后，再次夺取移民搬迁的阶段性重大胜利。至此，库区涉及河南淅川县的16.2万移民，已有7万余人顺利搬迁。11月28日，湖北省圆满完成18023户76652人的外迁移民搬迁安置任务，标志着湖北省库区大规模移民搬迁任务顺利结束。此外，东中线一期干线工程自工程开工以来累计搬迁人口7.3万人，生产安置18万人。库区和干线移民搬迁的顺利进行为中线工程如期通水创造了条件。

2011年4月19日，河南省召开丹江口库区第二批移民搬迁动员会，5月5日，第二批移民搬迁启动。6月30日，湖北省丹江口库区移民内迁安置搬迁工作正式启动，1213名移民喜迁新居。8月25日，河南省南水北调丹江口库区农村移民集中搬迁基本完成。12月20日，湖北省丹江口库区农村移民搬迁基本结束，这标志着涉及湖北、河南两省的南水北调丹江口库区大规模移民搬迁基本完成。至此，两省已累计搬迁移民近33万人，占库区移民总数34.5万人的96%，基本实现了国务院南水北调工程建设委员会确定的"四年任务、两年基本完成"的目标。

2012年4月23日，河南省淅川县最后一批内安移民抵达新家，河南省南水北调丹江口库区移民搬迁工作全部完成。5月22日，河南省南水北调丹江口库区移民（外）迁（内）安总结表彰暨后期帮扶工作动员电视电话会隆重召开，河南省的16.4万移民搬迁工作圆满结束。

以人为本，全方位解决移民的后顾之忧

移民问题是一个社会问题。处理移民问题应该从以人为本的视角，以社会发展的角度，

全方位解决移民问题。这里面需要有适合经济社会发展、与时俱进的移民政策。在移民工作中不仅要让要让移民生活上有着落，而且思想上要真正想得通，把原来的被动的"让我搬迁"，变成考虑到国家的利益，考虑到今后的生活改善，从而改为"我要搬迁"。现在回过头来看，应该说在党中央、国务院领导下，南水北调办制定的政策还是比较符合客观实际的。我觉得主要有八点经验：

第一，在党中央、国务院的领导下，我们制定了一套科学合理的移民政策，并在执行这些政策时既保证其严肃性，也体现出灵活性。以前的土地补偿，参考标准是给予当地前三年平均产值的 5 倍到 6 倍，而从南水北调工程开始我们把它改成了 16 倍。后来国务院制订的《水利水电工程整体移民条例》采纳了我们的意见，也把它变成了 16 倍，这样比原来翻了一番还多。我记得在有关工程移民可研报告中，南水北调丹江口水库库区移民预算只有 200 多亿元，但在我们批复初步设计报告的时候，由于涉及实物工作量核实的出入，还有具体问题的解决，核定 400 多亿元，几乎翻了一番。这样一来，移民可以得到的实际补偿资金就有了保证。再一个方面，就是在执行移民搬迁政策过程中不能采取"一刀切"的办法，因为我们国家各个地方差异很大。在总理办公会上我曾提出，应该把补偿分为不同的等级：地多的地方补偿标准低一点，地少的地方补偿标准高一点。再说对于移民一家一户情况也不一样：有的农民在 60 年代初期，建丹江口早期工程时就搬走了，可是不久他迫不得已又回来了。回来以后房子也没有了，就搭一个草棚作为房子，里面家具等什么也没有。这一次又要搬迁，如果我们按照他家的实物来核定补偿费用，他即使到一个新的安置地也很难生存。我们在处理这些在实际工作中碰到的问题时，把原则性和灵活性结合在一起，很好地解决了移民的难题。

第二，南水北调办制定出了一个比较完善的移民规划。这个规划我们调查研究了很多年，随着社会的发展不断加以完善。我的体会是：规划和实际情况差距越大，越难执行；反之，移民规划制定得越细，规划的内容与实际情况越吻合，规划中越能体现以人为本的精神，维护移民的实际利益，执行起来也就越容易。以前我们制定的政策简单明了：搬走，然后把钱投入地方搞建设。但是实践证明，这种政策有很大的后遗症：很多移民搬出去后，在安置地待不下去，又跑回搬出地。而移民搬迁的目的，不仅仅限于搬出去，更重要的是要使移民"稳得住、可发展、能致富"。

南水北调工程库区大部分移民原来都住在比较僻远的地方，和外面的世界接触很少，如果国家把将来安置的地方建设得比现住地生活条件好，不用动员他都愿意走，谁不愿意到生活好的地方去呢？所以在规划中，我们对安置地进行了详尽的基础设施规划：盖房、通水、通电、通路、通电视。再有就是打消移民的顾虑。以前我们采取将移民分散到各个村子的办法，这使移民有思想障碍，认为自己是外来人，易受当地人欺负。这次我们采取的办法是尽量整村搬迁。这样，虽然迁移到了其他地方，但是这些移民的周围还是原来这些人，从而使他们有了安全感。某省曾经有段时间移民工作无法开展，就是由于在原来的规划中，有的村子被安置在两个地方：一个在省会城市附近，一个在农村的农场。为此，这个村的移民很有意见。此外，在搬迁政策上，我们实行留土安置的原则，首先确保每个移民拥有最基本的土地：湖北省因为有很多农场，所以多一些，人均1.2亩；河南略少，人均1.05亩。我以前在开展移民安置工作时，曾经回访过一些移民，他们住得确实很好，但是房子里面什么都没有，揭开锅是空的，缸是空的。因为他搬到楼上去后，不能养猪、鸡等家畜，房前屋后也无法种菜，整天无所事事。土地是农民唯一信赖的生产资料，分给他土地后，他有了生产资料，心里觉得踏实。即使他不去外面打工，依靠房前屋后的土地，种一点瓜果蔬菜，也可以生存下去。

但是仅仅让移民靠一亩地很难发展，更难致富。为此，我们在制定移民规划的时候，就有意识地尽可能把他们安置在城市附近，因为住在城市附近，便于出去打工。一户农民只要有一个人出去打工，这家的日常生活基本没有问题：按照月工资2000元算，除了吃的、用的，可剩下500元，这样一年有6000元纯收入。另一方面，我们在南水北调工程移民搬迁规划中，制定了很多针对移民的后期扶持政策，最主要的目的是帮助他们具备多种生产致富的手段。我曾经到河南省考察，发现当地政府建立了很多培训基地和学校，开设了各种培训班：有学电脑的，有学电焊的，还有学汽车修理的……当地政府还把移民的培训基地和城里的人才中心对接。通过培训，让移民有一技之长，出去打工就很容易找到工作，最终，"稳得住、可发展、能致富"的目的也达到了。

第三，移民搬迁工作，要有好的工作思路。移民工作不能按照企业行为来操作，而必须是政府行为。我们一定要把移民工作当作政府的责任范围内的事情，当作社会稳定的重要方面，当作地方政府首要的工作来抓。在丹江口库区移民搬迁工作中，河南和湖北两地的省委、省政府都把移民工作作为全省的一项重要工作来抓。河南省淅川县是移民的县，省里规定：对县委、县政府的考核内容，主要就是看移民工作开展得如何，其他的诸如GDP等都不考虑。领导班子成员不够，上级就给增加班子成员，专门增加开展移民工作的力量。湖北省十堰市因为有10多万人需要搬迁，市委书记、市长的主要精力就是做好移民工作。

把移民工作视为政府行为，就能把移民新居建设和当地的新农村建设结合起来，把移民的脱贫致富和改善农民生活结合起来。河南省在移民安置地建设移民新村的资金，就不完全是靠国家拨款，而是把移民新居和新农村建设结合起来。省委、省政府把所有的厅、局都发动起来，进行分工：交通厅负责规划建设移民新村的交通；教育厅负责建设移民新村的学校；广播电视局负责移民新村的广播电视；卫生厅负责移民新村的卫生所；等等。省委、省政府还专门成立了移民工作指挥部，省委副书记担任政委，副省长是指挥长，每一个厅局都有专门的联络人，在每一个移民安置点都有各个厅局的驻点干部。这样，不仅有国家拨下来的移民资金，四面八方的资金都往这里集中。把移民新村的建设和新农村建设紧密结合，移民新村就成了新农村建设的示范。生活条件好了，移民当然很满意了。

第四，要有优秀的负责移民工作的组织和团队。再好的政策，再好的规划，再好的思路，都得靠人去办，没有干部去执行怎么行呢？因此，移民工作还要靠各级地方政府的移民干部，带着深厚的感情，去做好移民的领导、组织、动员、协调等方面的工作。在开展南水北调工程征地移民工作过程中，库区涉及移民搬迁的地区以及干线沿线的每一级政府，直至每一个村委会，都成立了专门的移民机构，而且派出得力的驻村干部，采取"包村包户"的办法，责任到人。在这个过程中，大部分移民干部把自己全部的情和爱都投入到移民身上，认真地做好工作：他们熟悉移民政策，和移民同吃，同住，同工作，"以情动人，以理服人，以行为感人"。他们都能站在移民的角度，体谅移民感情上和生活上的困难，而不是简单地以"国家政策就是这样"进行生硬死板地说教。我觉得这很重要，人都是有感情的，在这种动之以情、晓之以理的情况下，绝大部分移民还是通情达理，顾全大局的。

第五，要为移民工作营造一个良好的社会氛围。移民工作既然是一项社会行为，绝对不能静悄悄地开展，必须进行大张旗鼓的宣传，营造出良好的外在氛围，要不然就开展不下去。通过小浪底和南水北调工程这两个项目的移民工作，我深刻体会到：能否在社会中营造出有利于移民搬迁工作的良好社会氛围，在一定程度上是移民能否成功的关键。

应该说，库区以及安置地政府在这方面做了大量工作，也取得了很好的效果。库区移民工作启动后，河南、湖北两省的领导曾多次到移民村去看，去慰问，去座谈。当地的新闻媒体——电视、广播、报纸等也大张旗鼓地宣传丹江口库区的移民对国家经济建设的贡献，宣传他们为南水北调工程所付出的代价，宣传国家有关的移民政策和省里面的具体工作安排。移民迁往安置地时，长长的车队上面都挂着巨幅标语，地方政府安排了警车在前面为车队开道，担心车队中的老人在路上身体不舒服，安排了医疗车随行；移民乘坐的车队免费通过高速公路；车队经过的路段专门设有茶水站，给移民们免费提供盒饭；移民抵达安置地后，当地干部就把他们领到他们的新家，那里柴米油盐都给准备好了：吃的、用的、烧的、盖的一应俱全，和回到移民原来的家没有两样，让移民们有一种安全感和归属感。所有这些工作，都体现出整个社会对移民的尊重，让他们感受到：虽然付出了这样那样的代价，但是值得，因为赢得了社会的认可和尊重。

第六，要有一套让移民充分参与的机制。搬迁的主体是库区移民，而不是规划制定者。因此，在整个移民搬迁过程中，我们尽可能地让移民参与其中。制定规划之初，就和移民商量：按照规划，拟让你们都搬到某个地方，行不行？由于不可能把所有人都请到安置地去考察，就由移民选出代表去。如果大部分代表认为这个地方不行，就再选一个地方，一直到基本上满意了，才把安置地定下来。另外，有的移民想向外搬，有的愿意就地后靠，也充分尊重移民的意见。进行实物核查时，核查结果全部进行公示。公示的目的，一是了解移民满不满意，同时也有互相监督的作用——对某人家里有多少实物，他的左邻右舍是最清楚的，想多报是不可能的。在安置地给移民建房时，为了让移民们放心房屋质量，由移民自己选派三到四个代表到现场进行监督。这个参与过程，实际上也是宣扬党的政策，提高移民对移民工作认识的过程。

第七，移民工作必须有一套完善的监督体系。征地移民工作投资大，涉及环节多、影响范围广、关系到每户移民的切身利益和政府形象，必须建立多层次、全方位的监督体系。南水北调办一开始就十分重视移民这项工作。一方面从政策层面制定了《南水北调工程征地移民管理办法》《南水北调征地移民资金使用办法》等等；另一方面，从实施层面建立征地移民司，通过招标选择移民监理，每年定期开展征地移民实施情况、资金使用情况的检查。各省市政府组织监督机构或由省纪检、监察部门联合开展巡视监察，对征地移民规划实施，移民资金使用，移民举报进行全过程的跟踪。对移民举报更是逐一调查，逐项回复，对移民迁出地所在乡、村，建立起移民机构，驻村干部，履行对移民实物核查，张榜公示资金支付、新房建设规模、移民人口定性等的监督责任，同时实行移民对乡村干部及移民相互之间的监督。这些机制、制度形成一个完整的移民工作监督体系，它不仅保证了国家政策的落实到位，移民自身利益保护的公开透明，同时也维护了正常的移民工作秩序，减少了移民过程中的各种纠纷，对丹江口水库移民的顺利进行起到了重要的保证作用。

第八，移民工作还必须建立起搬出地和安置地两个地方基层政府之间联合为移民负责的机制。搬出地政府方面，从开始制定规划，到丈量土地、实物核查都是由当地政府参与，征地移民补偿有一部分是先由国家拨给当地政府，由他们负责分发到每个移民手中；安置地方面，他们必须负责移民搬入后生活的安置，包括对移民的社会服务等，都由他们解决。两地政府不仅要加强在移民规划实施搬迁过程中的协调和衔接，还要做好移民的后续帮扶工作，政府提供各项服务。

丹江口的移民有没有可能回流，要经过时间的检验。但是我相信，通过这样做工作，应该说绝大部分移民是稳得住的，是可发展、能致富的。

南水北调工程——圆世纪之梦

《中国水利报》采访组

南水北调工程经过 50 年的勘测、规划和研究，在分析比较 50 多种规划方案的基础上，南水北调工程分别在长江下游、中游、上游规划了三个调水区，形成了东线、中线、西线三条调水线路。通过这三条调水线路，与长江、淮河、黄河、海河相互连接，构成我国水资源"四横三纵、南北调配、东西互济"的总体格局，形成中国的大水网。

国务院南水北调办主任张基尧近日在接受本报记者采访时，就南水北调工程在优化水资源配置以及南水北调工程科技创新、建管体制等方面的情况回答了记者的问题。

南水北调优化水资源时空分布

记者：请结合您个人的生活和工作经历，谈谈对中国水资源状况的思考。

张基尧：2000 年，我任水利部副部长时，第一次考察新疆塔里木河。当时由于水资源的无序利用，塔里木河下游生态环境急剧恶化，河床断流，湖泊干涸，胡杨林死亡，沙漠化趋势蔓延。这引发了我的思考，水资源是社会的经济资源和人类的生命资源，没有水不仅植物没法生存，人们的生活也无法继续，更谈不上人类的繁衍生息。2001 年，我又考察了甘肃黑河。黑河中游张掖、武威属于农业比较发达的地区，由于整个流域缺乏统一调度，上中游的超额利用导致了下游东、西居延海相继干涸。到内蒙古额济纳旗时，正碰到沙尘暴，漫天黄沙，无法辨认方向，生态环境急剧恶化。2002 年去山东考察，连续年降雨量减少，导致了南四湖干涸，所有水上生物全部死亡，渔民生计没有着落，景象非常悲惨。干旱致使烟台和威海供水紧张，库底打井取水，水价飙升，人民生活和工业发展受到极大影响。

我国是个水资源非常贫乏的国家，全国人均水资源量 2163 立方米，占世界平均水平的 1/4，北方地区更少，黄淮海河流域人均水资源量为全国的 1/5。黄淮海流域人口、粮食产量、GDP 均占全国总量的 1/3，水资源量只有全国总量的 7.2%，严重的资源型缺水已成为北方地区经济社会发展的瓶颈。

我国水资源不仅短缺，而且时空分布不均，进一步加剧了问题的严重性。北京和英国伦敦的降雨量大同小异，但伦敦是全年均衡分布，而北京集中在夏季 3 个月，这样两个城市的水生态和水资源状况完全不同。我国大部分地区夏季 7—9 月降雨多，南方及沿海经常造成洪涝灾害，但其他月份水资源短缺严重。

解决北方地区水资源短缺的矛盾，首先就是加强节水。经过长期实践和论证，我们发现即使充分节水、治污、挖潜，黄淮海流域短期内仅靠当地水资源已不能支持经济社会的可持续发展。因此，中央决定在加大节水、治污和污水资源化的同时，从水量相对充沛的长江流域向黄淮海地区调水，实施南水北调工程。

南水北调有别于其他调水工程

记者：比较世界调水与我国调水工程发展的历史，南水北调遇到了哪些技术挑战？与其他调水工程相比，南水北调工程具有哪些不同之处？

张基尧：世界各地有很多调水工程。在 4000 多年以前，世界上就有了调水工程。埃及的尼罗河，印度的恒河，南美的亚马孙河，美国的密西西比河、科罗拉多河都有调水工程。俄罗斯水资源并不短缺，但是主要河流间均用运河连通，形成了纵横交错的大水网。迄今为止全世界 40 多个国家有 400 多项调水工程，南水北调只是其中之一。

我国古代就有调水工程。例如 2400 年前的京杭运河、郑国渠，2200 多年前的都江堰等。新中国成立以后，调水工程更多了，例如东深供水、引滦入津、引黄济青等工程。

与其他调水工程相比，南水北调工程具有 4 个特点：

一是规模不同。首先是跨流域，综观国内外的调水工程，真正跨流域调水的很少。南水北调横跨长江、淮河、黄河、海河四大流域，不仅仅是解决水资源补给的问题，而是在更大范围内进行水资源优化配置，通过东、中、西三条调水线路与长江、淮河、黄河、海河联系，构成"四横三纵"的水网总体布局，为经济社会可持续发展提供水资源保障。第二是长度不同。东、中线加起来长度近 3000 千米，长距离调水工程受气候的变化影响很大，工程建设和运行的要求非常高。第三是水量不同。南水北调三条线共调水 448 亿立方米，相当于一条黄河的水量。东、中线工程又处于我国比较发达的地区，中线还有跨渠桥梁 1800 多座，跨越的公路、铁路、油气管道加在一起几千处，这也是对技术的挑战。

二是工程目标不同。以往国内外调水工程，绝大多数是单一目标，有的以农业灌溉为目标，有的以生活用水为目标。南水北调工程的建设是多目标的，不仅是水资源配置工程，更是一个造福人民的综合性生态工程。工程实施后，将极大地提高受水区水资源与水环境的承载能力，向沿线 100 多个城市供水，同时把城市侵占的一部分农业用水和生态用水偿还给农业和生态。在某种意义上是工业反哺农业，城市反哺农村，是科学发展观在水资源安全方面的生动体现。

三是工程领域不同。以往的调水项目主要是工程领域，修渠道，建堤坝，搞工程。而南水北调不仅涉及工程领域，还涉及社会层面的征地移民、水污染治理、生态环境及文物保护等。东线为满足调水水质要求，就安排治污项目 426 项，投入 140 亿元，加大水污染治理力度，且取得初步成效，为全国其他重点流域污染治理提供了借鉴。

四是技术管理不同。南水北调由 150 多个设计单元工程、2700 多个单位工程组成，且建筑物种类众多，技术要求高，面临着很多技术难题。比如：丹江口大坝加高，既要加高又要加厚，怎样保证新老混凝土连接、联合受力，国内外尚无类似工程实践。中线穿黄工程，如何从黄河底下复杂的地层中开凿数千米的隧洞，承载内外水压，解决以往盾构施工尚未遇到过的顽石、枯树等问题，并保证隧洞不漏水。再比如北京的 PCCP 管道，直径 4 米，从生产、运输到安装，攻克了多个技术难关，仅管道制作就获得了两项国际专利。另外，南水北调技术管理也面临着很多挑战。从优化初步设计方案，到制定施工管理规范要求，在技术方案上面临着技术和社会两个方面的博弈，既要考虑到技术上的必要性，又必须考虑在实施当中的可行性，倾听各方意见，兼顾各方利益。工程实施阶段，很多工程实践没有相应的技术规范和标准，需要我们深入研究和制订，并应用到施工当中去。

南水北调提升水利建设水平

记者：通过什么方式提升调水工程技术创新能力，并实现了从无到有、从有到强？请谈谈其间的经验和重要启示。

张基尧：与传统水利工程不同，南水北调工程所涉及的许多硬技术和软科学是世界级的，是水利学科与多个边缘学科联合研究的前沿领域，尤其是在工程技术方面，有相当数量的科技成果已经应用于工程建设，为京石段、济平干渠、三阳河潼河宝应站等工程的建成并投入运行发挥效益，提供了坚实的支撑。

南水北调工程取得了大量的新产品、新材料、新工艺、新装置及计算机软件等科技成果。制定了专用技术标准 13 项，其中包括《南水北调中线一期丹江口水利枢纽混凝土坝加高施工技术规定与质量标准》《渠道混凝土衬砌机械化施工技术规程》《渠道混凝土衬砌机械化施工质量评定验收标准》等。申请并获得国内专利数十项，包括重力坝加高后新老混凝土结合面防裂方法、长斜坡振动滑模成型机、电动滚筒混凝土衬砌机、电化学沉积方法修复混凝土裂缝的装置等，部分科研成果已应用到工程设计与施工中，对工程质量和进度起到了保障作用。多项科技研究成果获得了国家与省部级科技奖。其中，大型渠道混凝土机械化衬砌成型技术与设备获得国家科技进步二等奖，低扬程水泵选型关键技术及应用研究获水利部大禹水利科学技术奖二等奖，淮安四站泵送混凝土防裂方法研究与应用、PCCP 输水阻力试验研究获水利部大禹水利科学技术奖三等奖，中线一期工程长距离调配与运行获教育部科技进步一等奖。

在工程技术挑战面前，我们采取了以下有效措施：一是在工程建设之初制定科技工作计划，开展重大关键技术研究，率先启动丹江口大坝加高、PCCP 管道制造和安装、东线大流量水泵的设计和制作等科技研究。二是积极畅通科技创新渠道，落实有关经费，并将科技创新与工程建设紧密结合起来。如中线工程利用工程建设费用在南阳、新乡开展膨胀土（岩）试验，为工程设计提供科学数据，提出膨胀土处理有关措施。中线穿黄工程进行了 1∶1 模型试验，取得了大量设计及施工参数，解决了设计方案及施工工艺优化比选问题。三是利用市场配置的各种资源，为工程技术创新提供支持。很多科研题目和国家科技规划结合起来，与科技部共同设立南水北调重大课题研究项目，列入国家"十一五"科技规划；与清华大学、武汉大学、河海大学签订科技协议，利用社会资源组建技术委员会；与中国水科院和中国工程院建立紧密联系。很多课题是通过社会配置资源相互合作来推动的，比如中线水源地黄姜生产工艺研究，我们请武汉大学、武汉地质大学、清华大学、北京大学等院校专家，从几个不同的技术路线出发，解决黄姜生产中的污染问题，现已取得阶段性成果。四是建立科技交流和成果共享机制。我们把科技成果作为一种公共资源，由成果形成单位和有关试用单位共享，广泛应用到工程中去，保证了成果的高效性。五是采用引进、吸收、再创新的方式，积极开展国际科技交流。提高了国产渠道衬砌机生产水平和工作效率，设备价格比进口降低 80%，自重降低 2/3，不仅满足了国内的需求，还出口到巴基斯坦、马来西亚等国外市场。

记者：南水北调工程在科技创新方面有哪些经验和启示？

张基尧：科技创新方面主要有三点经验。一是南水北调工程建设必须结合国情，在技术上实现自主研发和引进吸收相结合。中线穿黄工程使用德国产的盾构机，我们把 3 道透水密封加到 4 道，增加中心保护刀和边缘保护刀，提高了密封性和刀盘的刚度、强度。贯流泵的设计也进行了改造，改善了泵装置的空蚀性能，提高了水泵的工作效率。二是注重理念和体制创新。我们着力探索和研究国外调水工程没有遇到的问题。比如，处理好调水工程和水污染治理的问题，一方面严格执行"三先三后"原则，另一方面加大了水污染治理的力度，专门编制了《东线水污染防治规划》和中线《丹江口库区及上游水污染防治和水土保持规划》，两项规划均在实施之中。目前，东线水污染治理的效果明显。三是注重吸取国际调水工程教训，避免工程"晒太阳"。南水北调在调水量的设计上，按照节约为本、治污优先、适度偏紧、循序渐进等原则，由各省市制订水资源利用和保护规划，主动提出水资源需求，且与各省市工程基金紧密结合起来，避免了工程的闲置。同时避免造成大调水大污染。我们本着"先节水后调水，先治污后通水，先环保后用水"的原则，切实加强受水区节水措施和地下水限采方案的制订，力求通过调水促进节约用水，适度回灌地下水，维护生态平衡。

南水北调工程科技创新的启示，主要是处理好六个关系：一是处理好科研项目与工程建设的关系，安排科研项目必须服从工程建设的需要。二是处理好科技管理与行政管理的关系，既要分工合作，又要相互支持。三是处理好科技投入与工程效益的关系，以科技进步推动工程建设，向科技要生产力。四是处理好科技管理与工程施工的关系，工程施工要服从科技管理的要求，严格按照规程规范办事。五是处理好国内研发与国际合作的关系，坚持走自主研发与国际合作并举的路子。六是处理好设计、建设、运行中科技工作的相互关系，在阶段安排上相对独立的同时，加强统筹和协调，使三个不同阶段的科技工作在内容上相互借鉴，不断提高科技含量，达到事半功倍的效果。

南水北调充分展现综合国力

记者：南水北调工程的实施与我国综合国力增强有关系吗？

张基尧：南水北调工程之所以能够上马实施，主要有两方面的原因。第一，南水北调工程是科学发展观的具体实践。南水北调是一个系统工程，不仅有工程建设，还有水污染防治、水资源保护、征地移民、文物保护等工作，充分体现全面、协调、可持续的科学发展理念。南水北调考虑的不仅是生活、工业用水，还考虑农业用水和生态用水。工程建设管理，不仅考虑工程建设和运行调度，还考虑了生态保护和水源整治。这些都是科学发展观在南水北调领域的具体实践。

第二，国家综合国力和技术能力显著增强。南水北调工程在规划阶段的投资额近5000亿元，国家批复的可研阶段东、中线一期工程的投资达2546亿元。新中国成立初期，根本谈不上开工建设。就是10年以前，我国经济实力也难以支撑这么浩大的工程。随着工程建设逐步深入，明年我们将计划安排投资480亿元。一个工程一年内有那么大的投资，我觉得这充分体现了改革开放成果和国家综合实力。建设南水北调也是我国技术水平不断提高的体现。现在全世界水利工程的科技前沿在中国，举世闻名的三峡工程、南水北调工程也在中国。国外很多同行对我们非常羡慕。一是羡慕社会主义制度的优越性，能够集中力量办大事。二是羡慕中国综合国力能够支撑规模如此浩大的工程建设。三是羡慕南水北调等水利工程的顺利建设推动了世界水利科技的进步，中国的科学家更是受益其中。

记者：南水北调建设需要投入多少人力物力？南水北调建成发挥效益后，有多少人受益？世世代代都可以受益吗？

张基尧：南水北调工程实施分期建设。假如一期工程做完了，通过节约用水等方式可以满足水资源需要，二期工程可以不做；二期工程做完满足了用水需求，三期工程就不做。这是中央科学决策的体现。现在，谁也不能说哪一年北方通过节约水资源就能平衡了，这要看我们工作的深度和力度。因为机械化施工水平很高，人力投入方面，目前东、中线加在一起7万～8万人。

南水北调东线和中线，直接受益人群大概2亿～3亿人。其中，有的属于水资源供应短缺，城市化发展受到制约；有的属于水质没有保证，人民生活质量不高；有的虽然水质有保证，但其供应的时段不连续。南水北调工程建成后，具有明显的社会效益、经济效益和生态效益，而且将惠及子孙万代。

南水北调丰富优化水资源管理理论

记者：南水北调水权制度创新，丰富了水资源管理理论，主要表现在哪些方面？

张基尧：水权理论的核心是提高水的利用效率。南水北调工程按照"先节水后调水，先治污后通水，先环保后用水"的原则，把节水、治污和生态环境保护放在更加突出的位置，近期的供水目标是以城市为主，兼供农业和生态用水。

南水北调工程属于跨流域配置水资源的供水工程，其建设与管理体制，既不能沿用计划经济体制下的"政府建设，用水户无偿用水"，也不能采用完全市场化的"市场配置"，而要积极探索和逐步建立水的"准市场"配置机制和管理体制，既考虑市场经济的原则，又要采用协商机制、利益补偿等措施，协调地方各用水户之间的利益关系，达到南北两利，沿线多赢，合理、公平地配置水资源，提高用水效益的目标。

南水北调工程兼有公益性和经营性。南水北调工程总体规划阶段，按照"偿还贷款、补偿成本、微利经营"的原则，对沿线主要口门水价和到用户最终水价进行了专门研究和测算。南水北调东、中线一期工程可研阶段，明确实行两部制水价（水费）的办法，保证偿还贷款本息，保证工程正常运行，并考虑用水户承受能力，实行保本微利。根据我们现在的测算结果，工程通水后的水价，在用水户可以承受范围之内。

记者：丹江口库区周边地区有关人士呼吁对水源地进行生态补偿，该如何认识，和解决这一问题？

张基尧：中央十七届三中全会提出了生态补偿。经过充分研究论证，去年，财政部及有关部门通过财政转移支付方式对国内的 3 个流域进行生态补偿。其中安排资金 14.6 亿元，用于丹江口库区水污染治理和工业结构调整，开创了国内重点地区生态补偿的先例。相信随着国家经济条件的好转和经济实力的增强，生态补偿的范围和额度还会逐步增加。

但作为水源区，不能将生态补偿当作依赖，要从自身生态环境保护和经济社会可持续发展的高度，认识水源区保护的重要性，通过各种措施推进水源地水污染治理和水土保持等工作。而作为受水区来说，保护好水源区，通过各种方式支援水源地是一种责任，应该力所能及帮助水源区实现经济社会可持续发展。

南水北调注重体制机制创新

记者：南水北调建设 6 年多来，取得了哪些对水利行业有促进意义的经验和成果？

张基尧：南水北调工程开工建设 6 年来，工程建设总体上是顺利的，各项工作是有序的，主要取得了三个方面的成果。

一是创新工程建设管理体制和机制。南水北调工程点多、线长，涉及范围广，与社会的联系密切，因此既不能沿用类似长江干堤维修加固工程的线型工程的管理体制，又不能利用类似三峡工程的独立工程的管理体制。我们在国务院南水北调建委的指导下，研究制定并且完善了工程建设管理体制。在项目管理上，采取"以项目法人为主导，直接管理、委托管理相结合，大力推行代建制管理"的工程建设管理新模式；在移民工作中，采取"建委会领导、省级政府负责、县为基础、项目法人参与"的征地移民工作管理新体制；在水污染防治上，采取地方各级政府负责、治污规划支持、治污资金保证、部门联合监督的工作机制。

二是加强协调，前期工作取得重大进展。南水北调东、中线工程可行性研究总报告经国务院批复后，初步设计审批工作交国务院南水北调办负责。我们按照国务院及建委有关加快工程建设的要求，深入研究加快审查审批的措施，进一步完善审查审批程序，提高审查审批工作效率，今年已经审批的项目及开工项目的投资规模都相当于前6年的总和。同时，一些技术方案的比选和技术问题的研究逐步深入，也为今后的工程建设和新的工程项目开工奠定了基础。

三是治污环保工作取得明显成效。根据《南水北调东线工程治污规划》，江苏、山东两省分别制定了41个控制单元治污实施方案，对规划确定的治污项目进行了优化和适当调整。确定东线一期治污项目426项。截至目前，已完成370项并初步发挥效益，在建54项，水质大幅度改善，主要污染物排放总量大幅度削减，水体COD、氨氮浓度较规划前减少80%，黄河以南33个有实际监测数据的断面中，有20个断面水质达到规划治理目标，达标率为60.6%。南四湖水质明显改善，进一步增强东线治污工作的信心。山东提出了"治、用、保"相结合的治污理念，把治理以后的工业废水通过节污导流工程拦截，不让它流入输水通道，再处理成中水，用到工业、农业、生态上去。滕州市通过截污导流、"截、保、用"等措施，加上人工湿地建设，形成一整套的治污理念和措施，对全国水污染治理有示范作用。

记者：国务院对南水北调工程规划和建设提出了"先节水后调水，先治污后通水，先环保后用水"的原则。南水北调工程在实施过程中如何落实此原则？

张基尧："三先三后"原则是国务院对南水北调工程规划和建设提出的总体指导原则。贯彻落实"三先三后"原则，应该从法律、行政、经济、技术等层面狠抓落实。一是法律措施。如节约用水方面，国家将受水区列为全国节水型社会建设的重点，并正在研究"节约用水条例"。这些将为地下水控采、节约用水等工作提供法律依据。二是行政措施。工程经过多个省市，涉及多个行业，充分发挥沿线各级政府在工程建设、征地移民、污染治理、文物保护等方面的作用，充分利用工程沿线各种社会资源，为工程控制成本、提高效率、加快建设营造良好环境。三是经济手段。研究工程资金筹集、管理和控制等有关措施，建立了静态控制、动态管理的资金管理制度，不断提高资金使用效率，进一步调动参建单位的积极性。研究生态补偿的有关途径和措施，并率先通过财政转移支付方式对丹江口水源地保护进行生态补偿。四是科技手段。近年，通过技术研发和科研攻关，我们已经攻克若干重大技术问题，如丹江口大坝新老混凝土结合、中线穿黄隧洞盾构施工、中线水源地黄姜加工污染治理等，为工程建设提供了技术支持。

南水北调积累丰厚精神财富

记者：南水北调经过 6 年多的建设，取得了丰硕成果。请您谈谈通过这几年的工程建设实践，我们积累了哪些精神财富，又在哪些方面提升了我国悠久的传统水文化？

张基尧：南水北调是一个造福子孙后代的战略性工程。如果说要谈南水北调精神财富的话，可归纳为三个方面。一是工程建设者的使命感、责任感、光荣感。工程建设之初，很多同志从各行各业聚集到南水北调工程上来，且大多数人是原工作单位的业务骨干，其目的不是为了拿多少钱或者享受安逸的生活和工作条件，而是出于责任的驱使，是强烈的荣誉感和责任感使然。南水北调办的公务员和事业单位的同志，收入菲薄，条件艰苦，大家工作很坦然、很勤奋。休息日办公室没有空调，有些同志赤膊上阵，大汗淋漓，照样加班到深夜两三点钟。司长们大多数是博士毕业，他们图什么？图的是人生追求，是历史责任感，是无私奉献精神。这些正是南水北调工程最重要的精神财富之一。

二是强烈的群体意识和协作意识。南水北调这样浩大的工程，不是哪一个人、哪个部门能单独干起来的。南水北调工程必须齐心协力，团结共建。无论是前期工作，还是工程建设乃至今后的运行管理，也不管是征地移民，还是水污染治理，都离不开方方面面的协作和配合。国家层面，离不开党中央、国务院及建委的正确领导，离不开中央有关部门的大力支持；地方层面，需要工程沿线各级党委、政府及有关部门的积极配合，需要工程沿线群众和库区移民的无私奉献。服务一线、加强协调是南水北调办的职责，我们要把方方面面的积极性调动起来，形成团结共建的氛围。

三是求真务实、执着追求。南水北调办虽然是国家政府机关，和其他政府部门相比有共同点，也有不同点。一段渠道未建成就不能通水，哪怕差一两个 COD 含量，水污染防治就不能达标。南水北调办既要管宏观又要管微观，既要指导又要协调，既要布置又要抓落实，因此必须做到求真务实，切实解决问题，以开拓创新的精神推进工程建设。大家已经在工作中养成了这种求真务实、开拓创新的工作作风，这是一种精神财富，也是我们加快工程建设的精神力量。

因此，可以说，负责的精神、团队的意识、求实的作风都是南水北调的精神财富。

说到文化因素，中国历代对水的关爱和重视，在南水北调工程建设中也得到了充分体现。比如，中国治水历史上，有人水和谐、崇尚自然的传统理念和做法。我们在工程建设和水污染防治过程中，一方面传承了这些文化传统，另一方面，要把这些文化传统和现实生活紧密结合起来。比如，在水污染治理方面，我们把亲水爱水和节水用水结合起来；在工程建设方面，把工程建设的安全性和使用水的效益性结合起来；在工程管理方面，力求通过有效的运行调度，把有限的水资源用于最关键的部位和最重要的地方，充分发挥有限水资源的最大效益。

南水北调五十年 *

——写在南水北调工程开工之际

朱涛　岳梦华　营幼峰　邓淑珍

1952 年 10 月 30 日，共和国主席毛泽东在听取时任黄河水利委员会主任的王化云关于引江济黄的设想汇报时说："南方水多，北方水少，如有可能，借点水来也是可以的。"从此拉开了南水北调工程规划研究的大幕。

2002 年 12 月 27 日，这是一个载入中国治水史册的日子。就在这一天，世界最大规模的调水工程——南水北调工程开工典礼在北京人民大会堂和山东、江苏三地同时举行。江泽民主席致信祝贺，温家宝副总理在开工典礼上发表重要讲话。随着朱镕基总理宣布开工的一声令下，南水北调工程历史性地从规划阶段转入实施阶段，几代人的治水夙愿，在今天终成现实。

江河：生命的家园，精神的家园

人类从水中走来，在江河的怀抱里繁衍生息，创造着历史，书写着文明。一条河流就是一个动人的故事，就是一部鲜活的历史。江河既是我们生命所依赖的物质家园，又是我们思想所寄托的精神家园。

"滚滚长江东逝水，浪花淘尽英雄。是非成败转头空。青山依旧在，几度夕阳红。白发渔樵江渚上，惯看秋月春风。一壶浊酒喜相逢。古今多少事，都付笑谈中。"杨慎的一首《临江仙》唱绝了千古，也留下了作为世界第三大河、中国第一大河的长江，一江春水向东流的精彩。

一代伟人毛泽东曾说过："你们可以藐视一切，但是不能藐视黄河，藐视黄河，就是藐视我们这个民族。"在 960 万平方公里的土地上，黄河与中华民族有着极为深厚的联系；黄河对塑造华夏文明起着无法估量的作用。在中华儿女的心目中，黄河不仅仅是一条河，而是一个伟大的生命，不朽的灵魂。

---

* 原载于《中国水利》2003 年第 1 期 B 刊，第 75—85 页。

一山一水把我国分成南方北方，这山是秦岭，这水就是淮河。淮河出桐柏，蜿蜒东行，素有"江淮熟，天下足，走千走万，不如淮河两岸"的美誉，这美誉也成就了淮河流域源远流长的自然风景和人文风景。

谈到海河，有一首广为流传的歌曲，歌中唱道："一条大河波浪宽，风吹稻花香两岸，我家就在岸上住，听惯了艄公的号子，看惯了船上的白帆。"这歌唱的是作为九河下梢的海河。

还有那流金淌银的珠江，美丽绝伦的松花江，粗犷豪放的辽河，"太湖美，美就美在太湖水"的太湖……就这样，成千上万条河流，从远古走来，流淌到了今天，哺育了一代又一代中华儿女。

人们从逐水草而居到今天的安居乐业，这一切，都离不开一个水字。水满为患，水涸为灾。中华民族的发展史、文明史就是一部治水史，就是兴水之利、除水之害的发展史。水利兴则天下定、仓廪实、百业兴。治水的成败不仅决定了禹兴鲧亡，也在很大程度上决定了古今中外国家或民族的兴衰。

然而，水能载舟，亦能覆舟。人类在除害兴利、受益于水而发展壮大的同时，却一次又一次忽略了对水的关注，江河湖泊正以自己的方式开始向人类一次又一次展示她的威严。

1998年的"三江"大水，人们一定记忆犹新。

黄河断流引起国人乃至世界的广泛关注。

淮河流域自古就是鱼米之乡，然而，20世纪后期淮河水越来越浑。

近年来，太湖蓝藻频繁暴发，致使沿湖城镇长时间供水困难，工厂不能正常生产，出现了"居在水乡无水喝"的现象。

京津沙尘暴不仅让北京、天津的居民深受其害，也刮得全国议论纷纷。

这是令人揪心的现实！

早在1876年，伟大的共产主义先行者恩格斯在《自然辩证法》里就提出了下面的告诫："我们不要过分陶醉于我们对自然界的胜利。对于我们的每一次胜利，自然界都报复了我们。"

自然已经开始反击了，它在昭示一个我们不愿意面对，但却必须正视的现实：水危机已逼近我们！

我国是水资源短缺的国家，全国人均水资源总量只有2160立方米，同时，水资源在时间和地区分布上很不均衡，南方水多，北方水少。其中，黄淮海流域人均水资源只有462立方米，是全国平均水平的五分之一，仅为世界平均水平的十六分之一，是我国水资源与经济社会发展最不适应、水资源供需矛盾最突出、缺水最严重的地区。

20世纪80年代以来，北方地区依靠对当地水资源的过度开发，维持了经济社会的高速发展。据专家研究分析，一个流域、一条河流可用水量不宜超过总水量的 40%，而在海河流域开发利用水量已达到了总水量的 95% 以上，黄河、淮河用水也都超过了 60%，从而造成河流断流、湖泊干涸、地下水超采、水环境恶化等，代价是十分沉重的。

专家认为，自然平衡的破坏往往缘于人类的活动，缘于人对自然的干预超出了自然界的承受能力，破坏了自然规律，使人和自然的矛盾开始激化。在被当今世界称作"全球问题"的人类生存危机中，属于人与自然关系范畴的问题主要有三项，即人口膨胀、资源短缺和生态系统恶化。在我国的北方，尤其是在黄淮海流域，我们可以看到这些问题的全部阴影。

解决水资源短缺，就目前的经济水平和技术水平而言，主要以节水、挖潜、治污、管理、调水等为主。近几年北方地区已经在这几方面进行了有益的尝试，取得了一定的成绩，并在一定程度上缓解了水资源短缺的问题。但是，我们必须正视这样一个现实：无论是节水、挖潜、治污、管理，其前提都必然是有水可节、有水可管、有水可治，而现实是北方地区尤其是黄淮海平原地区的城市用水在最紧张的时候要限量供应，农业灌溉用水几乎全是污水，生态用水更是被挤占得所剩无几。仅以节水为例，有关专家算过一笔账，就是把所有合理可行的节水挖潜措施都用到极致，到 2010 年黄淮海地区仍有 500 多亿立方米的用水缺口，远远超出了当地水资源的承载能力。南水北调节水规划项目负责人、中国水利水电科学研究院水资源专家甘泓博士认为，黄淮海流域特别是南水北调受水区是我国总体节水水平最高的地区，进一步节水，其单方节水投资将随着节水程度的不断提高而迅速提高。从总体经济效益而言，实施南水北调工程从经济核算角度看也是有利的。

全国政协副主席、中国工程院院士钱正英，中国科学院、中国工程院院士张光斗等专家完成的《中国可持续发展水资源战略研究》，提出解决北方地区缺水问题应遵循三个层次进行：加大节水力度，逐步形成全民节水风气，建成节水型社会；充分利用当地水资源，进行合理配置，发挥最大效益；实施南水北调工程。这就是说要从根本上缓解日益尖锐的水资源供需矛盾，确保北方地区，尤其是确保京津等大中城市有稳定、可靠、清洁的供水，改善水生态环境，应在继续加大节水力度和加强污水处理回用的同时，尽快实施南水北调工程，从水量丰沛的长江调水过来作为补充，这种区域和流域相结合的水资源配置将是一种必然选择。

调水，一个古老的话题

"欲求木之长者，必固其根；欲求流之远者，必浚其源。"早在公元前 3000 多年，四大文明古国之一的古埃及就开始修建跨流域调水工程，从尼罗河引水灌溉埃塞俄比亚高原南部地区，这也许是世界上最早的调水工程了。

中国的京杭运河，和万里长城一样，举世闻名，被列为世界最宏伟的四大古代工程之一，是中国劳动人民的伟大创举。

京杭运河是世界上开凿时间最早、流程最长的长距离人工运河。早在公元前486年，吴王夫差便开凿了从邗城（今扬州）到末口（今淮安）的邗沟。此后的1000多年，一代代中国人以勤劳、智慧的双手，使其由短到长，到隋炀帝时形成北起北京，中经洛阳，南到杭州的人工大运河。到了元代时又对其裁弯取直，成为今天的京杭大运河。

京杭大运河的出现，为巩固封建社会统治，促进经济、社会等各方面的发展都起到了举足轻重的作用。大运河的变迁史，是运河文明的孕育史，也是一部浓缩的中华文明见证史。到了21世纪初，古老的京杭运河在流淌过繁荣与寂寞之后，以南水北调东线工程的方式，走向了历史的前台。东线工程的开工，无疑将使古老的运河再现帆影点点的繁荣。我们也有理由相信，南水北调工程会像京杭大运河一样，永载中国史册。

在中国，调水是一个古老的话题。除公元前486年修建的邗沟工程外；公元前361年开始修建的引黄河水入淮河的鸿沟工程；公元前256年修建的都江堰引水工程；公元246年起修建的引泾水入洛水灌溉关中地区的郑国渠，使秦国逐渐强大，完成了"横扫六合，并吞八荒"的大业；公元前219年建成的灵渠，引湘江入珠江水系的漓江；等等。这一系列调水工程的修建，有力地促进了当时社会经济的发展，有的工程至今还在发挥着巨大的效益。

如果说早期的跨流域调水工程大多是为了漕运和农业灌溉，随着人类科学技术的发展和生产力水平的提高，跨流域调水工程发展较快并向着多目标综合利用的方向发展，调水不仅服务于农业灌溉和航运，而且兼有防洪、发电、城市供水、旅游、娱乐等多种功能。新中国成立以后，特别是改革开放以后，相继建设了一批长距离调水工程，如20世纪60年代开始兴建的江苏江水北调工程、广东东深供水工程、甘肃景泰川电力提灌工程，70年代的福建九龙江北溪引水工程、甘肃引大入秦灌溉工程，80年代修建的天津引滦入津工程、山东引黄济青工程、西安市黑河引水工程、河北引青济秦调水工程。进入90年代，更多的长距离调水工程开始建设，如已建的辽宁富尔江引水工程、山东引黄入卫工程、福建湄洲南岸供水工程、辽宁引碧入连供水工程等等。这些调水工程都极大地促进了当地经济社会的发展。

国外的调水工程也有很多成功的范例。如美国在20世纪40年代建成的"中央河谷工程"，在70年代建成的"加州调水工程"，促进和保证了西部地区经济社会的快速发展。20世纪50—60年代，澳大利亚建成了"雪山工程"，除向东南部内陆供水23亿立方米以外，还承担了三大州（新南威尔士州、维多利亚州、南澳大利亚州）电网的调峰任务。20世纪60—70年代，巴基斯坦建成了西水东调工程，从印度河引水供给东部地区，总干渠长593千米，年引水量160亿立方米，为当今世界上已建的调水量最大的跨流域调水工程。据不完全统计，目前世界上有24个国家已建和拟建大型跨流域调水工程160多个。调水工程的建设，为经济社会的发展做出了巨大的贡献。以美国加利福尼亚州的调水工程为例，加利福尼亚州位于美国西南部，西临太平洋，海岸线长130千米。这里经济高度发达，但降雨量分布却极不均匀，局部地区高达2500毫米，而南部地区只有250毫米左右，部分地区只有50毫米，闻名于世的死亡谷甚至终年无雨。为解决水资源的分布与经济布局不一致的巨大矛盾，政府在这里修建了一系列的调水工程，最主要的是中央河谷工程和加州调水工程。中央河谷工程始建于20世纪30年代，该工程在萨克拉门托河的干流进入中央河谷盆地的山口处修建夏斯达水库，在旱季利用萨克拉门托河向南输水到旧金山湾，再从旧金山湾抽水向南输送，逆圣华金河而上，将水送到大盆地腹地。夏斯达水库在雨季能拦蓄大量的洪水，使萨克拉门托河的下游地区免遭洪水侵害；在旱季它又能将拦蓄的水量放出来，细水长流，滋润着下游广大的地区。中央河谷工程使人们看到了跨流域调水的重大战略意义。有鉴于此，加州政府于20世纪50年代决策兴建加州调水工程，在萨克拉门托河的支流费德河上建起迄今为止美国最高的土坝——奥威尔大坝，利用河道输水到旧金山湾，再抽水向盆地的南部和南加州输送，总干渠长度约700千米。加州调水工程扩大了加州北水南调工程的供水范围。如今，洛杉矶、圣地亚哥都可以直接得到供水，供水范围直抵美国与墨西哥的边境线。

由于取水方便，沿着加州调水工程的总干渠，小城镇如雨后春笋般发展起来。在南加州，由于长时间的干旱，土地接近半荒漠化，土地的价格很便宜，而大城市则寸土寸金，这使得一些过去住在大城市的人，以及新近到这些城市去"淘金"的人们纷纷迁往小城镇居住，许多新建的工业项目也搬往小城镇。这样一来，不仅减轻了大城市的环境压力，还带动了广大地区的同步发展。

美国加州调水工程至今仍然发挥着巨大的效益，工程年调水量达52亿立方米，调水总扬程达1150米，居世界现有调水工程之首，在以供水为主的前提下，发挥着防洪、发电、水土保持、旅游等多种效益。

有专家指出，调水与社会生产力的发展是一对孪生姐妹。社会生产力的发展，一方面为水利事业的发展创造了先决条件，另一方面又对水利发展提出新的要求，促进水利事业向新的高度继续发展。调水，特别是远距离的跨流域调水，既可满足生产力布局发展的需要，又可改善调入地区的生态、环境，只要有合理的工程措施，就将有利于解决环境与发展问题。跨流域调水是生产力发展的必然结果，它的实践为人类在与灾难的抗争中写下了浓重的一笔。

从"天人合一"到"人水和谐"

1997年11月1日，江泽民总书记在美国哈佛大学所作题为"增进相互了解，加强友好合作"的演讲中指出："早在公元前两千五百年，中国人就开始了仰观天文、俯察地理的活动，逐渐形成了'天人合一'的宇宙观。"这种"天人合一"的境界，在人与自然的关系上，在人类社会发展的进程中，有着不同的含义和理解。如今，这种境界已经越来越为更多的人所认同。"天人合一"对于人类居住的水环境而言，就是人与水的和谐共处。

专家指出，优美的环境、良好的生态系统是社会的迫切需要，是经济社会可持续发展的必然要求。在治水实践中，我们既要考虑经济用水、生活用水，又必须充分考虑生态用水、环境用水，必须坚持人与自然的和谐共处，以实现水资源可持续利用保障经济社会的可持续发展。

目前，我国黄淮海地区水资源的开发利用率已超过60%，大大超过国际公认的合理限度。水资源利用率高恰恰是黄淮海流域生态水欠账太多的原因。不论是从可供水量、区域人口数量，还是从支持经济增长的限度来衡量，都远远超出了当地水资源的承载能力。如果这种情况继续下去，必将导致生态系统失调的严重后果，将对我国经济社会的可持续发展产生严重影响。

现在，勤劳勇敢的中国人已经开始从人水和谐的高度关注水危机，关注生态用水，这种关注使论证了50年的南水北调工程成为现实。对于南水北调而言，有专家认为，为恢复北方水生态系统，为北方补充生态用水，还生态欠账，南水北调实在是一项伟大的生态工程，其意义会在若干年之后显现出来。

辩证唯物主义认为，人的认识是有一个过程的，即从实践到认识，从认识到实践再到认识，不断提高的过程。对治水的认识也不例外。从南水北调工程50年的历程中我们不难看出，规划论证直到2000年才有了实质性的突破。这种突破一方面体现了社会发展的客观要求，另一方面更体现了党中央、国务院的高瞻远瞩。

2001年5月10—14日，国务院副总理温家宝在检查京津冀抗旱防汛工作时发表的重要讲话中，从经济社会发展全局的高度，总结我国长期水利建设实践的经验，深刻论述了水利工作面临的历史性转变：我们党和政府在水利工作的认识上有一个新飞跃，即肯定在水利工作的思路上把水资源问题提到突出的位置；同时，强调水利建设是关系经济社会发展的大事，关系国家的可持续发展，是国民经济建设的一个战略重点。

近年来，党中央、国务院高度重视水利工作。江泽民同志对水利极为关注，多次亲临水利建设和防汛抗洪一线，作过一系列重要指示。2001年他在中央人口、资源、环境工作座谈会上指出："水是人类生存的生命线，是经济发展和社会进步的生命线，是实现可持续发展的重要物质基础。"党的十四届五中全会通过的《中共中央关于制定国民经济和社会发展"九五"计划和 2010 年远景目标的建议》，第一次把水利放在基础设施建设的首位。党的十五届五中全会把水资源问题提到突出的位置，同粮食、油气资源一起作为国家的重要战略资源，予以高度重视，在我们党的文献中最全面、最完整地阐述了水利建设的方针：一是水利建设要全面规划、统筹兼顾、标本兼治、综合治理。坚持兴利除害结合，开源节流并重，防洪抗旱并举，下大力气解决洪涝灾害、水资源不足和水污染问题。二是水资源可持续利用是我国经济社会发展的战略问题，核心是提高用水效率，把节水放在突出位置。大力推行节约用水措施，发展节水型农业、工业和服务业，建立节水型社会。三是加强水资源的规划与管理，搞好江河全流域水资源的合理配置，协调生活、生产和生态用水。这反映了党中央对水利的高度重视和对水利建设的新要求。这是对水利认识的新飞跃。

正是在这样的治水新思路的指引下，南水北调的决策（党的十五届五中全会通过的关于制定"十五"计划的建议明确提出"加紧南水北调工程的前期工作，尽早开工建设"）、方针（1999 年 6 月 24 日，江泽民总书记在黄河治理开发工作座谈会上对南水北调工程提出了"从长计议，全面考虑，科学选比，周密计划"的方针）、原则（2000 年 9 月 27 日，朱镕基总理在南水北调工程座谈会上，提出了"先节水后调水，先治污后通水，先环保后用水"的原则）等一些关键的环节得以确定。

水利部党组按照党中央、国务院的要求，在认真总结治水经验、深入分析宏观形势的基础上，提出要从传统水利向现代水利、可持续发展水利转变，以水资源的可持续利用保障经济社会可持续发展。这一新的治水思路与党中央的要求完全一致，是党中央、国务院关于水利建设论述在水利工作中的具体化。这种认识的新飞跃，其突出的标志和特点，就在于从水利工作的诸多矛盾和问题中，把握住了水资源问题这个核心，把以水资源的可持续利用保障经济社会可持续发展作为水利工作的中心任务，以此作为统率水利工作全局的总纲。

在接受记者采访时，水利部部长汪恕诚指出："经济社会发展的不同时期对水利有不同层次的需求""当人们生活水平提高到一定程度、经济发展到一定程度的时候，如果不注意环境的问题，就会制约经济社会的进一步发展""生态系统建设是水利工作的重要任务，水资源可持续利用是新时期水利的战略目标和方向"。适应资源状况，人与自然和谐共处，永续发展；超越资源承载力，生态恶化，后患不断。发展不是人类向自然无节制地索取，而是经济社会与资源、环境协调发展。

在新的治水思路指导下，近年来水利部门进行了一系列有益的探索与实践，并取得若干突破：成功地进行了黄河、黑河、塔里木河调水，2000 年以来保证了黄河不断流，改善了流域生态环境；黑河成功地实施跨省区分水；塔里木河应急输水为全面治理塔里木河、保护绿色走廊赢得了时间。"三河"调水得到了社会的广泛好评。2001 年 2 月，首都、黑河、塔里木河三个水资源规划在总理办公会议上顺利通过，为全面解决北京和这两个流域的水资源问题奠定了基础。与此同时，许多城市和区域的经济结构开始按照水资源承载能力进行布局，资源水利思想在水利规划中得到体现。流域和区域相结合的水管理体制改革顺利进行，流域水资源统一管理的功能大大强化，城市水务体制改革取得重大进展。用水定额管理在上海、甘肃张掖等地开始实施，全国第一桩水权交易在浙江义乌落幕，建设节水型社会进入实质性操作。这些积极的探索和实践极大地丰富了治水新思路。也正是在这样的大背景下，南水北调前期规划论证工作才得以取得新的突破。

经国务院审查批复的《南水北调工程总体规划》（以下简称《总体规划》）本身就是我国治水新思路的一个具体体现。《总体规划》的理论基础就是优化配置水资源，主要规划目标就是促进北方地区经济社会发展，有效改善北方地区生态，以水资源的可持续利用支撑经济社会的可持续发展。有关专家认为，开拓创新、与时俱进是《总体规划》的最大特色，一个"新"字为《总体规划》作了最生动的注解。

民主论证，科学选比

作为关系到国家可持续发展的特大型基础设施项目，南水北调工程受到了社会各界的广泛关注。

几十年来，各级人大代表、政协委员提了大量的提案、建议，社会各界民众，从十来岁的小学生到 80 多岁的老人，从国内外来信、来电，对南水北调工程的规划提建议或咨询有关问题，希望科学论证南水北调，尽早实施。据不完全统计，仅在 2000 年，水利部就收到了 23 件有关南水北调的全国人大代表和全国政协委员的提案和建议，其中 22 件都是要求尽快实施的。从 1999 年 5 月（调水局成立）到 2001 年 11 月，收到 610 封各界群众来信和 400 多个咨询电话。家住上海、现已 85 岁的戴铭秋老先生在来信中说："南水北调工程（南北）长约 1200 千米，沿线将江、汉、淮、黄、海几个流域的水资源统一调度，科学管理，可对这些地区的工农业发展和改善人民生活起到巨大作用。"工程技术界各方面的技术专家更是从技术上提出了 100 多个各类南水北调工程技术设想与方案。

明确的机制是技术民主的保证。几十年来，水利部认真听取不同意见，吸收合理建议。自 2000 年 9 月国务院召开南水北调工程座谈会以来，水利部先后举行了 95 次专家座谈会、咨询会和审查会，与会专家 6000 多人次，其中中国科学院和中国工程院院士 29 人 126 人次。为确保有关专家意见的落实，水利部采取了严密的办事程序，建立了在不同层面上反馈专家意见的机制。所有的专题从立项到成果评审，都邀请各方面专家参与，请专家把好

凌志篇

质量关。审查过程分为三个层次，即总报告、附件、专题，自下而上进行。首先审查总体规划各个附件的专题，然后审查总体规划12个附件，最后审查总体规划报告，所有的审查都邀请各方面的专家，特别是有不同意见的专家参加。这样就为整个规划的出台奠定了可靠的技术基础，使各方面的意见和建议，在规划中都能得到充分反映。

南水北调不仅是一项水利工程，而且是涉及经济社会多方面的系统工程，因此参与论证的专家学者，包含水利、农业、地质、环保、生态、工业、工程、经济等各学科和专业，保证了南水北调工程总体规划成果的质量。

对重大工程要讲技术民主，不让多数意见"淹没"少数意见至为重要。因此，在各个层次的讨论、审查过程中，坚持把少数专家的意见写入审查意见，并分别以"部分专家认为""个别专家认为"明确体现，以确保上级领导在决策时能了解意见的形成过程。如对规划中的城市缺水预测，在审查意见中，既反映了多数专家同意规划成果，也反映了部分专家提出的预测成果偏小和个别专家认为预测成果偏大的意见。

作为一项重大战略工程，规划与论证必须具有广泛性、代表性。因此，水利部千方百计与国务院有关部委密切协作。自2000年12月水利部与国家计委联合建设部、国家环境保护总局、中国国际工程咨询公司召开南水北调前期工作座谈会以来，中国科学院、中国工程院、中国国际工程咨询公司、国务院发展研究中心、国家计委宏观经济研究院、中国农业科学院、中国环境科学研究院、中国环境规划院、清华大学、北京师范大学、河海大学、中国水利水电科学研究院、南京水利科学研究院、长江勘测规划设计研究院、黄河水利委员会设计院、淮河水利委员会设计院、水利部天津勘测设计院、水利部上海勘测设计院、新乡灌溉研究所等数十家规划、勘测、设计、科研单位和高校参与了工程前期工作。

关于南水北调工程，大家普遍关注的有四大问题，即总体布局、建设规模、东线水质以及节水与调水的关系。关于南水北调工程总体布局问题。四横三纵，南北调配，东西互济，形成大水网已成为共识，但是如何调水却一直是社会关注的焦点问题，如"大西线"、从小江向黄河调水、从松花江向北京调水等。从现在论证的结果来看，南水北调东、中、西三线已为大多数专家所认可。从工作的深度看，南水北调前期工作历时半个世纪，几代水利工作者和科技工作者呕心沥血为之奋斗，先后提出了100多个方案。随着经济社会的发展，还有不少新的方案酝酿和展现出来，当前形成的三条南水北调调水线路，是多种方案优点的集成和精华的结晶。绝大多数专家一致推荐南水北调东、中、西三条调水线路，这说明三条线路的选择是建立在民主论证、科学选比基础上的，具有充分的科学性、综合性、群众性、实践性，奠定了总体规划的基础。

关于工程规模问题。主要有两方面不同意见：一方以地方政府为代表，认为规划的调水量偏小，不足以解决北方缺水问题；另一方以少数专家为代表，认为规划的调水量太大，不利于当地的节约挖潜。对此，国家计委、水利部会同建设部、国家环境保护总局等部门，组织开展了南水北调东线、中线沿线7省（直辖市）44个地级以上城市各部门参加的《南水北调城市水资源规划》，成立了由国家计委、水利部、建设部、国家环境保护总局和中国国际工程咨询公司推荐的专家组成的联合专家组，对7省（直辖市）的规划成果进行了认真审查。专家们认为，沿线各省市的城市水资源规划（包括节水规划、治污规划、地下水控采规划和水价调整规划）提出的，南水北调东线和中线受水区需调水量在2010年为129亿立方米，2030年为155亿立方米，基本合理，可以作为确定南水北调工程的近期规模的依据。

关于东线水质问题。水污染治理将直接关系到东线工程的成败。人们对东线工程的担心，主要是对水污染治理缺乏信心。一些专家、学者对东线治污成效问题表示担忧。对此，按照"先治污、后通水"的原则，国家计委牵头组织水利部、国家环境保护总局、建设部等部门及江苏、山东、河南、河北、天津等省（直辖市）历时近一年，并最终形成了《南水北调东线治污规划》，把治污作为东线第一期工程建设的重点。规划成果表明，经过治理，有条件在3～5年内把东线工程建成一条清水廊道，保证调到北方的水水质良好，符合国家地表水Ⅲ类水质标准。东线治污工程以实现全线输水水质达Ⅰ类标准为目标，规划了清水廊道、用水保障及水质改善三大工程。

关于节水与调水的关系问题。有专家认为，目前我国一方面缺水，另一方面用水浪费严重，通过节水与挖潜，完全可以解决北方的缺水问题，不需要南水北调。针对这一观点，水利部用一年的时间，组织编制了《南水北调工程节水规划要点》，并于2002年8月组织跨部门的专家进行了审查。专家们认为，《南水北调工程节水规划要点》做得很好，节水是缓解黄淮海地区水资源供需矛盾的有效措施之一，在采取节水措施后，2001年至2002年在南水北调东、中线受水区投入890亿元，能减少10%左右的需水量，但仅依靠节水不能从根本上解决受水区严重缺水状况，应尽快实施南水北调工程。节水工作要贯穿南水北调工程规划和实施的始终。

这次南水北调规划的编制与修订工作，还涉及许多具体技术问题，如中线工程是否采用管道输水等，水利部对那些应该在规划阶段解决的问题，都进行了认真的分析和研究，并在规划中予以反映。水利部在制定南水北调总体规划时，根据各有关部门、专家和地方政府提出的不同意见，经过分析论证，对合理的意见和建议予以采纳，如工程的规模和分期实施意见，就是在反复分析论证现状缺水和未来经济发展趋势，对有关部门、专家、各地方政府提出的研究成果进行比较后提出的。东线工程针对东线水质现状，采取先治污，逐步建设，先通后畅，向北延伸的分期方案。中线工程根据各方面基本认可的缺水情况，确定了第一期工程的规模。

东线：打造清水廊道是关键

在 2001 年《北京青年报》上有这样一篇文章，标题是：南水北调遭遇污水拦截。文章介绍了南水北调东线沿线的水污染情况，并引用中国环境科学研究院副院长夏青的话说，东线最大的拦路虎是沿线污水的治理。治污是东线规划的一个突出的重点。夏青正是《南水北调东线治污规划》的负责人。

东线工程经过的江苏、山东等地，企业林立、经济发展较快，水污染治理难度极大。供水、用水牵涉到不同地方的利益主体和水行政管理体制上的诸多难点，带来治污的责、权、利如何统一的难题。曾有人认为，中国突出的问题是水污染，与其花巨资调水，不如用于治污，否则调多少污染多少。有关部门因此始终难下调水决心。所以，治污决定着南水北调东线工程能否发挥预期效益。南水北调东线规划范围内全线每年废水排放量为 30 亿吨，其中 21.71 亿吨排入河道，目前，东线调水水源地长江三江营断面全年水质很好，基本上达到 2 类水标准，但山东、河南境内河湖水质多为 4 类、5 类水，天津、河北境内沿线水质全部为劣 5 类水。专家指出，南水北调东线成败，首在治污。目前南四湖、东平湖地区成为东线污染最为突出的地区。南四湖由南阳湖、独山湖、微山湖、昭阳湖四个相互贯通的湖泊组成，通称为南四湖，目前的水污染状况，已使当地经济发展受到严重的制约，江苏、山东两省已采取了一系列措施，并把南水北调当作可持续发展的契机，加大了产业结构调整力度。

山东省近年来为改善水环境质量，在水污染防治方面做了大量工作。把水污染防治工作纳入省、市、县（市）长环境目标责任制。先后取缔、关闭了南四湖、东平湖流域"五小"企业 368 家。关停万吨以下造纸草浆生产线 4 条，万吨以上生产线 14 条，共削减 COD 排放量 50 多万吨。山东省确定的 2001 年底前需关停的 40 家 2 万吨以下草浆生产线，目前已全部实施关停。山东省在两湖流域设置了 8 个水质监测站，2001 年监测结果显示，有 6 个站基本达到 4 类水标准，水质明显好转。据山东省监测表明，目前南四湖、东平湖水质已开始好转。山东省省长张高丽明确表示："十五"期间，山东省将投资 86 亿元治理南水北调工程山东段沿线，43 个城镇的水污染。到 2005 年主要污染物排放量比 2000 年减少 15% 以上；加强淮河、海河、小清河流域水污染防治，按期实现规划目标，确保南水北调工程山东段调水水质达到地表水 3 类水质标准；继续实施碧海行动计划，改善近岸海域水质；自然保护区面积占到国土面积的 10% 以上。

山东如此，作为源头区的江苏又如何呢？江苏省结合产业结构调整已将沿线诸多规模较小的造纸厂关闭，建立起了年产高档纸 80 万吨以上的大型造纸厂，使其产品在国内高档纸的市场占有率达到 65% 以上，而污染则降到原来的 1/6，江苏省的出省水质目前已好于4类水标准。据了解，国家环境保护总局近日正式行文，批准江苏省扬州市建立南水北调东线水源区国家级生态功能保护区。作为华东地区和江苏省的第一家，这一保护区工程总投入将达25亿元，这也是江苏省围绕国家南水北调这项重点工程，"治污水、送清水、截尾水（由污水处理厂处理后排放的达标水）"，重点实施七大治污工程，确保把清洁的水送到华北地区的重要举措之一。按照初步规划，这一保护区将划分为核心保护区、生态协调区和污染控制区：核心区是南水北调东线取水区，包括夹江和芒稻河沿线，面积800平方千米；生态协调区为输水干线外扩1千米，面积为2800平方千米，占扬州市全境的三分之一多；扬州市全境全部纳入污染控制区，严格控制新上污染严重的建设项目。保护区将由国家和省、市共同投资，实施一系列科技含量较高的环境保护工程，包括对现有工业污染源进行深度治理，建设6座城市生活污水处理厂，控制农业面源污染，建设江北城镇尾水导流工程，建设长江北岸生态走廊和源头输水区城市森林公园等。江苏已经建成了新沂河清污分流工程，正在实施淮河入海水道工程。目前正抓紧规划泰州和扬州地区第三条通道。徐州市正在加快奎河尾水资源化回用工程，既可以让河流水质达标，也可以缓解徐州地区用水紧张的矛盾。

东线沿线各级政府都已深刻地认识到要确保南水北调东线水质优良，必须转变经济增长方式，推进产业结构调整，降低造纸、酿造等行业造成的结构性污染，大力发展生态农业、节水农业，积极创建生态示范区，沿线的水污染治理工作时不我待，刻不容缓。江苏、山东、河北等省都明确表示，为使经济和社会发展得到可持续的良性推进，即使没有南水北调工程的上马，也要使河湖早日还清。

主持南水北调东线工程环保规划的中国环境科学研究院副院长夏青说，东线治污，预计用于沿线治污的资金将达250亿元，与工程费用的比例为1∶1，这将使沿线环境整治提速10到15年。东线治污"清水廊道、用水保障及水质改善"三大工程中，清水廊道以输水主干渠沿线污水零排入为目标，投资161.3亿元，建设城市污水处理102座，用水保障工程以保障天津市区、山东西水东调水质为目标，投资34.7亿元，建设5座城市污水处理厂、3项截污导流工程；水质改善工程以改善卫运河、漳卫新河、淮河干流及洪泽湖水质为主要目标，投资38.4亿元，建设城市污水处理厂26座。到2005年，东线治污一期工程主体部分完工后，输水干线全线水质达到3类，输水过黄河后，经过500千米输水河道自净，达到天津的水质可以确保3类水，有望达到2类水。

山东省成立南水北调办公室也经过了10个年头，因此有人戏称之为"难办"。在省水利厅南水北调办公室，望着房间里一摞摞的资料，"难办"主任罗辉带着掩饰不住的兴奋告诉记者："现在'难办'可以摘帽了。"东线工程所涉及的省都明确表态：坚决支持南水北调工程。

山东省副省长陈延明在接受记者采访时，明确表达了山东省政府和人民对东线水的渴望，对调水工程早日实施的一往情深。陈延明说，山东省历届省委、省政府对南水北调工程都非常重视，尤其是近两年，山东省委、省政府先后召开 20 多次会议研究南水北调，并多次向党中央、国务院请求工程尽早开工实施。随着东线工程的实施，山东省水的问题将基本得到解决，同时由于加大了治污力度，生态环境也将大大改善，必将全面促进山东全省社会经济的快速发展，实现山东人口、资源和社会、经济与环境的协调发展。

作为东线工程的主要规划责任单位——水利部淮河水利委员会的工作人员对于南水北调更是有一种难以形容的情怀。无论是年轻人，还是已经退休在家的老人，都在关注着南水北调东线工程的点滴进展，大家都有一个愿望，就是希望这一工程早日开工，希望早日看到这个世界最大的调水工程造福人民。

淮河水利委员会前主任宁远，一谈起南水北调东线工程，就有着说不完的话、道不完的情。他说，东线工程能在我们这一代手里开工，我们是幸运的，这是淮委几代人的努力，没有几代人坚持不懈、扎扎实实的工作，就没有今天的东线。东线实施以后，淮河流域既是输水区也是受水区，必将对整个流域内的经济和社会发展产生深远的影响。

作为东线规划的参与单位，更作为中、东线工程的受益区，海河水利委员会主任王志民的感受更深。他说，作为一名水利工作者，南水北调工程能够在今年开工，这是党中央、国务院关怀的结果，也是水利部党组治水新思路的成功实践。同时，也希望通过实施南水北调工程，海河流域的社会经济的发展能够更快、更好，让长江水为海河流域造福；作为一名天津市的市民，我衷心地希望南水北调的水早日到天津，让天津人民喝上甘甜的长江水，让天津人民不再为水愁，为水伤神。

中线：甘甜的汉江水早日进北京！

2001 年 10 月 25 日，正在湖北省丹江口市举行的第四届中国武汉国际旅游节，举行了一个别开生面的南水北调中线工程模拟送水活动，北京、天津、石家庄、郑州市的来宾从十堰市、丹江口市代表手中接过了四个装满清澈洁净丹江水的瓶子，好似这清澈的丹江水，带着库区人民的深厚情意正在流向华北平原，流向北京。

南水北调中线工程从丹江口水库陶岔渠首闸引水，经长江流域与淮河流域的分水岭方城垭口，沿唐白河流域和黄淮海平原西部边缘开挖渠道。在郑州以西孤柏嘴处通过隧洞或渡槽穿过黄河。沿京广铁路西侧北上，可基本自流到北京、天津。

行驶在丹江口水库上，从远处望去，号称亚洲第一大人工淡水湖的丹江口水库碧波荡漾，浩瀚无垠，一望无际。据当地人讲，这里的水不经任何处理可以直接饮用。在水库边上的一个农家小院，我看到了这样的情景，村民在院子里打水。不少库区百姓讲，几十年了，他们都这样直接从水库取水喝。

"先节水后调水，先治污后通水，先生态后用水"是南水北调工程的基本原则，这一点也成了丹江口市环保部门一段时期以来的工作重点。湖北省丹江口市市长彭承波在接受记者采访时说："我们地方政府深感责任重大，要千方百计地提高全民的环境意识，加大环境的治理力度，我们完全有信心，完全有能力把丹江口水库的水保护好，把洁净的水调到北京去。"据了解，目前丹江口市森林覆盖率达34.2%。为了支持南水北调工程建设，让北方人民饮上洁净的汉江水，丹江口市政府狠抓退耕还林、封山育林、植树造林和小流域治理，建设丹江口库区沿岸百里绿色长廊，要把库区建成一个生态环境示范区和观光风景区。

为保护丹江口水库的水质，库区周边的湖北竹山县、河南南阳等县（市）都积极行动起来。开展了以退耕还林为主的生态保护行动，采取了一系列积极有效的环境保护措施，着力构筑汉江上游生态保护屏障。确保地表水环境质量达到Ⅱ、Ⅲ类标准，确保水库水质满足南水北调中线工程调水要求。

最近，国家环保局的有关专家对这里的水质做出了这样的评价：丹江口水库各项水质均达到《地面水环境质量标准》的Ⅱ类标准，可以直接饮用。

记者曾采访过移民，更多的感觉是一种悲壮，是一种不能割舍的恋，他们愿意守着这方水土，受穷也好、发家也罢，就是一种难舍的情。但是，这次在丹江口库区采访移民，却有一种全新的感觉。拿移民局同志们的话说：这里的移民早就等着国家给一个说法，搬还是不搬。这次我们下去搞移民统计，许多老百姓说，你们可来了，这样受穷的日子也要到头了。

从1958年丹江口水库施工那一刻起，这里的人们就开始了付出，几十年过去了，他们付出的太多了，而他们的要求还是那么纯朴：过上安稳日子。在采访中，听着这些移民的愿望，看着他们饱经风雨的脸，我们不由得在心里衷心地祝愿他们，祝愿他们的日子越过越好，越过越红火。

湖北省委书记俞正声说，南水北调工程是国家的大事。湖北省要认真做好工作，既要缓解北方缺水，也要促进湖北的经济发展，做到双赢。

作为中线工程中工程量最大、移民最多的河南省，对南水北调中线工程一直是热切的盼望。为此，他们专门成立了河南省南水北调中线工程建设协调小组，由主管水利的副省长任组长，协调小组下设办公室，具体负责全省南水北调中线工程规划建设有关事宜。河南省常务副省长王明义在接受记者采访时，也明确表达了对中线工程早日开工的希望。他说，南水北调中线工程将有效缓解河南省受水区城市缺水状况，为城镇的建设和发展创造有利条件，促进区域城镇体系功能进一步完善，改善城市环境质量，同时受水区城市把挤

凌志篇

占的农业用水返还给农业，工农业争水的矛盾将得到缓解，沿线灌区可以重新发挥作用。

河北省水利厅厅长张凤林认为，河北省地下水超采状况堪忧，解决地下水超采问题要多种措施并举，根本出路在于实施南水北调工程。南水北调是河北省可持续发展必不可少的战略物质基础。南水北调工程建成后，将实现外调水与当地水的联合调度、优化配置，要制定合理的管理机制和水价机制，特别是将城市水市场尽可能让给南水北调工程，实现水源置换，最大限度地利用外来水，限制城市对当地地下水的开采，尽快恢复城区附近的地下水环境。农业超采区除调整种植结构外，尽可能利用城市排放治理后的再生水资源，最大限度地减少开采量，使地下水得以休养生息，生态环境逐步得到改善。

作为中线工程规划责任单位——长江水利委员会的水利人对南水北调有着特殊的感情。长江水利委员会成立50年来，无论机构怎样变更，人员如何变动，有一个部门始终存在，这就是调水室（前身为农水科）。50年来，这个部门，这样一群人，一直为南水北调苦苦追求着，默默奉献着。调水室从成立之初到现在，已经历了五任室主任，第一任吴志达，现已去世；第二任俞澄生，已从长江委勘测设计院副总工的任上退休；第三任魏山忠，现任长江委规划计划局局长；第四任王方清；第五任文丹。

记者分别采访了后四任室主任，他们对南水北调感慨万千：南水北调让我们等得太久太久了。文主任给我们讲述了这样一个故事。长江委一位长期从事南水北调规划工作的女高工，患了不治之症，在弥留之际，她留下了这样的遗言：我从事了一辈子的南水北调工作，最大的愿望就是能看到开工，我看不到了。所以我请组织上把我的骨灰埋在丹江口水库的山上，等到开工的那一天，我也能亲眼看上一眼。许许多多从事南水北调工作的人，有的已经故去，有的已是华发早生，有的又刚刚走来，但他们都有一个共同的梦：期待着南水北调早日建成，早日造福人民。

长江委首任主任林一山深有感触地说：我这一生就做了两件事，一件是三峡工程，一件是南水北调。三峡工程开工兴建时，我说可以对毛主席、周恩来总理有所交代了。南水北调能够开工是不敢想的事，能够在有生之年看到南水北调开工，我也放心了。据说，当年三峡工程开工时，许多人自发地在长江委的办公楼前放起了鞭炮，当时许多人都哭了。文丹说，到中线开工的那一天，我一定要放炮，庆祝这一伟大时刻的来临。

长江水利委员会是水利部在长江流域和西南诸河的派出机构，成立于1950年2月。国家授权其在上述范围内行使水行政管理职能。第五任长江水利委员会主任蔡其华在谈到南水北调中线工程时，明确表态：全委为之奋斗近半个世纪的南水北调中线工程开工建设进入倒计时，2008年可望送水到京津。

蔡其华说，南水北调中线工程不仅仅是大规模跨流域调水的水利工程，更是一项宏伟的生态环境工程、经济工程和社会工程，具有巨大的生态、经济和社会效益。一是为经济社会可持续发展提供了水资源保证。通过供水和用水结构的调整，置换出被挤占的农业和生态用水，可有效缓解黄淮海地区生态恶化的矛盾。二是直接拉动经济增长。国务院发展研究中心的最新研究成果表明，中线一期工程的投资将平均每年拉动 GDP 增长率提高近 0.12 个百分点，投资的乘数效应还将进一步放大，带动相关产业的发展；同时根据经验，投资会有 40% 转化为消费，对扩大内需具有双重拉动作用。三是促进受水区产业结构调整。中线工程实施后，将大大提高黄淮海流域的水资源承载能力，为沿线地区工业的换代升级、农业的结构调整、发展第三产业、改善投资环境提供了机遇。四是增加就业机会。按每年5 万～ 10 万元投资创造一个就业机会估算，中线一期工程建设期间，每年可增加 8 万～ 16 万个就业机会。工程建成后，一些新兴产业将迅速发展，吸纳更多的劳动力就业。五是有利于推进城市化进程。供水条件是城市发展的关键因素，随着水资源条件的改善，黄淮海地区的城市化进程将会不断加快。六是有利于缓解"三农"问题。农业、农村和农民问题是可持续发展的中心问题，特别是我国加入 WTO 以后，农业将面临严峻挑战。中线工程建成后，可将工业、城市挤占的农业用水还给农业，还可将处理后的城市污水回用于农业，缓解农业用水不足的矛盾，降低农业生产成本，增强该地区农业竞争能力和发展后劲。总之，中线工程的实施，必将带动我国北方地区产业布局、经济结构的重大调整，保护生态环境，推动社会进步。

西线：铸就西线精神

在南水北调东、中、西三条线中，自然环境最恶劣、施工条件最艰苦的是西线，规划实施时间最晚的也是西线工程。西线工程从通天河、雅砻江、大渡河三条河及其支流上的引水河段向黄河调水，以自流和隧洞输水为主。为了南水北调西线工程建设的早日实施，有这样一群人几十年来在广袤的土地上，在气候恶劣、工作和生活条件都极端艰苦的条件下，他们默默耕耘、无怨无悔，用热血、辛劳和汗水铸造着新世纪治水事业的丰碑；用自己坚实的足迹在高原峡谷间实践着水利人"献身、负责、求实"的精神境界，也成就了以黄河水利委员会勘测设计研究院西线工作人员为代表的属于南水北调工作人员特有的"西线精神"。

有这样一组数字，海拔每升高 1000 米，空气中的含氧量就减少 10%，海拔超过 4000米就被认为是生命的禁区。而西线的外业工作人员将长期工作、生活在这样的广大区域里。内地春暖花开，高原白雪皑皑。当地游牧民有句话叫"一日三变天，四季难分辨"。这是对高原复杂气候特征的真实描述。西线调水区域地处长江、黄河源头，横跨巴颜喀拉山脉，地理、气候等自然条件极为险恶。这里雪山林立、气候无常、空气稀薄、高寒缺氧；这里人迹罕至，山高水深、狭路崎岖；这里生与死机会相等，疫病、险路、天灾、高山反应、肺水肿，危机四伏，险象环生。

西线工程，一直是人们魂牵梦绕的一个梦。炊烟缕缕，帐篷点点。在玛尔曲畔的亚尔堂坝址，在大渡河支流的上杜柯坝址，我们见到了在这里为了西线长期拼搏着的水利人。高寒缺氧、强紫外线照射，一张张晒得黝黑的脸庞，已经使这些来自中原大地的男子汉与当地人没有什么区别了。与他们聊天，感受最多的就是对西线工程早日开工的向往，而谈到他们自己，他们工作的艰辛，更多的是沉默，如果再追问下去，就是一句话：其实也没什么，就是想家。

问过他们一个问题：如果人生可以重来，你还会选择外业工作吗？

沉默，点燃一根烟……

在漫漫的烟雾中，有这样的回答：不会！但我选择了，就要做好，就要对得起自己，对得起黄勘院三代人的心血。我现在最大的愿望就是能看到西线早日开工建设。

巴颜喀拉山一直是梦中的山。黄河、长江两大水系以巴颜喀拉山为界，隔岭相望。穿透巴颜喀拉山，使长江黄河融汇，一直是黄委南水北调西线工程工作人员的夙愿。为了一个信念、为了一个使命，外业队员们在青藏高原上，为西线调水奉献着热血、青春和汗水，在高原上留下了一串串闪光的足迹，述说着一个个动人的故事。

1987年5月，中州大地繁花似锦，而在青藏高原巴颜喀拉山北麓却是寒风凛冽，飞雪狂舞。在没有道路的山区汽车无法通行，外出查勘全靠骑马。为了争取早日完成任务，有时竟一连十几天，每天都要骑马在深山雪地上奔跑10多个小时。饿了啃几口干粮，渴了就抓把雪或喝几口冰水。青年作业员刘德锡为了到海拔5200多米的雅拉达泽山上查找一个三角点，和另一名队员驱马而上。凸凹不平的山路被大雪掩埋了，一路上他所骑的马曾几次失蹄栽倒，他也被摔得满身是泥，浑身疼痛，当骑马行至4800多米的高度时，空气更稀薄，风化了的石块在脚下乱滚，马已经无法再上了。恰在这时，又刮起了大风，被大风卷起的积雪和石粒打在脸上，像刀割一样疼。早年留下的木质三角标架早已荡然无存，标石也不知埋在什么地方。一个坑、两个坑、三个坑……经过4个多小时的苦战，当看到嵌在黑色水泥表面上那晶亮的瓷标志时，他和同伴都瘫倒在雪地上，欣慰地笑了。

1998年6月下旬，南水北调查勘队从青海到四川，完成最后一站——长须坝址的查勘。傍晚，金黄色的夕阳，把它的余晖涂抹在每一棵碧绿的草上，奔跑了一天的坐骑悠闲地啃着青草……突然，渐渐昏暗的天际生出一团乌云，飞速扩展着，瞬间弥漫了整个天空。一阵狂风，倾盆大雨劈头盖脸而下，周围的一切顿时陷入汪洋的雨雾之中。单薄而又简陋的帐篷被风吹得滚圆滚圆，就像一个随时都要升空的气球。大雨夹带着冰雹，砸在顶部"嘭嘭"直响，雨水渗进帐篷内，浸泡着被褥，一切都是水淋淋的，看着彼此像落汤鸡一样的狼狈相，队员们情不自禁地笑起来。天黑了，雨小了点。他们走出帐篷，才发现营地被捣得一片狼藉：两顶帐篷被砸平了，马和牛跑得无影无踪。

杨广成，出生在一个普通的农民家庭。大学毕业后来到黄河测绘部门，当"调水"事业选择了他时，二话没说，便匆匆奔赴江河源头。在他的带领下，本来要 60 天才能完成的水准线路测量只用了 20 天。当杨广成带领作业组跋涉 500 余千米，进入新一轮作业区后，这位年轻的大学生爬不起来了。当从数百千米外赶来的救护车接他去治多县医院时，他满怀深情地对队友们说："我走了，你们安排好工作，买只羊，大家也补补身子。"队友们万万没有料到这竟是最后的诀别——带着微微的高原风尘，来高原仅两个多月就匆匆走完了 25 岁年轻的人生。大夫说："他是因高原反应引起感冒并发肺水肿，如果早点休息送医院治疗或许还有救。"队员们说："广成啊，如果你不来这青藏高原……如果能早点送你去医院……"

队员们一离家，要在高原上度过四五个月，家中一旦有急事，不要说回不去，即使回得去也要匆匆忙忙赶上十天半月的时间。1990 年夏，西线测绘工作进入紧张工作期，恰恰在这时，黄进立、姜汴成两人先后收到"父亲病逝"的电报。茫茫高原，四野沉寂。帐篷前，队员们默默举起红白相间的测旗，半降的旗帜在黄昏冷风中微微颤动。黄进立、姜汴成两人面向中原，双膝跪地，连连叩头，泣不成声："父亲啊！自古忠孝难两全，原谅您这远方不孝的孩儿吧！"

高原的马匹身高体大、桀骜不驯，落马受伤的事故时有发生。而所谓的"道路"又是崎岖陡窄，仅容单骑，仰望险峰如削，俯视惊涛拍岸，一失足将成千古恨。在查勘大渡河斜尔尕坝址时，一个同志从马上摔下来，导致脾脏破裂，如不能在 24 小时内进行手术，即有生命危险，但当地医院不具备手术的条件。经队领导果断决策和全队人员通力合作，昼夜兼程，只用 18 个小时就从千里之外赶到兰州，及时进行了手术，挽救了一个年轻的生命。医生说，这是一个奇迹。队友说，这是兄弟情、战友情。

…………

这就是"西线精神"，这就是西线故事。

"行动起来，拯救黄河。"163 位中国科学院和中国工程院院士们联名发出了呼唤！

如何拯救，专家、学者们开出了一剂又一剂良方，而最根本的还是早日实施南水北调西线工程。西线是在上游直接注入黄河，实现我国两大姊妹河真正意义上的血脉交融，携手奔腾。正因如此，规模宏大、立意高远的南水北调西线工程，就一直是人们魂萦神往的一个梦。

水利部黄河水利委员会主任李国英说，中国将要实施的南水北调西线工程，堪称当今世界上规模最大、难度最大的工程，但同时也是效益最大的调水工程。李国英说，南水北调西线工程远景可能达到的调水量约为 320 亿～ 370 亿立方米，从调水线路看，从水源点

凌志篇

161

至受水区，仅第一期工程的调水线路就长达3600多千米。其受水区主要是黄河流域的青海、甘肃、宁夏、内蒙古、陕西、山西等六省区的部分缺水地区，其区域面积之广，无可比拟。另外，由于西线是调水进入黄河干流河道，而并非直接送到受水区，因此要修建大量的配套工程，其任务相当艰巨。与国内外已经实施和正在规划的跨流域调水工程相比，南水北调西线工程是规模最大的。南水北调西线工程区位于世界上海拔最高的青藏高原的东南部，国内外在高海拔、低气压、缺氧、寒冷条件下的水利施工普遍缺乏经验，西线工程面临着诸多挑战。此外，这里对外交通的困难与当地社会关系的复杂也首屈一指。南水北调西线的受水区，由于长期以来的人类活动影响，生态系统遭到严重破坏。最近几年更是成为华北地区沙尘暴频繁发生的策源地。南水北调西线工程投入运用后，将为这里提供水资源，极大地改善西部地区的生态环境，完全可以称得上是一个规模宏大的生态建设工程。

期待着，波澜壮阔的那一刻

南水北调向我们走来，愈来愈近，愈来愈清晰。

北方的江河期待着！

北方的土地期待着！

北方的人民、全国的人民都在期待着！

"中国可持续发展的支撑工程"，有专家这样评价了南水北调工程。

我国至今未形成水资源可以调配的完整水网布局，南涝北旱是中华民族的心腹之患。现代社会的基本需求，就是要有完善的交通网、电网、信息网、水网四大网络。改革开放以来，经过20多年大规模建设，曾经制约国民经济和社会发展的交通网、电网、信息网等"瓶颈"已经被一一冲破，唯独关系国计民生的水网还滞后于时代发展的步伐。南水北调工程的实施，无疑将解除这个"瓶颈"，从根本上改变我国水资源分布不均的不利状况，构筑起黄淮海地区以及全国水资源优化配置的基本格局，对我国经济社会的可持续发展将起到重要的支撑和保障作用。

国内外许多已建调水工程的实践证明，建设跨流域调水工程是缓解缺水地区水资源短缺供需矛盾、促进地区经济繁荣和社会发展的有效途径，也是支撑缺水地区可持续发展的重要基础设施。

社会效益：南水北调工程实施后，由于供水条件的改善，不仅可以促进供水区的工农牧业生产和经济发展，而且提供了更好的投资环境，加大对外开放的力度，为经济发展创造良好的社会条件。同时可以缓解城乡争水、地区争水、工农业争水的矛盾，有利于社会安定团结。还可避免一些地区长期饮用有害深层地下水而引发的水源性疾病，提高人民的健康水平。

经济效益：综合各项效益，经测算，按目前价格水平，仅南水北调东、中线一期工程年均经济效益就达553亿元。南水北调整个工程完工后，经济效益将更大。

生态与环境效益：可以增加供水区城市生活、工业用水，改善卫生条件，有利于城市环境治理和绿化美化，促进城市化建设。增加农林牧业灌溉用水，改善农牧业生产条件，调整种植结构，提高土地利用率。还可改污水灌溉为清洁水灌溉，减轻耕地污染及对农副产品的危害。可以减少对地下水的超采，补充地下水，改善水文地质条件，控制地面沉降对建筑物的危害。通过合理调度，可向干涸的洼、淀、河、渠、湿地补水，改善水质，恢复生机，促进水产和水生生物资源的发展，使区域生态环境向良性方向发展。

沿着南水北调东、中、西三线采访，一路走来一路感叹，一路的所得都是共同的，希望早日看到这个世界最大的调水工程造福人民。天津市83岁的张大爷对于水有着深深的认识，从新中国成立前的水灾、水患，到新中国成立后的治水、用水，再到守着海河没水吃、引滦济津的甜水和引黄济津应急输水而来的救命水，张大爷开始了对长江水的企盼，在他朴素的理解里，只要有了长江水，也就有了一切。

一个工程，一代伟人的构想，50年的论证历程。几代人呕心沥血的奉献，几代人魂牵梦绕的企盼，今天，在新世纪之初，南水北调这项世纪工程终于迎来了开工建设的盛典，人们期待的南水北调、波澜壮阔的那一刻即将成为现实。

南水北调中线工程的前世今生

李卫星

2014年11月20日,随着团城湖闸门缓缓提起,南水北调中线工程终于实现了试水成功,正式通水指日可待。中央及北京各大媒体以显著位置、极大篇幅全面反映调水工程。镜头中、话筒前、文档里,接受采访的人,上至领导,下至百姓无不赞叹有加,言语中充满了正能量。

当时正在北京学习的我,出于职业习惯,就调水问题,对同学及市民们进行了简单调查,发现普通百姓调水的认可率远不及想象中那么高。而且排除直接受益的京津冀人士,反对者占了压倒数的多数。

2015年2月,我从丹江口库区采访结束,途经十堰市,与一帮文友见面,说出准备为中线调水写点东西。想听听他们的意见,结果是几乎无人喝彩。

为准备写作,我在网上也做了功课,但凡看到调水工程,网友的自由评论也几乎是一边倒的报料、吐槽。反对的理由林林总总,抛开纯粹发泄不满的言论,大抵不过是技术不可行,经济不合理,污染难控制,潜规则难禁绝等等。

值得一提的是,李锐、黄万里等人几十年前反对三峡时早已被证伪的诸多言论再次被翻找出来,成为反对者的利器。

供水区怨声载道,受水区也应者寥寥,难道老百姓一定要与官方唱反调?

为什么老百姓对工程实施这样活生生的事实视而不见,而对一些所谓大师惊世骇俗的只言片语奉为神明?

一个功在当代、利及千秋的伟大工程,为什么群众对它的认知度如此之低?

我们水利工作出现了问题,至少,它没有让社会真正认识自己。

有感于此,我很愿意花一些时间,展示南水北调中线工程(以下简称"中线调水")的来龙去脉,让大家从中认识它的价值,并逐步理解我们的水利工程和水利人,至少不要被所谓专家的奇谈怪论弄得晕头转向。

由于水平有限,不足之处,还请大家海涵,并耐着性子读下去。

第一章　决策之初

一、起于青萍

风起于青萍之末，南水北调也是如此。

在《中国水文大事记》的《黄委组织查勘黄河源》，我们发现了一段不起眼的记录：

"8—12月，由黄委办公室副主任项立志、工程师董在华率领的河源查勘队（共60人）8月2日从开封出发，在青海西宁做了准备，经黄河沿（今玛多县）、鄂陵湖，到长江上游通天河支流色吾渠，查勘由通天河引水济黄的可能性，然后翻越巴颜喀拉山，到达黄河源地区，查勘黄河源头。经过雅合拉达合泽山、约古宗列渠、星宿海、扎陵湖，回到西宁，于12月23日返回开封。查勘行程5000千米，历时四个多月，共测导线长763千米、导线点690个、河道断面和流量8次、取土样33袋。这次查勘认为：从通天河引水济黄是可能的。黄河的正源是约古宗列渠，扎陵湖在东，鄂陵湖在西（直到1978年，青海省组织考察黄河源后，两湖名称才重新调换过来）。"

对中国水利而言，这是一个小事件，但这个貌似不起眼的小事件，却撬动了中国南水北调的大进程。

黄委会的史宗浚参加了此次调查，在接受中央电视台《水脉》制片组采访时，他对60多年前的那幕依然记忆犹新。"气温很低，老羊皮的毛不是很长嘛，风一吹就粘住了。江源地区气温更低，连呵出的气被风一吹都粘住了，冻住了。我们拽住马尾巴，马在前面走，人在后面跟着。到后来时路比较陡了，马也走不了了，死了好几匹马呀，都累死了！"

在这样艰难的条件下，查勘队员每人只有一件皮大衣，随身带着仪器、工具和干粮，夜晚走到哪儿就睡到哪儿，忍受着风沙、冰雹以及令人窒息的高山反应，得到了黄河和长江源头的宝贵数据。

此次河源查勘，揭开了西线调水勘测设计的序幕，也揭开了新中国治理黄河上游一系列工程的序幕。此后的几十年，几代水利人30多次深入这片不毛之地，把青春、血汗，甚至生命永远地留在了这里。

毛泽东得知查勘队的消息后，非常感动。并由此引发了到黄河源头考察的想法。1959年4月在上海召开的中共八届七中全会上，他说了这么一段话："如果有可能，我就游黄河、长江，从黄河口沿河而上，搞一班人，地质学家、生物学家、文学家，只准骑马，一天步行走30里，骑马走30里，骑骑走走，一直往昆仑山去，然后到猪八戒去过的那个通天河，翻过长江上游，然后沿江而下，从金沙江到上海崇明岛……这样搞他四五年，就可以完成任务。"1961年9月，毛泽东在庐山向身边卫士张仙鹏说："我有三大志愿：一是要下放去搞一年工业，搞一年农业，搞半年商业。这样使我多调查研究，了解情况。我不当官僚主义，对全国干部也是一个推动。二是要骑马到长江、黄河两岸进行实地考察，我对地质方面缺少知识，要请一位地质学家，还要请一位历史学家和文学家一起去。三是最后写一部书，把我的一生写进去，把我的缺点、错误统统写进去，让全世界人民评论我究竟是好人还是坏人。"

尽管由于种种原因，毛泽东的这个愿望没有实现。但在骑马走黄河、长江源描述的字里行间，我看到了黄河首次查勘队的影子。

黄委在巴颜喀拉山的查勘，还深刻地影响了林一山。这位被毛泽东誉为"长江王"的长江委首任主任，一生曾四次踏上巴颜喀拉山，并构思出了宏伟的"大西线调水计划"。其设想为：在怒江上建水库，与澜沧江、金沙江、雅砻江、大渡河上的一系列水库串联在一起，形成一个巨大的水系水库群，采取自流加抽水的方式，每年可将800亿立方米引水入黄河。与一般人至此为止想法不同的是，它的调水线路到达黄河后，再还要在大柳树水利枢纽开挖两条渠道，一支沿1200米等高线向北穿越腾格里、乌兰布和及巴丹吉林等沙漠，向天山以北送水；一条向南沿1400米等高线到祁连山和阿尔金山脚下，再开挖运河引水至塔克拉玛干大沙漠和吐鲁番盆地。大柳树以上的总干渠长1410千米（其中隧洞216千米），供水区南、北干渠分别长2500千米和3000千米。

这条充满浪漫主义想象的大西线似乎离现实很远，但谁又能否定其中深刻的内核呢？

二、始于智者

向毛泽东汇报河源查勘队行动的，是新中国首任河官王化云。这位毕业于北京大学法律系的高才生，从1946年起就在冀鲁豫边区担任黄河水利委员会主任，新中国成立后，又就任水利部黄河水利委员会主任。从此，他一头扎进人民治黄的宏伟事业，潜心学习、不耻下问，很快就从门外汉成为治黄专家，这与长江委的首任主任林一山十分相似。

新中国成立后，王化云一面组织技术人员查勘黄河两岸，同时对黄河的水文资料进行整编，掌握流域内社会、经济发展状况及周边地区对黄河水资源的需求趋势。他发现，在"三年两决口，百年一改道"的表象之下，黄河的水资源实际并不敷使用，并且大胆想起从长江借水。项立志率领的黄河源首次查勘队，便承担着寻找调水路线的重任。不过，这些在当时都是试探性的，并没有多少人知道。

现在看来，黄委人能事先预判黄河水将来不够的趋势，并考虑从长江调水的思路，无疑是先进的，但他们选择的河源地区作为优先考察路线，却有待商榷。毕竟，这里地处高原，交通不便，可引水量较少，且工程规模浩大，在技术可行性与经济合理性均不及中下游地区，而且凭当时国力，也绝非短期可以完成。

王化云是水利大家，黄委是水利系统最重要的流域机构之一，其技术实力断不至于看不到这一点，但他们仍作出了这样的选择，我认为主要可能基于以下两点，第一是主动性的，即长江与黄河的干流在此相距最近，而且隔着巴颜喀拉山并行东流。越往下游，可水量越大，而分水岭工程越小；因此在技术上有可行性。第二，可能是被动性的，有难言之隐，即江源地区远离长江发达地区，在流域规划上相对独立，而且调水工程限制在青海省内，不会引起太大反响。相反，如果选择从中游或下游向长江借水，极有可能被南方各省或长江委否决，至少要看人家脸色行事。毕竟，黄委是向长江借水，在没有得到主人答复之前，还是动静越小越好。当然，这只是我的一家之言。

然而，在新中国成立初期，要在高海拔地区、复杂险恶的自然条件下，完成如此浩大的借水工程，无论从国家实力，还是从工程技术方面，都是难以想象的。因此，西线虽然构思较早，但一直只是远景，在具体行动上落后于后来的中线和东线。

两个月后，随着毛泽东的一次造访，一切都变得豁然开朗起来。

三、成于领袖

1952年10月，毛泽东利用党中央给他的休假时间，开始了新中国成立后第一次出京巡视，他的专列从徐州溯河而上，经停兰考、开封、郑州、新乡等地，所谈话题，无不围绕着黄河。

水利作家李良在《史记黄河》中写道："如果一定要给出解释，也许此前他曾经说过的两句话，能寻到一定的脉络。一句是他于1947年在陕北带卫士前往县峡谷边俯瞰黄河时所说：没有黄河，就没有我们这个民族啊！另一句是……谁藐视黄河，就是藐视我们这个民族。"（《大江文艺》2013年第5期，第21—22页。）

10月30日，他乘专列来到开封，会见了王化云，两个人从开封谈到郑州邙山，从渠道、堤防，一直谈到"道光二十三，黄河涨上天"。在邙山，毛泽东听说黄委有一支勘测队正在巴颜喀拉山查勘，计划把通天河引到黄河时，很感兴趣，详细询问起查勘队的情况。还说："好！这个主意好，你们的雄心不小啊！通天河就是猪八戒去过的那个地方。"

在邙山，毛泽东留下了一张远望黄河的侧身照。照片中，他独自一人坐在干硬的土堆，双方放在膝上，望着山脚下流淌了千年的黄河水，陷入深思。或许，他在想黄河涨上天怎么办，或者想刚刚在长江和淮河上发生的洪水，或许他想着仅仅从河源调水远远不够；或许他还想着立刻放下如山的政务，加入河源查勘队中，在如刀的风霜中揪着马尾巴游走于雪域高原。

只是，他什么也都没有说出来。听了王化云的汇报，毛泽东深思良久，说出了一段著名的话："南方水多，北方水少，如有可能，借一点来是可以的。"

在毛泽东这里，南方取代了长江，北方取代了黄河，猪八戒去过的通天河不再成为限定条件，体现了他一贯举重若轻，重新安排旧山河的气魄和胆略，极大地扩大了黄委构想的借水空间。这短短的二十字，字字珠玑！

水利作家靳怀堾在《毛泽东与南水北调》一文中写道："毛泽东的这句看似蜻蜓点水的话，却点燃了共和国跨流域调水的热情，从此，人们开始精心编织一个宏大的'水之梦'——南水北调！"诚哉斯言！

四、蔚为大观

1952 年 10 月，与毛泽东首次出京视察黄河同时，长江委的一支查勘队正在丹江口对长江第一大支流进行查勘，水利部部长傅作义和副部长李葆华亲临指导，与大家同吃同住同劳动。

参加了此次查勘的魏廷铮清楚地记得，临走时，李葆华握着长江委人的手，语重心长地说："丹江口的工程要抓紧。"

三个月后的 1953 年 2 月 19 日，魏廷铮陪同长江委首任主任林一山在"长江"舰上见到了毛泽东。

魏廷铮记得，临行前，林一山专门交代，要准备齐一切必要的资料。

重视资料收集，不打无准备之仗，这是林一山的一贯作风。这与他的"宿敌"，前水电部副部长的李锐形成了很强的对比。李锐在很多场合曾说两人论战时，他是一人一箱，而林一山则是带着秘书和大箱的资料，双方"打了平手"，并对此颇为得意。我认为未必如此。诸葛一生唯谨慎，吕端大事不糊涂；不能说明境界高下。如果让李锐背着建设三峡工程的历史重任，让林一山冷嘲热讽说风凉话，他还能潇洒地一人一箱，那才叫本事。而李锐提出的五强溪方案，以及他带领水电总局完成的水电工作，似乎还没有林一山干得漂亮。当然，这话题扯得了。

话题回到 2 月 19 日的"长江舰"上来。毛泽东上船不久，就立刻派人把林一山请到二楼的卧舱，船行三天，毛泽东三次召见林一山，两次请他吃饭，详细了解了长江流域的气候、水文和流域规划，最后谈到了南水北调问题，不过，陈述句变成了疑问句。

毛泽东这样问："北方水少，南方水多，能不能把南方的水借给北方一些？"

"可以。"

"这个问题你研究过没有？"

"没有。"

"为什么？"

"不敢想，也没有这个任务。"

毛泽东指着林一山手中的地图，首先指向四川北部的白龙江，问道："白龙江的水，能不能引向北方？"

据说，毛泽东在长征过草地时，亲眼见到两条距离相近的河流，一条向北流，一条向南流，那两条河就在白龙江附近，当时就开玩笑说挖一条渠就可以把黄河的水引向长江了。但伟人就是伟人，遇到自己不熟悉的问题，没有故作玄虚，知之为知之，不知为不知，是知也。

"不行。"林一山也没有客气，像老师回答学生问题一样，对就是对，错就是对，不管在他对面的，是百姓还是主席。

"为什么？"

"白龙江发源于秦岭，向东南流向四川盆地，越向下游水量越大，但地势越低，不可能穿过秦岭把水引向北方。而白龙江水引向西北更有意义，引水工程也有兴建的权属。越是河流的上游，地势越高，居高临下，则利用地势自流的权属越大，但水量却越小，因此引水价值不大；反之，河流越是下游，水量越大，地势又越往下越低，引水工程的可能性越小。"

回答何其准确，充满了辩证法。毛泽东见他说得有理，没有再问下去。而是把笔指向嘉陵江干流上游的西汉水。问："这里行不行？"

"不行。"

"为什么？"

林一山又用与白龙江不能引水的同样道理做了说明。

毛泽东丝毫没有气馁，他的手指沿着长江流域与黄河流域的边界一路向东，继续寻觅着新的突破点。当他将笔指向汉水时，问"汉江行不行？"

林一山终于迟疑地点了点头，说："汉江有可能。"

"为什么？"毛泽东有了喜色，但他还要知道答案。

"汉江与黄河、渭河平行，中间只隔着秦岭，越往东地势越低，水量越大，而引水工程反而越小。"林一山说得有理有据。

毛泽东有些兴奋，扔掉手中的烟蒂，马上在陕西汉中以下的一个小峡谷上划一道杠，问："这里修个坝行不行？"

"可以。但水量小。"

他又在安康以下画一条杠："这里怎么样？"

"也不太好。"

毛泽东把红杠画到湖北均县：

"这里行不行？"

"这还可以。"回答是勉强的。

毛泽东指向丹江口，"这里行不行？"

"这里可能最好。"

"为什么？"

"这里是汉江中游，又是丹江的汇合口，水量充足，而且引水不用打洞，又在巴山脚下，保持着较理想的高度。这里我们做过规划，但是没有考虑南水北调的问题。很有希望。"

"再往下呢？"

"那可不行了。"林一山说："再往下游，河水变宽，汉水进入南阳、襄阳平原，没有高山，失去了建坝的条件。"

"好了。"毛泽东从地图面前直起腰来，恢复了他那指挥若定的气派："你即刻派人查勘，有资料就直接给我写信，不一定等到系统成熟了才告诉我。"

2月23日，船抵南京，毛泽东与陪同考察的诸多同志挥手告别，长江一行，双方都留下了很好的印象。林一山给毛泽东留下了良好的印象。以至于在1956年毛主席对他说："林一山，你能不能找一个人替我当国家主席，我跟你当助手，替你修三峡好不好？"

林一山更是在无数场合谈到了这次会面，他在一次接受记者采访时，他这样说道：毛主席在"长江"舰上勾画的这幅宏伟蓝图，深深地印入了我的脑海，让我豁然开朗。主席的眼光、胸怀和气魄确实与众不同，他从战略的高度肯定了长江治理与开发中最为关键的三峡工程和南水北调两大课题……

笔者时常把两人在"长江"舰上的会面，比作新中国治江事业的"隆中对"，不知这是否恰当。

临走时，毛泽东握住林一山的手，说："南水北调工作要抓紧。"

这与三个月前李葆华对长江委查勘队所说的，异曲同工。此后，丹江口和南水北调，由此成为荆江分洪工程完成后，治江事业最突出的两条主线。

第二章 调水缘由

一、古已有之

跨流域调水，听上去很高大上，但早在远古时期，许多以灌溉农业立国的东方各国都已经这么做了。

古埃及早在公元前2400年，就有了人类历史上第一次调水工程。两河流域的先民，也在底比里斯河和幼发拉底河上兴建大量调水工程，让美索不达亚文明在很长时间走在人类历史的前列。古印度在印度河和恒河也兴建了调水工程。

作为古代四大文明古国之一，中国的跨流域调水同样源远流长。

中国跨流域调水最早的源头，各家有各家的说法，我个人认为，大约可以追溯到大禹治水的传说。《史记·河渠书》有这样的记载，"于是禹以为河所从来者高，水湍悍，难以行平地，数为败，乃厮乃暆二渠以引其河。北载之高地，过降水，至于大陆，播为九河，同为逆河，入于勃海。九川既疏，九泽既洒，诸夏艾安，功施于三代。"通俗地说，便是在业已泛滥的黄河边挖了两条人工渠道，将多余的洪水引到北岸较高的地区，然后通过九条河流，输送到渤海。从而战胜了洪水，其功效一直延续了很长时间。鉴于当时的生产条件，我们很难想象那九条排洪河流全部为人工开挖，它们或许就是今天海河许多支流的前身，而将黄河水导入这九条河的水渠，则肯定是人工开挖的跨流域调水工程。

不过，大禹治水毕竟只是传说，算不得信史。但至迟到春秋时期，跨流域调水就开始出现，并形成了一定的规模。还是《史记·河渠书》记载："自是之后，荥阳下引河东南为鸿沟，以通宋、郑、陈、蔡、曹、卫，与济、汝、淮、泗会。于楚，西方则通渠汉水、云梦之野，东方则通（鸿）沟江淮之间。于吴，则通渠三江、五湖。于齐，则通菑济之间。"此时的诸侯，为了实现称霸天下的理想，一手扶犁，一手持剑，在残酷的兼并战争之余，开展了大规模的农田水利建设，鸿沟、邗沟等诸多泽被后世的引水工程，在此都有了雏形。而时间最早的，大约是孙叔敖兴建的杨夏运河。

杨夏运河，古称杨水。据著名学者谭其骧考证："杨水，是沟通长江与汉水的一条人工运河。工程的关键是在郢都附近，拦截沮水与漳水作大泽，泽水南通大江，东北循杨水达汉水，所经过的地方正是当时所谓云梦泽，约当在今荆州沙市到荆门沙洋一带。"它的开凿大大缩短了楚都郢到汉江流域各地的水上路程，为楚国社会经济和郢都的发展做出了贡献。虽然经过历史变迁，它早已湮灭无闻，但其意义却不容忽视。我们今天为中线调水配套的江汉运河，几乎就是它两千年后的现代版。

此外，在公元前486年，吴王夫差为北上争霸，修建了南起扬州，北到淮安的邗沟，也这是京杭大运河最先修通的一段，经历代修浚，现仍有航运功能。

此后，水利兴则农业兴，农业兴则国家兴，一部洋洋洒洒的中国史，几乎可以浓缩为农业史、水利史。越是太平盛世，大规模的引水工程就越引人注目——

战国时期的头号强国——秦国，先后修建了都江堰和郑国渠，将岷江之水引入成都平原，将泾渭各河之水引入沃野，此后，依托强大的灌溉农业作支撑，秦军所向披靡，"六国灭，四海一"。

秦始皇时期，史禄修建灵渠了沟通长江和珠江两大水系的零渠，秦军凭借源源不断的兵源和物资，大举南下，将岭南地区第一次划入中央政权管理之下。在此后的两千多年时间里，灵渠始终发挥水运和灌溉职能，为南北双方的政治、经济、文化交流发挥作用。

汉武帝刘彻，一面北击匈奴，南取南越；一面大修水利，他亲自指挥军民堵住了黄河的瓠子决口，使朝中出现了"用事者争言水利，朔方、西河、河西、酒泉皆引河及川谷以溉田；而关中辅渠、灵轵引堵水；汝南、九江引淮；东海引巨定；泰山下引汶水：皆穿渠为溉田，各万余顷。佗小渠披山通道者，不可胜言"的局面。太史公亲身参与了瓠子堵口，激动之余，拿起如椽巨笔，发出了"甚哉，水之为利害也"的千古嗟叹。

曹操南征北伐，统一北方，同时"遏淇水入白沟，以通漕运"。揭开了卫河航运的历史。他还亲自率军北上，剿灭袁绍残余势力，征讨乌桓，在途经碣石的时候，意兴盎然地写下了中国历史上第一首山水诗《观沧海》。

隋炀帝杨广南下平陈，北击突厥，结束了长达 300 余年的南北分裂。他在营建东都洛阳之后，在春秋以来分段开挖的人工渠道基础上，先后开凿、整治了永济渠、通济渠邗沟和江南河，形成了一条北通涿郡，南达杭州的大运河。

赵匡胤、赵光义兄弟，在东征西讨、剿灭南方割据政权同时，在跨流域引水上同样大有作为，太平兴国年间开通的荆襄运河，使出自西南及洞庭湖的贡物，较之线路，不知省力多少。

元世祖忽必烈完成了中国历史上空前的大统一，在水利成就也完成了空前之作——京杭大运河的裁弯取直，使北京到杭州的水运距离由此前的五千里缩短到三千余里。而由郭守敬开通的通惠河，解决漕粮入京"最后一公里"难题。

明清时期，国力强盛，但创造力大削弱，表现在水利上就是谨小慎微，缺乏大气之作。其最有作为的康熙皇帝执政 61 年，"听政以来，三藩及河务、漕运为三大事，夙夜廑念，曾书而悬之宫中柱上。"三件国家大事，水利占据两项，而大运河独占一项，他先后由运河六下江南，对此项调水工程之关注，与此可见。

历史是一面镜子，以史为镜，可以知兴衰，几千年来，水利作为重要的产业，与国家、民族的命运紧密相连。大凡太平盛世，都会出现标志性的水利工程，而标志性的水利工程，又为太平盛世的延续提供了物质条件。当然其中也有例外，如秦始皇修建的灵渠，一方面使大批军队南下统一岭南，另一方面也造成了内部空虚，为秦朝的二世而亡埋下伏笔。由他所统一的岭南，成为后来西汉时期长期存在的独立势力。还有隋炀帝修建的大运河，最终也落得二世而亡，身死扬州的惨败下场。但灵渠（包括长城）和大运河并不是其败亡的原因，这些伟大工程的作用，也没有因为秦、隋的短命王朝而湮灭无闻，相反，在漫长的历史岁月中，发挥了自身的效益。以"秦始皇修好长城，隋炀帝修大运河，都没有好下场"，要影射新中国的水利建设，实在是对"以史为鉴"歪曲解释。

二、前车之鉴

"在科学上面是没有平坦的大路可走的，只有那些在崎岖小路的攀登上不畏劳苦的人，有希望达到光辉的顶点。"

这句马克思写在《资本论》法文本序言中所说的话，说的是科学，对水利也完全适用。一项成功的水利工程，往往隐藏着无数的失败工程，一次成功的实践，往往来自无数次的失败的积累。大禹的父亲鲧如此，灵渠旁的三将军墓如此，汉武帝堵了 23 年黄河瓠子决口如此，被黄河和荆江洪水折腾了几百年的堤防工程更是如此。

对中线调水，有两项失败工程不能不提。

第一项是褒斜道通漕工程，发生于汉武帝时期，距今 2100 多年，主事者是以严酷著称的张汤。其事见《史记·河渠书》。

"其后人有上书欲通褒斜道及漕事，下御史大夫张汤。汤问其事，因言：'抵蜀从故道，故道多阪，回远。今穿褒斜道，少阪，近四百里；而褒水通沔，斜水通渭，皆可以行船漕。漕从南阳上沔入褒，褒之绝水至斜，间百余里，以车转，从斜下下渭。如此，汉中之谷可致，山东从沔无限，便于砥柱之漕。且褒斜材木竹箭之饶，拟于巴蜀。'天子以为然，拜汤子卬为汉中守，发数万人作褒斜道五百余里。道果便近，而水湍石，不可漕。"

褒斜道穿越秦岭峡谷，一头是汉江支流褒水，另一头是渭河支流斜水，双方源头相距只有 100 多里，如果开通此道，则从关中到巴蜀的路程不仅比故道节省不少。而且还可充分发挥水运职能，节省劳力。汉武帝听从建议，派张汤父子修建，很快陆路修通，但限于技术条件，水路没有开通。

1953 年，林一山在构思引汉济黄时，首先就考虑到了利用秦岭天然谷地，从汉江引水到西安的线路，就是受到了张汤开褒斜道的启发。

与褒斜道相比，第二项工程的失败更为彻底。因为工程不仅湮灭于历史，连倡议者的姓名也难以查清。（许多人，包括林一山都认为是程能，我个人从"能献复多役人以致水"一句，认为，更可能是程能献）这便是发生于太平兴国三年（978 年）的白河通漕。其事见《宋史·河渠志》。

"白河在唐州，南流入汉。太平兴国三年正月，西京转运使程能献议，请自南阳下向口置堰，回水入石塘、沙河，合蔡河达于京师，以通湘潭之漕。诏发唐、邓、汝、颍、许、蔡、陈、郑丁夫及诸州兵，凡数万人，以弓箭库使王文宝、六宅使李继隆、内作坊副使李神祐、刘承珪等护其役。堑山堙谷，历博望、罗渠、少柘山，凡百余里，月余，抵方城，地势高，水不能至。能献复多役人以致水，然不可通漕运。会山水暴涨，石堰坏，河不克就，卒堙废焉。"

10 年后，北宋政府又征集民工开凿这段运河，同样因技术原因，没有成功。终宋一代，这里的漕运只能通过陆路运转。

这次白河通漕的尝试虽未成功，但作为沟通江淮水系的一次尝试，其积极意义却不容忽视。《长江水利史略》这里分析：第一，这条运河首次开凿就开通了，说明从这里沟通江淮有很大的权属。第二，它选择了方城缺口这个有利地形，沟通汉江支流白河与淮河的支流汝水，确实独具慧眼。第三，它利用白河为水源，筑坝以增加水量，并图利用原有水系达到通漕目的，在设计上是优越的。

程能献的方案被人遗忘近千年后，在 1955 年遇到了知音——王咸成。王咸成从中悟出了方城缺口对于中线调水的重大意义。长江委在他的思路下，一举攻克了困扰中线调水的棘手问题，这些我们在后面还要说到。

张汤和程能献的漕运工程的失败，揭示了水利工作的复杂性。几乎所有被后世视为典范的水利工程，在当时都经历过波浪式发展、螺旋式上升的历程。我国几千年的水利事业，也正是在这样波浪式前进、曲折式上升中走到今天的。因此，在水利行业，没有平坦的大道，没有永远的大师。直到今天，还有不少人只看到水利的投入、淹没损失和生态影响，看不到它在防洪、灌溉以及清洁能源上对国民经济的贡献；只看到前人的失败，没想到子孙受益；以"保护环境"为幌子，拒绝任何形式改造自然的活动。林一山曾把这比作"类人猿"思想。还有一些人，盲目相信所谓的大师、泰斗，将他们某个时段、某个领域的成功无限放大，以至一叶障目，不见森林，这确实让人无语。

三、世界通行

许多人，尤其是持"类人猿思维"的人以为，当今发达国家注重生态环保，排斥水利，兴起了所谓拆除大坝的高潮，对生态破坏更大的引水工程早已走入穷途末路。这不是事实。

据不完全统计，全球已建、在建或拟建的大型跨流域调水工程有160多项，主要分布在24个国家。许多大江大河，如埃及的尼罗河、南美的亚马孙河、北美的密西西比河、印度的恒河，都可找到调水工程的踪影。

美国已建跨流域调水工程10多项，主要为灌溉和供水服务，兼顾防洪与发电，年调水总量达200多亿立方米，著名的有联邦中央河谷工程、加利福尼亚州北水南调工程、向洛杉矶供水的科罗拉多河水道工程、向纽约供水的特拉华调水工程和中央亚利桑那工程等。其中中央河谷工程1937年开工，1982年大部分工程竣工。共建成水库19座，总库容154亿立方米；输水渠道8条，总长986千米，总引水能力636立方米每秒；水电站11座，总装机容量163万千瓦。工程平均年可供水134亿立方米，计划年调水90亿立方米。加州北水南调工程，输水渠道南北绵延千余千米，纵贯加州，设计最大渠段输水流量达509立方米每秒，年调水总量达140余亿立方米。工程规模均与南水北调中线工程大致相当。

苏联已建的大型调水工程达15项之多，年调水量达480多亿立方米，主要用于农田灌溉，国内进行调水工程研究的研究所就有100多个。

澳大利亚为解决内陆的干旱缺水，在1949—1975年间修建了第一个调水工程——雪山工程。该工程通过大坝水库和山涧隧道网，将雪山东坡斯诺伊河的一部分多余水量引向西坡的需水地区；同时利用760米的总落差发电，供应首都堪培拉及墨尔本、悉尼等城市。

在亚洲，印度萨尔达—萨哈亚克调水工程建于20世纪70年代中后期，该工程位于印度北方邦，供水渠长260千米，设计流量650立方米每秒，灌溉面积约160万公顷。

巴基斯坦的西水东调工程，从西三河向东三河调水，年调水量148亿立方米；灌溉农田2300万亩，使巴基斯坦也由原来的粮食进口国变成每年出口国。

以色列的北水南调，亦称国家输水工程，1953 年开工建设，1964 年建成。年供水量 12 亿立方米，其中调到南部 5 亿多立方米。工程改善了生态环境，把大片不毛之地变为绿洲，促进了南部地区经济社会发展，也拓展了以色列人的生存空间。

南美的秘鲁在安第斯山区兴建了马赫斯等调水工程，开创了高山地区调水之先河。

在非洲，埃及在充分挖掘尼罗河潜力的同时，大力修建两个大型调水工程，即将尼罗河水跨苏伊士运河向东引至西奈半岛的"和平渠"，以及将纳赛尔湖水向西引至埃及西部新河谷地区的"图什卡世纪工程"。

1983 年利比亚决定实施"大人工河"计划，就是把南部撒哈拉沙漠中的 4 处地下水抽上来，分别用管道远距离送到北部沿海地区，并联成全国统一的地下供水管网。"大人工河"工程总调水量为每年 25 亿立方米，输水干线总长 4500 千米，为目前世界上规模最大的长距离管道输水工程。

世界各国跨流域调水的实践，不仅使贫水区的开发成为可能，也使受水区增加了广阔的水域，江湖水量得到补偿调节，为珍稀和濒危野生动物提供栖息场所；它还可提供清洁水电，促进航运事业发展，一些调水工程本身还成了风景优美的旅游区。

不过，值得注意的是，调水工程投入巨大，收益缓慢，在许多国家，尤其是发达国家确实出现了民众反对、进度趋缓的态势。如美国加州的北水南调工程仅在民众投票中以极其微弱的优势通过。而涉及美国、加拿大和墨西哥三国的"北美水电联盟计划"，因投资过于巨大，而收益率太低而不得不搁浅，等等。

此外，由调水工程引起生态环境难题也不乏先例，如苏联"北水南调"工程引起斯维尔河流量减少，使拉多加湖无机盐总量、矿化度、生物性堆积物增加。埃及兴建的阿斯旺大坝导致下游土壤盐碱化、水质恶化，并使河流出海口海岸线内退；都引起了世人的高度关注。

跨流域调水，至今仍存在一些人们无法预料，或虽能预料，但无法避免复杂问题，因此，很多国家的公众舆论和学者专家们往往对超大型水利设施的建设持反对或谨慎的态度，这些都给我们兴建南水北调工程敲响了警钟。

然而，这些不足以成为我们反对调水的理由。因为，与调水可能产生的生态破坏相比，如不调水，我国北方地区面临的生态危害更加明显，我们所能做的，只是通过不懈努力，力争找到一条好处大过坏处的方案，同时注意人水和谐、人与自然的和谐，让有限的水资源通过我们的行动，得到更好的利用，让更多的人因为我们的行动而过得更好。

四、刻不容缓

南水北调的根源，在于我国水土资源的配置错位。

据统计，我国每年河川径流量约为 2.6 万亿立方米，居世界第六位，但平均到每一个人，只有 2000 立方米，约为世界平均水平的 1/4，居世界后列。而在这相对份额的水资源中，长江及其以南地区占据了 82% 的份额，北方以及西北内陆仅占 18%，而黄淮海流域的水资源量仅占全国总量的 7.2%。

与水资源南多北少相反的是，土地和人口资源，北方地区却占了多数，尤其是黄淮海地区，地势平坦，土层深厚，耕地比重约占全国 40%，人口数量和 GDP 也占了三分之一以上。

水资源与土地、人口资源的倒挂，导致黄淮海地区人多水少，人均水量只有 462 立方米，其中海河流域的人均水资源量仅为 292 立方米，低于以干旱著名的以色列。而北京的人均水资源量仅为 100 立方米，几乎可与撒哈拉国家"媲美"。

如果数字不能直观说明问题，我们可以看看现实。海河虽名为海，但每年入海水量不到 30 亿立方米。站在天津的拦潮闸前几乎感觉不到有水在流动。

黄河从 1973 年开始自然断流，到 1999 年前，时间和距离都呈发展趋势。进入新世纪后，因为小浪底实施调水调沙，河流不再断流，但靠这不是长久之计。

与海河、黄河相比，淮河的旱情相对较轻，但年际变化很大，枯水之年赤地千里的情况并不鲜见。

来水的减少，不仅严重限制工农业生产和人民生活。还使河流自净能力下降，造成华北平原有河皆干，有水皆污，水污染事故层出不穷。为缓解地表水危机，各地大量超采地下水。造成漏斗区不断扩张，几乎连成一片，地面沉降、坍陷等地质灾害，同样层出不穷。而且很多人还不知道，地下水的积累需要漫长的时间，超采地下水不仅是败祖上产，而且是断子孙路。

有人认为，解决缺水应首先立足于节水，这当然不错，可华北的人民已经在这些做，而且在许多地方已经被迫做得过头了。如海河流域的开发已经超过 90%，远远超出国际上对河流可开发程度的上限，形象地说整条河的水资源已经快被榨干了。京津地区的用水效率已超过美国，向以色列靠近，在全国位列头两位。高耗水工业正在转型或迁移他地，但可压缩的余地也有限。

黄河的水量本身就不足，而近年来，江水北调非但没有实现，黄河之水反而要大量外调，引黄入（天）津，引黄济青（岛）、引黄入（白洋）淀、引黄入卫（河），简直是"相濡以沫，何如相忘于江湖？"

节水之外，还有挖潜。可在华北，这同样几乎无法施行，因为地下水已经超采严重，不能再采了。此外，源头之水已污，再将其回收也没有什么作用。

在很长一段时间，有人出于反对南水北调的目的，说华北根本不缺水，并且抬出前水利部副部长李锐和清华大学教授黄万里。

李锐早在 20 世纪 50 年代起就一直是长江委的反对派，几乎长江委所有要开发的工程，他都会提出不同意见。如输水到华北平原，他就强烈反对，认为华北根本不缺水，大量的潜力没有利用。并举了个很有趣的比方，说一个人根本不缺钱，而且银行还有存款，他自己不急，可旁边的人急得不得了，想着借钱给他。以此暗讽调水工程。

黄万里在晚年时，对三峡和南水北调很不满意，向中央建言时曾说："我国是全世界水资源最丰富的大国，其时空分布也较合适。……我国在各地区耕地上无霜期内所利用的有效雨量与引用川流量所合成的水资源总和，在全球为第一，所谓第六位是指剩余的川流。"

李锐与黄万里他们都有长期的水利工作经验，也有诗人气质，都敢于在一片歌德声中坚持自己不同意见，其"亦余心之所善兮，虽九死其犹未悔"的浪漫主义气质，增强了人格魅力，也造就了人生悲剧，但这也可能使他在学术上误入歧途而不自觉。如他们针对三峡和南水北调的不同意见，便是如此。

水利作家靳怀堾在《悲壮三门峡》中这样写道："黄万里不是神也不是圣，他对三峡问题所持的观点是有偏颇的和误差的。例如对长江泥沙的判断，黄万里的推测就与当时长江委的试验结论相左。根据现在长江三峡水利枢纽运用的实测资料分析，证明长江委的结论更接近实际。这倒不是说黄万里学术水平低，而是他获得各种第一手材料的手段根本无法与长江委比。"

可惜的是，如今的不少人，却把黄万里过于神化，这几乎是毁其清誉。

当然，黄万里毕竟是水利大家，他对中国水资源的一些见解还是很深刻的，如华北并不是新疆、甘肃，更不是撒哈拉沙漠，它的降水比上不足，比下有余。只要解决人口这个问题，其他自然迎刃而解。因此，有些反对派提出了一个看似有道理的方案——人口迁移。并形象地说，凭什么中国要南水北调、西气东输，把最优质的资源调入北京、天津，而京津地区的优质教育、医疗、文化、政治资源不向全国扩散，只把淘汰的落后产能向外输出？

这看似有理，但与说中国人口多是一样解决不了问题的，让人口逆经济规律而动，不是我们讨论的范畴。

最可行的办法，还是从水资源相对丰裕的地区，比如长江调水。因为华北的缺水也就在几百亿立方米，而长江每年输入大海的径流量有 9600 亿立方米，即使刨去其中维持其河流生态的流量，多余的水对缓解近年来的北方旱情来说，应该是问题不大！

因此，南水北调一经推出便成为社会的共识。

第三章　任重道远

一、引汉济黄

自从在"长江"舰上与毛泽东长谈之后，林一山便在心中不停翻腾着南水北调问题，一想起临别时毛主席所说的"你回去后立即派人查勘，一有资料就给我写信"这句话，就巴不得立刻见到查勘结果，以便早日向毛主席提出可行的引水方案。

林一山首先想到了伏牛线，即"计划在丹江口附近做高坝，拥（应为壅）水至350公尺（米）高程，再由丹江的淅水小水镇往东北方向穿过伏牛山至嵩县流域入伊河，然后流入黄河"。（《中国水利》1956年第5、6期合刊，《关于长江流域规划若干问题的商讨》）

不过，这一方案并没有开展实施，林一山的解释是"这个方案需要穿过长达83公里的坝道，坝高为240公尺（米），工程十分巨大"。但因为与之对比的秦岭线，其建设规模与之相当，因此，我认为或许还有一个原因，即豫西地区人口比陕南稠密，兴建高程350米的大坝，抬高水面240米，淹没损失过于巨大，因此，只要秦岭线可行，林一山大约不会选择此线。

最先开始查勘的，是秦岭线。林一山选择了刚刚完成丹江口地质查勘的第二查勘队，请时任计划处处长孔晓春转达。

许正甫当时是第二查勘队的年轻成员，参加了查勘内外的全过程。他后来撰写了回忆文章，使我们能了解此次查勘的来龙去脉。

许正甫当听孔晓春说这是毛主席亲自交代的任务时，大家一下子兴奋起来，高兴得不得了。他们很快结束手头的工作，从一切可能的地方查找地形图，及有关水文、地质、社会经济方面的资料。翻阅了郦道元的《水经注》等古籍。由于手头地图精度不够，还专门向林一山借到了高精度的军用地图。

经过一段时间的"纸上谈兵"、高谈阔论，二队队长王明庶选择了一条理想的调水线路。

1952年5月，查勘队一行乘火车到西安，然后从西安出发，背着机器一路披荆斩棘，沿着沣水和旬河徒步穿越子午谷。在秦岭主脊，大家一边休整，一边拍照，憧憬着未来调水的情景。有的人还兴奋地叉开双腿，高喊：我的左脚踏着长江，我的右脚踏着黄河。并说，将来通水成功后，一定要在这里立座碑纪念亭子，把咱"伞兵"的光辉事迹记下来。

抵达旬阳县城后，查勘队员们为汉江的美景所震撼，更为这里优越的河谷地形而欣慰，因为这里实在太适合建高坝了。王明庶带着大家很快在县城下游不远的地方找到了理想坝址，然后队员们一路由旬阳沿着汉江干流上行，实测水准控制点；另一路由旬河沿子午谷原路返回，测量引水干渠跨越秦岭的横断面。一路披荆斩棘，队员们既要提防山谷中可能出现的野兽侵害，又要在赤身测量时防止被外人看到，紧张并快乐着。

查勘结果基本确认了王明庶队长出发前的判断，即"在旬河口以下适当地区筑一大坝，坝顶高程430～450米，高于西安地面20～30米，可以把大坝上游200亿立方米的汉江水囊括无余。水从旬河口溯流而上，隧道从回水末端开始沿子午谷方向直行，垂直于秦岭走向至秦川平原南部，以明渠接渭水"。实测需要开凿的隧洞长80千米，石方约4000万立方米。

今天看来，这一方案实在简陋，希望以毕其功于一役的方式，用一座巨高的大坝拦蓄汉江的全部径流，并毫无保留地输送到秦岭以北。对兴建高坝的技术难题、淹没损失、移民和生态问题考虑不足；对陕南地区接受这个过于"损己利人"的权属没有预判。但查勘结果与林一山设想基本相符，即在汉江丹江口河段建坝挡水完全可行，而且可调水量比黄委在通天河上调查的多一些。

林一山对查勘成果十分满意，立即将初步成果写信报告给毛主席，并在长江委食堂设宴招待查勘人员。据说，林一山以私人身份设宴招待委内人员，这大约还是头一遭。

二、方城缺口

不过，引汉济黄的秦岭线并没有红火多久，其风头便被后来的陶岔—方城线完全盖住，并很快退出历史舞台。

陶岔—方城线的精华有三：一块地，方城缺口；一个人，王咸成；一篇文章，《宋书·河渠志》。下面我一一道来。

方城缺口位于南阳市方城县东北，是伏牛山与桐柏山交接处。东西长 15 千米，南北宽 20 千米，其两侧地面高程均超过 200 米，而它的最低处仅为 145 米，自古以来便是人们南下荆襄、北入中原的交通要道。不过，在开始时，几乎没有人想到它对中线调水能起什么作用。

王咸成，时任长江委规划科科长，著名水工学家，也是长江委内著名的怪人，他早年毕业于武汉大学，与长江，尤其是汉江打了一辈子交道，有很高的学识，也有很怪的脾气。在 1952 年兴建荆江分洪工程时，既有"抽钢筋"之功，也有算错窄颈过流能力，引发全委大讨论之过。但他为人光明磊落，有错就改，为长江委早年的发展做出了突出的贡献。而这种不走寻常路的风格，恰恰为他找到方城缺口提供了条件。

《宋史·河渠志》，共 7 卷，近 6 万字，有具体河名、水系和年代可考的约 580 事，是长江委用到中国水利人研究治水古籍中的重点书目。其中有关程能献建议开凿白河漕运之事。不过百余字，相信许多长江委人看过，但没有人发现它对中线调水的作用。

王咸成过世多年，有关他发现方城缺口的具体细节我尚不清楚，在这里我大胆设想一下，博览群书、古文功底深厚，而且始终处于治理汉江一线的王咸成，在几十年的治江经历中，肯定多次读过历代的河渠书。程能献的建议他或许早就阅读过，但没有留下多少印象。当毛泽东交办南水北调查勘任务的消息传到他耳中时，他再次陷入深深的思索中，或许是苦苦思索，或许是妙手偶得，在 1953 年的某个时刻，王咸成两次拿出了《宋史》，翻到了《河渠志》，看到了程能献的建议，他的目光久久不能移去，尤其是"抵方城，地势高，水不能至"以及"以致水，然不可通漕运"，这寥寥文字突然打动了他。白河在丹江口水库旁边，开封在黄河岸边，方城是著名垭口。它的地势虽然比宋代时修的要高，但程能献多加努力，第一次引水不是就成功了吗？这足以说明，在这里修一条引水渠，只要得了方城缺口，就可以直抵黄河。

丹江口是大水库，其水位我们是可以调节的，这样一来，问题不就解决了吗？为了揽总这个结论，他肯定找来了无数的地图、地形图，那密密麻麻的等高线，他肯定是看了又看，算了又算，结论是，可以通过。

以上全是我的合理想象，我没有验证其合理性，但可以肯定的是，王咸成一定为自己的发现激动不已。因为，对中线调水来说，对长江委的发展来说，发现方城缺口的意义实在太大了。直到今天，这仍是长江委人最值得称道的发现之一。

巧合的是，靳怀堶在《毛泽东与南水北调》一文中也有类似观点，他写道："这天晚上，王咸成坐在桌前，默然无声，但思维却像闪电雷鸣一般，在他心中跳跃翻腾着，蓦然，一个大胆想法如同闪电一般照亮了他的脑际：在丹江口河段筑坝引水，通过明渠走方城垭口，引汉济黄，岂不是一条捷径？"

王咸成马上把这个发现报告给林一山。

林一山自然大喜过望，也立即组织查勘队按图索骥，不仅发现了方城垭口，而且借助《方城县志》，在当地一个叫"始皇沟"的地方找到了北宋时开挖运河的痕迹，而且恰恰就在长江委设想的引水线路上，经测量，其地面高程148米，而当时，长江委设计的丹江口工程正常蓄水位在170米以上，死水位也有150米，按正常状态，渠水流到这里，正常的高程在141.5米左右，也就是说，只要向下开挖10米左右就能满足自流灌溉要求。

好消息还不断传来——

查勘队发现，从唐白河到方城，以及从方城到黄河岸边，沿途全是泥土，除了极个别地方需要打隧洞外，几乎没有石方工程，因此线路虽长，但施工容易，造价较低，后期维护方便。

黄委正准备在三门峡以下兴建几处枢纽工程，中线干渠可以任选一个作为终点，这样，中线调水与黄河规划实现了无缝对接。

以往构想的引水方案，需要几百米的高坝，几十千米的隧洞，几千万的石方工程，到这里，只需开挖十米的土方就可以完成，这种机遇总是给有准备人的。

更可喜的是，它直接从丹江口水库引水，而这座水库已经列为汉江治理开发的一期工程，也就是说，除了渠道，中线引水不需要单独兴建一座大坝，投资、生态、移民等令人生畏的诸多难题也由此化解于无形。

一项工程，不仅不需要花钱，而且还因工程简单而费用大大节省。这实在是出乎所有人的意料。但这一切，居然成了可能。

很难想象当时长江委人的激动心情，直到今天，发现方城垭口仍是长江委中线调水，以及长江委历史上的重大事件。中线调水因此与汉江流域规划第一期开发的丹江口工程结合在一起，进度大大提前。

大约一年多以后，林一山在其著作《关于长江流域规划若干问题的商讨》中，将陶岔—方城线的优点总结为以下五条："（1）穿过分水岭地区是一个缺口，这样可以不用抬高丹江口水库直接由库弱引水……并且不需要穿凿隧道；（2）引水渠道可以和灌溉唐白河平原的计划结合；（3）开明渠就可以成为连接长江与黄河的一条伟大的运河；（4）丹江口水库是汉江综合开发计划中最有利的水利枢纽，因此使引汉济黄济淮计划可能提早实现；（5）这一方案可以分期实行，在完成唐白河广大平原 1200 万～1500 万亩灌区的巨大农业增产计划以后，我们已获得了很大的利益，可以作为继续扩建工程的投资。"

这些，都是秦岭线和伏牛线所不具备的，因此，陶岔—方城线一经推出，便很快击败了一众与之争锋的小伙伴，成为中线调水的唯一选择。

三、重大转折

方城垭口仿佛一把神奇的钥匙，打开了中线调水规划的局面，也使 20 世纪 50 年代中期的中线调水，面临着根本性的转变。长江委人因势利导，本着综合利用的原则，使规划工作出现一些前所未有的新内容。主要有以下表现：

第一，灌溉职能增强，由只济黄到兼顾济淮济黄。从只灌河南，到补充灌溉皖北、苏北。河南和淮委计划在方城以东修建燕山水库，以储蓄一定数量中线调水，这样，中线调水的受益区大大增加，这是求之不得的好事。

第二，开发方式改变，由一次建成变为分期开发。由于国家财力有限，以及方城线所具备的优越条件，长江委在确定宏大灌溉目标的同时，设计了可行性较强的分期建设方案，即为节省投资，在近期只考虑唐白河 1200 万亩农田灌溉。待时机成熟后，再考虑济黄济淮。同时，由于供水范围的扩大，仅仅依靠汉江解决中线水源已稍显不足，为此，还考虑了远景引江的问题。

第三，河势规划改变，从单打一变为多选一。秦岭线与伏牛线都是从支流到支流，只能在源头附近以隧洞方式对接；而方城线的总干渠是汉江干流到黄河干流，中间要穿越淮河北岸的众多支流，因此必须受到这两条河流规划的影响，因此在确定入黄地点时，起始点只能选择淮委规划的燕山水库，而入黄地点，受黄河下游开发影响，比选范围上起花园口，下到东明，共有 5 个，最终选择了花园口。燕山—花园口也是 1959 年长流规要点报告中推荐的中线调水线路。

第四，在供水之外，增加了航运职能。由于总干渠采取明渠方案，且完全自流，这使得一贯主张河流综合利用、并对航运充满信心的林一山兴奋不已，他先后提出了平（顶山）武（汉）运河—郑武运河—京汉运河—京广运河—东西两条京广运河等多重构想，规模愈加宏大，设想愈加宏伟。

总之，在长江委人的理想中，中线调水不仅要补给黄河，还要补给淮河；不仅要输水

凌志篇

河南，还要兼顾皖北和苏北；不仅要输水，还将成为千吨级的运河。

除中线工程外，长江委还同有关流域机构及各地方政府，对南水北调的总体轮廓进行规划，拟定了东中西三条线路，上游研究了金沙江、怒江、澜沧江调水方案，中线提出了近期引汉、远景引江；下游提出了大运河北调方案。这些都摘要编入了1959年国务院审批的《长江流域综合利用规划要点报告》上。

四、小心求证

不过，规划再美，都需要实践来实现，从1953年起，长江委及相关单位，为实施南水北调的伟大理想，解决北方缺水问题，跋山涉水、风餐露宿，孜孜以求，做了大量勘测、规划、设计、科研工作，积累了丰富的基本资料和规划成果。其中，1953—1958年，为总体轮廓阶段：

——在防洪方面，应长江委要求，河南省在白河上游，也就是总干渠渠首上游紧急上马鸭河口水库，水库于1958年10月兴建，1960年完工，半个多世纪以来，抵御多次洪水，保障了陶岔渠首的安全。

——在地质勘察方面，从1953年起，先后派出多支查勘队对沿线地区地质情况进行了查勘，1956年，长江委在南阳市组建了专门勘察队伍——第七勘察设计院，在近半个世纪时间里，他们在规划区打下了若干个井，对第四纪地层的研究深度，在国内首屈一指。

——在规划设计方面，长江委在对引汉济黄济淮研究的基础上，与有关单位密切配合，进行了总体轮廓规划，研究了水土资源平衡、水资源量和引水量，分析缺水地区的水土资源和水利经济任务。同时还研究了缺水地区的农业发展规划、工业和城市发展规划、航运规划等，形成了南水北调工作的总体格局，即上游从金沙江调水，中游近期引汉，远景引江。下游沿大运河调水和巢湖引江济淮。这些成果都纳入1959年编制的《长江流域综合利用规划要点报告》的"南水北调"篇中。

——在科研方面，总干渠线路均为明渠自流，为克服沿途地基影响、渠道渗漏、水质污染，以及如何将其间要越过约数百条河流、灌渠，多次跨越铁路、公路，对建筑物的形制规模也进行了科研。

五、华北江南

1958年5月，南阳的天气异常晴好，水利部副部长冯仲云、长江委主任林一山、河南省副省长彭笑千，在南阳地区专员宋绍良的陪同下，乘车从邓州出发，经南阳、淅川，最后抵达方城，他们此行的目的，是察看计划中的唐白河灌区的渠首陈岗（后来河南渠首改为陶岔，湖北渠首改为清泉城）和方城缺口。

冯仲云、林一山和彭笑千三人都是在新中国成立前经历了血雨腥风的老知识分子，在新中国成立后走上农业、水利领导岗位。尤其是林一山与彭笑千还在新中国成立前后在华中农林水利部共事，并一个担任了中南水利部副部长，一个担任中南农林部副部长，见面之后话尤其多。

在陈岗渠首，林一山望着一望无际的田地和抢修农田水利工程的老百姓，深受鼓舞，他指着"若干年赶江南"标语向宋专员提议，在汉江引水过后，一定要把赶江南改为超江南。

彭笑千告诉林一山，为迎接调水工程，河南省正计划兴建库容在 20 亿～ 30 亿立方米之间的燕山水库。远景引水工程实施后，在供给华北之前，一定要先为淮河流域准备足够的水量。林一山更是表现出平时难得一见的激情。在方城缺口，他打开地图，构想着远景的京广运河，以及由武汉、宜昌、襄樊、南阳、平顶山构成的新型工业区，禁不住心潮澎湃。用写惯了技术报告的左手写出了一生中难得的文学作品《华北胜江南》，文中写道："不用说在京广大运河通航以后的沿河盛况，就是以平顶山、武汉、宜都之间的近期发展计划来说，这些地方将很快地兴建一批工业城市；大量物资将由巨轮昼夜不停地通过至今还是生长着红薯的江淮分水岭。"在文章的最后，他还写道："五年了，在毛主席的启示和鼓舞之下，这个伟大的理想将要成为现实。我们面对着未来胜过江南的华北平原，可以自豪地感到：改造自然，建设社会主义和共产主义社会，就是我们这一代人最神圣的任务。"

在他的眼中，丹江口工程即将上马，唐白河流域 1200 万亩的引水计划已经获批，那么，第二期的同步建设也就不会远了。

他没有想到，这一等，就是整整 50 年。

他同样没有想到，当时笑谈华北胜江南的三位副部级领导——冯仲云、林一山、彭笑千在"文化大革命"中先后受到冲击，林一山被批成走资派，受到批斗，肋骨被打断。

第四章　丹江上马

在 1953 年毛泽东与林一山的"长江"舰对话中，南水北调是先于三峡工程的，但 1954 年的洪水，使具有巨大防洪功能的三峡工程前期工作大大提前，南水北调工作稍逊其后。而汉江流域规划的主体——丹江口由于承担三峡工程实战准备作用，其前期准备更是节奏加快。因此，在 1958 年以前的中线调水工程，主要是围绕丹江口工程展开。

一、汉江规划

汉江发源于秦岭南麓，流经陕西、湖北，于武汉市汇入长江，全长 1577 千米，是长江第一大支流，其多年平均径流量与黄河大致相当。汉江水能资源丰富、工农业生产发达，其中下游为重要航道，但洪水灾害频繁，成为沿线人民的心腹之患。

为防御洪水，充分发挥汉江水利，长江委及流域各省都对其提出要求，1953 年，湖

凌志篇

183

北省组织汉江治本委员会，省委书记、省长李先念亲任主任，林一山和湖北省一个主管农林水利的厅长为副主任，并依托长江委人员的主组成其下属的汉江水利工程技术委员会，开展了汉江轮廓规划。1955 年，苏联派专家协助中国编撰长江流域规划，认为汉江规划相对独立，资料充足，可以独立先行。这些都大大推进了汉江流域规划的进度和深度。

在最关键的防洪规划方面，林一山提出了著名的"治江三阶段"思想，林主任从一开始就把防洪看得很重，认为治江事业中最为迫切的是 1949 年长江中下游堤防的溃口复堤，而且在防洪问题上摆脱了传统单一依靠堤防的方法，提出了"治江三阶段"的论述，它在不同时期内容稍有不同。在 1954 年 9 月《治江计划基本方案的报告》中的描述是："第一阶段，是一定限度地提高现有堤防的防御能力，在过去实有纪录水位下（溃决以后的），保护城市与农村；第二阶段是利用中下游湖泊低洼地带蓄洪排渍垦殖，缩小有纪录以来的洪水灾害及一般溃水灾害，扩大耕地面积；第三阶段则进入到结合山谷拦洪的综合开发，达到根本解决问题的目的。"

应该指出的是：兴建堤防、分蓄洪区和山谷水库名为三阶段，但在具体实施时是根据实际情况穿插进行的，并不存在绝对的谁先谁后的问题。如在 1949 年汛后，防洪工作的重点当然是复堤堵口，但在当年 9 月，中原临时人民政府农林水利部就报告华中局批准了湖南省申报的大通湖蓄洪垦殖工程。在 1950 年进行的防洪排涝第一项大工程——荆江分洪工程时，也进行汉江遥堤复堤堵口工程和碾盘山水库的研究，并开始坝址勘测工作，并在 1952 年的查勘中，确定丹江口为汉江开发的第一座水库。

二、难忘五八

1958 年，丹江口工程和中线调水初期工程终于到了收获的季节。

当年 1 月。毛泽东主席在南宁会议听完林一山与李锐有关三峡工程的汇报后，做出了"积极准备，充分可靠"的指示，并要求周总理亲自抓，一年抓四次。同年 2 月 26 日到 3 月 6 日，周总理访朝归来后，率领庞大的考察团乘"江峡轮"溯江而上，考察三峡坝址。其间用一个上午的时间，听取长江委魏廷琤有关丹江口工程的汇报，并于当天下午组织讨论。总理在听取各方意见后，指示：1. 同意建丹江口工程；2. 综合利用，近期为主，先不提引汉济黄济淮；3. 地质工作要继续做，淹没指标等要审查；4. 投资 7 亿 ~8 亿元。

考察结束后，周总理赶赴成都参加中央会议，并作了主题报告。会议通过了《中共中央关于三峡水利枢纽和长江流域规划的意见》，明确指出：由于条件比较成熟，汉水丹江口工程应当争取在 1959 年作施工准备或者正式开工。

5 月，长江委提交了丹江口工程的初步设计报告，灌溉被列为综合效益的第二位，仅次于防洪，在发电之前。其正常蓄水位研究过 165~190 米诸多方案，最终确定为 170 米。中央在批复时，尽管将工程的灌溉效益的排名移到发电之后，并明确指出引黄引淮只能是远景，但正式批复唐白河灌溉工程与丹江口主体工程同时建设。因此，尽管说引汉济黄济淮时间推后，但最初的引水灌溉工程毕竟启动了。长江委在设计丹江口水库时，就考虑了未来向北方送水的问题，所以当时在设计的许多数据上都留有空间，埋有伏笔，有足够细致周密的考虑。

6月，长江委根据中共中央制订的战略构想，在《长江流域综合利用规划要点报告（草案）》中提出南水北调西、中、东方案，基本形成了南水北调的总体格局。

伴随着丹江口工程，南水北调开始频繁出现于中央领导人之口。毛主席在3月召开的成都会议上兴奋地对大家说："打开通天河、白龙江，借长江水济黄，丹江口引汉济黄，引黄济卫，同北京连起来了。"

而1958年8月，周总理在北戴河中央政治局扩大会议，下达了《有益于水利工作的指示》，明确提出："全国范围的较长远的水利规划，首先是以南水北调为主要目的，即江、淮、河、汉、海各流域联系为统一的水利系统的规划……应加速制订。"这是中央正式文献上首次正式提出的"南水北调"理念。

此后，南水北调的规划工作掀起高潮，中科院和水电部共同组成"南水北调研究组"，长江以北除东北外的14个省、自治区、直辖市均派人参加，开展了大规模的综合考察和分析研究工作。研究引水方案从长江延伸到更西边的怒江、澜沧江，供水范围遍及华北和西北地区。

三、暂时受挫

1958年9月1日，在湖北省省长张体学的努力下，丹江口工程正式开工，来自湖北、河南各地的民工十万大军齐聚工地，于1959年底就实现汉江截流。但受"大跃进"思想影响，工程出现了片面强调进度，而忽视质量的情况，出现了大量的质量事故。

1962年，在周总理的关心下，工程暂时停工，进入到小施工大准备的阶段。

此时，伴随着国民经济的调整，一大批同期上马的水利工程相继下马，丹江口工程也面临着文下与武下的困境。最终虽然在1964年恢复混凝土浇筑，1965年正式复工，但工程规模大为压缩，正常蓄水位由170米降到157米，基本不具备跨越方城分水岭条件，向华北调水由远景化为奢望。

比丹江口更命运多舛的，还有中线调水工程的一系列小伙伴。

淮河燕山水库，因调水线路变更而长期搁置，直到2003年中线调水实施时才正式开工。

黄河下游一系列水库，因"带头大哥"三门峡的失败，几乎全军覆没——竣工不到三年的花园口和位山水利枢纽在1963年先后被炸毁；正在兴建的涿口枢纽、王旺枢纽被迫停建，尚未兴建的工程纷纷胎死腹中。曾经声势浩大的黄河下游开发工程，无不跌落马下。

宏伟的京汉运河计划，因为中线不上马，被迫长期搁置，随着公路、铁路的快速发展，

凌志篇

渐渐失去必要性，在 1990 年前后，被正式拿下。

一系列的挫折，导致中线调水规划设计出现了深刻的变化。一是在原有近期引汉、远景引江的基础上，增加了丹江口大坝加高或不加高的新选项，因此给相关的勘测、规划、设计和科研工作增加了很大的工作量。二是由于淮河燕山水库和黄河下游一系列工程的意外下马，导致原定燕山—花园口的引水线路完全失效，长江委另寻出路。1962 年，由于黄淮海平原大面积引黄灌溉和平原蓄水，造成严重的土壤次生盐碱化，充分暴露出平原水库建设和引水灌溉面临的诸多重大技术问题，也让南水北调的中线和东线工程受到世人的怀疑。此后，"文化大革命"暴发，调水工作更是被高高挂起。曾经轰轰烈烈的相关工作，几乎到了默默无闻的地步。

四、陶岔清泉

如鱼饮水，冷暖自知。与许多说华北不缺水的反对派不同，为丹江口工程建设做出巨大牺牲的湖北、河南深知工程来之不易，对其水源十分珍视。

1967 年汛后，丹江口初期规模建成蓄水，湖北、河南两省便分别提出引丹第一期灌区的规划和设计文件，要求立即兴建引汉渠首工程。经过与长江委协商，确定了两省在引水渠道上各开一口的方案。

1969 年春节刚过，南阳地区和襄阳地区各县的民工冒着凛冽寒风，带上简单的铺盖，拉着架子车，从四面八方奔赴渠首。一时间，4.4 千米长的引渠旁密密麻麻地布置了几十个营地，一台台东方红拖拉机牵引着架子车，缓缓地向岸上运土。放空车的民工们飞车而下，扬起阵阵灰尘。

1973 年两个渠首建成通水，1974 年，引丹灌区配套渠系工程完工，截至 80 年代末期，引丹灌区灌溉面积发展到 140 万亩，素有旱包子之称的湖北"三北"地区和南阳的荒岗薄地变成了林茂粮丰的鄂北江南。湖北老河口市人民创造发明的"西瓜秧"灌溉系统成了全国闻名的水利建设典型。

湖北、河南两省的引丹灌区，中线调水近半个世纪以来唯一的实践成果，它虽然兴建于"文化大革命"时期，一度受到左的影响，10 万民工的集结、5 年之久的苦战、极其简陋的生产条件，朝不保夕的饮食结构，以及革命加拼命的苦干精神，与丹江口工程刚刚开工时如出一辙，但这项工程却按照基本建设程序，平稳地建设下来，工程的质量也得到了保证。这与其说是劳动人民的智慧，不如说它充分接受了丹江口前期施工的惨痛教训。它不仅给饱受干旱之苦的人民送去甘霖，也成为早期中线记忆中难得的一抹亮色。

第五章　忍辱负重

一、廿年轮回

南水北调中线工程的脚步停止了，可旱魃的脚步却没有停止，且有愈演愈烈的趋势。每次大旱，都有人提及调水工程，但过不了多久便偃旗息鼓，直到下一次旱灾再起，历史在这里仿佛进入了轮回。

1972 年，黄河、海河流域遭遇 1950 年以来又一次大范围严重干旱。河北、山西两省持续无雨超过 50 天，旱情延续至 1973 年 5 月，灾害损失触目惊心。

1973 年 7 月，大灾刚过，国务院召开北方 17 省、直辖市抗旱会议，决定重启停滞已久的南水北调工程，并责成水电部组成南水北调规划组，研究近期调水方案。

规划组于 1974 年到 1976 年先后提出《南水北调近期规划任务书》和《南水北调近期工程规划报告》。明确划分中线调水供给黄淮海平原西部，目的地为北京。东线调水供给黄淮海平原东部，目的地为天津。推荐从京杭运河输水干线送水到天津作为近期工程。

也就是说，在 20 世纪 70 年代，水利部把投资少、见效快的东线作为南水北调的优先方案。其规划、研究工作也主要围绕东线进行，因此，这一段又被称为"以东线为重点的规划阶段"。

中线工程，"由于要开挖 1500 千米渠道，占用 40 万亩土地；要加高丹江口大坝，多淹 30 万人等"（杨振怀语）诸多问题，被迫搁置下来。

在极其不利的条件下，他们针对中线调水的工作从未停止。

如在测量方面，针对不同坝线方案，完成了陶岔到宝丰段 1 ∶ 10000 地形图，对其与主要河道交接处做了 1 ∶ 2000 ～ 1 ∶ 5000 的纵横断面图，同时，与相关单位合作，掌握了宝丰以北的地形图及航测图。

在地质方面，长江委与地质部合作，完成了大量地质测绘及物探工作，对总干渠沿线 3 ～ 15 千米进行了普查。

在科研方面，针对南阳地区膨胀土进行长期原型观测，探讨总干渠边坡稳定因素的敏感性和渠道边坡变形破坏原理，为总干渠的设计提供依据。

在规划设计方案，在比选的基础上，确定了总干渠在黄河以南及以北的线路走向，根据供水区现状及经济发展和人口发展预测，推算出 1980 年、2000 年、2020 年三个水平年一般年份（P=50%，即两年一遇）的缺水量，分别为 49 亿、140 亿和 300 亿立方米，中等干旱年份（P=75%，即四年一遇）时，1980 年和 2000 年的缺水量分别为 108 亿、208 亿立方米。

以此为基础，推算出汉江丹江口初期引水规模为 100 亿立方米，最终规模为 230 亿立方米，其不足部分，则应考虑从长江调取。同时考虑到水源区的利益，对汉江中下游的补偿方案进行了初步研究。

1979 年，在中国水利学会于天津举办的南水北调学术讨论会上，长江委派代表作了《丹江口水库可调水量分析》的发言，论述了丹江口水库在中线调水中的作用，指出丹江口是中线调水无可替代的水源。为了服从中线调水大局，丹江口的发电量将有所降低，汉江下游的航运和灌溉水源也将受损，但长江委和湖北省都会以大局为重。文章提出，丹江口损失的发电效益可以通过兴建其他电站予以替代，而大量优质的水源，却是任何措施无法替代的。这篇文章在大会引起强烈反响。此后，社会各界对中线调水的现实意义大加关注，中线调水似乎有了柳暗花明的趋势。

二、戴铐起舞

1980—1981 年，海河流域再次发生旱灾，灾情比以往更为严重。各地不仅工农业用水不足，甚至连城乡居民的生活用水都无法保证，官厅和密云两大水库不得不动用死水位运行。为保证北京城市用水，国务院决定从 1981 年起，这两座水库只供北京，不再向天津和河北供水。此后，河北不得不超采地下水，而天津在除临时接收黄河调水外，还不得不投巨资兴建引滦入津工程。

到了 20 世纪 90 年代，南涝北旱的局面愈演愈烈。而华北地区则陷入有河皆干、有水皆污的境地。黄河的断流天数，在 1991 年为 82 天，1992 年 61 天，1993 年 75 天，1994 年 121 天，1995 年 122 天，1996 年 136 天，1997 年 226 天……不仅时间延长，而且断流河段也有加长趋势。而长江流域在 1991 年、1995 年、1996 年、1998 年、1999 年都发生了大洪水，其频率远远超过有实测纪录的任何一个时期。

一边是水多得淹死人，一边是水少得旱死人，南涝北旱的明显对比，让国家加大了南水北调的工作力度，并计划在"六五"期间（1981—1985 年）正式实施。水利部也应时而动，改变此前以东线为主的计划，决定由淮委、海委对东线调水，长江委对中线调水，黄委对西线调水工程平行研究。直到 1994 年，也被称为"东、中、西线规划研究阶段"。

在水利部和国家计委的领导下，长江委从 1979 年起对中线调水规划进行持续研究，并对部分工作进行调整，比较重要的如下。

首先，线路选择，重点比选了高线、低线和高低线三个方案，该方案黄河以南与明渠方案同，黄河以北分高、低线输水。高线专门给沿线城市和工业供水，终点为北京，供水保证率高；低线将剩余的水量沿规划的引黄入淀线路输水至白洋淀，补充生态和农业用水。考虑到灌溉效益最大化和水源最优化，选择了高线。

其次，在输水形式上，由于总干渠附近的铁路和公路运输发展较快，而中线调水的紧迫性日益增加，为减少工程建设难度与投资，并有利于工程管理和保护水质，放弃了长江委老主任林一山梦寐以求的运河方案，不再考虑航运。

最后，为保证水源不受河流淤积和污染影响，计划全程与相关河道、交通道路采取立交，由此产生了一个棘手问题——如何安全穿过黄河。长江委经长期研究，推荐隧洞方案。水利部为慎重起见，让长江委和黄委分别对隧洞和渡槽两个方式进行平行研究，最终确定采取隧洞方案。

只是，由于大坝在短期内实在难以加高，长江委不得不一边是做着大坝加高的期望，一边是按不加坝的方案做准备；其艰难之情，难以言表。

三、移民悖论

让丹江口大坝加高难以实现的，是移民问题。

丹江口工程开工于1958年，1962年主体工程暂停，1965年复工，1973年完成初期规模。一波三折的建设历程，"左"倾思想的影响。以及国家财力的困难，让丹江口的移民走出了一条悲壮的曲线。库区的38万移民，尤其是河南淅川的移民或远迁青海，或插队湖北，或投亲靠友，或返迁改迁，最多的可能返迁过七八次，所受之苦远非常人所能想象。移民们越移越穷，越移越苦，越移越伤心，活生生的事实让库区，甚至全国"谈移色变"，在此关头，无人忍心刚刚安顿下来的他们再次背井离乡。

移民问题如不解决，大坝加高就绝无可能；大坝不加高，中线工程几乎不可能上马；中线调水不上马，华北平原，尤其是其京广铁路以西地区的缺水问题无法解决。

中线调水工程在这里打下了死结。

与此同时，一度被推上前台的东线工程也因水质问题睁大双眼受非议，受水区山东、河北、天津，谁都不愿费尽心机引进连鱼虾都无法生存的污水。而前往丹江口水库考察的同志却是另一番心情，水质优良，但送不出去。

而饱受缺水和水污染之害的天津市经过长期准备，积极向中央建言，强烈要求兴建中线工程，并要求加入中线受水区。在他们的不懈努力下，国务院于1988年通过议案，确定无论先建东线还是中线，都必须同时考虑解决北京和天津的缺水问题，并且决定，在调水工程完成后，两市可对自己选用哪个水源有决定权。1992年，天津正式成为中线调水的受水区。

1990年，在各方强烈呼吁下，承担大量移民任务的河南省作出了艰难的选择，同意丹江口大坝加高，长江委人随即派队伍深入库区，对大坝加高后的淹没实物指标进行调查，初拟了开发性移民方案，并在1992年完成可行性研究报告。确定总干渠渠首设计引水规模630立方米每秒，增加向天津供水线路。穿黄位置为牛口峪，推荐渡槽方案，不否定隧洞方案。计划年调水量150亿立方米，过黄河90亿～100亿立方米。为弥补调水后对汉江中下游的影响，规划建设兴隆枢纽和局部闸站改造工程。同时针对远景引江，研究了香溪河长隧洞全线自流方案。

四、平行论证

1994 年，南水北调东线、中线、西线先后完成规划报告，并经水利部、国家计委，报送国务院。同时，国内外针对工程提出了不同意见，一些人士还纷纷献计献策，不断提出一些替代或补充方案设想。

党中央、国务院对南水北调工程极为重视，江泽民对我国水资源问题作出重要批示，指出："南水北调的方案，乃国家百年大计，必须从长计议、全面考虑、科学比选、周密计划。"李鹏总理指出南水北调是一项跨世纪的重大工程，关系到子孙后代的利益，一定要慎重研究，充分论证，科学决策。

中央决定采取积极而又慎重的态度，对工程的总体规划及各线的开工顺序进行论证，以期找到最佳实施方案。从 1995 年起，南水北调由此进入即为期三年的论证时期。

1995 年 6 月，李鹏总理主持召开国务院第 71 次总理办公会议，专题研究南水北调问题，并提出 4 条意见：一、工程的主要目的，是解决京津华北地区的严重缺水状况，是以解决沿线城市用水为主；二、方案要兼顾用水要求、投资效益和承受能力，东线、中线、西线都要研究，不可偏废，丹江口水库从发电、防洪改为供水、防洪为主；三、资金打足，确保落实；四、成立南水北调工程论证委员会。

遵照会议纪要精神，水利部成立了南水北调论证委员会。于 1996 年 3 月底提交了《南水北调工程论证报告》，建议"实施南水北调工程的顺序为：中线、东线、西线"。以邹家华副总理任主任的南水北调工程审查委员会，审查通过了该论证报告，并明确指出三条线的关系不是非此即彼，而要统筹兼顾、全面规划、分步实施。也就是说，三条线都要建，而且都要分步建设。

应国家计委、水利部的要求，长江委在 1996 年又提交了一份中线调水规划报告，在继承 1991 年规划的基础上进行微调，一是在供水范围正式增加天津市；二是明确供水目标以城市和工业用水为主，兼顾农业和生态用水；三是将穿黄工程推荐方案由牛口峪渡槽改为孤柏嘴隧洞。同时，建议在汉江中下游建设碾盘山枢纽和局部闸站改造，并增加了引江济汉工程。在远景引江方面，除原有的香溪长隧洞方案外，还研究了龙潭溪引江（绕岗高线）方案。

第六章　柳暗花明

一、规划先行

1999—2001 年北方地区再次发生连续的严重干旱，天津市被迫实施第六次引黄应急。南水北调经过长时间的论证，主要问题基本弄清。同时，随着改革开放的持续，中国的技术力量和综合国力大大加强。兴建南水北调开工条件已经成熟。

从 1999 年开始，南水北调进入总体规划阶段，这也是整个规划在开工前的最后一段。在此期间，水利部成立南水北调规划设计管理局（简称调水局），在 2000 年 7 月组织编制了《南水北调工程的实施意见》，认为东线调水工程规划设计研究的时间长，输水工程大部分利用现有河道改扩建，设计施工相对比较简单，可以分期实施，分期受益。一期工程花线不多，有条件早日实施。中线调水工程，自流输水，覆盖面大，且水质好，总干渠布置有利于水质保护，只要采取措施，尽可能将丹江口水库的移民与三峡工程的移民高峰错开，第一期工程也是有条件早日实施。西线调水工程复杂性和艰巨性需要有较长时间的前期设计研究工作。因此，建议东线和中线第一期工程同期在第十个五年计划中实施建设。远期的实施顺序，可根据当时主要供水区的需求状况，进行论证比选。

2000 年 9 月，朱镕基总理和温家宝副总理先后在南水北调工程座谈会和工作汇报会上发表重要讲话。朱镕基总理提出了著名的"三先三后原则"，即"先节水后调水、先治污后通水、先环保后用水"。温家宝副总理强调"采取多种方式缓解北方地区缺水矛盾，加紧南水北调工程的前期工作，尽早开工建设"。这一思想被完整写入党的十五届五中全会通过的《关于制定国民经济和社会发展第十个五年计划的建议》中。

2000 年 12 月 21 日，国家计委、水利部在北京召开了南水北调工程前期工作座谈会，布置南水北调工程总体规划工作。

二、最终结论

2001 年，长江委参考各方意见，最终编成《南水北调中线工程规划（2001 年修订）》的规划报告，对几十年来的规划工作进行总结，其主要内容包括：

（一）受水区需调水量研究

中线工程规划受水区包括唐白河平原及黄淮海平原的西中部，南北长逾 1000 千米，总面积 15.1 万平方千米。这一区域到 2010 年和 2030 水平年，缺水量分别为 128 亿立方米和 163 亿立方米。其中城市缺水量分别为 78 亿立方米和 128 亿立方米。

（二）水源工程方案比选

主要包括远景引江与近期引汉的比较，以及在引汉过程中大坝加高与不加高的比较。考虑到丹江口大坝加高后调水量基本可以满足 2010 年受水区城市需求，且比引江方案投资小、工期短、运行费低，因此推荐近期工程仍从汉江引水。后期则根据受水区需求，研究从长江干流增加调水量的方案。

（三）可调水量规划

在每年可能调水量方面，确认丹江口水库大坝以上为 388 亿立方米，理论上最大可调水量为 203 亿立方米。其中近期可调水量为每年 97 亿立方米（其中有效水量 95 亿立方米），它可使沿线城市生活供水保证率达 95% 以上，工业供水保证率达 90% 以上。对沿线省市的调配水量为：北京 12 亿立方米，天津 10 亿立方米，河北 35 亿立方米，河南 38 亿立方米。

（四）输水工程方案比选

首先确定最终总干渠线路为，由陶岔渠首到方城垭口，走西部高线后，在郑州的孤柏嘴穿越黄河，进入海河流域后，干渠先向西绕行，经焦作潞王坟，再基本沿京广铁路线西侧向北延伸；总干渠终点为北京市的团城湖；此外，在西黑山建设一条分干渠，最终流入天津的外环河。线路总长 1420 千米（包括天津干渠），各类建筑物共 1750 座。

其次是总干渠结构型式比较。表明管（涵）输水虽然占地少、损失小、便于管理，但投资高，且需多级加压，运行费用大、检修困难，因此只能在北京、天津市区和穿过大清河分蓄洪区的重点地段采用，其他大部分渠段依然采用明渠。

最后是比较总干渠一次建成还是分期建设。总的结论是，一次建成和分期建设均技术可行、经济合理。但分期建设方案不仅投资较少，还能在需水预测存在不确定性和缺乏长距离调水经验的情况下随机应变，投资风险相对较小，因此故推荐输水工程分期建设方案。

（五）近期工程规划方案

主要包括丹江口大坝加高和汉江中下游工程两大部分，而后者主要包括建设兴隆枢纽、引江济汉工程、部分闸站改扩建和局部航道整治四项工程。

（六）施工总工期及工程投资

认为中线工程建筑物多，工程量巨大，但因建筑物相对分散，施工场地宽广，可以分项、分段同时施工。控制总工期的主要是穿黄工程。按 2000 年底市场价格水平，静态总投资 920 亿元（包括工程建设投资、水库淹没及工程占地处理投资、环境保护及水土保持投资）。

（七）环境影响评价

长江委对生态的影响范围、影响因子、影响特征和影响程度进行分析，评价结果如下：中线工程建成后的有利影响主要集中在受水区，不利影响主要集中在水源地区。对于受水区，可较大程度地缓解京津华北平原水资源短缺的状况，有利于改善该地区生态环境，促进经济社会持续发展；对水源地区生态环境的不利影响都可通过采取措施得到减免，在环境保护方面尚未发现影响工程决策的制约因素。

经过长期研究，长江委在 2001 年完成的中线工程规划送审稿得出了总体结论——

"实施中线工程，补充京津华北平原的水资源供应量，是缓解该地区水资源供需矛盾的最佳选择。

"中线工程推荐方案技术上不存在难以克服的问题。丹江口水库大坝在初期工程建设时已为加高大坝做了充分准备，加高工程均为水上施工，技术难度不大；穿黄工程已对隧洞或渡槽方案做了充分研究，技术上都可行；输水渠道及其建筑物在国内外均有较多成功建设的先例；汉江中下游工程也属常见的水工建筑物。

"中线工程是一项宏伟的生态环境工程，在环境保护方面尚未发现影响工程决策的制约因素。

"经济上，各项指标均达到和超过了国家规定的标准。测算的水价用户可以承受。工程建成后，可以做到'还贷、保本、微利'。兴建中线工程经济上合理，财务上可行。

"综上所述，中线工程的社会、经济、环境效益巨大，因此尽早开工建设具有深远的战略意义。"

与此同时，淮委与海委提交了东线规划，黄委也提交了西线规划的修订稿。

东线、中线、西线，仿佛是一条赛道上赛跑的三名选手，各自拿出自己多年绝活，只待最后一声枪响。

第七章　最终上马

进入 21 世纪后，中国的国力大大增强，2001 年，中国的 GDP 超过万亿美元，名列世界第六大经济体，经过多年改革开放的积累，中国已经有能力同时兴建两线工程。在此背景下，水利部持续了 20 多年的东中线之争终告结束。

一、严格论证

南水北调论证委员会在 3 条路线、12 个附件及 45 项专题研究的基础上，坚持民主论证、科学比选的原则，对社会各界不少意见进行了研究，对参与选批的重要线路组织现场查勘，补充更新的大量基础资料。参加论证的单位除水利系统及国务院有关部委外，还包括沿线各省地的有关部门，参与规划与研究的学者超过 2000 人。召开了近百次专家咨询会、座谈会和审查，与会专家近 6000 人次，其中两院院士 30 人，110 多人次。可以说，其规模、权威性、影响力丝毫不亚于 10 年前的三峡工程重新论证。

在论证，各方始终突出了 4 个特点：1. 把生态建设和环境保护放在突出位置；2. 在水资源合理配置的基础上确定调水规模；3. 工程建设实行统筹兼顾、全面规划、分期实施；

4.建立适应社会主义市场经济体制改革要求的建设管理体制和水价形成体制。

经充分论证，2002 年 7 月，水利部完成了《南水北调总体规划》及 12 个附件的编制，与国家计委联合呈报国务院审批。

二、审批通过

2002 年 8 月 23 日，国务院召开第 137 次总理办公会议审议通过了《南水北调工程总体规划》，10 月 9 日，国务院第 140 次总理办公会批准丹江口水库大坝加高工程的立项申请。

10 月 10 日，江泽民总书记主持召开中共中央政治局常务委员会会议，审议并通过了经国务院同意的《南水北调工程总体规划》。

10 月 24—25 日，国家计委和水利部先后向全国人大常委会和政协全国委员会汇报了南水北调工程规划情况。

11 月 8—14 日，党的十六大报告指出："抓紧解决部分地区水资源短缺问题，兴建南水北调工程。"

12 月 23 日，国务院正式批复《南水北调工程总体规划》。

三、正式实施

2002 年 12 月 27 日，南水北调工程开工典礼在北京人民大会堂和江苏省、山东省施工现场同时举行，江泽民为工程开工发来贺信。朱镕基在人民大会堂主会场宣布工程正式开工。

2003 年 12 月 30 日，南水北调中线京石段应急供水工程的永定河倒虹吸、滹沱河倒虹吸工程开工建设。

此后，中线调水进入了施工的快车道，各项工程顺利进展——

2005 年 9 月 27 日，穿黄工程开工。

2005 年 9 月，丹江口大坝加高工程开工。

2008 年 11 月 25 日，丹江口库区移民试点工作全面启动。

2009 年 2 月 26 日，兴隆水利枢纽工程开工建设。

2010 年 3 月 26 日，引江济汉工程开工建设。

2010 年 3 月 31 日，丹江口大坝需要加高的 54 个坝段全部加高到顶，标志着南水北调中线源头工程——丹江口大坝加高工程取得重大阶段性胜利。

四、成功通水

2014 年 11 月 20 日，中线调水北京段实现试通水；12 月 12 日正式通水。习近平总书记作出重要讲话，指出："南水北调工程功在当代，利在千秋。希望继续坚持先节水后调水、先治污后通水、先环保后用水的原则，加强运行管理，深化水质保护，强抓节约用水，保障移民发展，做好后续工程筹划，使之不断造福民族、造福人民。"

李克强总理也作出批示，指出中线工程正式通水，是有关部门和沿线六省市全力推进、二十余万建设大军艰苦奋战、四十余万移民舍家为国的成果。李克强向广大工程建设者、广大移民和沿线干部群众表示感谢，希望继续精心组织、科学管理，确保工程安全平稳运行，移民安稳致富。充分发挥工程综合效益，惠及亿万群众，为经济社会发展提供有力支撑。

到此，决策了70年，施工了11年的南水北调中线工程，最终成为现实，并为我国的水资源战略配置作出了重要的贡献。

凌志篇

浩气展虹霓 [*]

——南水北调中线工程的历史跨越

孙军胜

与三峡工程比肩的是又一个惊世之作——南水北调工程。

开国领袖毛泽东于 1952 年 10 月视察大江大河提出设想："南方水多，北方水少，如有可能，借点水来也是可以的。"从此，一个前所未有的伟大工程开始孕育。

1958 年 8 月，中共中央政治局扩大会议通过并发出了《关于水利工作的指示》，明确指出：全国范围的较长远的水利规划，首先是以南水（主要指长江水系）北调为主要目的地，即将江、淮、河、汉、海各流域联系为统一的水利系统规划。这是"南水北调"一词第一次见之于中央正式文献。水利部明确长江委负责中线工程的规划设计。

早在 1957 年，为了配合选线，长江委勘察人员对南水北调中线进行了首次全线勘察，至 1963 年，开展了 1∶5 万、1∶2.5 万及部分 1∶5000 地质测绘，对线路进行了勘探和取样试验，由此揭开了全面认识中线工程地质条件的序幕。

1959 年长江委编制的《长江流域综合利用规划要点报告》，明确了南水北调是长江治理开发的重要任务之一，并提出了从长江上、中、下游分别从西、中、东三线引水，向西北、华北地区调水的基本格局。之后，历经半个世纪对各条线路不断加深研究补充完善。期间正在建设的丹江口水利枢纽确定预留日后加高大坝基础，完成初期工程。

科学的信念支撑着长江设计者，他们的恒心、耐心、苦心、细心发挥得淋漓尽致。风云变幻，矢志不移，不放弃追求，不停止探索。千里征程，为选择输水线路不知用坏了多少幅地形图，为计算分配水量、水价，不知熬过多少个不眠之夜，在分析比较上百种方案的基础上，形成了南水北调中线调水的基本方案，并获得了一大批富有价值的成果。他们期待着中央的决策——

1978 年五届全国人大一次会议上通过的《政府工作报告》正式提出：兴建把长江水引到黄河以北的南水北调工程。这一喜讯极大地鼓舞了长江设计者，进一步深化中线工程可行性方案。

---

[*] 此文写于 2005 年。

1987 年首次完成正式的《南水北调中线规划报告》，明确南水北调中线工程实施顺序为"先引汉，后引江"。初见端倪的中线工程方案以水质好、供水范围广、全程自流输水等优势获得北方受水区各省的支持。

1990 年 11 月初，穿黄工程勘察拉开序幕，长江委七勘处 100 多位勘察人员开始进驻穿黄工地。1990 年底至 1991 年初的首次移民规划可研阶段调查是在水库库面凛冽的寒风中完成的。

1991 年 4 月 七届全国人大四次会议将南水北调列入"八五"计划和十年规划。此时，南水北调中线工程进入了初步设计阶段，艰巨的移民调查工作开始启动。

1992 年 10 月 中国共产党十四次代表大会把南水北调列入中国跨世纪的骨干工程之一。这是第一次在党中央代表大会上提出兴建国家重点工程，长江委人深感责任重大，规划设计工作进入攻坚阶段。

1994—1996 年，长江委和沿线省市水利勘测设计院按初步设计要求，陆续开展初步设计阶段的勘察工作，对主要工程地质问题进行了更深入的研究。截至 1994 年，先后完成了预可行性、可行性、初步设计三个阶段的勘测工作，穿黄地质资料收集完成了黄河水上勘探钻孔 41 个，进尺 3000 余米，总进尺 25000 余米，原地取样 4000 余组，为穿黄工程设计及时提供了准确、可靠的第一手资料。

2001 年，党的十六大为解决我国水资源分布与社会生产力布局不相应的战略性基础设施，决定兴建南水北调工程。

2002 年 5 月 8 —11 日，温家宝副总理考察了南水北调中线工程，在丹江口大坝首次直接听取长江设计院院长钮新强的设计工作汇报。

2002 年 12 月 23 日，国务院以"国函〔2002〕117 号"批复《南水北调工程总体规划》，酝酿了 50 年之久的南水北调工程正式启动。

规划明确：南水北调中线一期工程跨越长江、淮河、黄河、海河四大流域，全长 1430 多千米，以解决北京、天津、河北、河南等省市的城市生活用水、工业供水为主，兼顾生态和农业用水，工程包括丹江口大坝加高及库区移民、陶岔引水闸工程、输水工程和汉江中下游治理工程。

2002 年 12 月 27 日，南水北调工程开工典礼在北京人民大会堂和山东、江苏三地同时举行。现代传媒将这一重要时刻告知海内外。一个多月后，长江设计院组织 300 多名技术人员冒着严寒赶赴中线水源工程库区，踏遍库区的沟沟坎坎，访千家万户，历千辛万苦，开始新一轮的库区移民实物指标调查工作，移民安置调查工程地质测绘也同步进行。丹江口水库库区的干部用"走千山万水，历千辛万苦、进千家万户、留千言万语"评价长江委设计院的工作。

2003 年，水利部明确长江设计院为南水北调中线一期工程的技术总负责单位，钮新强作为该项目的负责人，并通过媒体公布于世。

2003 年 12 月 30 日，南水北调工程中线一期工程项目正式开工建设。

2004 年 6 月，《南水北调中线一期穿黄工程可行性研究报告》在北京顺利通过了中国国际工程咨询公司的评估。"穿黄方案"比选工作尘埃落定，确定采用长江设计院的"隧洞方案"。

2005 年 2 月，由长江设计院负责主编，沿线有关省（市）设计院参编的《南水北调中线一期工程整体可行性研究报告》全部完成。整体可研报告是南水北调中线一期工程重要的控制性技术文件，对于确保工程技术方案的统一性和完整性具有重要作用，并为工程投资管理提供依据。在南水北调中线工程总体可行性研究设计过程中，院领导亲自带队，组织近百设计人员，历时四个月，终于完成一部凝聚了近千参编人员心血和智慧的鸿篇巨制。部领导面对 108 册，2000 多万字，厚达一人高的技术报告称赞说，这不仅是一项科学技术成果，更是一项保持共产党员先进性教育活动的结果。

2005 年 7 月 20 日，丹江口水利枢纽大坝加高施工合同签订，标志着中线水源主体工程建设拉开了序幕。

2005 年国庆节前夕，南水北调中线标志性工程——丹江口大坝加高和穿黄工程相继顺利开工。

加高后的丹江口大坝坝顶高程由现状的 162 米加高到 176.6 米，正常蓄水位由 157 米提高到 170 米，增加总库容 107.5 亿立方米。

丹江口大坝加高主体工程混凝土浇筑量约 128 万立方米，如此大规模的加高在国内尚属首次，国内尚无成熟经验可以借鉴。为此，进行了 3 次大规模的现场试验，分别对原材料的选取、新老混凝土结合的施工工艺、温控措施等进行了研究，取得了大量宝贵的试验资料。设计院还会同国内外众多科研院所完成 357 项重大科研项目，包括丹江口水库大坝加高中新老混凝土结合问题、穿黄河工程中的盾构应力和施工技术问题等。截至目前，中线工程累计钻探进尺达 30 万米、室内试验约 6 万组、现场试验近万次。

南水北调工程是一个前无古人、无以借鉴的工程，成果质量是长江设计院的最高追求，他们不但严格要求自己，还为参与中线工程勘察的各勘测设计院制定了统一的勘测技术质量管理办法，通过单项审查、阶段成果审查，牢牢控制好成果整体质量关。

长江设计院几代人，经过几十年的工作，特别是近十几年的论证、探索，从水源方案、调水规模、线路布置到设计标准、建筑物工程布置施工技术等，提出了 19 个规划比较方案，穿黄工程的布置方案达 40 余个。高素质的团队，终于完成了划时代的又一杰作！

精诚所至，难题破解。今天，丹江口大坝加高工地如火如荼，迎来了第二个枯水季施工高峰；穿黄工地，钻塔林立，竖井报捷。2010 年"汉水进京"目标一定会实现！

水源丰碑[*]

姜志斌

漫江碧透，百舸争游。登高鸟瞰，一望无垠的水库与巍然耸立的大坝相映生辉，这就是南水北调中线工程的水源地丹江口。

【推出片名：水源丰碑】

1952年10月，为了解决北方缺水问题，毛泽东在视察黄河时提出"南方水多，北方水少，如有可能，借点水来也是可以的"伟大构想。为此，中国水利人经过了近50年的论证和研究。2001年，国务院批准了《南水北调工程总体规划》。

南水北调分东线、中线、西线工程，分别与长江、黄河、淮河和海河四大水系相连接，构建"四横三纵"的水网体系，实现水资源"南北调配、东西互济"的合理配置目标。

素有"亚洲天池"之称的丹江口水库，高踞华北平原之上，是距北京、天津最近最大的可调水源，超过百米的落差，全程可自流输水。水量丰富，水质优良。地理位置得天独厚。从空中看去，它像一颗巨大的蓝宝石，镶嵌在三千里汉江上。

2004年8月，水利部组建成立了南水北调中线水源有限责任公司，负责南水北调中线水源工程的建设管理。中线水源工程由丹江口大坝加高、库区征地移民、陶岔渠首枢纽、水源工程运行管理专项等设计单元工程组成。

丹江口大坝加高，是在丹江口水利枢纽初期工程的基础上进行培厚加高和改造，被形象地称作"穿衣戴帽"。工程包括混凝土坝培厚加高、左岸土石坝培厚加高及延长、新建右岸土石坝、左坝头副坝和董营副坝、改扩建升船机、金结、机电设备更新改造等。大坝加高后坝顶高程由162米抬高至176.6米，正常蓄水位由157米抬高至170米，相应库容由174.5亿立方米增加至290.5亿立方米。最大库容339亿立方米。

经过公开招标和择优遴选，长江勘测规划设计研究院、中国水利水电建设工程咨询西北公司、中国葛洲坝水利水电工程集团公司、中国水利水电第三工程局、中国水利水电第十一工程局等分别承担设计、监理和施工任务。

2005年9月26日，排山倒海的爆破声，向世人宣告，丹江口大坝加高工程正式开工。

凌志篇

---

[*] 此为电视专题片《水源丰碑》解说词。

伟人的构想、人民的夙愿，逐渐从梦想变成现实。

丹江口大坝加高工程作为目前国内最大的水利枢纽改扩建工程，具有不同于一般新建工程的显著特点。

度汛标准高。施工期大坝度汛标准与初期工程大坝的防洪标准一样，为万年一遇加20%校核。工程施工进度形象必须满足当年度汛要求。

施工难度大。丹江口大坝加高工程施工工艺复杂，技术要求高，施工组织难度大。

建管体制复杂。工程是在原枢纽正常运行的情况下进行，既要协调处理好参建各方的关系，保证加高工程进度，又要满足运行单位的需要，保证原枢纽安全运行。

安全形势严峻。工程是在城区内施工，与枢纽运行同步进行。施工设备和人员、运行设施和人员，相互交叉，施工场地狭窄，高临空，水上、水下作业并行，安全生产管理的非控因素多，增加了管理难度。

影响工程质量的因素多。工程施工中不仅要确保新浇混凝土的质量，而且要对老坝体缺陷进行检查和处理。

张野（国务院南水北调办副主任）同期声："丹江口大坝加高工程，是国内规模最大的大坝加高工程，在不影响大坝运行的情况下，完成了初期大坝混凝土缺陷检查处理和大坝加高，建设难度在大坝加高史上可谓世界之最。"

针对丹江口大坝加高工程的特殊性和复杂性，中线水源公司明确提出了"以一流管理、树一流形象、聚一流人才、建精品工程"的目标，组建了精干高效、权责明晰、运转有序的公司内部管理机构，形成了由项目法人、设计、监理和施工单位组成的工程质量、安全管理体系，建立了公司与地方政府、运行单位定期协商沟通机制，制定下发了80多项工程建设和内部管理的规章制度，为工程建设奠定了组织基础和制度保证。

坚持以质量管理为核心，通过健全体系、完善制度、明确责任、严格程序、加强检查、规范行为和建立奖惩机制，确保了工程质量。经验收，单元工程合格率100%，优良率93%。

始终把安全工作放在首位，通过建立各级安全管理机构、制定管理办法、划分责任区、落实责任制、日常与定期检查结合、狠抓隐患整治、加强考核，严格奖惩、对重大危险源挂牌明示等措施，保证了工程施工和枢纽度汛安全。

强化投资计划和合同管理。按照建设资金"静态控制、动态管理"的原则，不断完善合同变更、工程量审核、价款结算程序，通过建立规范、有序的资金管理运行机制，降低融资成本，确保了工程安全、资金安全、干部安全。

重视科技创新。通过试验研究、科学论证，成功地攻克了新老混凝土结合、近距离控制爆破、大体积混凝土锯缝、闸墩钻孔植筋、高水头帷幕灌浆、老坝体缺陷检查处理等技术难题。

郑守仁（国务院南水北调工程建设委员会专家委员会成员、中国工程院院士、长江水利委员会总工程师）同期声："我们工程技术人员作了很多的试验研究，取得了很大的成绩，在技术上面还是有所创新，对我们国家就是讲，这个混凝土坝的加高技术，对我们国家的筑坝技术也有很大的推动作用。"

加快工程进度，优化施工方案，狠抓现场管理，充分调动参建各方的积极性。经过全体建设者的不懈努力，工程建设捷报频传：

2005 年 1 月，前期准备工程开工；9 月 26 日，主体工程开工；11 月 25 日，丹江口大坝贴坡第一仓混凝土浇筑，创造了前期准备工程和主体工程同年开工建设的佳绩。

2007 年 6 月 23 日，大坝加高贴坡混凝土全线达到原坝顶高程。

2010 年 3 月 31 日，混凝土坝坝顶达到 176.6 米的设计高程。

2012 年 11 月 7 日，升船机安装调试圆满完成，大坝加高工程具备通航能力。

2013 年 4 月 28 日，电厂六台机组改造全部完成并投产发电；金结机电项目改造项目全部完成。

2013 年 5 月 27 日，随着表孔溢流堰面最后一仓混凝土浇筑完成，丹江口大坝加高主体工程完工。

2013 年 5 月，丹江口大坝加高工程蓄水安全鉴定工作完成，为枢纽安全度汛和水库加高蓄水打下了坚实的基础。

公司分别荣获"文明工地工程建设管理先进单位安全生产管理优秀单位"和"质量管理先进集体"等称号。

南水北调，关键在移民。按照南水北调工程建设征地补偿和移民安置暂行办法，丹江口水库的征地移民工作实行"南建委领导、省级政府负责、县为基础、项目法人参与"的管理体制。

公司发挥组织、协调作用，紧紧依靠当地政府，仅用 6 个月的时间就完成了坝区征地、移民搬迁安置任务。

丹江口库区征地移民工程涉及范围广、人口多、情况复杂，公司在弄清库区淹没影响范围内人口、实物调查的基础上，根据社会、人口、资源和环境相协调的原则，完成了库区征地移民安置初设报告和试点方案编制和报批。

在移民实施过程中，公司及时跟踪了解移民搬迁进展，对实施情况进行监督检查，按月编制工作简报，积极筹措并拨付移民资金，保证了移民安置工作的顺利进行。

同时，公司负责的库区征地移民科研工作和库区大地测量水准网、水文观测网及水库地震观测系统建设、库周勘桩定界工作也都按计划完成，水库水环保专项已按计划开始实施。

2012 年，在湖北、河南两省直接组织领导下，34.5 万的移民搬迁安置工作全部完成。

实现了国务院南水北调工程建设委员会确定的"四年任务，两年完成"的移民目标。移民搬迁的难度和强度均创中国水利移民之最。

2013 年 8 月 22 日，丹江口库区移民安置通过蓄水前终验。

2013 年 8 月 29 日，丹江口大坝加高工程通过蓄水验收。

沈凤生（国务院南水北调办总工程师）同期声："丹江口大坝加高工程，今天顺利通过了蓄水验收，这表示了我们丹江口水库，从现在开始，就可以按照加高后的这个大坝的这个最终的坝高，来进行调度和蓄水。"

滔滔汉水奔腾不息，巍巍大坝傲然屹立。南水北调，这一举世瞩目的工程，凝聚了新中国几代工程技术人员的心血和智慧，也始终牵动着党和国家领导人的心。丹江口大坝加高期间，胡锦涛、温家宝等党和国家领导人，水利部、国务院南水北调办、长江委的领导多次视察工程建设情况，看望慰问工程建设者。2007 年 12 月 14 日，中央电视台心连心艺术团赴丹江口慰问演出，给工程建设者以极大的鼓舞和力量。

建中线水源工程，筑千秋伟业丰碑。随着南水北调中线一期工程建成完工，丹江口水库将开始向河南、河北、北京、天津 4 省市 20 多座城市，提供生活和生产用水。

汪易森（国务院南水北调工程建设委员会专家委员会副主任）同期声："中国有一句老话，叫作'问渠哪得清如许，为有源头活水来'。我们的丹江口水库，就是我们将来南水北调的天池活水。它把长江、汉江、丹江的这个清水，源源不断地送到北京去。"

天地英雄气，盈盈一水间。南水北调中线水源工程的建设者，以前所未有的责任担当，用智慧和双手创造出的伟大功勋，再次见证中华民族整治山河的雄浑伟力！

这是南水北调中线水源地舒展开的美丽画卷，这是丹江口大坝加高工程演奏的动人乐章。全面加高的丹江口大坝正以崭新的面貌展现在世人面前，它就是耸立在三千里汉江上的一座不朽的丰碑。

畅通南北经济循环的生命线

许安强

南水北调东中线一期工程全面通水六年多来，社会效益、经济效益和生态效益有目共睹：供水量超过 400 亿立方米，相当于调了黄河一年三分之二的水量。在受水区约 4 万亿元 GDP 增长的成绩单里，南水北调水功不可没。长江水利委员会长江科学院教授级高级工程师吴志广认为，东中线一期工程初步打通了长江水向华北和山东半岛等缺水地区的供水通道，不仅产生了巨大的供水经济效益，还推动了受水区经济社会平稳发展。

实践将继续证明：南水北调不仅促进京津冀协同发展、雄安新区建设、黄河流域生态保护和高质量发展等国家战略实施，而且是确保畅通南北经济循环、实现我国南北共同富裕的重要保障。

优化产业结构　促进经济增长

"畅通经济循环的有效手段在于深化供给侧结构性改革。"中国人民大学国家发展与战略研究院副教授刘晓光日前表示。过去 5 年，我国坚持供给侧结构性改革，完成了去产能、去库存、去杠杆、降成本、补短板的阶段性任务，这是我国经济面对新冠肺炎疫情冲击保持韧性和弹性的原因所在。

作为实现我国水资源优化配置、促进经济社会可持续发展、保障和改善民生的重大战略性基础设施，南水北调东中线一期工程初步填补了北方水资源短缺的短板，提高了受水区水资源承载能力，有力地促进了水源区和受水区产业结构不断优化升级和社会经济高质量发展。

在中线工程总干渠两侧水源保护区，河南、河北关停并转污染企业和养殖项目，推广生态循环农业，大力发展绿色、循环、低碳工业，优化产业结构。2010 年，百威英博（啤酒）集团欲落子新乡卫辉。当时，卫辉市城区供水全靠挤占农业用水。百威啤酒最终在卫辉市建厂，南水北调中线工程是重要因素。卫辉市南水北调配套水厂向啤酒厂供水后，啤酒产量销量齐齐上扬。现在来看，百威英博（河南）啤酒生产基地项目对拉长河南省农产品产业链，改善和调整产业化结构，推动相关产业发展具有重要的意义。

中线一期工程每年为郑州航空港区供水 9400 万立方米，这也是吸引富士康落户郑州航空港区的重要条件。南阳市镇平县石佛寺镇玉器市场国内闻名，地下水却严重超采。石佛寺镇用上南水北调水后，玉雕之乡活力充盈。

东线一期工程建设初期，山东省治污压力山大。2003年，山东省在全国率先发布实施第一个地方环境标准——《山东省造纸工业水污染物排放标准》。在地方标准的引导下，先进企业投巨资突破技术难关，带动整个行业的转型发展；一部分企业逐步转变原料和产品结构，"换了个活法"；还有一部分企业与先进企业兼并重组。2013年，山东省麦草制浆造纸企业虽然由220家锐减到10多家，产量反而增加2倍多，利税增加近4倍，COD排放全部达到"常见鱼类稳定生长"再排向环境的治污水平。

中线工程为河北沿线工业企业提供了稳定可靠的水源，降低了能耗，提高了产品质量。邯郸钢铁、马头电厂、定州华电、保定长城、深州阳煤集团等10多家骨干工业企业用水得到保证，也为传统工业企业调结构、转方式、促转型创造了机会和空间。"我们生产奶制品的水源换成了南水后，节约了2%的成本。"河北石家庄君乐宝乳业660工厂相关负责人作出总结。

中线一期工程水源地摒弃粗放式靠山吃山、靠水吃水的做法，蹚出了一条产业发展与生态保护深度融合、生态效益与经济效益同步提升的新路子。农业上，重点发展软籽石榴、薄壳核桃、大樱桃等有机水果，打造出一批农产品名优品牌。工业上，改造提升传统产业，培育壮大新兴产业。服务业上，发展全域旅游，群众收入不断增加。

生态保护成为产业转型、提质增效的强力助推器。在东线工程源头，江苏扬州江都区通过生态倒逼，现今企业求新求变谋转型的热情高涨，很多传统制造业企业主动转型，打"生态牌""科技牌""强链补链牌"，形成了一道绿色转型的风景线。

东线江苏境内工程已经成为苏北地区经济社会发展的命脉。东线一期工程将调水与航运有机联系起来，不仅改善了京杭大运河的通航条件，还提高了航运能力，成为助力沿线地方经济快速发展的加速器。

南水北调工程水源区通过提高生态质量，探索如何充分利用环境资源推动转型发展、绿色发展，打通了"绿水青山"向"金山银山"转化的"路"和"桥"。水源区和受水区的实践证明，只要坚持"绿水青山就是金山银山"发展理念，持之以恒地贯彻落实，就能形成生态保护与经济社会发展互促共进的生动局面。

对口协作共赢　定点帮扶脱贫

中线工程是惠及沿途的供水线、生命线，也是沟通南北的亲情线、友谊线。受水区与水源区以水为媒、因水结缘。按照《国务院关于丹江口库区及上游地区对口协作工作方案的批复》和《丹江口库区及上游地区对口协作工作方案》，由北京对口协作河南、湖北两省相关市县，天津对口协作陕西相关市县。

双方签订战略合作协议，建立地方领导互访、部门间协商推进、"各区包县"等工作机制，通过项目投资、产业对接、设立基金、引进技术、互派干部、专业培训等多种举措，为水源区相关市县提供多方面协作支持，推动落实一批特色农业种植、扶贫车间、农村电商等项目，建设一批生态旅游、生态农业等特色小镇，建成一批特色农产品研发等基地。

南阳中关村科技产业园是北京中关村与南阳市政府对口协作的产物。产业园里的南阳创业大街是首个建设于地级市的街区形态创新创业聚集区，这一选择既有南水北调"京宛合作"的因素，也与南阳自身的基础有关。

目前，南阳创业大街与北京"中关村创业大街"对接和互动，逐渐成为区域性创新资源配置平台和集聚枢纽。过去籍籍无名的淅川县中线工程渠首陶岔村，现在已经成为一张旅游名片，打造的北京特色小镇，吸引了全国各地的游客。

国务院原南水北调办和水利部每年签订郧阳区定点扶贫责任书，投入和引入帮扶资金，培训基层干部和技术人员，帮助销售农产品，以看得见的水利工程项目为抓手，助力郧阳区脱贫。

先后选派 6 名干部到郧阳区挂职。曹纪文任郧阳区青山镇周家河村第一书记期间，引进香菇种植，发展小水果和茶叶，发展乡村养生旅游产业，加强基础设施建设，促进贫困村脱贫致富。陈伟畅挂职郧阳区领导，在 19 个乡镇建设袜业扶贫车间，成为全区两大主导产业之一……

据统计，2013 年以来，北京市累计投入协作资金 55 亿元，实施对口协作项目 1300 多个，投资总额超 400 亿元；互派挂职干部 400 多人次，培训专业人才上万人次。通过对口协作，水源区相关市县开阔了眼界、引进了项目、培训了人才，有力促进了水源区生态保护和高质量发展。

"十三五"期间，陕西省汉中市连续四年组团参加洽谈会，安康市在天津市多次举办名优特色产品合作项目推介会。自津陕对口协作以来，陕西省水源区累计与天津市开展经贸交流活动 1500 余人次，签约资金近 300 亿元。

截至 2020 年，天津市安排对口协作陕西省水源区资金 19.2 亿元，支持生态环保、产业转型、经贸交流、社会事业、脱贫攻坚建设项目 328 个，对于提高水源区水涵养功能、保护水质安全、促进产业结构优化和改善民生等发挥了积极作用，初步形成了南北共建、互利双赢新格局。

畅通经济循环　补齐发展短板

2019 年 8 月 26 日，习近平总书记在中央财经委员会第五次会议上指出，经济重心向南转移是我国区域经济发展出现的新情况。

研究表明，创新和产业升级是影响南北经济差异变化的关键性因素。只有加大对北方的有效投资，形成新的增长动能，促进北方在创新和产业升级两个方面的追赶，才能遏制南北经济差异快速扩大。

当前，我国正在积极构建以国内大循环为主体、国内国际双循环相互促进的新发展格局。我们必须紧密结合国家重大战略部署，扎实推进南水北调后续工程，构建起以南水北调工程为骨干的国家大水网，为经济大循环提供强有力的水资源支撑和保障。

南水北调东中线一期工程批复总投资达 3082 亿元，工程建设创造了众多就业岗位，促进了社会稳定和群众收入的增长，平均每年拉动国内生产总值约 0.12 个百分点。工程建成运行后，又带动了工程运行管理、维修养护、备品备件更新等相关产业和企业的集聚与发展。

水资源格局决定着发展格局。2019 年 11 月 18 日，中共中央政治局常委、国务院总理李克强主持召开南水北调后续工程工作会议时强调，必须坚持以习近平新时代中国特色社会主义思想为指导，遵循规律，以历史视野、全局眼光谋划和推进南水北调后续工程等具有战略意义的补短板重大工程。

目前，东中线后续工程前期工作进展相对缓慢，后续工程筹融资模式、运行管理体制机制有待破解。随着推动西部大开发形成新格局、黄河流域生态保护和高质量发展等国家战略深入实施，建设南水北调西线工程以保障国家粮食安全、能源安全、生态安全显得更为迫切。全力推进南水北调后续工程建设这个发展轴，有利于促进南方和北方的互动，增强北方经济增长的活力。

畅通南北经济循环，要适应受水区和水源区经济社会高质量发展要求。必须坚决贯彻"三先三后"原则，以水定城、以水定地、以水定人、以水定产，加大受水区节水力度。在需求端通过行政、市场等综合手段，坚决抑制不合理用水需求；在供给端通过水资源科学配置和有序调度，满足合理用水需求。

畅通南北经济循环，要完善市场机制，改革水价政策。运行初期水价没有真实反映工程成本和水资源价值，既不利于工程效益发挥，也不利于地方节水，影响工程长效运行。理顺水价机制，要综合考虑工程供水成本和水质，合理定价，实施行业差别和阶梯水价，建立水价调整机制，保障工程良性发展和长期运维安全。其中，政府和用户要合理分担工程成本：企业和居民用水户承担供水成本，政府则承担生态和农业抗旱用水成本。只有建立起有效的生态补偿和效益分享长效机制，才能提高水源区水量水质保障水平，实现南北共赢。

畅通南北经济循环，还要结合京杭大运河修复和沿线生态复合廊道建设，打造幸福运河。"我们必须主动对接长江大保护、大运河文化带建设等战略部署，深入实施大运河文化旅游带、京杭运河绿色航运示范带、东线源头生态带和江淮生态大走廊等'三带一廊'工程。"江苏省水利厅厅长陈杰说。

"确保东线工程成为畅通南北经济循环的生命线"是习近平总书记对今后一个时期南水北调工作的殷切期望。站在全面建设社会主义现代化国家新征程的历史起点上，我们只有努力把南水北调工程建设成为水资源保护有力、水工程运行协同、水文化内涵丰富、水经济产出高效的民心工程，才能切实保障工程水源区和受水区的经济共同繁荣及社会协同发展，南北共同富裕。

凌志篇

复苏河湖生态的生命线[*]

胡敏锐

1月的密云水库，水面波光粼粼，清澈剔透，鸟儿栖息，水丰景美。这得益于南水北调中线工程通水后，向北京调水量逐年递增。目前，密云水库蓄水量超 24 亿立方米，2019 年曾经达到 20 年间最大蓄水量 26 亿立方米。作为北京的"大水缸"，密云水库的水生态环境得以显著改善。

南水北调工程作为民生工程、生态工程，全面通水运行 6 年多来，缓解了工程沿线河流"饥渴"状态，涵养了水源，补充了地下水，受水区黄淮海流域 40 多条河流重现生机。同时，调水区的生态也呈现绿水青山景象，为老百姓创造了清水绿岸、鱼翔浅底的宜居环境。

为社会带来福祉的生态工程

2020 年 11 月 12 日，习近平总书记视察江都水利枢纽时做出重要指示："确保南水北调东线工程成为优化水资源配置、保障群众饮水安全、复苏河湖生态环境、畅通南北经济循环的生命线。"总书记从国家战略高度定位南水北调工程。

水是生态之基，滋润绿色，孕育生命。建设生态工程，实现人水和谐，是生态文明的必要基础。没有水，河流就会干涸；没有水，禾苗就会枯槁；没有水，城市就会缺少生机。水维系着生态环境系统的形成、演化和运行。

党的十九届五中全会提出，要实现生态文明建设新进步，合理配置能源资源，持续改善生态环境，牢固生态安全屏障，改善城乡人居环境。

面对生态文明建设迫切要求，面对北方严重缺水状况，作为国家重大战略性基础设施，南水北调构建了国家骨干水网，对实现我国水资源时空分布均衡，推进水生态系统治理和修复，促进生态文明发展，起着极其重要的战略作用。

长期以来，北方缺水，特别是二十世纪八九十年代，黄淮海流域水资源过度开发，导致河湖干涸、河口淤积、湿地减少、地面沉陷等生态环境问题日益恶化，华北地区出现"有河皆污、有水皆干"困局。

---

* 原载于 2021 年 2 月 1 日《中国南水北调》，A1 版，https://epaper.nsbd.cn/html/nsbd/20210201/534920.html。

南水北调工程是解决华北地区水资源短缺困局的必然选择。南水北调东中线工程联通黄淮海流域的河湖水系。工程通过调水增加北方地区部分河川径流，提高北方地区供水保障率，恢复湿地，减少水土流失和沙漠化，减轻人民群众氟病危害。在保障正常用水的前提下，联通南北流域自然河湖水系，形成生态水网。通过生态用水优化配置，促进南北流域地上生态系统和地下水生态系统的修复和改善，提高生态环境质量，推动生态发展，满足人们对优美生态环境的向往。

目前，东中线一期工程已累计向北方调水超 400 亿立方米，生态补水超 52 亿立方米。工程在发挥经济、社会效益的同时，发挥了显著的生态效益，推进了生态系统修复，缓解了受水区生活生产与生态用水矛盾，遏制了华北地下水超采趋势，绿水青山、河湖复苏，形成了人与自然和谐共生的环境。

实践证明，南水北调不仅是一条缓解北方水资源短缺状况的调水线，而且是一条复苏河湖生态的生命线，一条践行"生态文明"的发展线。

河湖复苏　推进绿色发展

南水北调工程肩负着生态修复重任，受水区成为最主要的受益方，通过工程调水和生态补水，为淮河、海河、黄河流域河湖水系健康，水生态系统的良性循环，地下水超采综合治理提供了战略保障。

国务院原南水北调办总工汪易森接受采访时说："通过跨流域北调长江水，南水北调东中线一期工程为输水沿线河湖补充了大量优质水源，显著提升了河湖的水环境容量，河湖生态和环境质量得到明显改善。"

中线工程通水后，输水水质稳定保持在 Ⅱ 类及以上，受水区黄淮海平原的生态环境逐步改善，尤其是促进了华北地区生态修复与地下水超采综合治理。通过置换超采地下水、实施生态补水、限采地下水等措施，河湖、湿地面积显著扩大，有效遏制了地下水水位下降和水生态环境恶化的趋势。

南水北调提升了河湖水质，恢复了河湖生命健康。中线工程连年向沿线受水区河湖生态补水，河湖水质提高，水生态系统修复，区域水环境质量和宜居性明显提升。如今，河南、河北境内白河、滏阳河、七里河、滹沱河等多条河流水清岸美。天津市海河水位升高，河道水质明显改善。北京永定河、潮白河水量丰沛，重现清水灵动、鸟语蛙鸣的自然景观。东线工程的输水河道以及沿线的洪泽湖、骆马湖、南四湖等湖泊水质显著改善，环境容量明显增加。

南水北调增加河湖湿地面积。随着城市供水严重短缺的局面得到缓解，受水区挤占的生态环境用水得以归还，河湖湿地的面积得到明显恢复。中线工程向白洋淀生态补水超 3 亿立方米，淀子里水动起来、清起来了，白洋淀水质由劣 Ⅴ 类提升至 Ⅱ 类。

南水北调改善生物多样性。南四湖流域由于南水北调水的持续补充，水面面积得到有效扩大，区域生物种群数量和多样性得到明显恢复。生态调查结果显示，在南四湖栖息的鸟类达到200种，数量15万余只；水生高等植物恢复到78种，鱼类恢复到52种，生态系统健康状态已达到较高水平。

南水北调工程使调水区和受水区形成相互依存的生态自然系统。确保受水区水质优良达标，调水区的生态环境治理及保护，发挥了十分重要的作用。

早在工程建设之初，《南水北调工程总体规划》就提出，工程的实施务必做到先节水后调水、先治污后通水、先环保后用水。在中线工程水源地丹江口库区，为保护"一库清水"，国家将水源区纳入重点流域治理范围，从规划、政策、制度等层面加强顶层设计，实施了《丹江口库区及上游水污染防治和水土保持规划》。如今，中线水源地建起了"生态屏障"，河南南阳淅川重点建设环库生态圈，加强造林绿化，淅川县丹江口库区森林覆盖率达到53.2%。湖北十堰着力构建绿色产业发展体系，大力发展生态农业。目前，十堰市森林覆盖率达64.72%，实现了绿色低碳循环发展。东线江苏把节水、治污、生态环境保护与调水工程建设有机结合起来，调整产业结构，综合治理工业，建立"治理、截污、导流、回用、整治"一体化治污体系，严格环保准入，实施"一河一策"精准治污。

南水北调不仅改善了受水区河湖生态，同时也推动了调水区的生态环境优化，成为既造福北方干旱地区人民群众，也造福了水源区及沿线地区人民群众的生态工程，促进了生态文明建设。

生态修复　实现人水和谐

"一定要确保一江清水向北流。"习近平总书记在江苏视察时强调，"搞好生态文明，不仅关系经济社会发展，也直接关系人民群众生活幸福，是广大人民群众的共识和呼声。"

生态兴则文明兴。南水北调作为国家战略性基础设施，是推动生态安全和绿色发展的重大战略举措，为北方流域河湖水系健康，水生态系统修复，地下水超采综合治理提供了战略保障。

"南水北调将成为促进我国北方生态环境保护与修复，南北经济交融、社会和谐与文化复兴的国家生态文明工程。"汪易森在接受采访时说道。着眼于"十四五"及今后一个时期的发展，南水北调在生态文明建设中将进一步发挥复苏河湖生态生命线的重要作用。

推进后续工程建设，提高向北调水能力。未来15至30年，东中线工程受水区和水源区依然面临巨大的水资源配置压力。长江科学院许继军等科研人员建议，面对每年55亿～65亿立方米生态环境用水缺口，需要挖掘南水北调的生态补水潜力，尤其是可利用东线工程给华北和山东地区实施生态补水。需要推进东中线后续工程，打造连通水网，提高供水保障率，尤其是东线工程的生态补水保障率。

统筹规划，科学调配，合理利用水资源。北京师范大学教授许新宜建议，要把生态放在突出位置，将修复地下水作为近期生态修复的重点，抓紧建立水资源战略储备体系，完善当地地表水、地下水和外调水联合调度机制。要坚持节水优先、以水定需、量水而行。在此前提下，统筹受水区与调水区的需求与供给，统筹南水北调水与本地水源，统筹生活、生产与生态用水，构建本地水与外调水统筹协同的水资源配置体系，着力提升水资源调配能力，实现东中互济、多水源统筹，改善生活和生产用水，复苏河湖生态环境。

开展河流生态水网化建设示范。汪易森建议，中线工程的生态补水应有全面规划，南水北调中线与沿线51条大中型河流通过退水闸联通，其中，河南28条河，河北22条河，豫冀交界1条河流。应以南水北调中线与海河流域相交河流为对象，开展华北平原河流生态水网化建设示范，利用中线工程退水闸放水，形成"华北小江南"的水乡水网景观。如今，中线工程向滹沱河、滏阳河、南拒马河进行的华北地区地下水超采综合治理河湖地下水回补试点工作取得明显成效，应及时总结推广经验。

"十四五"规划对生态文明建设提出明确目标，要推动绿色发展，促进人与自然和谐共生。南水北调作为民生工程、生态工程，践行"节水优先、空间均衡、系统治理、两手发力"的治水新思路，扎实推进"四横三纵"国家骨干水网建设，将在水环境治理、水生态保护，打造生态屏障，推进北方地区生态保护与修复中发挥更大作用，构筑复苏河湖生态的生命线，促进人水和谐可持续发展。

保障群众饮水安全的生命线[*]

宋滢

作为中国广袤大地上的新水脉，南水北调工程将长江水系的水源源不断输入淮河、黄河和海河流域，滋养着沿线 40 多个大中城市，300 多个市县区和乡村。从此，水甜了，受水区居民告别苦咸水，喝上优质水；水足了，百姓不再为饮水而发愁，1.2 亿人因南水而受益。

南水北调工程通水六年多来，400 多亿立方米的南水千里北上，作为"国之重器"的战略性基础设施，显著地改善了居民用水条件，大大地提高了城乡的供水安全保障水平。这条新的解渴生命线，让沿线各地在用水方面诸多受益，特别是在保障京津冀等华北地区大中城市饮水安全方面发挥了至关重要的作用。

水资源安全事关民生

水是生命的源泉，居民生活离不开水，国家发展离不开水。古语云："水利兴而后天下可平。"2011 年中央一号文件明确提出，水是生命之源、生产之要、生态之基，其中水作为生命之源的作用尤为重要。

习近平总书记在 2014 年中央财经领导小组第五次会议上指出："水安全是涉及国家长治久安的大事，要从全面建成小康社会、实现中华民族永续发展的战略高度，重视解决好水安全问题。"

究竟何谓水安全？一是关乎国民生存的饮用水安全，提供维系经济社会正常运行的水资源保障。二是涉及国家安全的水安全，包括维护国家的经济安全、生态安全和社会稳定的水利保障。

从国家安全的角度讲，水安全服务于国家的总体安全，服从于国民经济和社会的可持续发展。从民生的角度讲，保障水安全，解决水资源短缺，满足人民对优质水资源、健康水环境的需求，是实现人民群众对美好生活追求的关键一环。

我国水资源时空分布极不均匀，干旱缺水对我国很多地区经济社会发展造成重大制约。

---

[*] 原载于 2021 年 1 月 21 日《中国南水北调》，A1 版，https://epaper.nsbd.cn/html/nsbd/20210121/534893.html。

目前，我国人口已经超 14 亿，城镇化率已经达到了 56%。据资料显示，2000 年以来，京津冀地区水资源形势、经济社会发展状态、生态环境建设要求等都发生了巨大变化，加之雄安新区的建设发展，对水资源的需求量逐步增大，提高供水保障率愈发重要。

2020 年 10 月，党的十九届五中全会审议通过了国民经济和社会发展第十四个五年规划纲要，指出了经济社会发展的主要目标，明确要求保障能源和战略性矿产资源安全，维护水利、电力、供水、油气等重要基础设施安全，提高水资源集约安全利用水平，以确保国家发展安全保障要更加有力。其中，水利安全处在重要位置。

据资料显示，南水北调中线一期工程计划 2008—2020 年基本缓解受水区城镇生活和工业用水安全，二期工程计划于 2020—2035 年实现充分保障受水区城镇供水安全，相机补给河湖生态和地下水。东线一期工程基本缓解受水区城镇供水、农业应急抗旱用水安全，二期工程保障受水区城镇供水及农业抗旱用水安全、基本保障主要河湖生态用水安全，确保用水安全的功能定位始终贯穿于工程运行期。

实际上，由于城乡供水一体化、城镇化进程加快，2000—2018 年南水北调工程受水区生活用水量和用水比例明显提高。受水区对南水北调工程的依赖越来越大，工程战略保障地位日益凸显，已成为保障群众饮水安全、支撑国家重大战略实施的生命线，保障这条生命线的安全是一项重要任务。

饮水安全的基础是供水安全，保证持续供水安全的前提是保证工程安全。南水北调工程不可替代的战略功能和综合效益，对做好安全工作提出了更高的要求。南水北调工程从规划到建设、运行，诸多矛盾和问题贯穿始终，工程安全问题始终存在。中线工程要实现全年 365 天 24 小时不间断供水，保障供水安全，工程面临的挑战异常严峻。东线工程全线、中线工程的大部分属于开放的输水线路，涉及的行政区域又很广，极易受到沿线点源、面源的污染，突发性污染事故带来的污染风险增加了安全保障难度。极端天气影响大、工程检修难度大、设备设施维护复杂等问题对工程安全提出考验。

南水北调工程的重要战略地位，需要我们思想上高度重视，行动上尽职尽责，把确保安全作为第一要务和刚性约束，全力建设好、守护好南水北调这条事关群众饮水安全的生命线。

饮用水安全保障成效初显

南水北调东中线一期工程全面建成通水六年多来，随着工程受益范围不断扩大，受益人口不断增多，我国"四横三纵、南北调配、东西互济"的水资源配置格局在初步形成，调水沿线供水结构发生了改变。

作为优化水资源配置、促进区域协调发展的重大工程，南水北调工程在运行管理中，不断增强安全保障能力。工程的安全平稳运行，保证了高品质南水的充足提供，满足人民日益增长的美好生活需要。

截至目前，东中线一期工程已累计调水 400 多亿立方米，保障了我国北方地区城市生活用水安全。南水不仅成为北京市、天津市、石家庄市、郑州市等 40 多个大中城市的主力水源，而且也成为 250 多个县级以上城市的水源。山东省"丁"字形南水北调骨干网，与黄河、当地河渠共同构建了山东省供水大网络，有效保障了山东省供水安全。胶东半岛实现了南水全覆盖，南水已成为胶东半岛的饮水生命线。

南水北调工程还促进了工程沿线水质改善。"南水北调的水太好了，我们村里的水井、地里的水井都干枯了好多年了。南水来了，井里又都有水了，打上来就能喝，都是甜的。"河南省卫辉市香泉河附近的村民，在南水北调通水后感受很深。

通水六年来的实践证明，保安全供水首先必须确保工程安全。中线工程利用大流量输水、冰期和汛期运行等工作，积累了大流量输水调度数据和运行经验；全面推进"两个所有"、实施"双精维护"，让工程管理求精、求细，提升维护工程质量，打造精品工程，确保工程安全。东线工程克服管理体制未理顺带来的不利因素，统筹推进工程安全监管工作，制定安全管理制度，项目法人加强工程管理，工程总体运行安全平稳。

保供水安全必须确保调度安全。为了提升中线工程的输水能力，针对不同的工况和运行条件，优化运行调度方案，工程运行风险进一步降低，工程安全更加稳固。东线工程优化调水管理，以设施设备的先进完好、管理举措的标准规范和信息化调度技术充分应用，不断提升工程安全管理水平。

保供水安全必须确保水质安全。中线工程通过增强水质监测、装备及应急处置能力，使水质在输水过程持续稳定达标。东线工程加强风险防控，制定应急预案，项目法人联合开展水质风险排查，开展应急演练，加强与地方政府的协调，不断提高水质监测水平，使工程水质整体处于地表水Ⅲ类水质标准，江苏段水质部分断面的部分指标可达到或优于地表水Ⅱ类水质标准。

南水北调工程效益的持续发挥，较大程度上改变了受水区的供水格局，成为受水区的重要水源，同时显著改善了城市饮用水水质，不但让工程成为群众饮水安全的生命线，也发挥了保障国家水资源安全的重要作用。

供水安全为饮水生命线提供保障

"中线工程承担京津冀豫四省市供水重任，做好运行安全工作责任重于泰山。要全面强化风险意识和责任意识，牢牢守住安全底线。"中国南水北调集团公司董事长蒋旭光在部署中线工程冰期输水工作时说。这不仅是对冰期输水工作的要求，也是对南水北调日常安全工作的要求。

安全，是开展运行管理工作的核心，是长期稳定输水的工作主线，也是运行管理工作必守的底线。

保证工程安全，要不断强化安全意识。南水北调工程线长点多，各类维护队伍、人员多，管理行为复杂。受维护人员安全意识水平参差不齐，作业人员分散等因素影响，安全管理难度很大。必须全员、全方位、全过程，层层落实安全责任制，采取有力措施保障安全，强化安全意识。工程途经的城市村庄众多，渠道外安全风险始终存在，外来危化品及污染源入渠的问题也威胁调水安全。要坚持对渠道周围居民群众做好安全警示教育，增强沿线群众的安全意识。

要强监管，补短板，提升工程管理水平。继续深入贯彻"水利行业强监管，水利工程补短板"的水利改革总基调，严格落实各项整改措施，狠抓"两个所有"，深化实施"双精维护"，持续开展标准化规范化建设。着力构建东线工程运行管理长效机制，充分发挥项目法人主体责任，加强顶层设计，完善制度体系，保障工程建设安全有序开展。做好日常工程运行调度，紧盯冰期和汛期，完善安全风险防控体系和应急管理体系，消除威胁供水安全的风险隐患，开展风险项目排查。提早做好冰期输水各项准备，完善冰期输水预案，做好冰期、汛期应急队伍的锻炼和管理。建立健全东线工程防汛管理体系，完善各级协商联动机制，确保工程安全。

在已建工程和后续工程效益的基础上，加快南水北调后续工程建设，增强工程供水能力。李克强总理在中国南水北调集团有限公司成立时批示："要科学扎实有序推进南水北调后续工程建设，着力提升管理运营水平，保障国家水安全和保护生态、服务经济建设和人民生活改善、促进高质量发展。"加快后续工程建设，是党中央、国务院的要求，也是南水北调工程作为群众饮水安全生命线，提高保障能力的需求。我国历史上的极旱灾害显示，涉及黄、淮、海、长江四大流域的南北同旱概率极大，如果碰上百年一遇的干旱，丹江口水库也可能无水可调，要保障中线工程供水持续稳定难度很大。必须全力推进雄安调蓄库、观音寺调蓄水库、引江补汉工程建设，积极谋划中线其他调蓄水库项目，弥补水源保障不足、调蓄能力不够的短板。加快推进东线北延应急供水工程的建设收尾工作，将供水范围扩展至津冀，增强保障南水北调工程沿线供水安全的能力。

采取全方位的保障措施，通力协作保水质安全。千里调水，水质是焦点。南水北调工程水质安全保障涉及调水区水源地保护、沿线地区的水污染防治，以及水质监测。为群众提供优质的有安全保障的南水，需要水源区、管理单位、地方各级政府及有关方面通力协作，全面保护工程水质。

南水千里奔流滋润华夏大地，造福亿万人民，成为华北人民渴求的生命线。未来，这条奔涌流淌的蓝色生命线，将持续输送甘甜的生命源泉，让华北大地生生不息。

凌志篇

逐梦路三千里　丈量百年蓝色水网*

佚名

【内容提要】南水北调工程是我国当今最大的新建基础设施，这是造福中国子孙后代的伟大工程。沿着梦想的航道，从十堰到丹江口，到淅川，到南阳，到方城，到郑州，到焦作，到石家庄，到满城，到徐水，到北京，再到天津。在中国版图上，南北流向的三条调水工程与东西流向的长江、淮河、黄河、海河纵横交叉，最终形成一个世界上罕见的水资源"中国网"。

逐梦路三千里

古往今来，世界上任何一个创举，最初往往出自一个个体的奇想、梦想、狂想。1952年10月，在当时经济技术条件都不具备的情况下，毛泽东提出了引江济黄的设想："南方水多，北方水少，如有可能，借点水来也是可以的。"南水北调这个宏伟的战略构想就这样产生了。

南水北调堪称当今世界上最宏伟的跨流域调水工程，这是中国水利史乃至世界水利史上史无前例的工程。工程从20世纪50年代初发轫到20世纪末，勘探、论证、规划长达50年，而从21世纪初相继动工到2050年全部完成，规划、实施也需要长达50年的时间。这是中国一个关于水的百年梦想。

沿着梦想的航道，从十堰到丹江口，到淅川，到南阳，到方城，到郑州，到焦作，到石家庄，到满城，到徐水，到北京，再到天津。从舍小家保大家两次移民五次搬家的孟秀英老人，到35年义务守护渠首的独臂老人，从黄河岸边以钢铁机械牵引两道乳汁交汇，到漕河上长江大桥般的亚洲第一输水巨槽，在采访的途中，我的心一直在经受震撼。

汉水如今被称为"中国的多瑙河"，据说，它是中国目前唯一没有被污染的大江。南水北调中线工程就是从丹江口水库引这条江和丹江的水解救中原、华北、北京、天津的水危机。

温家宝总理到丹江口水库视察，他对当地领导再三嘱咐的话就是："一定要保护好一

---

* 原载于 2008 年 12 月 15 日北方网，http://news.enorth.com.cn/system/2008/12/15/003828141.shtml。

库清水！"眼下，"确保一江清水送北方"已成为库区人的头等大事。丹江口水库将成为中国北方人最大的一口水井！一口生命之井！

为了这口井，库区人民经历了长达 50 年的艰辛。今天，为了保护这口甘甜如乳的生命之井，他们又做着新的奉献和牺牲，以及应对新的生存选择、新的挑战和机遇。

南水北调的蓝图和梦想在经历了漫长的 50 年之后，它的轮廓在天津人的眼前开始逐渐地清晰起来。南水北调的未来将和每一个生活在津城的人日夜相随，紧紧相连。南水北调中线工程建成后，汉水将折转身来，迢迢北上三千里。

在中国版图上，南北流向的三条调水工程与东西流向的长江、淮河、黄河、海河纵横交叉，最终形成一个世界上罕见的水资源"中国网"。

创造文明的汉江、创造文明的黄河，曾经用那么甜美的乳汁哺育了我们。无论是多么艰难的穿越，终究会有一个史上最完美的交融。

所有的艰辛都包含着一条江的宿命，所有的机遇和创造都深潜着一个未来的隐喻。

南水北调千里中线行的采访结束了，我的心却久久不能平静。

喧嚣的都市里车轮滚滚、人流滔滔，每个人都在紧张地奔向自己的目的地。在这个千万人的大都市里，有多少人知道在这个城市的地底下正在安静而紧张地施工，有多少人知道南水北调真正的含义，有多少人知道调水源头在哪里，又有多少人会为不久就要喝上三千里迢迢北上的南来之水而感动？

写到这里，我想起两年前采访天津市南水北调办公室总工程师赵考生时，他告诉我的一段话："天津之所以不惜代价，用管涵从徐水引南水进津，在河北和天津建设一条长达 155 千米的地下暗河，进入市内后，仍然要修建地下管道让南水一路畅流，主要是出于保护水质的考虑，使其免遭污染。湖北、河南等地水源区的人民为咱们保护了这么一盆好水，我们不能辜负南方人民的一片心意。"这段话，令我忍不住为天津水利工作者和工程设计者赋予了冷漠的钢筋水泥以温暖的人性而感动。

跨越两个世纪的一百年，在中国大地上，将出现一个以江河之水编制的蓝色水网，支撑中华的千古文明！

南水北调：新闻会客厅

会客厅嘉宾：

国务院南水北调办公室总工程师沈凤生

天津市水利局水资源处副处长魏素清

南水北调中线水源公司总工程师张小厅

南水北调中线建管局河南直管项目建管部工管处处长石惠民

南水北调中线建管局漕河项目建设管理部高级工程师周吉顺

告急：水资源紧缺已拉响警报

记者： 我国目前的水资源现状是怎么样的？

沈凤生： 中国水资源短缺，且时空分布不均，南方水多，北方水少。黄淮海流域是我国水资源承载能力与经济社会发展矛盾最为突出的地区，仅为全国平均水平的21%，其中京、津两市所在的海河流域人均水资源量不足全国平均水平的1/7。

记者： 本市的水资源状况又是怎样的呢？

魏素清： 近年干旱少雨，使得本市水资源矛盾更加突出。天津逐渐由原来的丰水地区变成了现在的严重缺水地区。目前人均本地水资源占有量只有160立方米，为全国人均占有量的1/15，加上引滦等外调水源，人均水资源占有量也不过370立方米，远低于世界公认的人均1000立方米的缺水警戒线，属重度缺水地区。天津市多年平均缺水达13亿立方米。水资源短缺已成为影响和制约天津市经济社会发展的主要因素之一。

记者： 既然北方这么缺水，那是否可以依靠节水工作改善这种状况？

沈凤生： 黄淮海流域有2亿多人口不同程度存在饮水困难，700多万人长期饮用高氟水、苦咸水，因此不得不过度利用地表水、大量超采地下水，挤占农业及生态用水，造成地面下沉、海水入侵、生态恶化。黄淮海流域水污染严重的形势进一步加剧了水资源的短缺。由于资源型缺水，即使充分发挥节水、治污、挖潜的可能性，黄淮海流域仅靠当地水资源已不能支撑其经济社会的可持续发展。

记者： 现在本市的用水问题怎么解决？

魏素清： 1983年引滦通水后，天津市基本形成了城市以引滦为主，适当开采地下水，引用部分地表水，充分开发利用海水、再生水等非常规水，引黄济津作为应急供水措施的城市供水系统。

记者： 那么这一难题将如何解决？

沈凤生： 为缓解黄淮海流域日益严重的水资源短缺，中央决定在加大节水、治污力度和污水资源化的同时，从水量相对充沛的长江流域向这一地区调水，实施南水北调工程。根据《南水北调工程总体规划》，正在实施的南水北调中线一期工程建成后，将分别向北京、天津、河北提供10.5亿立方米、8.6亿立方米、30.4亿立方米的新增水量，在节水的同时，将极大地改善这些地区的水资源短缺问题。

出路：引南水北上救北方之缺

记者： 南水北调工程的实施，对于中国有着怎样的意义？

沈凤生： 南水北调工程是我国当今最大的新建基础设施，是造福子孙后代的伟大工程。工程的重大意义反映在巨大的社会效益、巨大的经济效益和巨大的生态效益三个方面。

首先是解决北方地区的水资源短缺问题，促进这一地区经济、社会的发展和城市化进程，还可以解决 700 万人长期饮用高氟水和苦咸水的问题；除了间接促进我国的经济发展和社会进步外，由于对南水北调工程投入了大量资金，据目前新确定的工程建设目标近几年投入资金强度估算，每年可以拉动中国经济 0.2 ～ 0.3 个百分点，每年可安排 50 万～ 60 万人就业。调水工程通水后，我国北方增加了水资源的供给，每年将增加工农业产值 500 亿元；另外，东、中线一期调水工程实施以后，可以有效缓解受水区的地下水超采局面，同时还可以增加生态和农业供水 60 亿立方米左右，使北方地区水生态恶化的趋势初步得到遏制，并逐步恢复和改善生态环境。

记者：具体到天津来说，南水北调工程是否是必需的和紧迫的？

魏素清：从引滦入津和引黄济津现状看，南水北调工程对天津这个城市发展将是至关重要的。近 10 年潘家口水库的入库水量减少了 60%，仅靠滦河水已无法保证天津的城市用水，为了弥补引滦水的不足，天津从 2000 年至 2005 年连续 4 次在引滦入津工程水量保证率降低，临时引黄济津工程调水成本高的情况下，南水北调无疑是解决海河流域缺水问题的根本出路，是改善黄、淮海地区生态环境，保障京、津乃至整个华北地区可持续发展的战略举措。南水北调工程也自然成了天津市民期待的又一条重要的城市"生命线"。

记者：南水北调中线工程实施之后，是否能够保障天津的用水需求呢？

魏素清：南水北调中线一期工程丹江口水库多年平均分配给天津市的总水量为 10.2 亿立方米，进入水厂的净水量多年平均为 8.16 亿立方米。南水北调通水后将实现与滦河水"丰枯互补、互相调剂"，可最大限度地保障天津城市生产和生活的需求，为天津国民经济和社会事业发展提供可靠的水资源保障。

记者：正在建设的南水北调中线工程线路是怎样规划的？

沈凤生：中线工程是从加坝扩容后的丹江口水库陶岔渠首闸引水，沿线开挖渠道，经唐白河流域西部过长江流域与淮河流域的分水岭方城垭口，沿黄淮海平原西部边缘，在郑州以西李村附近穿过黄河，沿京广铁路西侧北上，可基本自流到北京、天津。输水干线全长 1432 千米，其中天津输水干线 156 千米。规划分两期实施，现在开工建设的是一期工程。

记者：南水北调中线工程建设都包括哪些内容？

沈凤生：中线第一期工程多年平均年调水量为 95 亿立方米，主要建设任务为：一是完成丹江口水库大坝加高和库区移民，即将大坝按正常蓄水位 170 米一次加高，随着水库蓄水位逐渐抬高，分期分批连续安置移民；二是兴建长 1276 千米总干渠和 156 千米天津干渠，通过总干渠可分别输水到河南、河北、北京和天津；三是建设汉江中下游四项生态补偿工程，即为解决中线调水对汉江中下游的影响，在汉江中下游兴建兴隆水利枢纽、引江济汉工程、改扩建沿岸部分引水闸站、整治局部航道等四项生态补偿工程；四是实施《丹江口库区及上游水污染防治和水土保持规划》工作，保证水库水质安全。

凌志篇

攻坚：遇难解难终能成就梦想

记者：中线工程在建设过程中是否遇到了技术上的难题？

沈凤生：南水北调中线一期工程涉及众多领域的技术难题，如中线穿黄工程盾构机掘进、丹江口大坝加高工程新老混凝土接合技术，漕河渡槽等技术等需要研究解决。丹江口大坝加高工程、穿黄工程与漕河渡槽工程并称为南水北调中线三大重点工程。

记者：丹江口大坝加高工程是否能够承担起巨大的压力，为今后的水库蓄水提供保障？

张小厅：水库大坝始建时已为大坝加高工程创造了有利条件。丹江口大坝加高工程是在原有大坝的基础上加厚加高，原坝能承担起加筑的压力。但是大家也可以想象，大坝已经运行四十多年，肯定会出现一些问题，并且还有现在并没有显现的安全隐患，都可能会在未来抬高水位之后出现。

沈凤生：丹江口混凝土坝加高规模大、难度高，其规模为国内水利水电工程加高续建、改建工程之最，大坝加高工程的技术难点主要在于解决新老混凝土结合问题。为保证新老混凝土更好地结合成一个整体，施工时还必须采取严格的温控措施。

张小厅：在大坝建设时预埋进坝体的 900 多支监测仪器，日夜监测着大坝的温度、应力、应变、新老混凝土结合处缝隙的张开情况等，监测数据显示，大坝一切正常。

记者：穿黄工程是人类历史上最宏大的穿越大江大河的工程，技术难度相当大，而千年沉积的河床下面沉积物比较多，像古树及孤石等，咱们是怎么保证工程的顺利进行的？

沈凤生：是的，南水北调中线工程全长 1400 多千米，黄河是最大的一个"拦路虎"，隧洞方案是综合多种因素后确定的，对河势影响相对较小，给黄河在该河段的治理开发留有较大余地，同时输水隧洞可免受温度、冰冻、大风等不利因素影响。

石惠民：前进的路上，经常会遇到障碍，对此，我们一方面加强施工中的超前预报工作，发现情况及时处理；另外在盾构机上设置了破碎设备。在盾构机的底部，和其他部分不一样的是，它有一个长方形的吸沙口，而这个吸沙口里面，有一个专门用来对付 50 厘米以下石块的破碎机。当遇到 50 厘米以下的孤石时，破碎机可将其破碎成小的渣块，顺泥浆管排出。

记者：漕河渡槽单跨跨度及引水流量均为目前国内和亚洲最大的，被称为"亚洲第一渡槽"。这么大的的渡槽，建设难度可想而知，专家们是怎样克服巨大的技术难关，保证工程顺利进行的？

沈凤生：漕河渡槽除近期担负着向北京市应急供水任务外，还担负南水北调中线一期工程全线贯通后的输水任务。不仅是南水北调中线干线开工建设的最大渡槽，也是我国目前在建的最大输水渡槽。

周吉顺：采取温控防裂措施浇筑的槽身混凝土拆模后，经检查目前未出现裂缝，通过充水试验检验,裂缝在充水工况下无变化和发展,裂缝处理后无渗漏现象,混凝土质量良好。

南水北调真情故事

辛喜玉:荒山造林 8 年"抗战"

8 年前,49 岁的辛喜玉不缺吃,不缺喝,放着好好的生意不做,却要去承包荒山,进行绿化造林。为保一江清水送北方,她和家里人在承包的乱石嶙峋、荆棘遍野、杂草丛生、坡度较大的 500 余亩荒山上搭了一个草棚,每天吃住在山上,和请的帮工一起劳动。

"我原本是个农民,虽然生意做得不错,但是农民离不开土地的观念无法改变。国家要搞南水北调,听说这水要一直送到北京去,我们应该把水保护好。"作为一个出身于农民的全国人大代表,辛喜玉既有大局意识,也有对农民的深厚感情。她和全家人一起,加上雇的 60 多个乡亲,开始了艰苦的创业。在别处挣的钱,转手就全部投入了开荒造林。在最艰苦的时候,所有人都对她的做法不理解,但是她还是坚持下来。辛喜玉战胜了重重困难,搭进了几百万元,奋战 7 个春秋,终于建成了一个"以核桃为主,常绿、落叶果木并举"的果园场,种有核桃、柑橘、桃 3 大类,15000 多棵果树,并在果园场养起了鸡、牛、羊。今年,她准备再种 5000 棵树,为库区的水土保持作出更大贡献。

李进群:半生守渠独臂英雄

走进渠首,就看到一位独臂老人,正在渠首旁边的小道上,用一只胳膊挥舞着扫帚,在全神贯注地清扫着落叶,他就是被誉为"守护渠首民间第一人"的李进群。老人一身蓝黑装束,右袖空荡荡地垂着,面容清癯,饱含风霜,似乎还隐藏着一种散淡的洒脱。

李进群是渠首工程的建设者之一,他的这只断臂就和渠首闸有着直接的关系。1970 年 5 月 10 日,在修建陶岔首闸的工地上,李进群正在拉车运土,附近一卷扬机突然失控,飞扬的钢丝打断了他的右臂。

1974 年渠首工程竣工后,他心里放不下渠首,每天都要到渠首看一看。30 多年来,他拖着独臂自费修路、补桥,义务看林、护渠。一个编织袋、一把扫帚、一把铁锹、一个粪筐,李进群每天从早到晚穿梭于渠首周边的每一个角落,渴了他就喝上一瓶渠水,他每天用味觉来感受水质的变化。

每逢黄金周,这里总是游人如织。从那时起,李进群专捡丢弃的饮料瓶、塑料袋,清理游人乱扔的垃圾、废品。

李进群平日里说得最多的是,文明游渠首,别把白色垃圾留给丹江清水。他说自己最大的愿望,就是"在这里干到老干到死,把这丹江水纯纯净净地送到北方。"

黄增顺:碧水青山壮士断腕

泰龙纸业曾是淅川的明星企业,从厂子颇有气势的大门就可以看出,当年这家企业有着曾经的辉煌，然而，现在却已经今非昔比了。负责留守的企业副总经理黄增顺说："环保治污对造纸行业来说，目前没有最理想的方式。我们企业早就达到了工业用水排放标准，但南水北调要求达到生活用水标准，这对我们来说，实在是两难。"

黄增顺告诉记者，这家纸业集团也是适应南水北调中线工程建设而兴建的，当时为了防止渠首水源地水土流失，淅川县大力发展种植龙须草，多达50万亩，这是一种比较稀有的植物，而龙须草又是制浆的上等材料，为了实现对龙须草的深加工，泰龙纸业集团应运而生。就是这样一个红红火火的企业，为了南水北调中线工程，为了保护水源地水质，于2004年12月被勒令关闭了。

虽然厂子已经破败了，但这里的绿色植物却生机益然。"保护好水质是淅川县第一要务。"淅川县委书记崔军强调，"如果影响碧水青山，我们甚至宁可不要金山银山。"

郝继锋：穿黄书生守望梦想

待在一个小县城里，每天睁开眼就是工地和办公室之间的两点一线，远离繁华，无法尽到自己为人夫为人父的义务。这种生活，南水北调中线建管局河南直管项目建管部建管处的工程师郝继锋已经过了四五年。原本说话温柔沉静，看起来更像个书生的他，进了工地戴上安全帽之后，立刻变得严肃认真起来。巨大的展示牌前，手里拿着竹竿的郝继锋讲起穿黄来头头是道，熟悉得好像是他生活中的一部分。

规模宏大的穿黄隧洞就建在黄河河底，在他的带领下，沿着幽深的隧洞前行，在黄河河滩下延伸出一环环管片，构成了通达南北的隧洞。在每隔5环的管片上都可以看到用红色标注的数字，这是隧洞工程艰难前进的见证。随着盾构机的前进，郝继锋每天在洞内走的距离也在逐渐延长。他说有一年的除夕，他陪同河南日报社的记者，深入到竖井下40多米的深处去拍片，当时下井还没有电梯，两个人走下走上，就靠着两条腿。回到地面后，开车回办公室的路上，数九天气里，两个人只穿着衬衣把车窗全部打开仍然觉得不够凉快。

从穿黄北岸工地到南岸的工地，只有三四千米的距离，但是因为黄河的阻隔，却要绕行将近60千米，郝继锋早就记不清这是第几百次往返在路上。在南岸连接明渠，他边讲解边仔细地查看着正在进行护砌的边坡。路过每一个生产桥，他也要过去看一看。每一个细节，他都关心。"工程修好后，将采取封闭式管理的方式。为保证水质，渠道两侧还将各栽植几十米宽的防护林带，将来的雨水、地表水也都将被截流于渠道之外。"望着已经挖出基本形态的明渠，他笑得特别满足。

孟秀英：两次移民五次搬家

为了南水北调工程建设，数十万丹江口人民和淅川人民含泪告别了世世代代居住的家园，甚至，有的丹江口第一代移民，这次又面临着再一次搬迁。当我们畅想着未来共饮一江水的甘甜时，也应该记住这里每一个为南水北调作出贡献的普通百姓。

在丹江口市羊坊码头附近的三间平房里，有一位 79 岁的老人叫孟秀英。她只是南水北调中线几十万移民中的普通一员，却两次移民五次搬家，在国家、集体和个人利益面前，彰显出"为国家，舍小家"的情怀。

这是她第五次搬进新房。为了丹江口水库建设，她搬离了世代居住的家园；建设丹江口大坝，她驾船一船一船地运送建设材料；40 年后，为了南水北调，让北方人民喝上洁净的清水，丹江口大坝要加高，她再次搬离家园。而现在她每天都喜欢到水库边上遥望被淹没的故土。

孟秀英从 17 岁开始，便和丈夫驾船在汉江上风里来雨里去。1958 年修建丹江口水利枢纽，孟秀英家的三间房子被水淹没了，他们一家搬到了大坝右岸的朱坡山，搭了一间草棚住了半年后，后来又搬到了黄土岭。1966 年，为了生活，又把家搬到了左岸，这是她第三次搬家。

1967 年，水涨到了门口，孟秀英全家又搬到了丹江口大坝坝窝子里面的一个半岛上，盖了两间房子居住，这是孟秀英第四次搬家，在这里一家人守着水库，吃水却相当困难，因为他们离水库实在是太远了。一提起搬家过的苦日子，老人顿时就泪水涟涟。

1981 年，孟秀英一家利用坝区依山环水的环境优势，全家人开始了艰苦创业。在房前屋后栽种了柑橘，还兴办了一个盆景园。正当孟秀英带领全家满怀信心地奔小康的时候，2005 年 5 月 26 日，丹江口大坝要加高，她居住的地方要变成混凝土拌和场，她义无反顾地搬到了羊坊码头的平房里，这是她第二次移民第五次搬家，家里的 200 多棵柑橘树也被铲掉了。这次搬家她自己出钱，含泪把老伴的坟墓也迁了出来。

孟秀英老人生活在拮据之中，但她没有任何怨言。因为她心中只有一个念想，要亲眼看到丹江口水库的水送到北方。

孟秀英仅仅是甘于奉献的库区人的缩影。南水北调是一项举世瞩目的大型水利工程，它所涉及的面很广，首当其冲的应当是调水源头的十堰市市民、河南淅川人民再度面临的严峻的生存挑战，他们将再度失去最后的一点土地，近 30 万人民将再度背井离乡。坝区移民只是拉开了南水北调中线工程移民的帷幕，将来的移民之路将更长。历史会记住这段难忘的岁月，历史会记住这些为南水北调中线工程做出奉献和牺牲的移民。

大江歌罢向北流*

——南水北调一期工程通水纪事

赵学儒

大江歌罢向北流，
泽润冬夏和春秋。
水登高处行千里，
美丽中国更锦绣。

第一章　长江水从此去北方

这是中国的奇迹，也是世界的奇迹！

这是人类共同拥有的文明！

公元2013年末，朔冬悄然来到南方。站在长江岸边眺望，浩渺无垠的江面，江水波涛汹涌，江涛拍岸高歌，波光潋滟，浪花飞扬。长江如万马奔腾，在此骤然停步，分成两支队伍，或依旧东去，或掉头向北。

端坐长江、京杭大运河交汇岸，矗然而立的江都水利枢纽工程，从此担起南水北调东线“源头”的重任。

院内的石碑自豪地述说：

迩岁，南水北调三线筹划就绪，引江济淮之东线先启扩容，江都龙首，再露峥嵘。会期滔滔江水，逾黄淮而穿泰岱，济海河直达京津，泽润齐鲁，碧染幽燕，其膏民济世之功，可与日月同辉也。

万里长江，曾万古风流。她在世界大江大河中排行第三，在中国却独占鳌头。

她从世界屋脊的青藏高原唐古拉山脉姗姗起步，路过青海、西藏、四川、云南、重庆、湖北、湖南、江西、安徽、江苏、上海，归入汪洋大海。她将一条6300余千米的绿丝带，自西向东挂在中华民族的胸前。

---

* 原载于《大江文艺》2014年第1期。

一路高歌，也一路辉煌。

她不愧是中华民族的母亲河，巫山人、元谋猿人、郧县人、长阳人、资阳人……先后在岸边繁衍生息，不仅绘出完整的长江人类进化谱线，也宣告这里是人类的起源地之一。她至今仍然是世界上养育人口最多的大河。

她淤积了众多肥沃的土地，率先发展了稻作农业，丰富了人类的饮食文化。香喷喷的白米饭由这里走向了黄河流域，漂洋过海，传遍全球，成为人们饭桌上的主食之一。

她的音乐、艺术、思想成为中华文明的重要组成部分。她哺育了无数的文学家、科学家、思想家、政治家、军事家、艺术家，成为中华文明乃至世界文明的摇篮。

她的建筑、织绣、瓷器、漆器、茶、水利等成就，作为中华文明对世界文明的贡献，为各民族所景仰和继承。

新中国成立后，长江崛起，风采尽展，她犹如一条彩线穿珍珠，串起一座座宏伟的水利工程。三峡电站世界夺魁，南水北调举世瞩目，中华民族利用长江、开发长江的大潮逐浪高！

南水北调，把长江水送北方。

第二章　水之梦，中国梦

中华民族的历史，就是一部人与水搏斗的历史。

古代大禹为什么治水？

《孟子·滕文公上》记载：当尧之时，天下犹未平，洪水横流，泛滥于天下，草木畅茂，禽兽繁殖，五谷不登，禽兽逼人，兽蹄鸟迹之道交于中国。

禹受命，导洪水，虽暂平天下，但后来洪灾仍不断。

其实，旱灾比洪灾更严重。

《中国近代十大灾荒》实录：从 1876 年到 1878 年，仅山东、山西、直隶、河南、陕西等北方五省遭受旱灾，整个灾区受旱灾及饥荒严重影响的居民人数约占当时全国人口的一半，直接死于饥荒和瘟疫的人数在一千万左右。

历史上因旱灾而人吃人的事绝非骇人听闻。

洪灾和旱灾始终是中华民族的心腹之患！

当抗日战争和解放战争的硝烟刚刚散去后，1949 年新中国成立，大江大河泛滥成灾的阴影又笼罩在党和国家领导人的心头。

1952 年，在一阵阵的秋风中，毛泽东主席来到黄河边，对一位水利负责人说："南方水多，北方水少，如有可能，借一点也是可以的。"从而点燃了共和国跨流域调水、构筑中华水网的梦想。

水之梦，即中国梦、民族梦。

水情就是国情。

"南方水多，北方水少"，把我国水情说得明明白白。

受季风气候影响，我国水资源年际变化大，降雨和径流的年内分配很不均匀。

全国多年平均年降水量为 61775 亿立方米，折合降水为 650 毫米，且主要集中在夏季，北方地区降水更为集中：

全国多年平均年地表水资源量为 27388 亿立方米，其中南方地区占 84%，北方地区占16%。全国多年平均年地下水资源量为 8218 亿立方米，其中南方地区占 70%，北方地区占 30%。南方因水多而受灾，北方因少而遭害。

水者，血也。中华民族是屹立在世界的东方巨人，南方和北方就是巨人的左右两侧，而水正是这位巨人的血液。因为南方水多北方水少，以她左侧盈血，致使左侧的血暴涨；右侧贫血，严重的供血不足。她虽然愈来愈高大，愈来愈魁梧，但是实在难以承受"偏"之痛，走路脚跟不稳，摇摇晃晃，跌跌撞撞……治水即治国。历代治国者，大多先治水：大禹治水的故事家喻户晓；国以水立国，也以水治国；汉武帝信奉治水治国理念，致力水事业；隋炀帝开凿京杭大运河，连通五大水系；李世民、朱元璋、康熙、孙中山对江河治理有设想……新中国一次次发出治水动员令：

"一定要把淮河修好！"

"要把黄河的事情办好！"

"一定要根治海河！"

新中国成立以来，在中国共产党领导下，几代水利工作者与全国人民一道奋力拼搏，一座座"长虹"凌空飞跃，一条条"巨龙"逶迤向前，一片片绿洲奇迹般诞生，一个个民生水利工程润泽山川。2011 年中央水利工作会议，吹响水利改革发展新号角……作为除害兴利的措施之一，南水北调从梦想到圆梦终于实现！2013 年东线率先通水，2014 年南水北调中线通水，在不远的将来西线建成，南水北调工程将长江与黄河、淮河、海河相连，南北调配、东西互济。中华民族向着江河安澜的目标迈进了一大步。一个大国水网不仅润泽中华大地，而且为世界文明输送新鲜血液。

第三章　六十余载马蹄急

2002 年 12 月 27 日，南水北调工程开工典礼在北京人民大会堂和江苏、山东施工现场同时举行。

人民大会堂主会场掌声如雷，经久不息。江苏、山东施工现场擂鼓欢庆、马达齐鸣，彩旗飘扬，乐声响起。

此时此刻，人们怎能忘记南水北调五十年规划历程。

1952年，毛主席提出宏伟设想。

1958年，中共中央明确指出：全国范围较长远的水利规划，首先是以南水北调为主要目的地，即将江、淮、河、汉、海各流域联系为统一的水利系统规划。"南水北调"一词，首见中央正式文献。

进入21世纪，南水北调工程论证、规划的步伐明显加快，实质性成果接踵而来。

2000年9月27日，国务院召开南水北调工程座谈会，要求南水北调工程的规划和实施务必做到"先节水后调水，先治污后通水，先环保后用水"。这成为南水北调工程各项工作一以贯之的重要原则。

2002年8月23日，国务院第137次总理办公会议审议并原则通过《南水北调工程总体规划》。10月，中共中央政治局常委会审议通过《南水北调工程总体规划》，要求抓紧实施。24—25日，全国人大常委会、政协全国委员会分别听取了汇报。12月23日，国务院正式批复同意《南水北调工程总体规划》。

2008年9月28日上午，随着京冀交界处北拒马河暗渠进水闸闸门缓缓提起，从河北调来的汩汩清水沿着主干渠流入北京，南水北调中线京石段应急供水工程正式建成通水。

五十年，国家有关部门、省市和单位做了大量的规划、勘测、设计和论证工作，参与规划与研究的工作人员涉及经济、社会、环境、农业、水利等众多学科。规划编制过程中坚持民主论证、科学比选，召开了近百次专家咨询会、座谈会和审查会，与会专家近6000余人次，其中有中国科学院和中国工程院院士110多人次。

五十年，整整半个世纪。有的人，黑发染上了白霜；有的人，热血变成了冷灰。一位水利工作者，在临终的最后一刻，留下的最后一句话，就是"我没能看到南水北调工程开工"。他孤孤单单地把遗憾带走了，也把遗憾留给了活着的人来弥补。反反复复的论证过程中，出现诸多持不同意见的人，正因为他们的"固执己见"，促使规划方案更科学合理！

最终南水北调工程成为多学科、跨地区、宽领域团结合作的典范！

在南水北调工程十余年建设中，来自全国各地的100多万名建设者齐心合作，日夜征战，成为多行业、多地区人才云集的主战场。水利、公路、铁路、电力、环保等行业的龙头企业直接或间接参加了工程建设。国字号企业成为工程建设的"领头羊"，地方企业成为渠道、管线等工作的主力军。

南水北调工程在建设规模及工程难度方面国内外均无先例，其管理的复杂性、挑战性都是以往工程建设中不曾遇到的。工程建设采取"政府宏观调控，准市场机制运作，现代企业管理，用水户参与"方式运作，不断创新建管体制，注重过程控制等有效措施，不仅如期完成南水北调建设任务，而且在新时期水利建设中大放异彩，为我国经济社会发展锦上添花。

六十余年，我们终于迎来南水北调东线率先通水这激动人心的时刻！

第四章　水往高处流

江都水利枢纽泵站房一楼迎面的墙壁上，挂着一张南水北调东线工程电子版示意图，一条蓝线自下向上代表水流自南向北延伸，通过几大湖泊，穿过黄河，进入北方。记者们到后，一位女工程师声音朗朗，正在介绍整个工程的情况：

"从这里，就是江苏省扬州市，引长江干流的水，利用京杭大运河以及与其平行的河道输水，连通洪泽湖、骆马湖、南四湖、东平湖，这四大湖可以作为调蓄水库，经13个梯级抽水泵站，逐级提水进入东平湖，然后向北方供水。"

"这一路的总扬程是65米，也就是说，长江水要跨上65米的高度，奔走1000余千米，才能到达北方。大家注意，每秒钟，就有150吨水通过泵站……"

南水北调东线的水流，从江苏来到山东，从东平湖分成两路，一路向北穿过黄河下近十米的倒虹吸隧道，自流到天津；另一路向东经新辟的胶东地区输水干线连接引黄济青渠道，向胶东地区供水。

从这里，墨绿的水款款流淌，之后一甩飘然长发，加快了轻盈的脚步。长江水是微笑着踏上北方的土地的，她对北方并不陌生，她并不拘谨，反而显得更为从容。她甚至知道自己带着缓解北方水资源紧缺的神圣使命，将进入千家万户，将滋润万顷良田。

北方，不是江南，能否胜似江南？

回首南水北调东线历程，无论论证、规划，还是施工建设，东线工程都面临污染治理、泵站建设等难题。

几年前，江苏省淮安市的河道像个蓬头垢面的灰姑娘，河面被崎岖不平、杂草丛生的河堤遮掩，水面上漂浮着枯木衰草和白色的食品袋，一条条小河溢出呛鼻的酸臭味。

那时的微山湖是一片片酱油色的，船在湖上游，臭味鼻中留，微山湖一度沦为鱼虾绝迹的"死湖"。

那时的京杭大运河，因为缺乏必要的保护，已经面目全非，像病危中孤独无奈而泪流满面的老人。

南四湖一带曾经流传着这样的歌谣："50年代淘米洗菜，60年代洗衣灌溉，70年代水质变坏，80年代鱼虾绝代，90年代身心受害……"

难怪，有人担心南水北调会不会成"污水北调"；难怪，河北、天津方面曾一度拒绝接收东线南水北调的水；难怪，一些世界专家视流域治污为"世界第一难"；难怪，国内外专家一致认为治污是东线工程成功的关键。

东线工程经过的江苏、山东等地，企业林立、经济发展较快，水污染治理难度极大。

供水、用水牵涉到不同地方的利益主体和水行政管理体制上的诸多难点，带来治污责、权、利如何统一的难题。

面对治污，历次国务院南水北调建委会全体会议都进行研究和部署，江苏、山东两省在治污过程中各出奇招：

江苏省结合淮河流域治污，全面淘汰落后的化学制浆造纸企业和低产能的酒精、淀粉生产线，"十一五"以来累计关停沿线化工企业800多家；山东省以地方流域标准为目标，依靠环保科技改造造纸等重污染行业，严格控制新上造纸、化工、酿造等重污染行业项目。

江苏山东两省不断完善体制机制，创新和深化治污理念，健全政策、法规和标准体系等一系列的措施，使古老的京杭大运河青春焕发，南水北调渠内清水汩汩。现在，淮安河清水畅，花木葱茏；微山湖湖光潋滟，涟漪荡漾；南四湖鱼游绿水，鸟翔蓝天……

治污难，泵站建设也是难上加难！

东线一期工程全线设立13个梯级泵站，规模大、泵型多、扬程低、流量大、年利用小时数高，是亚洲乃至世界大型泵站数量最集中的现代化泵站群。如何使水往高处流，需要用超凡的智慧破解世界性技术难题……

东线千余千米的路程穿越扬州、淮安、宿迁、徐州、枣庄、台儿庄、滕州、济宁等地，沿台阶拾级而上，到达第十三级台阶，即山东八里湾泵站。每个泵站里都有许多攻坚破难、科学创新、团结奉献而令人难忘的故事。

如今，南水北调东线一期工程终于通水了！

2013年12月9日，《人民日报》头版头条刊发重要新闻：习近平就南水北调东线一期工程正式通水作出重要指示，要求：总结经验，加强管理，再接再厉，确保工程运行平稳、造福人民；李克强作出批示；张高丽作出部署。

自古狂傲不羁的长江水，跨越自西向东的时间隧道，华丽转身造福北方：从来都是由高处往低处流，甚至"疑是银河落九天"的大自然之水，决然昂首阔步完成十三级台阶的连续攀登，创造了水往高处流的奇迹：古老而沧桑的京杭大运河，历经十余年的修复和延伸，如今青春焕发，清水畅流……

纵观历史，横看全球，曾经的四大古文明，大多悄然逝去，或改头换面；而中华文明却生命续新，活力再现，高歌猛进。人与自然和谐相处的另一种释义是：大自然如果失去为人类服务的能力，也终将被人类所抛弃：人类也只有科学、合理、有序开发利用大自然，大自然才能更好地为人类服务。

滚滚长江东逝水，惠泽南国及北方。这不正是人与自然和谐相处的范例吗！

凌志篇

历史性的穿越

——南水北调中线穿黄工程纪实

李卫星

在中国的版图上，盘踞着两条巨龙——长江与黄河。它们是中华民族的母亲河，神州大地生生不息的命脉。在黄河南岸的中州平原上，耸立着一座虽不高大却十分著名的山丘——邙山，这里演绎过大禹治水的故事，浓缩着中华五千年的文明。

当历史进入 21 世纪，随着南水北调中线工程的进展，长江与黄河两条平行的大河按照人类的意志在中原大地交汇，"南水北调穿黄工程"成为这项工程的关键词。

南水北调中线工程的最初决策，是开国领袖毛泽东，而它在最初的主要执行者，是长江水利委员会第一任主任——人称"长江王"的林一山，自从 20 世纪 50 年代初，百废待兴的新中国立下这个历史宏愿开始，一代又一代的中国水利人披荆斩棘，筚路蓝缕，默默奉献了半个多世纪。

2005 年 9 月，南水北调穿黄工程正式开工，2007 年 7 月，随着盾构机缓缓地向隧洞内推进，全长 4.25 千米的穿黄隧洞正式进钻，曾经演绎过大禹治水传说的邙山又一次见证了中国水利人改造山河的壮举。

早期规划

南水北调的设想，来源于中国水资源时空分配不均匀的现实，产生于毛主席的宏伟决策。

中国是农业大国、水利大国，以不到世界 7% 的土地养活了世界 22% 的人口，除了相对优越的自然条件外，还与广大人民的勤劳智慧有关，其中，中国的水利建设功不可没。

中国的水资源总量居世界第六位，并不算少，然而人均占有量低，而且受海陆位置、气候条件和地形的影响，总的趋势是从东南向西北递减，呈现出南方水多，北方水少的特点，北方，尤其是华北平原缺水情况已严重影响到当地的工农业生产和人民的生活。

为此，党和国家领导人在新中国成立初期便对此给予了足够关注，1952 年 10 月，毛主席第一次离京外出巡视，首先选择的就是视察黄河，在听取黄河水利委员会主任王化云的汇报后，作出了"南方水多，北方水少，如有可能，借点水来也是可以的"提议，这是中国领导人第一次提出南水北调的设想，直接开启了黄委对南水北调西线研究的历程。

1953年2月19日，在"长江舰"上，毛主席召见了长江委第一任主任林一山，再次提出"南水北多，北方水少，能不能借点水给北方？"并在林一山提供的地图上自上而下地指点了腊子口、白龙江、西汉水等处，最后落脚于丹江口。2月22日两人分手时，他再次慎重指示"南水北调工作要抓紧"。由此开启了长江委对南水北调中线工程的研究。

1953年，林一山领导长江委仔细研究了中国地理地貌特征，最先选取从汉江穿越秦岭经渭河入黄河的方案，这基本接近古代的褒斜道。其后，由于方城缺口的发现，南水北调中线的走向基本确定为沿京广线西侧至郑州附近入黄河。1956年，长江委在南阳设立了长江委第七勘测队（简称"七勘队"，后更名为长江委第七勘测院，简称"七勘院"），成为负责中线工程的地质勘测的专门机构。

1958年8月，中共中央政治局扩大会议首次以中央正式文献的形式提出了"南水北调"的理念，水利部明确指示由长江委负责中线工程的规划设计。1959年长江委编制了《长江流域综合利用规划要点报告》，明确将南水北调列入长江治理开发的重要任务之一。

应该指出的是，早期南水北调工程主要研究的是从长江（尤其是汉江）向黄河补水，没有引水过黄河的规划，因此尚不存在穿黄工程的概念，此后，林一山提出了著名的"南北大运河计划"，输水总干渠穿越黄河，直通北京，不过，因为渠道有通航的任务，运行方式与今天的总干渠与穿越黄河的方式，同时也与当今的实际有很大不同。

1987年，长江委提出规划报告，建议在黄河以北不必通航，1991年，长江委再次提出，由于总干渠附近的铁路和公路运输发展较快，而中线调水的紧迫性日益增加，为减少工程建设难度与投资，并有利于工程管理和保护水质，建议总干渠为单一输水工程，不再考虑航运，这一点获得各方共识，总干渠成为单一输水通道，穿黄工程才进入到研究的快车道。

聚焦邙山

南水北调中线总干渠，南起丹江口水库，北抵北京市玉渊潭，全线沿京广线西侧蔓延1245千米，沿途要与600多条河流（渠）发生交叉，为避免与当地防洪、除涝发生影响，又便于保护水质，总干渠均与之立体交叉。在穿越低洼地形或通过地面建筑物密集地带时，均布置隧洞、渡槽、暗渠或倒虹吸。穿越公路、铁路时，还布置公路桥、铁路桥。在这些建筑物中，穿黄工程规模最大、地位最重、单项投资最多，也是全国人民最为关注的工程。

由于总干渠采用自流引水，受高程限制，只能在京广线与豫西山地和太行山之间穿行，这就决定了穿黄河段最东不能跨过郑州铁路桥，最西不能过小浪底，在这短短几十千米黄河南岸，是中国历史上著名的邙山。

邙山在黄河中游南岸，绵延数百千米，但高度不过百余米，外形上毫不起眼，但却因位居古都洛阳和历史名城郑州北面，亲历了中国历史的一系列重大事件，成为历史名山、文化名山，也是旅游名山。

邙山在新石器时代便是著名的仰韶文明发祥地，中国的奴隶制社会便由其直接发端，夏代的都城便距此不远。商代最早的两座古城——偃师和郑州，西周时陪都、东周国首都的洛阳均在其脚下，自秦以后，楚河汉界的鸿沟，北齐与北周展开的邙山大战等与洛阳和郑州命运攸关的重大战役均在此展开。由于风水极好，包括汉光武帝刘秀在内的众多帝王将相，包括苏秦、张仪在内的达官显贵和诸多文人名士不约而同地将陵墓选在这里，使这里成为我国最大的古墓建筑群和著名的碑林，也算得上最大的国家重点保护文物。同时，这里也是传说中大禹治水，凿开黄河出海口的地方，先秦时期的黄河河道至今仍被定名为禹王故道，可以说，小小的邙山浓缩了中华的文明史，也开启了中国的治水史。

20世纪末21世纪初，南水北调中线工程的建设，让邙山再次令人关注。

小小的邙山再次凝聚了中国治水人关注的目光，大禹岭上那手持长柄钎的大禹塑像将目睹着他的传人续写中国治水史的辉煌。

至于穿黄的具体河段，长江委先后考虑了京广铁路桥附近、桃花峪、牛口峪、孤柏嘴、李村等线路，其中，考虑最多的是孤柏嘴。

初识黄河

要搞好穿黄设计，首先要了解黄河。

长江与黄河虽并称中华民族的两大母亲河，但在地质、气候、水文等方面却有着天壤之别，长江水多沙少，径流稳定而丰沛，河床比较稳定，是天然的黄金水道。而黄河则与之相反，水少沙多，极不稳定，这对长期在长江流域工作的长江委人是一大挑战

1990年11月初，长江委第七勘测院100多勘察人员奉综合勘测局的命令，正式开赴孤柏嘴一带的黄河岸边，揭开了长江人进行穿黄工程实地查勘的第一幕。

长江委七勘院成立于1956年，是长江委为加强南水北调中线工程地质工作设置的专业勘测机构，其驻地在河南省南阳市，在长江委分支机构中最靠北边，自成立之初，这支最初由大学生和复员转业军人构成的队伍见证了南水北调中线工程在各个历史时期的风雨路程，踏遍了湖北、河南、河北三省的山山水水，走过了华北大地的城市、乡村。

由于南水北调中线工程历史坎坷，长江委七勘院的发展也时有起伏，最开始的时候既无基地，又无固定住所，只能骑着马、驾着牛车开进盘亘在鄂豫山区、岗地、平原，过着时常两三天就要搬一次家的动荡生活。清晨带上干粮、水壶出去，深夜还要摸黑回来，实在赶不回就在老乡家里睡牛棚羊栏。后来，他们自己动手，在南阳郊区开垦农场，种粮养羊，搭建简易平房，到20世纪60年代终于有了自己的三层办公楼及职工宿舍。他们在"文化大革命"期间也没有中断正常工作，并在1981年用自己的两条腿跋山涉水踩出了一条

比较理想的调水路线。当退居二线的林一山主任读到七勘院的这段历史时，深有感慨地说："他们是共和国水利战线的脊梁。"

20世纪80年代，与全国的地质勘测队伍一样，七勘院面临着重大的经济挑战，职工生活、工作十分困难，为了生存与发展，他们在长江委勘测系统中最早引进了市场化管理，通过大量引进专业对口的大学生和技术骨干，以及为创造好的学习条件，七勘院的技术实力大大加强。闯出市场后，又加快更新设备、引进技术的步伐，原七勘队（七勘院前身）队长王兰生在回忆这段历史时，深有感触地说："因为有了好的主心骨，在南水北调中线任务不明确的条件下，七勘院不仅业务没有荒废，而且储备了人才，汇集了资料，保存了队伍，积累了很强的技术实力，他们能在90年代初很快投入到中线工程勘测，并拿出成果，不是偶然的。"

在历年的技术积累中，七勘院逐步形成自己的主打品牌——第四纪松散层地质研究，尤其是在总干渠1200多千米的大舞台上，他们对松散砂层的分层、参数和数据的研究成果在国内居于领先地位。通过自配的泥浆技术和引进了聚能爆破、冷冻及阻探技术，他们在松散砂层的取土率可达85%，在淤泥中的取土率可达40%～50%，均高出于了国内水平，他们研制的原样取砂器等正在申请国家专利。

1990年，南水北调进入到可行性研究阶段，1991年穿黄工程正式进行实地查勘，七勘院大展身手的机会终于来了。他们适时作了一次全体动员，喊出了"不到长城非好汉，不穿黄河心不甘"的雄壮口号，100多人带着大大小小的各种仪器开赴到了黄河岸边。

长江委深知此次查勘的重要性，也对七勘院的技术力量充分认可，长江委综勘局专门给他们授予了两把"尚方宝剑"：第一，穿黄河段的勘探工作，"主意由七院拿"；第二，"经费不成问题，有保证"。

带着这两把"尚方宝剑"，七勘院在1991—1997年先后三次到过黄河滩，充当了长江委人查勘黄河的开路先锋。

万事开头难，长期在长江流域工作的长江委人初到黄河，难度更是难以想象。时任七勘院院长的王兰生在接受采访时，对工作条件一连说出了十多个苦字。

首先给人下马威的是天气，七勘院三进黄河滩，既有寒冬，又有盛夏。三九寒冬，狂风怒号，气温骤降至零下十多摄氏度，住在四面透风小草棚里的队员们瑟瑟发抖；炎炎盛夏，空旷的黄河滩上有骄阳，下有晒得滚烫的漫漫黄沙，人处在其中简直就像进入了热带沙漠，如果遇上大风漫卷黄沙，队员们无处藏身，加上蚊蝇叮咬，那种滋味比冬天还要难受。

此外，黄河的泥沙也给队员造成了极大困难。黄河漫滩被当地百姓称为"豆腐滩"。在平时看似宽广平坦，但人一走上去，便直往下陷。此段黄河还是典型的游荡性河道，一场洪水下来，常常使原先没有水的地方积满河水，原本平坦的地方堆成沙垄，走起路来就要"翻山越岭"，如果遇上浮沙，那么就成为陷人的沼泽，不知不觉便险象环生。

为了在人都难以下脚的地方安置笨重的钻机，七勘院想了不少方法，最后找到了位于焦作的解放军舟桥部队，先在岸边拼装好钻机的大件，然后由舟桥部队用平底船拖到指定位置，通过自制的钢丝石笼固定船台后，再利用小冲锋舟作为钻机对外联络的交通工具，经过多次失败，终于达到了预期的效果，不几天，漫无边际、流沙涌动、到处充满陷阱的黄河河床上出现了一个个钻探平台。

钻台的安装大大减轻了勘测工作的难度，但此时还不能松劲，黄河多变的水性还是让他们吃了大亏。比如说洪水威胁，由于三门峡水库调蓄随时可能放水，加上不远处有伊洛河等大支流汇入，穿黄河段的水情经常是骤涨骤落，勘测队员不仅要时刻关注从邮局发来的水库放水量的确切信息，还"被迫"学会了预测洪水的办法，一旦发现洪水可能来袭便迅速离开钻机，这样，虽然钻机在洪水中会被冲刷得满是泥沙，但冲不走，擦拭一下也不妨事。不过，有一天的险情却让人记忆犹新。

据多次参加穿黄勘测的长江委岩土公司副总经理马贵生介绍，那天晚上三门峡水库临时下泄洪水，大多人员在得到消息后立即撤离，可有一个钻机的步话机出现故障，任凭岸上的人喊破嗓门也听不清楚，在灾难即将来临时，舟桥部队派冲锋舟开到距他们最近的地方，利用轰鸣的马达声吸引钻机上的人注意后，通过电筒发出紧急撤离的信号，这些人刚刚撤走洪水便冲了下来，一场劫难才得以避免。还有一次，也是天降大雨，也是步话机失灵，猛涨的河水将一位原本在岸边工作的同志归路淹没，他不得不在河中孤岛上困守了一天一夜，直到第二天舟桥部队将他救出。

不过，危险归危险，身经百战的勘测队员们却没有丝毫畏惧。七院领导全部赶赴前线，与普通职工同吃同住同劳动，连医生也来到一线送医送药，综勘局在经费极为紧张的条件下投资 5 万元在河滩上架设了一个小电台，解决了通信困难的问题。还破天荒地给每一个职工奖励了一身鸭绒袄以抵御寒冷，这在当时可是稀罕物，这些体现领导关怀的鸭绒袄，许多职工至今仍在珍藏。

因此，即使条件艰苦，困难重重，勘探整个过程相当顺利，领导与职工同舟共济，职工们与舟桥部队和民工们也是关系融洽，人员全部安全撤离，没有出现大的伤病，没有出现大的质量和安全问题。

首次勘探结束后，七勘院回到南阳马不停蹄着手繁忙的内业工作，在不到一年的时间里，便提交达到设计要求的诸多工程报告，创造了一个小小的奇迹。勘测队员出身的长江委原副主任张修真对此给予了高度评价，称赞道："你们做的穿黄工作不错，把南水北调中线工程设计的进程大大向前推进了一步。"

与地质勘测工作同时，水文调查与试验工作也逐步展开，1991 年 4 月，长江水文局派员进行了牛口峪和孤柏嘴的水文断面测量和历史洪水调查。1992 年夏，黄河发生洪水，对穿黄河段形成的淤积，他们又与黄委水文局合作，共同施测了最高洪水位的水面线，

1993 年，又进行了流速和流量的测量。

　　地质和水文是水利工程最重要的基本资料，有了这两方面的第一手材料，长江委对穿黄工程的设计便脚踏实地地展开了。

渡槽？隧洞？

　　南水北调中线总干渠是我国最长的输水渠道，黄河是祖国的第二大河，也是世界含沙量最大的河流，总干渠要穿越黄河，难度极大。

　　穿黄工程的难度，首先在于地质条件，这里的河滩与河床经过黄河多种的流程与冲刷，存在着单一砂土、半砂半土、单一黏土三种不同的地层结构，其性状有很大的不同，无论采取何种方式兴建穿黄建筑物，都必须同时面临这三种结构。而且这里存在较多、较高的黄土高边坡，晴天时坚硬如铁，但一遇到下雨被冲刷得沟壑纵横，从而容易导致地层失稳，影响工程安全。

　　其次，穿黄工程的水文条件也非常复杂，这里地处黄河由峡谷向平原的过渡带，黄河由孟津冲出峡谷后，河道骤然展宽，流势趋于平缓，大量泥沙沿程堆积，使这里成为典型的游荡型河段，河道宽浅，水流紊乱，主流摆动十分明显，有"三十年河东，三十年河西"之称，据说曾经有牧羊人从北岸赶着羊群到河滩吃草，等到傍晚赶着羊群回家时骤，突然发现一条大河横在眼前，原来白天在他放羊时，黄河的上游已从南岸移到了北岸。这对穿黄建筑物自然是严峻的挑战。

　　此外，无论是兴建渡槽还是隧洞，其规模均远远超出了国内的现有水平。

　　黄河的洪水是中华民族的心腹之患，总干渠在跨越黄河时，必须保证对黄河的河势以及防洪形势不造成大的影响；穿黄工程是 1000 多千米总干渠的"咽喉"，一旦运行不畅，整条总干渠的效益将大打折扣，必须做到万无一失，成天与岩石打交道的长江委人在面对黄河的淤泥和粉细沙能否同样出色地完成任务，许多人心里都没有底。

　　为此，在最初阶段，长江委提出了一个相当保守的大渡槽方案。该方案设计的渡槽长度超过 10 千米，入口与出口均位于黄河大堤之外，不仅穿过了大约 3 千米的河床断面，而且还完全横跨整个河滩和大堤，这一方案的投资很大，但因为渡槽输水技术在国内已经相当普遍，穿黄渡槽难度虽大，但没有大到不可克服的地步，它至少有力地说服依靠中国人的力量，穿黄工程是可以完成的，这一方案基本打消了国内部分人对工程能否建成的疑虑。在 1991 年长江委编制的可行性报告中被列为推荐方案。隧洞方案因为没有十足的把握，长江委只是将其作为备选方案列入 1991 年的可行性报告

　　随着研究的深入，大渡槽方案由于在经济上不合理，很快就被放弃，研究的重点开始转到更为精细的缩窄河床与减小规模方面上来。也正是此时，时任长江委副总工邵长城和长江科学院院长、土工专家包承钢建议加强隧洞方案的研究，长江委通过大胆假设，小心

求证，发现隧洞方案居然比推荐的渡槽方案更具有优越性，它不仅技术先进，而且投资还要节省，这出乎许多人的经验之外。

一般认为，渡槽方案如同电线走明线，过河建大桥，而隧洞方案如同电线走暗线，过河建隧道。谁都知道，走明线比暗线、大桥比隧道价格便宜、技术简单。但穿黄工程由于有了自身输水的重量，情况就完全不同。

据长期从事穿黄工程技术研究的枢纽处原总工过迟介绍，1991年实地查勘后，渡槽方案开始暴露出越来越多的不利因素。如按当时规划的引水流量500立方米每秒计算，渡槽内充水后将变得非常沉重，因此必须在其下面修建密集而粗大的槽墩，而黄河河滩是深厚粉细沙，这些槽墩必须挖到很深的基岩才能安全，这样大大加重了施工的难度，且成本将非常大。此外，渡槽暴露在空气之下，风吹日晒雨淋，日常养护的成本也比较高。相比之下，盾构隧洞因为穿于地下，省去了桥墩，造价比渡槽明显偏低，而且它埋于地下，不易受损，维护费用也低。

隧洞除了造价低的优势外，更重要的是，它不与河面接触，不会对黄河的河势产生大的影响，而渡槽密密麻麻的桥墩势必影响黄河的河势与防洪，这可是天大的事，也是隧洞方案最主要的优势。

当然，隧洞也有缺点，一是难以发现隐患，难以检修，这可以通过日常检修和铺设监测仪器的手段解决。二是它必须人为地使原本平顺的渠水下降数十米，经过一段水平流后再次上升数十米，加大了水流的摩擦系数，将损失宝贵的自流引水的水头，不过，穿黄河段的地势恰好是南高北低，在一定程度上弥补了这一缺陷，可以说地势对盾构投了一张重要的赞成票。

经过综合比较，隧洞方案优于渡槽开始渐渐成为部分人的共识。

求学若渴

隧洞方案，主要有深埋于基岩的常规隧洞和埋深较浅的盾构隧洞方案，由于前者工程量太大、技术要求太高，穿黄工程选择的是盾构隧洞方法，这在当时的国内还十分少见，长江委此前从未接触，为弄清盾构隧洞这门新颖的技术，专业设置齐全、技术实力雄厚，在全国水利界常常走在前头的长江设计院这次虚心地当起了小学生，拿起了陌生的书本，到处拜师学艺。

盾构法是地表以下采用专用的盾构机暗挖隧道的一种施工方法，迄今已有180余年的历史。最早发明者的思路是来自一个有趣的发现，船的木板中有一种蛀虫，它能在木板上钻出孔道，并用自身分泌的液体覆涂在孔壁上。1818年英国的布鲁诺在"蛀虫钻孔"的启示下，最早提出了用盾构法建设隧道的方法。1825年，他第一次在英国泰晤士河下用一个断面高6.8米、宽11.4米的矩形盾构修建了一条隧道。在以后近半个世纪，英国的设计者们前赴后继不断完善施工方法，终于成功地修建了著名的伦敦地下铁道。20世纪初，盾构法已在美、德、苏、法等国开始推广，30—40年代已建成内径3.0～9.5米的多条地下铁道及过河公路隧道。仅在美国纽约就建成了19条重要的水底隧道。自问世以来，特别是二十世纪五六十年代以来，这项成熟的施工技术在全世界特别是日本城市地下铁道建设得到迅速发展。

但在当时的国内还是一个新事物，缺乏现成经验，他们开门求学，在1992年得知上海黄浦江过江隧道采用盾构法施工时，立即邀请上海隧道设计院为穿黄隧洞作隧道技术可行性专题报告和工程概算，同时派出10多名技术人员到上海辅助设计，在工作中学习对方，发现差距。他们还聘请知名专家为顾问，虚心向他求教。这十多人后来成为长江委盾构设计的第一批人才。

设计院副总工程师吴德绪参加了辅助设计，由于盾构施工是新鲜知识，而且在未来大有作用，因此这十多人虽然工作和生活条件都相当艰苦，但心情却很激动，去上海之前就做了充分的准备，收集了大量的资料，学习过程中特别注意到施工现场实地考察，同时参与技术设计讨论。并抓住一切可能的机会学习、钻研。记得有一次，他们邀请国内隧道权威、中国工程院院士刘建航到住地讲课（为了不影响刘院士白天的工作，长江设计院领导专门选择离刘建航家较近的一个小招待所住，夜晚图纸铺在地板上，席地"上课"），气氛非常融洽，刘院士一口气讲到深夜1时多，当他们把刘院士送回家之后，竟兴奋得在上海的小胡同里迷失了方向。直到凌晨3时多才找到住处。

过迟虽然没有参加此次学习，但对此也十分关心，他感慨道，这些同志真是体现了长江委人的求知欲，也体现了他们领悟水平的提高，因为如果完全没有入门，讲的都是外行话，资深院士是不会有兴趣陪你谈那么久的。

施工处总工程师傀锦初和枢纽处三室主任吕国梁也参加了此次学习。他们清晰地记得，住在上海隧道设计院顶楼简易屋埋头苦干了36天，白天经常到施工现场，晚上学习讨论，还订阅了该院的杂志学习研究。只要听说哪里有过江隧道工程，比如广州、南京、宁波的隧道工程，他们就会立即赶去参观学习。

与此同时，长江设计院还在1992年与长江委信息中心签订协议，利用该中心馆藏丰富、编译力量强的优势，请他们开展针对盾构为主的科技情报收集工作。长江委信息中心迅速组织精兵强将，深入到国家情报中心、各大图书馆，广泛查阅国内外期刊、书籍，将他们能够找到的有关盾构施工资料（包括施工技术、典型工程）全部查阅了一遍，并以最快的速度翻译出来，提供到技术人员手中。此项工作持续了近7年，信息中心共查阅各类资料超过2000万字，最后形成15本共320万字的内部出版专集。1996年，这个名叫"南水北调中线可行性研究与论证信息分析研究项目"的课题获得了包括国家科委、中科院等五部委联合授予的"全国科技信息成果二等奖"。

从 1994 年开始,设计人员先后赴德国、日本、英国、法国、美国、埃及和国内的盾构隧道、大型桥梁、大型渡槽等工程现场考察,完成了 5 本考察报告,包括德国和法国提供的隧洞施工方案,日本提供的盾构机设计方案。

那段时期,长江设计院有关人员全部成了准备高考的学生,牺牲了所有的休息日,翻遍了可以查到的隧洞资料,汇编整理了 100 多本可供参考的技术专集,许多盾构法的专著经过多人翻阅之后都已经发黄、发黑,甚至卷了边,破了角,真应了古人所说的"读书破万卷"。

理论与实践的相互结合,加强了长江设计院对盾构隧洞施工技术的认识,也使他们的设计能力大为提高。通过一段时间的比较,他们有足够理由确信,在穿黄工程上,使用盾构隧洞方案比渡槽方案有着不可动摇的优越性。

技术攻关

为使盾构隧洞方案更加具有说服力,推动穿黄工程的技术研究,长江设计院委托长江科学院和黄委科学院等多家部门针对穿黄工程采取隧道或渡槽方案时面临的若干重大问题进行集中的科技攻关,在诸多领域也取得了突破性的进展,主要有:

黄河的河势与缩窄问题——

黄河是典型的多沙游荡性河流。穿黄工程修建后,将不可避免地影响天然河势,为此,针对隧洞和渡槽两个不同的设计方案,长科院和黄科院共建立了四个不同比尺的模型,进行了多方面的试验研究。结果表明,孤柏嘴线天然河道窄,河道稳定,水流归槽情况好,对于隧洞方案,可以缩窄到 3 千米,而渡槽方案则由于增加了槽墩与槽台对水流的阻碍和梳理作用,缩窄到 3.3 千米后才能取得隧洞 3 千米的结果。

砂土液化和冲刷问题——

黄河河床与漫滩分布着厚厚的第四纪砂层,地下水埋藏浅,根据国家地震区划,其基本烈度为七度,基本地震加速度为 0.1g,存在液化的可能性。可以影响将来隧道的安全。为此,长江委地质、科研、设计人员分别从不同的角度对沙土液化问题进行了专门研究,推算出砂土液化层最大深度不超过 16 米,渡槽方案的沙土液化深度还要大一些,对于黄河的冲刷深度,通过河工模型确定 300 年一遇洪水的最大冲刷深度为 20 米,综合考虑这两种因素,长江设计院将盾构隧洞的埋深确定为 23~31 米,有效地避开了砂土液化和防震问题。另外,针对隧洞中抗震的薄弱环节——竖井与隧洞的接缝处,设置了一条大的伸缩缝,以解决沉降不均位移问题。

蠕动沙层问题——

穿黄工程所在黄河河段有大量的粉细沙层,在大洪水时表层粉细沙土有可能发生蠕动变形,导致土层对隧洞压力发生变化,也影响隧洞的安全使用。对此,长江委组织相关力量进行了专门研究，确定隧洞在主河床穿越地层主要为黏土和密实的中砂层，不可能发生蠕动现象。

主要建筑物施工及机械设备——

盾构机为盾构隧洞的主要施工机械，生产能力主要集中于少数发达国家。由于施工环境的不同，不能批量生产，只能依据不同情况"度身定做"，长江委组织相关专家进行了调研和实地考察，收集了大量有关技术资料，汇编出 15 本技术文献。在机器选型上，综合比较了土压平衡式、泥式平衡式、泥水加压式等盾构机设备，最后选定了泥水加压式。而针对渡槽方案，则比较了顶推法、悬拼法、预制组装、现浇等施工方法，最终推荐选用现浇法。

线路比较——

先后研究了桃花峪、孤柏嘴和牛口峪各条线路，又比较了李寨线、孤柏嘴线、牛口峪1 线、2 线等多条线路，推荐孤柏嘴线为推荐方案。

工程布置——

在隧洞方案中，主要比较了双洞方案和单洞方案，长江委最初的结论是单洞方案，因为它的投资和工作量较小，技术上也没有克服不了的困难。此外在进出口位置上比较了两个河滩方案和河岸浅进口方案；在长度上比较了 3 千米、3.5 千米和 5 千米方案，就出口水流衔接方面比较了深式进水口、前进水口方案，就其水流量消能问题比较了进口消能和出口消能方案。针对渡槽选取了简支渡槽方案。

输水建筑物结构型式——

由于穿黄隧洞是输水隧洞，既需承载周围泥土的压力（外压），又要承载洞内水的压力（内压），因此必须同时面临内压与外压，且内压远大于外压的情况，这与一般的交通隧洞完全不同，在国外也没有先例，可以说是整修穿黄工程施工技术的最大难点。为此，长江委比较了单层衬砌拼装、单层衬砌预应力拼装、双层衬砌分别受力和双层衬砌协同受力多种型式，尤其深入研究了双层衬砌联合受力和分别受力两个大的方案。鉴于衬砌问题极其重要，而且一旦失败就难以修复，它已被列为国家重大科研项目。

在渡槽方案，比较了箱型、U 型、整体槽型、拼装槽型、上承式工字梁等多种型式，最终选取双室箱型结构。

沉降变形问题——

针对黄河河床游荡造成河床地表荷载变化，使建筑物地基回弹或压缩变形，从而牵连建筑物安全，设计中对此进行专门研究，除对建筑物自身变形、自重引起地基沉降变形进行研究外，还对由于河床变迁引起的建筑物地基沉降变形进行最危险搜索分析，结论为隧洞方案内衬分段长度为 9.6 米时可保安全，渡槽进行特殊处理后也可满足设计要求。

凌志篇

输水建筑物的抗震研究——

初步设计中进行了专门研究,国家地震局分析预报中心作了大量的科研试验工作,长江委根据穿黄工程按 50 年超越概率为 10% 的条件对隧洞和渡槽进行了动力分析研究工作,表明隧洞优于渡槽。

经过多年的技术攻关,各项初步成果均已证实了长江委的基本判断,即无论是隧洞还是渡槽,安全穿过黄河都是可行的,但盾构隧洞对于渡槽有难以比拟的优越性。

1992 年,长江设计院提出了可行性研究报告,同时推荐隧洞和渡槽两个方案,1993 年再次推出补充报告,明确将隧洞方案列为推荐,而原先居于主角的渡槽方案则被放在了备选的位置上。

在 1993 年 6 月和 9 月,盾构隧洞先后通过水利部专家组的预审和国家计委委托各方专家的评估,一些原本对盾构隧洞持怀疑态度的专家改变了看法,评估的总结论:"一致同意在目前条件下优先考虑采用孤柏嘴输水隧洞方案,建议以牛口峪渡槽为备用方案。"1994 年 1 月,水利部在北京召开评审会,穿黄工程的可行性研究报告通过专家评审,再次确认了隧道为主、渡槽为辅的方案。

平行设计

长江委于 1993 年完成的可行性研究报告,尽管得到了高度认同,但鉴于穿黄工程在南水北调中线的重要作用,国家还是采取了积极而又慎重的态度,决定加强对这一问题的研究,以期拿出一个好处最大、坏处最小的方案。

1994 年 4 月,国家计委、水利部在石家庄召开南水北调中线工程前期工作会上作出重大决定,中线工程由可行性研究阶段转入初步设计阶段,在确定由长江设计院继续重点从事盾构隧洞研究的同时,决定由黄委安排黄委设计院开展穿黄渡槽的初步设计工作。

自此,长江委与黄委这两家全国最大的水利机构,在穿黄工程设计方面,分别就隧洞和渡槽两大方案进行平行设计,深入研究,双方形成了既合作又竞争的局面,穿黄工程的科研与设计在双方的合力下大大深入。

长科院是进行穿黄工程隧洞科研的主体,时任长江科学院院长的杨淳、副院长郭熙灵、副总工殷瑞兰对此极为重视,河流所所长卢金都、副所长范北林组织全所力量参与,他们为此投入了大量精力,进行了长期的科研。

据长科院河流所副所长范北林介绍,在最初阶段,穿黄工程的科研一般以黄委为主,他们只是参与,平行设计后,明显感受到压力很大,最直接的感受就是不了解黄河,从未制作类似游荡型河道(全动床)的模型,因此在最初费了九牛二虎的力量,建成了自己认为还算合理的动床模型,兴冲冲地找来专家时,专家们却说,你们这做的是长江,不是黄河,兜头浇来一瓢凉水。

初战不利，河流所没有气馁，专门派出几批人员实地考察黄河，请教国内著名专家，同时将人员按专业分为几个相互关联又相对独立的小组。为找到需要的模型沙，他们选择了多家单位，在购买粉煤灰后用筛子细分出不同粒径，然后按照黄河天然情况进行复制。还通过烘烤与日晒使沙保持合适的湿度，以保证试验精度。在量测仪器方面，与中科院合作开发了粒子成像系统。此外，还与华中科技大学合作，成功开发出模型放水的控制系统，不仅大大节省了人力，试验精度与效率也有了很大提高，

在短短的一年间，长科院利用自己的模型对黄河全动床先后做了九次试验，每次试验一般只需一天，但准备工作却需要一个多星期。在这九次试验中，他们一步一个脚印，使模型实现了从"像长江"向"像黄河"的转变。得到了专家们的认可。

据河流所的黄建成同志介绍，1996年长科院与黄科院进行平行试验时，他们心里非常紧张，总怕比不过别人，但经过一年的摸索，这种情况已经大大改变，他们不仅信心增加了，而且谁都抢着做，在试验中他们掌握了新的技术，也取得了丰硕的成果，在国际、国内的期刊上都发表了论文。

1997年，长科院完成了比选动床试验，并提交阶段报告，1999年，做了河道缩窄动床模型试验研究。

1999年之后，南水北调中线工程进入暂时低潮，长江委的主要精力集中于长江重要堤防隐蔽工程的建设，暂时放松了对穿黄工程的研究，而这几年，黄河的治理开发又有了新的进展，尤其是小浪底工程的建成和2000年在穿黄河段上游不远处兴建的张王庄工程，使穿黄河段的河势有了较大变化，黄委针对这些变化向中央推出了自己的成果，认为在孤柏嘴建隧洞，可以导致黄河的河势一系列连锁反应，也就是"一湾变，湾湾变"，力主李村线渡槽方案上马，一度引起多方认同，长江委的方案处于不利的地位。

为向世人展示长江委的实力和隧洞方案的合理性，使穿黄工程设计更趋完美，长江委在2001年夏召开了隆重的动员大会，刚刚就任长江委主任的蔡其华作出重要讲话，强调长江委必须要依靠国内专业权威力量，拿出最新的规划，在技术上能够说服人。长江委的穿黄工程设计与科研再度吹响号角。

长江设计院与长江科学院迅速联手，再次对穿黄河段进行了实地查勘，重点是近几年在黄河上修建的小浪底水利枢纽和张王庄控导工程对河势与防洪形势的影响。

长科院河流所重新开始了几年前的动床模型，工作人员由原来的10多人增加到30余人。他们冒着40多摄氏度的高温和蚊虫的叮咬，完成了一个又一个重要试验，长江设计院根据他们的成果，拿出了一系列的研究报告，得出明确结论：无论上游水势如何变化，穿黄河段的上游官庄峪都是重要节点，其下游的河道演变并没有想象的那么严重，因此，隧道工程不会导致"一湾变，湾湾变"，初步反驳了世人对隧洞方案的怀疑，扭转了不利的局势。

与此同时，长江设计院与长科院趁热打铁，针对穿黄隧洞对河势、防洪影响问题，邀请了国内研究黄河的权威单位和权威专家进行了大量试验，综合考虑了几乎所有的因素。在 2002 年 4 月一口气拿出了四份权威报告，以无可辩驳的事实证明了：在孤柏嘴缩窄黄河确实对水流有一定的发散作用，但在正常情况下影响很小，如果遇上超大洪水，那么无论采取长江委主张的孤柏嘴线还是黄委主张的李村线，都会对下游有不利的影响，因此，两者没有明显区别。在此基础上，他们进一步证明：从防洪、地质、水文、施工条件和投资等方面来看，孤柏嘴线均比李村线要合理。

针对长江委的方案，黄委和水利部的部分专家也提出了一些具体的疑问，如在松软砂层上兴建大规模隧道能否保证安全、稳定；遇到不均匀沉降时如何防水、防渗；盾构机在施工时如果遇到卵石、块石或古木应该如何处理；盾构机在切割黏土如何避免泥饼现象；如果隧洞在施工时出现不可克服的问题，影响工期，如何处理；隧洞采取双层衬砌联合受力时各处明确的受力情况如何；如何避免邙山高边坡的失稳与垮塌等。此外，由于隧洞埋在地下，虽不易受到外界因素（如风蚀、水蚀和日照）破坏，但出现隐患时难以发现，这些又如何检测。总之，那段时间，长江委专家时常会接到上级打来的询问电话，进京答疑也是家常便饭。这些都为隧洞方案的日臻合理提供了思路。

2002 年 4 月，长江委将一年多来各项研究成果提交到水规总院，包括厚厚的简要报告和四个委托报告，而且引用的全是最新的成果，数量和质量堪称优秀，他们主张的隧洞方案已经占据了明显的优势。

殊途同归

也就是在 2002 年，随着北方缺水问题的日益突出，南水北调建设步伐明显加快，同时，经过长江委与黄委无数工程技术人员的精心研究、精心设计，穿黄线路已经局限在 2.6 千米的狭窄范围内。无论修隧洞还是修渡槽，也均能满足总干渠的输水规模和运用要求，可以说，主要的技术问题已经弄清，8 年的平行设计取得了预期的效果，长江委与黄委的技术力量已经到了可以联合的时候了。

2003 年 1 月 28 日，根据水利部的指示，长江设计院与黄委设计院组成穿黄工程联合项目组，对双方的设计方案进行综合，并于当年 4 月向水规总院和调水局联合报送了综合比选方案，基本结论是："从隧洞方案对黄河冲淤变化、河势影响、生态与环境影响、施工及运行风险相对较小，且为该河段开发留有较大余地等方面考虑，推荐穿黄工程可行性研究阶段采用隧洞方案。考虑到黄河河势的不确定性以及河道部门对河势控导工程的规划意见，经综合比选，上线可作为本阶段选定洞线。"2003 年 6 月，水规总院审查通过了这一方案，确定了长江委推荐的隧洞方案和黄委推荐的李村线路，2004 年 6 月，国家发改委委托中咨公司组织的专家也一致认同李村线隧洞方案。至此，穿黄工程的方案最终

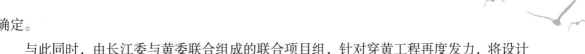

确定。

与此同时，由长江委与黄委联合组成的联合项目组，针对穿黄工程再度发力，将设计重点放在了工程施工的最具体问题上，主要有以下方面：

方案总体布置——

经过对盾构隧洞多年研究表明，确定过河隧洞采取一斜一竖的方案，这样既可保证隧洞有良好的运行与检修条件，也能节省投资，在本阶段，联合项目组比较了南斜北竖，退水设施在南岸；南斜北竖，退水设施在北岸及南竖北斜，退水设施在南岸的三个各具特点的方案，最终推荐第一方案。

双洞与单洞方案——

它们也是各具优点，长江委的最初力推内径为9.0米的单洞方案，其优点是与总干渠直接相连，布置简单，水流条件明确，水头损失小，只需一台盾构机，工程量也比双洞方案的一个洞大不了多少；双洞方案不仅投资大，而且技术难度高，还损失水头。不过由于双洞方案的任何一个小洞的规模、技术要求都比单洞小，施工风险小，而且在投入运行后能够轮流检修，避免单洞方案一旦检修就停止输水的困难，最终长江委放弃自己的观点，推荐了双洞方案。

邙山隧洞的长度——

邙山隧洞即穿黄隧洞入口段的斜井，其目的在于穿过邙山，避免大挖大填造成黄土高边坡的失稳，斜洞越长，渠道的边坡高度及开挖支护工程量越少，渠道边坡高度及支护工程量越小，但穿黄隧洞和斜洞的洞径要求越大，需要的开挖、混凝土衬砌和钢筋量越大，退水洞也要相应加长，投资也越大，为此联合项目组比较了长度为470米、800米、1150米、1550米四个方案，最终选取了各方影响较为平衡的800米方案。

隧道间距——

穿黄工程的两个隧洞采用一前一后的施工方式，一般而言，隧洞的间距自然越小越有利于施工，成本也越小，但如果靠得过近，后进隧洞施工时可能对前进隧洞已经灌浆的围土产生干扰，影响安全。为此他们经过多方论证，最终确定双洞轴距为32米，邙山隧洞轴距28米。

隧洞埋深——

根据河床最大液化深度为16米和河床最大冲刷深度12米的数据，确定隧洞最小埋深为23米。

总体设计确定之后，穿黄设计进入到最后一个环节——精细设计阶段。长江科学院挑起重担，在2004—2005年，对工程的水力学、材料与结构力学研究进行了最终的冲刷。

长科院水力学研究所研究的主要内容包括进出口局部水头损失系数、过流能力、进口流态、北岸隧道出口水流衔接和退水闸的过流能力。长科院水力学所通过近一年的试验，对隧洞进口体型进行了 7 个方案的修改优化，消除了进口吸气漩涡，使隧洞的水力学条件明显改善；对消力池进行了 5 个方案的优化，减缓了水面的波动；退水闸的体型在全面优化后，满足了设计的需要，消除了原方案中存在的交替流态。此外，还对隧洞压力特性、侧堰过流能力、出口流速流态及闸门滑落试验进行研究，提出了量化的成果和定性的结论。

此外，针对隧洞的防震、防水及纵向变形控制等问题，长江设计院委托长科院材料所进行了力学试验；主要包括：1. 混凝土配合比研究——主要进行自密实混凝土和泵送混凝土比选研究，最终选择了后者。2. 物理模型试验——主要进行了穿黄混凝土 1 : 8 模型试验，进行了接点刚度测试，局部采用了 1 : 1 模型试验。进行了穿黄整环 1 : 5 仿真模型试验。3. 数值模型试验——主要进行了隧洞双衬砌结构平面非线性有限元分析，计算结构的应力变形，研究内外衬之间的传力，考虑了外衬管片与土体、内衬之间多重接触问题，并模拟了加载过程。进行了穿黄纵向变形三维非线性有限元分析研究，计算河床冲淤等荷载作用下的结构沉降、变形缝的张开度以及跨越缝螺栓应力、结构应力等。

技术创新

南水北调中线工程是前无古人的伟大工程，穿黄工程在中线中居于"咽喉"地位，有着国内最深的 77 米地下连续墙、61 米旋喷地基加固和最长的 4250 米（包括南岸 800 米邙山隧洞）穿越黄河隧洞（内径 7 米），被业界称之为"高、精、尖、难、险"为一体的项目。目前，查遍国内所有相关资料，还没有类似工程的施工经验和技术参数可以借鉴，因此在施工技术成果上有很多课题要勇敢地向第一次挑战，可以说处处充满创新，限于篇幅，本文仅讲述其中最为突出的几个，即大型超深工作竖井、新型双层衬砌结构、大型的黄土退水洞、高大的黄土高边坡等四方面。

大型超深工作竖井：根据穿黄隧洞盾构法施工的需要，在黄河南、北两岸分别设置了圆形工作竖井。北岸工作竖井位于北岸漫滩，连接隧洞出口，为盾构的出发井，主要穿越中等至强透水的粉细砂、含砾中砂层，底部为粉质壤土层、砂砾石层；井壁为双层结构，外壁为地下连续墙，内径 18 米，厚度 1.4 米，墙深 76.6 米；内壁为现浇混凝土整体衬砌，厚度 0.8 米，深度 50.1 米，衬砌后直径 16.4 米；此外为满足盾构机出发要求，在地下连续墙和内衬壁面上尚需开出直径约 9.4 米的大洞。体形、结构如此复杂的大型超深竖井在砂层中修建，目前国内尚属少见。南岸工作竖井结构设计与北岸竖井类似，只是规模稍小一些，不过由于邙山岸坡的侧压作用，大大增加了设计和施工的难度。设计人员对此进行深入研究，最终选取南、北两岸工作竖井均采用逆作法施工，先在竖井的施工地点架起龙门吊，然后用双轮铣在设计的井壁处下手，先将泥土慢慢掏出，直到地下 76.6 米处，用混凝土从底部浇灌，而后将井壁中间的泥土掏出，逐层形成内衬，最终形成完整的竖井，这种工艺在国内尚属少见。

新型双层衬砌结构：穿黄隧洞是从黄河河床覆盖层中穿越，最小覆盖厚度 23 米，它不仅要面对外部黄河水和河床的外部压力，还要承受隧洞过水时的内水压力，这一结构型式在国内水利行业尚无先例，没有实际的工程经验，更没有相应的规程规范。另一方面，穿黄河段是游荡性河段，穿黄隧洞要适应由于河床冲淤变化以及 7 度防震要求；此外，穿黄隧洞沿线还要贯穿单一砂土、半砂半土、单一黏土三种地层结构，地质条件十分复杂；因此，穿黄隧洞的综合技术难度远远超出一般水平，而一旦穿黄隧洞运用不畅，整个南水北调中线工程 1000 多千米的输水效果将大受影响。为此，穿黄隧洞采用了新型双层衬砌结构。内、外层衬砌为防排水弹性垫层所分隔，外层衬砌与水底交通隧洞相仿，为装配式普通钢筋混凝土管片结构，厚 40 厘米，管片宽度 1.6 米，用于承担外部水、土压力；内层衬砌厚 45 厘米，为现浇预应力钢筋混凝土结构，承担内水压力，内衬和外衬分别单独受力。如此复合的衬砌结构型式，无论在盾构法施工的交通隧道或水工隧洞中均属首例。

大型的黄土退水洞：南岸退水建筑物全长 1019.21 米，用于将南岸渠道退水泄入黄河主河床，其中 800 米为穿越邙山直达黄河岸边的黄土隧洞，开挖断面宽为 5.2 米，高为 6.9 米，主要问题是高地下水大断面黄土隧洞围土稳定与施工。最终采取了提前降水、超前加强支护的施工方案。

高大的黄土高边坡：穿黄隧洞进口在深挖方中修建，最大坡高约 60 米；而在渠道下游侧布置的退水隧洞，其出口更形成了高差约 80 米的临河高边坡，分布范围约 600 米；上述边坡出露地层主要为黄土状粉质黏土，故又称为黄土高边坡；因地下水位高，且边坡中腰部和坡脚处出露饱和软黄土，是影响边坡稳定的主要因素。设计人员在研究中结合大量的工程调查，确立了以布置为主，排水先行，加固为辅的设计原则。根据上述设计原则，在多级边坡体形设计中，边坡的综合坡比由边坡整体稳定条件确定；单级坡的坡比由局部稳定条件确定，运行经验表明，在满足稳定前提下应尽量陡些，以减小大气降水时对边坡表面的冲刷，由此形成陡边坡、大平台的边坡形态。对黄土高边坡除坡面保护，完善地表水排放外，施工期加强边坡内部排水是关键。基于多方案研究，推荐施工期采用井点降水，并在开挖前超前进行，以满足干地开挖施工要求。为防止河流对坡脚的冲刷，在退水洞边坡临河一侧布置防冲灌注桩护岸；并对退水洞出口消力池和泄槽采用了地下连续墙的结构型式，以加强防护。

此外，针对盾构施工问题，长江设计院自 20 世纪 90 年代初便开展了大量的技术调研和设计工作，先后派人赴日本、德国、英国、法国、埃及等国考察，经过十多年的深入研究，在盾构机选型、盾构掘进开挖面稳定技术、盾尾密封技术与壁后注浆技术、盾构掘进姿态控制与纠偏技术、盾构推进速度、泥水处理技术、二次衬砌技术、大型超深盾构工作井成井技术等诸多方面取得成果，为南水北调中线穿黄工程型式的选择提供了依据，为最终实施隧洞方案提供了强有力的技术支持。

凌志篇

终偿夙愿

多年的研究成果，终于赢得了成功的一天，

2005 年 9 月 27 日，南水北调穿黄工程开工典礼现场在河南省温县黄河北岸冒雨举行，国务院南水北调工程建设委员会办公室副主任宁远宣布穿黄工程开工，长江设计院院长钮新强参加仪式。

在近两年的时间里，长江设计院成立以设计院副总工符志远为负责人的穿黄工程设计代表处，从各处室抽调骨干力量充实到施工现场。他们急工程之所急，及时提供施工用图，满足工程进展需要，协助业主，及时解答监理和施工单位提出各种技术问题，为工程排忧解难。

穿黄工程在项目法人南水北调中线办公室的领导下，在参建各方共同努力下，始终进展顺利，在 2007 年上半年已经完成了南北共四个工作竖井的挖掘与浇筑，南北明渠和黄土高边坡的治理也达到预想要求，随着从德国订购的盾构机运送、安装到位，穿黄隧洞的盾构挖掘前期工作均告完成。

2007 年 7 月 8 日，河南温县再次彩旗飘飘，鞭炮齐鸣，"南水北调中线穿黄工程盾构掘进始发仪式"正式开始，随着盾构机钻破北岸 2B 标工作竖井的井壁，全长 4.25 千米的穿黄隧洞盾构掘进正式揭开了序幕，南水北调中线总干渠穿越黄河，最终实现全线引水已经指日可待。

长江委副主任、长江设计院院长钮新强出席了始发仪式，他缓缓下到 70 余米的工作竖井里，近距离地目睹了这一被历史铭记的时刻，在接受记者采访时，他饱含激情地说道："穿黄工程作为南水北调中线工程的一个节点、一个关键，它的成功与否从某种意义上标志着整个中线工程的成败。长江委设计院和黄委设计院，长江设计院和长江科学院、长江委水文局等单位克难攻坚、联合攻关，攻克了多项技术难点。今天南水北调中线穿黄工程盾构掘进始发，是对我们之前工作的检验，同时又是我们下一阶段工作的一个起点。在接下来盾构穿越的整个过程中，可能还会碰到各种各样我们预计到或者以前我们还没有预计到的一些技术难点，长江设计院穿黄设代处要在南水北调中线建设管理局穿黄建管部的组织下，和参建各方密切配合，做好技术支撑，保证整个穿越按工期要求顺利进行。"

对于长江委几代人为穿黄工程做出的努力与奉献，他表示了由衷的谢意。

任重道远

盾构始发只是穿黄工程一个重要步骤，工程尚未结束，而且，面对着此前从未做到深入研究的黄土特性及盾构隧洞，长江委虽与相关单位做了长期、深入的研究，但至今还有诸多难以完全确定的技术问题，可以说，穿黄工程没有建成，长江委的工作就没有完；穿黄工程建成了，在没有经过长时间的实践检验之前，长江委的工作还不能说完全成功，对于穿黄，对于盾构隧洞的研究，长江委至今仍是任重而道远。

南水北调中线工程是长江委的大事，穿黄工程又是中线工程的大事，林一山魏廷琤、黎安田等长江委历任主任均给予了足够的重视。蔡其华在2001年就任长江委主任时，穿黄工程正值关键时刻，她及时作出明智决策，一举扭转了暂时的被动局面。

长江委副主任、长江设计院院长钮新强，长江委副主任杨淳，长江科学院院长郭熙灵等均十分关注穿黄工程的进展，在他们的关心下，穿黄工程的各项工作开展得井井有条。

在穿黄工程设计中，长江委人广采众家之长，先后与黄委、上海轨道设计院、同济大学、清华大学、武汉大学、中科院等国内著名机构合作。委内机构，无论是长江设计院、长科院、水文局还是信息中心都投入了最强的力量，随时待命，不计报酬，不讲条件，体现了长江委在半个多世纪积蓄下来的"团结、奉献、科学、创新"的可贵精神，体现了长江委专业齐全、人才优秀、能集中力量办大事的优势。

长江委七勘院从建院之初便踏遍1000多千米的调水线路，从1990年以来，为得到第一手的地质材料，他们先后进入现场十多次。钻探出的岩芯长达46千米，达到了隧洞总长的10多倍，摸清了黄河河床下存在的施工障碍物——卵石、古木、块石和钙质结核，为盾构隧洞安全过黄河创造了条件。而为了这些，他们冬顶严寒、夏冒酷暑，在空旷的黄河滩上所承受的痛苦，常人难以想象。

1992年黄河发生大水，河道淤积严重，别人避之唯恐不及，长江委水文局的同志却蹚着深至大腿的淤泥在长30余千米、宽10千米的河滩上来回奔波了三天，有好几次都陷入淤泥，险象环生。

长江科学院自90年代初开始，始终作为长江设计院最主要的助手，为穿黄工程及时提供各种科研服务，从最开始依托别人，到后来自己动手；他们做的模型从"像长江"到"像黄河"，在穿黄工程顺利实施的同时，自己的科研力量也得到了较快的增长。

为了穿黄工程，大量长江委人默默奉献，无欲无求，甚至鞠躬尽瘁、死而后已。

长江委副总工陈雪英积劳成疾，患上了多种疾病，最终在2004年8月17日被胃癌夺去了生命，但在他去世前不久，他仍十分仔细地审阅穿黄工程的报告，认真提出的修改意见，写满了小小的记事本。规划处女工程师曾小惠于1997年因患胰腺癌去世，年仅51岁。去世前，她对同事说，我为南水北调中线规划前期工作干了一辈子，没有看到工程上马，我死后，请你们把我埋在南水北调中线渠首陶岔，我要看到南水北调中线工程开工的那一天。

设计院副总工过迟以前得过胃病，但已经得到控制，但因为穿黄设计需要，饮食没有规律，导致胃病加重，产生了胃溃疡、胃穿孔，不得不到医院做了胃切除的手术。副总工符志远已经60多岁，在听到长江设计院请他担任设计代表处负责人的召唤时，欣然放弃儿孙绕膝的悠闲生活，从广东老家赶到了河南温县的工地。

同样为了穿黄工程，设计代表处副处长张五一、总工张传健、副总工张延仓等同志长驻工地，协助业主，出谋划策，及时解决各种问题。他们正值中年，多是上有老，下有小，自己是家中的顶梁柱，但此时只能把家庭的责任和对家人的思念放在一边。

穿黄工程让长江委人作出了重大的牺牲，但没有一个人因此抱怨，没有一个人退却，为了穿黄工程，为了中线工程的早日建成，让北方干旱地区早日用上清洁的长江水，他们仍将坚守岗位，奉献到底。

结　语

十多年的穿黄工程设计，锻炼了长江委的技术队伍，延长了长江委的知识链、技术链；也大大提高了长江委的知名度、美誉度。盾构技术的引进使长江委，尤其是长江设计院的业务范围更为拓宽，在以往长江委不占优势的一些公用民用建筑方面，如武汉过江隧道、城市轨道二号线，也出现了长江委人的身影。尤其是青海省正在进行的引大济湟工程，需要在高海拔的坚硬山岩上打造长24千米、埋深1000余米连续盾构隧道，其难度同样巨大，长江设计院成功中标设计，标志着其技术力量已经得到了广泛的认可，拿下这个工程，长江设计院可以说不仅有了在松软土上建输水隧洞的经验，还取得了在坚硬山岩上挖大埋深盾构隧洞的实践经验，这对于将来事业的发展，以及南水北调西线工程的远景规划，都将大有好处。

长风破浪会有时，直挂云帆济沧海，让我们祝愿长江设计院在新的世纪，在盾构设计领域内能够百尺竿头，更进一步，有着更加美好的未来。

南水北调中线工程的水文勘测与调查[*]

张孝军　杨建　胡祖平

南方水多，北方水少，时空分布不均匀，这是我国水资源分布的特点。由于水资源分布与生产力的分布不完全适应，因而影响国民经济的平衡发展，甚至影响人民群众的日常生活。南水北调中线工程是优化资源配置、解决水资源地区分布不均的有关国计民生的战略性工程，是造福子孙后代的幸福工程。新中国成立初期，毛主席就提出了南水北调的战略构思。长江委在 1957 年汉江流域规划报告中提出，在汉江修建丹江口水库，既可解决汉江中下游的防洪，又可为引水到华北、黄淮平原创造条件。1980 年，水利部下文指定由长办负责南水北调中线工程的规划，1983 年国家计委正式把南水北调中线工程规划列入国家"六五"计划前期工作重点项目。1990 年 10 月，水利部指示长江委加快南水北调中线工程的前期工作，1991 年 9 月，长江委提出了《南水北调中线工程规划报告》和《南水北调中线工程的初步可行性研究报告》。汉江水文水资源勘测局（以下简称汉江局）作为一支全面为丹江口水利枢纽服务的水文专业队伍，为这项伟大工程作出了应有的贡献。

一、为可调水量提供依据

丹江口水库是南水北调中线工程的水源地，地理位置优越，能自流向京、津地区和黄淮平原供水，而且水质好，水量可靠，经分析计算，多年平均可调水量 147.3 亿立方米。可调水量是根据黄家港水文站 1953—1990 年实测出库径流资料，在丹江口大坝加高至最终规模，正常蓄水位 170 米的前提下进行调度，首先满足汉江中下游防洪要求，同时满足下游用水量和航运要求的条件下的计算成果。由于可调水量是中线工程的关键问题，受到多方面的关注。可调水量的基础是黄家港水文站实测径流量，如果基数不准确，将影响可调水量的可靠性。因此，从 1990 年开始，我们对黄家港站流量测验方法、测验精度、测站特性、建库后多项水文要素的变化规律进行了深入的分析检验，确认黄家港站成果精度是准确可靠的。

在长江委编制的《南水北调中线工程可行性研究报告》第二章第一节关于丹江口入库水量的确定中指出："丹江口入库天然径流量，除采用各省各水系分区还原的天然径流量外，

＊原载于《长江志（卷二水文·勘测）》，中国大百科全书出版社 2000 年 4 月版。

凌志篇

又采用了距丹江口下游 7 千米的黄家港站实测径流量为基础，进行逐项还原，求得丹江口 1956—1990 年系列的天然径流量。前者为 411 亿立方米，后者为 408.5 亿立方米。从定性上讲，分区计算的水资源总量大于控制站计算的水资源量是合理的，因为前者是由各分区量直接叠加而得，没有考虑各区主控制站间河道的损失。"

"黄家港站为国家一级水文站，1956 年以后的径流资料均为实测值，有较高的精度。各项径流还原计算值，有的项目是观测值，有的项目经过各省调查落实，故推荐用黄家港控制站还原求得的水资源量 408.5 亿立方米为丹江口天然入库水量。"

丹江口水库可调水量的计算是利用黄家港站 1956 年 5 月至 1986 年 4 月共 30 年系列计算。入库径流考虑与安康水库联合运转，扣除水库渗漏、蒸发损失后，多年平均入库径流量为 398 亿立方米。在此基础上，按照丹江口水库调度原则，计算多年平均可调水量为 147.3 亿立方米。

黄家港站实测径流资料作为南水北调中线可调水量的计算基础，受到了社会各界的认同。对可调水量持不同意见的人，来丹江看了黄家港的实测资料以后，也不得不同意长江委分析计算可调水量依据的基本资料是准确可靠的。

二、为南水北调中线工程水源水质现状提供依据

南水北调中线工程水源的水质问题对中线工程的经济效益、环境效益和社会效益有直接影响。在长江委的统一安排下，汉江局与长江流域水资源保护局合作，对丹江口水库和丹江口至襄樊河段的水质污染现状进行了比较全面的监测和调查，主要做了如下工作：

1. 常年水环境监测。1958 年丹江口水库动工兴建，为了研究水利工程对水环境的影响，就在入库站白河、白渡滩和出库站黄家港、襄阳开展水质监测分析，1969 年起在坝上距坝 200 米断面取样，1977 年起增加酚、氰、汞、砷、铬、磷、铜、锌、铅、镉等毒害物质的监测分析，每月向水利部提供水环境监测资料，用于发布"全国水环境状况通报"，也为南水北调中线工程水源水质现状积累了翔实可靠的资料，提供了评价依据。根据 30 多年来水质监测资料表明丹江口水库水质除个别项目个别库段符合地面水 II 类标准外，其余都达到了地面水 I 类标准，可满足各类用水要求。

2. 为南水北调中线工程水源水质现状评价和环保设计的需要，对丹江口水库及支流进行了多次水环境调查与监测：

（1）为了解丹江口水库周边最大的城市十堰市排水的污染状况，1993 年对污染较严重的神定河、远河、浪河口分别按丰、平、枯水情进行了 3 次水文、水质同步监测，分析水质项目 22 项，同时施测流量。同年 9 月，对丹江口水库进行了底泥、土壤监测，其中汉江库区从白河至坝前（包括神定河口、远河口、浪河口）共 8 个断面，丹江口库区从淇河口至台子山（包括老灌河、白渡滩、陶岔）共 6 个断面，分析 11 个项目参数。

（2）1994年1月和3月两次对丹江口水库进行了水文水质的同步监测。在丹江口库区陶岔等5个断面进行水温垂向分层观测；汉江库区4个断面和老灌河、浪河口开展水文水质监测，分析pH值、溶解氧、BOD等10余个项目参数。

（3）1995年3月、6月、10月3次对汉江库区辽瓦以下浪河口等5个断面、丹江口库区大石桥以下陶岔等6个断面进行水质调查监测，分析项目10个，同时进行测流、采集底质、土壤样、大体积有机水样及生物、鱼类样等，与长江流域水环境中心合作完成了《汉江丹江口水库污染源及水质调查评价报告》。

（4）1996年对丹江口水库丹江口库区大石桥、老灌河、白渡滩、陶岔4个断面进行了水质监测，分析项目25项。分析结果表明，老灌河水域水质污染比较严重，有些项目已超过地面水Ⅲ类标准，氰化物、总汞、总砷也有检出。造成原因主要是沿岸西峡、淅川两县城及上游城镇超标排污造成，应抓紧进行整治。

三、为引汉总干渠河渠交叉建筑物进行洪水调查和推求水位流量关系

南水北调中线引汉总干渠跨越大小河流219条，其中以黄河为最大，集水面积大于2000平方千米的河流有唐白河水系的湍河、白河，淮河水系的沙河、汝河，黄河水系的沁河，海河水系的淇河、漳河、淇河、滹沱河、沙河、唐河、南拒马河、北拒马河、永定河等。1991年4月由汉江局与长江委水文局水资源处合作，组成南水北调中线工程水文勘测队（汉江局23人，水资源处5人），由汉江局副局长刘咨周和总工程师杨克诚领队，分成2个小组，对刁河、湍河、潦河、白河、沙河、汝河、黄河、淇河、漳河、滹沱河、南拒马河、北拒马河（南支、北支）等13条河流进行洪水调查，施测断面和流量一次，推求河渠交叉断面的水位流量关系。

在进行刁河、湍河、潦河、白河4条河流的洪水调查测量和推求水位流量关系工作中，由于在我们测区范围内，对河流特性、水文情势都比较了解，同时得到了南阳水文分站的大力支持，提供了必要的基本资料，因此工作进展比较顺利。

进入淮河、黄河、海河水系以后，由于是跨流域作业，对河流特性、水文情势不熟悉，基本资料不全，遇到的困难很多。特别是在施测黄河时，更是吃了不少苦头。引汉干渠跨越黄河干流的交叉建筑物是南水北调中线的关键工程，规划从南岸牛口峪过黄河至北岸的刘村，河床宽10.4千米，游荡性河槽，测得水面宽约2.0千米，水深0.5米左右。

经过近1个月的艰苦奋战，勘测队行程4000千米，完成了13条主要河流的水文调查与勘测任务，共施测流量8次，大断面21个，三、四、五等水准510千米，调查历史洪水痕迹78处，绘制洪水水面线13条，推求水位流量关系曲线13条，水位流量关系主要利用河渠交叉处上下游水文站的实测流量资料和历史洪水调查资料进行推算，漳河、滹沱河则利用上游漳河水库、黄壁庄水库的调度运用资料进行推算，每条河流的水位流量关系

都编写了定线说明和技术报告。经长江委规划局和水文局联合审查，认为成果精度可靠，可以作为 13 条河流输水建筑物设计洪水和施工设计的依据。

由于这次水文勘测任务完成出色，成绩显著，长江委于 1991 年 12 月给汉江局南水北调中线工程水文勘测队记集体一等功。1992—1995 年与水文局水资源处合作完成淮河以南 125 条小河洪水调查与测量，提交了整套实测资料。

四、为南水北调中线水源续建工程作了大量的前期准备工作

丹江口水利枢纽最终设计规模正常蓄水位为 170 米，施工过程中改变为分期建设。初期规模正常蓄水位 157 米，已于 1973 年建成运用至今，为了更好地发挥各项效益和为南水北调提供更多的水源，需按原定规模续建，使蓄水位达 170 米。但从 1959 年截流以后，30 多年来，水库的水文泥沙情势发生了较大的改变，续建工程必须应用改变后的情况和资料对 1958 年的设计成果进行校核。1990 年以来，汉江局主要作了以下工作：

1. 为了复核正常蓄水位 170 米的回水长度和水面线，1990 年 11 月，完成了丹江口库区滔河口以上 12.0 千米，淅河蛮子营以上 4.0 千米共 10 个断面测量，并调查测定 1983 年、1987 年沿程洪水水面线。1992 年完成汉江库区白河至夹河口 10 千米共 10 个断面测量，并调查 1974 年、1983 年沿程洪水水面线。

2. 为研究调水后下游河道的变化和对航运的影响，1992 年施测了丹江口至碾盘山河段 74 个大断面（丹江口至江家洲在 1993 年实测）。并同时为丹江口水利枢纽下游干渠化配套工程庙滩、新集、崔家营、雅口、碾盘山、华家湾、兴隆等 7 个坝址施测大断面，调查历史洪水，推算坝址水位流量关系曲线；并从 1/10000 地形图上量算了前 5 个坝址的库容和面积曲线。

3. 为研究调水后对丹江口下游沿程引水建筑物的影响和补救措施，1992 年实测了丹江口至宜城沿途 75 个引水闸站的基座高程，施测四等水准 350 千米。

4. 丹江口水库自滞洪运用以来，水库产生了一定的淤积。在续建工程初步设计中，需对库区淤积情况进行一次实测和分析。1993 年 7 月，长江委以〔93〕长计水字第 10 号文下达丹江口水库淤积测量任务书，具体要求是：

（1）汉江库区淤积量用近年实测资料进行分析计算，提出最新实测成果与原始断面作相应比较，分析其变化。

（2）丹江口库区淤积量用断面法进行实测，断面间距不超过 800 米，提出回水断面新成果与原始断面作相应比较，分析其变化。

（3）根据实测资料提出丹江口水库 185 米高程以下高程—库容、高程—库面面积曲线，成果精度误差小于 1.0%。

（4）对丹江口水库进行泥沙淤积分析计算，提出丹江口水库地形变化及泥沙淤积专

题报告。

汉江局对本次任务十分重视，进行了多次专题研究，认为185米高程库容曲线和断面间距最长不超过800米，在实施中有困难。经与长江委南水北调中线办公室（简称中线办）规划处有关领导研究后，同意将高程改为180米，丹库淤积断面的间距改为根据实际地形条件和淤积情况确定，重点淤积部位适当加密，非重点部位可适当放宽，以达到保证成果质量的目的。

第一河道队和科研室全体职工按照任务书的要求和具体技术问题的修改意见，立即进行组织落实和技术落实，经过近半年的努力，1994年1月提交了任务书规定的全部成果，经长江委中线办、规划局、库区处和水文局联合审查，成果质量完全符合要求。

5.1993年丹江口水库淤积测量只实测了丹江口库区，而汉江库区是应用1986年实测成果计算的。长江委有关领导认为，丹江口水库淤积的重点在汉江库区，引用1986年成果可能误差较大，不能真实地反映汉江库区的淤积现状。因此，在1994年8月，长江委中线办、规划局下达任务，要求用断面法实测汉江库区淤积。按照任务书要求，汉江局组织力量在汉江库区施测181个断面，并应用新的实测成果和1993年丹江口库区的实测成果重新分析计算淤积量，计算丹江口水库180米高程以下高程—库容、高程—库面面积曲线。

6.为了研究南水北调中线水源工程续建的施工现场布置方案和副坝加高方案；受长江委规划设计局委托，完成了丹江口大坝坝区至黄家港大桥不同比例尺（1/500、1/2000、1/10000）的地形测量22平方千米，水下地形17平方千米。

7.丹江口水库调度运用的坝址水位流量关系是1980年由长江委规划处根据黄家港和王家营站的实测流量和水位修定的，由于10多年来两站的水文情势有些变化，因此在续建设计时，必须对坝址水位—流量关系曲线进行复核，1993年长江委规划局把这项任务交给了汉江局。经过补充1980—1992年黄家港、王家营的实测流量水位资料，在对黄家港站断面冲淤变化、比降变化、糙率变化进行深入分析以后，推算了丹江口坝址1974—1992年综合水位流量关系曲线，与1980年成果比较，发现高水（流量大于10000立方米每秒）系统偏小，分析原因，是由于王家营水尺于1979年由左岸迁至右岸升船机引航道，虽然在同一横断面上，但由于两岸局部地形和主流流向的影响，两岸存在0.1～0.5米的横比降。用王家营至黄家港的比降关系曲线对1979年以后的成果进行横比降改正以后，1993年成果与1980年成果一致，可以作为丹江口水利枢纽续建工程的设计依据。

8.南水北调中线工程水源续建工程淹没受损最严重的是湖北省十堰市所辖的丹江口市、郧县、郧西县和十堰市的部分郊区，长江委在进行淹没处理规划时，提出了工程补偿的设想。计划在丹江口水利枢纽上游178.2千米的孤山修建一座水电站，由国家投资兴建，地方受益。为了作好前期准备工作，1993年，长江委规划设计局委托我局在孤山、大明滩（比

较坝址）设立水尺两组进行水位观测，并应用上游 25 千米白河水文站的流量，拟定坝址

较坝址）设立水尺两组进行水位观测，并应用上游 25 千米白河水文站的流量，拟定坝址水位流量关系，以推算设计洪水和各项径流特征。

上述任务完成后，长江委规划局又提出要推求丹江口水利枢纽正常蓄水位 170 米条件下的水位流量关系曲线。丹江口水库续建工程完工后，不同的运行水位条件将对孤山坝址的水位产生不同影响，必将影响坝址水位流量关系。因此，又与长江委规划局规划处合作，用 1988 年丹江口至孤山坝址的 61 个实测断面资料，白河至丹江口坝址"83.8"等 8 次实测水面线资料（白河站流量为 31000 立方米每秒），根据实测水面线对孤山—丹江口河段分六段进行糙率率定，并点绘各段起始断面水位—糙率关系曲线，从而定出各河段的糙率值。

丹江口水库对孤山坝址水位流量关系的影响，主要反映在丹江口水库的水面线上，而丹江口水库的水面线又受来水量、库水位、下泄量等参数的制约。考虑丹江口水库调度时下泄量的不确定性，同时对蓄水位的影响较小，为安全起见，下泄流量的影响可以忽略，以简化计算的复杂性。堵河流量，经对历年白河站和黄龙滩站的径流和洪峰流量进行统计分析，采用（Q堵 $=0.238Q$白）进行分配。按照以上方法，推求了以丹江口水库坝前水位为参数的孤山坝址水位流量关系。

9. 南水北调中线工程从丹江口水库调水，水库下泄水量减少。为了研究调水对中下游航运的影响，需确定中下游航道的演变规律，需研究整治工程的技术可行性和整治效果。为此，长江委规划局选择茨河—施关营河段作为典型河段进行研究，研究工作需测验几个典型河段的浅滩水深，需进行河道地形与大断面测量以及水位、流速、流量、泥沙等项水文测验。

这项任务于 1995 年 11 月由长江委南水北调中线办公室和规划局委托汉江局完成。由于这次任务项目多、工作量大、技术要求高，因此，汉江局正副局长、总工程师都亲自参加这次任务的实施。首先亲赴测区查勘，了解测区的河道冲淤、航道变迁情况，选择水尺断面位置、流量测验断面位置。在此基础上制定了《汉江中下游典型河段水下地形测量及水文测验任务设计书》，明确了主要任务和分工，采用的技术依据和主要技术要求。对各承担任务单位下达了任务书，进一步明确了工作项目、必须提交的资料成果、主要技术要求，规定完成日期。汉江局河道勘测队、襄阳水文水资源勘测队、局技术室 3 个单位近 100 人参加本项任务的实施。从 1995 年 11 月开始到 1997 年 2 月完成全部外业工作，4 月完成全部内业工作，6 月完成汉江局内部审查，7 月由长江委水文局组织审查验收，9 月送长江委中线办和规划局审查验收。现将各项任务完成情况和提交的主要成果简述如下：

（1）1996 年 8 月完成汉江中下游典型河段（茨河至襄阳）1∶10000 河道地形 112.2 平方千米，成图 11 幅；1∶5000 河道地形 40.1 平方千米，成图 20 幅。

（2）完成茨河至襄阳共 14 个固定断面（编号航 1～航 14）测量，每个断面施测 5 次，

比任务书多测 1 次。在航 4、航 7 断面右岸的支汊上布设了航 4—1 和航 7—1 两个支汊断面，各施测 3 次。断面测量采用 1 ： 5000 测图比例作业，各项操作、测点间距、施测高程都符合技术规定和任务书要求。各项成果图表都用计算机和平板绘图仪输出，整洁、美观，成果质量评为优等。

（3）航道浅滩水深测量，按任务书要求作业，在太平店至襄阳长 45 千米河段内，根据航道浅滩摸滩情况，确定太平店、新集、牛首、白家湾、月亮湾等 5 个航段作为重点观测滩段。5 个重点滩段共观测航道水深 57 段次。任务书要求，对于确定为重点观测的浅滩河段，在测次安排中"特别要监测流量为 400 立方米每秒、450 立方米每秒、490 立方米每秒相应的浅滩水深和浅滩水深为 0.85 米的时刻及此时的流量"。在任务规定的时段内，本河段流量小于 490 立方米每秒的情况只在 1996 年 2 月 15 日夜间出现过一次，无法施测。浅滩为 0.85 米的情况没有出现过，只在白家湾和月亮湾测到 0.9 米的水深 3 次。

本次浅滩水深测量成果用平板绘图仪绘制成浅滩航道水深图。具体操作是先计算每个浅滩各水深点的平面坐标，连同测点水深数据输入平板绘图仪，绘制出航线的轨迹线，标出各测点水深，套绘水边线，这样既完整准确地表达了该河段的航线位置和沿程航深，又便于对比分析航道浅滩水深的变化。浅滩航道水深图是我局开发运用新技术的一项新成果。

任务书要求提交各段浅滩水深—流量测验断面流量关系曲线。根据浅滩水深测量时的相应水位和平均时间，查出新集（航 4 断面）的相应流量，用各测次的最小水深和推算的流量建立的水深—流量关系，从总体看最小水深随流量增加而增大，但关系点不密集，偏离关系曲线的平均相对误差较大，测点较少（8 ～ 14 点），只能从定性上说明问题，还有待进一步进行观测和分析研究。

（4）沿程水位观测，在航 1、航 3、航 4、航 6、航 7、航 10 等 6 个断面分别设立了小樊、孙蔡、新集、牛首、马家洲、白家湾 6 组水尺加上襄阳水文站（航 14）共 7 组水尺进行沿程水位观测。其中新集和孙蔡为常年水位监测，其他 4 组水尺按任务书规定时段进行观测。

（5）流量测验：任务书要求在航 4 断面孙家营与朱家营之间进行流量测验。经过查勘，在规定河段内难以选择符合国家《河流流量测验规范》要求的测验断面。考虑本次测量是专项任务，只能在基本符合规范要求的前提下"因地制宜"，因此将测流断面选择在新集。在流量测验中严格按规范规定进行，确保单次流量的精度，全年测流 29 次，实测最大流量 5200 立方米每秒，最高水位 67.87 米出现在夜间，没有实测到。

根据 29 次实测流量点绘水位流量关系，关系点分布成一带状，按照规范规定，可以定为单一曲线。按照国际标准 ISO1100-2 的要求进行符合检验、适线检验、偏差数值检验和标准差计算都符合规范要求，准确可靠。

（6）断面流速测量：按照任务书要求在航 1、航 4、航 6、航 7、航 10、航 12、航 14

等 7 个断面进行了 3 次断面流速测量。测线数目 6 ～ 16 条；流速测点分布根据水深分布为一点法、二点法、三点法、五点法；最后成果点绘了断面和垂线流速分布图。

（7）河床质、推移质取样颗粒分析

按任务要求，在航 1、航 4、航 6、航 7、航 10、航 12、航 14 共 7 个断面进行了 3 次河床质取样及颗粒分析；在航 4、航 14 进行了 3 次沙推测验及颗粒分析。河床质每次取样 5 ～ 10 线，推移质取样 5 ～ 8 线。以上各项成果经长江委水文局审查的结论意见是：各项观测操作均符合规范及有关技术要求，各项任务的布测及完成数量都满足任务书要求；计算、平差方法正确；平面及高程控制测量成果可靠；各项水文测验均符合规范规定；成果及成图都采用计算机整理绘制输出，准确、整洁、美观；本次测量的全部成果可以作为南水北调中线工程汉江中下游典型河段整治规划设计和模型试验的依据。

10. 南水北调中线水源工程丹江口水库回水水面线复核。1996 年根据长江委中线办下达的任务，与长江委水文局水资源处合作，对丹江口水库的丹江、浙河、堵河、神定河、远河、曾河、浪河等 7 条支流进行高、中、低水面线调查测量，流量与大断面测量。组织了 22 人（包括水资源处 6 人），外业调查与测量从 11 月 30 日开始，12 月 20 日结束，完成水准测量 300 千米，调查历史洪水痕迹 66 点；施测流量 7 次，大断面 7 个，水面线 7 条（长 136 千米）。

以上列举的只是汉江局在南水北调中线工程可行性研究阶段所做的十项主要工作，投入人力至少为 120 个工日，最多达 1200 多个工日，还有一些零星的任务没有计算在内。

南北双赢：中线水源"贡献区"的憧憬[*]

陈松平

南水北调中线工程开工建设，给华北人民送去甘洌清甜的汉江水，也给水源"贡献区"的襄樊带来发展机遇。但从汉江调水后，汉江襄樊段年径流量将减少 1/4，给襄樊这座历史文化名城的工农业生产、居民生活和航运事业带来一些不利影响。襄樊人民积极应对，未雨绸缪，创造性地提出实施"一坝一洞"两大工程项目，为调水后实现南北双赢奠定了坚实基础。

调水影响——得失之间的利与弊

打开中国的版图可以清晰地看到，汉江发源于陕西省宁强县，在汉口注入长江，全长1577 千米。地处汉江中游的湖北省襄樊市，与南水北调中线工程水源地——丹江口水库毗邻。汉江流经襄樊境内的老河口、谷城、襄阳、宜城等 6 个县（市）区，总长 195 千米，流域面积 1.73 万平方千米，占全市面积的 87.1%，汉江是襄樊的母亲河，南水北调从汉江调走的水，相当于汉江襄樊段年径流量的 1/4，襄樊成为名副其实的水源"贡献区"。

南水北调中线工程开工建设，将给水源"贡献区"的襄樊带来发展机遇。历史上，汉江洪水曾给襄樊人民带来了无穷无尽的灾难，一直流传"汉江发水浪滔天，十年就有九年淹，卖掉儿郎换把米，背起包袱走天边"的悲歌。新中国成立后，虽然丹江口水库一期工程建成，但汉江防洪标准仍不足二十年一遇。在南水北调丹江口水库大坝加高后，坝顶高程达到 176.6 米，相应库容 290.5 亿立方米，校核洪水位 174.35 米，总库容 339.1 亿立方米，使汉江襄樊段的防洪能力由现在二十年一遇提高到百年一遇。

丹江口大坝加高后，水库设计正常蓄水位由 157 米提高到 170 米，最低水位为 150 米，能保证襄樊市引丹灌区由原来的提水灌溉变为全部自流灌溉，大大降低了工程运行成本和农民用水水费，使引丹灌区 130 万人民大大受益。

另外，襄樊距丹江口大坝不足 100 千米，南水北调中线工程建设，势必拉动襄樊建材、交通运输和第三产业的发展，促进襄樊劳动力的输出，为襄樊经济腾飞提供一次良机。

然而，襄樊带在享受加坝带来发展机遇的同时，也将在工农业生产、居民生活和航运

*2005 年发表于新华社湖北内参、《中国水利报》、《人民长江报》。

凌志篇

方面，面临一些不利影响。

如汉江调水后，襄樊段多年平均流量将从 1280 立方米每秒减至 827 立方米每秒，枯水期将从每年 4 个月增至 8 ～ 9 个月，并导致地下水水位下降，将新增沙滩地 2 万公顷，并对汉江两岸约 30 万公顷的农田土壤质量造成不同程度的影响。大片江心沙洲、江边滩涂和堤脚将长年裸露，严重影响堤防安全和城市环境。

汉江调水后水量减少，将得襄樊以上通航驳船由目前的 200 吨级降至 50 吨级，襄樊以下通航驳船由目前的 500 吨级降至 200 吨级。

江水来量减少，可能使汉江襄樊段 73 种鱼类减少 1/3，成鱼产量减少 40% ～ 50%。

博大胸怀——和华北人民共饮一江水

"中线调水虽然对襄樊也带来这样或那样的负面影响，但华北地区更需要水，如果不调水，本来就缺水的华北地区的生态状况将更加恶劣。天津的 19 条主要行洪河道现已有 14 条干涸。仅去年的干旱，就导致河北 800 多万亩农田、河南 3000 万亩农田受灾，而北京则有大量农田因连年缺水而弃耕。昔日'滔滔河水入海流'的景观，在海河已不复存在；被誉为'华北明珠'的白洋淀，其宽广清澈的大面积水域如今已被疯长的芦苇所取代……"襄樊市水利局局长张克启在接受采访时如是说。

建在汉江边上的襄樊热电厂，担负着樊城工业区、高新技术开发区共 120 多家企事业单位的生产和居民生活供水的重任，每天在位于汉江路与振华路之间的汉江北岸取水约 1 万吨。汉江调水后，这里的水位将下降 1.5 米左右，河段全线干涸，无法再取到水。该厂负责人告诉记者："南水北调工程是中华民族的大事、是全国的大局，我们无条件地支持。目前，我们正在积极研究对策，开凿取水深井、安装潜水电泵、建设江心泵站等。为保证市热电厂、市一水厂、市造纸厂、襄棉水厂和市三水厂的供水，我们建议市政府在白家湾三水厂一线开凿一条永久性的供水深渠。"

记者在汉江沿岸采访时，处处感受到襄樊人的纯朴。

襄阳区石桥镇农民陈金祥对记者说："我今年 82 岁了，经历了襄北岗地从无水到有水、由穷到富的变化。听说国家要从汉江调水，我能够理解，因为我知道缺水的难处。"

老河口市李楼镇渔民杨根告诉记者："我打鱼近 40 年了。过去，每天打上来的鱼能养活一家老小，如今，鱼越来越难打了，不仅打不上来大鱼，连小鱼也不多。听说南水北调后，会使汉江的水减少 1/4，到那时，我不可能再靠打鱼来谋生了，我会收起渔网，回家种地去，或者去做生意。"

襄城荆州街 50 多岁的居民黄福海告诉记者："我在汉江边长大，亲眼看到了汉江水位的变化，在 20 世纪 60—70 年代，汉江的水很多，渔船来往频繁，不知为什么，现在的水少了，沙滩露出来了，渔船也消失了。南水北调后，水位还会下降，但我们能做到节约用水，像北京市民那样，养成节约用水的好习惯。"

襄樊需要水，京津人民更需要水。襄樊人胸怀大局，乐与京津人民同饮一江水。襄樊人知道，中线从丹江口水库取水北上，基本上与京广线平行，经南阳、平顶山、郑州、安阳、邯郸、邢台、石家庄，然后到北京，在河北的徐水附近分水到天津。所以，从中线调水，京津地区的缺水问题就能得到解决。

记者与襄樊电气化二处职工张涛谈起南水北调时，他显得很豁达："北京密云水库除供应北京市民的生活用水外，还要供工农业生产用水，水量远远不够，加之北方雨量少，所以那边特别缺水。我在北京实习时，所住的宿舍三楼以上便没有水了。冬天还好说，夏天的情况就比较糟，没水洗澡、洗衣服，通常要等到半夜一两点才来一点水。我想，实施南水北调工程，最终是要提高北方的经济水平，提高北方人的生活质量。就冲这，没说的，襄樊人该支持！"

积极应对——利弊相权取其重

恩格斯的一句至理名言让众多水利专家警醒："我们不要过分陶醉于我们对自然界的胜利，对于每一次这样的胜利，自然界都报复了我们。"南水北调的最大难题不在于调水，而在于调水后如何保持生态平衡，绝不能让自然界报复我们。

静听已经敲响的"生态警钟"，襄樊的决策层下决心做好"把挑战变机遇"这篇文章。2004年4月初，襄樊市委、市政府召开会议，重点研究了汉江综合开发问题，决定以美国田纳西河为参照系，对现有堤防整治规划进行再修改、再完善，在此基础上，制订汉江襄樊段水土保持规划、航电开发规划、排污治理规划、航道整治规划、渔业发展规划以及旅游开发规划等。2004年6月，襄樊市委常委会专题研究了南水北调相关事宜，决定成立南水北调工程领导小组，组建工程建设管理局，从机构、人员编制和经费上确保南水北调工程的顺利实施。同时，借鉴美国田纳西河的管理经验，赋予襄樊市南水北调工程建设管理局综合开发和治理汉江襄樊段的职能。

襄樊市的决策者首先把目光锁定了一个叫崔家营的地方，计划实施"一坝一洞"两大应对工程，力争将调水后的损失减少到最低限度，最终实现"南北双赢"。

何为"一坝"？就是兴建汉江崔家营航电枢纽工程。

据有关专家介绍，崔家营航电枢纽是汉江湖北段九级开发的第五级，上距襄樊市区仅17千米。

张克启表示，建设崔家营航电枢纽工程可一举五得：一是符合汉江水资源综合利用梯级开发规划，有利于加快汉江主通道达标建设；有利于改善汉江中游航运条件，减轻南水北调中线工程实施后对汉江中下游航运产生的不利影响；实行"航电结合，以电养航"，可为湖北省航运建设提供稳定可靠的资金来源。二是汉江从崔家营回水33千米，直至樊城区的牛首镇。中线调水后，崔家营航电枢纽如果建成，坝上水位将抬高5米，正常蓄水位可达 62.73 米。水量的增加，不仅有利于改善襄樊市区的生态环境和城市供水状况，而且在汉江襄樊段可形成 30 千米长的人工湖泊，增添一道靓丽的城市景观。三是汉江回水 19 千米便进入唐白河，通过大岗坡一级泵站提水，可以灌溉唐东灌区 180 万亩农田。四是可以少从丹江口水库引水 4 亿立方米，仅利用丹江口水库正常下泄水量的一部分即可满足鄂北岗地的灌溉，同时也意味着北京、天津等北方地区可以从丹江口水库多调走 4 亿立方米的水源。五是投资节省，工程初步计划静态投资 17 亿元，与延长引丹老渠道或兴修引丹高干渠工程相比，可节省投资 6 亿元以上。

站在巨大的《崔家营航电枢纽工程规划图》前，10 年前就参与规划这一工程的襄樊市交通局总工程师刘耀兴激动地说，兴建崔家营航电枢纽工程，不仅可以抬高库区水位，有效地弥补中线调水后水位下降的综合影响，改善汉江航运条件，还能有效地做到航电结合，以电养航，滚动发展，尽早实现汉江梯级渠化，充分发挥汉江"黄金水道"的水运优势。刘耀兴说，崔家营工程建成后，还将改善汉江和唐白河沿岸泵站的取水条件，降低取水扬程，原需要进行改造的部分供水泵站、机井不必耗费大量资金进行改造，这样可有效地提高供水保证率。

巍巍大坝，静静平湖。一幅美丽的画卷仿佛出现在襄樊人的面前。

何为"一洞"？就是实施引丹工程清泉沟隧洞衬砌工程。

时间回溯到 20 世纪中叶。为改变干旱缺水困境，自 1969 年开始，襄樊市动员干部、民工和技术人员数万人，连续奋战了 5 个冬春，修筑了一条长达 68 千米的"引丹大渠"。这条渠多年来在解决襄樊市所辖襄阳区、老河口市、樊城区工农业生产和人民生活用水方面一直起着举足轻重的作用，丹渠水曾被灌区人民比作"金银水幸福泉"。

作为襄樊引丹工程取水口的清泉沟隧洞，位于丹江口水库左岸库壁朱连山下，与南水北调引汉总干渠的引水渠相连。据悉，南水北调中线工程实施后，丹江口水库大坝加高，清泉沟隧洞的过水量将增加到 100 立方米每秒，超过了目前 80 立方米每秒的最大过水能力，如果不对原隧洞进行衬砌，洞壁势必承受不了巨大的水压，不仅不能很好地发挥引丹效益，甚至会报废。

襄樊市委、市政府未雨绸缪，目前已着手对 6775 米长的清泉沟隧洞进行全面补强衬砌的设计，并计划对闸门、启闭机、电气设备予以更新改造，确保丹江口水库加坝后的引水安全。

襄樊积极应对南水北调中线调水，创造性地提出实施"一坝一洞"两大工程项目，受到党中央、国务院和湖北省委、省政府的高度重视。2002 年 5 月 8 日，温家宝总理率国务院有关部委领导专程视察了丹江口水利枢纽和南水北调中线工程引水口后指出：要重视对汉江中下游的生态保护，实现南北双赢！

汉江需要饱含感情的注视，也需要充满睿智的商业审查。通过建设"一坝一洞"等工程积极应对，汉江今后奉献给襄樊人的绝不仅仅是水天一色的平湖美景，而且是新的发展机遇、新的经济动力。

水脉之源　世纪赶考

——写在南水北调中线水源工程验收之际

傅菁　蒲双

11月18日，在2021年日历上，不过是极其普通的一天。但对南水北调中线水源工程来说，这一天具有别样的意义。

"两个设计单元工程通过完工验收，标志着南水北调中线水源工程进入了运行管理阶段。"水利部副部长、验收委员会主任委员刘伟平在验收会上的总结讲话，意味着北方人民的"大水缸"以优异成绩通过大考，进入一个新的历史时期。

成绩得来不易。从2005年丹江口大坝加高工程浇筑第一仓混凝土，到2013年大坝176.6米浇筑到顶；从2014年一脉丹水从陶岔奔腾北上，到2021年丹江口水库首次蓄满170米水位，这条看似简单的时间线背后，是南水北调中线水源有限责任公司（以下简称"水源公司"）16年攻坚克难的足迹。在长江委坚强保障下，16个寒来暑往，中线水源人一路艰辛一路歌，服务于南水北送这一国家重大战略，坚守了一库清水惠京津的初心。

举全委之力，下好验收"一盘棋"

"叮……"11月1日，长江委副主任、南水北调中线水源工程验收领导小组（以下简称"领导小组"）组长吴道喜的手机响起了信息提示音。他掏出手机，屏幕上跳出一条消息：南水北调中线水源工程验收工作月报。

"10月25—28日，水利部南水北调规划设计管理局组织进行技术性初步验收，验收合格。目前正在按照验收报告进行问题分解，整改落实，积极做好迎验各项准备工作。"这是验收前的最后一期月报。2019年6月，长江委成立验收工作领导小组，由委领导担任组长。每月一次的月报，定期汇报工程尾工建设和验收的进展和重点难点。持续两年半之后，终于，尘埃落定。

这样的月报，还同时发送给长江委11个相关单位和部门负责人，作为验收小组成员，他们在验收准备中，需要随时提供各方面的技术支撑。

28期月报，记录了水源工程验收的每一个重要节点，串联出工程验收的一路艰辛，

凌志篇

更见证了，长江委举全委之力，只为下好验收"一盘棋"。

时间退回到 2019 年初。一纸红头文件，从水利部办公厅下发至长江委，要求 2021 年底，必须完成南水北调中线水源工程完工验收，2022—2025 年，完成南水北调中线工程全线竣工验收。

面对这个和民生密切相关的国之重器，长江委慎之又慎。2019 年 2 月，委党组交给水源公司一个重要任务：全力以赴，做好工程完工验收。

时任水源公司领导，立即组织召开验收工作会议，听取公司班子及相关部门负责人情况汇报，找准验收工作的难点和堵点，细致梳理，逐一解决。

2004 年参与到水源公司的组建，亲历了丹江口大坝从 162 米浇筑至 176 米的全过程，加高大坝的每一块砼体，都长在他的心里，融入了他的血脉。

"设计单元完工验收之前，要完成合同验收、5 个专项验收、项目法人自验、技术预验收等环节，这些工作环环相扣，一步卡住，下一步就不能进行。"谈到验收过程，汤元昌娓娓道来，如数家珍。

从 2005 年大坝加高开始到 2019 年 4 月，近 600 份合同及 200 份补充协议，仅验收不到 40%，要在最短的时间内完成超 60% 合同验收，光看工作量就让人捏了一把冷汗。但严峻的考验还不仅是海量工作，合同变更补偿索赔，更是验收中的"堵点"。

"大坝加高工程中左、右岸主标合同，是 2004 年签订的，至今已过去十五六年。这么长的历史时期，受设计变更、物价、人工及工程量等因素的影响，承建方提出索赔要求，也是情理之中。"水源公司计划部主任郭武山介绍，争议集中的焦点，在左、右岸标合同的赔偿金额。尤其是右岸主标，乙方提出的赔偿金额巨大，远远超出水源公司领导的预期。

为此，2019 年 4 月，王威带队，汤元昌、计划部主任郭武山等随行，赴西安与承建方董事长就变更赔偿事项展开谈判。尽管王威动之以情，晓之以理，并争取到上级领导的全力"助攻"，但过程依然胶着，对方以退为进，谈判异常艰难。

这样的交锋，开展了 4 次，直到 2020 年 5 月。经过不间断地沟通协调，承建方负责人一行赴水源公司，终于一揽子解决了右岸标合同的变更索赔问题，并将索赔金额缩减为乙方要求的十分之一。

2020 年 6 月，在全委一盘棋的合力布局下，全体中线水源人勠力同心，合同验收完成接近 100%，为工程完工验收奠定了坚实的基础。

攻坚不停歇，"赶考"之路多崎岖

在丹江口工程展览馆，有一幅黑白照片直抵人心。一名赤膊男子和一名身着土布衣裤的女性，分别带领着男女两支队伍，挑着土块，负重前行。图片说明为：穆桂英排和武松排开展挑土比赛。这幅照片的拍摄背景，是 20 世纪 50 年代丹江口大坝修建现场。在那个技术落后、国力衰弱的年代，伟大的中国人民采用肩挑背扛的人海战术，最终丹江口大坝拔地而起，他们成为中线水源奠基人。

半个多世纪过去，我国科技发展日新月异，这样原始的筑坝方式早已成为历史。但在后来的大坝加高、运行管理工程中，一代代中线水源人很好地传承了前辈心中有亮、眼中有光的坚韧和果敢，不断攻克南水北送的一条条天堑。大考在即，在工程验收中，面对细碎繁复的资料收集、浩如烟海的档案文件整理，中线水源人再度将前辈精神发扬光大，凝心聚力，砥砺前行。

"专项验收包含5方面的内容，分别是水保、环保、消防、移民和档案专项验收。"在验收中一直负责各部门调度协调工作的曹俊启，对验收的难点历历于心，"工作量最大、涉及内容最多、验收最困难的，要数档案验收。"

有这样一组数据，从客观角度验证了这一说法：1.2万卷档案，13.8万条目录，120多万页文件资料，要在不足两年完成。如此巨大的工作量，使"档案"这两字，一度成为水源公司全体职工的工作重点。

"2020年初，新冠疫情突如其来，耽误了我们宝贵的3个月时间。为了赶进度，2020年8月，工作人员全体集中在松涛山庄，没日没夜地整理档案。"水源公司副总工程师李方清，负责"三集中"时期的档案整理工作，那段时间的酸甜苦辣，也成为他最深刻的记忆。"因为人手紧张，同时因为档案整理的专业性太强，长江委网信中心档案处处长王小牛，经常带队来支援，不仅指导工作，还参与到我们的整理过程中。此外，设计院扬子江咨询公司的董培基总经理，也集结了30多人的队伍，和我们一起搞档案。"高峰期，60多人的档案整理队伍，让李方清捏了把汗，"不论是人还是资料，都不敢有一点闪失，所以我每天都盯在那里，整整3个月啊！"

档案整理，也是公司时任副总李飞心中时时惦记的一件大事。为此，他几乎每天都会到项目部报到，检查档案整理"日日清"是否完成。

为保障验收工作的进程，王威率人制定目标进度图和"拓扑图"，明确任务，将责任细化分解到人，并实施目标考核，时间倒逼；为保障"人人都是档案员"的整理质量，汤元昌牵头编写了分类系统，让不懂档案的同志能按图索骥，实现准确归类整理；为缩减验收工作的时间和空间，公司领导带领大家借助科技手段，开发"在线档案验收数字化平台"，不仅在疫情时立下汗马功劳，更为下一步丹江口大坝"数字孪生"建设奠定了基础，为实现智慧水利提供了支持。

以完备的档案为补充，由工程部、库管部负责的环水保、移民等专项验收同步开展，圆满结题。

如果说专项验收的难点在"量大"，那么设计单元完工验收的亮点则在"质高"。李方清介绍，对待这项验收，必须无比严谨和审慎。因此，按照导则要求，他们一步一步"抠"

条件，形成了几十份"大部头"备查报告，并上报水利部审定。王威调任长江委副主任后，公司主持工作副总王健、分管工程部副总付建军多次和水利部相关部门沟通，终于在5月份，形成了第一版验收报告。半年内，追求完美的中线水源人精雕细刻，几易其稿，只为"给历史一个交代，给后人一笔财富"。最终的验收报告，已是他们修改的第四版。

为"国之大者"，南水北送不负民

暮秋的水源地，美得像个童话。

早9时，阳光驱散了薄雾，天似白练，水如碧玉。沉寂了一晚的丹江口大坝坝顶喧闹起来，完工验收委员会专家一行四十五人聚集于此，望闻问切，全方位、多角度对丹江口大坝加高工程"找茬"。

站在坝顶抬眼望去，无边水域波光旖旎，不负"小太平洋"美誉。左岸鲜红的170米水位线正好和水面结合，意味着丹江口大坝加高工程已实现工程建设目标，静待验收"大考"。专家组一行走近水位线，笔者看到170米的位置长了一层薄薄的青苔，这是被水长时间浸泡的痕迹。

"10月10日，丹江口水库首次蓄水至170米，至今已满负荷运转40天。"汤元昌掩饰不住心中的骄傲，亲手"养大"的孩子如此出息，自然是为人父母的"小确幸"。

但考官们本着对人民负责的态度，一点不敢马虎。不论卷面分数多好看，他们还要"透过现象看本质"，探寻这个成绩是偶然还是必然。

从大坝左岸下到162米廊道，是新老混凝土的结合水平面，丹江口大坝加高工程的质量如何，结合面是否"滴水不漏"是关键。

进入162米廊道，笔者看到，不仅地面是干燥的，连廊壁都毫无潮湿的痕迹。同样的场景，在131米廊道也得以呈现，这一事实证明，大坝加高结合面，完美"闯关"。

不仅是坝体"滴水不漏"，工程安全、库区安全、供水安全和水质安全等，更是考官们要一一验收的"考点"。

每天太阳升起之后，丹江口大坝的10个监测点位都会打开一扇小木门，一只"萌萌哒"机器人，将监测范围内大坝变形、稳定等各项参数全盘收入"大眼睛"，实时传输到"丹江口大坝安全监测信息管理系统"（以下简称"运管系统"）后台。这些数据，便成为大坝安全重要的技术支撑。

大坝监测，只是"运管系统"中的模块之一。这个系统中，还有强震监测、环境变量、巡视管理等模块，采用三维立体动画，实时反映着水质、水位、库周等水源工程供水调度运行管理的各方面情况。科技赋能，保障"水缸"固若金汤，为南水北送"国之大者"提供了源源不竭的动力。

经过多形式、多层次的严格考核，18时47分，水利部南水北调工程管理司司长李鹏程终于宣布："南水北调中线丹江口大坝加高工程和中线水源供水调度运行管理专项工程通过完工验收！"热烈的掌声，在水源公司运行管理大楼 11 楼会议室回荡，久久不能平息……

"丹江口水库又是汉江流域不可替代的重要防洪工程，仅 2021 年秋汛就成功防御了 6 次 1.5 万立方米每秒以上流量的洪水，发挥了重大防洪效益。"刘伟平副部长对丹江口工程给予高度肯定。同时他要求，要统筹发展和安全，加强运行管理，做好工程竣工验收的必要准备。

16 年筑一梦，中线水源人以实际行动，实现了京津冀人民对"喝好水"的强烈渴求。验收是一个新的起点，下一步，为了应对华北地下水超采，为了生态环境的复苏，为了长江大保护的重大战略，中线水源人将再启征程，不负人民！

凌志篇

丹江口大坝加高淹没实物指标调查采访追记[*]

李卫星

2003 年 3—4 月，受长江委宣传出版中心指派，我与刘小康、陈仲原组成采访组，深入丹江口库区对丹江口大坝加高淹没实物指标调查（以下简称"加坝调查"）进行采访。在一个月的时间内，我们连续转战于河南淅川、湖北丹江口和郧县三县市的近 20 个乡镇，采访了几十名政府官员、移民干部、普通移民，以及长江委的工程技术人员，这也是我第一次接触正在进行的移民调查。采访期间，我先后在《中国水利报》、《人民长江报》、长江水利网等媒体发表了 20 多篇消息、报道，第一年，与单学忠、李民权合作，撰写了长篇报告文学《蔚蓝色阳光》，并有幸获得第七届湖北产业文联"楚天杯"一等奖。这次采访，给我留下了深刻而又温馨的记忆。

一、雪夜入淅川

2003 年 3 月 4 日，上任不久的长江设计院院长钮新强前往丹江口库区，检查加坝调查进展情况，并慰问在那里工作的长江设计院职工。我、陈仲原、刘小康，乘坐着从长江水保局租来的依维柯吉普车一路随行，为我们开车的师傅姓段，此后一个月，他一直跟随我们，成为采访组的一员。

加坝调查是对丹江口大坝加高移民工作的组成部分，目的在于摸清水库淹没的土地、房屋、人口以及工矿企业、专业项目等各项重要实物的数量、规模、功能，为后来的补偿提供依据。

2002 年底，中央正式批准南水北调工程上马。12 月 27 日，南水北调工程开工典礼在北京人民大会堂和江苏省、山东省施工现场同时举行，江泽民为工程开工发来贺信。朱镕基在人民大会堂主会场宣布工程正式开工。而中线工程必须在移民规划最终确定后才能提上工作日程。为此，长江委及湖北、河南两省紧急行动，就水库淹没指标调查组成专门机构。具体而言，从上到下可分为四级。最上级为长江委与两省组成的领导小组。第二级是长江设计院与十堰市、南阳市组成的联合调查组。第三级，是长江委库区处与库区各县（市、区）组成的三个调查大组，即以一室为主体的郧县（含郧西、十堰市张湾区）大组。第四

---

* 此文写于 2017 年。

级是服务于乡镇的调查小组。比较特殊的是每个调查组下设一个工矿企业组，整个库区只设一个专业项目调查组。而具体到每个层级，又可从内到外分为四层：核心层是长江委库区处职工，第二层是从长江水校吸收的学生，第三层是勘测人员（他们在完成本职任务后，将自动协助库区处的同志完成拉皮尺、查资料等外围工作），最外层是地方配合人员。

由于丹江口大坝加高淹没实物指标调查直接决定南水北调中线工程开工时间，因此整个行动十分紧迫。库区处几乎全员出动，还聘请了原综合勘测局的勘测人员和长江水校的学生。具体而言，在行政区划上涉及湖北的丹江口、郧县、郧西、十堰市张湾区和河南的淅川共5个县（市、区），在专业上分为农村、集镇、工矿企业和专业项目4项；长江设计院设立了联合调查组，库区处设立了三个调查大组，其中一室负责郧县、郧西和张湾三个县（区），三室负责河南省淅川县；四室负责丹江口市；此外还有一个专业项目组，由五室负责。

2003年2月12日，农历正月十二，过年的气氛还没有消散，长江委库区处的同志们就离开武汉，赶赴库区，各项调查同时展开，按要求，整个加坝调查工作必须在4月底前结束。在我们跟随钮院长前往检查时，调查工作已经连续进行了三个星期，占总进度的30%，正是人员困乏，需要提精气神的时候。

汽车在国道上飞驰，小雨过后的路面有些湿滑，车窗上的薄雾让外面的风景略显朦胧。我们三人在车中紧张地筹划着将来的采访计划。

中午时分，我们在随州吃饭，钮院长询问我们的工作情况。他当年刚满40岁，但久经职业与市场的洗礼，处处表现出与年龄不相称的老练。

下午4时左右，我们抵达南阳市区，刚刚合并进入设计院的南阳七勘队为首次视察的钮院长举办了两个多小时的欢迎会兼汇报会。我和陈仲原、刘小康在会议旁的办公室休息，一边闲聊，一边看着窗外的小雨变成雪子，继而又变成细细的雪花。风乍起，气温骤然降低了。

我们于晚6时晚餐，结束时大约是晚7时，天早已黑透了，微风变成大风，小雪变成了鹅毛大雪，给大地铺上一层雪白。因天黑路滑，我们的依维柯很快就与钮院长乘坐的三菱越野车拉开了距离。好在刘小康在库区采访过多次，熟悉路线，段师傅放慢车速，缓缓前行，从南阳到淅川的100来千米的道路我们走了大约4个小时。入住县政府隔壁的楚都饭店。

3月5日，钮院长在楚都饭店会议室见到了在那里工作的河南联合调查组、淅川调查大组以及专业项目组的负责同志。刚开始时是寒暄，大家说瑞雪兆丰年，钮院长把大雪带来了，也会把连年丰收带给新成立的设计院。有两个人在路上摔了跤，说雪地摔跤不比平时，摔得稳、准、狠，迅雷不及掩耳，但并不疼；还有人说，天虽下雪，但想着钮院长会给大家送温暖，心里也暖和了；也有人说，三八节就要到了，库区处要给女同志发福利，请钮院长把福利标准量化一下。

寒暄过后，话入正题。调查大组组长，也就是库区处三室主任黄立章做主题汇报。他告诉钮院长，截至当天，加坝调查时间过去30%，完成的工作量大约在20%。主要问题一是天气不好，耽误时间。二是部分乡镇移民多且分散。不过经过前一段时间的工作，他们有信心按时完成任务。

专业项目调查组组长、库区处五室主任常益中也汇报了他们组的工作情况，总体来说比较顺利，不存在阻碍工作的严重问题。

还有一些项目负责人也反映了工作情况和工作诉求。会议气氛轻松而又热烈。

钮院长在最后总结说，加坝调查工作一定与地方干部紧密配合，要注意进度，更要注意质量。如果某一个乡镇进度较慢，可以考虑让提前完成任务的工作人员帮助，集中力量打歼灭战，既要按时交出成果，又不能因抢进度而影响成果质量。

当天下午，淅川调查大组的同志请钮院长到老城检查工作。这里位于新县城的西北部，是丹江口水库兴建前的淅川县城，1958年丹江口工程兴建后，县城搬迁到现址，部分移民就地后靠，成为老城镇。丹江口大坝加高后，这里的部分地区将再次受淹，还要搬迁。

重复搬迁，是丹江口库区移民的重要特色，从1958年到1974年，丹江口一期工程兴建时，共涉及六次搬迁。许多人在其间搬了四五次，越搬越穷，因此谈"移"色变，几成顽疾。中线调水之所以长期不能上马，关键便在于此。

钮院长一行抵达老城时，雪已经停了，天有些放晴，久违的阳光将白雪笼罩下的小镇映射得煞是好看。我们在淅川调查大组的带领下，参观了工作组的办公室及食宿地，以及有代表性的移民户，感到他们的工作和生活条件十分艰苦，而移民的生活条件，则更是苦上加苦。他们对丹江口大坝加高及将来的南水北调，有期盼，也有担忧，但更多的则是对未来谨慎乐观。

3月6日上午，钮院长与淅川县主要领导进行座谈，分管移民工作的副县长赵天祥做主题发言。他说，中线调水是国家大事，也是淅川县光荣的政治任务。淅川县作为渠首所在地，使命光荣，责任重大。县委、县政府为配合此次调查，成立了以各级主要领导干部负责的配合工作领导小组，做到组织保障、进程保障、后期保障。同时赵县长也指出，淅川是移民大县，也是移民老县，人口多，底子薄，财政紧张。广大移民为丹江口和南水北调做出了巨大牺牲，至今仍很贫困，希望钮院长能够把他们的现状和诉求传达出去，让更多的人关心移民疾苦。并对长江委的工作和钮院长冒雪看望大家表示感谢。钮院长对淅川县的工作表示满意，希望在接下来的时间，双方继续愉快合作。

宾主交谈甚欢。

当天中午，我们随钮院长一行离开淅川，途中在移民大镇香花镇短暂停留，看望了在这里工作的库区处三室职工袁锦明等，然后前往丹江口市。与市领导见面、座谈，并会见了丹江口市调查大组，也就是库区处四室的工作人员。其内容与在淅川大同小异，只是时间上紧凑了一些。

3月7日上午，钮院长在丹江口市领导及库区处同志们的陪同下登上了武当山。钮院长主持长江设计院工作多年，到丹江口市无数次，但上武当山还是第一次。下午钮院长结束考察行程，驱车返汉。

二、六里坪纪事

3月8—9日，我们在库区处四室主任汤健的安排下，对六里坪镇的库区淹没及调查情况进行采访。

六里坪位于武当山脚下，襄渝铁路、316国道穿镇而过，交通便利，经济发达，是整个丹江口库区五县（市、区）移民数量最多的乡镇。在两天的时间里，我们在镇移民所同志的陪同下，先后走访了后湾村、白庙村、孙家湾村，以及当地支柱企业——丹江口市第一造纸厂。

后湾村位于大山深处，虽然与镇政府的距离只有20千米，但汽车却在盘山路上颠簸了近两个小时。村里经济较弱，年轻人都外出打工了，留在村里的几乎是老弱病残。

白庙村耕地虽少，但村民们种植柑橘，收入可观，经济情况比后湾村要强一些。

而紧邻316国道的孙家湾村很有发展前景，依靠区位优势和多种经营，走上了良性发展的快车道。村支书彭显军和村主任彭治和在接受采访时都说，孙家湾人不靠不要，全凭自己一双手过上了幸福的生活。将来大坝加高，村里的一半良田淹入水下，但他们有信心利用剩下的一半地维持全村的面貌，决不向政府伸手，给国家添忧。在各级政府普遍哭穷、叫苦，希望争取移民经费的情况下，孙家湾村这种不等不靠，凭借自己力量营造幸福生活的思想与举措，让我们很是敬佩。

丹江口第一造纸厂，是我们此行造访的唯一一家规模以上企业。造纸厂兴建于1976年，占地面积64.2亩，有职工316人，3条生产线，年生产能力1.2万吨，是丹江口市和六里坪镇两级政府的纳税大户。不过，在发展的同时，造纸厂也对周边环境造成了不利的影响，厂区有明显的烟尘味。排污口水质也不理想，周边农田收成也比其他地区差了许多。十多年来造纸厂没有兴建厂房，适当压缩了产能，还购置了环保设置，加大了环保投入，但未达标排放情况依然存在。丹江口大坝加高后，为了将一库清水送往北方，工厂计划放弃高污染的造纸业，转而从事精密制造和医药行业。

后湾村的贫困、孙家湾村的自信，以及造纸厂为国家考虑主动转型，都给我留下了深刻的印象。

三、王忠法考察

3月10—12日，长江委副主任王忠法带领长江委各部门负责人对丹江口库区进行大规模考察。按照上级要求，我们三人终止在六里坪的工作，驱车从丹江口返回淅川，对此次考察进行采访，并发图文报道。此时天已放晴，路上的油菜花吐出了鲜绿的嫩芽，与尚未完全消融的残雪错落分布，库区的景致比几天前好看了许多。

时任长江委宣传出版中心副主任的王百恒也陪同王忠行考察，我们在淅川利用晚上的时间向他汇报工作，并请他审查了我们采写的部分新闻稿。

与前几天钮新强院长在设计院内部进行的内部"微服私访"不同，王忠法副主任此行代表长江委，而且有较多二级单位负责人陪同，地方上陪同的同志也比较多，因此影响力大，被当地人戏称为"皇恩浩荡"。

3月11日上午，淅川县在楚都饭店大会议室召开了隆重的座谈会，长江委的各级干部、南阳市有关领导及淅川县主要领导在主席台上济济一堂。在此次会议上，王忠法代表长江委做了热情洋溢的总结讲话。大意是，库区人民为国家建设做出了巨大牺牲，库区的建设也始终停滞不前，因此他们至今仍相当贫困，如果以较低标准去补偿他们的淹没实物，将是不公平的。他表示，国家已经注意到这个问题，决不会让移民们为国家的建设再次受累受穷。

类似的说法在各级政府、各级领导中讲过不少，但像王忠法这样在公开场合，以长江委官方身份，明确表示出来，还不多见。他的讲话代表了所有移民和地方政府的心声，一次次引发了持久而热烈的掌声。尤其是讲话结束时，掌声更是经久不息，许多地方干部和媒体同志情不自禁地连声叫好。

此时春寒料峭，但王忠法的讲话，却让每一个与会者心里暖洋洋的。

当天下午，考察团一行从淅川赶往丹江口。与钮新强院长一样，王忠法一行也在途中专门停靠移民大镇香花，看望了在那里工作的调查人员。王忠法对在此负责的库区处三室副主任袁锦明说，你们辛苦了，很不好意思，我们来看你们，但什么都没有带。袁锦明说，领导来了就是最大的送温暖。考察团参观了调查人员居住的海澜淇大酒店（其实就是简易的招待所，房内条件很艰苦），听取了当地移民对调查工作的评价。

第二天，考察团一行花了七八个小时的时间走访了六里坪镇的几个移民重点——孙家湾、造纸厂、武当山遇真宫以及浪河开发区。其中孙家湾和造纸厂是我们刚刚采访过的。

孙家湾村主任彭治和非常诚恳地向王忠法谈到近些年村子的变化，以及村民们不愿搬迁，决心不等不靠搞好自身生产安置的计划。并提出，丹江口大坝加高后，村子的田地会被淹没一半。他们希望将被淹没的田地整体挖出堆在剩下未淹的土地上，以保证足够的营养层。王忠法沉思片刻，说这大概不符合移民规划大纲的要求吧。彭治和说，社会主义还有中国特色，我们的移民规划也可以体现各个地方的特色吧！王忠法再次思索，临走时反问了一句"大纲不是社会主义？"。他的意思是，移民大纲的权威性不容置疑。彭治和的脸色有些奇怪。

丹江口第一造纸厂为迎接考察，做足了功课，新开启的污水处理设备隆隆直响，各车间运转正常。

遇真宫是武当山宫观中很著名的一处建筑，不久前刚刚经历了一场大火，许多建筑被烧毁，我们前去时还有明显的痕迹。丹江口蓄水后，遇真宫恰好位于淹没线上下，属半淹型。对它的淹没处理，文物部门和水利部门还有一些争议，王忠法主任看了看，没有发表什么意见。

浪河开发区是此行的最后一站，长长的商业街已经初见雏形，街边建设很有些地方特色，王忠法在此考察较久，很详细地听取了地方干部的意见。

四、风雨水库行

王忠法一行离开库区后，我们的采访继续进行，但采访的重点由水库南岸较发达的六里坪转向库区北岸的几个偏僻乡镇——凉水河、习家店和均县。这几个乡镇与丹江口市区隔着浩渺的水库，地势崎岖、交通不便，诸多村落分散于像鸡爪或梳子齿般的库汊两岸，因此许多调查工作必须先乘船，然后下到水边进行。也正因此，凉水河、习家店和土台的调查大组集中于船上办公、生活，均县虽然在岸上有集中办公和食宿点，但也配备了工作用船。

同样由于地处偏僻，生活不便，这几个乡镇调查人员的日常生活用品（主要是蔬菜、肉类等食品），主要依靠交通船从丹江口市区定时补给。我们对这几个地方的采访乘坐的就是"库建1号"补给船，它大约每3天就要到库区巡游一次。舟行水上，成为我们这两天的主旋律。

3月14日一大早，我们离开丹江饭店，乘车过坝，登上停泊在上游码头的"库建1号"。马达突突轰鸣，船儿徐徐驶出码头，向着水库深入行进，船体轻轻摇晃，不时激起白色的浪花，在船尾留下一层层的涟漪。青绿的水、青绿的山，以及笼罩在水面上的朦胧雾气，让我们很快陶醉于这田园牧歌式的世界。

从丹江口市出发两小时后，我们抵达了第一站——凉水河和土台调查组联合租用的生活用船。我们了解到的情况，远没有想象中的那么富有情调。

土台、凉水河、习家店和均县，位于丹江口市西北部，与市区隔水库相望。前三个乡镇移民数量虽不算多，但主要分散在沟沟汊汊，调查组的主要交通只能靠船。为了工作方便，组里的同志都吃住在停靠于固定位置的大船上，工作时靠小船来往。均县调查组的主要成员虽然吃住在镇上，但也有大量移民居住在库区，也包下了一条大船和一条小船。船上生活十分不便，主要生活物品全靠"库建1号"每隔三天从市区输送一次。他们也是库区生活最艰苦的人群。

习家店和土台联合租住的生活大船原先是旅游船，分上中下三层，经过改造后，中层为工作室兼卧室，除了狭窄的走道，几乎全被板凳、木板拼成的通铺塞满。底层是狭窄的单人间和双人间，虽空气污浊、光线昏暗，但相对密实的舱体能够稍稍抵御严寒和大风，是当地能为长江委人提供的最好住处。三层是观景阳台，登高望远很是惬意，但这里面积狭小，即使裹上棉衣仍四处透风，待不了多久就顿觉寒气逼人，因此条件最差，地方配合人员将这里留给了自己。船上虽有厕所，但为了保证水质，说得更通俗点，就是为了避免污染他们在船尾做饭的饮用水，男同志的方便问题都在岸上的山林中解决。船上电力紧缺，地方同志想办法从山上牵了很长的导线仍然无法保证笔记本电脑的正常用电。调查人员没有办法洗澡，许多人都起了疹子。船上手机没有信号，人们有急事只能爬到最高的山上，寻找微弱到几近于无的信号。

艰苦的条件没有影响调查工作，在这里负责的何汉生向我们介绍了工作情况。看着我们惊讶的样子，他说，与凉水河相比，我们这里的条件还算好的。他们的生活用船小而陈旧，条件与我们的小工作船差不多，他们的工作船条件更为艰苦。说完，他带着我们参观了他们的工作船。船体单薄陈旧，四处透风，仅仅站上几分钟就冷得发抖。

"这还是停在水边，真要在水面上开起来，温度比现在还要低几摄氏度。"

更艰苦的是调查工作，由于移民太分散，且多在密如梳子齿般的库汊深处，在这里搞调查更是大海捞针、深山探宝，走一天能找到几户都很难说。

我们在这里还见到了几位勘测人员，他们的任务是定点、定位，确定移民调查点的高程是否在淹没影响范围内。库区调查绝大多数地区的勘测工作较为容易，因此许多勘测人员在完成任务还要给本组的移民调查人员打下手，如量房间时拉皮尺等等。只是到了这里，情况就不一样了，他们的任务有时比调查人员还重。

一地更比一地艰苦的条件，大大超出了我的想象。库区移民调查人员在我心中的地位骤然生动且高大起来。

我们在船上吃过了简单中餐，然后乘"库建1号"继续上行。大约1个小时后，靠上了停在北岸上的一艘小趸船，这便是习家店工作组的驻扎地了。

正如何汉生所说的那样，习家店的条件比凉水河还要艰苦。他们的生活船由小小的趸船改造而成。趸船主舱室被木板隔成了两个简易船舱，除仪器和计算机必须占据的空间外，工作人员即使见缝插针，也只能挤下8个，剩下的2个人只能寄居于离船两千米的山上。这是全库区条件最艰苦的一个调查组，调查组的负责人叫邹旦红。

但艰苦的条件没有让调查人员退缩。在这里配合调查的习家店镇副镇长卢功学告诉我们，通过一个月的船上工作，长江委人给他留下了五点深刻印象——政治觉悟高、业务能力强、工作作风扎实、不怕吃苦、与地方同志配合密切。他很动情地说：艰苦的条件让他们这些在山区生活多年的同志尚不适应，可来自大城市的长江委人却扎实地安顿下来，没有人诉苦，没有人影响工作，他对长江委的技术人员表示钦佩。

何副镇长还说：习家店人对长江委人看到眼里，疼在心头。长江委人住在武汉，不缺吃，不缺穿，风不吹，雨不淋，只是为了我们这些移民，为了国家南水北调的大业，才吃苦受累。我们应该向他们学习。就连为他们扛仪器的地方配合人员都知道，如果路上滑倒，一定要向前倒，决不能摔坏身上背的仪器。

人心是一杆秤，能准确地称出你在别人心中的分量；人心是一面镜子，能清晰地反映着你的行为举止对别人的影响。长江委以自己的行动赢得了应有的尊重，也赢得了加坝调查难得的大好局面。

我们在习家店待了大约一个小时。在我采访的时候，陈仲原和刘小康上水库边的山上拍摄影像资料。他们说，从船上到岸上有一条又长又细的电线，应该是船上供电的主要电线，他们无意摸了一下，那电线热得发烫。由这样的电线提供的电力，显然只能满足船上人员最为基础的供电需求。除了日常照明之外，可能连笔记本电脑都无法带动。

"库建1号"从习家店出发，又经过一个小时的航程，终于抵达此行终点，另一个移民大镇——均县。这里与淅川的老城类似，是丹江口市的原政府所在地，丹江口工程蓄水后，均县主城区大部分淹没于水下，县城迁往现址，部分移民后撤到了这里。作为老县城所在地，均县的人员、耕地、房产等淹没实物指标比凉水河、土台、习家店大得多；但也相对集中一些，因此这里的调查人员平时居住和工作都在岸上旅馆，但也配备了专门的工作船。我们在这里舍船登岸时走的是宽仅20厘米的跳板，上面沾满了黏稠的泥巴，滑得厉害，后来我知道这就是传说中的膨胀土。为了避免掉进江里，我们不得不在跳板上小心翼翼地挪步。

在均县，我们遇到了当年写长篇报告文学《天平》时采访过的老朋友——库区处主任工程师李杰，还有已经在这里工作了许久的长委宣传出版中心的同事高伟。水库的风越刮越大，将好不容易抬升的气温一下子又拉回了冰点。可调查人员们却坚守在堆满了文件、图册的办公室，直到深夜也没有离开。

3月15日上午，天降中雨，我们跟随着调查人员前往关门岩村，再次见识了昨天在轮船跳板上见到的膨胀土。这种土在库区普遍存在，晴天时坚硬如刀，但一旦进水膨胀就会变得极其黏稠，即使穿着高筒套鞋，它也只向上爬，不倒向两边，不熟悉情况的人在土中走不了几步就会感到脚步沉重异常。

看着我们艰难地在地上前行，李杰说，这是整个均县条件最好的移民点了，人员集中、土地平坦、离乡镇近。我说，如果这是最好的，那么最差的条件是什么。李杰叹了口气，没有直说，只是指着与他们一起行动的女孩说，我们这里，是把女人当男人用，把男人当牲口用。

3月15日下午，我们随完成了物资输送任务的"库建1号"返回丹江口市的时候，同船还多了一个人。据介绍，他也是库区处的职工，已经一个多月没有回家，此次他的妻子正在丹江口考察，组织上专门安排他到市区见面。这也成为我们此行中一个难得的插曲。

在丹江口水库短短两天的经历，让我对可爱的移民、移民干部以及我们的专业技术人员的认识，大大加深了一步。

五、郧县五日行

3月16—21日，我们离开丹江口，到郧县采访。除一头一尾主要是赶路和内业调查外，中间的四天，有两天随调查大组到安阳镇、天河口镇，有一天跟随专业项目组采访供电局、电信局和交通局，还有一天则在地方移民干部的带领下，走访了全县淹没损失最大的柳陂镇。

在郧县，我们遇到了年届六旬的长江设计院副院长王思乔。他正在这里带队进行质量检查。他告诉我们，40年前，他在丹江口迈出了进入长江委工作的第一步，如今，他又将在这里结束工作状态，正式退休。因此，他说组织让他来到这里，是要他"收回脚印"，他一定会认真复核，把脚印收好，不留遗憾。

3月17日，阴雨已过，天彻底放晴，并且从此开始步入升温节奏。我们和王院长一行前往县城东边的安阳镇小河村。这里与丹江口市的习家店相距不远，是郧县库区最东边的乡镇。在这里调查的负责人是库区处一室的陈俊勇。在上个月调查开始时他刚刚结婚一个月，几天前刚在县城过了30岁生日，是个温文尔雅，很有些秀气的小伙子。

小河村的调查与几天前在均县类似，情况并不复杂，但膨胀土太多。我们的汽车进入乡村的土道时就明显感到雨后的土质十分黏滑，用司机段师傅的话说，就是"汽车踩上了西瓜皮"，好在段师傅实战经验丰富，硬是把车开到了村支部门前，让我们少走了不少烂泥路。可随车轮溅起的泥浆，却沾满了车身、车窗，段师傅昨天的洗车成果算是彻底泡汤。

出行前，陈俊勇为我们换上了高筒套鞋。有位司机觉得自己开车不走泥地，没有必要换鞋。可是他刚迈出第一步就是脚出来皮鞋没出来，引得大家哈哈大笑。看着我们如鸭子般蹒跚前行，陪同的村主任说出了在膨胀土上防滑的诀窍，大意是不能走直线，要左一脚右一脚走八字步。我们试了一下，还真有作用，但过后很快就忘了。毕竟，这样的经历并非随时可以遇到。

中餐是在村主任家吃的，大鱼大肉和粗加工的蔬菜，油腥大，盐也下得重，口味与我们大不相同，卫生条件也有限。

记得临走时，陈俊勇看着我们脱下雨鞋，穿上皮鞋时，露出了羡慕的眼神。他说，他们在这里工作一个月，始终都阴雨绵绵。不下雨时，他们穿解放鞋，雨天时穿套鞋，已经不知道穿皮鞋是什么感觉了。而且，由于村里缺水、缺电，他们住的三人间，每天只能提供一瓶开水，连基本洗漱都不能保证。我问：洗澡该怎么办？他说，这一个月，他只洗了一次澡，身上长满了疙瘩。刚开始时还觉得痒，时间长了也没感觉了。我当时就对他们有了同情感。不过，以后天气一直晴朗，估计他们应该很快就能穿上皮鞋了。

3月18日，我们跟随专业项目组采访了郧县的供电局、电信局和交通局。

与固守某个"据点"，主要查人口、土地、房屋的农村调查组不同，专业项目组调查的对象是交通、供电、电信、广电、水利、矿产等企事业单位，调查的重点是物。工作和生活条件稍好一些。但工作范围涉及整个库区的所有县乡，工作内容涉及各个专业，无论外业调查，还是内业复核都极其琐碎。一个月来始终是风雨兼程，他们不仅完成了工作，还帮一些单位弄清了自己的家底。

专业项目组组长常益中，夫人在宣传出版中心工作，与我们是多年的朋友。常年无规律地奔波，让他患上了胃溃疡、胆囊炎，此次调查，他天天都带着药瓶子早出晚归。为了让我们能够有时间与地方干部交流，并且"吃顿饱饭"，他有意在当天下午靠近晚餐的时候调查了经济实力最强的交通局，让我们好好打了一顿牙祭。

3月19日，王思乔院长决定点名复核郧县最西边，也是整个库区最偏远的乡镇——五峰镇。这个乡镇虽与郧县都在汉江岸边，却不能直通公路，必须经郧西县城折返，要在崎岖的大山中长途跋涉3个多小时100多千米。到了镇上，王院长拿着调查人员提供的信息表，随机选取了几户人家，逐个找到户主落实人口情况。为了保证成果质量，在丈量移民房间尺寸时，他没有请库区处工作人员，也没有请地方配合人员，而是让开车的李师傅拉皮尺一头，他记录皮尺的另一头。这里的农民家家养猪，好多房子就与猪圈砌在一起。西装革履的李师傅看着满是粪便的猪圈面有难色，可王院长毫不通融，李师傅也只好跳进猪圈完成任务。直到一次丈量时惊动了旁边的一条大狗，那狗见有人跳进它看管的领地，咆哮着站起来冲李师傅作扑倒状，幸亏被主人按住才没有出事。直到此时，王院长才出于安全考虑，换下了李师傅，改由当地百姓丈量。在李师傅小声抱怨时，王院长一脸严肃地说，库区淹没测量是技术活，更是经济活，你的一点小小疏漏，会给国家或移民带来实际的损失。调查大纲规定是（面积误差小于5%，人口误差小于10%）最起码的要求，我们对自己一定要比这更严。让你进猪圈，因为你是我们质量检查组的人。李师傅无话可说，但暗地里还是连连摇头，叫苦不迭。

由于交通不便，我们此行出来得较早，因此在基本核查任务完成后，有较长的时间可以自由活动。我利用这段时间看了村里的小学，很简陋，让人有想哭的感觉。但这里的风景很美，尤其是进出村口的那段，有十多千米始终沿着蜿蜒曲折的汉江前行，再往上不远，就是陕西省的白河县了。汉江婀娜多姿，两岸青山相对而出，高低起伏，远看仿佛是挂在山脚，浮在水面的山水画廊。大大小小的山村点缀其间，仿佛童话境界。

3月20日，我们在郧县移民局同志的带领下，用一天的时间走访了柳陂镇。

柳陂镇在郧县的地位有些类似丹江口的六里坪，既是移民第一大镇，又是库区经济实力最发达的乡镇，交通便利，我们调查的重点是私营企业——金沙滩娱乐城。这也是库区淹没损失较大的企业。我们还在地方同志的带领下参观了青龙山恐龙地质公园，看到了一连串大大小小的恐龙蛋，度过了难得清闲的一天。

六、再回淅川

3月21日，我们驱车离开郧县，一路向东北行，大约3小时后，抵达淅川。这是我们此行第三次，也是最后一次抵达淅川了。

我在淅川待了整整十天，可分为四个阶段。

第一天为熟悉情况，在地方同志陪同下，我们走访了鸡鸣三省的荆楚关，以及大石桥调查组，见到了在这里负责的于良友。晚上采访了在这里进行质量检查的原库区处处长、时任长江设计院副总工甘家庆。

22—25日为普查阶段，我们在县移民局王琳同志的带领下，利用四天时间，沿着水库周边，依次走访了滔河、盛湾、仓房、香花等重点移民乡镇。其中，滔河乡共有5000多户，1.8万人，移民数量居于淅川县第一，也是库区五个（六里坪、均县、柳陂、滔河、香花）移民数量超万人的乡镇之一。不过，由于这里多为平地，房屋也整个划一如军营一般，因此移民调查工作，尤其是房间测算的难度不如临近库岸的香花。滔河组的负责人王德兵，与许多库区处的干部一样，也是老病号。他患的是糖尿病，不能劳累，但工作性质却是非常劳累。为此，当地移民所所长刘晓每天都会尽量让他多吃青菜，并四处寻找猪胰子为他降糖，这让他感激不尽。临行时，王德兵送给我一本南阳地图，里面对淅川各县有详细介绍，为我了解库区提供了不少便利。

我们在盛湾乡住了一宿，看到了在办公室紧张地进行内业整理的负责人张军伟。他忙得几乎没有时间与我们交谈。倒是从别人口中，我打听到他主动向灾民移民捐款捐物，并发动大家一起行动的故事。

第二晚我们住在位于水库西边的仓房乡，这里地广人稀，经济落后。居民多为历年来从各地返迁的原库区移民。由于大多数移民早在当地销了户口，且是偷跑回来，没有经过组织批准，因此在很长一段时间没有正式户口，也没有合法的房屋、田地，只能靠水库边有限的消落地种植庄稼勉强度日。大约在20世纪80年代后，国家承认他们的户口，但这里经济仍欠发达。我们从盛湾到此开车就花了好几个小时。

在仓房，我们参观了河南四大名寺之一的香严寺，采访了最为边远的沿江村，这里百姓贫困而又淳朴，他们支持南水北调建设，愿意为之搬迁，也希望自己能够因为搬迁而生活得更好一些。

在沿江村吃过中餐后，我们乘车到汽渡码头，用了一个半小时才跨越浩瀚的小太平洋——丹江口水库，到达东岸的香花镇。丹江口水库的壮美，只有在这里才有最直观的感受。

此时香花镇的调查工作已经结束，袁锦明所带的调查组迁往上集。镇里的人不多，但全镇弥漫着让我们"热泪盈眶"的辣味，让我们见识了河南省著名的辣椒之乡。在移民局的安排下，我们当晚住在由游艇改建的水上饭店。船舶是按星级宾馆装修的，设施齐备，与我们在凉水河、习家店所见的船舶不可同日而语。

夜里，繁星满天，江枫渔火，习习江风吹来，倒也感受不到多大的寒气，不知不觉间，天气越来越热了。劳作多日的我们，就着起伏的波浪和若有若无的涛声，很快进入梦乡。

26 日和 27 日，是重点采访阶段。宣传中心的领导认为，经过 20 多天的采访，我们跋涉了库区各县，完成的通讯稿也基本反映了库区调查的方方面面。但面上的东西多，深入的东西少，要求我们选择一两个重点人物专题宣传。库区处选择了两个典型，一个是袁锦明，一个是李红。为此，我分别在他们调查的乡镇——上集和金河进行一天的采访，并分别写出了通讯。

此后的几天，也是第四阶段，说得好听是内业修改阶段。由于连续奔波耗尽了我原本就缺乏的文思，让我的写作越来越迟顿，写出的东西也越来越粗糙，以至于无法通过库区处领导的法眼。3 月 29 日，宣传中心按计划将我们召回时，我的最后两篇通讯一直没有过关。调查大组的组长黄立章希望我还能够多待两天，把通讯改好。因此，陈仲原、刘小康和段师傅三人返汉，我独自一人在淅川又待了三天，一面增加采访，一面修改通讯，同时饱览淅川县城的人情风物，品味着它 2000 多年前作为楚国都城的辉煌。到 4 月 1 日，修改工作基本完成。

4 月 2 日中午，我乘汽车从淅川出发，经过襄樊转车，在当天晚上 10 时左右抵达阔别近一个月的武汉市杨园家中。

结语

光阴荏苒，日月如梭，不觉间，这次库区调查过去了多年。

有关采访的故事，有的记忆犹新，有的已经淡忘。更多的则在尘封于历史的故纸堆中若隐若现。

丹江口大坝加高移民淹没实物指标调查历时两个半月，我的此次采访之行历时整整一个月，无论是两个半月，还是一个月，对于历史不过是短暂的一瞬，可对于凝聚了长江委几代人心血、汗水和集体智慧的南水北调中线工程来说，却是从理想到现实，从梦想到成功。洁净的汉江水，正遵从人类的意志，汩汩北流，滋润华北，惠及京津。我能亲眼见证着中国的进步，深感自豪。

让焦渴的北中国共饮长江水[*]

——长江委助推南水北调中线一期工程通水纪实

陈松平

江水北上，中线梦圆。

2014 年 12 月 12 日 14 时 32 分，随着南阳陶岔渠首大闸缓缓开启，蓄势已久的"南水"踏上北上征程，南水北调中线一期工程正式通水，跨越半个多世纪的调水梦终于梦圆！

历经 50 载论证、11 年建设，清澈的长江之水终于从丹江口水库出发，过陶岔闸后，顺干渠涌流、沿渡槽飞奔、经隧道穿黄，一路向北，跨越华北平原，如一条玉带蜿蜒流过 1432 千米，最终到达目的地——首都北京，沿途润泽豫、冀、京、津焦渴的大地。

为了划定这条向北方"输血"的生命线，让焦渴的北中国共饮长江水，60 余年来，长江委几代"调水人"前赴后继、呕心沥血，从水文、勘察、规划、设计、科研，到水环境保护、水资源管理、水行政执法、工程建设与管理，各专业不遗余力做好技术支撑，为南水北调中线工程顺利通水提供强有力的支撑和保障。

如今，"从南方借点水给北方"的圆梦之旅终于启程，长江委"调水人"为此所付出的艰辛和智慧，早已浸润在滚滚江水中，畅快地流向北方。

规划篇：满腔赤诚绘蓝图

二千五百年前，中国人开凿了世界上最早、最长的人工河——京杭大运河。1794 千米的河道，沟通五大水系，成为世界水利史上的东方传奇。

21 世纪初，中国人建成了世界上规模最大的调水工程——南水北调中线工程。一条"清水长廊"纵贯南北，横跨长江、淮河、黄河、海河四大流域，每年用近百亿立方米的甘泉去滋润焦渴的北方。

这是跨越数千年的约定，这是相隔数世纪的期盼。中国水利史上这两项伟大的人工奇迹，蜿蜒在华夏大地上。

1952 年，毛主席视察黄河时，第一次提出了设想："南方水多，北方水少，如有可能，

---

*2014 年发表于《人民长江报》《大江文艺》。

借点水来也是可以的。"

为了让"借水"宏图从梦想走向现实，为了划定这条向焦渴北方大地"输血"的生命线，长江委技术专家的"借水"路就像中线线路一样漫长。为了选择一条更合适的线路，他们踏遍了沿线的山山水水，分析比较了上百种方案，不知踩破了多少双鞋、用坏了多少幅地图。

1959年，长江委编制完成《长江流域综合利用规划要点报告》，首次提出从长江上、中、下游引水的南水北调总体布局，奠定了中国南水北调的基本框架。1987年提交的《南水北调中线工程规划报告》，推荐在丹江口水库已建成初期规模的条件下，向北方年均调水100亿立方米的方案，全线自流到北京。

半个多世纪的酝酿，只为那喷薄的芬芳。2002年12月，国务院正式批准《南水北调工程总体规划》。历经大半个世纪的反复论证，南水北调工程终于在21世纪初进入建设高潮期。

长江委作为南水北调中线工程技术总负责单位，同时承担了丹江口大坝加高工程、库区征地移民工程、陶岔渠首枢纽工程的勘测设计和建设管理、穿黄工程的勘测设计等工作。2005年9月，中线一期工程的关键控制性工程——丹江口大坝加高工程和穿黄工程相继开工建设。

勘察篇：筚路蓝缕赴使命

从渠首到北京团城湖，南水北调中线干线工程跨越长江、淮河、黄河、海河四大流域，工程规模巨大、线路长、各类交叉建筑物众多，涉及社会、经济、环境、工程技术等方方面面，具有工程技术难度大、社会经济关系复杂等特点。几代长江委人栉风沐雨，筚路蓝缕，共同筑造起这一世纪工程。

山苍苍，水茫茫。回首1957年，长江委首次全线勘察南水北调中线，揭开了全面认识中线工程地质条件的序幕。40余年的勘察、研究，查明了中线工程的地质条件。最终，长江委人豪迈地说：中线工程已经不存在制约工程建设的重大地质问题。

如果说地质条件的勘察给南水北调工程扫清了工程障碍，那么收集水文本底资料则是为南水北调提供了关键的数据支撑。自20世纪50年代开始，长江委人收集、整理了大量水文资料，积累了丰富的水文设计成果，呈现的两个结论至关重要：受水区确实需要水，水源区有足够的水量可以调。

2004年8月，长江委组建南水北调中线水源有限责任公司，作为项目法人承担丹江口大坝加高建设管理的神圣使命。项目法人是整个项目建设的指挥中心，无数个白天黑夜，他们群策群力，制订计划、优化方案、组织攻关、确保安全生产管理……这些看似基础的工作，成为巨型建设系统正常运转的前提和保障。

2000天激情奋战，3000人挥汗战场，共同铸就了丹坝这座巍峨的丰碑。丹坝建设者们以高度的责任感和使命感，创造了一个个令人惊叹的建管奇迹，让丹江口大坝顺利浇筑到顶。

南水北调中线水源工程的移民搬迁达到 34.5 万人，其强度和难度在全国水库移民搬迁史上绝无仅有。水源公司与湖北、河南一道，四年任务两年完成，创造了我国水库移民迁安的奇迹。

南水北送京津，水质至关重要。长江委于 2003 年在中线水源地架设水质自动监测站，实时自动监测库区水质，并于当年成立了长江流域水资源保护局丹江口局，力保一库清水。与此同时，从 2006 年开始，《丹江口库区及上游水污染防治和水土保持规划》正式实施，"丹治"一期工程累计治理水土流失面积 14467 平方千米，二期工程截至目前治理面积超过 2739 平方千米。

为加强丹江口库区水源地保护和生态建设，2012 年 5 月，水利部正式批复同意汉江流域为全国加快实施最严格水资源管理制度试点，结合汉江流域"三条红线"指标，水源地保护有了明确依据。

作为流域机构，长江委多年来严厉打击丹江口水库及其上游地区水事违法行为，查处了一批水事违规案件，并成功探索了联合执法机制，在库区形成了良好的法治氛围，为中线通水提供坚实的法治保障。

千里送水进京华，攻坚克难润北方。长江委人不懈努力，确保了中线工程顺利实施，也确保了水质安全，护航南水北调工程沿着中华梦圆之路奋勇向前。

科技篇：匠心独具克难关

南水北调，滚滚江水向北去，要征服的不仅是遥远的陌生旅途，更有道道技术难关。

"与传统水利工程不同，南水北调工程所涉及的许多软科学与硬技术是世界级的，是水利学科与多个边缘学科联合研究的前沿领域。"长江设计院副总工程师、南水北调中线一期工程技术负责人吴德绪说，"无论是丹江口大坝加高的新老混凝土结合、处在研究和认识阶段的膨胀土渠道及边坡处理、隧道穿越黄河，还是超大规模的大型输水渡槽工程，其设计技术难度均堪称世界之最。"

丹江口大坝加高工程，是南水北调中线工程关键性、控制性、标志性工程，也是国内水电工程加高续建项目中规模和难度最大的大坝加高工程。在 40 年前建成的混凝土坝体上贴坡加厚、加高，确保新老坝体协同工作、联合受力等相关技术标准要求，是丹江口大坝加高工程遇到最大的技术难题。长江委工程技术人员经过反复研究，确定了加高坝体直接浇筑，新老坝体结合面合理修整并以键槽加强构造作用为主，加强新浇混凝土温控措施，辅以结合面周边锁扣插筋、适当控制大坝加高期间丹江口水库水位等综合措施，系统提出了丹江口大坝加高工程施工技术要求，成功解决了新老坝体联合受力问题，让新老混凝土完美地完成了"世纪之吻"。

穿黄工程是南水北调中线的"咽喉"工程，北上的江水如何穿越属于地震区带、地质条件复杂、河势多变的游荡性河段，安全通过黄河，又保证水质，成为设计者面前的又一挑战。长江委工程技术人员独具匠心，勇于创新，解决了水底软土地层隧洞高压输水、竖井与隧洞间不均匀沉降和抗震、竖井防水与地基加固、整体稳定与结构安全，以及长距离施工等一系列重大技术问题，完成了隧洞穿黄的惊世之作，为中线工程顺利建成写下了至为关键的一笔。

全长约 1277 千米的南水北调中线总干渠，有近 400 千米的渠道要穿越膨胀土地区。在民谚中，膨胀土被描绘成"晴天一把刀，雨天一团糟"。在膨胀土上修渠，这种土会反复地遇水膨胀，失水收缩，造成渠道垮塌。长江委科研专家组进行了多年研究，单是现场试验就长达 5 年，经多方案研究，结合南水北调工程具体条件，选择了坡面保护与局部裂隙发育的渠段渠坡加固的设计方案；系统提出了膨胀土坡面保护材料——水泥改性土的特性、非膨胀土膨胀性控制标准，顺利驯服了膨胀土这只横亘在南水北调中线工程上的"拦路虎"。

还有长距离输水运行控制打造中线工程调度的"中枢指挥官"、滴水不漏的渡槽设计完成"天下第一跨"……一个个世界级难题被攻克，铸造了一座座水利科技创新的丰碑，为南水北调中线工程建设奠定了坚实的技术基础。

奉献篇：碧血丹心映江河

江水北上，千里迢迢。南水北调工程是中国水利史上的鸿篇巨制，是世界调水史上的传奇。长江委几代"调水人"前赴后继，有的已经故去，有的早已华发苍颜，有的刚刚走来，正是"团结、奉献、科学、创新"的长江委精神的接力传承，长江委人的中线通水梦才变为现实。

查阅南水北调中线勘察设计的工作量，有这样几个数据：62 年来，南水北调中线工程全线累计钻探进尺达 30 万米，相当于上海到南京的实际距离；仅在穿黄勘测过程中，地质测绘总面积达到 300 多平方千米，等于在黄河岸边"划"了一个滇池；仅《南水北调中线一期工程可行性研究报告》总字数超过 2000 万字，比 30 本《新华字典》还要多……

长江委设计院曾有一位长期从事南水北调规划工作的女高工，中线工程开工前被查出身患绝症，弥留之际，她留下了这样的遗言：我干了一辈子南水北调，最大的愿望就是能看到开工，现在我看不到了，请把我的骨灰埋在丹江口水库的山上，等到开工的那一天，我也能看上一眼……

2003 年春，中线工程丹江口水库淹没实物指标调查激战正酣，此时正值"非典"肆虐，但长江委全体调查人员没有一个退缩。他们一边抗御"非典"，一边坚持调查，终于在 4

月 28 日基本完成淹没实物指标调查外业工作，提交了《丹江口水利枢纽大坝加高工程初步设计阶段水库淹没实物指标调查报告》，并于 2003 年 7 月通过审查，为国家决策和给关心丹江口水库移民的人们交上了一份满意的答卷。丹江口库区的干部还用"走千山万水，历千辛万苦、进千家万户、留千言万语"对长江委调查人员的工作给予了高度评价。

减发电、降效益，奉献不计成本、不讲条件。从 2013 年 9 月起，丹江口水利枢纽的管理者、建设者——汉江集团就开始大幅度减少发电量保蓄水，集团上下全员曾一度减薪 30%。面对着自身付出巨大牺牲、艰难等待而蓄积起来的一库清水，汉江集团人心中百感交集。面对众多前来采访的媒体，汉江集团人始终以大局为重，铿锵有力地回应道："保通水，这是我们应该担负的责任。"

62 年弹指一挥间，在以卡车装载来计量的规划设计图上，印刻着不同时期、不同工作人员的笔迹，一笔一画都是那么工整、那么细心，字里行间凝聚着对"生命水线"的无限热忱。

今天，泛着阵阵涟漪的一渠清水，映照着长江委"调水人"的碧血丹心，自流奔向北方。

守护篇

SHOUHU PIAN

推进南水北调后续工程高质量发展

李国英

习近平总书记在推进南水北调后续工程高质量发展座谈会上的重要讲话中，充分肯定南水北调工程的重大意义，系统总结实施重大跨流域调水工程的宝贵经验，明确提出继续科学推进实施调水工程的总体要求，对做好南水北调后续工程的重点任务作出全面部署，为推进南水北调后续工程高质量发展指明了方向、提供了根本遵循。推进南水北调后续工程高质量发展，必须认真学习贯彻习近平总书记重要讲话、重要指示批示精神，科学推进实施调水工程，加强和优化水资源供给，为全面建设社会主义现代化国家提供有力水安全保障。

深刻认识南水北调工程的重大意义

水是生存之本、文明之源。为全面建设社会主义现代化国家提供有力水安全保障，必须心怀"国之大者"，从讲政治、谋全局、顾长远的战略高度深刻认识南水北调工程的重大意义，进一步强化推进南水北调后续工程高质量发展的责任担当。

习近平总书记强调："南水北调工程事关战略全局、事关长远发展、事关人民福祉。"南水北调工程是党中央决策建设的重大战略性基础设施，是优化水资源配置、保障群众饮水安全、复苏河湖生态环境、畅通南北经济循环的生命线和大动脉，功在当代、利在千秋。南水北调东线、中线一期主体工程建成通水以来，已累计调水 400 多亿立方米，直接受益人口达 1.2 亿，在经济社会发展和生态环境保护方面发挥了重要作用。推进南水北调后续工程高质量发展，需要深入分析南水北调工程面临的新形势新任务，完整、准确、全面贯彻新发展理念，按照高质量发展要求，统筹发展和安全，坚持节水优先、空间均衡、系统治理、两手发力的治水思路，遵循确有需要、生态安全、可以持续的重大水利工程论证原则，立足流域整体和水资源空间均衡配置，科学推进工程规划建设，提高水资源集约节约利用水平。

立足新发展阶段、贯彻新发展理念、构建新发展格局，形成全国统一大市场和畅通的国内大循环，促进南北方协调发展，需要水资源有力支撑。要立足全面建设社会主义现代化国家新征程，锚定全面提升水安全保障能力的目标，加强前瞻性思考、全局性谋划、战略性布局、整体性推进，在全面加强节水、强化水资源刚性约束的前提下，统筹加强需求和供给管理，坚持系统观念，坚持遵循规律，坚持节水优先，坚持经济合理，加强生态环境保护，加快构建国家水网，全面促进水资源利用和国土空间布局、自然生态系统相协调，不断增强我国水资源统筹调配能力、供水保障能力和战略储备能力。

传承发扬实施重大跨流域调水工程的宝贵经验

习近平总书记指出："南水北调等重大工程的实施，使我们积累了实施重大跨流域调水工程的宝贵经验。"新中国成立后，我们党领导开展了大规模水利工程建设。党的十八大以来，以习近平同志为核心的党中央统筹推进水灾害防治、水资源节约、水生态保护修复、水环境治理，建成了一批跨流域跨区域重大引调水工程，积累了丰富而宝贵的经验，对于更好推进南水北调后续工程规划建设具有重要意义。

坚持全国一盘棋。习近平总书记强调："要合理安排生产力布局，对关系国民经济命脉、规模经济效益显著的重大项目，必须坚持全国一盘棋，统筹规划，科学布局。"重大跨流域调水工程涉及多流域、多省市、多领域、多目标，规模宏大、系统复杂、任务艰巨。在南水北调工程实践中，党中央统一指挥、统一协调、统一调度。从中央层面优化资源配置，鲜明体现我国国家制度和国家治理体系的显著优势。实践证明，必须坚持局部服从全局、地方服从中央，实现各个方面良性互动、各项政策衔接配套、各项举措相互耦合，有序推进南水北调后续工程各级各项各环节工作，在统筹协调中提升整体效能。

集中力量办大事。习近平总书记指出："正是因为始终在党的领导下，集中力量办大事，国家统一有效组织各项事业、开展各项工作，才能成功应对一系列重大风险挑战、克服无数艰难险阻，始终沿着正确方向稳步前进"。在南水北调工程实施过程中，党中央统一推动，把方向、谋大局、定政策、促改革，集中保障资金、用地等建设要素，举全国之力规划论证和组织实施，广泛调动经济资源、人才资源、技术资源，统筹做好移民安置等工作；各地区各部门和衷共济，43.5万移民群众顾全大局，数十万建设者矢志奋斗，一大批科研单位攻坚克难，形成了实施重大跨流域调水工程的强大合力。实践证明，只要充分发挥社会主义集中力量办大事的制度优势，必定能战胜一切艰难险阻，推动治水事业不断取得新成效。

尊重客观规律。习近平总书记强调："要处理好尊重客观规律和发挥主观能动性的关系。"南水北调工程从规划论证到建设实施，始终坚持科学比选、周密计划，始终坚持生态优先、绿色发展，先后组织上百次国家层面会议，6000多人次专家参加论证，合理确定工程规模、总体布局和实施方案，最终实现经济、社会、生态效益相统一。实践证明，重大跨流域调水工程关系经济社会发展全局，必须遵循经济规律、自然规律、社会规律，科学审慎论证方案，重视生态环境保护，既讲人定胜天，也讲人水和谐。

规划统筹引领。从提出设想到实施建设，多年来南水北调工程始终把规划作为推进工作的重中之重。经过几代人广泛深入的勘测、研究、论证、比选，最终形成《南水北调工程总体规划》，统筹长江、淮河、黄河、海河四大流域水资源情势，兼顾各有关地区和行业需求，确定了"四横三纵、南北调配、东西互济"的总体格局。实践证明，实施重大跨流域调水工程，必须加强顶层设计，优化战略安排，充分发挥规划的先导作用、主导作用和统筹作用。

重视节水治污。南水北调工程始终把节水、治污放在突出位置。一方面，加强节水管理，倒逼产业结构调整和转型升级，受水区节水达到全国先进水平；另一方面，探索形成"政府主导、企业参与、社会监督、多方配合"的治污工作模式，强化东线治污和中线水源地保护。实践证明，调水工程是生态工程、绿色工程，必须坚持先节水后调水、先治污后通水、先环保后用水，促进人与自然和谐共生。

精准调度水量。水量调度是重大调水工程运行管理的重点内容。南水北调东线、中线一期工程通水后，通过多种措施全面掌握调水区来水情况和受水区用水需求，统筹经济社会发展和生态环境保护需要，科学编制年度水量调度计划，根据实时水情精准调度，确保优质水资源安全送达千家万户、江河湖泊。实践证明，面对工程沿线不同地域、不同受众、不同水情、不同需求，必须细化制定水量分配方案，加强从水源到用户的精准调度，不断增强人民群众的获得感、幸福感、安全感。

高质量推进调水工程，努力提升水安全保障能力

习近平总书记强调："继续科学推进实施调水工程，要在全面加强节水、强化水资源刚性约束的前提下，统筹加强需求和供给管理。"高质量推进调水工程，努力提升水安全保障能力，事关保持经济社会持续健康发展。必须从守护生命线的政治高度，扎实推进南水北调后续工程高质量发展，抓紧做好后续工程规划设计，继续加强东线、中线一期工程的安全管理和调度管理。

科学统筹指导和推进后续工程建设。深入分析南水北调工程面临的新形势新任务，准确把握东线、中线、西线三条线路的各自特点，审时度势、科学布局。认真评估《南水北调工程总体规划》实施情况，分析其依据的基础条件变化，研判这些变化对加强和优化水资源供给提出的新要求。处理好发展和保护、利用和修复的关系，继续深化后续工程规划和建设方案比选论证，科学确定工程规模和总体布局。准确研判受水区经济社会发展形势和水资源动态演变趋势，深入开展重大问题研究，创新工程体制机制，摸清底数、厘清问题、优化对策，确保拿出来的规划设计方案经得起历史和实践检验。

坚持和落实节水优先方针。从观念、意识、措施等各方面把节水放在优先位置，把节水作为受水区的根本出路，长期深入做好节水工作。加快建立水资源刚性约束制度，严格

用水总量控制，根据水资源承载能力优化城市空间布局、产业结构、人口规模。大力实施国家节水行动，统筹生产、生活、生态用水，大力推进农业节水增效、工业节水减排、城镇节水降损，提高水资源集约节约利用水平。处理好开源和节流、存量和增量、时间和空间的关系，坚决避免敞口用水、过度调水。依托南水北调工程等水利枢纽设施及各类水情教育基地，积极开展国情水情教育，增强全社会节水洁水意识。

确保南水北调工程安全、供水安全、水质安全。优化南水北调东线、中线一期工程运用方案，实现工程综合效益最大化。建立完善的安全风险防控体系和应急管理体系，加强对工程设施的监测、检查、巡查、维修、养护，确保工程安全。精确精准调水，科学制定落实水量调度计划，优化水量省际配置，最大限度满足受水区合理用水需求，确保供水安全。加大生态保护力度，加强水源区和工程沿线水资源保护，抓好输水沿线区和受水区污染防治和生态环境保护工作，完善水质监测体系和应急处置预案，确保水质安全。结合巩固拓展水利扶贫成果、推进乡村振兴，继续做好移民安置后续帮扶工作，确保搬迁群众稳得住、能发展、可致富。

加快构建国家水网。以全面提升水安全保障能力为目标，以优化水资源配置体系、完善流域防洪减灾体系为重点，统筹存量和增量，加强互联互通，加快构建国家水网主骨架和大动脉，加快形成"系统完备、安全可靠，集约高效、绿色智能，循环通畅、调控有序"的国家水网。立足流域整体和水资源空间均衡配置，遵循确有需要、生态安全、可以持续的重大水利工程论证原则，实施重大引调水、供水灌溉、防洪减灾等骨干工程建设。坚持科技引领和数字赋能，综合运用大数据、云计算、仿真模拟、数字孪生等科技手段，提升国家水网的数字化、网络化、智能化水平，更高质量保障国家水安全。

守护篇

建中线水源工程　筑千秋伟业丰碑[*]

胡甲均　王新友

【摘要】丹江口大坝加高工程既是南水北调中线关键性控制工程，又是目前国内最大的水利枢纽改扩建工程，施工难度大、技术要求高、施工环境复杂、安全生产形势严峻、社会广泛关注。南水北调中线水源有限责任公司是工程建设的业主，为适应水源工程建设管理的需要，根据《公司法》的规定，水源公司设立了以董事会为决策层、经理班子为执行层、监事会为监督层的法人治理结构，为工程的建设管理提供了可靠的组织保证。在工程建设管理实践中，公司以创建精品工程为目标，精心组织、科学施工、严格管理、扎实工作，圆满完成了各施工年度的建设管理任务。

南水北调中线水源有限责任公司（以下简称"公司"）主要承担丹江口大坝加高、水库征地移民、陶岔渠首枢纽和中线水源工程管理专项 4 个设计单元的建设管理任务。公司自组建以来，坚持以科学发展观为指导，积极探索工程建设的特点和规律，全面履行建设管理职责，充分发挥项目法人的主导作用，使中线水源工程建设的形象进度、工程质量、生产安全和投资完成情况在整个南水北调系统内均名列前茅。2013 年 8 月，丹江口大坝加高和库区征地移民工作一次性通过国务院南水北调办组织的蓄水验收; 2014 年 11 月 1 日，南水北调中线工程开始通水试验; 同年 12 月 12 日，南水北调中线工程正式向河南、河北、北京、天津 4 省市 20 多座城市提供生活和生产用水。伟人的构想、人民的夙愿，终于变成现实。

1. 工程建设成效显著

1.1 施工进度满足总体要求

公司以年度度汛形象为重点，合理安排生产布局，加强现场施工组织协调，妥善处理了防汛和施工、发电、老坝体裂缝检查与处理的关系。截至 2014 年，大坝加高主体工程已累计完成土石坝填筑 407.35 万立方米，混凝土浇筑 115.56 万立方米，钢筋制安 10.65 万吨，老坝体裂缝处理 30158 米。大坝金结机电改造项目全部完成并投入使用，300 吨升船机改

---

* 原载于《人民长江》2015 年第 6 期。

造完成并恢复通航，电厂机组改造按期完成并投产发电。大坝加高全线达到 176.6 米设计高程并通过蓄水验收，具备向北方通水条件。

1.2 工程质量总体优良

在工程建设过程中，公司始终坚持把质量放在工程建设的第一位，以创建"精品工程"为目标，通过抓质量体系建设、完善制度、落实各方责任、强化过程控制以及实施检查、巡查、考评、奖惩兑现等措施，严格把好质量控制、各环节验收和质量评定关，有效保证了工程施工质量。大坝加高工程共完成单元工程 19501 个，全部合格，优良 17072 个，优良率 92.1%；分部工程 119 个，全部合格，主要分部工程质量优良，未发生任何质量事故，工程质量总体优良。公司多次被国务院南水北调办评为"工程质量管理先进集体"。

1.3 施工安全总体受控

丹江口大坝加高在城区内施工，与枢纽运行同步进行，形成了施工设备和运行设备交叉、施工人员与运行人员交叉、施工道路和城市交通道路交叉、施工作业船舶和地方航运船舶交叉、施工作业区与居民生活区交叉等复杂局面。加之施工场地狭窄、高临空作业，安全生产管理的非控因素较多，大大增加了管理难度。面对复杂的施工环境，公司坚持"安全第一，预防为主，综合治理"的方针，健全各级安全生产管理机构，建立各项管理制度，加大安全投入，完善安全设施，落实责任制，坚持日巡查、周检查、月考评，严格奖惩，同时对重大危险源进行登记和挂牌明示，及时排查整改安全隐患，工程开工以来未发生较大以上事故，实现了安全生产目标，保证了工程安全度汛。公司多次被国务院南水北调办授予"工程安全管理先进单位"称号。

1.4 投资计划圆满完成

为切实管好工程建设资金，公司严格执行国家财经法规，采取多项措施确保了资金安全、干部安全。（1）按照"总量控制、合理调整"的原则，以批复的概算投资为基础，认真编制项目管理预算。（2）根据工程总体建设进度的要求，编报主体工程年度投资计划，经南水北调办审查批复后，结合工程建设实际进展和有关合同，组织投资计划的实施。（3）及时妥善地处理合同变更和价差调整，委托社会中介机构逐年测算价格指数，对因价格波动、设计变更等导致的工程投资变化进行有效管理。（4）对工程资金使用实施严格监督，公司专门设立了纪检监察审计处，与丹江口市检察院签订了共同预防职务犯罪实施方案，自觉接受国家和南水北调办的稽查审计。在审计署及国家发改委、南水北调办多次组织的稽查审计中，都认为丹江口大坝加高工程的建设资金使用合理、控制得力。公司多次荣获"南水北调系统资金管理先进单位"称号。

1.5 科技创新攻坚克难

类似丹江口大坝加高这样的大型水利枢纽改扩建工程在国内尚无先例，所遇到一些技术难题甚至是世界性的。设计及相关部门经过多年研究，虽攻克了新老混凝土结合等许多

守护篇

技术难关，但在实施过程中，仍不断出现了一些靠传统工艺无法解决的新问题，影响到工程建设的正常进行。公司在国务院南水北调专家委员会和长江委专家的指导下，充分利用设计、监理和施工单位的科技力量，通过试验研究、科学论证，成功解决了大体积混凝土锯缝、键槽切割、闸墩钻孔植筋、高水头下帷幕灌浆、老坝体缺陷处理等技术难题。既保证了工程质量，加快了工期进度，又为大型水利枢纽改扩建积累了经验。

2. 库区移民稳步推进

移民安置是南水北调中线水源工程的重要组成部分。丹江口水利枢纽初期工程共迁移38.2万人，淹没和影响土地286平方千米。大坝加高后，库区淹没涉及河南和湖北两省共5个县、市、区，需迁移34.89万人，淹没和影响土地307.7平方千米。按照"南水北调工程建设征地补偿和移民安置工作，实行国务院南水北调工程建设委员会领导、省级人民政府负责、县为基础、项目法人参与的管理体制"，公司紧紧依靠当地政府，仅用6个月的时间完成了坝区永久占地1.53平方千米、临时用地304.55万平方米、搬迁安置坝区移民2572人的任务。同时，在搞好库区淹没影响范围内人口、实物调查的基础上，根据当地实际情况，按照社会、人口、资源和环境相协调原则，因地制宜地编制库区移民安置规划和试点方案，按期拨付移民资金，及时跟踪了解移民实施进度，为移民安置提供了资金保障。2013年8月，库区征地移民工程通过了南水北调办组织的蓄水前验收，实现了国务院南水北调工程建设委员会确定的"四年任务，两年完成"的移民目标，移民搬迁的难度和强度均创中国水利移民之最。公司被湖北省委、省政府授予"库区征地移民搬迁先进单位"荣誉称号。

3. 公司管理规范有序

为适应南水北调中线水源工程建设管理的需要，公司建立了精干高效的管理机构和员工队伍，公司内部管理规范有序。

3.1 健全组织机构

根据《公司法》的规定，公司设立了以董事会为决策层、经理班子为执行层、监事会为监督层的法人治理结构。公司下设综合部、工程部、计划部、财务部、环境与移民部5个职能部门。同时还成立了临时党委和工会，并根据党章和工会章程，建立了各自的基层组织，为南水北调中线水源工程建设管理提供了可靠的组织保证。

3.2 完善规章制度

按照工程建设对项目法人的要求，公司一直把制度建设作为规范管理的重点，相继制定了82项规章制度，涉及工程设计组织、项目立项、招标投标、计划合同、工程质量、安全生产、文明施工、资金管理、档案管理、生态环境保护及公司内部管理的各个环节。

公司各职能部门权责清晰，分工明确，运转有序，在工程建设和公司管理中发挥了各自的职能。

3.3 加强教育培训

为提高工程建设者的综合素质，增强建设管理能力，公司坚持以解决工程建设中遇到的重大技术难题为重点，以学习借鉴国内外先进的工程建设管理经验为内容，以专业对口、学有所用为原则，采取组织集中培训、选派专业技术人员赴国内大中型水利水电工程建设单位实地考察、与相关科研院所开展课题研究和到国外大型调水工程进行技术交流等方式，分期分批地开展业务培训和技术交流活动。截至 2014 年底，公司已分期分批组织员工外出考察学习近百人次，举办 16 期各类专业培训班，参加培训人数 220 人次。通过教育培训，不仅使员工更新了知识、开阔了视野、增强了公司科研攻关的整体实力，而且直接或间接地汲取了国内外水利工程建设的有益经验，掌握了大型水利水电工程建设管理的先进方法，极大地提高了员工业务素质和管理能力，为又好又快地推进中线水源工程建设提供了智力支撑和技术保证。

3.4 注重以人为本

公司员工来自各个不同的单位。由于各自的工作经历、成长环境不同，其价值观念、思维方式、处事方法等都存在一定的差异。为使员工尽快融为一体，公司领导班子成员利用各种会议和每周的集中学习，反复介绍南水北调工程的重大意义，宣讲南水北调工程建设者的崇高使命，增强员工对公司目标的认同感。同时，根据员工的专业特长，合理安排工作岗位，尽量做到人尽其才、才尽其用，增强员工的工作成就感。通过集体聚会、组织文娱活动、开展体育竞赛以及给职工送生日礼物、对生病住院的职工及时探望等，增进了员工间的了解和友谊，培养了员工的集体荣誉感。

4. 党群工作扎实有效

公司党委坚持围绕中心抓党建，抓好党建促工作的指导方针，不断加强领导班子和党员干部队伍的政治、思想、组织、作风和廉政建设。公司先后开展的"保持共产党员先进性""学习实践科学发展观"和党的群众路线教育实践活动，党员参与率和职工满意度均达到 100%。坚持党委中心组学习制度，通过集中学习、专题讲座、特色党课等形式，学习领会中国特色社会主义理论，传达贯彻党和国家的大政方针以及上级党组织重要会议精神，提高党员干部的政治理论素养。公司领导班子坚持集体领导和个人分工负责相结合制度，凡属"三重一大"事项均由集体决策和职工大会审议；坚持把党风廉政建设作为一项基础性、经常性工作常抓不懈，认真落实党风廉政责任制，逐层签订廉政责任书，并在年底进行考核。同时，建立健全惩治和预防腐败体系，深入开展工程建设领域突出问题专项治理工作，围绕重点领域、抓住关键环节，加强反腐倡廉的预防和监督检查。经上级主管部门 17 次审计、稽查，未发现违纪现象。公司以开展创建文明工地、工人先锋岗、青年文明号为抓手，积极开展精神文明创建活动。工会积极参与公司民主管理，切实维护职工合法权益，广泛开展健康有益的文体活动，以丰富职工的业余文化生活，增强公司的凝聚力和向心力。

"南水"来了[*]

——写在中线工程正式通水之际

李春雷　李铮

按照规划，2014 年 10 月汛期后，南水北调中线全线通水。水，从南方调来了，它会给环境和社会带来怎样的变化呢，人们对此却并不是十分清楚的。伴随着"南水"北流，许多疑问也随之而来：南水北调是否实现了当初工程预期的建设目的？是否真的能够发挥良性效应？是否可以持续平稳地运行……

当天才文人苏轼在黄州江边写下"大江东去，浪淘尽，千古风流人物……"的时候，他做梦也不会想到，九百多年后，滚滚东流的大江，竟然会分流向北，伸出长长的臂膀，探向北方。

南水北调工程：1952 年，毛泽东提出构想；历经 50 年论证，2003 年，国务院宣布南水北调中线、东线同时开工；2013 年，东线一期落成；2014 年 10 月汛期后，中线工程全线通水。

截至 2014 年 4 月底，东、中线一期工程分别累计完成投资 315 亿元和 2082.9 亿元。东线目前年平均抽江水量 87.7 亿立方米，中线初期年调水量为 95 亿立方米，成为全球迄今为止规模最大的一项跨流域调水工程。

南水北调，世界关注！

但是，对于广袤而干渴的华北，"南水"真能解渴吗？滚滚而来的江水中不仅蕴含着希望，也浮沉着各种各样的话题，夹杂着人们的兴奋与不安……

汉江？"旱"江？

丹江汇入汉江之处，是为丹江口。这里是南水北调中线调水基地，被誉为"一盆"滋润北方的清水。

其实，调水计划从开始就遭到质疑。有人表示，汉江每年进入湖北的水量大约为 393 亿立方米，而中线计划调走 95 亿立方米，约占总量的 24%，这已经远远超过国际上公认的跨流域调水 15% 的上限。

守护篇

---

* 原载于《中国国家地理》2014 年第 11 期，有删节。

在南水北调中线工程通水之际，一江"南水"成了全社会关注的热点。关于"南水"人们充满了好奇和疑惑，提出了许多问题。为了尽可能给读者提供更多的资讯，为了让读者全方位地了解关于"南水"的信息，我们特意请来了四位不同领域的人士，请他们从各自不同的角度，针对一些共同的问题，来为我们做出解答。

沈晓鲤（湖北省环境科学研究院原总工程师，曾为美国威斯康星大学土木与环境工程系高级访问学者）

中线工程的丹江口水库会制定"调度方案"，由国家控制（水利部或国务院南水北调办）。据目前有关权威人士的说法，调水首先要保证汉江中下游（即丹江口水库大坝下湖北省境内）的需水量。这样的话，若逢中下游地区干旱（如今夏），汉江源头（陕西南部）也干旱，就可能没水调北方。南方和北方（受水区）同时遭大旱就很麻烦，但全年都这样的概率很小。汉江一般是秋季来水量大。从全年水资源量来看，汉江会有丰水年、枯水年，如碰上汉江很枯的年份，是否一定要调 95 亿立方米，根据权威说法就会减少。另外，南水北调中线送水是否每日都是均匀长流水？不会是。总之，怎样调度，由国家有关部门确定。

王浩（中国工程院院士、水文水资源专家）

汉江干流已建大中型水库除丹江口水库外，其余水库主要功能为发电，发电主要是利用水能，并不耗水。南水北调中线工程从汉江上游丹江口水库引水，多年平均调水约 95 亿立方米，约占丹江口水库多年平均来水量的 26% 左右，约占近 10 年（2004—2013 年）丹江口水库多年平均入库径流的 27%。引汉济渭一期工程规划多年平均调水约 10 亿立方米。南水北调中线一期工程和引汉济渭工程合计多年平均从汉江上游引水 105 亿立方米，约占汉江上游多年平均来水量的 29%。

南水北调中线工程调水实行的是"丰增枯减"原则，汉江流域来水多、调水量大，来水少、调水量少。规划中线一期工程年最小调水量不足 60 亿立方米。所以南水北调中线工程将来不会出现无水可调的局面。

夏军（国际水资源协会主席、武汉大学水安全研究院院长）

现在南水北调中线工程调水规划，是依据 1951—1989 年的水文资料以及南北方水资源供需平衡制定的调水计划，中线一期工程经陶岔多年平均调出水量为 95 亿立方米，远期每年调水 130 亿立方米。我们近些年的跟踪研究发现，丹江口水库 20 世纪 80 年代中后期径流一直在下降，在 2000 年左右有所恢复，但是总体上，仍处于枯水期。平均入库径流 1990—2012 年相对 1954—1989 年减少 21.5%。以前工程规划设计时以为会来那么多的水，但是因为气候变化和人类活动等多方面原因影响，导致工程实际运行和设计产生比较明显的差距。在气候变化背景下，尤其是 20 世纪 80 年代后我们国家的水循环格局、强度都发生了明显的变化，人类活动也发生明显变化（比如上游引汉济渭一下子要调走 10 亿立方米的水），导致来水量和用水量的平衡发生了变化，这样的情况需要关注和考虑。如果这个情况持续下去，虽然不是无水可调，但是跟原来规划设计差别太大了，调水还是会面临困难和问题的。例如，今年的情况就很特殊，一直到汛期末丹江口来水一直严重偏少，在9月底的时候还枯得很厉害，按计划今年10月汛期后丹江口水库又要正式调水了，大家都非常担心。结果汛末突然又来了大水，丹江口水库的水位立刻就涨上去了，于是大家都松了一口气。未来这种丰枯极端变化有可能愈来愈频繁。

我们研究还发现，现在受水区和调水区发生同枯的概率，即汉江来水量少，而北方同时也干旱缺水的概率增加了，大约增加了4%～9%。因此我建议，在原来规划设计的方案基础上，要对调水的运行管理采取"适应性水资源管理"的办法，根据新的形势，随时进行调整。

运建立（湖北首家也是目前汉江流域唯一的民间环保组织——"绿色汉江"的发起人兼会长）

2014年汉江下游大旱，又一次引发沸腾议论。湖北本地媒体首先发出警讯，《楚天都市报》2014年8月8日报道："今年以来，汉江上游来水较历史平均值减少八成。受此影响，汉江下游的东荆河几乎断流、漳河水库位于死水位之下，江汉平原600多万亩农作物面临严重旱情。"

我也拿到一份湖北省老河口市的调查报告——《汉江流域老河口段综合开发调研报告》。这份报告预测，中线工程调水以后，老河口市王甫洲以下汉江河段的水位将会平均下降0.8～1.3米，根本产生不了丰水期水位；提水泵站及沿江机井将受到直接影响，大约4万亩农田面临着无水灌溉的严重局面，每年的直接经济损失达到5670万元。

老河口市林业局副局长赵生涛说，该市沙化分布区面积已增加到52万亩。"丹江口大坝没加高之前，也存在土地沙化问题，但一到夏天丰水期沙子就被冲走了。这几年连年大旱，加上汉江上游来水量减少，砂砾和鹅卵石在河道淤积，土地沙化面积也逐步增加。"

沿江居民告诉我们的是直观感受，还有权威数字来说话。根据中国科学院水问题联合研究中心主任刘昌明院士的调查，汉江水源区来水量在2000年到2010年这八年间，比历史上平均来水量少了71.8亿立方米。

是南水北调蓄水引发了汉江大旱吗？长江水利委员会水文水资源研究中心副主任李明新是这样解释的：据国家防汛抗旱总指挥部统计，2014年主汛期湖北大部分地区降雨偏少二成以上，导致600多座水库低于死水位，111座小型水库和5万多口塘堰干涸，调水尚未开始，声言调水造成大旱恐难服众，今年的气候是造成大旱的主因。

的确，季风气候的年际变化并不稳定，近几年来，汉江频遭大旱。但是在我看来，除了气候原因，沿岸地区为己争利的行为，也加剧了汉江之"旱"。

汉江发源于陕西，陕西之水占丹江口水库的2/3。同为北方缺水大省，陕西却不能从南水北调中分得一杯羹。为解缺水之患，陕西省力推"引汉济渭"工程，调汉江水补充渭河，这让位于汉江中下游且严重依赖汉江的湖北陷入恐慌。

以此计算，到 2030 年，汉江将每年向南水北调中线和"引汉济渭"两大调水工程"献血"约 145 亿立方米，占汉江上游水资源总量近 40%。

面对"严重失血"的趋势，位于汉江中、下游的襄阳、随州、孝感等市不甘坐以待毙，也加入了抢水大战。"鄂北地区水资源配置工程"被全力推进，明确提出"两年前期，三年建成"的目标任务。目前，工程指挥部成立，项目法人也将组建运行，工程力争年底开工。工程设计从丹江口水库清泉沟隧洞引水，年引水 7.7 亿立方米，主要用于鄂北城镇生活和工农业用水。

让人不由得担忧，南水北调工程大规模调水，加上地方争相抢水，汉江是否会因为超负荷运转而陷入水质变差、水源不足的早衰局面？

平价？高价？

水调来了，一个问题也跟着来了——远道调水，如何议价？

在今年 8 月底召开的南水北调中线工程水价工作座谈会上，国家发改委、财政部、水利部、国务院南水北调办、沿线 5 省市及长江委、南水北调中线干线建管局、中线水源公司、汉江集团等多个部门和企业参加了会议。在会上，各方围绕中线调水的定价原则、水价构成要素、水价测算方式等问题讨论得异常激烈。调水区已经承担了生态、移民、水利水电等方面的损失，更多希望水价要照顾到他们的牺牲奉献；运营管理部门，肩负了建设和运行的压力，则希望水价更要顾及今后的运营维护成本；受水区则强调工程本身的公益性，希望更多考虑受水区的民生。

以南水北调中线一期工程总投资的 2000 多亿元计算，按照平均年调水 95 亿立方米，这样算下来每立方米水的投资大约为 20 多元。作为对比：2014 年 5 月 1 日北京居民实施阶梯水价后，3 档水价分别为每立方米 5 元、7 元和 9 元。而在离北京不远的河北曹妃甸，海水淡化工程的出厂水价已可以控制在 4.5 元 / 立方米左右，再加上 2.5 ~ 3.5 元 / 立方米的运输成本，到京水价为每立方米 7 ~ 8 元。

如果按照成本核算，"南水"的价格真的定在 20 元 / 立方米左右，恐怕大多数人都只能望"南水"而兴叹，敬而远之。幸好南水北调是公益性工程，不能"唯成本论"，北京市南水北调办公室主任孙国升也多次在公开场合表示：水价不会"疯涨"，预计未进北京配套管网之前的成本价，每立方米不会超过 3 元，以安受水区民众的心。但同时孙国升在接受新华社记者采访时也表示："多年来北京的水价一直偏低。适当的水价调节是引导全社会节约用水的重要手段，有利于督促各行业'拧紧水龙头'，惩罚滥用水等违规行为，抑制高耗水行业，缓解北京缺水局面。"

是的，水价的杠杆作用十分微妙，定低了，既不利于工程的维护，又无法促进节水；

定高了，百姓接受不了，沿线省份调整用水计划，辛辛苦苦调来的水又会遭到冷遇。

先于中线贯通的南水北调东线一期工程就遇到了如此的尴尬。

据国家发改委初步测算，南水北调江苏段平均水价为 0.41 元 / 立方米，其中基本水价 0.18 元 / 立方米、计量水价 0.23 元 / 立方米。据资料显示，江苏 2012 年地表水的水资源费征收标准为 0.2 元 / 立方米，地下水的水资源费最低征收标准为 0.48 元 / 立方米，整体平均下来要低于 0.41 元 / 立方米。

南水北调山东段平均水价为 1.54 元 / 立方米，其中基本水价与计量水价分别为 0.76 元 / 立方米、0.78 元 / 立方米。2012 年的《山东省水资源公报》显示，山东的水资源费标准分别为：地下水 0.65 元 / 立方米、地表河库水为 0.3 元 / 立方米。黄河水价格更低……

原计划东线一期工程每年给江苏、山东、安徽 3 省平均供水量分别为 19.25 亿立方米、13.53 亿立方米、3.23 亿立方米。然而，当我翻开山东省调水计划时，真是吃了一惊。2014 年，仅有济南、枣庄、青岛、潍坊、淄博 5 个城市上报了调水计划，总计 7750 万立方米。而按照原定规划，这 5 个城市承诺多年平均调水总量应为 5.12 亿立方米。此外，济宁、菏泽等 8 个城市原定的多年平均计划调水量总计应在 9.55 亿立方米左右，但目前均无调水安排。这好比是国家花大价钱买了一个"南水北调"的大桶，盛着满满的水，路过江苏、山东，但到了门口才发现，桶里的水竟然分不出去。

济宁市南水北调工程建设管理局局长张君型说："不缺水的时候水来了，而且是高价水，地方政府的协调工作做起来就很难。"2014 年，济宁市并未向水利部上报调水量。而按照规划，济宁市 2015 年的调水量为 4500 万立方米。在不缺水的情况下，如何消化这 4500 万立方米长江水，济宁还得想办法。

济南市是一个"口渴"的城市，但也有自己的难处。济南市南水北调工程建设管理局副局长赵承忠说，由于南水北调工程是"生命线工程"，长江水并未进入市场，因而政府不能纯粹按市场进行定价。高水价使得水"变冷"了。

对此，山东省南水北调工程建设管理局副局长罗辉给出了解释，地方受制于财力，建设进度满足不了消纳干线工程水的能力；东线工程 2002 年底开工后，山东连续十多年并不缺水，用水需求不很迫切。因此，南水北调的水有可能会被视为后备战略水源。

江苏省也面临同样问题，江苏省南水北调办公室副主任张劲松说，扬州、淮安、宿迁等 7 城市已经按原定计划上报了 2014 年调水量，但很可能有一部分会调入调蓄水库。另外，从实际情况来看，江苏每年的水情丰枯不一，并不是每年都需要 19.25 亿立方米的新增供水。

不得不承认，在采访过程中，很多事情确实不同于我的想象。本以为"南水"北来，两岸居民将翘首喜迎。但没有想到，客自远方，多有冷遇。千辛万苦调来的水，没有用在刀刃上，反而被"藏"了起来。这难道是南水北调建设的初衷吗？希望中线调水，不会重蹈覆辙。

淮河？ "坏"河？

"南水"恐遭冷遇，另一个原因在于污染。

南水北调东线和中线工程，都从淮河流域经过。淮河流域的污染，曾经让每一个中国人触目惊心。

1994 年 7 月 20 日，从淮河上游下泄的 2 亿立方米污水，经过 8 昼夜的长途奔袭，直逼江苏盱眙。盱眙人突然发现淮河变成了酱油色，黑色、褐色、黄色的泡沫漂浮在水面上，里面还携裹着一条条死鱼。

2004 年 7 月 20 日，一场大雨，使淮河上游的沙颍河、涡河等支流被迫开闸放水，淮河因此而暴发了有史以来最大的污染团，总量超过 5 亿吨、长达 133 千米的污水带奔涌翻滚，所及之处，鱼虾夺命奔逃、慌不择路；螃蟹、龟鳖挣扎上岸，稍有懈怠，即刻毙命。

两个 7 月 20 日，如此巧合。十年治污两茫茫。而今，又一个十年过去了。无可置疑，这些年国家在这方面投入巨大，措施严厉，效果明显，但是整个流域的污染状况仍是不容乐观。

2014 年上半年环保部公布的《2014 年上半年全国环境质量状况》指出：淮河主要支流水质为中度污染，41 个国控断面中，Ⅰ～Ⅲ类水质断面占 29.3%，劣Ⅴ类占 24.4%。与 2013 年同期相比，水质无明显变化。淮河省界河段水质为中度污染，28 个国控断面中，Ⅰ～Ⅲ类水质断面占 46.4%，劣Ⅴ类占 21.4%。与 2013 年同期相比，水质无明显变化。

几乎与此同时，2014 年 5 月 13 日，《中国环境发展报告（2014）》也在北京发布，其中一项"淮河流域水污染与肿瘤的相关性评估研究"的公开，初步明确了淮河水污染和流域内消化道肿瘤发病率之间的关系。第二天出版的《法制日报》报道：中国疾病预防控制中心原副主任杨功焕表示，经过该中心近 8 年在淮河流域的调查可以确定，淮河污染最严重、持续时间最长的地区——洪河、沙颍河、涡河以及奎河等支流地区，恰恰是消化道肿瘤死亡上升幅度最高的地区，其上升幅度是全国肿瘤死亡平均上升幅度的 3 到 10 倍。从一份由公益人士制作的"中国癌症村地图"中，我们也可以清楚地看到淮河流域是中国癌症村最集中的地区。许多人由此发生恐慌，如果一江污水向北流，会不会把癌症村引向北京？

所幸的是与东线不同，中线工程输水干渠全线封闭，不与淮河直接交汇，受到的影响很小。

那么汉江流域内是否存在污染和污染治理问题呢？以国务院批复的"汉江流域丹江口库区及上游水污染防治'十二五'规划"为依据，以湖北省十堰市为例，列入"规划"的工业污染治理项目共有 60 项，但完成验收的至今仅 18 项，待验收 19 项，其余未建。有知情专家解释，其中主要原因在于国家有关部门在执行规划时与地方政府部门未协调好，

"规划"中明确的投资额度没有能完成：国家的投资比例起初说是 3 ：7（地方 7 成，国家 3 成），以后又变为 2 ：8，再后来又说地方全自理。十堰市多为国家级贫困县，财力有限，为保障水源完成国家要求的五条入库河流治理已投入十多亿元，而企业完全自筹经费治理，地方认为不合情理。

输水？节水？

在为"南水"担忧的同时，北方也再一次审视自己：北方真的缺水吗？南水北调真能解决问题吗？

缺水确是实情，除了北京干渴之外，华北平原地下水更是长期严重超采，其中 7 万平方千米地下水位竟低于海平面。河北是超采最严重的省份，每年超采地下水量竟接近 50 亿立方米，多年累计竟达 1500 亿立方米。这让很多人将希望寄托于即将到来的"南水"。然而，一漕清水，只有 95 亿立方米，且分属数个省市，心有余而力不足。

很多有识之士早就提出，解决北方缺水的根本措施，不是"开源"，而应是"节流"。这些年，国家一直在大力提倡建设节水型社会，但由于方方面面原因，并没有真正落实。

以北京市为例，"干渴"的主要原因有二：一是永定河污染严重，水量减少；二是城市规模扩大，用水量大且浪费。如果建设节水型社会的措施真正落实，永定河流域得以有效治理，来水量定会增加；同时，本市耗水量也会大大下降。这样一增一降，北京的用水危急几可解决。

毋庸讳言，这些年北京市在节水方面已取得成效，从 2000 年至今，在人口增长 700 万的情况下，全市年用水量从 40 亿立方米减少到 36 亿立方米。成绩固然可喜，但这远远不够。北京市节水管理中心数据显示，现在北京每天人均生活用水 210 升，远高于世界人均日用水量的 170 升。另外，北京的奢侈性水消费也居高不下，仅高尔夫球场年耗水就达 4000 多万立方米。

沿途省份的情况又是怎样呢？

河北省省会石家庄近来被市民们赋予了一个新别称——"浴都"，全市洗浴中心已由 30 个发展到 200 多个，据当地自来水公司统计，规模稍大的洗浴中心每年用水在 6 万立方米以上，小点儿的也得 1 万至 2 万立方米。

"南水北调工程是解决中国水资源空间分布不均的一种手段，而不是目的，自然禀赋给予我们南方水多北方水少的水源条件，是不可能改变的。"刘昌明说，调水不是无止境的，因为天然水资源有限，无止境的调水就是破坏生态环境。由于调水总量可以控制，当这个手段发挥到一定阶段，大致在 2030 年至 2050 年，调水的蓄水增长要进入零增长甚至负增长。

与此同时，也有专家计算，如果南水北调沿线的河南、河北和京津等地都能真正落实建设节水型社会的规划，调整用水结构，完善节水措施，在农业、工业、生态和生活用水方面大加节约，再加上中水的循环利用，每年节省的水量或许会超过南来之水。

护水？ 亲水？

无论怎样，这一江向北而流的水，是无比宝贵和值得珍惜的。为了保护水质，为了保护用水的安全，"南水"被戒备森严地"武装"起来。

在丹江口水库，我曾远远看到一座蓝白相间的厂房，它的围墙上挂着这样的牌子——"国家重大科技水专项北京自来水集团丹江口水库中试基地"。因为门禁森严，我未能进去一探究竟。后来看到媒体报道，北京自来水集团水质监测中心总工程师顾军农介绍说，这个基地的唯一任务就是"试水"，看看丹江水对不对北京各水厂的"胃口"，进京后能不能调制出与北京原有自来水口味一致的自来水。

从丹江口一路向北，从渠首至北京，沿途1267千米全部严加防护，宽宽的隔离区之外，更有高高的铁丝网。前不久，在河北省顺平县东阳各庄村旁，我再次见到这条神秘水渠。村民们看我对水渠好奇，好心地阻拦我，说，渠里的水是去北京的，不让用，有专人看管，岸边有护栏，也不让靠近。这还不是最严密的隔离，中线工程的北京段，全长80千米，除末端885米为明渠外，其余全部为地下管涵，全线封闭管理。

这还不算，到达北京后，"南水"还要面对3道防线：第一道防线：当河北来水水质出现问题时，关闭总干渠北拒马河暗渠进口节制闸，开启退水闸，将来水排入拒马河内，问题水"不进京"；第二道防线：当永定河以西水质突发问题时，关闭永定河倒虹吸进口闸，将来水排入滞洪水库或永定河，问题水"不进城"；第三道防线：当水厂取水口前水质发现问题时，停止取水，问题水"不进厂"。此外，北京市还专门成立了"南水北调水环境监测中心"，通过实验室监测断面、自动监测站和应急监测车，不间断地对水质进行监测。

北京市南水北调工程建设委员会办公室特意组织编写了《北京市南水北调工程100问》，向市民普及知识，打消市民对"南水"的疑虑，并向市民确保，届时每家每户水龙头流出的是与水源地"无本质区别"的水。

我突然想到了在南水北调中线终点——团城湖的见闻。有关部门花费千万元在颐和园团城湖边更新了护栏，此事被舆论批评。他们很委屈，因市民常去团城湖钓鱼，游泳。为"杜绝游泳、嬉水等破坏水源的行为"，不得不出此办法。

人类亲水，自古皆然。但现在，"南水"终于向北而来，却因为随之而来的安全隐患和水质问题，一方面被层层包围，严防死守般与人群隔绝，一方面还要面对用水人群充满忧虑的质疑，这不能不让人感到悲哀，让人不禁深思，人与水的关系到底应该怎样重新构建？

"南水"滚滚到来，问题接踵而至。

丹水北去情未央[*]

——写在南水北调中线工程通水两周年之际

赵显三

千里大调水，当惊世界殊；丹水北去时，惊涛应有泪。

南水北调中线通水两年了，沿线地下水位明显回升，沿途人民饮水有力保障。当初，为一泓清水北上迁离故土的库区移民在党和政府的关怀下，正幸福地在祖国各地生活着。

作为一名全程参与这一伟大工程的建设者和组织者，我倍感欣慰和自豪！适逢通水两周年之际，把邓州南水北调中线移民迁安的一串串往事予以回忆，聊以纪念。

1. 永恒的渠首

奔腾的丹江水从雄伟的大坝倾泻而出，气势恢宏，汹涌北上。水上白鹭群舞，岸边飞鸟欢腾。一个举世瞩目的人间奇迹，一个共和国开国领袖的命题，一个中华民族的伟大战略工程，历经半个世纪的风雨沧桑、日夜兼程，终于横空着陆。正如一首《浪淘沙》：

丹水北上两岸花，春风拂柳向京华。神女瑰姿不可赞，矫若游龙乘云霞。

经国务院批准，南水北调中线工程正式开工兴建之日，作为该工程的引水渠和渠首闸，邓州人民已于 30 年前先期完成，并为此付出了巨大的代价和牺牲。

自 1969 年渠首工程第一声开山炮响，数万建设者发扬"艰苦奋斗、不怕牺牲"的精神，自带口粮、铺盖、工具，采用比较原始的方式，奋战在荒凉偏僻的渠首工地上，啃窝头、喝泥水、点油灯、住草棚，一切靠人海战术，一切靠提拉挑扛。

历时 8 年艰苦卓绝的奋战，终于建成雄伟的渠首闸一座，引水渠 12.3 千米。当汹涌的丹江水喷涌而出，顺渠而下，滋润着干涸的大地，滋润着饥渴的麦田时，渠首工地万人沸腾。工程总计投入工日 7500 万个，完成工程量 2419 万立方米，土方 2345 万立方米，砌体 68 万立方米，混凝土及钢筋混凝土 6 万立方米，耗资 8 亿元。在当年极其困难的情况下，邓州一个县花费 8 亿元，简直就是天文数字。其间，有 2880 名青壮劳动力终生致残，141 个鲜活宝贵的生命永远长眠于丹水青山之间。

*原载于河南省政府门户网站，https://www.henan.gov.cn/2016/12—13/367868.html。

守护篇

大爱无疆，大爱不言。为给库区县补偿，1972年原属邓州管辖的九重、厚坡两个公社（共32万亩耕地）无偿划归淅川管理，不仅如此，邓州当时还接受丹江口库区移民19000余人，加剧了邓州人多地少的矛盾，使邓州成为最大的隐形淹没区。半个世纪以来，邓州人民的奉献精神有口皆碑、口口传诵，时任水利部部长钱正英现场视察时为之动容……

为渠首建设英勇牺牲的英灵们以青春生命无私奉献。渠首不会忘记，人民不会忘记，国家不会忘记，青山不会忘记！这里诠释着"人生自古谁无死，留取丹心照汗青"的民族豪迈！

永恒的渠首，像一座不朽的丰碑，永远镌刻在邓州人的心中！

伟大的渠首精神，必将穿越时空，绽放异彩，激励着邓州人民披荆斩棘、攻坚克难、勇夺胜利！

2. 神圣的使命

历史的车轮滚滚向前，光阴荏苒50年。历史再次选择邓州，祖国再次选择邓州。2002年12月27日，党中央、国务院向世界庄重宣告，南水北调工程正式开工！河南省接收安置丹江口库区移民16.4万人，邓州接收库区移民30345人，同时中线干渠过境邓州37.4千米。中央原定的四年征迁任务，河南省委提出"四年任务、两年完成"。这个艰巨、非凡的使命，责无旁贷地落在了邓州人民的肩上。

大坝库区移民是世界性的难题，南水北调中线工程过境邓州，既要内迁，又要外安，我们担负着双重叠加的压力。邓州接收安置移民数量占河南省安置总量的近1/5，南阳市的1/3，接受移民数量是南阳市卧龙区安置数量的6.3倍；是漯河市召陵区安置数量的53.5倍；是整个漯河市安置数量的5.8倍。是全省第一安置大县，是新中国成立以来安置外迁移民数量最多的县级市，比所有省辖市承担的任务要大得多。数量巨大、任务艰巨、困难重重，一个县级市在短短两年间承担如此繁重的任务，在中国移民史上史无前例。

这预示着邓州，两年内需要调整土地5.12万亩，建房6915座，建筑面积100余万平方米，工程建设动用人力20余万人，动用机械2.7万台（套）。搬迁38个批次，30345人，动用客车1013辆、货车2282辆、工作用车846辆，随车队工作人员4083人。把全市19个乡镇31个安置点转一遍，最短行程就达500余千米，检查一遍工地，即是走马观花也需三四天时间。

这是一串枯燥的数字，没有豪言壮语，没有华丽辞章。但其中蕴含着波澜壮阔的移民工程建设的壮丽画卷；蕴含着感天动地的移民迁安事业的华美诗篇！

2010年7月15日，时任南阳市委书记黄兴维在穰东移民点调研时问我："显三同志，移民工作干完你有什么感受？"我说："黄书记，实话告诉你真的太难、太累，我真想大哭一场、大醉一场、大睡一场。对接难、建房难、搬迁难、融入难，移民工作件件都是难事啊，真是一言难尽、难以诉说啊。"

3. 艰辛的对接

对接是移民工作之始，毋庸置疑，移民移到哪里，就挤占了哪里的生存空间和发展资源，尤其对于人口数量大、人均资源较少的邓州更是这样。这次大移民，邓州需为库区移民让出土地 5.12 万亩，必须做大量的动员工作，才能说服本地农民让出土地。可以说移出地是痛一阵子，接收地是痛一辈子！

时任邓州市委书记刘朝瑞逢会必讲："安置好库区移民，是党中央和国务院交给我们的一项神圣的政治任务，在对待移民上，全市上下务必要做到三个舍得，舍得拿出最好的土地，舍得拿出最好的资源，舍得拿出最真的诚意。"时任邓州市市长刘树华反复强调："移民至上，移民有理，移民第一。"是啊，为移民选好地、为移民建好房，是新时期邓州人最大的政治。其间，我们的移民干部进了多少家门、遭了多少家白眼、磨破了多少嘴皮、走坏了多少双鞋、拉坏了多少把钢尺……实在是难以计数。

1000 多个日夜，大批乡、村、组干部为给移民调地分地操心、流汗、挣扎、煎熬、殚精竭虑，甚至付出了生命的代价。

时任构林镇后张村妇女主任、五组组长贺国霞，曾天天泡在农户家中，挨家挨户做思想工作，想尽办法化解矛盾，经过 100 天的艰苦努力，终于将土地顺利调出。而她却因日夜呕心沥血，工作强度过大，献出了年仅 46 岁的宝贵生命，这是何等的哀痛与伟大！

时任孟楼镇镇长秦大栋自移民工作启动以来，天天待在现场协调移民事务，无暇顾及母亲，就连妻子膝关节受伤，需到省城手术，说好的陪同去，也是一拖再拖，最终没有成行……直到有一天，家人告诉他母亲溘然去世，秦大栋才跌跌撞撞地回到了家，这也成为他一生的遗憾！葬礼那天，36 名移民群众自发来到大栋家，齐刷刷地站成一列，庄重地跪在大栋母亲的遗体前，久久不愿离开。移民朋友用他们淳朴的方式表达了对从事移民工作母子的敬意！

4. 倾力建设新家园

丹江口库区移民安置，邓州共需为移民建房 6915 座，建筑面积 100 余万平方米。为搞好工程质量，我们在落实正常质量监管的同时，从社会上聘请 17 位离退休建筑专家组成工程监理巡视团，每隔 10 天对 3 个批次 19 个安置乡镇的 31 个安置点一个点一个点地看，一个点一个点地指出问题。在整个移民新村建设过程中，我们逐出邓州建筑市场企业 3 家，列入黑名单 7 家，辞退监理 5 人。

为给乡镇的同志们腾出更多的工作时间加快工程进度，我们尽量不在市里开会，尽可能多地到工地现场帮助乡镇同志解决问题。其间，开了多少次现场办公会实在是数不清。

守护篇

303

万不得已、实在需要开会的，也是选择在节假日、晚上开会。往往是夜幕降临、华灯初上、万家灯火，家家户户都在团聚的时候，邓州的移民工作会正在会议室里紧张进行……

炎热的夏季，星期六，时任夏集乡党委书记贾理坚和我们一起参加南阳移民工作会议后回到邓州，已是晌午，我有意安排司机把乡里书记们都送回家歇歇。车到理坚同志家门口，没想到理坚同志却说："算了，我还是到移民工地去瞅瞅。"是啊！到现场去，到工地去，只有在现场，心里才放心。当时到乡里找不着人，到移民工地一准能找到，"5+2"（星期一到星期日）、"白加黑"（白天和晚上）成为移民干部自觉的工作常态，即使在干部调整的关键时期，我们的移民干部也仍然坚守在移民工作一线。

面对工程进度滞后的局面，时任市长刘树华亲自召开推进会议，乡镇书记、镇长逐人汇报，大家谈起移民工作的难，几度哽咽、饱含热泪，会场一时寂静，刘树华市长也是满怀惆怅，思忖半晌后，掷地有声地说："同志们，我上中学时看的一部电影叫《莫斯科不相信眼泪》，今天我要说的是邓州人决不相信失败。移民工作千难万难，只要我们敢于争先、攻坚克难，就一定能走向胜利。"是的，顽强的邓州人最终没有让组织失望，没有辜负移民兄弟……

2010年11月21日，全省移民新村建设现场会在邓州胜利召开！

2011年5月5日，全省丹江口库区移民搬迁启动仪式在邓州成功举行，拉开了全省移民搬迁的序幕……

5. 万无一失大搬迁

移民搬迁是迁安工作的重头戏。邓州接收丹江口库区移民30345人，共分38个批次搬迁，每个批次搬迁近千人，当时正值高温夏季和汛期。省委、省政府要求搬迁过程不伤、不亡、不掉、不漏一人。每日搬迁情况直报省委书记、省长。搬迁批次之多、环节之重、要求之严，自始至终让我不敢掉以轻心，可以说，每次搬迁对我都是一种煎熬。

忘不了故土难离的移民，忘不了异常繁重的搬迁，忘不了为搬迁呕心沥血的战友们……

2010年7月13日，我带队到淅川香花南王营组织搬迁，百岁老人王秀华说，我在淅川每月享受补贴100元，到邓州咋办？我说照样享受。可她还是不想走，望一望屋后绿意盎然的群山和一望无际的丹江水，又回到老房子内，拿出已残缺不全的石臼放到车内。说好要走，她又回到家中拿了一把不能使用的雨伞慢步走到一个流淌的泉眼边，弯下腰，用她那皱巴巴的双手捧一捧泉水喝了几口，满含着眼泪说："我走我走，哪里都是家。"

公安局廖俊武同志在每批次移民搬迁之前，都要组织车管民警对参与移民搬迁的驾驶员进行业务培训，对源头工作进行详细排查，从根本上、从源头上保证移民搬迁过程的交通安全。

王小邓同志多次带领交警大队班子成员对搬迁线路进行实地勘查，组织全体参战民警进行交通安全保卫演练，从不放过任何一个细节，任何一点纰漏。

卫生局杨峰同志不厌其烦每次搬迁都要带领相关科室到迁出乡镇对接，有针对性地安排医护人员、救护车辆，对特殊人群提供全方位护理。

交通局鲁定同志在移民搬迁工作中，屡次主动请缨，勇挑重担，即使生病，也要坚持工作。两年多来，鲁定同志在移民搬迁这条道路上，往返奔波数千里，他的事迹深深感染着运输团队的每一个人，也感染着我们每一位移民工作者。

正是有像廖俊武、王小邓、杨峰、鲁定……这样一大批人的忘我工作，使我们邓州三批移民实现了"不伤、不亡、不掉、不漏一人"的目标。

6. 真诚付出为融入

大规模的移民迁入邓州后，在全新的环境下生产生活，思想不稳，诉求多元，极易诱发群体性上访和不安定因素。尤其是成建制的整村移民搬迁，形成了一个相对独立封闭的自我循环体系，融入的路更长更难。

为了移民群众迅速融入迁入地的社会生活，张楼乡副书记张松林虽说患了胰腺炎、高血压，家中有高堂有学子，当压倒一切的移民工作来临时，他却义无反顾地投入到这项宏大事业中。他为移民倾注大量心血，经常深入移民群众中促膝谈心，了解情况，化解矛盾，为移民事业做出了不可磨灭的奉献。他说，要想让移民尽早融入当地社会，必须把移民当亲人，关注其感受、倾听其呼声、解决其困难。

为了移民迁入后的经济发展，构林镇移民办主任曾显浩患了股骨头坏死，但在移民工作上，不计得失、不讲代价，为了移民的后续发展，两次退掉去外地治疗的车票，一瘸一拐地奔走于四个移民点，为移民的生产生活殚精竭虑，为数量最多、任务最大的构林移民迁安立下了汗马功劳。

这里提到的人和事只是移民工作的沧海一粟，是成千上万为移民事业奉献的干群缩影。其实，每个移民工作者、管理者、建设者都是一座不朽的丰碑，并将永放光芒！

如今，16万移民分散在全省各地加入祖国建设，并幸福地生活着，传播着他们的文化、精神、技能。而我们移民工作者，也在为他们的融入快乐着、幸福着。

2014年12月12日，举世瞩目的南水北调中线工程正式通水！沿线四个省市6000万人直接受惠，1亿多人间接受益。

我们解开了一个世界性的难题，我们完成了一个共和国领袖的命题，我们实现了一个中华民族的伟大战略工程——南水北调。这就是中国，中国力量、中国智慧、中国人的骨气！

历史的长河星光璀璨，从南水北调工程的论证到通水，历经半个世纪的风雨变迁，数十万家庭举家搬迁，几十万人参与奋战。众志成城，谱写了中华民族治水史上最为波澜壮阔的诗篇。举世伟业，堪以诗赞：

千夜守望今始成，北流汹涌火样情。踏晨破月亘古事，彤云千里架彩虹。万顷碧波依千树，玉门重重踏莎行。亿万民众尝甘水，齐心共圆中国梦。

国之重器润北方[*]

——写在南水北调东中线全面通水四周年之际

聂生勇　吴涛

"南方水多，北方水少，如有可能，借点水来也是可以的。"1952 年 10 月，毛泽东主席在视察黄河时，首次提出了南水北调的宏伟设想。四年前，南水北调东中线全面通水，伟人的宏伟设想成为现实；四年来，东中线工程以其巨大的社会、经济、生态综合效益，充分证明了它是优化我国水资源配置、改善水生态环境的"国之重器"。

全面通水四周年，累计调水 222 亿立方米，受水区覆盖北京、天津、河北、河南、山东、江苏等省市，1.1 亿人直接受益。作为国家战略性基础设施的南水北调工程，成为沿线和受水区省市社会、经济、生态改善和发展的保障线，为中华民族伟大复兴提供了强有力的水资源保障，夯实了生态之基。

四年来，南水北调工程优化水资源配置效益凸显，有力支撑了受水区经济社会发展

东中线工程通水运行以来，供水量持续快速增加，已成为京津冀鲁地区 40 余座大中型城市的主力水源，成为解渴北方不可缺少的大动脉，有力弥补了我国北方缺水的短板，成为受水区经济社会发展的有力支撑。

90 岁的沈君振老人离休前是河南省平顶山市石龙区法院副院长。20 世纪 90 年代后期，私营煤矿一拥而上，石龙区地下水遭到严重破坏。水质不好，钒气重，白色衣服洗一次就变黄，浇地庄稼都活不成。年轻时沈君振下班第一件事，就是到离家二三里地的河沟边一个水井里挑水。四年前，中线工程还没有通水前，老人说："喝上南水北调水这辈子就无憾了。"中线工程通水后，家里通了自来水，老人每天用南水泡茶喝，精神矍铄。如今，他最高兴的事情就是"多吃几年好水"。"吃上好水就是过上了好日子！"老人家说。

如今，河南受水区 37 个市县已全部通水。郑州中心城区自来水八成以上为南水，鹤壁、许昌、漯河、平顶山主城区用水 100% 为南水。1767 万河南人像沈君振一样过上了好日子。

---

[*]此文写于 2018 年。

"上大学的时候，同学们都看我的牙，我真的很尴尬，连笑都不敢张嘴，都是抿嘴，没办法，我只好花钱做牙美容，隔一段时间做一次。现在喝上长江水，再不被高氟水困扰了！"河北省沧州泊头市播音员于红蕾露出洁白的牙齿，笑着说。

沧州一度是我国最严重的氟中毒危害区，也曾是全国唯一饮用高氟水的地级城市。因长期饮用高氟地下水，过去许多孩子长了氟斑牙，一些成年人患有不同程度的氟骨病。不仅仅是沧州姑娘"笑不露齿"，沧州的成年汉子也腰弯站不直。

为解决高氟危害，沧州市实施了改水降氟工程，但很多大企业、大单位仍在使用着自备深井水源，饮用高氟水的问题没有彻底解决。中线通水后，百分之百切换长江水后的沧州市彻底摆脱了饮用高氟水的困扰，极大地提高了人民的幸福指数。同时，作为深层水严重超采区的沧州关停饮水井，通过水源置换工程压采深层水，终于使因地下水水位急速下降造成的一系列地质问题，得到了有效缓解。

南水不但解决人们吃水问题，也救活了一些企业，促进了经济发展。"因为有了南水，我们9家钢厂才得以在这里合并重组，生产才能顺利进行。"河北永洋特钢集团有限公司办公室主任张青说。

河北永洋特钢产业园地处邯郸市永年区与武安市交界处，企业原来生产全靠地下水。河北省限制地下水开采，企业关停了7口井。为生存和发展，企业申请铺设了一条专用供水管线，以南水作为生产水源。今年5月1日，企业用上了南水，不仅保证率高而且水质好、硬度低，处理成本一吨比原来低了一块钱。

"南水助我们形成了如今的河北永洋特钢集团，没有南水就没有我们的今天。"张青说。

如今在河北，中线一期工程与廊涿、保沧、石津、邢清四条大型输水干渠构建起河北省京津以南可靠的供水网络体系，石家庄、邯郸、保定、衡水主城区南水供水量已占75%以上，受益人口达1547万人。

中线通水，使天津市910万市民喜饮甘甜的长江水，结束了"自来水腌咸菜"的历史。

20世纪70—80年代，海河流域进入枯水期，水质极其恶劣。泡茶，是苦的；熬粥，是咸的。"自来水腌咸菜，汽车没有骑车快，小白菜西红柿搭着卖"被老天津人幽默地称为"天津三大怪"。

中线工程通水后，长江水与海河水交汇，缓解了天津市水资源短缺问题，有力支撑了全市经济社会发展。天津新增城市供水量23亿多立方米，城市生产生活用水水源得到有效补给，14个区居民全部喝上南水，基本上实现全市供水范围全覆盖。

提到北京的水，大家多半首先想到是密云水库。确实，它是北京的重要饮用水水源地，也是唯一的地表饮用水水源地。过去，北京居民饮用的自来水60%以上都来自密云水库。

然而，随着北京用水量增加，密云水库库存一度降到6亿立方米，离死库容只剩下2亿立方米，市民生活用水面临困境。

2014 年底江水进京后，北京市城区供水主力水源逐步由地表水、地下水置换为南水，部分水厂实现本地水、外调水双水源供水，南水占主城区自来水供水量的 73%，中心城区供水安全系数由 1.0 提升到 1.2。同时，北京实施了南水北调来水调入密云水库的调蓄工程。

如今，1100 万北京人喝上汉江水，密云水库蓄水量也自 2000 年以来首次突破 25 亿立方米。首都的稳定、发展，有了更加坚实的水保障。

中线如此，东线同样。

东线一期工程通水五年以来，有效缓解了苏北、胶东半岛和鲁北地区城市缺水问题，惠及沿线 6593 万人口。

江苏省江水北调工程体系的完善，不但提高了扬州、淮安、徐州等市 50 个区县共计 4500 多万亩农田的灌溉保证率，还使徐州市、连云港市、淮安市、盐城市、扬州市、宿迁市 6 个地级市的 3000 多万人口受益。

东线水已成为山东省不可或缺的供水水源，对有效缓解过度依赖黄河水和地下水的困境意义重大。山东干线工程及其配套工程，构建了长江水、黄河水、当地水联合调度、优化配置的骨干水网，极大改变了胶东半岛和鲁北地区的供水格局，使胶东半岛实现了南水全覆盖。

2014 年以来，胶东的青岛、烟台、威海、潍坊四市连续多年枯水，降水持续偏少，水库基本干涸，当地水源严重不足。为保障胶东四市城市供水安全，东线工程开足马力，向胶东四市供水 13.57 亿立方米，其中长江水达 9.94 亿立方米，仅 2017 年就达 6.35 亿立方米。在山东省最需要的时候，长江水起到了稳定民心、稳定发展的作用，成为胶东地区城市供水安全的重要支撑。

如今，东线一期工程已累计向山东供水 31 亿立方米，受益人口超过 3400 万。

四年来的实践表明，南水北调东中线工程对受水区优化水资源配置效益显著，对经济社会发展支撑有力，已经是"覆盖广、功能多、靠得住、离不了"。

四年来，南水北调工程生态效益显著，有效修复了受水区水生态，促进了水生态文明建设

南水北调不光保供水，也保生态。

南水北调不仅是一条简单的调水线，更是一条践行"节水优先"、诠释"生态文明"的发展线。

南水北调工程在建设之初，党和国家就确定了"先节水后调水，先治污后通水，先环保后用水"的原则。在十多年的建设和四年来的运行管理中，南水北调工程建设、管理者秉承"三先三后"原则，使东中线工程不但成为受水区社会经济发展的有力支撑，也成为修复水生态、改善水环境、建设生态文明的利器。

以中线河南省许昌市为例，南水北调使许昌发生嬗变，从"干渴之城"变为"水润之城"。

早在唐宋时期，许昌城河中遍植莲花，曾有"一城荷花半城柳"之说。水，润泽了莲城；水，亮丽了莲城。然而，近半个世纪，旱魔当道，许昌惨遭缺水之痛，人均水资源量是全国的1/10，不足河南省人均的一半。20世纪80年代，许昌曾被列为全国40个严重缺水的城市之一。

抓住南水北调的机遇，许昌谋求摆脱缺水之困，修复水生态，构建"林水相依、水文共荣、城水互动、人水和谐"的水生态文明城市，并在实施中把"节水优先，绿色发展"作为重中之重来抓，全面实施最严格水资源管理制度，全面推进节水型社会建设。如今，许昌市中心城区河湖水系连通工程将长江水、黄河水、汝河水汇合，昔日的"干渴之城"变为清流潺潺的"水润之城"。

东中线全面通水四年来，注重发挥工程的生态效益，采取限制地下水开采、直接补水、置换挤占的环境用水等措施修复水生态，有效遏制了黄淮海平原地下水水位快速下降的趋势，北京市、天津市、河北省、河南省、山东省的地下水水位均有所上升，水生态环境明显改善。

在白洋淀上游，干涸36年的瀑河水库近年来重现水波荡漾。保定市徐水区德山村62岁的村民代克山说："现在的河道，又变回了我们小时候的模样。"

这样的变化得益于南水北调生态补水行动。

在中线，中线一期工程近两年通过优化调度，利用汛期弃水连续向水资源严重短缺的受水区部分河湖实施生态补水，已累计补水11.6亿立方米。特别是今年4—6月，中线工程首次向受水区部分河湖集中实施生态补水8.65亿立方米。生态补水使地下水水位明显回升，河湖水量明显增加，河湖水质明显提升，生态环境明显改善，社会反响良好。河北保定市徐水区河道周边浅层地下水埋深平均上升0.96米，天津市中心城区4个河道监测断面水质由补水前的Ⅲ类～Ⅳ类改善到Ⅱ类～Ⅲ类，河南省郑州市补水河道基本消除了黑臭水体……

在东线，东线一期工程于2014年以来分别向南四湖、东平湖生态补水2.95亿立方米，累计为济南市小清河补水2.45亿立方米，为济南市保泉补源供水1.65亿立方米，弥补了区域水域干旱缺水的生态之需，使常水位保持在最低生态水位以上，避免了区域生态遭受毁灭性破坏。同时，东线加强水环境治理，提高区域水环境容量和承载能力，使工程沿线城乡水环境得到极大改善。江苏淮安市获得国家环保模范城市称号。原来以脏乱差闻名的"煤都"徐州，也依托碧湖、绿地、清水打造成为宜居的绿色之城。

前不久，河北滹沱河时隔20年再次形成大水面，当地群众经常在两岸边观水、嬉戏。这归功于水利部稳步实施的以南水北调水为主的华北地下水超采综合治理河湖地下水回补试点工作。

2018年9月至2019年8月，历时一年，以南水北调中线水等为补水水源，水利部、河北省人民政府联合开展华北地下水超采综合治理河湖地下水回补试点工作，向河北省滹沱河、滏阳河、南拒马河3条重点试点河段实施补水7.5亿～10.0亿立方米，其中南水北调中线预计补水5.5亿～7.5亿立方米，以解决华北地下水超采问题，探索地下水综合治理新途径，为统筹推进治理行动提供经验和示范。

说到南水北调的生态效益，不能不提东线工程的环保治污工作。

东线工程，关键在水质，水质的好坏直接关系到整个工程的成败。

为保证东线水质通水前达标，苏鲁两省"壮士断腕"，调整产业结构，综合治理工业，综合整治流域，建设城市污水处理及截污导流工程，把节水、治污、生态环境保护与调水工程建设有机结合起来，建立起"治理、截污、导流、回用、整治"一体化治污体系。

在江苏，江都东线水源地禁止建设一切影响水源水质的项目。100多家水泥厂、化工厂、化肥厂，因为靠近送水通道相继关闭。同时，长江、夹江沿线的小码头、小砂石厂、小船厂也一并关停整治。

在山东，为治理微山湖严重污染，淘汰了调水沿线各市造纸企业49家、化工企业15家、水泥企业490多家、酒精企业18家、印染企业6家，还淘汰了一批小制革、小焦化、小电镀等重污染企业。

经过十多年坚持不懈的流域治污和生态保护，东线工程沿线流域水环境质量得到全面提升，解决了被一些专家视为流域治污"世界第一难"的难题，实现了"不可能实现的目标"。经监测，东线输水干线水质持续稳定达到地表水Ⅲ类标准。昔日污染严重、臭气熏天的臭水沟变成了清澈见底、鱼鸟成群的生态廊道。尤其是被称为"酱油湖"的南四湖，脱胎换骨成功跻身全国水质优良湖泊行列，曾经绝迹多年的小银鱼、鳜鱼、毛刀鱼、麻坡鱼等对水质要求比较高的鱼类再度现身。

南水北调，在修复水生态、改善水环境、建设生态文明方面功不可没。

南水北调，利国利民；一江清水，润泽北方。随着东中线后续工程建设的不断推进、供水格局的不断完善，南水北调工程的供水量将进一步持续快速增加。国之重器的南水北调工程，必将在优化我国水资源配置和改善水生态环境方面发挥越来越大的作用，为工程沿线地区和受水区的社会、经济、生态发展注入更强大的动力，激发更旺盛的活力。

南水浩荡润天下 *

——写在南水北调东中线一期工程全面通水五周年之际

董峻　胡璐　魏梦佳　魏圣曜　李伟

　　跨越半个多世纪的梦想已经成真——新中国成立之初，毛泽东视察黄河时提出南水北调伟大设想。如今，通过这一世界规模最大的调水工程，长江之水源源不断汇入淮河、黄河和海河流域，在中国版图上勾画出南北调配、东西互济的水网格局。

　　清泉奔流，南北情长。南水北调惠泽京津冀鲁豫，甘甜的长江水滋润着黄淮海流域40多座大中城市，超过1.2亿群众。这两条绿色水路所到之处，一度干涸的河湖重焕生机，绿色发展的实践光彩夺目。

千里通渠贯南北：一江清水解华北缺水之渴

　　"以前村里人都是吃井水。水很浑，水垢堆积得太多，隔三岔五就得换壶换锅。"在河南焦作市的南水北调中线干渠旁，67岁的王褚乡东于村村民张钦虎，望着滚滚江水感慨地说，"自从用上了南水，自来水管拧开就是清水，这日子也过得一天比一天好。"

　　水垢少了，水好喝了……自5年前南水北调东中线一期工程全面通水以来，沿线群众饮水质量显著改善，幸福感和获得感随之增强。来自水利部的数据显示，北京市自来水硬度由过去的每升380毫克降低至130毫克，河北黑龙港区域500多万人告别了长期饮用高氟水、苦咸水的历史。

　　按照总体规划，这项世纪工程分东、中、西三条线路，分别从长江下游、中游和上游向北方调水。东线一期工程从长江下游扬州江都抽引长江水北送，经过京杭大运河及其平行的输水航道，最终向北可输水到天津，向东可输水到烟台、威海。中线一期工程从丹江口水库引水，全程自流到河南、河北、北京、天津。东、中线一期工程分别于2013年11月、2014年12月通水。

　　在陶岔渠首大坝，清澈的江水滔滔奔流。长期奋战在工程一线的南水北调中线建管局

---

　　* 原载于2019年12月11日新华网，http://www.xinhuanet.com/politics/2019—12/11/c_1125333753.htm。

守护篇

311

渠首分局局长尹延飞难掩激动与自豪。

"那一年,河南省遭遇了63年来最严重的夏旱,平顶山市则是建市以来最严重的旱情,城区百万居民用水困难。市里很多洗车场、理发店、浴池都关掉了。"

陶岔渠首枢纽工程位于丹江口水库东岸的河南淅川县九重镇陶岔村,既是南水北调中线输水总干渠的引水渠首,也是丹江口水库副坝。南水北调中线一期工程建成后,这个枢纽担负着向河南、河北、北京、天津等省市输水的重要任务,是向我国北方送水的"总阀门"。

尹延飞记忆最深刻的是2014年。当时总干渠刚竣工,还处于试通水试运行阶段。在国家防汛抗旱总指挥部办公室的调度下,这项工程从丹江口水库通过总干渠向平顶山市应急调水,提前发挥公益效能,有效缓解了平顶山市上百万人口用水困难。

"汗水没有白流!我们建设的这项工程,是一条造福人民的幸福渠,更是新时代制度自信的幸福渠。"

水利部南水北调工程管理司有关负责人说,全面通水5年来,南水北调工程供水量逐年增加,受水区水资源短缺状况得到明显改善。南来之水提高了受水区40多座大中城市的供水保证率,从原来的补充水源逐步成为沿线城市不可或缺的重要水源,直接受益人口超过1.2亿人。

如今,北京城市用水量7成以上为南水,密云水库蓄水量自2000年以来首次突破26亿立方米;天津14个区的居民供水全部为南水;河南受水区37个市县全部通水,郑州中心城区自来水8成以上为南水,鹤壁、许昌、漯河、平顶山主城区用水全部是南水;河北石家庄、保定、沧州等市90余个市县区也都用上了南水……

在改变沿线供水格局的同时,南水也改善了水质。南水北调工程建设委员会专家委员会副主任汪易森说,中线工程的源头丹江口水库水质一般都是Ⅰ类水到Ⅱ类水,沿途采用立体方式封闭输水,对可能的污染源、危险源进行定期监测排查,较好地保障了优良水质。东线工程在通水前对河道湖泊污染等方面进行了综合治理,水质持续稳定保持在地表水水质Ⅲ类以上。

为确保清水北流,南水北调工程提前对冰期输水等特殊情况进行了专门研究,克服复杂地质、移民搬迁等困难,最终团结协作的合力让梦想照进现实。

"这么短的时间内建成如此大规模、涉及面如此之广的工程,在世界上任何一个国家都是不可能做到的。"中国工程院院士、中国水科院水资源所名誉所长王浩说。

沿线生态重现生机:在造福当代的同时泽被后人

河北省石家庄市冀之光广场附近,滹沱河水波光粼粼,丛丛芦苇随风摇曳,水鸟不时掠过河面。

附近的居民说，以前河里一年到头都没水，全是垃圾、乱砖头。近两年有了水，能看见小鱼小虾，野鸭子也来了，老人和小孩都喜欢到这里玩。

滹沱河是石家庄的母亲河。干涸几十年的滹沱河重现生机，正是南水北调工程生态补水的结果。南水北调中线建管局河北分局石家庄管理处副处长曹铭泽介绍说，中线全线通水以来，通过开展华北地下水超采综合治理河湖地下水回补，向滹沱河补水超 7 亿立方米，沿河两侧 10 千米范围内地下水水位显著回升，最大升幅达 1.91 米。

通过以水带绿、以绿养水，干涸多年的老河道，如今重现清水绿岸、鱼翔浅底的美景。碧水、林荫、花海构成的水生态走廊，成为石家庄市民的后花园。

在绿色发展理念指引下，东线工程通过运河清淤、堤防加固、进行严格排污管理等措施，完善并提高了大运河的排涝、防洪、航运、输水功能，加强了大运河与东线沿线湖泊的沟通联系。中线工程则采用有坝引水，全程自流，在修建过程中充分利用我国黄淮海平原独特的地形，避免了对山体的破坏。

"南水北调工程在努力减少对水源区生态环境影响的同时，力争使工程对受水区输水效益最大化，工程本身也与周围的山水林田湖草生命共同体高度融合，有效促进了沿线地区生态环境向好发展。"汪易森说。

位于江苏省扬州市的江都水利枢纽站，一块刻有"源头"字样的石碑静静矗立。2013 年以来，扬州沿南水北调东线输水廊道规划建设了 1800 平方千米的生态走廊，将沿江岸线的 82.4% 划为岸线保护区和控制利用区，沿江纵深一千米范围内 3.86 万亩土地列入限制和禁止建设区，实现了水源地生态保护从"一条线"到涵养"一大片"。

扬州工业职业技术学院江豚保护协会工作人员陈粲说，过去难得一见的江豚如今频频"曝光"。绿水长流的景致与邵伯船闸、运河文化生态公园等一起，形成国家 4A 级景区邵伯古镇景区，每年吸引数十万游客。

同样的变化也发生在中部省份。南水北调东中线一期工程通水以来，沿线城市大量使用南水，减少或停止了受水区城区地下水开采，地下水得以置换，优化了水资源配置格局。

在北京，2014 年底南水进京成为地下水止跌回升的重要转折。此前，北京市地下水位连续 16 年下降。如今，南水成为京城的供水主力，怀柔、平谷等应急水源地得以休养生息。今年 10 月底，北京市平原区地下水埋深平均为 22.78 米。与南水北调进京前相比，地下水位回升 2.88 米，地下水资源储量增加 14.8 亿立方米。

绿色发展新实践：实现经济和环保双赢

造纸厂、化肥厂、水泥厂、煤矿等重污染企业林立，湖水水质严重超标，鱼类、鸟类和水生植物种类不断减少……我国北方最大淡水湖南四湖，一度被称作"酱油湖"。2013

年 11 月通水前，南水北调东线工程成败曾被认为是"一线命悬南四湖"。

南四湖是微山湖、昭阳湖、独山湖、南阳湖等 4 个相连湖的总称，承接了鲁苏豫皖 4 省 53 条河流的汇水，也是南水北调东线的输水通道和调蓄湖泊。山东省济宁市微山县高庄煤业有限公司就建在距南四湖畔仅 2 千米的地方。

"地方发展需要能源，南水北调工程需要清水，煤矿企业该如何作为，我们曾经也困惑。"该公司科技环保中心副主任邢洪魁说。

解决好水质问题就抓住了"牛鼻子"。高煤公司投资了日处理能力 7000 立方米的生活废水处理站，废水达到南四湖排放标准。他们还把处理后的矿井水大部分回用于井下防尘、注浆，以及洗煤补充用水、冲车用水、煤场防尘用水等。

"加大废水回用后，每天能节约用水成本 1.26 万元。把这些钱用来买治理设备，大概 5 年半就能收回成本。"邢洪魁说，公司已编制了绿色矿山建设方案，全部改造完成后矿井水中水回用率将从现在的 60% 提升至 80%。

微山县还通过大力清退煤矿企业、养殖水域，增加"湿地滤污"等综合措施，提高了水生态环境自净能力。几年工夫，南四湖跻身全国 14 个水质良好湖泊行列，湖区鱼类恢复至近 100 种、鸟类 205 种、水生植物 78 种。

这一渠清水，也浇灌出微山县迈向高质量发展的一串串"果实"。在减少废水入湖和地下水开采的同时推动了企业转型升级和地方经济发展，2018 年实现地区生产总值 483.39 亿元，同比增长 5%，连续两年在全市新旧动能转换现场观摩评比中实现位次前移。

在不断探索恢复生态、保护环境的绿色发展新路中，南水北调工程不仅倒逼传统企业升级、地方经济提档，还努力助力区域经济社会协调发展。

初冬暖阳中的汉江兴隆水利枢纽，仍然一片风光秀丽的水乡景象。引江济汉，这条人工运河水道犹如江汉平原的一条玉带，让滚滚长江水流向汉江。从长江干流中开挖一条人工运河向其第一大支流汉江补水，是南水北调中线一期汉江中下游四项治理工程之一，2014 年 9 月建成通水，主要任务是向汉江兴隆以下河段补充因南水北调中线一期工程调水而减少的水量。

这是一条兼具改善生态、灌溉、航运等功能的人工河道。往返荆州和武汉的船舶，如今可经河道直入汉江，航程缩短了 200 多千米。北方的煤炭通过铁路运至襄阳后，则可通过汉江、经引江济汉航道转运至长江沿线地区，成为"北煤南运"的重要通道。

作为国家跨流域、跨省区的重大水利基础设施，南水北调正在为京津冀协同发展和雄安新区建设等重大战略提供可靠的水资源保障，也将为长江经济带、黄河流域生态保护和高质量发展等作出积极贡献。

"我们对于长江水的利用率还不到 20%，80% 以上的长江水最终汇入了大海。经科学规划合理推进南水北调后续工程建设，是对长江水更有效率的利用。"王浩说，未来，应在优先节水的同时，合理扩大调水规模和范围，让更多的人受益，更好推动经济高质量发展。

"南水北调工程功在当代，利在千秋。"梦想变成现实，南水北调，这项伟大奇迹注定将是人类治水史上的一座丰碑！

守护篇

清水永续通南北　六载坚守破浪行

——写在中线水源公司高质量确保工程通水六周年之际

贾茜　蒲双

超额完成年度供水计划，6 年来首次实现规划供水目标，北方年受水达到 86.22 亿立方米；正式通水以来，累计供水 342.04 亿立方米，惠及沿线 24 个大中城市及 130 多个县，直接受益人口超过 6700 万人；全年生态补水 24.03 亿立方米，完成华北地区地下水超采生态补水年度计划的 136.8%，累计生态补水 49.46 亿立方米；北上汉水水质稳定保持在 II 类及以上，全年水污染事件发生率为零……

如果数字能说话，这些数字便在生动讲述着 2020 年南水北调中线工程高效安全运行的精彩故事；如果数字会歌唱，这些数字便在悠扬吟唱着 2020 年南水北调中线工程一库清水润北方的动人乐章。

2020 年是南水北调中线工程通水第六个年头，担负着南水北调中线水源工程建设和运行管理重任的中线水源公司，坚定不移贯彻落实水利改革发展总基调，以问题导向补短板，以目标为导向抓落实，围绕水源工程收尾、验收、供水、运管等中心工作，克服疫情影响，主动担当作为，各项工作稳步推进，高质量确保一库清水永续北送。

尽锐出征答"考卷"　组合施策保安全

有人说，若将丹江口大坝加高工程竣工验收比作大坝加高工程整体验收工作的"句号"，那么档案专项验收则是整体验收工作的"分号"。

作为我国建设规模最大的大坝加高工程，丹江口大坝加高工程验收工作较一般新建水利枢纽更为严密繁复，而档案专项验收的通过则是工程竣工验收的前置条件。

作为整体验收中的专项验收，这个"分号"意义重大。为了画好这个"分号"，水源公司可谓尽锐出征。

"全体员工要以档案专项验收工作这项'主线'为依托，做到工作队伍不散、人心要齐、直面困难、认真整理、动态管控、优质高效，全力推进工程验收工作目标实现。"在一次公司办公会上，总经理王威的话掷地有声。

自 3 月 31 日中线水源公司全面复工以来，按照"任务不减、目标不变、质量不松、时间不延"的要求，公司调整优化验收工作节点，更新绘制验收进度横道图、管理拓扑图，并逐级下沉一线，狠抓责任落实和工作成效。一间间办公室里，随处可见数幅对大坝加高工程档案专项验收各项目内容、责任人、时间、进度进行详细分解的横道图。进度图上，每一笔彩色的进度标记，都见证着过去一年里，中线水源公司人如何用超常规举措创造超常规成效。

"穿着衬衣进楼，穿着棉袄下楼，大战 100 来天，中途除去国庆假期同事们轮休 2~3 天，所有双休和节假日都没有停歇，每日加班加点是常态，有的时候更是加班至凌晨 4 点。"谈及档案专项验收集中办公，大伙儿记忆深刻。

"我们以档案专项验收为抓手，全面梳理设计单元工程合同验收和合同档案入库情况，细化节点，夯实责任，加强督办，确保设计单元各类档案应收尽收；以属类和案卷为重点，对实体档案完整性、准确性、系统性检查、审核，对存在的问题及时进行整改，确保档案归档质量"。档案专项验收工作牵头部门办公室主任曹俊启介绍道。

突如其来的新冠疫情，严重影响了档案专项验收准备工作。"三集中"就是针对档案验收时间紧、任务重、要求高的情况，采取的高效举措之一。

为提升档案专项验收准备工作效率，从 5 月份起，中线水源公司在重点抓好防疫工作的同时，采取集中办公模式，陆续将公司、施工单位、监理单位相关工作人员集中安排在两处、4 栋楼内开展档案专项整理工作。办公室一方面组织力量对已入库档案进行全面检查、审核，另一方面协调、督促各部门、各参建单位做好档案材料的收集整理、监督指导工作。8 月中旬，公司又组织合同执行部门、主标单位对合同档案进行系统性检查、整改。集中办公高峰时期人数一度达到五六十人。公司各部门团结高效、密切配合，协调相关单位有的放矢地对资料进行整改、补充、复核和入库，做到发现问题及时处理。经过各单位、部门近 200 个日夜"白 + 黑""5+2"的通力合作，截至 11 月底，完成了大坝加高设计单元工程档案共计 11746 卷规范性审核及整理工作，完成了相关备查材料、报告的准备工作，具备了大坝加高设计单元工程档案验收条件。

2020 年是丹江口大坝安全监测自动化系统正式投入运行的第一年，这套系统具备监测数据的即时采集、分析、传输、展示和应用功能，集自动化传输、数字化管理、高效化运行于一体，实现了丹江口大坝安全监测智能化。

在丹江口大坝 44 号坝段的安全监测中心站，可以看到技术人员正有条不紊地通过监测系统查看丹江口大坝渗压、渗流、应力应变、变形等大坝安全运行重要指标参数。大坝安全监测自动化系统接入 2000 多处测点，技术人员只需在电脑屏幕上轻轻一点，便能实时读取、分析大坝安全相关核心参数。

"新系统投用后，大大减少了我们开展大坝安全监测相关工作的时间。以监测大坝水平位移前方交汇信息为例，过去我们需要 10 个人工作 15 天获取完整数据，现在只需 1 个人 1 天时间便能完成。"工程部技术人员周荣说，今年疫情期间，为确保大坝安全监测数据不断档，监测中心站 4 名员工轮班上岗。新系统的正式投用，使得在疫情高峰期，大坝安全监测数据依然可以准确获取，为判断大坝安全提供了第一手可靠数据。

"按照公司的战略部署，我们在水利工程补短板中，正在大力开展水源工程管理信息化、标准化建设工作。"工程管理部主任湛若云说。

公司于 12 月 1 日刚刚签发的《南水北调中线水源工程安全生产风险分级管控办法》，正是全面推进安全生产标准化建设的具体体现。一项项条款、一张张示例表格、一条条释义说明……为科学辨识与评价南水北调中线水源工程运行危险源及其风险等级提供明晰依据与指导，极具工作指导性。

"我们通过把风险源、安全风险、隐患进行辨明和明确，指导技术人员有的放矢地开展大坝安全事故前期预防与应急治理相关工作，通过有针对性地制定应急措施、管理措施，做到防治结合，无危则安。"工程部技术人员夏杰说。

为确保大坝安全运行，中线水源公司着力"补短板"，积极探索水利工程标准化建设，夯实工程安全运行基础；狠抓"强监管"，在监管上强手段，在责任上促落实，确保工程安全运行落地见效；严格按照规程规范和设计要求开展安全监测和巡视检查，做到监测项目全覆盖，扫除工程安全运行"死角"；以加强工程各项安全监测及数据分析、完善相关制度规定等方式拧紧大坝安全的"发条"，以建立横向到边、纵向到底的安全生产责任体系筑牢大坝安全"基石"；以履行防汛工作主体责任，打造防汛屏障，确保工程安全度汛。公司以现场督察为主线、以过程管理为重心，做好日常运行维护、技术管理、安全管理及应急处置等工作，组合施策多方位确保工程安全运行。

技术赋能佑库区　增殖放流护生态

丹江口水库拥有 1050 平方千米水域面积，4600 多千米的库岸线，库岸线长度相当于两条京广线的长度。要守护好这片有着"亚洲天池"美誉之称的中线工程核心水源地，实属不易。

"有别于普通水库，丹江口水库的功能与战略地位都具有独特性。作为全开放型饮用水水源水库，丹江口水库库区面积大、分布广。千军万马人工式的库区管理方式不现实，加强库区综合管理必须依靠信息化、智能化。"库区管理部主任李全宏介绍，今年丹江口库区巡查工作，不仅更具针对性且科技含量更高。

"我们根据遥感图解译，对监测疑点进行初步分析查看。依照分析结果，再联合地方及时赶赴现场进行实地巡查处置。"李全宏介绍，有别于过去主要通过群众举报及月度巡查方式监测库区，自今年 7 月开始，中线水源公司便通过卫星遥感手段，分析库区变化情况，实时监测库区内拦库筑坝等违规建设情况。同时，公司亦采购了带RTK测绘功能的无人机、带摄录功能的望远镜等单兵巡查装备，将库区巡查人员进行全副武装，为第一时间发现违规违章问题及时取证提供了极大便利。

在国家没有大投入的情况下，今年中线水源公司亦通过使用自有资金，开展了丹江口水库综合管理平台顶层设计第一阶段项目实施，运用大数据、云计算、人工智能等手段，全面提升水库综合管理平台。拟开发新建的库区管理综合安全系统，将通过实施空天地一体化感知体系，对库区安全实施涵盖监测、预测、分析、发现问题、处置问题等环节的全过程管理，依靠大数据分析、知识图谱等先进技术，为库区安全监测提供更多支撑与详细分析。

丹江口水库是南水北调中线工程的水源地，也是南水北调中线工程水源保护最为敏感的地区，其生物多样性保护工作关系到库区总体生态环境和水源水质，开展水生生物增殖放流活动对优化库区水质，构建生态种群具有重要意义。

在距离丹江口大坝约3千米，位于松涛山庄山脊一侧的鱼类增殖放流站，60多口大大小小的繁育养殖循环池成为一道独特的风景。小雪时节，料峭的寒风中，放流站现场负责人赵鹏正悉心地照料着循环池内担负"重任"的亲本鱼类。这些鱼爸爸鱼妈妈们，将在技术人员的精心驯养下，孕育下年度丹江口水库增殖放流的鱼苗。

作为我国规模最大的鱼类增殖放流站，丹江口水库鱼类增殖放流站采取高密度、循环水养殖，继2018年增殖放流12.5万尾、2019年增殖放流82.5万尾后，2020年增殖放流数量创下历史新高162.5万尾，明年增殖放流即将达到目标放流数325万尾。

今年，放流站新增了19个循环池提升泵变频器，可根据亲本及鱼苗生长的不同阶段，实时调控循环池内水流大小，更好地配合生物生长；同时亦提前启用站内9米催产池，有针对性地提升漂浮性鱼卵亲本鱼类繁殖数量。在经历了几年探索后，2020年鱼类增殖放流数量已成功翻了一番。

为了确保明年达产，放流站提前开展鱼苗孵化量试验。针对幼苗抵抗力弱，对水温、水质条件反应敏感，尤其是在度夏和越冬时更甚等特点，工作人员悉心照看。在开展鱼苗孵化量试验时，由每天喂食鱼苗两次改为4~5次，并且实时观察鱼苗发病情况和生长情况，对放下多少收回多少鱼苗进行统计。试验结果显示，明年完全有能力实现325万尾增殖放流量目标。

超额供水践初心　共克时艰护水脉

11月1日上午8时，南水北调中线一期工程超额完成水利部下达的2019—2020供水年度水量调度计划，向工程沿线河南、河北、北京、天津四省市供水86.22亿立方米。这是一个里程碑式的数字，它标志着南水北调中线工程运行6年即达效。

从 2014 年 12 月 12 日正式通水，到 2020 年 11 月 1 日工程供水达效，六载时光见证着清澈甘洌的汉江水惠及京、津、冀、豫四省市沿线民众的喜悦，亦见证着水源公司人忠实履职保供水的坚守与付出。

"年初我们便按照水利部、长江委工作安排，通过与中线干线工程运行管理单位沟通协调，全面做好了来水预测分析、供需平衡会商等工作。在全年的供水管理工作中，我们亦按照上级部署，做好供水计划的执行与工程安全监测、水文水情水量监测等工作，并在水利部的统一部署下，实施了对华北地区地下水超采综合治理和对河湖生态补水。"中线水源公司供水部主任王立介绍，今年 4 月 29 日至 6 月 20 日，陶岔渠首实施了加大流量输水，整个过程历时 53 天，其中 5 月 9 日 8 时 30 分陶岔渠首首次实现 420 立方米每秒加大流量供水，保持稳定供水 43 天。中线水源公司积极配合，顺利完成中线工程加大流量供水。此次加大流量输水检验，不仅证明陶岔渠首能够达到设计的加大流量输水能力，同时也为受水区统筹疫情防控和经济社会复工复产提供了坚实水资源保障。

开展供水管理的首要目标就是保证水量，而良好水质则是保供水的重要前提，中线水源公司忠实履行着前沿哨兵职责，为保一库清水北送保驾护航。

在位于丹江口大坝右岸的水质监测中心实验室，技术人员每天收集陶岔渠首水质实时监测数据；实验操作台上，从库区 31 个水质监测断面采集的水样将在这里接受化验。按照日、月、季度、年度计划任务，技术人员们年复一年地认真开展一系列常规项目、生物项目、底质项目、生物残毒项目和 109 项全指标项目监测，严格把关丹江口水库水质。

2020 年疫情期间，为及时掌握水质状况，确保疫情期间的供水安全，中线水源公司迅疾启动疫情期水质应急加密监测，在对库区 31 个断面的 29 项常规监测的基础上，增加了余氯和生物毒性等疫情防控特征指标项目的监测。对陶岔、马镫、青山固定监测站实行加密监测，将常规指标监测、生物毒性监测频次由每日 6 次加密为每日 8 次。

"两位负责每日检测陶岔渠首水质检测的技术人员，在监测站坚守了 50 余天，每日早上 9 时、下午 1 时两次取样风雨无阻，每日下午 5 时上报完整的陶岔渠首水质检测数据雷打不动。"中线水源公司供水部技术人员秦赫说。

对于负责开展丹江口库区及入库主要支流河口断面水质检测的技术人员们而言，2020 年注定是极其难忘的一年。在做好自身防护的前提下，大家在防疫政策收紧、防疫物资吃紧的严峻形势下，将履职尽责的诺言写在一次次困难重重的水质监测取样与仪器维护工作里。

"由于我们的工作涉及陕西、湖北、河南三省，外出开展水质取样检测及仪器设备维护不仅需要调动人，更需调动车、调动船。在疫情交通管制期，公司办公室积极协调获取通行许可。当地防控措施限制了作业时间。我们风雪无阻，提前配比试剂、预先演练，高效完成作业。"据秦赫介绍，在疫情期间第一次去陶岔自动检测站开展仪器维护作业时，关卡站人员称，他们是疫情期该卡口自湖北进入河南放行的第一批人员。

不论是大雪纷飞的日子，吃着泡面往返于测点与实验室间感受到的料峭春寒；还是大雾弥漫，测船能见度低不得不停靠时经历的坚守与等待；抑或是水面作业时经历过的风浪颠簸……大家以赤诚坚守回应了受水区人民的期盼。据检测、分析，丹江口水库水质未受疫情影响，易暴发春季水华的水域 pH 值、溶解氧、水体透明度等水体理化指标均为正常。

清水永续通南北，六载坚守破浪行。当一股股清流从当陶岔渠首喷涌而出，沿着千里干渠一路向北之时，一位位在水源地默默坚守的中线水源公司人，无不在用自己的方式守护着这条蓝色生命线。2021 年是"十四五"规划的开局之年，水利改革发展进入新一轮的持续攻坚期、深刻转型期，站在新的历史节点，中线水源公司将以更加饱满的热忱，全力做好工程运行管理和工程验收，在确保工程安全、供水安全、库区安全方面持续发力，在真抓实干中续写新的辉煌。

守护篇

南水北调：
全面通水七周年 筑牢"四条生命线"*

佚名

因为一项史无前例的水利工程——南水北调工程，1.4 亿人的生活得到改善、40 多座大中城市的经济发展格局得到优化。"古有京杭运河，今有南水北调"，纵贯中国大地的两条人间"天河"，扮靓了新时代的中国，如母亲河长江、黄河一样滋养着华夏儿女生生不息，承载着实现中华民族伟大复兴的中国梦奋勇向前！

2014 年 12 月 12 日，南水北调东、中线一期工程全面建成通水。习近平总书记作出重要批示，强调"南水北调工程功在当代，利在千秋。希望继续坚持先节水后调水、先治污后通水、先环保后用水的原则，加强运行管理，深化水质保护，强抓节约用水，保障移民发展，做好后续工程筹划，使之不断造福民族、造福人民。"2020 年 11 月 13 日，习近平总书记视察南水北调东线工程源头江都水利枢纽，强调"南水北调，我很关心。这是国之大事、世纪工程、民心工程""确保南水北调东线工程成为优化水资源配置、保障群众饮水安全、复苏河湖生态环境、畅通南北经济循环的生命线"。2021 年 5 月 13—14 日，习近平总书记视察南水北调中线工程源头陶岔渠首和丹江口水库，并在南阳主持召开推进南水北调后续工程高质量发展座谈会，强调"南水北调工程事关战略全局、事关长远发展、事关人民福祉"，充分肯定了南水北调工程的重大意义，科学分析了南水北调工程面临的新形势新任务，深刻总结了实施重大跨流域调水工程的宝贵经验，系统阐释了继续科学推进实施调水工程的一系列重大理论和实践问题，为推进南水北调后续工程高质量发展指明了方向、提供了根本遵循。

水利部认真学习贯彻习近平总书记关于南水北调的重要讲话和指示批示精神，全面贯彻落实党中央、国务院决策部署，科学管理、精准调度，充分发挥南水北调工程综合效益；统筹协调、全面谋划推进南水北调后续工程各项工作，加快建设"四条生命线"，持续深入推进南水北调后续工程高质量发展，为全面建设社会主义现代化国家提供有力的水安全保障。南水北调东、中线一期工程全面通水 7 年来，累计调水 494 亿立方米，发挥了巨大

---

* 原载于 2021 年 12 月 12 日中国水利网，http://www.chinawater.com.cn/newscenter/kx/202112/t20211212_776307.html。

的经济、社会、生态效益，沿线人民群众获得感、幸福感、安全感持续增强，为全面建成小康社会、落实国家"江河战略"、支撑重大国家战略实施、建设美丽中国等作出了巨大贡献。

改变广大北方地区供水格局，水资源配置格局持续优化

南水北调东、中线一期工程全面建成通水，沟通了长、黄、淮、海四大流域，初步构筑了我国南北调配、东西互济的水网格局。全面通水 7 年来，工程运行管理者遵循工程运行管理规律，通过实施科学调度，实现了年调水量从 20 多亿立方米持续攀升至近 100 亿立方米的突破性进展。在做好精准精确调度的基础上，充分利用汛前腾库容的有利时机，充分利用工程输水能力，向北方多调水、增供水，2020 年、2021 年中线一期工程连续两年超过规划多年平均供水规模。特别是 2021 年，面对特大暴雨袭击、新冠疫情反弹等多重挑战，工程管理单位通过强化预警、预报、预演、预案措施，科学精准调度工程，实现中线工程年度调水突破 90 亿立方米，完成年度计划的 121%。南水北调水已成为不少北方城市供水新的生命线：北京城区 7 成以上供水为南水北调水；天津市主城区供水几乎全部为南水。随着南水北调东线北延应急供水工程正式通水，天津、河北等地的水安全保障能力进一步增强，我国北方地区水资源短缺局面从根本上得到缓解。

改善供水水质，人民群众获得感、幸福感和安全感显著增强

南水北调工程已成为奔涌不息的绿色生命线，守护着工程沿线亿万人民群众的饮用水安全。全面通水 7 年来，近 500 亿立方米的优质水源源不断地流入北方千家万户。据统计，截至 2021 年 12 月 12 日，东、中线一期工程已累计调水 494 亿立方米，其中中线一期工程累计调水超 441 亿立方米，东线一期工程累计调水入山东 52.88 亿立方米。通过推进铁腕治污和持续强化监督管理，南水北调工程水质长期持续稳定达标，东线一期工程输水干线水质全部达标，并持续稳定保持在地表水水质Ⅲ类以上；丹江口水库和中线干线供水水质稳定在地表水水质Ⅱ类以上。由于水质优良、供水保障率高，受水区对南水北调水依赖度越来越高。在北京，自来水硬度由过去的 380 毫克每升降至 120 毫克每升；在河南，十余座省辖市用上南水，其中郑州中心城区 90% 以上居民生活用水为南水北调水，基本告别饮用黄河水的历史；河北省黑龙港流域 500 多万人彻底告别了世代饮用高氟水、苦咸水的历史；东线工程在齐鲁大地上形成了"T"字形"动脉"，不仅为沿线居民提供了生活保障水和生产必需水，也成了应对旱灾等极端天气的"救命水"，2017 年、2018 年山东大旱，东线一度成为保障青岛、烟台等城市供水安全的主力军。

推动复苏河湖生态环境，有力促进沿线生态文明建设

绿色始终是南水北调工程的底色。《南水北调工程总体规划》提出，南水北调的根本目标是改善和修复黄淮海平原和胶东地区的生态环境。全面通水 7 年来，通过水源置换、生态补水等综合措施，有效保障了沿线河湖生态安全。东线沿线受水区各湖泊，利用抽江水及时补充蒸发渗漏水量，湖泊蓄水保持稳定，生态环境持续向好，济南"泉城"再现四季泉水喷涌景象；中线已累计向北方 50 余条河流进行生态补水 70 多亿立方米，推动了滹沱河、瀑河、南拒马河、大清河、白洋淀等一大批河湖重现生机，河湖生态环境显著改善；2020 年华北地区浅层地下水水位较上年总体回升 0.23 米，持续多年下降后首次实现止跌回升；北京市平原地区地下水位连续 6 年回升，2020 年末较 2014 年末，北京市浅层地下水水位回升 2.37 米；密云水库蓄水量于 2021 年 8 月 23 日突破历史最高纪录的 33.58 亿立方米。2021 年 8—9 月，首次通过北京段大宁调压池退水闸向永定河生态补水，助力永定河实现了 1996 年以来 865 千米河道首次全线通水。工程沿线曾经干涸的洼、淀、河、渠、湿地重现生机，初步形成了河畅、水清、岸绿、景美的靓丽风景线。

倒逼产业结构优化调整，推动受水区高质量发展

水资源格局影响和决定着经济社会发展格局，作为人类生产活动不可或缺的重要生产资料，水资源的有效配置在保障其他要素市场化配置、畅通经济循环中发挥着不可或缺的重要作用。南水北调工程在加快培育国内完整的内需体系中充分发挥水资源保障供给作用，打通水资源调配互济的堵点，解决北方地区水资源短缺的痛点，通过构建国家水网将南方地区的水资源优势转化为北方地区的经济优势，北方重要经济发展区、粮食主产区、能源基地生产的商品、粮食、能源等产品再通过交通网、电网等运输到全国各地，畅通南北经济大循环，促进各类生产要素在南北方更加优化配置，实现生产效率效益最大化。全面通水 7 年来，累计向北方调水近 500 亿立方米，以 2016—2019 年全国万元 GDP 平均用水量 70.4 立方米计算，有效支撑了受水区 7 万亿元 GDP 的增长，切实增强了北方地区经济发展后劲，为京津冀协同发展、雄安新区建设、黄河流域生态保护和高质量发展等区域协调发展战略实施提供了强有力的水资源保障。

南水北调工程实现了丰水的长江流域与缺水的黄淮海流域联通互补，提高了我国水资源综合利用效率，优化了我国经济社会发展布局，改善了我国生态环境质量，有力保障和推进了经济社会高质量发展，书写了中华民族伟大复兴进程中的辉煌篇章，开创了人类水利史的奇迹，是当之无愧的"大国重器"。

进入全面建成社会主义现代化强国新征程，党的十九大提出要加快水利基础设施网络建设，五中全会对实施国家水网重大工程作出战略部署。习近平总书记在推进南水北调后

续工程高质量发展座谈会上强调："水网建设起来，会是中华民族在治水历程中又一个世纪画卷，会载入千秋史册。"广大水利工作者将认真贯彻落实习近平总书记关于治水系列重要讲话和指示批示精神，胸怀"国之大者"，赓续红色基因，弘扬伟大建党精神，以舍我其谁的勇气和魄力，以只争朝夕的责任和担当，为实现这一世纪梦想奋勇前行，在新时代新征程中赢得更大的胜利和荣光！

守护篇

档案见证变迁　水源飞扬壮歌[*]

——丹江口大坝加高设计单元工程档案验收工作纪实

诸丹心

源头筑坝，卷长情深。

中线水源公司克服 15 年超长时间跨度、23 家主要参建单位人员更替等诸多困难，保证工程档案"应收尽收"。2020 年 12 月 11 日，水利部督办项目——丹江口大坝加高设计单元工程档案工作比计划提前 20 天通过验收。

"首次制作档案验收专题汇报片，首次在验收中实现了文件级实时检索……"验收组组长蔡建平高度评价中线水源公司档案工作。

瞄准"主线"　推进工程验收

丹江口大坝加高工程施工难度之大，技术要求之高，施工环境之复杂，安全生产之严峻，国内外罕见。

工程进入建设期运行管理阶段后，中线水源公司统筹谋划持续推进工程验收各项工作。长江委专门成立了中线水源工程验收工作领导小组，多次召开会议研究部署相关工作。

"要充分认识中线水源工程验收工作的重要性，按时保质完成各项验收工作，为中线水源工程画上圆满句号。"长江委副主任吴道喜就验收工作提出明确要求。

中线水源公司建立起"统一领导、分级管理"的组织体系，成立了以公司主要领导为组长的档案工作领导小组，成员包括公司及设计、施工、监理等单位负责人，统筹协调工程档案验收工作，解决重大问题。

"全体员工要以档案专项验收工作这条'主线'为依托，直面困难、认真整理、动态管控、优质高效，全力推进工程验收工作目标实现。"中线水源公司总经理王威的部署掷地有声。

丹江口大坝加高工程留下的档案总量达到 11762 卷，共计 137950 条目录，文件材料

---

* 原载于 2021 年 1 月 21 日《中国南水北调》，A2 版，https://epaper.nsbd.cn/html/nsbd/20210121/534902.html。

120 万页。工程从开工到验收，时间跨度达 15 年之久。参建单位众多，主要参建单位就有 23 家。参建人员更替，随着档案管理的发展完善，验收标准不断提高……

挂图作战　力保完整准确系统

中线水源公司按照"工程档案与工程建设同步管理"要求，加强制度建设，压实工作责任，强化保障措施，从"机构、制度、人员、资金、设施、技术"六个方面建立起档案管理体系。

公司完善了工程、声像、实物等 10 多项档案管理制度。建立起档案信息管理系统、档案云存储系统和声像档案网站，持续推进数字化档案馆建设。

走进中线水源公司的一间间办公室，随处可见墙上工程档案专项验收进度计划图，大家案头都有一本《中线水源工程设计单元档案专项验收工作手册》。

2019 年 3 月，中线水源公司按照水利部、长江委部署，编制了中线水源工程档案等多个验收进度计划图，通过"挂图作战"模式，传导压力、夯实责任、明确节点目标推进验收。为明确归档范围，统一整编标准，编写了《中线水源工程设计单元档案专项验收工作手册》，落实职责分工，确保验收档案完整、准确、系统。

工程档案事关工程质量的评定与核查，也与工程后期使用与维护息息相关。只有完整、准确、系统的档案，才能真正为工程管理、安全运行、供水保障起到支撑作用。

为了确保档案完整性，中线水源公司坚持"人人都是档案员"，按照"谁形成、谁负责"原则全员参与文件材料收集，同时开展 21 类工程图纸专项清理，全面梳理项目合同，清单管理、逐项销号。

他们打破传统，实行单张与整套竣工图"双审定"；统一参建单位规范化简称；明确主标合同 1.9 万余个单元工程编码；统一案卷著录标准，细化归档范围……一系列举措为档案准确性上了"保险"。公司还细化了主标段档案整理分类三级文件目录体系，编制完成《项目档案归类与编号方案》获水利部批复认可。

"三集中"　抢回四个月进度

2020 年初，受新冠肺炎疫情影响，工程参建单位人员进鄂受阻，各项工作难以及时推进，验收难度不断加大。

4 月初，南水北调东中线一期工程验收工作领导小组会议上，丹江口大坝加高工程档案专项验收被列入《2020 年南水北调验收工作要点》，并纳入水利部 2020 年工作督办考核事项。

必须把疫情耽误的时间抢回来！ 2020 年 5 月起，为进一步提升工作效率，中线水源公司组织本公司、施工单位、监理单位工作人员以"三集中"（集中时间、地点、人员）

的方式开展档案整理和检查审核工作。

"在集中时间、地点、人员的基础上，进一步开展集中整理、集中审核、集中整改'三集中'。"公司办公室副主任吴继红介绍，合同执行部门负责档案完整性、准确性、系统性检查审核，长江档案馆负责档案规范性审核。

中线水源公司协助参建、监理单位，将千头万绪的文件材料条理化、格式化、规范化，并对主标段 6000 余卷的档案进行检查审核。

"提档增速不意味着降低标准，工作中严格执行两级检查，一级检查实行'三方会审四检制'，二级检查采取专家专项检查和长江档案馆检查审核。"工程管理部副主任李方清回忆起集中办公的日子，记忆深刻，"大家早晨穿着衬衣进楼，穿着棉袄出楼，每天从早 8 点到晚 9 点连续作战几个月，节假日不停歇，甚至加班至凌晨 4 点。"

通过"三集中"方式，抢回了疫情耽误的四个月时间，提高了参建单位工作效率。为保证验收质量，公司兵分两路：一路集中于已入库档案的整改整理工作，一路集中于未入库主标合同档案的检查审核工作。在严格自查自改的基础上，邀请外咨专家检查指导，建立整改台账，出具检查整改工作单，立行立改，保证档案整理质量。

档案见证大坝巨变，验收彰显水源责任。王威表示，中线水源公司正根据专家意见逐项落实整改，将继续在水利部、长江委的领导和支持下，全力以赴、全面推进工程验收，为中线水源工程画上圆满句号。

"数字大坝"写传奇

——南水北调中线水源工程档案管理侧记

姜志斌　冯莹

源头暮秋，层林尽染，美不胜收。

刚刚强势抵御了 7 轮洪水考验的丹江口大坝加高工程，首次怀拥 170 米高位一库碧水，坚若磐石。巍巍大坝工程效益完美体现，水源工程档案——作为工程密不可分的一部分，也迎来了运行管理系统设计单元档案验收。经验收组综合评议，认为中线水源调度运行管理专项工程档案总体符合《南水北调东中线第一期工程档案管理规定》的要求，验收结果为合格，同意通过验收。水利部验收组组长尹宏伟对该设计单元工程档案专项验收给予高度评价。继 2019 年丹江口库区移民安置工程设计单元工程档案和 2020 年丹江口大坝加高工程设计单元工程档案完成验收后，最后一个设计单元工程档案也顺利通过验收，宣告南水北调中线水源工程档案专项验收工作全部完成。

丹江口大坝加高工程共 418 份合同，5 万卷档案，12 万个文件的扫描、审核和挂接……卷帙浩繁的档案构筑出了一座无形的"数字大坝"，支撑着"超级工程"织就"国家水网"。这座"数字大坝"的背后，凝聚着的是中线水源人匠心筑就兰台梦，克服 15 年超长时间跨度资料搜集整理、23 家主要参建单位组织协调、相关工作人员更替频繁等重重困难，确保工程建设与运行管理全过程文件资料"应收尽收、应归尽归"付出的艰辛与汗水。

顶层设计助力数据"航母"

南水北调中线工程，被习近平总书记誉为"国之重器"，可谓践行生态文明理念的一条"水脉"。丹江口大坝加高工程，是保障这条"水脉"水量丰盈、源源不竭的关键性控制工程，因此，不论艰难险阻，必须要建成标杆！

作为工程安全运行的重要支持，工程档案在工程开工后不久，就被提上议事日程。2014 年 12 月，一江清水奔涌北上，唱响了丹江口大坝加高工程的赞歌，与此同时，档案验收，便成为中线水源公司在工程验收前的工作重点。

为做好水源工程档案验收工作，长江委成立了以委领导为组长，相关部门负责人为成员的验收领导小组，从这一"豪华阵容"中，长江委对这项工作的重视程度可见一斑。

"要充分认识中线水源工程验收工作的重要性，按时保质完成各项验收工作，为中线水源工程画上圆满句号。"2020年12月，长江委副主任、南水北调中线水源工程验收领导小组组长吴道喜，在丹江口大坝加高设计单元工程档案验收前，提出明确要求。

随后，中线水源公司以"建精品工程，交优质档案"为目标，第一时间成立以公司主要领导为组长，公司各部门及设计、施工、监理等单位负责人为成员的档案工作领导小组，建立"统一领导、分级管理"的组织体系，持续推动档案管理体系建设。

"各司其职、全力以赴、逐一销号、问责追责"是时任中线水源公司总经理王威在"把脉"档案验收工作的重难症结后，对档案验收全体工作人员开出的四个"处方"。尤其是在2020年初突如其来的新冠肺炎疫情严重影响档案验收工作进度之时，王威在档案验收工作推进会上的讲话更是掷地有声："我们要确保档案验收工作任务不减、目标不变、质量不松、时间不延……"

时间紧迫，又突遇新冠疫情考验，中线水源人重担在肩，背水一战。公司副总经理王健狠抓疫情防控，落实防疫预案、全员疫苗接种和核酸检测。

为使工程验收工作开启"加速度"，步入"快车道"，"我们逐步完善档案工作制度，根据验收时间倒排工期，制定进度计划横道图和管理拓扑图，'挂图作战'，将工作任务层层分解、逐一细化，明确完成时间与相关责任人。"中线水源公司副总经理付建军迅速厘清档案验收工作的思路，为档案验收工作的开展画下了"时间红线"。公司技委会副主任汤元昌也立即冲往一线"作战"，与各部门、相关参建单位进行沟通协调时反复强调："我们必须按进度计划图的时间节点完成验收任务，只能提前，不能滞后。"

公司领导和部门领导更是逐级下沉，现场坐镇，为验收工作进度加油鼓劲，为工作人员排忧解难……

档案验收的顶层设计，为中线水源人做好档案验收提供了保障，也为"数据航母"最终建成保驾护航。

遇山开山"靶向"施策破题

看着墙上悬挂着的南水北调中线水源工程档案验收工作进度计划图，公司副总经理付建军仿佛看着一个倒悬的沙漏，眉头紧锁："必须争分夺秒行动起来！"

"时间红线"下，如何推动档案管理体系快速有效运转？成了横亘在公司面前的首要难题。"我们多措并举，采用目标倒逼管理法，将档案验收的'车尾'变成了'车头'。"工程档案验收工作牵头部门办公室主任曹俊启介绍道。以拓扑图、横道图倒排工期，采取集中时间、地点、人员的"三集中"方式开展档案整理审核；通过"周例会""专题会""办公会"推进月度、年度验收管理目标的落实;用督办、绩效考评等手段压实责任,推动各部门工程管理的全线联动;协调汉江集团、扬子江咨询公司、长江档案馆及各参建单位等外部技术力量相继派遣得力技术人员投入到验收工作中……一系列积极举措,不仅拉快了档案验收工作的"进度条",也"倍速"了合同项目管理与验收,"沙漏"流逝的速度仿佛变缓了……

"档案验收是几个专项工程验收工作中唯一一项能梳理与检验工程全貌的工作,进度与质量必须做到双控。"在档案验收工作推进会上,办公室副主任吴继红斩钉截铁。确立档案与工程"三阶段"同步管理模式与"谁形成、谁负责"的原则;建立文件材料登记台账,实行清单管理;编制《南水北调中线水源工程项目档案归类与编号方案》等标准,细化档案整理分类三级文件目录体系;实行"三方会审四检制""专家专项检查"两级检查;实施竣工图"三级审核";建立问题清单逐项销号,采取"日督办、日公示"的方式滚动更新整改信息……一套"拳拳到肉"的质控"组合拳"打下来,"我们确保了档案管理的'完整性、准确性、系统性、规范性、安全性'。"吴继红指着一摞摞顺利通过验收的丹江口大坝加高工程设计单元工程档案在介绍这些经验做法时显得胸有成竹。

更值得一提的是,在大坝加高工程设计单元工程档案验收中,还首次制作档案验收专题汇报片,首次实现了文件级实时检索,首次邀请两家咨询单位协助开展验收……多个"首次",为中线水源人"创一流档案为一流的工程管理服务"的决心写上了生动的注脚。

高效运转的"档案管理体系"只是中线水源公司在推进档案验收工作时"靶向"施策的一个缩影。在其他设计单元工程的档案验收中,中线水源档案人也是遇山开山,遇水架桥,啃下了一块块"硬骨头",保证了最终的验收进度。

"瞧,这是我们自主开发的档案验收数字化验收平台。"日前,在办公室副主任黎伟的电脑前,他轻点鼠标,档案检索、信息搜集等板块的电子图像清晰地呈现在笔者眼前。"受疫情的影响,专家不能到现场指导,我们将档案资料100%电子化并入库,专家通过这个系统能一一查验,见屏如面地指导我们的验收工作。"提及这个系统,他掩饰不住心中的小得意,"在线验收,打通了档案验收的'最后一公里',是档案验收工作中的一大创新。"2021年10月,该平台在运行管理系统工程设计单元工程档案验收中实现了数字化线上检查评定功能,这在南水北调工程验收工作中尚属首次,获得了水利部验收组专家的高度肯定。

而"科技赋能"的档案验收工作还远不止这一项,中线水源公司从第一个设计单元工程——丹江口库区移民安置工程起,就在档案的数字化管理方面下足了"苦功"。

"当时我们几乎跑遍了水库淹没区的每一寸土地,"负责丹江口库区移民安置设计单元工程档案收集整理的中线水源公司库管部的张乐群回忆起当年的情形,充满感慨,"为了真实记录每家每户每人的情况，掌握库区移民的一手资料数据，简直磨破了几双鞋。"丹江口库区移民安置工程范围广、情况复杂，涉及搬迁安置人口共计34.49万，四年任务，两年完成，年搬迁强度在国内和世界上创历史纪录。为将这首恢宏的移民"史诗"完整地呈现，"我们主动与湖北、河南两省联动协作，将百万档案数字化，对2个省6个县市40个乡镇移民安置的档案进行系统管理，在线对档案归档情况及时监督检查，按月编制工作简报，严格执行'档随事走、档随人走'"。他顺手点开丹江口水库移民信息系统向笔者介绍："想跟踪任何一个移民的信息都很容易。"

档案信息管理系统、档案云存储系统、声像档案网站以及正在开展的数字化档案馆项目建设，将逐步实现档案管理系统与其他业务系统的无缝集成，最终，海量的数据将幻化成的无形"数字大坝"，忠诚捍卫"国之重器"的运行管理。

就在档案验收工作推进的关键时期，"……长江委档案馆为团体赛第一名！"一阵热闹的欢呼在中线水源公司"三集中"进行档案收集与整理的"决战场"松涛山庄里响起。原来，公司为给档案验收工作打上"强心针"，注入新动能，公司还创新式地在每个设计单元工程都采取了"档案整编技能培训＋档案整编技能大赛"的"1+1"模式，使工作人员将档案工作的业务规范"入脑入心"。"我们很有信心能按时圆满完成档案验收工作。"获得个人赛第一名的王晓棠满面笑容。此外，中线水源公司还经常性地开展档案工作的调研观摩、业务研讨，利用"国际档案日"的契机，制作档案宣传展板，扩大档案验收工作的影响力……"人人都是档案员"，在这样的浓厚氛围下，全体档案验收工作人员的士气得到了极大的鼓舞，有力地推动着档案验收工作向纵深开展。

鲜红党旗筑牢兰台堡垒

一份份沉甸甸的文件资料整齐摞放，一排排厚实的档案盒整墙陈列，一张张工程档案专项验收进度计划图张贴在墙上，一个个工作人员有条不紊地核对着图标数据资料……走进中线水源公司"攻坚"档案验收的一间间办公室，随处可见这样的画面。为打好这场"攻坚战"，充分发挥党员的先锋模范作用，中线水源公司将党旗插在了这个时间紧、任务重的档案验收工作"战场"上，组织开展了"党旗在验收工作中迎风飘扬"活动，涌现了一批兢兢业业、无私奉献的干部职工。

下班后，公司办公室秘书杨涛急匆匆地赶往医院。在丹江口大坝加高工程档案自验中，他负责撰写验收报告、制作PPT。验收关键时刻，母亲突然生病住院，他坚持白天在办公室，晚上跑病房，顶住困难完成了任务。"我是党员，领导分配的任务不能掉链子，无论如何都要把工作干好！"验收结束后他才带母亲去十堰市的医院动了手术。

晚上10时了，人员陆续上车，司机开车前问道："还有人坐车吗？""没有了，只有周荣一人，他说不用等了，审核完档案自己开车回家。"公司档案楼集中审核档案的同事回答道。原来，公司团委书记周荣是丹江口大坝加高工程右岸标段的项目经理，负责水电三局的竣工图审核，每天都是加班到11点多才回家。他说："我们把档案资料收集、整理、验收工作做踏实，为后续生命线的安全运行提供坚实的保障，相信能够经得起历史的检验和人民的检验。"

负责运行管理系统工程验收数字化准备工作的白鹏，将三个主标合同档案入库审核、电子文件挂接的工作完成后，长松了一口气："终于可以回家了。"他家的老人去年因病动手术，他因为在集中进行档案整编工作，无法陪同和照顾，老人虽说理解他的工作，白鹏自己心里却很是过意不去："今年河南发大水，家里都被淹了，也没时间回去。"他早就想好，等档案验收工作结束后，赶紧回家看看。

"上午专家检查了，你负责的档案部分没有什么大问题。"新十集团的资料员王晓洋收到领导发的消息后，露出了笑脸："这么些天的辛苦也值了！"因为档案整编工作需要长期伏案，王晓洋犯了颈椎病，但为了不耽误进度，她咬着牙坚持干到凌晨4点才下班。第二天清晨6点，她还是精神抖擞地上班迎接检查。

"1000、1001……"车班的党员王辉嘴里念念有词地记着数。他自被抽调到档案室帮忙，干了几个月档案装盒的工作，有时一天就要装盒1000多卷，手也得了腱鞘炎，但还是坚持在干。档案盒是牛皮纸做的，很锋利，王辉的手经常被牛皮纸割破，他却挥挥手，一点儿也没在意："只要能保证按时完成任务，这都是小事儿。"

在中线水源公司档案验收这个没有硝烟的"战场"上，像胡雨新、袁云桥、于杰、杨涛、陈正友、王辉这样的党员，像白鹏、王晓洋这样受党员先锋模范带动的普通员工，还有很多很多……有的晚上连续加班，双休也没休；有的职工小孩中考，没法陪考……一桩桩、一件件，都是中线水源干部职工"舍小家为大家"，全力以赴迎接验收"大考"的生动写照。

"一纸虽轻，一旦入档，重若千斤。"中线水源公司全体档案验收工作人员在千方百计抢时间、赶进度时，始终将这句话压在心头。"我们的档案工作很烦琐，单单一项工程档案就有收集、整理、分类、鉴定、审核、验收、归档几个流程；而每项小的流程又有更详细、更规范的要求；例如项目文件整理，就包括分类、排列、组卷、命名、编号、案卷编目、鉴定等内容。"中线水源公司副总工程师李方清介绍，但工作人员始终秉持对历史、现实和未来负责的态度，认真对待手头上的每一个数据、每一张图纸、每一份文件，确确实实地保障档案的质量。

随着2021年10月22日运行管理系统工程档案验收顺利通过专项验收，南水北调中线水源工程三个设计单元工程形成的200万卷完整规范的工程建设档案、征地移民档案、水库水质档案和运行管理档案，通过中线水源公司的数字档案馆，实现了档案数字资源"收、管、存、用"的一体化管理，书写了中线水源人铸造"数字大坝"的传奇，在保证南水北调中线水源工程安全、供水安全、库区安全和社会安全等方面发挥着重要的作用。

　　巍巍丹坝，见证着南水北调中线水源工程的伟大使命；丹库清清，诉说着中线水源人守护"水脉"源头的责任担当。公司副总经理付建军表示，中线水源人将继续全力以赴推进工程完工验收，用忠诚、担当做好工程运维管理，确保一库清水永续北上。

汉江畔崛起生态城[*]

——来自南水北调中线核心水源地的调查报告

李伟

多项技术"加持"成为全球污水处理技术"富集地";关停并转各类重污染企业近500家……一加一减之间,彰显的是一座城市绿色转型发展的决心。

湖北十堰是我国南水北调中线工程核心水源地、全国生态文明建设试点城市,当地近年来把绿色转型、生态崛起融入经济社会发展全过程,做大绿色增量,护好绿色存量,提升绿色质量,释放生态红利,实现生态价值保值增值。

做大绿色增量,打造水治理标杆

在泗河水质净化厂,人工快渗池曝气作业喷出的水花,犹如一道道喷泉。

"人工快渗池处理已处理过的污水,担当泗河'守门员'角色。"茅箭区委书记周庆荣说,泗河下游建成的人工快渗工程,采用"高密度沉淀+人工快渗"工艺,日处理能力6万吨,出水水质可达地表水Ⅲ类标准,流入南水北调中线水源地丹江口水库。

记者从十堰市生态环境局了解到,按当前国家规定,污水处理厂达到一级A排放标准后可直接排放水体。为提升入丹江口水库河流水质,十堰自加压力,在多个污水处理厂下游增设了人工快渗等"守门员"工程,提高出水水质标准。

十堰曾有泗河、神定河、犟河、官山河和剑河等5条河流不达标,近年来,当地大力实施截污、控污、清污、减污、治污5大工程,整治排污口590个,完成河道清淤138千米,建设生态河道130千米,建成清污分流管网1400多千米。

目前全球30多种污水处理工艺,十堰应用了26种,成为全球污水处理技术"富集地"。十堰市生态环境局局长冯安龙说,目前全市地表水水质总体为"优",35个地表水监测断面达标率为97.1%,过去不达标的五河治理成为全国样板,丹江口库区水质稳定保持Ⅱ类水质。

---

* 原载于 2019 年 7 月 2 日新华网,http://www.xinhuanet.com/politics/2019-07/02/c_1124699908.htm。

守护篇

护好绿色存量，坚决当好"守井人"

阳光下，丹江口水库澄澈如镜，取一瓢饮，清冽甘甜。一库好水的背后，有着"壮士断腕式"的故事。

十堰全市黄姜种植面积一度占全国的43%，全市黄姜加工企业79家，从业人员达100万人，年产值14亿元。黄姜加工会产生大量废水，为保护水库水质，这一重要产业被"连根拔掉"。据统计，十堰全市累计关停并转各类重污染企业近500家、拒批不符合环保政策的项目145个，拆除丹江口库区养殖网箱16.8万只。

中建十堰管廊公司董事长李育三告诉记者，十堰作为全国首批10个地下综合管廊建设试点城市，已建成53.3千米地下管廊。为保护一库清水，项目将14千米污水入廊，利用现状地形纵坡，使污水在市政管网与入廊管道之间借助重力自由切换输送。

十堰全市67%的区域被划入水源涵养区生态保护红线区和生物多样性保护红线区。守好生态红线，护好绿色存量，十堰按照生态红线管控要求，实行准入负面清单制度。

汉江师范学院生态文明研究中心副主任胡玉是十堰市民间河长发起人之一，在他的动员组织下，许多来自各行各业的市民行动起来，报名成为十堰民间河长，开展环保志愿服务，坚持当好北方人民的"守井人"。

提升绿色质量，释放生态红利

"生态立市，大力发展生态文化旅游、绿色有机农产品加工、生物医药、节能环保、新能源新材料等现代产业，把十堰生态资源潜力变成实实在在的经济优势。"十堰市委书记张维国表示。

生态环保约束下，一库好水，满山苍翠，正从生态资本转变为产业优势，造福当地百姓。当前，水资源利用已经成为十堰市新兴崛起产业，十堰已引进农夫山泉等多家水资源利用企业，产自竹溪的芙丝矿泉水已签约出口东南亚等海外地区。

培育生态产业，构建生态产业集群，为几十万贫困人口脱贫提供有力产业支撑。在竹山县得胜镇圣水村，镇长汪金午告诉记者，当地通过招商引进湖北竺山红生态农业有限公司，可大量收购普通鲜叶批量加工生产发酵茶，有效解决周边乡镇近10万亩茶园芽茶紧俏、普通鲜叶无人收购的难题，户均每亩茶园增收1000元。

生态经济化，经济生态化。如今，十堰市以武当山为龙头，打造全域生态区、全域水源区、全域风景区，将生态文化旅游发展成为第二大支柱产业；以生态为内核，利用优质水资源，发展饮料、医药、绿色有机食品产业；以汽车为工业基础，建成新能源汽车整车生产企业6家，产销量居全国前列……一座老工业城市，悄然变身生态产业城。

汉水北上润鹰城*

——南水北调中线应急调水支援河南平顶山抗旱侧记

陈松平

"丹江口的水来了，解了我们的燃眉之急，为我们送来了生命之水，我代表百万鹰城人民感谢国家防总、水利部，感谢长江防总、长江委。"2014年8月22日，河南省平顶山市副市长冯晓仙在白龟山水库大坝上对中央媒体采访团说。

入夏以来，河南省中西部和南部地区发生了严重干旱，平顶山市主要水源地白龟山水库蓄水低于死水位，城市供水形势十分严峻。河南省防指紧急请示国家防总，要求从丹江口水库通过南水北调中线总干渠向平顶山市实施应急调水。8月4日，国家防总决定实施从丹江口水库向平顶山应急调水。

通过长江防总的协调和努力，8月6日，清冽的汉江水带着灾区人民的希望，沿着南水北调中线总干渠一路北上，于8月18日22时流入平顶山市的"大水缸"白龟山水库，有效缓解了当地群众饮水困难的局面。

中原腹地，遭遇"卡脖子旱"

河南秋粮主要是玉米，七八月间水分需求最大，如果这时浇水不及时，将严重影响玉米的生长和正常受粉，严重时可导致绝收，因此夏旱也被老百姓形象地称为"卡脖子旱"。

今年夏天以来，高温、少雨、干旱天气持续发展，河南省中西部和南部部分地区发生较为严重的旱情，河道径流不断减少，50%以上的中小河流断流，主要秋作物大面积受旱，人畜饮水困难，其中平顶山市旱情最为严重。当地降水明显低于常年平均水平，且分布极不均匀，再加上持续的酷暑高温，旱情就像一只"火老虎"，凶猛地蚕食着鹰城的每一寸土地。

不仅农作物受旱严重，城市供水形势也十分严峻，平顶山市区唯一饮用水水源地——鹰城"大水缸"白龟山水库的水位更是跌到了死水位线97.5米以下。所谓死水位，指水库正常运行的最低水位。

*2014年发表于《中国水利报》《人民长江报》。原载于2014年8月26日长江水利网，http://www.cjw.gov.cn/xwzx/zjyw/13365.html。

守护篇

平顶山市防办新闻发言人王保贵介绍，按照多年平均水平，七八月白龟山水库水位一般为 101 米左右，蓄水量 1.8 亿立方米，但严重干旱导致今年汛期白龟山水库仅蓄水 6000 多万立方米。

死水位线以下的蓄水量称为死库容，在一般情况下不予利用。但针对平顶山市的干旱情况，经河南省专家组的多次论证，为了保障城区供水，经过特批仍然两次启用了死库容。

王保贵说，在 7 月 18 日启用一期死库容 686 万立方米之后，依然没有有效降雨，干旱形势仍未缓解。该市又于 7 月 30 日开始，第二次动用死库容 640 万立方米，但也只能使用大约 10 天时间。

"两次动用死库容抗旱，这在河南省防汛抗旱历史上，还是首次。"河南省防汛抗旱督察专员杨汴通说，"实在太旱了，必须要保城乡居民饮水。"

紧急行动，调水保城乡饮水

平顶山市遭遇 60 年来最严重的干旱，城乡居民饮水出现困难。鉴于平顶山极度短缺的供水局面，河南省防指紧急请示国家防总及长江防总，请求从丹江口水库通过南水北调中线总干渠向平顶山市实施应急调水。

国家防总高度重视、十分关心。国家防总副总指挥、水利部部长陈雷召开专题会议，决定实施从丹江口水库向平顶山应急调水工作，调水时间从 8 月 6 日开始，调水规模暂定 2400 万立方米，后期视旱情发展和丹江口水库来水情况再作调整。同时要求长江防总加强应急调水的统一调度和监督管理，河南、湖北两省要确保调水工作顺利实施，平顶山市要最大限度发挥调水的抗旱减灾效益。国家防总秘书长、水利部副部长刘宁多次召开会商会，研究应急调水工作。

长江防总积极开展从丹江口水库向平顶山市应急调水，长江防总常务副总指挥、长江委主任刘雅鸣要求认真贯彻落实国家防总和水利部决策部署，全力做好应急调水各项工作。长江防总秘书长、长江委副主任魏山忠多次主持长江防总办公室专题会议研究落实应急调水工作。

8 月 5 日 8 时，长江防总启动了抗旱 II 级应急响应，及时成立了应急调水综合组、监测组和现场督查组 3 个工作组。向湖北和河南两省防指、南水北调中线建管局、淮委陶岔渠首建管局先后下发了《长江防总关于做好从丹江口水库向平顶山市应急调水工作的通知》和《长江防总关于实施从丹江口水库向平顶山市应急调水的通知》等文件，对做好应急调水工作提出了明确要求。

从丹江口水库向平顶山应急调水属跨流域调水，牵涉面广，涉及单位多，实施起来并非易事，需要做大量的沟通协调工作。长江防总在国家防总的领导下，切实担负起应急调水统一调度、总体协调和监督管理重任。积极协调丹江口水利枢纽管理局从水源上给予大力支持，不断加强与河南省防指、平顶山市政府、南水北调中线建管局和淮委陶岔渠首建管局的沟通联系，积极争取调水各方的大力支持，确保应急调水任务顺利实施。

平顶山市百万同胞的饮水之困牵动着每一个人的心弦，必须尽快为旱区人民送去救命水。在各方努力下，8月6日，从丹江口水库向平顶山调水方案正式启动，清清丹江水踏上北上征程，奔向焦渴的鹰城。

效益发挥，平顶山逐步"解渴"

水送出去了，还要保证旱区人民能尽快收到水、用上水。由于此前确定的调水线路只是停留在图纸上，沿途实际情况如何，是否会影响正常调水？必须实地勘察以优化调水线路和收水方案。

8月7日，长江防总派出工作组从丹江口至平顶山沿线查勘，进一步落实调水线路和收水方案。经批准，确定调水路线为从丹江口水库经陶岔枢纽引水入南水北调中线总干渠，至刁河节制闸前提（引）水入刁河渡槽，经南水北调总干渠输水，至澎河退水闸进入澎河，输水至平顶山市的白龟山水库。

水送出去了，也要保障好调水的水质。8月22日，记者在南水北调中线陶岔渠首枢纽工程下游看到，长江委水文局汉江局的工作人员正在输水渠道边进行水质监测。

"按照长江防总的部署要求，我们在陶岔闸下游700米和澎河节制闸上游700米都临时设立了水文、水质监测断面，每天都对陶岔渠首引水和澎河收水进行计量和水质监测。目前澎河节制闸的监测断面水质能达到Ⅱ类水的标准。"长江委水文局汉江局总工林云发说。

另外，长江防总现场监督组多次赴应急调水沿线开展应急调水现场的监督检查，督促落实应急调水期间安全生产责任和安全管理措施，及时整改现场督查发现的安全隐患，确保应急调水期间工程安全和人员安全。

8月18日晚上10时，跋涉240千米的汉江水终于汇入白龟山水库。平顶山人第一次用上了汉江之水。

王保贵说，丹江口水库之水注入后，白龟山水库水位下降的幅度已经减少为每天1厘米，这说明此次跨流域应急调水已经开始发挥效益。

应急调水的效益，当地居民感受最为明显。8月23日，平顶山市市民刘林生对记者说："我70多岁了，从来没见过这么大的旱，水都快吃不上了，前段时间一些地方限水，中午能来两个小时的水，最近供水情况好多了，听说是调水给我们了。"

截至8月25日8时，应急调水通过南水北调中线陶岔渠首枢纽累计过水量已达777万立方米，扣除渠道沿程槽蓄水量，白龟山水库累计入库水量约260万立方米。

"在丹江口水库处于死水位以下，在南水北调中线干渠尚未正式通水的情况下，国家防总和长江防总决定提前利用南水北调中线干渠应急调水进平顶山抗旱，我们除了感谢还是感谢，事实证明应急调水是缓解当前平顶山市用水困难最有效、最快捷的办法。"冯晓仙说，随着北上的丹江口水库之水加快注入白龟山水库，平顶山市城乡供水水源不足的问题已得到有效缓解。

"打非治违"在行动

蒲双　谢丹雄

一条绿色的水脉，绵延 1400 多千米，一路北上，滋润北方大地。为了维护水脉源头——丹江口水库的水环境安全，丹江口水利枢纽管理局（汉江集团公司）举全力配合水利部、长江委开展丹江口水库打非治违执法行动。这支坐镇源头之军曾被长江委主任刘雅鸣称赞为打非治违的"精锐民兵之师"。

守水有责　一方己任

丹江口水库，南水北调中线工程水源地。大坝加高后的水库水域面积扩大到 1000 平方千米以上，在充分发挥水库防洪、供水、发电等综合效益的同时，库区沿岸经济开发活动也日益频繁，非法拦汊筑坝、侵占库容、非法采砂等水事违法行为屡禁不止。

丹江口水利枢纽管理局（简称"丹管局"）履职尽责，保水源地安宁。2011 年 6 月 20 日，长江委印发《长江水利委员会水政监察总队主要职责、机构设置及人员编制规定》，将丹江口水库支队设立在丹管局，其主要职责是根据管理权限开展丹江口水库库（坝）区管理和保护范围内定期和不定期的执法检查、日常巡查，提升履职深度，及时掌握水事动态，发现案件并快速制止违法行为。为了更好地履行职能，汉江集团公司在 2013 年将原丹管局水政水资源处和长江委水政监察总队丹江口水库支队的工作职能调整转入新设立的水库管理中心。

水源地的安宁受到社会各界的重视，丹江口水库支队以加强学习，提高队伍素质，适应责任重大的水库水行政执法工作。加强了与库区周边各县、市水行政部门及兄弟单位的业务学习交流，针对每年出现的各类不同的难点问题，多次组织人员进行各类业务学习，在 2014 年"通水年"组织开展了水利普法依法治理知识问答活动；邀请了水利部专家对国务院颁布的《南水北调工程供用水管理条例》进行了系统的学习；派员参加长江委水政监察岗前培训班等等。通过活动的组织实施，提高了这支"民兵之师"的执法办案经验和执法能力以及各类水事违法行为的查处效率。

保护南水北调水源区的意义重大，然而与此相悖的库区周边部分人法律意识淡薄的问题，让丹管局感到增强社会各界水法治理念责任重大。在执法办案中，对当事人及周围群众，通过发放相关政策法规宣传材料，苦口婆心，耐心规劝，提高库区民众的法律意识，宣传保护水资源和水库设施的重要性。在每年的"世界水日中国水周"宣传活动中，丹管局在丹江口、郧县、淅川等地联合各地方水行政部门、库区相关水利机构等相关单位组织开展了大型水法规宣传活动。充分利用电视、报刊、网络等媒体进行宣传，为丹江口水库水资源保护管理创造了良好的社会氛围。

相辅而行　决胜千里

2014年，水利部在2013年组织开展丹江口水库水行政执法专项检查工作基础上，又开展了丹江口水库"打非治违"专项执法行动。在这场打非治违的战役中，丹管局根据《长江委关于联合开展丹江口水库打非治违专项执法行动的通知》的总体安排，全力配合水利部、长江委开展各项工作。

丹管局领导高度重视此项工作，亲自带队参加了长江委组织召开的丹江口水库打非治违专项执法行动主任专题办公会议，并参与讨论研究工作方案，为长江委部署执法行动出谋划策。4月中旬，配合长江委组织陕西、河南、湖北三省水利厅召开了丹江口水库打非治违工作座谈会，会议将工作方案进行了统一部署。

在这次专项行动中，长江委首次运用卫星遥感成果对库区4700千米的岸线全面进行核查，主要针对涉水建筑物、拦汉筑坝行为，以及在移民征地线以下违法采砂、造地、开挖、弃土弃渣等侵占库容行为。丹管局配合开展了卫星遥感技术排查的资料解译工作，在两个月的时间里，共排查卫星遥感图片196幅，解译疑似建设项目1429个（处）。

先进监测技术打破了执法工作在人员和地域上的限制，为执法工作提供了较为全面的执法依据和线索。然而再先进的监测技术仍需结合人工实地的核查。结合卫星排查情况，6月24—27日，丹江口水库支队会同武汉长江委空间公司技术人员等，对丹江口水库卫星排查疑似违规项目进行了大量实地取证与甄别的抽查工作，对各县市开展排查工作进行了指导和督查，为各县市及时提交排查成果提供了有力的技术支持。由于疑似开挖和涉水建设项目覆盖面积范围较大，其坐标定位只能定位其中一个点，因此与实际坐标位置可能存在一定的误差，再加之丹江口水库周边环境较为复杂，往往查到一个违规项目需要3个小时以上时间。

2014年6月下旬至7月下旬，长江委联合陕西、湖北、河南三省水利厅，分六组分区域对丹江口水库及汉江、丹江上游干流河道进行拉网式全面排查和核查。丹管局从水政水资源处、技术部、水调中心、保卫处、电厂、王甫洲公司和水电开发公司抽调副处级以上专业人员，以成员单位和配合单位的身份参与了全部6个检查组的工作，负责相关境内重点涉水建设项目的全面排查、核查以及督办。同时，丹管局为丹江口水库打非治违行动的现场核查工作提供了有力的后勤支援，准备了防暑降温药品和用具，积极与地方水行政主管部门沟通，精心安排现场核查计划和核查路线，提供核查所需的船只、车辆等交通工具，保证了现场核查工作的顺利进行。

水利部副部长蔡其华在丹江口水库打非治违专项执法行动总结会上，充分肯定了丹江口水库打非治违专项执法行动取得的明显成效，认为此次执法行动有力维护了丹江口水库良好水事秩序，为南水北调中线如期通水奠定了坚实基础。并强调维护丹江口水库良好水事秩序的任务依然艰巨，要保持清醒头脑和高压严打态势，打好这场持久战。

矢志不渝　力保安澜

在长江委的组织领导下，执法行动刨根究底、寻根溯源，基本摸清了丹江口水库上游及汉江、丹江河道水事活动情况。执法"利剑"直指违法行为。对非法拦汉筑坝、设置行洪障碍的，予以拆除；对非法采砂、非法淘金和破坏水利工程设施的，予以取缔，严肃查处；对非法设置排污口的，限期补救、恢复原状。

汉江集团公司为确保丹江口水库防洪、供水安全，履行水行政管理职责，在枢纽坝区安装摄像机进行动态监控，并组织或联合丹管局相关管理单位不定期对枢纽大坝及周边重要部位进行仔细排查。针对坝区左、右岸和下游泄洪区的违章搭建行为，依照相关法规，及时进行了宣传和劝阻工作；对往年上游禁区内的网箱养殖行为，加大了巡查和宣传的力度，确保没有发生一例禁区网箱养殖行为发生，有力地保障了枢纽防洪安全。

在打非治违的"飓风"行动中，各类违法水事活动无处藏匿，终以责令停止、整改等结果而告终，不仅确保了防洪、库容、水质安全，更充分彰显出专项执法行动上下联动、密切配合的威慑力和影响力。

如今，南水北调中线一期工程已顺利实现了通水目标。"一库清水永续北送"更是汉江集团人矢志不渝的追求。正如汉江集团公司分管此项工作的副总经理曾凡师所提出的要求："下一步，要强化我们的水库工程管理单位的主体责任，加大库区巡查工作力度，要及早发现问题及时制止和上报；全力配合上级和水政执法部门深化打非治违专项执法行动，巩固成果、收到实效。"

探访"一库清水"的守护者

刘铁军

丹江口水库,南水北调中线保护水源区,堪称亚洲最大的人工湖。水域面积达到1050平方千米,最大库容量达339.1亿立方米,相当于全国14亿人口每人有近24吨水存放在这里,因水质清澈,没有污染,可自流到京津地区,又被人们称为"国水";库岸线长达4600千米,这个数字相当于2个京广线的长度;库中岛屿多达2200多个,比新安江的千岛湖多出一倍,堪称世界上岛屿最多的人工湖。

2014年12月12日,丹江口水库开始向华北调水,截至2017年10月31日,已累计输送达标水量107.11亿立方米,这个数字相当于搬走了530个西湖,然而,在这个光鲜亮丽的数字背后,却隐藏着无数人的默默付出。近日,记者探访"一库清水"的守护者,了解发生在他们身后那些鲜为人知的故事。

守护:要挑起一份责任

丹江口水库,形如丫状,两个巨型库汊将丹江口市分割成江南、江北两个版块。江南汉库长达200余千米,江北丹库长达80余千米;又因两条主河道向四周延伸,形成了山水相连的库汊,纵横交错,密如网状。2014年,丹江口坝区被划定为南水北调中线水源核心区,大坝加高蓄水后,辖区内的水域面积达到425.5平方千米,库岸线长度达到2313.2千米,占总岸线长度的50%,仅沟壑库汊就多达726处,占丹江口水库总量的1/3,广阔的水域,多山的地貌,构成了丹江口市生态战略防线,也给政府管理带来了巨大的压力。

水产养殖是丹江口工程五大综合效益产业之一。在计划经济体制下主要是为了解决移民的出路问题。随着南水北调工程的实施,丹江口的一库清水被列入国家战略,水产养殖开始退出历史舞台。为了和谐解决历史遗留问题,丹江口市政府早在2012年8月就发出禁止在库区网箱养鱼的通告;2014年7月,丹江口市正式启动库区网箱清理工作时,登记在档的网箱总数达12万多只,经过3年多的持续清理,累计拆解网箱101903只,剩余18654只。

为保一库清水安全北上,3月28日,丹江口市"雷霆行动"拉开大幕,计划用60天时间,重点围绕"库区渔政管理、网箱养殖、库汊拦网(含土、石筑坝)养殖、筏钓房(钓鱼平台）、非法营运船只、库周环境卫生、水污染防治"等七个方面开展专项整治，对非法养殖或库汊拦养、乱建筏钓房等行为坚决取缔。

丹江口市南水北调办、市库区综合执法办主任张正有介绍说："雷霆行动为建库以来规模最大的一次综合整治行动。全市成立了 6 个综合执法专班，采取 5 加 1 的方法，每个专班除由公安、海事、渔政、水务、环保等 5 个部门同志外，还从乡镇抽调一名干部，直接深入到各村组；与此同时，各基层乡镇也配套成立了工作指挥部和领导小组，并组建了工作专班，分片包户，分组包箱，倒排工期，建立台账，实行挂图作战，销号作业，与此同时，提供销鱼信息，培训渔民转产，引导渔民上岸。"

"雷霆行动"开启了联合执法新模式。这次的取缔行为一改过去的强硬态度，采取上至镇党委书记，下到村组干部，通过张贴告示、走访入户、宣讲政策等一系列人性化的方法来化解矛盾。他们以人为本，和风细雨，动员讲解，争取得到渔民的理解和支持。

"雷霆行动"遇到的第一个难题是鱼的销售渠道，仅清理网箱亟待销售的存鱼量就多达 5000 万斤。丹赵路计家沟村的一位大户养殖的翘嘴鲌达 10 万斤之多，均县镇渔民蒋德明有 100 万尾鱼苗要从水库移出，所有的鱼要集中销售，让人着急。为此，市委、市政府积极打通各种销售渠道，联系水产品加工企业、电商平台、各大餐饮业主，帮助养殖户销售存鱼。在市委、市政府的号召下，三官殿办事处与北京四道口水产交易市场有限公司签订了《农副产品发展战略合作（框架）协议》，为该处 110 余万斤存鱼找销路；丹赵路办事处开展认购爱心鱼活动；华正水产、丹江渔村等企业积极帮助销售成鱼；习家店镇积极收集鱼类加工、营销企业、大型超市等单位信息，开展联络对接，同时充分利用互联网＋，开展网络销售；石鼓镇组织全镇干部职工、村两委会干部每人购买 20 斤爱心鱼；市商务局积极联系北京市、陕西省、武汉市客商纷纷来丹江口市集中采购。

4 月的鄂西北本应该春暖花开，但丹江口的气温却节节攀升，有如走进骄阳似火的夏天。26 日，记者驱车来到城区 60 千米外的老均州，这里"雷霆行动"如火如荼，风头正劲，一条条船只拖着一口口网箱被"搬家"集中，在库湾处的一个死角，十几个被清理的简易筏钓房东倒西歪地漂浮在水面，随风摇曳。

在习家店的蔡家渡，曾被称为丹江口市面积最大的万亩养殖基地，已经人去网空。宁静的水面上盘旋着数百只白鹭，有的并排落在漂浮的竹筒上，明静的天空回荡着它们单调的鸣叫声，昔日繁荣的情景不再，但这些喜食鱼虾的鸟儿仿佛还在留恋着这片温暖的家园。

这次"雷霆行动"，从江南到江北，在长达数百千米的防线，被拆解上岸的网箱多达 19767 只，占清理前总数的 98.97%。

清库的目标实现了，可渔民的心里却犯了愁。

家住凉水河镇江口村的叶明超，从小就开始跟随父亲在水上漂泊，以捕鱼为生。1984 年，他成了家，媳妇入乡随俗，也被拉下了"水"，他说："那时，水产养殖，政府号召，我们响应，也办了捕捞证。20 世纪 80 年代，水库鱼多，下一次网就能捕到 50 ～ 60 斤鱼，而且还是纯正野生的红尾巴和翘嘴鲌，虽然价格便宜，但忙乎一天也能赚点钱。那个年代，钱很值钱，到后来鱼越捕越小，放了又可惜，于是又发展成网箱养鱼，后来越积越多，高峰期最多达到 30 口网箱。我们卖大养小，养家糊口，日子过得也算殷实。南水北调通水之后，我们越来越感觉到政策变了，养殖成了丹江口的夕阳产业，一旦不让养了，我们就准备起坡。希望政府能把时间推迟到年底，因为这个季节的鱼鳞甲松散，正是忙长的季节，如果捕捞上来，根本就卖不上价，那就苦了我们这些渔民。现在让我们揪心的是起坡后渔民怎么办？"

7 月 20 日，记者驱车来到位于江南牛河林场的舒家岭，这里三面环水，形似孤岛，建有 4 个移民新区，一排排灰色的明清式建筑深藏于青山绿水间，抬头望去如同一道亮丽的风景。这里的移民有很多是二次搬迁，为保"一库清水"做出了巨大的牺牲。在舒家岭村，记者找到以养鱼为生计的陈教斌，他皮肤黝黑发亮，说话带有磁性，因长年累月在汉江养鱼，一张沧桑的脸上布满了岁月的皱痕。从 1997 年拿到水产养殖证至今，他已经走过了 20 个春秋，不幸的是两年前，他的老伴落水身亡，至今孤身一人。当他得知市政府要采取"雷霆行动"，对所有网箱进行"清剿"时，心里拔凉拔凉的。他知道辛辛苦苦经营的网箱养鱼将要成为历史，一去不再复返。5 月 26 日，陈教斌剩余的 12 只网箱将被拖走拆除，他早晨站在自己熟悉的网箱架上，看了又看，瞅了又瞅，心里恋恋不舍。他跟工作组的干部说："这些箱子拆除了，我最大的一块收入没有了，以后只能种几亩地，看两头牛，养几只羊啦！"他说这好像又让我回到了原来的农耕年代。但当陈教斌听说市里正在积极商议筹建生态渔业联合社，给渔民寻找出路的消息后，紧锁的眉头又绽开了笑容："这就对了，至少让我们有点想头！"

7 月 4 日，在丹江口市水产局，记者采访了局长王定强，他介绍说："上周一，筹建生态渔业联合社的方案已经得到批复，我们下一步的工作就是把渔民有组织地安排好，让他们落地生根，开花结果，活得更有尊严！"

守护：要承受一种担当

在丹江口市，具有库区涉水执法权力的单位只有两家，一个是水务局属下的水政督察大队，一个是水产局管辖的渔政管理站，他们代表政府，按照国家的法律法规，维护和保障辖区内丹江口水库的生态安全。

水上执法，一个高危的职业。位于丹江口库区习家店的艾河和封沟，均县镇的九里岗，龙山镇的彭家河，这 4 处的河床因沙土含金量高，成为非法淘金者活动猖獗的大本营。他们常常打着采砂的幌子，干着淘金的勾当，白天睡觉，深夜开采，用挖掘机将河床表层剥开，取出老河床的沙土，反复淘洗，这种无序的开发不仅破坏了河床行洪，而且带来水土流失，造成水质污染，危及库区生态安全。可是这类犯罪，发现容易取证难，特别是获取一条完整的证据链。水务局水政监察大队队长刘敬杰回忆说，现场取证非常难，你去了，他就停了；你给他下了禁采令，他当面点头哈腰，等你走了，又悄悄地来了，白天目标大，晚上就偷着干。2015 年 7 月的那次取证，为能拿到证据，执法人员不得不租用渔民船只，忍受着炙热的高温和蚊虫的叮咬，躲在潮湿闷热的狭窄空间里耐心蹲守，整整守了 7 天，才掌握到确凿的证据。取证工作完成后，我们会按照法规，拿出对策，提出建议，逐级上报，并组成由水务、公安、国土、林业、海事等多部门联合行动的执法专班，有针对性地进行打击，对犯罪窝点公开捣毁，实施强制性管理。这次共收缴大型机械设备 17 台，并以非法采矿罪和盗取国家资源罪将犯罪嫌疑人移交司法部门。

有利益就会有驱动。利益让人产生欲望，欲望又让人变成行动。为了利益，一些违法者，不惜一切代价，铤而走险，以身试法。2016 年 8 月 30 日，监察大队接到群众举报，在习家店的封沟村发现有人非法淘金，4 名执法人员迅速赶赴现场，淘金者凭借人多的优势，态度强硬，矢口否认，还拿出合法采砂证件妄想蒙混过关，但在清查现场时，发现了淘金者洗砂淘金使用的筛子，在证据确凿面前，执法人员通知当地有关部门直接拉闸停电，下达责令整改通知书。在后来深入取证过程中，这起案件被确认为一起典型的非法淘金，主要嫌疑人被移送公安部门批捕。近两年来，水政监察大队一共查处 5 起严重违法案件，有 2 起被移送公安机关，其中一起开采面积达到 10 亩之多，对库区山体破坏严重，性质恶劣，被判刑一年。

随着南水北调工程的完建，丹江口 3 座大桥也陆续竣工。原来允许采砂的桥下变成了禁采区，但采砂人并不理解。有一次，执法人员在大桥附近抓到一名采砂者，可采砂人若无其事，拿出采砂许可证，证明自己的合法性，还直接跟执法人员叫板，后来经过耐心细致的教育，采砂者改变了态度。近三年，水务局监察大队先后查处了 20 起类似的案件。

举报是发现违法线索的重要途径，每次接到举报电话，执法人员都会有情必查，有案必追。南水北调通水之前，监察大队先后强制拆除 43 起拦汊筑坝、占用库容的违法案件，大部分是群众举报提供的线索，而每次拆除，都受水位的限制，水位低的时候，施工车辆可以直接开到现场，而水位高的时候，不得不调用船只把机械设备运输过去，其中拆除泗河坝堤还实施了定向爆破。

执法也会遇到一些意想不到的问题，不同的问题就要采取不同的方法，有针对性地开展工作。为能让库区移民懂法守规，了解《水法》，每年 3 月 22 日的世界水日，水务局监察大队都会因地而异，走乡串户，普及国家的法律法规，并把宣传材料有针对性地送到乡下。库汊多的村组，往往会发生拦汊筑坝的涉水事件，执法人员就把涉水的宣传材料送发到村民手中；缓坡多的乡镇，沙石资源丰富，就把采砂和河道的法规送到乡下，让库区群众家喻户晓。经过多年的宣传，拦汊筑坝、采砂淘金案件呈现明显下降的可控趋势。

为保水质安全，快速捕捉案情，监察大队这两年还配备了3台无人机，一艘快艇和数台执法车辆，一旦发现案情，就会马上出击。"由于丹江口库区点多面广线长，仅仅一次常规的巡查，就需要3天时间，吃住都在船上，条件十分艰苦。"队长刘敬杰感慨道，"多年的实战，让我们切身体会到，水上执法，不仅要有壮士断腕的态度，还要有三铁的决心，铁的手腕，铁的纪律，铁的力度。"

守护，承受的是一种担当。渔政管理是丹江口市水产局下属的一个行政执法监督机构，41人分5个支队，管理着辖区内425.5平方千米的水域面积，占现有水库总面积的43.1%。

在丹江口市高竿灯附近的一座小楼上，记者走上6楼，找到了丹江口市渔政船检港监管理站。这是一个3室1厅的民居住宅，几张办公桌，几台电脑和几个凳子便是他们展开守护行动的指挥中心。虽然他们的办公设施还十分简陋，但几乎每张桌子上都堆积着厚厚的各种文案和卷宗。副站长刘光群，分管渔政业务，到今年已经在渔政管理战线干了整整31个年头，他跟记者讲述了执法过程中那些惊心动魄的故事。

抓捕电打鱼是一项非常危险的执法活动。有一次，渔政执法大队接到群众举报，有人用地笼封氧捕虾，往水里投放农药。队长王兵赶到现场，违法人顽强抵抗，并与执法人员发生肢体冲突，在厮打中，王兵的头部被按在水中，差点出了人命。后来这个人被判刑半年。还有一次，我们与公安联合执法，追捕坝前非法捕鱼者，我们的船靠近渔船，违法分子却跟我们兜圈子，躲猫猫，顽固对抗，无奈之际，我们朝天鸣枪示意，才将违法分子束手就擒，这种类似的案件常常把我们置身于危险之中。今年禁渔期比往年提前一个月，渔政执法人员在分管的辖区巡查，发现违法捕鱼有所抬头，仅3日这一天，就收缴了6张抬网。这种深水张网大鱼小鱼通吃，且隐蔽性强，白天沉在水里看不见，水面平静如常，但到了夜深人静，不法分子偷捕猖獗，活动频繁，因抬网捕鱼需要强光引诱，这也给我们发现目标提供了线索。有天晚上，刮风下雨，不法分子心存侥幸，抬网捕鱼，没想到被我们逮个正着。但收缴抬网却是个力气活儿，因体积庞大，要一把一把地往回拖，一张网拖出水面，常常拉得手疼背酸，累得满头大汗，拖上船后，还要统一销毁，颇费人力。每发现这样一起案情，我们的执法人员为抓现行，常常要在库边守候，一守就是一夜。上半年，在禁渔期移交公安部门的案件共有8起，电打鱼1起。

刘光群介绍说，今年7月1日开库以后，对抗的现象明显减少，库区秩序相对稳定，执法环境好于往年。

守护：要形成一股合力

汉江，一条放荡不羁的秋汛河。

每年进入汛期，奔腾咆哮的江水会将上游产生的大量垃圾携带到坝前的水源核心区，严重影响水质安全，这成为丹江口市政府挥之不去的一块阴影。

2014年9月，中线调水前夕，丹江口市就将水上清漂项目列入了议事日程，专门成立了万洁固体废弃处理有限公司，其主要任务是回收水上漂浮物，确保水源核心区水质安全稳定。这支由10人组成的保洁队伍，当时在没有先进设备的情况下，只能用小木船收集水上漂浮物，全部人工打捞，坝前死角垃圾，由于长期无专人清理，致使水面与岸边的临界点垃圾成堆，有的是塑料袋，有的是空酒瓶，有的是旧拖鞋，更多的是枯枝败叶。保洁公司经理彭星说，刚开始时工作量很大，因为没有自动化的收集设备，往往需要投入大量的人力和物力，我们只能用小木船，将垃圾捞到船上，再运到岸边，然后用车运输到废弃处理厂，进行无害化处理，特别是到了汉江的主汛期，每天都是几十车，回收量达到100多吨，那时工作量很大，人也很辛苦。南水北调通水之后，我们有了前收前卸全自动水域清漂船，这种船既能清扫体积较大、长形的漂浮垃圾，如树枝、树叶，又能清扫体积较小的，成片的漂浮垃圾，如树叶、白色的污染物、塑料袋、空瓶等；能大幅度提高工作效率。如今3年过去了，位于丹江口水库核心水源区的坝前周围，已经很少能看见大片的漂浮物了。彭星说，经过3年经验的积累，我们也摸到了汉江的脾气，只要是秋季连雨天，汉江涨水，一定会有漂浮物沿江而下，这个季节也是我们最忙的时间。7月5日，记者跟随清漂船驶进坝前，目睹了这台智能机器人的操作流程，前面的铲口有如人一样灵活的手臂，能伸进库湾沟汊的深水层，将漂浮物捞出水面，通过滚轴自动输送到储存仓内，从垃圾聚拢打捞到滤水卸载，收集过程全部自动完成，不需人工辅助。一片数百平方米的水域面积，仅需用几分钟时间，就可完成人工需要数小时或几天完成的工作量。

今年，万洁固体废弃处理有限公司回收水上垃圾1000多吨，仅主汛期的3个月就打捞上来500余吨。彭星经理介绍说："我们保洁公司年处理垃圾量可达到5000吨，但目前还处于吃不饱的状态，因为中线通水以后，坝前水源核心区的漂浮物明显减少"。

9月28日，天气晴朗，艳阳高照。

丹江口大坝2扇高孔和4个深孔闸门在同时泄洪，弃水时长达20多天，由于入库与出库水量差比悬殊，致使水库水位不断攀升，达到162米，超过历史最高水位。

汛期领导带班已经成为丹江口市政府一条铁打的纪律。这一周轮到丹江口市委常委、常务副市长王平带班，高水位运行下的丹江口水库，特别是172米水位线下的水位安全，让他心有不安。他要去巡库，亲眼看看库区周边有无地质灾害、山体滑坡或次生灾害，沿线乡镇有无污染水质或破坏生态的行为。

执法船驶进习家店镇，丹江口市常务副市长王平手拿着望远镜环视库区周边的水面。

记者随行采访。下午3时，执法船缓缓驶出旅游港码头，蓝天白云下的丹江口水库，处处青山绿水，美景如画。谈到上半年采取的"雷霆行动"，王平介绍说："截至5月27日，辖区内可视范围的网箱已经清理完毕，仅剩余476只，计划今年12底前全部清完；拦网库汊还有 46 处，我们会去多留少，考虑到渔民未来的发展出路，对个别生态拦网还会少量保留，鼓励投放鲢鳙，实行人放天养，一律不允许投放任何饵料。网箱库汊清理完成以后，渔民们将面临转业转产的问题，对此，市委、市政府已经研究多次，成立渔业生态养殖联合社，下设 7 个以乡镇为单位的分社，初步统计的参社人数有 1700 多人。为能让渔民走得稳，能致富，我们还专程考察过千岛湖的养殖模式，借鉴他们的成熟经验，实行统一管理，严格控制污染物进入水体。"

丹江口市因地处水源核心区，与千岛湖相比，水质要求更为严格，社会和政治影响力更大，所以对于新上项目也更为慎重。王平说："不少人来丹心考察，看到宽广的水面，优越的地理资源，力推我们上水上项目，但考虑到水上项目与水体接触带来的污染，影响水质，我们最后都一个一个地放弃了。从去年至今，我们共拒批可能污染水质、影响库区生态的项目 103 个，投资额 12.5 亿元。"

为贯彻落实总书记"绿水青山就是金山银山""共抓大保护，不搞大开发"的绿色理念，丹江口市态度坚决，将大坝以上的 167 家企业全部关闭，仅此一项就减少产值 60 亿元，税收 5.8 亿元。从 2012 年开始，丹江口市每年还从财政拨出一亿多资金，专门治理库区生态环境，包括垃圾处理，经过 5 年多的努力，丹江口库区的生态环境明显好转，人水和谐的亲水平台已经逐步形成。

目前，十堰市正在推出一个丹江口库区绿色发展规划，其中的一项就是涉及旅游产业。计划在十堰境内，围绕丹江口水库修建一条 400 余千米长的环湖路，丹江口市境内有 113千米，现已建好的路段，从江南段的旅游港到江北的凉水河、龙山镇、习家店共计 44 千米，剩余的 69 千米，除习家店到均县镇的 18 千米外，其他的正在分段施工，计划明年下半年完成。为能让环湖路成为人们的亲水平台，感受青山绿水的魅力，市政府还将推出环湖路的观光小火车项目，计划连接武当山、太极湖、丹江口水库，进行有序开发，所有的这些项目都是紧紧围绕国家的战略，以绿色生态无污染为目标逐步实施。

王平介绍说："丹江口市政府高度重视库区生态保护工作，从 2002 年党代会开始，就提出了生态立市的指导思想，将生态优化列为首要任务。县乡村组落实河长制，明确库区河道管理范围，全天候对入库支流、库岸线进行卫生保洁，发现破坏生态、影响水源线索的要及时上报。丹江口库区早在 2012 年就被十堰市政府列入秦巴山区生物多样性功能区，生态文明先行示范区。我们现在面临着保护与开发的双重压力，肩负着特殊的使命。要保护好这一库清水安全北上，仅仅依靠十堰地区的力量是有限的，要把河南、陕西、湖北的力量都联合起来，不搞三足鼎立，而是三省合力，齐抓共管，这样才能让青山绿水落地生根，长治久安。"

最后一个"零头"

新年伊始，春节将临，记者从丹江口市南水北调办、市库区综合执法办了解到，网箱拆解上岸的丹江口市库区渔民，将得到政府的贴身关怀，生活将优先得到保障。

2014年7月，南水北调通水前夕，丹江口市开始全面清理库区网箱养殖，当时登记在档的网箱数量达到12万多只，截至2017年7月，累计拆解网箱120000只，仅剩余476只，至此，丹江口市辖区内425.5平方千米的水库网箱清理，还剩下最后一个"零头"。

网箱养鱼是20世纪90年代，在政府支持、政策扶持的特定历史条件下所诞生的新生事物。当时，广大渔民以空桶为悬浮，以钢管为骨架，以长宽高各6米的渔网为箱，随意组合，沟汊养殖，少则20～30箱，多则100～200箱，因投资少，见效快，深受渔民的青睐。

为能确保一库清水安全北上，丹江口市政府从去年下半年开始，为最后清零付出了巨大的努力。记者随行采访，所见所闻，印象深刻。

476只网箱，与清理前的12万只相比，虽然只是九牛一毛，但动起真格来，可就没那么简单。

11月23日上午，记者来到凉水河白龙泉村，养鱼大户徐清合正在忙着起鱼。去年3月，他响应政府的"雷霆行动"，一次上交40多只网箱，明天他将跟夫人一起要把剩余的40箱鱼，全部运送到指定地点，由村部按照市场价格统一收购，白鱼每斤16元，其他鱼每斤7元，在此基础上还补给运输费1块。

媳妇潘耀瑞笑着说："这个价钱还能接受，至少能把我们的本钱保住。现在箱子里只剩下十几万斤鱼，主要是鳡鱼、翘嘴鲌和鲶鱼，这两天全部集中拖走，我们也起坡，不再干了。"

20世纪90年代初，为响应政府号召，20多岁的徐清合带着媳妇踏上了水产养殖的谋生之路，最多时发展到100多只网箱，成为白龙泉村赫赫有名的养殖大户。为能共同致富，他还动员家里的堂弟一块儿跟他养鱼。1998年，堂弟跟他学会了养殖技术，自己也发展了20多只网箱，丢下农耕，过起了渔民生活。

他的堂弟叫徐清海，跟他仅一字之差，在他邻近的一个库汊口处。记者登上网箱架，徐清海正在腾鱼，忙得满头大汗，他要把同一品种的鱼集中到一个箱子里，便于过磅。

徐清海说："原来有20箱鱼，上半年交了10箱，还剩10箱，这几个月又卖出去6箱，现在只剩4箱了，加起来也就6000到7000斤鱼，大部分是白鱼，只有少量草鱼和鲤鱼。"

媳妇李芳心疼地说："今天早晨转鱼，还蹦跑了一条大草鱼，有十好几斤，一百多块钱板（丢）了，好可惜！"语气中含着惋惜和无奈。

夫妇俩养鱼已经有十四五年了，对鱼的市场价格非常关心。徐清海叹气地说："那几年，鱼价好的时候，收入还行，可现在不行了，鱼价低，而且饲料贵，辛辛苦苦还赚不到钱，不让养了，我们就回家种地，干老本行，这把年纪，其他活也干不了。"

媳妇李芳接茬道："那两年鱼价好的时候，老均县桥头有个专门贩鱼的，姓魏，每天骑个摩托车下来收鱼，钱可赚了不少，至今还欠我们两三万元没还，跟他要钱时候，他还哭叽叽地诉苦，赶（比）你还可怜。"

这次清库，交一口箱子，政府补贴1300元，然后回收。他们已经做好了准备，明天早晨7时，连鱼带网箱架子全部送过去，路途担心风大，怕不安全，先把鱼拖走，房子下一次再拖，送鱼的地点叫畈湾库汊，开船走水路需要4～5个小时，所有的鱼都要求集中在那里。"拉去了给你称称，鱼价跟市场一样。"媳妇李芳爽快地说。

家住龙口村的黄荣波，坐在门口就可以看见龙山塔。龙山塔，也叫文笔塔，每当细雨绵绵时，龙山塔烟雨蒙蒙，似现非现，有一种朦胧之美，生活在老均州的人，给它起了个文雅好听的名字叫"龙山烟雨"。20世纪初就被列入均州八景之一，到今天已有100余年的历史。不仅如此，黄荣波坐在家门口还能看见中国著名的道教圣地武当山，特别是到了夏天，刮起西北风，武当山轮廓更是清晰可见，一湖碧水映出的武当山惊艳醒目，美不胜收。

黄荣波今年41岁，个子不高，圆圆的脸庞，戴着一副眼镜，见人常常会露出一张笑脸，让人倍感亲切。1998年，黄荣波在龙口村的山坡下拦了一个库汊，在汊子里放了20多只网箱。去年政府开展"雷霆行动"，他主动上交了10口网箱，眼下到了最后大限，剩下的10口网箱也要全部清零。他说："这是镇里的统一行动，必须得服从。"望着眼前的风景。他长长地叹了一口气："本来还指望库汊能打点鱼，如果鱼卖不出去，就把箱子里的鱼放到库汊里暂养，可没想到今年水这么大，仅几天的时间，水库的水就涨了十几米，我拦的汊子也给淹平了，养殖的风险太大了。"黄荣波说，他年前投放的几十万尾鱼苗全部打了水漂，血本无归，只能一声叹息，自认倒霉。

翌日上午，记者来到渔民送鱼指定地点。这是一个狭长的库汊，位于环库路二桥右手5千米处。时令已进深秋，山上的树叶已经泛出秋天特有的黄和红，色彩斑斓。站在山岭，能看见碧绿的水面漂浮着几十口网箱和七八条船只，白龙泉村的渔民昨天晚上已将大部分网箱拖运到了这里。徐清海用船将记者送到网箱架上，见面就说，他昨天下午就把10口网箱拖过来了，路上走了6个多小时，因为风大走得慢，晚上和媳妇在船上过了一夜，村书记通知大家，鱼要放在箱子里暂养3天才能过磅，过磅后还要寄养一个星期，这不大家都在这等着呢！

渔民们三三两两聚集在中间那条船上聊天，有的手里拿着一个馒头过早，一边吃着一边聊着鱼价的市场行情，渔民们抱怨说，每清理一次网箱，鱼价就会往下掉一次。记者走过十米箱架，上到一条船上，找到了村书记任玉随，他介绍说："白龙泉村原来的养殖户很多，现在清理后还有24户，有鱼的就掉下百十个箱了，这次上面下的任务，时间很紧迫，村里决定月底前全部清完，通知大家把鱼和箱子送过来，准备花 3 天时间过秤，然后再放到箱子里，暂养一个星期后投放到库里，要不然鱼就会死掉，这都是渔民的血汗钱，到时候把架子割割上岸，当废铁卖掉，我也是不懂得，渔民们给我介绍经验，我们就按照他们说的办。原来没上南水北调工程的时候，大力发展网箱养鱼，指望让老百姓致富，现在水又到北京了，不能叫水污染了，所以渔民们都要起坡，这是国家的大政策，大家都要服从。"

清网行动在继续。12 月 2 日，记者驱车 50 千米，来到位于丹江口水库上游中段的牛河凤凰山村。这里三面环水，风景秀丽，为南水北调移民安置点之一。全村 281 户 955 人，有 20 多千米被绿水青山所环绕，可利用养殖的水域面积达 8000 多亩。村书记成传林介绍说，"雷霆行动"之前，凤凰山村有 3000 多口网箱养鱼，现在仅剩下 12 口，4 家养殖户，大约 5 万斤鱼待售，整个的清理只剩下最后一个"零头"，可是越是接近收尾，工作难度越大，本来想在 11 月 25 日采取行动，但考虑到渔民的生活实际，我们还是尽量跟渔民商量，让他们自己主动把鱼卖完，前天有一户渔民，一次销售了 3 万多斤，现在只剩 2 万斤了，这几户渔民也写了保证书，其中有一户已经跟买家签了协议，元旦来拉鱼，我们的目标是元旦前全部清零。

拦汉养鱼也是丹江口市政府重点清理的对象之一。在茶园环绕的一个库汊一角，记者走进一户简陋的渔民家中，跟渔民郑富兴聊了起来。他没有网箱，只拦了一个百亩的库汊，养了四五万斤鱼。郑富兴说他已经做好了清理的准备，因为其他地方已经在清理了。他告诉记者，一旦开始清理，我们就准备把鱼卖了。前天听村班子里的领导说，准备用超声波帮助捉鱼，把鱼都收回去，他们有渔业合作社。这时，站在门口的媳妇发愁地说："这不叫养了，可叫我们老百姓亏得很，我们这一生一世的心血都在里面，河里不比坡上，挣点钱很难，扶贫也扶不到我们头上，我们属于返迁渔民。2012 年被迁到外地，只分给了一亩多地，还不如养鱼，所以我们又搬回来了，下一步生路不知道该怎么办？"

在市网箱取缔工作指挥部，记者获悉，指挥部已对各乡镇下发督办通知，要求年底前全部清零，目前已进入清零倒计时。

12 月 20 日，记者再次开车来到距离丹江口市区 60 千米的龙山村，养殖户黄荣波今天要将家里剩下的最后 4 口网箱拖到岸边，人手不够，他还特意请来了村里的 3 位渔民帮忙。站在家门口，黄荣波能看见一千米外的湖面上，飘浮着四只 6×6 米的网箱，这是他响应政府号召，拆解剩下的最后一个"零头"。中午，他端着饭碗，一边吃饭，一边看着湖面上的网箱，一双深情的眼睛久久地凝视着湖面，眼光中流露出不舍的神情。他心里明白，为了网箱养鱼，在这偏僻的山坡上整整走过了 15 个春秋。一年中，禁捕的几个月，他要从冻库里买来小鱼解冻，以确保鱼儿的正常生长，到了解禁期，每天下午 4 时，他要领着媳妇划着小木船到河里放网，第二天天没放亮，就要下河收网，捕上来的大鱼卖掉，小的喂鱼，每天箱子里喂养的鳡鱼和翘嘴鲌需要数十斤小鱼喂养，特别是到了夏天，水温升高，鱼的食欲增强，他经常忙得不亦乐乎；到了冬天，水温降低，鱼不再进食，他就可以喘口气儿，忙一点其他的农活。在他养殖的品种中，鳡鱼和翘嘴鲌是最好卖的品种，特别是到了年关，10斤以上的鳡鱼价格可以卖到30块钱一斤，5斤以上的翘嘴鲌每斤能卖到25块，一条鱼卖出去就是百元以上的收入。他养的鱼，几乎不喂饲料，全靠捕捞的野生小鱼喂养，长出来的鱼色泽又白又亮，鳍背曲线优美，很受客户的青睐，常有广东老板提前预订，到了交鱼的时间，黄荣波就会按照客户的要求，用一个方形的泡沫箱子将鱼用冰块层层压放，保鲜快运到南方。如今鱼不让养了，他心里不禁又生发出一种难舍的情怀。

今天天气晴好，风平浪静。黄荣波夫妇吃过中午饭，就领着帮忙的3位村友一起下河，记者随行采访，体验一下渔民拖网上岸的甘苦。黄荣波身穿一件蓝色的工作服，用力摇响了发动机，然后回到驾驶位上，面带微笑，开着他那27马力柴油机的大船，很快驶出家门口的码头，缓缓驶向湖心，向网箱靠近。四只网箱簇拥在一起，安静地浮在水面，他媳妇毛萍灵巧地跳到网箱架上，手里拿着一个抄网，守护着网里还剩下的最后几百斤鱼，以免因拖动网具鱼受惊吓跳出网外。另外3人，分头站在网箱架上一角，拴系绳索，他们将绳子的一头绑定在网箱上，另一个捆绑在拖船上，拖船与网箱之间用了4根结实的绳子连接起来，5个人忙乎了一个多小时，才将准备工作做完。黄荣波坐在船头，双手握着方向盘，开动着他那条熟悉的大船又缓缓向家门口驶去，从船头到箱尾，整个线长有几十米远，一千米的水面走了将近两个小时。每拐一个弯，他都要计算好角度，丈量好距离，凭借多年的养鱼经验，他可谓是轻车熟路，拖到一个拐弯处，便将船停下来，让架子上的村友再检查一下绳头，有无松动之处。湖的四周，不少橘树被淹没水中，有的露出半截树身，上面挂满了沉甸甸的果实，有的已经干枯。9月的一场洪水，致使水位快速上涨，不到一个月就抬高了13米，致使有着"柑橘之乡"的龙口村大片橘树被淹没，然而在现场，记者却听不到一位村民的抱怨声，这时，黄荣波笑着说："这些被淹没的橘园，大坝蓄水前就被征收了，政府当时就把钱补偿给了农民，现在收到的就是捡来的，今年的柑橘又是一个丰收年，每斤价位能卖到一块钱，相比去年，翻了一倍，为能方便橘农，镇里专门设有收购点，这个季节橘子已经收完，剩下的都是农民不要的。"为了确保安全，黄荣波离开驾位，走上箱架，拉紧绳索，又捆绑了一遍，之后回到驾位，继续开船前行，一直忙到下午4时，才将网箱拖到距离家门口不远处的一个湾套里，然后又将4个绳头牢牢地绑在树干上，这才放下心来。黄荣波告诉记者："网里的几百斤鱼已经有了买家，过两天就会有人来运，为清理最后一个'零头'，倒腾了一个多月，也算了结了一件心事，然后就把架子拆解上岸。"至此，丹江口市龙口村的网箱已经全部清除，最后一个"零头"消失了，永远成为历史。

在丹江大道市南水北调办、市综合执法办公室，记者看见主任张正有的案头，已经没有了三天报送一次的清库统计表。张主任告诉记者，为清陈库区的网箱养殖，丹江口市政府还专门配套成立了网箱清理工作指挥部和清除库违法养殖整治工作领导小组。截至12

月 25 日，丹江口水库库区剩余的 476 只网箱已基本清除，并通过了湖北省和十堰市政府的验收。12 万只网箱，从 2014 年 6 月到 2017 年底，整整用了三年半的时间，丹江口人为此付出了巨大的牺牲和努力。

"保一库清水，体现的是丹江口市委、市政府的政治担当。"丹江口市南水北调办、市库区综合执法办主任张正有介绍说，"下一步，将取缔船只、库汊、垂钓设施，进一步完善配套措施，对渔民进行专业培训，引导转产转业，还将解决专业渔民的住房问题。除此之外，还将在库区定期开展增殖放流工作，对消落区进行植树种草，对征地线进行围网，落实巡库检查制度，切实保护库区水质不受侵害。"

元月 4 日，记者再次来市南水北调办、市综合执法办公室，主任张正友介绍说："目前，网箱清理正在验收，我们将以验收为契机，一是扎实做好扫尾工作，不留死角；二是把惠农政策落实到位，让上岸渔民有事干、有生活来源、困难和问题能得到解决；三是加大矛盾排查力度，妥善处理不稳定因素，确保两节和两会期间库区安全；四是开展中线水源区环境保护，加大宣传库区渔民和移民无私奉献的力度；五是希望国家能对库区政策倾斜，出台渔民转产转业规划和移民安稳致富规划。"

据了解，早在 2014 年，丹江口水库就被列入秦巴片区生物多样性的功能区、生态文明示范先行区。中线南水北调通水后，十堰市人大还专门将每年的 12 月 12 日定为生态文明日，目前已经完成了两次生态文明日纪念活动。

今天，丹江口人将跟最后一个"零头"告别，要的就是绿水青山，网箱养鱼所经历的那个激情年代，将永远被历史铭记，伴随着中华民族的伟大复兴，丹江口水库将拉开人水和谐的新篇章！

守，是一份崇高，也是一份事业；护，是一种忠诚，也是一种责任。原丹江口市水务局局长陈少斌说："为了一库清水安全北上，我们的守护永远在路上，路上有你想不到的风景，内修人文，外修生态，将是我们未来共建青山绿水，打造和谐家园的长久目标，任重而道远！"

守
护
篇

南水北调中线水源区探秘*

刘诗平　屈婷　孙清清

有"亚洲第一大人工湖"之称的丹江口水库，是南水北调中线工程的水源区。新华社南水北调全媒调研小分队（2021年5月）20日来到这里，随水质监测员深入库区，与大坝管理者登临坝上，驱车来到千里长渠之始——陶岔渠首，找寻一江清水向北流的水源区"密码"。

水质："水中大熊猫"现身水库

10时许，记者与南水北调中线水源公司库区水质监测人员韩佰辉搭乘水质监测船，来到库区16个重要水质监测断面之一——坝前监测断面。

他告诉记者，中线水源公司水质监测人员于2018年曾在库区中心发现大量群聚的活体桃花水母，并成功采集到多个活体标本。

"桃花水母有'水中大熊猫'之称，是极度濒危的物种，对水环境要求高。"韩佰辉说，活体桃花水母现身水库，与这里的生态环境改善直接相关，是检验水源地保护体系成效的有力证明。

韩佰辉采集的水样通过实验室分析检测，结果显示库区水质优良，符合Ⅱ类水质标准。

同船的中线水源公司供水部高级工程师秦赫表示，为做好水库水质监测，中线水源公司已建成库区水质监测站网。多年监测数据显示，库区水质稳定，且能达到或优于地表水Ⅱ类标准。

大坝："穿衣戴帽"只为更多南水北调

11时05分，记者随中线水源公司技术委员会常务副主任汤元昌来到坝上，放眼四望，库区碧波万顷、坝区绿意无限。

"水库如此浩渺，是因为有了这座加高的大坝。没有它，再多的水也没法汇聚。"汤元昌说。

---

* 原载于2021年5月20日新华网，http://big5.news.cn/gate/big5/www.xinhuanet.com/politics/2021−05/20/c_1127471405.htm。

记者在大坝安全监测中心站看到，当天丹江口水库坝前水位为160.98米，超过夏季防洪限制水位，意味着南水北调中线水源地目前有充足的水量可被调往北方。

截至20日，丹江口水库已往北方累计调水383亿立方米。拦蓄这一库清水的，正是加高之后的丹江口大坝。

丹江口大坝加高，是将20世纪70年代竣工的大坝高程，由162米升至176.6米，使水库正常蓄水位由157米抬高到170米，正常蓄水位库容相应由156.65亿立方米增至272.05亿立方米，从而满足了中线向北方供水的需要，同时可以用新开明渠输水自流抵京，向沿线京、津、冀、豫供水。

"加高工程是在初期工程基础上进行培厚加高和改造，业内将这比喻为'穿衣戴帽'，技术要求高、施工难度大，不亚于新建一座大坝。"汤元昌说，一系列重大技术难题的解决，较好地保证了加高工程质量。2017年10月，水库水位达167米，加高后的大坝经受住了考验。

截至5月18日，本供水年度丹江口水库向北方供水40.89亿立方米，完成年度供水计划的55.08%，确保了中线供水安全。

调水："朋友圈"协作畅通大水脉

"水质改善可让北调之水澄澈，大坝加高使调水数量获得保障，接下来就是如何进行水库调度控制运用，以确保水库防洪、供水安全，充分发挥水库综合利用效益。"汉江集团公司水调中心水库调度科科长胡永光说。

据介绍，通水后，汉江集团公司与中线水源公司共同成立了中线水源工程供水领导小组，统筹协调水库供水管理工作。

"按照长江水利委员会授权，汉江集团公司、中线水源公司与南水北调中线建管局协商，建立了陶岔渠首供水调度流程：由南水北调中线建管局发出调度请求，汉江集团公司报请长江委审核同意后发出调度令，陶岔渠首严格执行供水调度令，并及时反馈执行情况。"胡永光说。

南水北调中线工程从陶岔渠首枢纽引水北上。如果说丹江口水库是南水北调的"大水池"，陶岔渠首的作用就相当于控制丹江口水库出水的"水龙头"，控制和调节北上的水量。

15时，记者从湖北丹江口市驱车约40分钟，来到位于河南淅川县的陶岔渠首。南水北调中线陶岔管理处处长王西苑说，作为中线的"水龙头"，渠首段工程是中线干线千里长渠之始，我们全力做好输水调度，确保一渠清水从陶岔渠首进入总干渠，一路奔向北方。

问渠那得清如许，为有源头活水来。目前，来自丹江口水库的优质南水，已经成为京津冀豫20多座大中型城市的主要水源。

功成必定有我

——中线水源公司全力迎战 2021 年汉江秋汛侧记

（2021 年）8 月下旬以来，汉江流域遭遇近十年来最强秋汛。作为南水北调中线水源地的丹江口水库，10 月 10 日 14 时，库水位已涨至正常蓄水位 170 米，这是丹江口大坝加高工程自 2013 年通过蓄水验收以来，首次达到正常蓄水位。一时间，丹江口水库成为社会关注的热点：加高后的坝体是否可靠、库区岸线是否稳定、供水水质是否安全……

作为中线水源工程的"哨兵"，长江委中线水源公司，第一时间吹响了防汛号角。"沙场秋点兵"，全员冲锋上阵，为守护大坝、库区和供水安全，不分昼夜监测巡查，不畏艰辛摸排隐患，以实际行动践行了"守护好中线水源地"的初心和使命。

守大坝安全

2021 年汉江发生秋汛！暴雨、大暴雨，一轮接着一轮，洪水、大洪水，一波接着一波。汉江上中下游、主要支流，纷纷告急！

在水利部精心指导、长江委科学调度下，南水北调中线水源工程——丹江口水利枢纽发挥拦洪、削峰作用，最大限度减轻汉江中下游防洪压力，丹江口水库水位有序攀升。

作为多年调节水库，丹江口水库水位并不能年年都能达到较高的水平，4 年前，丹江口水库水位首次超过新老坝体接合部，同年 10 月 29 日在水位短暂到达 167 米后，就随之下降。今年，丹江口水库水位达到正常蓄水位 170 米，这对验证大坝高水位运行的安全性意义重大。

为确保丹江口大坝安全，水源公司及时编制《2021 年汛期及汛后蓄水加强大坝工况监测实施方案》，对丹江口大坝安全监测范围及内容、安全监测重点部位、监测频次、巡视检查等工作进行了明确规定。

——针对大坝加高工程安全，公司专门成立了加强大坝工况监测工作领导小组，下设 5 个专业小组，分别从安全监测、现场巡查、技术指导等方面全面诊断大坝工况。

——水位抬升期间，巡视检查次数由每天一次加密为每天两次，关注重点部位，研判风险点，并详细记录。

——每日收集汇总大坝安全监测和巡视检查成果，编制工作日报及时上报相关部门。

············

8 月下旬以来，丹江口水库已经连续发生 7 次入库洪峰流量超过 10000 立方米每秒的洪水过程，其中 9 月 29 日入库洪峰流量达到 24900 立方米每秒，为 2012 年丹江口大坝加高以来最大入库流量。

受来水影响，丹江口水库水位持续上涨，9 月 7 日 1 时，丹江口水库水位涨至 167.01 米，突破 2017 年 10 月 29 日的历史最高水位 167.0 米。10 月 10 日 14 时，库水位已涨至 170.00 米，最高水位不断刷新。各项监测数据及巡查结果表明，大坝目前运行状态正常！

筑库区防线

丹江口库区岸线长 4600 余千米，水域面积达 1 千余平方千米。水库首次长时间保持 170 米高水位运行，对库区安全是一次考验。

迎战大考，方案先行。水源公司及时编制《丹江口水库 2021 年汛期及蓄水至 170 米库区巡查监测工作方案》，为此次迎战大考提供了大纲指南。

——组织地质灾害专业监测单位做好 24 小时值班值守，开展汛期加密监测分析，及时报送监测信息。

——要求专业监测单位每日对监测设施设备完好性和监测系统运行状况进行检查，确保设施设备和系统正常运行。

——建立与专业监测预警分析单位、库周 6 县市区政府相关部门、水库相关管理单位的汛期信息联络共享机制，及时通报库区防汛简况。

——组织库区管理中心重点开展库区地质灾害隐患点现场巡查。

············

"保障库区安全是头等大事，随着库水位攀升，库区地质灾害发生的概率也随之增加。"公司库区管理部主任李全宏说，除了委托相关技术单位开展 24 小时自动化监测，还要加密开展人工现场巡查。

库区管理部负责与库区湖北省、河南省境内的人工监测点当地政府和相关单位的联络协调、信息互通以及现场巡查，处置突发状况。点多面广任务重，但库区管理部人员不喊苦不言累，始终把保障人民群众生命财产安全放在第一位，为丹江口水库高水位运行创造条件。

截至发稿时，库区总体安全稳定，丹江口库区在历史最高水位环境下，经受住了大考。

护清水北送

南水北调中线工程通水 6 年多来，受益人口已达 7900 万，累计调水 425 亿立方米。沿线群众生活改善，生态向好。秋汛以来，丹江口水库上游来水迅猛，库水位持续上涨，

守护篇

水源地水质是否安全，备受社会瞩目。

丹江口水库主要入库支流有 16 条之多，加上 1000 余平方千米水域面积，确保水质安全的工作难度，不言而喻。

水源公司在开展水质监测站网常规监测的基础上，制定了《2021 年汛期及汛后蓄水加密库区水质监测实施方案》，及时掌握丹江口库区汛期及蓄水期间水质状况，确保一库清水北送。

"保障供水是责任，也是压力，更是我们的初心和使命，我们必须守护好一库清水。"公司供水部副主任程靖华说，公司密切关注库区水质变化情况，库内 7 个自动监测站数据分析频次由每月 1 次调增为每天 1 次。

同时，增加每 3 天 1 次坝前人工监测，所有监测项目均当天形成分析报告并上报。

监测表明，目前南水北调中线工程渠首——陶岔取水口水质保持在地表水 II 类以上。

按照上级调度指令，公司抓住库水位上涨有利时机，加大向北方供水量。截至 10 月 9 日，已累计供水 83 亿立方米，超额完成年度供水计划。南水北调中线通过生态补水，促进沿线河湖生态恢复，同时为华北地区地下水超采综合治理提供重要支撑。河南、河北境内白河、滹沱河、大清河等河流水清岸美，白洋淀水质持续好转，天津市海河水位升高，北京市永定河、潮白河水量丰沛，都离不开南水的"功劳"。

面对近十年来最强汉江秋汛，中线水源公司不负党的重托，以"功成不必在我"的精神境界和"功成必定有我"的历史担当，履职尽责，不辱使命，"从守护生命线的政治高度，切实维护南水北调工程安全、供水安全、水质安全"，向党和人民交出了一份满意的答卷。

蓄水追峰始成金 [*]

——170 米背后的水文故事

熊莹　刘月　尹世锋　许银山

"丹江口水库好比是一个盆，我们水文人的职责就是弄清盆里来了多少水、装有多少水，盛水的盆有多大，盆有没有变化，在保障防洪安全的前提下如何把一盆水蓄满，水的质量如何。"长江委水文局局长程海云用通俗的语言解释道。多年来，长江水文人默默坚守汉江河畔，用汗水和智慧演绎着成功实现 170 米蓄水背后的水文故事。

盛水盆有多大？盆有没有变化？

自丹江口水库建成以来，长江委水文局在丹江口水库上下游开展了丹江口水库库容和河道地形测量、库区异重流观测、变动回水区冲淤等大量勘测和基础科研工作，时刻掌握"水盆"的变化，对丹江口水库到底有"多大"作出了科学回答。

水文汉江局局长林云发回忆说："1993 年至 1995 年南水北调中线工程论证阶段和2008 年丹江口大坝加高运行阶段，汉江局开展了从中线渠首陶岔至北京沿线交叉河流水文勘测和丹江口库区库容复核。"在论证阶段，近百名水文职工参加水文勘测工作，对中线工程沿线交叉河流和库区库容曲线进行测定与分析。1993 年 3 月至 1994 年 2 月，历时一年完成南水北调（中线）总干渠交叉河流断面测量和水文测验。2008 年，施测大坝 170米正常蓄水位水库库区水道地形面积 1250 余平方千米，施测 290 余个断面测量总长度达452 千米。

勘测工作常常要穿越悬崖峭壁、波涛汹涌的江河、污水沼泽地、布满荆棘的树林，常常是风餐露宿，忍饥挨饿。测量人员除了要有坚强的毅力、耐力，还要有遇到危险强大的心理素质，保障自身和仪器设备安全。有的同志身陷齐胸深的淤泥中，被同事救出才脱险；有的同志测量途中迷路，在漫无边际的芦苇丛中度过了夜晚……但他们没有退缩，没有犹豫，没有一句抱怨，一次又一次义无反顾投身于测量任务。

* 原载于 2011 年 11 月 5 日中华人民共和国水利部官网。http://nsbd.mwr.gov.cn/zx/zxdt/202111/t20211105_1550401.html。2022 年收入黄河水利出版社出版的文集《在大战大考中淬炼初心使命》。

守护篇

2020 年 8 月，水文汉江局再次抽调精兵强将 40 余人，开展丹江口水库库区地形测量和库容复核工作，走遍库区每一个沟汊，运用航空摄影测量、三维水深、多波束测量等先进技术，施测全库区水道地形，将烟波浩渺的库区转化为一张张数字地形图，为丹江口水库精准预报调度提供了基础地理信息。

盆如何蓄满？如何准确预报？

水雨情监测分析与预报是为防汛决策提供准确及时的水文信息，是确保安全蓄满"一盆水"的前提。长江水文人一直风雨无阻，超前谋划，充分发挥水文防汛的"耳目""尖兵""参谋"和"助手"作用。

2021 年 8 月下旬以来，汉江发生超过 20 年一遇的秋季大洪水。据统计，秋汛以来，汉江上游降水量 520 毫米，较常年偏多 1.5 倍。汉江中游支流白河发生特大洪水，鸭河口水库入库洪峰超历史。

汛情就是命令，防汛就是责任。汉江干流及各支流水位持续上涨，水文局汉江沿线测站均启动了驻测模式，24 小时关注水情，全力施测洪水。

在做好防汛测报工作的基础上，针对南水北调中线工程运行后丹江口库区沿程水文情势变化、库区高水位时变动回水区现状，水文汉江局和中游局抢抓 2021 年秋汛高水时机，开展了丹江口库区专项水文原型观测、汉江中下游水面线观测和水动力要素观测，为护好"一盆水"和汉江中下游行洪安全打牢了基础。

准确的预报是科学决策、精细调度的前提。丹江口水库暴雨洪水来得快，而中下游因河道越往下游越窄，泄流能力非常有限且动态变化。特别是今年，水利部、长江委提出汉江秋汛防御和丹江口水库蓄水至 170 米正常蓄水位的双保目标。预报调度不仅涉及大坝安全、中下游防洪安全，还关乎蓄水进程、库区安全等需求。如何实现多目标综合调度，让"鱼"和"熊掌"兼得，这又对预报工作提出了更高的要求。

预报中心紧扣"四预"要求，利用数字孪生、人工智能等新技术，构建了耦合丹江口水库入库概率预报、补偿调度、汉江中下游水工程群水力学模型等联动计算工具，升级发布了长江防洪预报调度系统，实现了不同模拟情景下的实时联调计算以及丹江口库区水面线动态展示，在今年保障汉江流域秋汛防洪安全与完成丹江口水库 170 米蓄水任务中发挥了重要的技术支撑作用。

"163 米、163.7 米、165.2 米、165.9 米、166.6 米、167.5 米、169 米"，7 次洪水过程，每一次攀升，都是步步惊心！检验着他们"精益求精"的技术，磨砺着他们"连续作战"的斗志……在汉江 7 次洪水过程中，提前 10 到 12 天预测出降雨过程，提前 5 到 10 天基本把握降雨落区、过程雨量，并预测出明显涨水过程，提前 1 到 3 天准确预测丹江口入库洪峰量级及洪水过程，提前 2 到 5 天预报汉江中下游将超警戒水位。24 至 48 小时丹江口入库洪峰预报误差在 10% 左右，中下游主要站洪峰水位误差 0.2 米以内。从准确预报降雨和来水总量，到精确勾勒逐小时洪水过程线，这样不仅把洪水每小时的演变过程计算得明明白白，还能把"水盆如何蓄满"计算得清清楚楚，印证了水文科学预测预报的前瞻性。

高精度、长预见期的洪水预报，为科学调度决策提供了技术支撑。以丹江口水库为核心的汉江流域水库群通过精细调度，充分发挥拦洪、削峰、错峰作用，其中丹江口水库累计拦蓄洪量近 100 亿立方米，削峰率达到 23% 至 71%。精准控制皇庄站流量不超过 12000 立方米每秒，极大减轻了汉江中下游防洪压力。若没有水库群运用，汉江中下游将全线超保证水位。

"目前已关闭所有泄洪孔，预计 10 月 10 日凌晨 5 点库水位将蓄至 169.90 米。"

"9 点，水库蓄至 169.95 米。"

"14 点，水库蓄至 170.00 米！"

历史性的时刻，长江水文人紧张而又兴奋地守候在水情中心。通过水库群的拦蓄，避免了汉江中下游全线超保及杜家台蓄滞洪区、洲滩民垸的分洪运用，缩短超警天数 8 至 14 天，防洪效益十分显著。及时水情预报、准确的水情信息为安全蓄满"一盆水"奠定了坚实的基础。

守护篇

刻度与高度[*]

——写在南水北调丹江口水库 170 米蓄水之际

中朝　扬灿　红霞　应锋

170 米，一个普通的刻度，对中国水利而言，却是一个全新的高度！

2021 年 10 月 10 日 14 时，是南水北调中线工程创造历史的时刻。国之大事南水北调中线的龙头工程——丹江口水利枢纽首次正常蓄水达到 170 米，创造了该枢纽工程建成以来历史最高纪录，圆满实现工程规划设计的目标和要求。

几代人的梦想实现了

丹江口水利枢纽工程最开始的规划设计，正常蓄水位就是 170 米。人们期待这一天，整整等了 60 多年。半个多世纪，终于梦圆。

"南方水多，北方水少，如有可能，借一点来也是可以的。"1952 年 10 月，毛泽东同志首次提出南水北调的伟大构想。

大坝选址在哪里？经反复勘测与对比，最终选择了地质条件优越，能兼顾抗洪、发电、调水、通航等多项功能的丹江口。

1958 年 9 月，丹江口枢纽工程开工建设。10 万建设大军怀揣着向北方供水的光荣梦想，在汉水与丹江的交汇处摆开了战场。

先建一期工程，大坝正常蓄水位为 157 米。不料想，工程建设一波三折。进入 21 世纪后，北方缺水现象越发严重，南水北调的需求越来越急迫。

2005 年 9 月，南水北调丹江口大坝加高工程开工。奔着 170 米蓄水目标，历时 8 年建设，2013 年底，丹江口枢纽二期工程顺利完工，坝高 176.6 米，正常蓄水位可达 170 米，并通过蓄水验收。

"几代人的目标终于实现了，千言万语无法表达。"10 月 10 日下午，站在坝顶，望着眼前的万顷碧波，83 岁的杨小云激动不已。

---

[*] 原载于 2021 年 11 月 5 日中华人民共和国水利部官网，http://nsbd.mwr.gov.cn/zx/zxdt/202111/t202111 05_ 1550400.html。

作为汉江集团高级工程师，杨小云参加了大坝初期建设和加高工程建设，在大坝工作整整 53 年。

综合效益全面发挥

丹江口水库 170 米蓄水，意味着什么？

"意味着丹江口水库防洪、供水、发电、航运、生态等综合效益得到全面发挥。对于今年丹江口枢纽工程验收具有重要意义。"正在现场检查防汛与 170 米蓄水的长江委副主任吴道喜说。

"沙湖沔阳洲，十年九不收。"丹江口工程建成以前，江汉平原屡遭水灾。仅 1935 年大水，下游 8 万多百姓丧生。丹江口枢纽一期工程建成后，防洪标准提高到 20 年一遇；随着二期工程建成，丹江口枢纽工程防洪标准由 20 年提高到百年一遇。

今年秋汛，汉江上游降水量 520 毫米，为 1960 年以来历史同期第一位。丹江口水库发生过 7 次超过 1 万立方米每秒的入库洪水过程，其中 3 次洪水洪峰超过 2 万立方米每秒。今年丹江口水库秋汛累计来水量之大，为 1969 年建库以来历史同期第一位。遭遇如此大的洪水，在加高后的丹江口大坝拦截下，汉江防汛波澜不惊，中下游人民安居乐业。

2010 年至 2014 年，汉江上游连续几年遭遇枯水年份，一些人忧心忡忡，提出了"丹江口水库是否有水可调"的疑问。

170 米蓄水，丹江口水库偌大的水面，作了最好的回答。丹江口水库蓄满水位，库容达 290 亿立方米，相当于中线一期工程 3 年的调水量。如今的丹江口水库，为北方 7900 万人民提供清洁干净的优质水源，还为中原、华北数十条河流进行生态补水。

听说丹江口水库蓄水位达到 170 米，北京朝阳区居民叶晓彦激动地说："丹江口水库 170 米蓄水，为南水北调提供了充足水源，作为北京人，饮水更有保障了。"

加高大坝后，大坝上游的通航条件大大改善，通航能力从 150 吨提高到 300 吨，航运船只可直达陕西白河，为库区经济发展注入新的活力。

丹江口工程发电效益没有因为调水而减少。截至 10 月 9 日，今年丹江口电厂实现发电 44.5 亿千瓦时，超过去年全年发电收入。

170 米蓄水，为何姗姗来迟

2014 年 12 月 12 日，南水北调中线工程正式通水，距今已整整 6 个年头，蓄水验收也过了整整 7 个年头。此前，丹江口水库水位曾达到过 167 米，但每次快要触摸到 170 米时，水位又回落。正常 170 米蓄水位，为什么姗姗来迟？

"丹江口水库是多年调节水库。在设计条件下，水库多年平均蓄满率约为 11%，这意味着大约平均每 10 年丹江口水库才能蓄满一次。"正在现场指导 170 米蓄水和防汛工作

守护篇

的长江水利委员会副总工程师陈桂亚说。

蓄水 170 米，对丹江口枢纽工程是个大考。这些年来，通过科学调度，统筹防洪、供水和发电，边进行试验性蓄水，边进行监测评估，逐步抬高水位。

今年，恰遇汉江降雨量丰沛，丹江口水库自 7 月 26 日第一次开闸，经历 4 轮泄洪过程，截至 10 月 8 日 11 时 41 分，累计启闭闸门 90 次。共发生 10 场入库洪峰超过 5000 立方米每秒的洪水。其中，9 月 29 日，最大入库洪峰 2.49 万立方米每秒，为 2012 年以来最大秋季洪峰。

截至 10 月 8 日，丹江口水库全年累计来水 601.80 亿立方米，为 1973 年建库以来次大值，仅次于 1983 年 761 亿立方米的年来水量。丹江口水库全年累计泄洪弃水 200.5 亿立方米。

正是人努力、天帮忙，丹江口水库今年成功实现 170 米正常蓄水位。

无怨无悔甘奉献

眺望库内，盈盈一库清水，平时显山露水的小山岭，在 170 米水位下，变成一座座孤岛。

"十堰市是南水北调中线工程核心水源区，丹江口水库一期二期工程建设，十堰作出巨大牺牲！大量好田好地被淹，外迁和内安移民奉献出了美丽家园。"长期关注库区移民的丹江口市干部陈华平介绍。

据统计，丹江口大坝加高后，十堰市郧阳区（原郧县）动迁 6 万余人，其中外迁 3 万余人，内安近 3 万人。移民外迁从 2010 年 4 月开始到 11 月下旬结束，不到 7 个月时间，完成了 3 万余人的千里大迁徙；到 2012 年 9 月，完成了近 3 万人的移民内安。在丹江口均州集镇，2012 年搬迁近 1100 户，全镇 22 万亩田地、山林被淹，全镇 4 万余只网箱全部拆除。

2014 年底，南水北调中线工程通水。郧阳区卧龙岗社区村民李含进约上几个老兄弟，租台小车，去了河南淅川的陶岔渠首。"那水面真是宽，水真是清啊！"他说，当地人听说他们是郧阳的，直竖大拇指点赞："你们郧阳的水真是好！"

回来以后，李含进有空就去扫街、巡河，看见垃圾捡一捡。李含进说，为南水北调，移民作出巨大牺牲，要让这种移民精神代代相传，保护好这一江清水。

保护一库清水，是十堰市的政治责任。在南水北调中线工程中，十堰市共移民搬迁 18.2 万人，清理库区网箱 18.2 万只，关闭规模化养殖场 134 家。全市还强力推进十年禁捕，1500 艘有证渔船全部上岸拆解，6400 多艘"三无"船舶全部分类处置，3000 多名渔民全部"洗脚上岸"。

内安移民王瑞权也赶到现场观看蓄水，他激动地说："看到大坝蓄水达到历史最高水位，作为一个农民，自己能为国家做贡献，我感到自豪和骄傲。"

搬得出 稳得住 能致富[*]

——探访湖北南水北调移民的新生活

李伟

"以前没这个条件，现在天天没事干，画着玩。"年逾七旬的陈良佩在家门口晒着太阳，正有模有样地绘画。原来，从小爱好舞文弄墨的他，这几年跟着电视学起了绘画，还把小孙女用剩的画笔，利用了起来。

陈良佩是湖北省十堰市郧阳区柳陂镇卧龙岗社区的一名普通移民，前几年因心脏疾病致贫，被纳入建档立卡贫困户之后，他享受到系列健康扶贫政策。儿子儿媳在周边务工，一家的人均年收入已达 9000 元，今年全家成功脱贫。

卧龙岗社区安置了南水北调移民 184 户 850 人，2012 年他们告别舒家沟村旧居，开始新的生活。走在安置社区，只见每栋移民安置小楼宽敞整洁，家家还配有一个小车库，门前的小菜园里种着当季小菜。6000 多平方米的社区文化广场更是气派，社区篮球场、LED 电子屏、太阳能路灯、健身器材、清洁垃圾桶等一应俱全。

"虽然我们是农民，但生活条件不比城里市民差。"谈起移民后的生活，村民李秀文快人快语。拥有两层超 200 平方米小洋楼的他，有自豪的理由：安置点房屋规划整齐，道路宽阔整洁，卫生室、幼儿园、超市齐全。184 户原先靠土地吃饭的移民将 430 亩田流转给光伏农业产业园，如今，村民们在太阳能电板下种植起草莓和油牡丹。

柳陂镇移民站长刘运告诉记者，南水北调中线工程启动后，利用移民安置点宅基地的弃土回填，再将淹没线下原农用地表层沃土覆盖其上实施移土培肥，回填造地 719.3 亩，有效破解了移民生产安置难题。

如今，每天清早，不少十堰城区市民开车来买菜，老百姓在家门口就能赚钱。每逢周末，村里更是不乏来休闲娱乐、生态采摘的游客。为了保护丹江口水库水质，移民安置点还完善基础配套设施，建成卧龙岗污水处理厂 1 座，实现了雨污分流和生活污水集中处理。

柳陂镇镇长何统林告诉记者，当地抢抓南水北调中线工程机遇，突出抓好卧龙岗社区

---

* 原载于 2019 年 12 月 29 日新华网，http://www.xinhuanet.com/politics/2019-12/29/c_1125400905.htm。

基础设施建设、村庄环境治理、产业建设、社区管理等工作，力争将其建设成为国家级生态移民示范区的核心区。

"这几年，我们大力发展有机蔬菜和生态旅游观光产业，促进产业融合，壮大了村级集体经济。"卧龙岗社区党支部副书记陈启兵感慨，村民们实现了"搬得出稳得住能致富"的目标。

记者从十堰市水利工程移民服务中心了解到，在全市 18.2 万南水北调移民中，建档立卡贫困户 2.2 万人，如今他们已经全部脱贫。

卧龙岗社区文化广场前，南水北调大移民雕像群呈阶梯式落差布局，移民人物和动植物造型栩栩如生，反映出移民们舍小家为国家的精神。拾级而上，最后三个少年欢快地奔向美好未来的场景，寓意着希望。如今，这一寓意构想正成为现实，见证着移民们生活一天比一天过得更好。

战"疫"有我

——中线水源公司临时党委疫情防控工作纪实

2020年初，一场突如其来的新冠肺炎疫情在湖北暴发，武汉"暂停"，湖北"暂停"，但在南水北调中线水源工程所在地丹江口，却有这样一些身影始终活跃在疫情防控的第一线。他们逆行向前，巡视检查，保证了南水北调中线工程供水正常进行。他们在疫情最严重阶段下沉社区，用自己的责任与担当，守护社区的安危。他们用自己的责任和担当护佑工程和供水安全。他们就是奋战在疫情防控一线的中线水源公司共产党员。

部署及时　压实压紧疫情防控的主体责任

面对前所未有的疫情，公司党委切实履行好疫情防控工作主体责任，第一时间成立了疫情防控工作领导小组，下发了《关于发挥党员先锋模范作用落实疫情防控措施的通知》，将习近平总书记的重要指示和部委的要求第一时间传达到每一个党员，要求全体党员把疫情防控工作第一线作为巩固拓展"不忘初心、牢记使命"主题教育的"主战场"，充分发挥先锋模范作用，全力以赴打赢这场疫情防控阻击战。公司临时党委中心组先后开展了两次专门学习。各支部以贯彻习近平总书记和中央指示精神，积极参与防控疫情为主题，以不同形式开展了2、3月主题党日活动，及时传达贯彻习近平总书记重要讲话精神和上级部门的要求，坚定党员干部战胜疫情的决心和信心。

公司积极关心公司员工的健康和安全，通过多方协调，先后3次为在丹员工配发了中药汤剂770包，发放了口罩、消毒液、消毒纸巾等防疫物资。组织复工员工进行了核酸检测，建立了疫情零报告和每日通报制度，保证公司疫情防控和生产的正常进行。

2月28日，长江委直属机关党委号召党员捐款支持新冠肺炎疫情防控工作，公司广大党员积极响应，慷慨解囊，不能现场捐助，支付宝、微信纷纷上阵，仅用一天时间，46名党员共捐款15420元，以实际行动助力疫情防控。

下沉社区　在防控的前沿践行初心使命

2月15日，公司在丹江口市山水庭院小区执勤的5名党员同志冒着纷纷扬扬的雪花，按时来到执勤点，开始了忙碌的值守工作，登记出入人员、劝返不合要求的出行者、宣讲防疫知识、进行病毒消杀，紧张工作使他们忘记了寒冷，更无暇欣赏漂亮的雪景。

在疫情高发阶段，公司党委号召全体党员下沉社区，协助社区做好疫情防控工作。40名党员召之即来，面对病毒感染的危险，第一时间到所在社区临时党支部报到，参与到一线的疫情防控工作中。据统计，公司共有 379 人次参加社区值守，最多的值守了 41 次，他们就像一棵默默无闻的小草，用自己的无私工作守护着小区群众的安康。

丹江口市大坝办事处在致参与疫情防控工作党员的感谢信中写道：是你们，用自己的责任感，守护了夜幕下的万家灯火；是你们，用自己的爱心，践行自愿服务精神，温暖着这座城这群人。这是对他们最客观的评价，也是对他们工作最真实的评价。

逆行向前　让党旗飘扬在供水保障过程中

2 月 20 日，在交通尚未恢复的情况下，经地方政府批准，工程财务支部党员秦赫前往库区水质自动监测站，更换检测试剂。以往川流不息的高速公路此刻空空荡荡，但是保障好水库水质安全的责任，使秦赫逆行向前的步伐更加坚定，在疫情防控期间，他们 8 次深入库区进行设备维护、保养，采取水样，确保丹江口水库水质始终保持在国家地表水 II 类及以上标准，为沿线省市提供了清洁可靠的水源。

这样的逆行者还有很多，计划环移支部党员先后 3 次深入库区进行巡查，工作进度没有因疫情而停止，检查标准没有因疫情而降低。没有吃饭的地方，他们就自带泡面、自加热米饭；没有住宿的地方，他们就返回丹江口，第二天再出发。克服了一个个困难，圆满地完成了每一次巡查任务；综合支部党员杨硕先后 3 次奔波于公司员工所在的每一个小区，将防疫药品发放到员工手上，让员工感受到了组织的关怀和温暖。综合支部的党员曹俊启、黎伟、杨涛等坚守办公重地，全面排查员工健康状况，及时收集整理上报信息，多渠道采购配发防护物资，制定印发《新冠肺炎防疫期间办公手册》细化防控措施，办理车辆及人员通行手续，为防疫和生产提供后勤保障，制定复工复产措施，做好办公区的消杀，保障了办公区的安全。一个党员就是一面旗帜，零感染、全面复工、供水正常进行是他们交出的令人满意的答卷，这些成绩都是靠坚守者不断地逆行取得的。

沧海横流方显英雄本色，疫情是最好的试金石，是最强的检测剂。中线水源公司的全体党员在这场没有硝烟的战斗中经受住了考验，淬炼了党性，践行了共产党员的初心和使命，他们用自己的行动书写了属于他们的时代篇章。

战"疫"水源行
——中线水源公司战疫情保生产促复工特别报道

一、全力防疫，工作"置顶"

这是一场没有硝烟的战争，这是一次前所未有的挑战。

同心战"疫"，勇往直前。中线水源公司与国家休戚与共，在岗位履职尽责，用责任和担当叩问初心、回应使命。

"主责"肩上扛，行动落实处

疫情就是命令，防控就是责任。

公司在疫情形势变化的每一个阶段，都将疫情防控作为当前最重要的工作来抓。坚决贯彻落实党中央、国务院决策部署，按照水利部、长江委及属地管理工作要求，将疫情防控工作抓细抓实。公司党委中心组召开视频会议，第一时间学习贯彻习近平总书记关于疫情防控系列重要讲话精神，不折不扣贯彻落实。疫情初期，公司迅速成立了以总经理王威任组长、班子成员任副组长的防疫工作领导小组。公司领导靠前指挥，落实要求，坚决扛起疫情防控的政治责任。公司办公室承担起防疫办公室职责，制定方案，安排部署。构建科学化、规范化的防控体系，使疫情防控期间工作分工明确、调度有序、处置及时、宣传到位。

精准施策，布局战"疫"

公司根据属地防控要求以及人员分布特点，制定印发《中线水源公司新冠肺炎防疫期间办公手册》等有针对性的防控工作方案。认真落实组织机构到责任分工，从预防自护到应急措施，成为公司员工最实用的战"疫"武器。

公司总经理王威压紧压实第一责任人职责，以一抓到底的决心筑牢抓防疫抓生产的责任堤坝。每日通过微信工作群、办公 OA、蓝信、钉钉等多种办公方式，对防疫和生产工作实施调度指挥，对重点项目进行督办检查。在公司内部将防疫任务分解到项目，落实到部门，量化到个人。点对点督办，群内实时汇报，各项决策得以有效落地。

守护篇

多维度发力，携手共战"疫"

兵马未动，粮草先行。保障抗疫防护物资供应是织牢防控网的第一道屏障。

"口罩告急、消毒液无货、酒精售罄……"在疫情防控形势严峻的初期，防疫办公室的同志们几乎每天沿着同一路线跑遍市区内医院、药房和超市，得到的答复都是无货。大家群策群力，发动亲朋好友，掌握各类采购信息，拓宽渠道采购口罩、防护手套等防护物品和洗手液、消毒液、酒精等消杀物品，为公司疫情防控工作做好物资保障。随着疫情防控形势积极向好，公司持续保持高度警惕，不松懈、无侥幸，继续备足防疫物资，筑牢战"疫"坚强后盾。公司联系市内相关医院，为员工熬制预防性中药汤剂，并安排专车奔赴员工所在小区进行配发，为员工生命健康保驾护航。

强化宣传，加强正面舆论引导。通过公司门户网站，长江委、水利部网站，官微等多种媒介，围绕公司防疫、生产工作开展情况深入报道，累计见诸各类媒体 17 篇次。配合长江委网站开设"战疫情保生产"栏目，在栏目刊发首篇报道，形成强力宣传攻势，营造了浓厚的舆论氛围。以正面引导自觉维护了防控、生产秩序以及安全稳定大局。加强网络设备巡检，做好办公系统后台维护，确保防疫期间公司"云办公"顺利进行。公文流转高效完整，处理到位，保证了工作信息的上传下达、政令畅通。

冲锋在一线，战"疫"最前沿

落实好主体责任，守好门、管好人，公司干部职工冲锋在一线，决不缺位；战"疫"在最前沿，决不添乱。

自春节以来，防疫办公室领导和人员连续奋战两个月，严格落实防疫值班制度，准时到岗到位，奔波在防疫一线，冲锋在最前沿。全面排查员工情况、每日逐人报测体温、严格执行信息报送、多方采购防护用品、指导员工家庭防疫。加强办公区和各生产区封闭管控，出入登记、测温、消毒，对公共场所、设备设施进行每日清洁消毒。这些硬招贯穿战"疫"始终，织就了牢固的防控网。

在战"疫"中洗礼初心、淬炼党性。综合党支部与汉江集团博远公司物业党支部开展联防联控活动，让党旗飘扬在防疫一线；公司党员主动到社区临时党支部报到，承担社区值守、排查、消杀等防疫工作；积极响应党组织号召，党员踊跃捐款，奉献爱心，以实际行动战"疫"。

积力之所举，则无不胜也。

自 1 月 21 日实施疫情信息报送制度以来，经过周密部署，严防死守，公司及相关生产单位安全生产有序，保持零疫情，为实现疫情防控阻击战的胜利做出努力，为保障供水安全、水库运行安全等工作打下坚实的基础。

二、"疫"路无"暂停" 生产同步行

疫情打乱了正常的生产生活秩序，却阻挡不了中线水源公司前行的步伐。在长江委坚强领导、高位推动下，公司坚持防疫、生产"两手抓、两过硬"。

压实责任，验收督办合力攻坚

战"疫"一直继续，工作从未停止。早已"任务上墙"实行"挂图作战"的工程验收工作在疫情之下显得更加刻不容缓。下达督办任务清单，时时督促检查的水利部、长江委、水源公司各级督办项目急如星火。

公司总经理、防疫领导小组组长王威切实履行主体责任，号召广大干部员工发挥创造力、强化保障力，把智慧和力量运用到防疫和生产中，用决战决胜的状态实干。

公司开启远程办公模式，建立正常办公秩序，通过"日晨夕会"和"周例会"进行工作部署，保持上下级同频共振；重点工作和紧急任务以网络会议形式随时召开，确保重要工作不疏漏、不延误，保障公司正常运转和重点工作不受影响。

上下齐心沟通，上下共谋协力

疫情期间，公司编制上报《中线水源工程2019年验收工作总结及2020年验收工作计划》，完成《南水北调中线一期丹江口库区征地移民安置工程（公司组织实施部分）完工财务决算》审计调整工作，已上报水利部。以视频会议形式协商研究右岸标变更索赔处理，会同监理对左岸标甲供材料核销成果进行审核，委托第三方咨询单位复审并提交了甲供材料核销分析报告。受疫情影响，湖北省公共资源电子招投标交易平台关闭。公司另辟蹊径，与相关招标公司联系，采用全程电子化招投标系统开展工作。目前，管理码头趸船项目正在开展招标工作，预计3月底完成。运用网络办公工具，对大坝加高工程验收工作进行明确分工，联系参建单位利用手上已有资料做好验收前期准备工作。

各项工作的有序推进见证着公司上下共克时艰的决心和意志。

水利部督办项目坝区水土保持验收，目前已完成尾工项目汤家沟水保项目设计和施工方案编制，正开展坝区水保专项验收报告初稿编制。长江委督办鱼类增殖放流项目，提前谋划采购亲鱼，有序开展防疫期亲本驯养培育，确保年度增殖放流162.5万尾鱼苗目标实现。通过几轮视频会议的讨论切磋，研究确定了公司督办项目水库综合管理平台建设分标方案，目前正在开展招标文件技术部分编制。

行动是最好的证明。一切工作有序推进。

修改库区移民档案入库验收工作方案、审定库区移民档案入库验收方案、起草档案数字化扫描方案、研究数字档案馆招标文件……

新修订的公文管理办法、信访管理办法已印发、2020年宣传工作重点已印发、2020

守护篇

年档案工作计划已草拟、综合管理标准化手册已提交……

责任担当，力保源头使命必达

疫情之下，公司勇担责任，力守源头，以高度的政治责任感积极回应社会关切，战"疫"保民生。

为了让北方人民喝上放心水，公司坚持底线思维，会同项目管理单位及时出台了《应对新冠肺炎疫情期间水质应急监测方案》。在对库区 31 个断面的 29 项常规监测基础上，增加余氯和生物毒性等疫情防控特征指标，监测频次由每日 6 次加密为 8 次。监测结果表明，供水水质稳定保持在 I 类水标准，库区生物毒性指标监测数值为 0.00%，水质良好，未受疫情影响。

严格执行水利部下达的水量调度方案和计划，加强与中线干线局、陶岔渠首建管局的协调配合，保证供水正常进行。防疫期间执行调度指令调整供水流量 11 次，完成 1 月、2 月水量计量确认。2019—2020 年水利部下达供水计划 70.84 亿立方米，截至 3 月 21 日，共计供水 22.91 亿立方米，通水以来累计向北方供水 275 亿立方米。

水源人以奔跑的姿态逆风而行。2 月 21 日、3 月 22 日，公司多方协商，办理通行手续，组织人员对丹江口辖区龙山镇、武当山镇和六里坪镇库区现场水域、岸线、消落区以及地震监测点、地灾监测点设施等进行了巡查。巡查中，地震和地灾自动监测设施运行状况良好，水库保持安全运行状态。2 月 20 日、3 月 17 日，公司及时了解地方管控政策变化，分别组织前往疫情期间交通管制区域内监测站点，对生物毒性等自动监测仪器试剂进行了更换，并对总磷、总氮等指数监测仪器进行了校准，检查了取水系统、纯水机等辅助设施，处理了设备缺陷，保障了数据准确有效。

守土尽责，防汛备汛严阵以待

战"疫"不误"守土"，公司以工程安全平稳运行的硬核支撑诠释了"源头守卫者"的担当与尽责。

按照水利部关于切实做好疫情防控关键阶段南水北调工程运行安全工作的要求，公司及时下发文件，结合工程所在地疫情及工程运行安全生产实际，对疫情期间做好疫情防控、安全生产工作进行了具体部署。定期向水利部报送工程各运行单位的值班值守情况，向长江委报送工程运行安全管理情况。公司工程部组建专群，每日收集各相关单位安全工作与疫情防控信息，并不定时以视频连线与电话检查的方式监督各单位值班值守情况。大坝监测运行单位按照公司要求积极谋划落实好各项工作。监测系统运行、枢纽安全巡视检查，一样没落下。已实现自动化的监测项目以自动化监测为主，如水准观测等观测周期较长的人工测量项目则合理安排错时错峰，枢纽安全巡视检查主要以单人作业为主，在此基础上，确保安全监测工作的正常进行。

疫情当前，汛前准备时间紧迫。公司落实安全度汛主体责任，及时与工程各运行管理单位联系，准备编写丹江口大坝加高工程 2020 年度汛方案、抢险预案等，并要求相关单位做好风险排查工作，及时沟通信息，形成防汛合力。受疫情影响，需要较多人员聚集的大规模检修暂时无法实现。承担防汛任务的相关单位调整备汛方案，确保防汛设备完好率；18 坝段变电所 24 小时有人值守，确保防汛供电设备完好，随时为防汛设备安全供电。公司还要求运管单位通过网络和电话进行实时沟通，确保防疫和防汛指令的畅通。

中线水源公司抗疫生产从未"暂停"，防疫同步生产的局面为之而新，战"疫"走向胜利的人心为之而振。

三、"防疫战"持续发力　勇担责笃定前行

战"疫"在前，不获全胜绝不轻言成功；责任在肩，不因疫情影响而停滞不前。中线水源公司持之以恒，毫不放松，抓紧抓实抓细各项防控、生产工作。

慎终如始，战"疫"到底

"向公司疫情防控工作领导小组汇报：今日公司无疫情状况，相关信息已报送长江委。办公区坚持每日消毒，无异常人员出入……"

公司防疫办公室每日向长江委、向公司疫情防控工作领导小组汇报疫情信息已坚持 60 多天。看似简单的信息，背后却包含了公司防疫工作的细致、警惕。公司始终保持着疫情初期的状态，将坚守贯穿战"疫"始终。每日排查员工情况，一个都不少；每日严格进行办公区消毒，每个角落都不放过；持续储备防疫物资，做到未雨绸缪。守好每一环，站好每班岗，把夺取防疫斗争最终胜利作为加油鼓劲的不竭动力。

随着疫情防控形势的积极向好，返岗复工将有序恢复。面对新的挑战，公司将复工一线定位为防疫一线，立即制定了《中线水源公司复工复产工作方案》。方案以保障员工身体健康、保证公司各项工作有序开展为目标，对合理安排工作、严格复工各项准备、强化复工内部管理等进行了部署，要求全体干部员工时刻紧绷疫情防控弦，把工作做得更细一些、更实一些，准备得更充分一些，最大限度地发挥出每个部门、每个人在疫情防控中的力量和作用，构筑起坚不可摧、牢不可破的防疫屏障，在疫情防控战中谱写经得起检验的水源担当。

共克时艰，只争朝夕

突如其来的疫情，不可避免地给公司生产带来冲击。

地方政府出台相关工程建设管控规定，公司管理用房建设项目施工持续停工，监理等相关生产单位人员无法到位，既定的建设节点目标有所延误，相关验收工作也受到影响。一场疫情，给原本就时间紧迫、任务繁重的工作更增添了新的难度。

停工不停步，歇业不歇责。公司在疫情防控中持续发力，一手抓复工，一手忙备战加速"快进"。

"尽快编制施工进度计划，确保主要节点目标，抢进度，赶工期……"3月17日，公司总经理王威主持召开视频办公会。各部门负责人分别汇报了近期工作完成情况及下一步重点工作计划。分管领导分别就相关工作进行点评及安排部署。会议全面分析评估了疫情对生产造成的影响，积极主动制定应对措施。会议强调，要努力降低疫情带来的影响，有序推进复工复产，一手抓防疫一手抓生产，确保工程验收、工程运行管理、供水管理、库区管理等年度工作任务的完成。

撸起袖子加油干，力争将影响降至最低，在早部署抓落实的路上，涌动着一股"水源动能"。

严格实施细节管控。做好防护物资和人员配备，严格返岗人员健康核查登记，摸排外省市返丹人员情况，工地现场封闭管理，定期对工地进行消毒。提前做好复工准备。公司加强与地方政府、建设单位的沟通协调，及时向地方政府提出复工申请。制定了复工方案及进场人员管控措施，做好材料、机械进场准备。截至2021年4月底，现场施工所需钢筋等主辅材料、机械设备已全部备齐到位，待申请批准后立即复工。针对疫情对生产的影响，优化施工组织，制定应对措施。紧盯节点目标，合理倒排工期，重新编制施工组织和资源配备计划，力争将疫情对工程建设影响降到最低，全力抢追疫情影响工期。

情系公司，返岗心切

疫情防控，阻隔了病毒的肆虐，也阻隔了无数公司员工步履匆匆的返程路。

公司部分领导及员工分散在北京、江苏、河南、广州、广西、湖南、辽宁等地，有些甚至居住在武汉市疫情高风险区。受属地管控政策约束，无法返岗。

心中有大义，肩头有重任。水源人明白，只有彻底打赢这场全面战争，才能让生产生活回到正轨；只有跑在时间前面，才能重启生活的美好。

滞留外地的员工"身在曹营心在汉"，一心系公司，只盼归期到。公司领导虽坐镇指挥，仍思深忧远，每日多方联系，获取返丹信息。大家相互之间互通信息，寻求通道。

"武汉市继续实行严格的离汉通道管制措施……""省内武汉等高风险区暂不能返丹……""省外京、津、冀地区暂不能返丹……"无论是外地还是当地，属地管控政策相通。为了保住疫情防控来之不易的成果，谁也不敢踏上返岗的路。

公司防疫办公室每日不定时与丹江口市等相关属地防疫指挥部电话联系，时刻关注政策的变化，咨询公司员工及相关生产单位人员返丹时办理通行手续等事宜，并及时告知。

结语

　　凝聚同心抗疫的蓬勃力量，彻底打赢疫情防控阻击战，中线水源公司从未停步。疫情虽然束缚了水源人的手脚，但更坚定了他们持续发力，重建美好生活的信心。公司以"全委一盘棋"为思想统领，对外整体作战，对内凝心聚力。压实责任心，锤炼执行力，以责任担当走稳走好公司高质量发展的每一步。

守
护
篇

群英篇

QUNYING PIAN

回眸中线探路人 [*]

——记长江设计院中线工程前期规划设计部分老专家

孙军胜

但凡走过南水北调中线工程输水线路的人，都会对一个名叫"方城垭口"的地方感兴趣。因为它是江淮分水岭之地，与众不同的是，在伏牛山和桐柏山之间留下了一个天然的低而平坦的垭口，又称"方城缺口"，总干渠通过时无须过高山就能进入淮河流域，这是上帝赐予中国的礼物。

似乎上苍也知道"水往低处流"，知道有一天人类在重整江河时，会用得上这个神奇的"垭口"。这算是千里输水线上的一个节点。由此，中线实现了全线自流向北的经济输水目标。

发现这个节点的功臣，就是半个世纪前，踏破铁鞋探路的长江委长江设计院规划老专家。他们当中有的已作古，在世的也有八旬高龄了。

还有一个瞩目的节点，就是研究十多年的"穿黄"工程。最先突破传统思维的专家们，现已退居二线。

中线开工的喜讯，再度燃烧起他们数载锲而不舍、矢志不渝，为了实现这一宏伟目标的回忆……

"就想着一个字'干'！"

现实中也有人生的巧合。今年83岁的老专家曾本枢，出生于北京，抗战时期颠沛流离，早年毕业于渭水畔的西北农业大学水利系。人生经历中的青春期，是在一个干旱缺水的环境中度过的。

新中国建设之初，曾本枢踏进长江水利门槛，聆听到毛主席的伟大设想："南方水多，北方水少，如有可能，借一点水来也是可以的。"他心里滋润极了。没想到进门就参加了南水北调中线工程规划工作。他还想不到，这副担子会压在肩上45年。

从1953年起，30岁刚出头的曾本枢就参与了中线工程输水选线、引江济汉规划、唐

群英篇

---

* 原载于 2004 年 8 月 12 日、19 日《中国水利报》。

白河规划、汉江引水口比选等工程的踏勘。一口气在野外跑了五六个年头，个中艰苦不必细说。记忆最深的，一是 1953—1954 年，他和规划小组的同志到引江济汉的区域——荆江北区、洪湖、大通湖等滞洪区徒步踏勘，沿途就寝在老百姓家，有时还住在猪圈旁、小船上，给点伙食费和老乡一起吃饭。特别是 1954 年夏末长江特大洪水之后，洪泛区的树上都挂着缠着躲水的蛇，蚊虫叮咬更是难耐。二是比选中线，从 1953 年到 1957 年、1958 年，规划和测量组踏遍了汉江向黄河输水的路线，当闻讯另一个小组的王咸成、张怀民等人发现"方城垭口"时，他们欣喜若狂。"穿黄线路是跑出来的。"他说。为了优选线路，在郑州附近 20 千米范围内的黄河滩，反反复复精选了好几条线，再一一比较。今天南水北调走过的线路，正是他们当年苦心优选的结果。

更劳心的是编写规划报告。如此浩大的工程，前古未有。曾本枢担当汇总重任，常常是通宵达旦，有时一气要写两三个月，而且其中有好几次还是事过境迁，更新内容时需要推倒重来，每一次"操刀"，他一如既往地认真、仔细，满怀激情和希望。

在中国的版图上，曾本枢最熟悉莫过中线输水路径，说哪儿指哪儿，问不倒。还有烂熟于心的多个版本的中线规划报告，那都是经他之手汇总的。各种规格的研究会、审查会，都少不了他到场，有问必答，人称中线工程的"活字典"。

时光流逝，热情不减。他坚信只有依靠调水才能从根本上缓解北方缺水的困境，建设南水北调工程终有期！回顾往事，他感慨："再苦再累，心里就想到一个字'干'！"

这一干，就多干了 18 年。1999 年，鹤发童颜的曾本枢正式退休时已经 78 岁。

他忙碌一生引以为骄傲的，是在 1956 年成为长江委在知识分子中发展入党的第一批积极分子。

他是中线"探路"的前人。

"宁缺毋滥"

从西南联大土木工程系走出的吴志达，在国民政府水利部工程处"望水兴叹"几年后，留任到长江水利委员会。开创南水北调规划工作，是新中国水利事业的创举，身为规划组组长，对他来说真是个挑战。

规划工作是一项工程的基础、方向，考虑问题要全面、周密，既有专业技术问题要考虑，还有社会问题要调研，千丝万缕，错综复杂。规划组最多时曾有 40 多人。对工作质量要求很高的吴志达，自然对下属要求严格。至今，曾经在他领导下工作的俞澄生，还记得当初为提交报告"挨批"的细节，还记得吴志达的口头禅"宁缺毋滥，交出去的报告要经得起推敲"，还记得他善为人师、力主技术民主风气的风范。

即使到外业考察，吴志达也要考虑周密，亲自"踩点"。引水线上几个调节水库，他都跑了不知道多少遍。20 世纪 80 年代初，由水利部副部长张季农亲自挂帅组成的中线考察队即将启程前，年过花甲的吴志达首先带一个小组查勘一遍，选择最佳路线，安排考察队住宿地，计算出每个考察点开展工作所需要的时间，精细安排行程计划。考察开始，他既是带队人，又是"讲解员"，忙得不可开交。在他的努力下水利部组织的这次考察对中线整体情况又有了进一步的了解，尤其是北方缺水现状，引起了部领导的高度重视，增强了抓紧实施南水北调工程的紧迫感。

吴志达对工作认真，但对自己的生活却十分马虎。他爱人黄健书工程师是地质测量专家，也是经常出差。当两人都出差时，两个儿子大的带小的，自己照料自己。他们的家安在隔江的武昌——爱人单位的宿舍。为了工作方便，吴工长年住机关单身集体宿舍、吃食堂，每周才过江回家一次，直到临近退休。

我曾采访他的爱人，想了解一下他当年工作的故事。她记忆中最感动的，是50年代初，吴志达在唐白河野外考察时，胃病突发得很严重，领导立即找来当地有名的中医治好了病，还劝他回家休息，可满怀感激之心的吴志达执意完成了野外考察任务。

印象深的还有，因抗战时期西南联大是清华大学等几个学校合并的，别人说他是"清华毕业的"，他总是更正"不要说我是清华的，是西南联大"。

吴志达对事对己都认真。遗憾的是，这位"老科长"最终没能等到南水北调工程开工的日子。

虽苦犹荣

2003 年 12 月 30 日，南水北调中线京石段应急工程开工的画面，引发了陶端梽老人的无限感慨。

早年毕业于厦门大学工程结构专业的陶工，从 1953 年就开始接触南水北调工程。除承担技术工作外，还早在 20 世纪 50 年代初为《光明日报》撰写过介绍南水北调工程的专文，参加向中央汇报的材料的起草工作。为机关夜校讲物理课。但他最津津乐道的却是 1956 年首次参加引水口、引水线考察的情节，至今清晰如初。

那年春天，陶工陪长办（长江委的前身）副总工程师周尚，在丹江口徒步查勘引水口陶岔的选点，一连跑了好几天。之后，又徒步查勘从陶岔到郑州的引水线，同行的还有毕业于武汉大学土木工程系的常鉴豪工程师。他们背着行李，雇了两个人手推独轮车，带了两把"洛阳铲"，边走边挖土做试验，研究土质，一趟下来竟然走走干干了 20 多天。有一次为了赶活，没能走到住宿点天就黑了，他们只好找了两捆稻草铺在空庙里，饿着肚子过了一夜。完成野外任务后，陶工又一鼓作气起草向党的八大呈送的报告。

早期的查勘虽然生活艰苦，但精神却愉快，那种昂扬向上的氛围激励着每个人。夏季查勘组有时住在学校，课桌一拼，拉起蚊帐，"官兵一致"。考察组如同当年的"游击队"，工作生活都依靠当地群众，沿途食宿都是生产队长或村干部安排。为了建设新中国，这批从旧社会过来的知识分子把"压担子"看成是对自己的信任和重用，从不计较工作条件和待遇，满腔热忱地投入最大精力，虽苦犹荣。

陶工之后还参加编写长江流域规划等工作，念念不忘的还是调水工程。退休前，他撰写了不少类似《南水北调史话》回顾文章。他为有这个不寻常的经历而自豪。

煞费苦心，优选"穿黄"

与前面介绍的专家相比，曾担任过枢纽处副总工程师、"穿黄"设计总工程师的过迟，算是第二代中线人了。他消瘦的面庞上一对浓眉格外显眼，乍一看，真如同"雕像"。

他的瘦，缘于体力没了营养加工厂——胃。令他痴迷、钻研、费尽心机的穿黄隧道，使他轻视了日日缠绕的严重胃病。1995年，直到医生再三催促住院动手术时，他已无法保留这个重要的部件了。不过，胃切除了，却切不断他对"穿黄"的牵挂，"穿黄"是他用心血打磨的一块玉，揣在心中的一块玉。

他熟悉水利枢纽结构，但这是在陌生、复杂、多变的黄河河床上，设计大口径管道，从粥样细沙的河床穿过！那满载水流的管道中的压力、张力，与游荡型河床相互作用，这高难度的设计为国内外前所未有，需要探索、创新的勇气。

在穿黄工作中，他将决心、细心和耐心发挥得淋漓尽致。为了研究穿黄方案，过迟放弃了节假日和周末休息，从学生做起。大桥局、铁道部第四勘察设计院、上海隧道设计院等等，一一登门拜访；向权威专家请教，借来的隧道专业书硬是被他读"破"了；他带领的工作小组星期日是学习例日，他们甚至还参加外单位类似工程的设计工作，边帮助工作边实习；他还忍着无休止的胃痛，嚼着饼干，旁站式参加长江科学院为此承担了100多组次试验任务。身为技术负责人，为了全面掌握国内外隧道设计施工情报，在长江委信息部门配合下，整编了《国内外隧道盾构法施工技术》《国内外软土隧洞施工技术》等15本资料，300多万字的隧道经典，他翻来覆去不知道"嚼"多少遍。

越是富有挑战性的工作，越能让人激发出无穷的活力。过迟和他的团队与设计院领导拧成了一股绳。一次到上海求教国内隧道权威、工程院士刘建航，为了不影响刘院士白天的工作，院领导专门选择离刘建航家近的一个小招待所住，夜晚图纸铺在地板上，席地"上课"。院士被感动，一气讲到深夜1点多，夜送刘院士回家之后，他们竟兴奋得迷失了方向。夜半三更，无人问路，转到凌晨3点多才归宿。

10年一挥间，过迟和他的团队最后提交的论证研究、技术专题成果累计多达118本，扎了三大捆，赴京汇报，拎起来走路时连绳子都拎断了。

他渗透心血的设计方案终获首肯。过花甲之年退居二线，采访时见满桌又是图纸，不时有年轻人过来询问。他虽说消瘦却依然精神。

过迟的名字属于很难与他人重复的一种，是父亲琢磨的。而他最后的技术攻关，也是旁人难有机会重复的——那是他应战追求而闯过来的。

现实是此岸，理想是彼岸，中间隔着湍急的河流，行动则是架在河上的桥梁。世人盼望了半个世纪的南水北调工程，几代水利人为此奉献才智，探路搭桥，矢志不渝，跨过多少艰辛！今天，当理想即将变成现实之际，让我们向曾经努力过的无数尖兵致敬！

南水北调工程，又将产生诸多世界之最，那是中华民族的骄傲！

群英篇

随李世禄同志考察南水北调西线工程

陈德

李世禄同志生于 1916 年，1934 年参加革命，1937 年入党。曾任原重庆水文总站人事科长、玉树水文分站主任、通江农场副场长、云贵水文总站主任、重庆水文总站副主任等职。一生勤勤恳恳，任劳任怨，无条件服从革命需要，多次奔赴艰苦地区担任领导工作，始终保持工农干部勤俭办一切事业的本色。他平易近人，深受职工爱戴，不愧为党的好干部，是值得大家学习的优秀党员，终因积劳成疾，于 1981 年逝世，享年 65 岁。

我有幸 3 次在他领导下奔赴艰苦地区工作，亲自聆听他的殷切教导，耳濡目染，尤其是 1956 年追随他参加南水北调西线考察，更使我受益匪浅。特追忆于后。

为了南水北调西线工程，需要摸清通天河水资源情况，1956 年 3 月，原长办水文处张干处长执行上级发出的向河源进军的号令，指定由重庆水文总站抽调人员组成玉树水文分站，承担查勘、设站及观测任务。总站领导研究决定派李世禄、王振先两人担任正、副主任，管辖岗桑寺、直门达、岗拖 3 个水文站。因岗拖站不顺道，只好由陈开尧站长率领站员单独前往设站。

1956 年 5 月，李主任率领 30 余人，乘两辆货车，从重庆出发，经绵阳、剑阁、宝鸡，然后转乘火车至兰州再转西宁。在西宁一方面等候新影厂的两位摄影记者与《人民长江报》的一位记者；另一方面，筹备帐篷、皮大衣、狗皮褥子、毡靴、皮帽；向青海省公安厅申领自卫的枪支；另外，与民族事务委员会联系，了解藏族的风俗习惯，学习民族政策等等，真是千头万绪，忙得不亦乐乎。

西宁至玉树途中，汽车必须结队行驶，拂晓开车，傍晚必须赶到驻地，若车在中途抛了锚，前不挨村，后不靠店，司机和乘客不但挨冻受饿，还有被土匪枪杀之危。司机被土匪捆住，浇上汽油被活活烧死的事，时有所闻。往往汽车行驶一天还见不到一个人影，可见人烟稀少到了什么程度。

青海气候恶劣，6 月天气穿上老羊皮大衣坐在车上还嫌冷。天气瞬息万变，一会儿烈日当空，一会儿乌云满天，雷雨交加，冰雹倾盆而下。到了海拔 3000 米以上，几乎每个同志都发生高原反应，气喘吁吁，翻越巴颜喀喇山时尤剧。停车休息时，大家下车想伸展一下身子，个个都力不从心，躺在地上就像瘫痪病人一样不能动弹。李主任的表情更加痛苦。到了距玉树只有一天行程的野牛沟时，意想不到的事情发生了，贸易公司被土匪抢劫，帐篷被烧毁，土墙瓦房变成遍地瓦砾，一片被洗劫的凄凉景象。解放军同志说："你们若早到一个钟头，便与土匪遭遇上了，是马步芳的残兵败将，是1000多人的骑兵，每匪身挂长短枪各一支，解放军一到才把土匪赶跑了。"治安情况的恶劣可想而知。

分站全部人员把直门达站设好，在玉树联系好分站住址稍事休整后，再骑马7天赶至岗桑寺设站，刚卸下马驮，架好帐篷，准备安营扎寨休息时，碰上了兰州水电勘测处的一支勘测队伍，他们勘测通天河也正好到达岗桑寺。负责保卫兰勘队的一班人中有玉树州治安科科长，他获悉我们将在岗桑寺河边设立水文站，要长期住下来搜集资料，他毫不客气地批评我们太冒失了，说道："要想住下来，至少要有一班的军人作警卫，而且要有一排人的火力，必须配备冲锋枪和机枪。"他还介绍了岗桑寺周围五六股土匪的具体情况：每股土匪的头领叫什么名字，有多少人马、枪支、牦牛，连帐篷的特征是黑帐篷白边边都介绍得十分详尽。还说去年（1955年）地质队来查勘时就曾被打死两人。

治安情况的恶劣，并非耸人听闻，1957年底我同政干薛乃银、医生张典华回渝参加整风"反右"运动，途经黄委会管辖的黄河沿水文站，顺便去该站参观拜访，得知该站不久前两位去观测水位的同志被枪杀了，随后黄委会又调去3位新同志。

在雪域高原工作，不仅要忍受气温低达零下几十摄氏度的酷寒，吃不上蔬菜水果，与家人几个月也难通一次信息，与藏民语言又不通，特别担心的是怕土匪骚扰，有生命之危。尽管受到如此严重的威胁，在党的英明领导下，在李主任的谆谆告诫和言传身教下，我们没有当逃兵，按期完成了设站任务，克服了一个又一个的困难，为南水北调西线工程搜集了一定的资料。

外勤费当地标准为每人每天两元，李主任体谅国家尚穷，决定每人每天8角，大家无异议地欣然接受。

李世禄主任遇事不畏艰难、处处身先士卒，是多么好的领导啊。

长江设计，护水北上 *

陈松平

一条长达 1432 千米的输水干线，自碧波万顷的丹江口水库陶岔渠首引水，经方城垭口穿江淮分水岭，从郑州西边的李村处过黄河，经漳河入河北，北上至西黑山后分为两支，一支向北至终点北京，一支向东至天津，这条"清水长廊"纵贯南北，横跨长江、淮河、黄河、海河四大流域，润泽豫、冀、京、津四地……这就是世界上迄今为止最大规模的跨流域调水工程——南水北调中线工程。

历时 50 年调查论证，10 余年开工建设，2014 年岁末，几代人的梦想终成现实——南水北调中线工程正式通水，将为北京市 2000 万人口每人每月增加约 62 立方米水资源，相当于 11.3 万瓶 550 毫升装矿泉水，缓解首都之"渴"。

作为南水北调中线工程设计总成单位，长江设计院几代人矢志不渝、殚精竭虑。每一页报告、每一张图纸、每一个数据，甚至每一个标点符号，无不浸润着几代长江设计院人的聪明才智、心血汗水。

三代人薪火相传

兴建南水北调工程是跨世纪的构想，是几代中国人半个世纪的期盼，如今清水穿黄而过，长江设计院勘测设计人员感到尤为欣慰和自豪。

"南水北调中线工程前期研究工作，已持续了半个世纪，勘测规划设计人员新老更替多次，但都以对中线工程前期技术工作的过去、现在和将来负责的精神，用心血铸就着鸿篇巨制。"长江设计院院长钮新强说，"如今，南北两利、南北双赢的宏图大略，将由我们这一代人来实现，我们心潮澎湃。"

查阅南水北调中线勘察设计的工作量，有这样几个数据：50 年来，南水北调中线工程全线累计钻探进尺达 30 万米，相当于上海到南京的实际距离；仅在穿黄勘测过程中，地质测绘总面积达到 300 多平方千米，等于在黄河岸边"划"了一个滇池；仅《南水北调中线一期工程可行性研究报告》总字数超过 2000 万字，比 30 本《新华字典》还要多……

蓦然回首，长江设计院"调水人"身后 50 年的"调水"之路就像中线线路一样漫长。

---

*2015 年发表于《人民长江报》《大江文艺》。

半个世纪过去了，长江设计院南水北调中线工程建设大军前赴后继：第一批中线勘察人如今都已年逾古稀，20世纪80年代加入中线规划行列的第二批中线人也到不惑之年，90年代以来的新生力量正逐渐成为中线建设的主力军。

南水北调中线工程跨越四个省市和长江、黄河、淮河、海河四大流域。为取得大量第一手资料，老一辈水利工作者翻山越岭，风里来雨里去，野外查勘每天步行几十千米是家常便饭；为选择一条更合适的线路，一代又一代的长江设计院人踏遍了沿线的山山水水，不知用坏了多少幅地形图……

长江设计院曾有一位长期从事南水北调规划工作的女高工，中线工程开工前被查出身患绝症，弥留之际，她留下了这样的遗言：我干了一辈子南水北调，最大的愿望就是能看到开工，现在我看不到了，请把我的骨灰埋在丹江口水库的山上，等到开工的那一天，我也能看上一眼……

加班加点，放弃节假日，对于承担南水北调中线工作的人员来说已经习以为常。尤其从事外业工作的人员，大多不能选择季节，而是按照任务要求的时间出行，因而在寒冬酷暑、佳节前后，常能在黄河滩上、丹江口库区等地见到勘测设计人员勤劳的身影。

正因为有这样一个世界顶级的水利工程建设的平台，正因为这样一群不辞辛苦的勘测设计人员的求实创新，长江设计院才培养和造就了一大批中青年专家和技术骨干。20世纪80年代以来，第二、第三代中线勘测设计人员不仅继承了长江设计院老专家的优良传统和几十年的经验，而且学历更高、知识面更广，形成了博士—硕士—学士—技术工人、教授—高工—工程师—技术员的"宝塔型"梯队结构，专业设置和人才结构更趋合理，成为一支业务能力强、学术水平高、能打硬仗的设计队伍。

多专业浓墨重彩

南水北调中线工程，从预想到实施，历经半个世纪。它的规划设计闪耀着求实创新的科学光芒，体现着广大勘察设计人员的孜孜以求，高扬着中华民族图强振兴的时代最强音。

无数实践证明，一个大型工程仅凭单兵作战是不可能成功的。只有发挥团队精神，充分利用各专业的优势，甚至各兄弟单位的专业优势，协同作战，才能将这个工程做好。

长江设计院分工细致、专业齐全，在中线调水的前期工作中，凝聚了规划、勘测、水文、枢纽、施工、库区、机电、建筑、交通、科研等部门的心血和才智，每个专业部门都由本专业的权威专家为工程规划设计的质量把关。细致的专业分工，在南水北调这一大型工程的规划设计中，展现出无可比拟的优势。

1994年，初步设计工作开始后，中线工程勘测设计就明确由长江设计院牵头，沿线省市水利勘测设计院共同承担。为确保勘察成果质量的规范性，长江设计院制定了供全线采用的勘察大纲和四个专业技术要求，对中线工程勘察质量起到了保障作用。

大海的奔流来自浪花的迸溅，团队的辉煌得力于个体的拼搏。在完成一期工程整体可行性研究的报告中，每一个数字、每一张图表，不仅体现着集体的智慧，更凝聚了每一个成员的心血和汗水。

繁忙的工地上，步履匆匆、询问不止；紧张的办公室里，通宵达旦、审改方案。这就是长江设计院副总工、南水北调中线一期工程设总吴德绪工作状态的真实写照。吴德绪总是对身边设代人员说："我希望大家在一个单位像是一家人那样，算准每一个数，画好每一张图，把手上的每一件小事做好，把一分一秒的时间抓牢。"他要求别人做到，同时也要求自己做到；他是这样讲的，也是这样做的。他在日常工作中扎扎实实埋头苦干、夜以继日地忘我工作的精神，深深感染着一线设代人员。

蔡耀军，长江设计院副总工、南水北调中线工程勘测技术负责人。为了保证报告质量，170多万字的报告、数千张图纸，他从头到尾、一字不漏地审查一次，在校核后又检查一次，所阅文字量相当于中国四大名著的总和。

作为长江设计院老一辈技术人员，符志远虽然身患糖尿病，但在100多天的时间里，与许多年轻技术人员一样，早上8时准时起床，午夜11时后睡觉，一日三餐之外的时间一直坚守一线工作岗位，紧张地进行校核、汇编。水利部调水局的一位领导对他的工作精神赞叹不已，他紧紧握住符志远的手说："'老当益壮'，你是当之无愧。"

丁素平，长江岩土总公司一名普通技术人员，在各种资料堆积如山的办公室里，她待了整整5个月。数千张格式不一的图件，在她的精心修改、校核、整理和汇总下，最终变成厚厚的、标准相对统一、图件排列有序的16本图册，成为可行性研究报告不可分割的一部分。

…………

2004年底到2005年初，在短短3个多月时间里，长江设计院群策群力，集中奋战，最终赶在春节前完成了《南水北调中线一期工程可行性研究报告》。该报告总字数超过2000万字，图纸近万张，投入800多人，得到全线5个省市6家设计院的协调配合。

在更为复杂的总体方案比选中，因涉及多个专业的内外业工作，设计人员绞尽脑汁研究各方面的意见和建议。通过缜密的计算，大量的比较和筛选，从水源、调水规模、线路、输水方式、结构型式等方面，提出了19个综合的比选方案。而穿黄工程的布置方案，更是多达40余个。

在积极探索、充分发挥长江团队技术优势的同时，长江设计院与国内外多个科研单位开展了技术交流与合作，先后组团出访美国、加拿大、德国、意大利、法国、日本等地，同时邀请数十人次的国外专家来长江设计院作讲座、交流合作；与黄委、武汉大学、中国科学院地质所、中国地震局地球物理研究所等单位的合作研究，不但提高了成果水平，还把一些前沿技术及时应用到中线工程中。

一项宏伟的工程可以成就一个团队，同样，一个凝聚着中国水利最高智慧与心血的团队也成就了一项传奇的工程。

数十年默默奉献

南北走向的调水工程要跨越东西走向的黄河，犹如一条奔腾的蛟龙横穿黄河。如何穿越，在什么地方过河，都要靠工程地质勘察人员提供科学、充分、翔实的资料和数据。

1990年11月初，黄河岸边的牛口峪—孤柏嘴迎来了第一批穿黄人，他们就是长江设计院岩土总公司南阳公司的前身——长江委综合勘测局第七工程勘测处的100多名勘察人员。

八九千米宽的黄河滩上，一阵一阵狂风呼啸而来，黄沙漫天飞舞，让人睁不开眼睛。人在沙地里行走，一走一滑特别费劲。黄河这一河段的水位一般深的有三四米，浅的只有几十厘米，同时黄河摆动大，无稳定流向，还要受到上游水电站因发电、防汛需要而不定时向下游泄水的影响，河水涨落没有时间规律，给水上钻探增加了更多的困难。

1994年3月下旬的一天，钻探队在进行水上钻孔抛锚定位时，适逢上游水库泄水，水流湍急。钻探队仅有的一艘快艇无法推动沉重的钻探平台，队员们想尽办法，把几个冲锋舟绑在平台上还是推不动。那时还是七勘院副主任的范子福顾不得多想，跳入齐胸深的水中，所有在场职工也跟着跳入水里。大家顾不得早春的河水依然冰冷刺骨，和着响亮的口号声，人拉肩扛，终于让钻探平台缓缓驶向预定位置。上百人的口号声和着快艇马达的轰鸣，回荡在黄河两岸……

身体单薄的岳雪波，当时是穿黄工地生产技术负责人，大到生产技术方案的实施，小到一个设备零件的修复他都要负责。由于不分昼夜地奔波在工地上，结果累倒了，住进了医院。可他去了几天就回来了，对大家说是病查清了，带点药回工地就行了。实际上他心脏的毛病并不像他说的那样轻松，为了不耽误勘测，他硬是编出了这样一个"心照不宣"的谎言。

丹江口水库移民是南水北调中线工程又一道举世瞩目的难题。淹没区多少人口、多少房子、多少地？能否搬得出、安置好？要回答这些问题，得从精益求精的库区淹没实物指标调查做起。

1990年，长江设计院开始进行丹江口水库淹没实物指标调查及移民安置规划。十几年间，调查人员顶风冒雪，白天进行外业调查，晚上回到驻地还要整理资料、处理数据，一般每天从早晨7时工作到晚上10时以后，有时为保证第二天的工作，一直忙到凌晨二三时。

库区淹没的村组大多处在沟汊之中，集中居住地大都在两山之中的平地，60%的调查人员都住在船上，生活起居、整理资料全在阴冷潮湿的船舱里。男职工往往一二十人打通铺睡下层舱，女职工睡上层舱，船上潮气大，早上起来，被子、鞋子都湿了，吃住在船上的调查人员都戏称自己当了一次"渔民"。

由于水土不服及工作艰辛，许多调查人员的皮肤都红肿瘙痒，脚上也起了水泡；有位同志打青霉素过敏，差点连命都没保住，但身体刚好转不久，他又投入工作；有的同志有糖尿病，有的胃病严重，有的把腰摔伤了，都来不及治疗；有的还从武汉带一大箱中草药到调查现场，边熬中药治疗边工作。

2003年春，中线工程丹江口水库淹没实物指标调查激战正酣，"非典"肆虐，但长江设计院全体调查人员没有一个退缩。在当地政府和有关部门支持下，他们一边抗御"非典"，一边坚持调查，终于在4月28日基本完成淹没实物指标调查外业工作，提交了《丹江口水利枢纽大坝加高工程初步设计阶段水库淹没实物指标调查报告》，并于当年7月通过了水规总院组织的专家审查，为国家决策交上了一份满意的答卷。丹江口库区的干部还用"走千山万水，历千辛万苦、进千家万户、留千言万语"对长江设计院的工作给予了高度评价。

62年弹指一挥间，在以卡车装载来计量的规划设计图上，印刻着不同时期、不同工作人员的笔迹，一笔一画都是那么工整、那么细心，字里行间凝聚着对"生命水线"的无限热忱。

半个世纪的中线情[*]

——记为南水北调中线工程奋斗的丹江口一勘院

于晓红

南水北调，中国水利史上史无前例的工程，也是世界上最伟大的调水工程，它将重组中国水资源格局，解决北方严重缺水状况。1952 年，共和国的缔造者毛泽东在视察黄河时对时任黄委主任王化云说：“南方水多，北方水少，如有可能，借点水来也是可以的。”从此，半个世纪以来长江委三代勘测人扎根丹江口，心系南水北调中线工程的宏伟蓝图，从地质勘测、规划设计到开工建设，三代人艰苦奋斗，辛勤奉献，胸怀一江碧水向北京的崇高理想，战险山、斗恶水，与南水北调整整结下了半个世纪的情缘，创造了一个又一个光辉的业绩。

丹江口市——汉江上的水电城、南水北调工程的源头。有谁还能想到 40 多年前，这里仅仅是一个荒凉、偏僻，名叫沙陀营的小村庄。

20 世纪 50 年代初，夏应烈、杨福林、杨俊光、谢忠文等 30 多名工程技术人员组成了长委会第四地形测量队（第一工程勘测院的前身），他们是中线工程水源地第一代开拓者。当时，他们从武汉乘车到老河口后步行 30 多千米，来到荒凉闭塞的沙陀营。听老人们说，当时的沙沱营只有稀稀拉拉的几十户人家，大部分是茅草房，汉江两岸是荒山僻岭，山沟里还看得到豹子洞，夜晚常有豹子出没。据说，抗日战争时，日本人从河南淅川来到丹江口的羊山，往下眺望，因太荒僻都没敢再下来。长江委人初到这里，住在汉江边的山沟里，搭起帐篷，每个勘测队员身背一个水壶一个饭盒。每天早上带好午饭、水和工具就开始了一天的勘测工作，天黑后才返回住地。如果在人烟稀少的山里，他们只有先做完一天的工作，天黑后才下山临时找老乡联系吃住，有时就借老乡的大晒席卷成筒，放在打麦场，人睡里面，两头用柴捆堵住，以防野兽侵袭。一到冬天，特别是下雪天，看着满山的白雪，吃着自带的干粮，真是越吃越冷，吃完后身上就直打战。到了夏天，在山上一壶水一会就喝完了，只好到处找水，很多时候没有水，甚至只能喝老乡烧炭时在地上挖出的坑里的积水。

20 世纪 50 年代初沙陀营还没有公路，进行勘探工作所需的沉重钻探设备只能用船从

———————
* 原载于《大江文艺》2004 年第 5 期。

群英篇

汉江运来，然后靠人抬肩扛运往钻场。此后几年，汉江两岸的山上和河谷里不分昼夜地响起了隆隆的钻机声，勘察大师崔政权、高级工程师田昌骏、罗荣环和廖松阳等 20 多岁的精干年轻人，陆续怀着干一番事业的雄心壮志来到了这里。钻探队虽说比测量队稍微固定一点，能在一个地方住几天，但搬起家来都是自己抬钻机，而且在荒山野岭没有路，换班也很危险，一个人回驻地很容易摔伤。那时，也没有星期天，每年一次 20 天的探亲假就是他们唯一的休息时间。

在当时艰苦的工作和生活条件下，有的同志在暴雨和洪水中被汉江吞没了，有的人被豹子抓伤后严重感染只好回汉口治伤，现在退休的老人有很多深受胃病、腰肌劳损、血吸虫病等职业病的折磨，有的还因工伤致残。但他们不怕苦，不怕累，踏遍了汉江丹江口的穷山恶水，为选丹江口大坝坝址进行地质勘测工作。1958 年 9 月 1 日大坝开工后，他们又配合大坝的施工，承担起放样测量、地质勘探灌浆和大坝外部变形观测的设计安装观测工作。后来，他们的工作从丹江坝区扩大到了整个库区、南水北调中线渠首陶岔、南阳地区总干渠所经区域的灌区等大面积地形测量和勘探工作。完成了近 10 万米的钻孔任务和数千平方千米的测图工作，为设计提供了翔实的地质资料和测量图纸，选出了一个在国内外享有盛誉、地质条件优良的南水北调中线工程水源工程——丹江口大坝坝址。

在 20 世纪 60—70 年代的丹江口大坝施工中，曾担任过领导职务的熊家国队长、谷景珩副队长及测量工程师于鄂生（全国"五一劳动奖章"获得者）、地质工程师方传宗、孙瑞勤、王崇国等第二代长江委技术人员，发扬第一代长江委人艰苦奋斗、敢于吃苦的精神，每天早出晚归，带着咸菜和干粮，背着器材，钻山林，搏风沙，又进行了数万米的地质补充勘探和大坝的灌浆工作，同时继续承担着丹江口大坝的施工放样和监测及建材勘测任务等。在 47 年中，一勘院多次荣获长江委和丹江口工程局先进单位荣誉称号，撰写出约百万字的《丹江口水利枢纽工程地质勘察报告》和《丹江口水利枢纽竣工地质报告》。

20 世纪 70 年代末，丹江口大坝竣工后，这些勘测队员继续转战南水北调总干渠渠首陶岔引水闸的地质勘探，完成钻探近万米，荣获南阳地区陶岔渠首工程总指挥部多次奖励。1982 年又承担南水北调中线总干渠方城至郏县近 150 千米规划阶段的地质勘测任务，解决了不少地质难题，为以后中线工程干渠施工提供了可靠的地质资料。

教授级高级工程师吴永锋、严应征和高级工程师黄胜华、张庆峰、林仕祥等是第三代中青年同志的佼佼者。他们在 1993—1994 年完成了丹江口大坝加高初步设计阶段的工程地质勘察工作，完成钻探进尺 3000 余米。1995—1996 年完成南水北调中线工程总干渠方城至沙河段 84.5 千米及潦河、黄金河、府君庙河、澧河、辉河、澎河、草墩河、贾河、脱脚河、肥河等河流的 10 座大型河渠交叉建筑物初设阶段的工程地质勘察和 9 个天然建筑材料场地的详勘工作，钻探近两万米，写成地质报告 28 本，地质平、剖面图 200 余幅。其勘测成果在水规总院于宜昌、南阳、北戴河等地组织召开南水北调中线工程大型河渠建筑物成果交流会上获得专家好评。在总干渠澧河渡槽区勘探中，因该处地质情况复杂，石英砂岩岩性坚硬，裂隙发育，钻探取芯困难，项目主管严应征亲自在工地看钻，现场攻关，终于获取了满足地质要求的钻探资料。项目负责人黄胜华不论在寒冷的冬天，还是在炎热的夏天，总是在近百千米的总干渠勘察线路上来回奔波，组织协调检查验收地勘工作，并且亲自承担地质填图工作，骑自行车跑遍了工作区域的山区、平地。

2002年，一勘院承担了中线水源工程丹江大坝加高初步设计阶段补充地勘工作，完成钻探进尺2000余米及地形测量任务，其成果在2003年9月由水利部在北京组织召开的"丹江大坝加高初步设计报告审查会"和2003年10月由中国国际咨询公司在丹江口市组织召开的"丹江口大坝加高评估会"上获与会专家的好评。

2003年2月，在水源工程丹江大坝加高库区移民实物指标调查中，一勘院又组织了40多人的队伍进入丹江口库区，分别在郧县、郧西、十堰张湾、淅川等地配合长江设计院库区处进行移民调查测量、库岸坍塌、移民新址地勘工作。在那些日子里，雨雪天气不断，他们每天工作10多个小时，许多同志10多天未能洗一个澡，但没有一个人叫苦叫累。深入现场的院负责同志严应征、黄胜华、林仕祥，经常和年轻同志们一样，吃苦耐劳，深入工作点，检查督促工作进度，安全质量情况，力争提交客观、准确的勘察成果。他们的这种敬业、奉献、科学求实的精神被一起工作的库区的地方同志赞扬为"走千山万水，受千辛万苦，绘千线万线，留千言万语"。10多位同志被长江委评为一等功，一勘院也被水利部授予南水北调工程规划设计先进集体。

半个世纪以来，一勘院作为一支从事南水北调中线工程的专业勘测队伍，有300余人相继参与了中线勘察与科研工作。三代工程技术人员兢兢业业，艰苦奋斗，风餐露宿，跋山涉水，在钻机、案桌前、模型边度过了一个个酷暑严冬，奉献了青春和热血，获取了丰富的第一手资料。4万多米的勘探钻孔深度，40多个比选方案，30多项专题研究，140多个专项科研设计和调研报告，为南水北调中线工程及穿黄隧洞工程的技术方案论证打下了坚实的基础。每一米进尺、每一张测量图纸、每一个工程地质问题的破解，都凝聚着勘测人员的心血和智慧。20世纪90年代以来参加工作的新生力量如今正逐渐成为中线勘察的主力军。南水北调工程已经实施，为中线工程奋斗了50多年的丹江口勘测人感到无比的骄傲和自豪。他们的丰功伟绩将镌刻在共和国水利建设的丰碑上。

奋力拼搏的汉江水文人 *

徐斌　付子田　王荣新　韩念民　徐新胜

举世瞩目的南水北调工程是造福千秋万代的民生工程，它是继大运河之后我国又一条纵贯南北的人工河流，此工程建设的自始至终，长江委汉江局承接了水源区的水资源勘测、水环境监测，调水干渠地形测量等事关工程成败与成效的重要工作，在整个工程建设中扮演着一个至关重要的角色。

回眸汉江局为其所作的艰辛努力，记忆犹新，历历在目。在汉江中上游洒满了汉江水文人辛勤劳动的汗水，在丹江口至北京的调水沿途上留下了汉江水文人的足迹。

一、大坝催生丹实站，工程壮实汉江局

1952年，毛主席提出"南方水多，北方水少，如有可能，借一点来也是可以的"伟大构想。为了实现这个构想，长江委开始制订《汉江流域规划报告》，并根据《汉江流域规划报告》的框架与设想开始着手设立专门为丹江口水利枢纽和南水北调提供水文服务的水文站队，至此，长江委襄阳水文分站于1952年11月在丹江口设立了王家营水位站，又于1955年1月在丹江口下游设立了黄家港水文站，1956年上半年在丹江口设立了专门为丹江口水利枢纽和南水北调提供水文服务的丹江口水文勘测队。

1957年，长办关于《汉江流域规划报告》编写完成，报告指出：在汉江修建丹江口水库，既可解决汉江中下游的防洪，又可为引水到华北、黄淮平原创造条件。在此基础上，专门为丹江口水利枢纽和南水北调提供水文服务的专业队伍已基本形成，为1958年10月丹江口水利枢纽开工提供了科学的设计、施工依据。1959年12月，丹江口大坝截流后，为使蓄水调度运用更加科学，同时开展各项试验研究，长办水文处决定于1960年2月将丹江口专用水文站扩建为丹江口水库调度运用实验站。1973年4月，长办临时党委决定丹实站接管汉口水文总站移交的汉江中上游的向家坪、白河、长沙坝等8个水文站，并同时将丹实站更名为丹江水文总站。

1994年8月，为适应长江水文水资源事业发展的需要，报经上级批准，丹江水文总站更名为汉江水文水资源勘测局（简称汉江局），并根据长江委于1991年9月提交的《南

---

*2012年发表于长江水文网，http:www.cjh.com.cn。

水北调中线工程规划报告》全面履行职能。

在为南水北调中线工程服务中，汉江局付出了艰辛的劳动，同时也在为工程服务中壮实了自己。

首先，职工队伍经受了磨炼，提高了素质。为南水北调中线工程服务中，汉江局所承担的大都是野外测量，常常要穿越悬崖峭壁、波涛汹涌的江河、污水沼泽地、布满荆棘的树林，常常风餐露宿，忍饥挨饿，测量人员不仅要有强壮的身体，还要有坚强的毅力、耐力和吃苦耐劳的精神，更重要的是能够在险恶的环境中既保证自身和仪器设备的安全，又能保质保量地完成测量任务。正是在这些艰苦的环境中，汉江局磨砺了一支技术过硬、意志顽强、作风扎实，拖不垮、战必胜的职工队伍，以致在近几年几度征战西藏高原，无论是高寒缺氧还是骤冷骤热，无论是急流险滩还是悬崖峭壁，都没有丝毫动摇测量队员们完成任务的决心和勇气。

其次，引进先进仪器设备，使工作效率大大提高。汉江局所承担的南水北调中线工程项目大多时间紧、任务重，仅凭传统手段难以及时完成。为此，汉江局不得不倾其财力，及时购置先进仪器设备，如全球卫星定位系统（GPS）、全站仪等，水文测站及时配置了声学多普勒测速仪（ADCP）等，计算机逐步普及到每个测站、科室乃至人手一台，科技使汉江局野外测量的功效大大提高，也使内业资料计算整理的周期大大缩短，不仅及时满足了南水北调中线工程的需求，还大大提升了整个汉江局各项工作的效率。

再次，在为南水北调中线工程服务中，汉江局的综合实力得以提升。汉江局在上级有关部门及水源公司的关心支持下，库区测量标志及其受淹没或受影响的水文测站测验设施大部得以赔偿，汉江局抓紧机遇，实施了重建工作，新建的车船及测量设施规范、清晰牢固、功能优越。配置的诸多先进仪器设备在经济发展的多领域中得到运用，为汉江局实现大水文战略夯实了基础。

二、服务于南水北调工程的侦察兵与先行军，为南水北调工程规划设计提供珍贵的勘测资料

南方水多，北方水少，时空分布不均匀，针对我国水资源分布不均的特点。新中国成立初期，毛主席就提出了南水北调的战略构思。

20世纪80年代，国家"六五"计划就把南水北调工程列入重点攻关项目，并要求长办提出《南水北调中线工程规划报告》，处在南水北调水源地的水文汉江局责无旁贷地担当起侦察兵与先行军。

1991年4月初，汉江局抽调数十名技术骨干组成两个查勘组和两个测量队，兵分四路向南水北调中线干渠沿线开拔。

查勘组从水源地各条河流特性及洪水调查入手，开始了调水干渠及其相关地区的查勘

工作，先是对刁河、湍河、潦河、白河 4 条河流的洪水调查测量和推求水位—流量关系。然后进入淮河、黄河、海河展开调查，由于是跨流域作业，汉江局对该流域河流特性、水文情势不熟悉，各种预想不到的困难接踵而至。

1991 年 4 月下旬，查勘组来到南水北调干渠与黄河交叉处，这里是南水北调中线工程中的关键工程——穿黄工程所在地，其地形凸凹复杂，树林密布，大家认真踏勘地物地貌，并做好相关记录与标注，常常是夜幕降临才收工回营，有时还风餐露宿。

此次勘测战线长达 1000 余千米，要跨越淮河、黄河、海河三大流域，环境生疏、情况复杂。加之时间紧、任务重、质量要求严格、生活条件艰苦，这对我们的每一个勘测队员来说无疑都是严峻的考验。汉江局组建了包括 28 名思想过硬、装备精良、技术精湛、身体强壮的职工组成的干渠勘测队，下分两个勘测组。队员们在亲人们依依不舍的话别声中登上两辆大篷卡车，冒雨驶离丹江口，向北开赴测量区域。一场事关南水北调成败的测量序幕就此拉开。

在勘测过程中，有的同志身陷齐胸深的淤泥中被同事救出才脱险，有的同志在茫茫芦苇丛中测量途中迷失方向，甚至在漫无边际的芦苇丛中度过漫漫长夜，为了完成这次光荣的使命，测量队员们全然不顾个人的安危，以超常的毅力克难奋进，跋山涉水，日夜兼程。他们历时 1 个多月，先后查勘了 12 条河流，顺利完成了南水北调中线干渠 1000 余千米的调查、查勘、测量任务，为 1991 年 9 月长江水利委员会正式提交《南水北调中线工程规划报告》提供了珍贵的第一手勘测资料。

据不完全统计，自 1993 年以来，在南水北调中线水源工程丹江口大坝加高过程中，汉江局承担并完成的较大服务项目有：

1993 年 3 月至 1994 年 2 月，历时一年完成了南水北调（中线）工程总干渠三等水准、四等平面控制点（渠首至沙河段）测量。

2005 年完成了丹江口水利枢纽工程大坝下游 1/2000 水道地形测量，投入 25 人，历时 2 个月。

2005 年 2 月 23 日至 2006 年 3 月 22 日，完成了丹江口水利枢纽工程大坝下游冲刷断面测量，投入 34 人，历时 5 个月。

2006 年 8 月 12—18 日，完成了南水北调中线一期工程总干渠南阳段 25 条左岸排水交叉断面测量，投入 7 人，历时 7 天。

2009 年 5 月 25 日至 7 月 5 日，完成了丹江口水利枢纽工程大坝下游局部 1/500 和 1/2000 河道地形测量，投入 27 人，历时 35 天。

2009 年 7 月，完成了南水北调交叉河流断面测量。

2009 年 10 月 25—29 日，完成了南水北调中线水源工程丹江口大坝加高大坝坝脚区 1 域局部地形测量，投入 11 人，历时 7 天。

2010年3月，完成了南水北调中线水源工程丹江口大坝加高工程水文泥沙水质观测及水道地形测量。

2010年6月至2011年3月，南水北调中线水源工程丹江口大坝加高工程水文泥沙水质观测及固定断面1/2000测量，实测断面294个，投入12人，历时10个月。

几十年来，汉江局为南水北调中线工程究竟投入了多少人力、物力、财力，以及完成了多少工作量，由于历时悠久无法统计。但为了南水北调这一光荣而神圣的使命，汉江局的干部职工把个人的安危与得失置之度外，在南水北调中线工程的规划、设计、施工的宏图上添加了浓墨重彩的一笔。

三、助力水源区的水资源勘测，收集并提供科学的设计依据

为了为南水北调中线工程规划、施工提供准确、可靠的水文数据，汉江局所属的白河、向家坪、长沙坝、黄龙滩、黄家港、陶叉水文站职工背井离乡，远离父母、妻儿，几十年如一日，坚守在大山耸立、江河纵横的江河边，在十分艰苦的环境中年复一年地重复着同样的工作，即看水位、测流量、输沙，观雨量及水情拍报等，天天以水为伍，与枯燥的数字为伍，在孤寂单调的生活中工作。遇到大洪水，他们不顾个人安危，顽强地与洪魔决斗，为南水北调收集完整的特征值资料。

1983年7月底，陕西白河以上特别是安康以上普降暴雨。暴雨量与强度之大是罕见的，白河及其上游的安康两站均发生了自1583年以来100年不遇的特大洪水。白河站的最高水位为196.63米，最大流量31000立方米每秒。在这次特大洪水测验中，白河站面临着前所未有的困境，安康地区通信全部中断，不知上游水情，难以作出针对性较强的布防；站房全部进水，最大进水深4米（白河县城河街最大淹水深10米），站房一面依山，三面都是咆哮的洪水，全站职工被围困在三楼的平台与一间测验缆道操作室内。

在任务十分繁重而艰巨、条件十分险恶、随时都有生命危险的紧急情况下，白河站职工以临危不惧、迎难而上、克难奋进、齐心协力、顽强拼搏的姿态投入战斗，连续5个昼夜，出色地完成了各项任务，夺取了测洪防汛、抢救国家财产、为地方服务的全胜，完美地实现了"顶得住、测得到、测得准、报得出"的目标。不仅为南水北调中线工程的规划设计收集了准确、可靠的高洪资料，而且在汉江中下游防汛和丹江口水库调度运用中起到了至关重要的作用。

2005年10月初，南水北调中线工程刚刚开工，白河站再次发生特大洪水，最高水位193.37米，最大流量26700立方米每秒，水位涨幅18.3米，最大流速5.69米每秒；水位自记台受洪水冲击严重变形，站房一楼进水深近1米（白河县城河街淹没深7.0米）。白河站面临"1983·8"特大洪水类同的困境，全站职工忍饥挨饿，顽强与洪水决斗。在连续4个昼夜的测洪战斗中，共实测流量23次（最多的一晚实测流量5次），含沙量52次，

泥沙颗粒分析 4 次，向丹江口水库调度运用、向地方防汛部门发送水情电报 100 余份，为丹江口大坝加高施工提供了准确及时的水情信息，提供了安全保障。

在"1983·8"和"2005·10"特大洪水的始末，白河站职工以顽强的斗志与洪水和饥饿抗争，以超强的能力与洪魔展开对决，以英勇的表现出色地完成了测洪防汛任务，以优质的成果向党和人民、向南水北调中线工程的规划设计和施工递交了一份沉甸甸的答卷。

数十年来，他们风里来雨里去，无论是严寒低温还是酷暑高温，无论是河水枯竭还是洪水汹涌，他们都坚守在水文测站，为南水北调中线工程的规划设计和施工收集、积累并提交了完整、准确、及时的水文资料，为算清水账、为南水北调中线工程可调水量及工程可行性论证提供了强有力的科学依据。

四、加大水源区水环境监测力度，确保一江清水济北京

早在丹江口大坝开工之前的 1957 年，汉江水环境监测工作就应运而生，为汉江水环境保护及其后来的南水北调中线工程水源地开始收集基本资料，到工程开工之前，汉江水质常规监测断面增至 13 个，监测项目 32 个。

2005 年 9 月，南水北调中线大坝加高工程开工，因施工排污可能给水源区的水质带来影响或污染。对此，汉江水环境监测中心及时加大水质监测力度，在施工区及其周边新增监测断面 7 个，其中生产废水断面 4 个，生活废水断面 2 个，生活饮用水断面 1 个。新增施工期监测断面 8 个，根据实际需要，每个监测断面的检测项目多少不一，最多的断面设有 18 个监测项目。与常规监测项目相比，其工作量超出一倍，然而他们没有一个人叫苦叫累，这就是汉江水文人不怕苦、不怕累，特别能战斗的本色。

2000 年 9 月 29 日凌晨 3 时，一辆运输车在丹江上游陕西丹凤县境内翻车，10.39 吨氰化钠泄漏进汉江流域的丹江支流武关河中，造成汉江流域重大水污染事件，污染源距丹江水库入库处 100 千米。

29 日 16 时，汉江局先后接到丹江口市"9·29"事故通报及长江委水文局的电话通知，要求对丹江口水库水质加强监测，确保汉江人民用水安全。章厚玉局长连夜组织相关人员制定方案，调动所有监测人员及后勤保障设备全部到位，研究决定兵分两路，一路沿陆路绕行 300 千米，以最快的速度赶往丹江入库口的上游荆紫关和大石桥，布控两个监测断面，拦截可能已被污染的河水；另一路根据污水扩散下移的速度，在丹江口库区布控断面，进行逐时监测。一场分段合围，保护水资源、保卫人民生命安全的战斗打响了。

第二天，天还没亮，空中飘着小雨，汉江水环境监测中心采样人员已踏上征程。下雨路滑，乡间小道更是泥泞难行，越野车整整行驶了 5 个小时，终于到达荆紫关。采样人员来不及喘口气，立即到河中采起样来。从上午 9 时开始，每小时采样一次，下午在污染水到来之前，又到大石桥布下阵来继续取样，首批两地样品现场处理完毕已到晚上 7 时，大

家顾不得饥饿与疲劳，连夜往回赶。半夜 1 时，第一批水样终于送至中心分析室，此时分析室里灯火通明，分析人员严阵以待，准备工作早已就绪，接过水样就有条不紊紧张忙碌起来。清晨 6 时，第一批水样检测结果出来，数据显示 9 时荆紫关河段氰化钠含量达 0.008 毫克每升，随后含量逐步减少，该河段水质已达地面水环境质量标准三类。为确保监测工作万无一失，汉江局仍然分兵两路，继续派员跟踪采样。

在"9·29"水污监测的数天中，汉江局领导及监测中心广大职工发扬连续作战、不怕疲劳的精神，日夜兼程，监测水样 500 余组，发布水质报告 8 份，为南水北调中线水源地的水环境保护提供了科学的依据。

为南水北调中线工程提供准确及时的水质信息，汉江水环境监测中心职工跋山涉水、蹚沼泽、穿密林，忍寒冷、冒酷暑进行现场采样，当天返回，当晚分析处理，常常工作到深夜，多少个节假日他们还在野外采集水样，多少个夜晚他们还在分析处理水样，人们无法统计。为了把一江清水送往北京，他们将满腔热情投注到南水北调中，把一身的技艺运用到南水北调水环境检测中，把全部的精力投入到南水北调水质监测工作中。

南水北调功在当代，利在千秋！汉江局能够参与这项工程的建设，全体职工均引以为豪。宏伟壮丽的南水北调中线工程将是中国治水史上的又一座丰碑！

情洒中线建功业　只为调水润京华[*]

——吴德绪与中线调水工程

陈松平

自碧波万顷的亚洲第一大人工淡水湖——丹江口水库陶岔渠首引水，经江淮分水岭、穿黄河、过漳河，一条"清水长廊"从南向北，润泽豫、冀、京、津四地……这就是宏伟的水资源配置工程——南水北调中线工程。历时 10 年建设，南水北调中线工程将在 2014 年汛后全线通水，送水入京华。

为建成南水北调中线这个举世瞩目的宏伟工程，长江设计院几代人矢志不渝、殚精竭虑。吴德绪——长江设计院副总工程师、南水北调中线一期工程设总就是其中做出突出贡献的技术人员代表之一。

技术精湛服务于工程一线

南水北调中线工程是前无古人的工程。工程设计和建设中需要面对许多前所未有的、极具挑战性的技术问题。南水北调中线一期工程开工至今，吴德绪长期坚守工地，以精湛技术服务于工程建设第一线，带领设计现场服务团队顶烈日、冒严寒，长期深入施工现场，及时处置施工过程中的技术问题。主持讨论和决策的技术方案，其工作作风、技术水平、技术理论与实际情况相结合的工作方法，获得建设管理部门和参建单位一致赞赏，也为长江设计院在中线工程建设中树立了一块金字招牌。

南水北调中线工程工期短、任务急，工程建筑物涉及大坝加高、长距离渠道、桥涵、渡槽、隧洞、道路、水闸等多种形式，技术专业涉及规划、水工、施工、机电、金结、交通、地质等多专业，几十个单位同时施工作业；不仅专业技术面广、协调量大、现场技术服务异常繁重；而且许多重大技术问题没有成熟经验可取，科研创新时时可见，工程进度、质量、安全警钟长鸣。吴德绪近四年来一直忙碌在工作一线，如果要问他在哪儿？同事们回答是"不是在工地，就是在前往郑州或北京汇报工作的路上"。

因参与南水北调中线工程设计和施工的单位众多，为缩小不同单位在设计理念和技术

---

*2014 年发表于《中国水利报》《中国南水北调报》《人民长江报》。

问题上的认识差异，吴德绪在做好自身设计工作的同时，组织长江设计院提出一整套总干渠工程初步设计技术标准，为参建各方建立了统一的标准体系。作为工程技术骨干，吴德绪还积极参与沿线工程建设中技术问题交流、疑难杂症的会诊，是名副其实的"救火队长"，为长江设计院赢得很高口碑。他凭他丰富的工程经验，成功解决了影响南水北调中线工程顺利建设的宁西铁路、澧河渡槽、跨青兰高速渡槽等大大小小的工程技术问题，为工程建设顺利进行提供技术保障，赢得了参建单位的高度认可。

孜孜以求攻坚世界级难题

与传统水利工程不同，南水北调中线工程所涉及的许多软科学与硬技术是世界级的，无论是丹江口大坝加高的新老混凝土结合、处在研究和认识阶段的膨胀土渠道及边坡处理，还是超大规模输水渡槽工程建设，其技术难度均堪称世界之最。破解这些世界级技术难题，需要工程技术人员不仅具备精湛的专业技术，还要有敢啃"硬骨头"的攻坚作风。

丹江口大坝加高是南水北调中线工程中的关键性、控制性、标志性工程，也是国内规模和难度最大的大坝加高工程。理论分析与试验结果表明，在40年前建成的混凝土坝体上贴坡加厚、加高，新老混凝土结合面存在脱开可能。但南水北调的工程性质决定，无论坝体脱开与否，工程均需确保新老坝体协同工作、联合受力，大坝结构及应力必须满足相关技术标准要求，这也是加坝工程遇到最大的技术难题。吴德绪率领长江设计院工程技术人员在前辈们研究成果的基础上，对确保新老坝体协同工作的新老混凝土结合具体措施开展研究，确定了加高坝体直接浇筑，新老坝体结合面合理修整并以键槽加强构造作用为主，加强新浇混凝土温控措施，辅以结合面周边锁扣插筋、适当控制大坝加高期间丹江口水库水位等综合措施，系统提出了丹江口大坝加高工程施工技术要求，成功解决了新老坝体联合受力问题。

从渠首到北京团城湖，全长约1277千米的南水北调中线总干渠，有近400千米的渠道要穿越膨胀土地区。在民谚中，膨胀土被描绘成"晴天一把刀，雨天一团糟"。在土木工程界，膨胀土有一个可怕的名字：工程癌症，是世界性的技术难题。在膨胀土上修渠，这种土会反复地遇水膨胀，失水收缩，造成渠道垮塌。为了驯服这只横亘在南水北调中线工程上的"拦路虎"，吴德绪和长江设计院专家组进行了多年研究，单是现场试验就长达5年，经多方案研究，结合南水北调工程具体条件，选择了坡面保护与局部裂隙发育的渠段渠坡加固的设计方案；系统提出了膨胀土坡面保护材料——水泥改性土的特性、非膨胀土膨胀性控制标准。首次提出采用抗滑桩加坡面梁的膨胀土渠道边坡加固结构方案，与目前常用的抗滑桩加固方案相比，节约工程费用近50%。

率先垂范带出一流团队

一项宏伟的工程可以成就一个团队，同样，一个凝聚着中国水利最高智慧与心血的团队也能够成就一项传奇的工程。

吴德绪不仅自身专业精湛、爱岗敬业，还十分注重团队建设，带好身边的每一位技术人员。在急难险重的工作中，他总是身体力行、率先垂范，用自身的"正能量"感染着身边的每一个人。在工地设代处，他每天都是最早一个到，也是最后一个离开。对待工作他高标准，严要求，对待同志们却充满了关心和爱护。他总是对身边设代人员说："我希望大家在一个单位像是一家人那样，算准每一个数、画好每一张图，把手上的每一件小事做好，把一分一秒的时间抓牢。"他要求别人做到，同时也要求自己做到，他是这样讲，同时也是这样做。他在日常工作中扎扎实实、埋头苦干、夜以继日地忘我工作的精神风范，深受一线设代人员的尊敬和爱戴。

繁忙的工地上，步履匆匆、询问不止。紧张的办公室里，通宵达旦、审改方案。这就是吴德绪工作状态的写照。

吴德绪是长江设计院首届劳动模范获得者，且历年被评选为先进工作者。2011 年，南水北调中线建设管理局授予吴德绪"南水北调中线京石段工程临时通水特别贡献者"的光荣称号，这是对他长期奋战在南水北调中线工程所付出的智慧和汗水的高度肯定。

当下，南水北调工程建设正酣，广大建设者在为全线通水的目标而不懈奋斗着。吴德绪正带领他的团队，夜以继日，奋战在工程一线，只为实现心中夙愿——2014 年 12 月，将甘甜清冽的丹江之水如期送往北方，滋润京华大地！

坚守责任　建好工程

——记 2014 年"湖北五一劳动奖状"获得单位中线水源公司

姜志斌

五一国际劳动节之际，一个喜讯从武汉传至丹江口，南水北调中线水源有限责任公司荣获 2014 年"湖北五一劳动奖状"。

中线水源公司成立于 2004 年 8 月，主要承担丹江口大坝加高、水库征地移民、陶岔渠首枢纽和中线水源工程管理专项四个设计单元的建设管理任务。2013 年 8 月，丹江口大坝加高和库区征地移民一次性通过国务院南水北调办组织的蓄水验收，为 2014 年汛后通水打下了良好的基础。公司多次被国务院南水北调办授予"工程建设管理先进单位工程质量管理先进集体"和"工程建设安全管理优秀单位"，成为南水北调系统内唯一获得"质量、安全"双先进的项目法人。

公司管理争一流

为适应南水北调中线水源工程建设管理的需要，公司建立了精干高效的管理机构和员工队伍，公司内部管理规范有序。

根据《公司法》规定的原则和程序，公司设立了以董事会为决策层、经理班子为执行层、监事会为监督层的法人治理结构。公司下设综合部、工程部、计划部、财务部、环境与移民部五个职能部门。同时公司成立了临时党委和工会，并根据党章和工会章程，建立了各自的基层组织，为南水北调中线水源工程建设管理提供了可靠的组织保证。

公司一直把制度建设作为规范管理的大事来抓，相继颁发制定了涉及工程设计组织、项目立项、招标投标、计划合同、工程质量、安全生产、文明施工、资金管理、档案管理、生态环境保护到公司内部管理各个环节的规章制度 82 项，并汇编成册。

为提高工程建设者的综合素质，增强建设管理能力，公司坚持以解决工程建设中遇到的重大技术难题为重点，以学习借鉴国内外先进的工程建设管理经验为内容，以专业对口、学有所用为原则，采取组织集中培训、选派专业技术人员赴国内大中型水利水电工程建设单位实地考察、与相关科研院所开展课题研究和到国外大型调水工程进行技术交流等方式，分期分批地开展业务培训和技术交流活动。

公司员工是从长江委和汉江集团等单位汇聚而来的。为使员工尽快融为一体，公司领导班子成员利用各种会议和每周的集中学习，反复介绍南水北调工程的重大意义，宣讲作为南水北调工程建设者的崇高使命，增强了员工对公司目标的认同感。

大坝加高创佳绩

丹江口大坝加高，是在丹江口水利枢纽初期工程的基础上进行培厚加高和改造，被形象地称作"穿衣戴帽"。工程包括：混凝土坝培厚加高；左岸土石坝培厚加高及延长；新建右岸土石坝；改扩建升船机；金结、机电设备更新改造等。它具有度汛标准高、施工难度大、建管体制复杂、安全形势严峻、影响工程质量的因素多等特点。

度汛标准高。丹江口水利枢纽的防洪标准为万年一遇加 20% 校核。工程施工形象进度必须满足当年度汛要求。

施工难度大。丹江口大坝加高工程施工工艺复杂，技术要求高，施工组织难度大。

建管体制复杂。工程是在原枢纽正常运行的情况下进行，既要协调处理好参建各方的关系，又要充分考虑运行单位的利益。

安全形势严峻。工程是在城区内施工，与枢纽运行同步进行。施工设备和人员、运行设施和人员，相互交叉，安全生产管理的非控因素多，增加了管理难度。

影响工程质量的因素多。工程施工中不仅要确保新浇混凝土的质量，而且要对老坝体缺陷进行检查和处理。

公司以年度度汛形象为重点，大坝加高主体工程已累计完成土石坝填筑 401.24 万立方米，混凝土浇筑 114.15 万立方米，钢筋制安 10724.83 吨，老坝体裂缝处理 2.9 万米。大坝金结机电改造项目全部完成并投入使用，300 吨升船机改造完成并恢复通航，电厂机组改造按期完成并投产发电。大坝加高全线达到 176.6 米设计高程并通过蓄水验收，具备向北方通水条件。

在丹江口大坝加高工程施工过程中，公司围绕创建"精品工程"的建设目标，通过建立四级质量管理体系，完善质量管理制度，加强源头管理，强化过程控制，保证了工程质量。已完工的 18518 个单元工程，全部合格，优良 16532 个，优良率 92.6%；已验收的 113 个分部工程，全部合格，主要分部工程质量优良，未发生任何质量事故。

公司按照建设资金"静态控制，动态管理"的原则，科学编制年度投资建设计划，完善合同变更、工程量审核、价款结算程序，通过建立规范有序的资金管理机制，降低融资成本，确保了工程安全、资金安全、干部安全。截至 2013 年底，累计完成投资 525.61 亿元，占已批复概算投资的 98.7%。公司多次荣获"南水北调系统资金管理先进单位"称号。

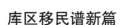

库区移民谱新篇

南水北调工程建设征地补偿和移民安置工作，实行"国务院南水北调工程建设委员会领导、省级人民政府负责、县为基础、项目法人参与"的管理体制。公司认真履行项目法人职责，积极发挥组织、协调作用，紧紧依靠当地政府，仅用 6 个月的时间，完成坝区征地、移民搬迁安置任务。

2008 年移民试点工作开始启动，公司及时跟踪了解移民搬迁进展，对实施情况进行监督检查，按月编制工作简报，积极筹措并拨付移民资金，保证了移民安置工作的顺利进行。2010 年至 2013 年 6 月，库区 34.9 万人（河南 16.6 万人，湖北 18.3 万人）移民迁安工作全部完成，城集镇及专项设施复建基本结束，文物保护项目基本完成，非省属项目全部完建，库底清理顺利进行。

2013 年 8 月，库区征地移民工程通过了南水北调办组织的蓄水前验收，实现了国务院南水北调工程建设委员会确定的"四年任务，两年完成"的移民目标，移民搬迁的难度和强度均创中国水利移民之最。公司被湖北省委、省政府授予"库区征地移民搬迁先进单位"荣誉称号。

风清气正聚人心

潮平两岸阔，风正一帆悬。公司党委坚持围绕中心抓党建，抓好党建促工作的指导方针，不断加强领导班子和党员干部队伍的政治、思想、组织、作风和廉政建设。公司先后开展的"保持共产党员先进性""学习实践科学发展观"和党的群众路线教育实践活动，党员参与率和职工满意度均达到 100%。

公司领导班子坚持集体领导和个人分工负责相结合制度，凡属"三重一大"事项均由集体决策和职工大会审议。经上级主管部门多次审计、稽查，公司未发现违纪现象。

如今，丹江口大坝加高工程已经建成。随着南水北调中线一期工程建成完工，丹江口水库将开始向河南、河北、北京、天津 4 省市 20 多座城市，提供生活和生产用水。

群英篇

当好南水北调"守井人"*

刘建华　孙路

举世瞩目的南水北调中线于 2014 年 12 月 12 日正式通水。南水北调是人类史上最大的跨流域生态调水工程。十堰市作为南水北调中线控制性工程丹江口大坝所在地和核心水源区，是"北方的水井"。"守井人"用无私奉献诠释了"一库清水永续北送"的使命担当，用非凡的作为书写了新时代生态文明建设的壮美华章。

目前，十堰市将保护水质和生态文明建设作为首要政治任务，以改善环境质量为核心，以创建国家生态文明建设示范市为抓手，以水、土壤、大气污染防治为重点，全面加强环境保护和生态建设，全面构建全民参与的绿色行动体系，实现了环境质量和生态状况的持续改善。

全域治理城市生态环境

犟河边，只见两岸垂柳依依、河水清澈见底，在河床较宽的地方还有茵茵绿草，绿道、小亭沿着犟河蜿蜒而建。一位十堰市民说："以前这就是一条排污水沟，通过治理之后，水清了、树多了，有亭子、有绿道、有广场，每天清晨和傍晚都有很多人沿着河道散步。"市民们对治理工作给了一个大大的赞。

十堰市对全市"五河"治理之前，辖区内神定河、泗河、犟河、官山河、剑河等 5 条河水质均为劣 V 类，属重度黑臭水体。黑臭水体是许多城市面临的共性难题。十堰建市之初，由于雨污管道未分开建设，导致 5 条汉江支流的水质常年处于劣 V 类。

2012 年 12 月，十堰市正式开启河道治理工作，经过七年的努力，水质大幅改善，全市国控、省控、市控 35 个地表水监测断面达标率为 97.1%（34 个断面达标）；水质符合 I 到 III 类的断面有 33 个，占 94.3%。

2015 年以来，十堰市将污染防治工作由城市转向农村，全域整治农村综合环境，整治内容包括生活污水、生活垃圾处理等。数年来，十堰市累计投入资金 12 亿多元，以整县推进方式，共添置垃圾桶 337630 个，垃圾中转箱 12325 个，垃圾收集清运车辆 2723 辆；累计建设各种农村集中式生活污水处理设施 1482 个，并配套建设污水收集管网。目前，

---

* 原载于《小康》2019 年第 30 期。

十堰市累计有 1578 个村庄完成环境整治，整治覆盖率达到 83.7%。

工业污染一直是城市生态环境治理的难点，为了进一步保障整治成果，十堰市将"智慧化"运用到重点污染源监管工作上。近年来，十堰市利用互联网、大数据、人工智能等技术，整合 1237 套环境质量、污染源自动监控设施，打造了一套包括一个数据中心、两大感知系统、三大门户网站和六大应用系统的监管体系。作为"大脑"，该数据中心安装污染源在线监测设备 189 套、环境质量监测设备 212 套，视频监控系统共安装高清摄像头 379 个，它们是监测污染的"千里眼"和"顺风耳"，污染源的一切情况尽在掌握之中。在重点工业污染源监控网，全市市控以上 189 家企业重点污染源全部入驻该网，随机点开一家企业，有关监测数据实时显现。数据一经上传便不可更改，成为执法的有效依据。

近些年来，十堰市对生态修复不遗余力，全面实施增绿补绿工程，推进丹江口库周、汉江和堵河沿岸、民航航线覆盖范围内、工业园区、铁路沿线和城区重点道路等区域绿化亮化提升。经过努力，全市国省干线公路绿化率达到 93.7%。水岸绿化率达到 82.5%。209 国道十堰段成为全国畅安舒美示范公路。环丹江口库区生态旅游公路，一边临近清澈的丹江口水库和幽深多姿的岛屿，一边临近国家森林公园，湖光山色辉映成趣，被誉为中国最美山水公路。

无论在城市还是农村，十堰市都在探索一条行之有效的治理之路。陈新武在市环保大会上强调："生态环境及水质保护只有起点没有终点，十堰市作为南水北调中线工程核心水源区，维护良好的生态环境、保护洁净水质责任重大、责无旁贷"。

十堰市面对保发展、保民生与保生态、保水质的双重任务，如何处理好这两者关系，市委、市政府做出战略抉择：坚定不移地以习近平生态文明思想为根本遵循和行动指南，把保护生态作为十堰的首要任务，把保护环境作为十堰的首要职责，把保"一库清水永续北送"作为十堰的首要担当，走出一条具有水源区特色的生态优先绿色发展之路。

壮士断腕整治污染产业

"确保一库清水永续北送，绝不仅仅是控制好污水废水，把水变清那么简单。"保护汉江水环境，除了要下力治理看得见的污染排放外，更为关键的是防治看不见的土壤污染。

由于地域原因，郧阳区与十堰汽车行业配套产业较多，导致了电镀企业废水、废气污染十分严重。然而要关停这些企业，不仅使郧阳区缺少了经济增长点，更面临着拆迁、安置、补偿等诸多问题。为降低土壤污染，早在 2010 年，郧阳区就多次到环境保护部、省环保厅汇报，申请给予项目支持。同时采取"扶优壮强、限小关劣"的办法，依法关闭了十堰博达丰、金顺、华泰、华阳等 4 家污染重、无治理能力的企业。并争取到国家投资 1700 万元，完成了对湖北神河集团和湖北佳恒科技有限公司重金属污染问题的治理。

污染企业虽已关停，但废弃的厂区垃圾以及周边被污染的土壤如何处理，成为摆在当地政府面前的一道难题。为此，郧阳区请来省环科院专家对土壤污染进行详细检测，以便有针对性地治理土壤污染。经检测，土壤含铬较重。"绝不能让一滴污水流进汉江。"当地政府将重金属污染防治作为重大项目逐级向省、国家有关部门申报，并做出如此承诺。经多方努力，2012年郧阳区重金属污染防治工程项目正式获批，整个工程耗资1.32亿元，其中国家拨付9100万元。尽管项目资金国家出大头，地方出小头，但地方财力还是捉襟见肘。"为了一库清水永续北送，就是再困难也要确保把项目实施好。"郧阳区重金属污染防治工程于2013年5月正式动工，除对重金属污染的土壤进行专项治理外，郧阳区还克服困难，多方筹措资金，加大环保硬件设施投入，着力建设天蓝水清的生态环境。

2013年，郧阳区投入200余万元建起两套在线监测系统与监测数据库，有效解决了电镀企业重金属污染问题。

为了保护水源，十堰市治理污染可谓具有壮士断腕的决心，毅然叫停了培育20多年的黄姜支柱产业，百万亩黄姜基地、百万名姜农转产。停产整顿大型矿产企业5家，关闭转产规模以上企业560家，淘汰水泥、钢铁、纸浆等产能300多万吨，拒批有环境风险的重大项目100多个。引进推广国际清洁生产先进模式，实现企业清洁生产审核、环境影响评价和重点企业排污口在线监测全覆盖。

切实降低农业面源污染，创新面源污染治理技术、严格控制农药化肥使用量，全域推广应用有机肥，全面取缔库区网箱养殖，通过上述各种措施，丹江口库区农业面源污染得到了有效遏制。

为保一库清水永续北送

十堰市人民是南水北调的"守井人"，保证丹江口水库水质是十堰人神圣且光荣的使命。

2013年和2018年，习近平总书记先后两次视察湖北，要求"高度珍惜大自然赋予湖北人民的宝贵财富，着力在生态文明建设上取得新成效""突出抓好长江、汉江、清江等主要流域和三峡库区、丹江口库区等重点流域的生态保护修复"。十堰市委在召开的市委四届七次和五届五次全会上，先后提出"努力在生态文明建设、转型跨越发展上走在全省前列"和"深入创建国家生态文明建设示范市，以生态绿色发展引领十堰高质量发展"的奋斗目标。

由于历史原因，十堰是一座"先建厂后建市，先建设后规划"的城市，城市基础设施和生态治理基础先天不足。近几年来，十堰筹措资金10.75亿元，建成了一批城镇污水处理厂和垃圾处理厂，成为全国污水处理设施最密集、处理能力最强的城市之一。

十堰的"五河"治理经验成为全国黑臭水体治理的样板和典范，得到国家发改委、住建部、生态环境部、南水北调办等六部委的充分肯定，在保证治理成果方面，十堰市建立了环境保护"党政同责、一岗双责"制度。按照"谁主管、谁负责""管发展必须管环保、管行业必须管环保、管生产必须管环保"和"分级负责、属地为主"的原则，对年度考核不合格的，责令主要负责人做出书面检讨，制定限期整改方案，同时向全市通报，并跟踪督办整改情况。2017年，十堰市向3个县市、10多个市直部门下达了"一票否决"预警，对6个县市区进行了环保约谈，对环保问题整改落实不力的两个县直单位实施环境保护"一票否决"。这些措施的综合运用，进一步压实了各级领导干部抓生态环保的责任，真正让环保问责的"威慑力"强起来。

"考核是指挥棒，问责是狼牙棒"，十堰市在湖北率先出台了《环境保护"党政同责、一岗双责"责任规定》《环境保护"党政同责、一岗双责"责任制考核办法》和《环境保护"一票否决"制度的实施办法》，建立健全了环境保护明责、考责、问责、追责制度体系。通过明确县市区、市直相关部门、企事业单位的环保责任清单和"一票否决"12种情形，有效破解了"环保部门单打独斗"的困局，构建起了"党政同责、属地管理、部门协作、市区联动"的大环保工作格局。

2015年，习近平总书记在新年贺词中深情地说："2014年12月12日，南水北调中线一期工程正式通水，沿线40多万人移民搬迁，为这个工程做出了无私奉献，我们要向他们表示敬意，希望他们在新的家园生活幸福。"南水北调中线工程历时半个多世纪，历经两次大规模移民迁徙，这在世界水利移民史上也是少有的。1958年，丹江口大坝动工建设，有28.7万十堰人移居他乡。2005年，丹江口大坝加高工程开工建设，又有18.2万十堰人移居他乡。

在卧龙岗移民新村的广场中央，有一座实景雕像，生动地体现了移民的迁徙情景，他们为了国家大局，为了民族大义，为了"一库清水永续北送"，用忠诚和大爱演绎了"舍小家为国家"的奉献精神，诠释了"守井人"的责任担当。

抒情篇

SHUQING PIAN

南水北调中线通水（三首）

季昌化

（一）

丹江库水清又清，不远万里送京津。

千家万户饮甘泉，莫忘工程多艰辛。

（二）

丹江库水千里行，华北大地喜相迎。

甘霖无声润万物，四大流域兄弟情。

（三）

丹江库水情深深，波光粼粼怀故人。

伟人已逝不得见，留得丰功惠万民。

附：荆汉运河 [①]

人工大河连江汉，

两岸良田接青天。

虽未转头北上去，

亦是北调姊妹篇。

---

①荆汉运河即引江济汉工程，运河从荆州李埠的长江边取水，至潜江市高石碑镇注入汉江，全长约67千米，为南水北调中线工程在湖北实施的四项补偿工程之一，在库水北调中线工程正式通水前，已先期通水。

南水北调中线纪行

凌先有

丹江口水库

冒雨登高地，踟蹰望楚乡。
低堤依大坝，汉水拥丹江。
浩浩千重浪，茫茫万顷洋。
一泓清澈水，千里送北方。

陶岔引水口

登岸来陶岔，扶桥看谷幽。
涵闸开五孔，汤禹锁一流。
副坝连渠首，门机映水都。
巨蛟腾万里，此地是龙头。

新郑移民点

喜看移民镇，连排别墅房。
黄楼琉璃瓦，绿树铁栏墙。
丹水飞娇燕，梧桐栖凤凰。
淅川别故土，新郑是家乡。

穿黄隧洞

万里黄河岸，穿黄第一隧。
刀盘如力士，盾构显神威。
浆水管中涌，工车轨上飞。
高精尖难险，世纪铸丰碑。

焦作干渠

南水穿焦作，城中降大河。
虹吸钻道路，渠水映城郭。
文物留原貌，移民享惠泽。
怀川添美景，靓丽赖清波。

黄壁庄水库

滹沱河上库，黄壁太行珠。
汩汩石津渡，滔滔闸口出。
丹流迂缓调，冀水应急输。
燕赵多慷慨，冰心在玉壶。

漕河渡槽

远望心疑惑，银河落满城？
渡槽平地起，水脉荡天穹。
一架如琴瑟，三流似彩虹。
飞腾河与路，中线水传承。

惠南庄泵站

进京入水口，地处惠南庄。
八卧离心泵，双吸鼓肺腔。
小流能自淌，大水加压扬。
地上龙王殿，京石尽逞强。

团城湖

暗涵穿闹市，地下入团城。
南水行千里，北流到最终。
漪湖迎远客，细浪诉亲情。
燕蓟皆泽润，当留万世功。

北中国，献给你一条江

刘凯南

一块绿色的版图

那是我们民族的胸膛

一片广袤的平原

那是我们祖国的北方

啊北中国

你头枕燕山

腰围黄河

笑傲辽阔的大海

你敞开襟怀

吞吐风云

迎接每一轮崭新的朝阳

北中国

我喜欢你优美如少女

年年送来月季花春天的芳香

碧波清澈的白洋淀

荡漾着沁人心脾的清凉

那嬉戏的鸭群

肥美的鱼虾

还有随风摇曳的芦苇荡

让人恍若置身江南绮丽的水乡

北中国

你是身材魁梧的汉子

粗犷豪放

你是任丘石油的河流
你是焦作原煤的山冈
你是沧州银白的盐海
你是冀中金黄的麦浪
我敬佩你无私的奉献
我惊叹你无尽的宝藏

啊，北中国
你是慈爱的母亲
你把每一滴乳汁都喂进儿女的口中
你让每一丝甘霖都洒在儿女的身上
可是你丰满的身躯
却日渐失去了水的滋养
那几万眼水井
每一眼都拼命挤出那可怜的水珠
那几百条河流
每一条都无奈地萎缩了自己的形象
警报
水的警报
横扫了中州大地
冀中平原
水的警报
冲击了天津卫
牵系着怀仁堂
没有水
即使有瑶池的奇花异草
也不会迎春开放

白洋淀干裂了嘴唇
滹沱河失去了歌唱
铁水减缓了奔流
机器失去了能量
缺水的麦苗怎敌得过灼热的阳光

地下水

经不住日复一日的超采

地面出现令人恐怖的沉降

楼房在开裂

农田在碱化

海水在倒灌

堤坝在溃疡

氟化水的侵蚀

剥夺了多少人的身心健康

含辛茹苦的北中国啊

你有广袤富饶的良田

却无法满足它们对水的渴望

你有纵横如网的河流

为什么没有一条碧水清澄的江

巍巍武当

滔滔汉水

丹江口

有一座水质清纯的大水库

丹江口

有一泓无边无际的"小太平洋"

啊，北中国

我们献给你

献给你一条江

献给你一条江

那是人民领袖的雄图大略

献给你一条江

那是长江委人矢志不渝的梦想

献给你一条江

那是几亿北方同胞世代的憧憬

献给你一条江

那是几十万移民乡亲的古道热肠

难离的故土
难舍的依恋
全部献给你——
我的北中国
我们共和国的繁荣富强

忠厚的伏牛山
为我们让开大路
深沉的黄河
让清流穿过心脏
一块南高北低的地势
让一江清水自流奔向北方
从陶岔到南阳
从方城到新乡
从安阳到邯郸
从邢台到石家庄
奔向沧州
奔向天津
奔向人民大会堂
用洁净的汉江水泡上香茶
献给我们的党

今天
南水北调的宏图
已展现在祖国大地上
一望无际的麦田披上新绿
纵横阡陌的河道重泛波光
氟骨症已深埋在地下
工厂不再怕水荒
孩子们在泳池里嬉戏
那甘甜的自来水
来自遥远的长江
啊——北中国

你哺育了中华民族祖祖辈辈
我们报答你惠济万代的源远流长
我们钦佩
都江堰的巧夺天工
我们叹服
大运河的奇思妙想
我们更自豪我们自己的辉煌
北中国
我们——
献给你一条江

南水北调之歌

郭帮权

汉江之滨，太行山旁
有一种精神在这里传唱
一泓丹江碧水
迤逦流向北疆
为了一代伟人的设想
鄂豫儿女深明大义到他乡
捧一把泥土装进行囊
怀念的日子闻一闻故土的芳香
无论身在何处
响应号召是他们坚定的立场

雅砻江边，大运河旁
有一种精神在这里传扬
劈山筑堤开渠
穿越雨雪风霜
为了三纵四横的构想
大禹传人南征北战勇担当
挑一张照片放进行囊
思念的时候看一看亲人的模样
无论走到哪里
造福人类是他们永恒的信仰

南水北调中线工程赞

邹家祥*

南水北调赞，工程创辉煌；

通水到北京，供水范围广。

水源在丹江，总干渠北上；

跨河越高山，输水源不断。

受益五省市，人口五千万；

减用地下水，遏超采状况。

蓄水白洋淀，环境好风光；

防治水污染，生态得改善。

世界之最多，彰显高质量；

大坝新加高，移民排万难。

湍河大渡槽，竖井深穿黄；

大管径输水，北京埋暗涵。

宏伟大工程，美丽又壮观；

精神立丰碑，奉献多高尚。

强国壮情怀，建设勇奋战；

不惧风雨雪，不畏天暑寒。

致敬子弟兵，保驾来护航；

丰功在当代，利益千秋长。

*作者生在长江边，工作在长江委，从 20 世纪 80 年代初开始，一直参加南水北调中线工程规划设计、科研生态环境保护工作。2018 年 12 月再次参加工程史料选编工作会议到丹江口水库考察，对工程建设感慨尤深。

水润盛世[*]

刘海关

一百年前

祖国山河历经沧桑

一百年后

百舸争流乘风破浪

是南湖的红船

满载着中华民族的希望

是我们伟大的党

引领着中国走向了辉煌

百年征程波澜壮阔

百年初心历久弥坚

告别了旧岁的疫情

迎来了最美的春天

鲜红的国旗在空中迎风招展

大国之重器矗立在时代的前沿

有一条河

它锦绣壮美波澜壮阔

有一条河

它容纳百川孕育中国

有一条河

它清水浩荡镌写拼搏

它就是万古奔腾的长江

源于世界的屋脊为华夏文明掌舵

* 原载于 2021 年 5 月 5 日《中国南水北调》，A4 版，https://epaper.nsbd.cn/html/nsbd/20210515/535253. html。

抒情篇

谋划着中华民族永葆生机

国之强盛的魂魄

水润盛世奔流不息

浩浩南水润泽北方

回眸半个多世纪的征程

从伟大设想到国之重器

从艰苦奋斗到开拓创新

一代又一代的南水北调人

迈着老黄牛沉重艰辛的步伐

追逐拓荒牛永无止境的探索

埋头奋蹄默默耕耘

用青春书写出一路向北的绿色画卷

昂首阔步耕出了最美的春天

水润盛世奔流不息

清水长廊润物无声

四百亿方的水

跨越春秋风雨兼程

四百亿方的水

一路奔涌一路北送

走过了六年的风风雨雨

度过了六年的春夏秋冬

南水动脉

犹如腾飞的巨龙

化作畅通南北经济的生命线

水润盛世奔流不息

站在"十四五"开局年

南水北调人

不忘初心牢记使命

勇立潮头砥砺前行

南水北调人

创新管理绿色发展

南水精神一脉相传

新起点蓝图已绘就

新征程奋斗正当时

南水北调人将继往开来

齐心汇聚南水磅礴的力量

努力为现代化水利事业谱写新华章

丹江北上 *

简春红　鲁亚飞

初春的暖阳

点燃了春的梦想

丹江北上的

那一渠生命的源泉之水

带来了北方大地上

人民和城市的希望

在山与平原边上

你是舞动生命力量的金丝带

支撑起勤劳人们

走向美好的向往

暖阳下的细风

轻拂着生命的成长

欢腾蓬勃奔流的

那一湾如春天般

勃发的芽尖儿

绘绿了太行燕山脚下

人们幸福的梦想

你是化腐朽为神奇的马良之笔

一笔书写出自信大气

且坦荡的江南秀色

美好的蓝天下

前进的脚步声

伴着银光如玉的

---

　　* 原载于 2021 年 5 月 1 日《中国南水北调》，A4 版，https://epaper.nsbd.cn/html/nsbd/20210501/535195.html。

那一路蓝盈盈福润着大地的珍珠儿

欢喜着你我承托起奋斗的期冀

粲然出华夏民族

灿烂辉煌的历史篇章

你是初心不改

奋勇前进的龙图腾

用不息不止敢于担当的执着

实践着中国力量

守时的你我

左一分执着右一分赤诚

守护在自己的岗位上

分毫不差细致入微

倾一世美好时光

写一段无悔的岁月

你是上下联动坚守岗位

指令传达的班长

我依然是坚守岗位团结配合

听从指令的战士

你我分毫不差如是执着

如嵌于渠边的那一棵树

始终驻守在渠边

肩负着护渠担当

永远的怀念 *

孙天敏

莺飞草长

怀念如雨水浸湿了整个季节

在如丝如缕的袅袅青烟中

一群平凡的人和一些琐碎的事

在这个日子逐渐清晰起来

巍峨的秦岭记得

你仍然忙碌在实物登记的第一线

如豆的灯光下身先士卒废寝忘食

滔滔的丹江记得

你仍然奔波在迁安两地

三过家门而不入细致入微身形疲惫

终于，顺利移民他乡

你却将生命永远定格

曾几何时，我们敬佩愚公移山的壮志

用一箩筐一箩筐的信念

描绘了一幅阡陌交通鸡犬相闻的风景

可是有谁见过你力拔山兮

有谁听到过你的豪言壮语

你把身影融入移民群众当中

像灶台温暖的烟火

用生命为万千家庭点燃了生活的希望

"移山容易，移民难呀"

我们怎能忘记你的艰辛和执着

---

* 原载于《中国南水北调》2021-04-21，A4 版，https://epaper.nsbd.cn/html/nsbd/20210421/535160.
html。

移民的事即使小如针鼻儿

你也看得比天还大

移民心里有苦即使打你骂你

你也安详镇定笑容如初

面对挫折和困难

你却坚忍不拔勇往直前

妻儿都在念叨着你

想和你说说家常绕膝承欢

父母也在念叨你

想让你重新扛起家庭的脊梁

让他们老有所养

移民乡亲还在念叨你

想让你看看红瓦白墙产业兴旺

……

你并不想成为丰碑

青山上却到处刻满了你的履历

你的名字

已经在移民心中落了户

因为你爱移民呀移民才爱你

你用平凡的故事谱写了不平凡的人生

尽管很短暂

却揭示出了生命的真谛

在清明这个特殊的日子里

我们含泪告慰你的在天之灵：

你走过的路还在脚下顺延

无数的人前赴后继勇往直前

不管岁月怎么变迁

也无法阻挡对你永远的怀念

抒情篇

水源赋

——谨以此赋献给南水北调中线工程

唐英

　　吾尝聊暇日而携友，驱坝前以泛舟。轻风徐来，碧波清幽，绿透江底，点染高丘；沈沈隐隐，远源长流，衍溢荡漾，淹汀漫洲；晨曦流泻，金珠银球，橹声咿呀，缆绳轻柔；宛如走索道之晃拂，恰似困摇篮之悠悠。若夫风停浪尽，微波息平，面表磨镜，质地甘醇；层峦倒映，红霞低沉，长桥卧波，轩栏时陈；光奇彩异，虽画廊亦无比，似御苑之锦茵。继而弃舟登艇，过羊山，穿深谷，绕绝壁，出峡口，豁然开朗：水光接天，一片汪洋，波光粼粼，浩瀚渺茫，察之无涯，视之无疆，此乃号称"小太平洋"也。举目纵观：白鹭横空，江欧低旋，虾蟹浅底，鲤鲫深渊，渔舟穿梭，网箱绵延。视眼前之绝景，望远水之岚烟，吾辈皆心旷神怡矣。

　　移船纵深，将近陶岔，群情振奋，众语喧哗。眺望南水北调之渠首，情系豫冀燕赵之万家。挟一江之清泓，寄千里之青纱，倾江南之净水，育北国之奇葩。此乃水源人民之心愿，而或举国上下之酬答。至若夕阳西下，夜幕垂空，玉盘圆碎不定，星火闪烁无穷，游客品佳肴于席地，相与祝酒于舟中。觥筹交错之间，吾乃依舱而歌曰："沧浪之水清清兮，可以濯吾绳缨；沧浪之水无涯兮，可以养吾庄稼。"友人问曰："此非渔父之歌呼？"吾笑而不答，盖屈子之清高，渔者之豁达必有知也。少焉，客中有善乐者果然引弦横笛而和之："沧浪之水清清兮，可以润吾京津；沧浪之水甜甜兮，可以醉吾心田……"，其音时而清新婉转，时而雄浑高昂，其韵沉浮于江湾湖底，缭绕于夜空雄关。娱乐未尽，夜深酒酣，乃驾舟而返，时为乙酉之秋，八月既望。

天河之问[*]

一

到底是一群什么样的人，铸就了南水北调中线工程这条人间天河？

从南水北调构想提出、规划论证、完工建设到工程通水运行，半个多世纪的漫漫长路中，何止是一群人在跋涉！这是新中国成立后在水资源优化调配上第一次天马行空般的伟大构想，是中华人民共和国一代代国家领导人的传递接力，是社会主义制度优越性集中力量办大事的具体体现，更是民族前途命运与无数共产党员壮丽伟岸的联系。

18 年前，他们活跃于祖国山川河流、城市乡村，他们多是共产党员，几乎是每一个领域的佼佼者。如果不是一个伟大的调水梦想，他们可能还在熟悉的领域里砥砺前行。他们仿佛听到了北方的呜咽：河流在死亡，土地在呻吟，城市满身伤痕。他们甚至没有安顿好妻儿，便投身于她的怀抱——建设南水北调，拯救被水资源短缺困扰且疾病缠身的华北。

北京自 20 世纪 90 年代起持续干旱，密云水库水位一次次刷新最低值。因为水资源短缺，有专家甚至提出了迁都的建议。超采地下水难以维持，北京不得不四处为水化缘。彼时，水资源短缺、水生态恶化、水环境污染成为北京、天津、河北、河南等北方地区的常态问题，如同四处蔓延的瘟疫，严重制约地方经济发展。早在北京市申办 2008 年 29 届夏季奥运会之际，水资源短板已是不愿公开的秘密。

2002 年，国务院正式批复《南水北调工程总体规划》，调水梦想逐步清晰。南水北调中线工程的目光落在丹江口水库。丹江口大坝加高后，形成百米落差，从陶岔渠首开启水龙头，汉水出方城垭口，在荥阳孤柏嘴处穿越黄河，沿太行山南麓前行，与京广线平行，在保定分支天津后继续北上，全程自流。

彼时，北京 2008 年奥运会能否成功举办，也取决于南水北调中线一期工程京石段应急供水工程。这是无奈之举，中线一期工程全线通水之前，北京只能借水河北。为了解渴北京，水量并不富裕的河北，硬是从黄壁庄、岗南、王快和安各庄四座水库中分出了一杯羹。

应急供水工程从开始实施，急难险重一路伴随。这是政治任务，更是巨大考验。以京石段 S31 标为例，为了克服冬季施工难题，建设者在曲逆河倒虹吸工地搭建保温棚。仓号

———————
＊原载于 2021 年 5 月 15 日《中国南水北调》，A4 版，https://epaper.nsbd.cn/html/nsbd/20210515/535255.html。

抒情篇

里炭火通红温暖如春，仓号外天寒地冻雪花纷纷。以共产党员为代表的青年突击队"两班倒"作业，施工日夜不停，最终赶回了计划工期。

2011年，中线工程建设进入关键期。党中央、国务院确定了2014年汛后通水的时间表。千里工程建设战线吹响集结号，最大强度的移民搬迁、高填方深挖方和膨胀土处理、首次从地底穿越黄河等诸多难题相互交织。

工程施工战线1000多千米长，参建单位上百家，涉及铁路、公路、通信、电力等多个行业部门，协调难度之大前所未有。工程进度、质量和安全管理成为重要关隘和要塞：它们相互制约又相互关联，一处失守，满盘皆输。党中央、国务院赋予南水北调工程建设者的神圣职责和光荣使命，最终化为基层每个共产党员的高度认同，最终成为每个南水北调人的自觉追随，不屈不挠。

"你把身影融入移民群众当中，像灶台温暖的烟火，用生命为万千家庭点燃生活的希望。"这首诗歌道出了移民干部工作的艰辛。移山容易移民难！为了南水北调丹江口库区34.5万移民移得出、稳得住、能发展、快致富，河南和湖北两省移民干部和移民群众用热血和汗水创造了我国水利移民史上的奇迹：四年任务两年基本完成。

湖北省丹江口市均县镇党委副书记刘峙清被称为"移民的贴心人"，他先后化解矛盾19起172人次，来回往返近万里，完成22批次2300多户共9100多人次移民搬迁护送任务，却因突发脑出血去世，年仅42岁就倒在工作岗位上。"留取丹心照汗青"，不止湖北，河南省淅川县在移民搬迁期间，有10名党员干部牺牲在移民迁安一线。

只有把个人的理想与党和国家的需要、民族的前途命运紧密联系在一起，才能有所成就、彰显价值。南水北调工程建设委员会专家委员会就是这样一支特殊的队伍。这些为新中国水利事业奉献了大半辈子的技术"智库"，一到工地，全然忘记了高龄，像注射了兴奋剂，不探个究竟决不离开。郑守仁、钱七虎、陈厚群、汪易森等大师和专家，把脉问诊重大事项全过程。涉及关键工程重大技术创新，皆由专家委审查，指导技术攻关，相继攻克了中线穿黄工程、膨胀土、高填方等一道道世界级技术难题。

陈建国曾是中线南阳段方城6标项目经理。面对亲人相继离世，他默默承受，带着75岁的父亲住到工地。左肩扛起工程，右肩扛起亲情，忘我奉献，善于创新，标段进度质量安全多次名列前茅，先后获得"感动中原十大人物""全国五一劳动奖章"等荣誉称号。中线工程正式通水后，他继续在南水北调配套工程工地奋战，让更多人民群众喝上了甘甜的南水。"这一辈子离不开南水北调了。"陈建国盼望着南水北调西线工程早日开工，"那时，我有限的人生就有了无限的可能！"

中线工程建设决战期，渠道衬砌进入大面积施工阶段，全线上百个标段同台竞技，比质量、比安全、比进度。其实，谁都清楚，最终比的是企业管理水平。共产党员黄子兴从众多项目经理中脱颖而出。这个方城2标的当家人力排众议，"衬砌机不在于数量多，而在于利用率，施工组织得好，衬砌效率就高。"在劳动竞赛期间，他没有增加一台衬砌机，而是把全部心思用在合理调配衬砌作业队人员数量上，达到了"增一分则肥，减一分则瘦"的最高管理境界，提前完成2013年主体工程施工任务，成为南阳段18个标段中的第一名。

决战高峰期，包括工程建管、设计、监理、施工等单位的数十万人日夜鏖战，一条蜿蜒的巨龙在华北大地初现。南水北调人为了工程通水这个共同的目标，拧成了一股绳，共产党员的模范作用在进度协调、质量监管、技术创新、施工组织等关键环节彰显，解开死结，盘活危局，成为夺关守隘坚不可摧的力量。

二

是什么力量支撑中线工程运行管理长治久安，成为水利工程运行管理的典范？2014年12月12日，中线工程正式通水后，运行管理进入全面整治阶段。南水北调中线建管局从工程规范化、标准化、信息化建设入手，要求所有人具备解决所有问题的能力，高效干事不出事，迅速补齐了运行管理上的短板。

作为国之重器，南水北调工程关系千万人的饮水安全，这是比天还要大的责任，是比地还要重的使命，南水北调人在心中暗暗立下拿生命去交换的决心和意志！2016年的7月19日，河南省新乡市峪河上游突降暴雨，山洪暴发，滚滚洪水不断冲刷峪河倒虹吸进出口裹头。如不采取措施，裹头损毁，洪水入渠，后果不堪设想。党员程德虎在现场听到地方防汛指挥部"暂时后撤"的建议时，内心怎么也不能接受。"难道真的没有办法了吗？"再试试，哪怕有一线希望也不能放弃！身后可是几千万人的饮水安全啊！作为南水北调中线建管局总工程师，他不能后退，带头冲了上去。

"打丁字桩试试，哪怕改变一点洪水的流向也好！"说出想法后，一群患难兄弟纷纷支持。有谁想放弃视如自己生命的工程呢？已是凌晨3时，洪水随时都有可能反扑。他们争分夺秒填沙袋，扛沙袋，在泥泞中奋不顾身筑堤坝。这群共产党员誓与堤坝共存亡，在洪水面前他们身影虽然渺小，却像一棵棵冲不垮的树桩，顽强艰难地抗争着。在他们的坚持下，丁字桩竟然奇迹般地奏效了，洪水在一点点退却。"雨停了，裹头保住了，渠道保住了！"天快亮了，一群大老爷们呼喊着，互相拥抱，喜极而泣。

2016年12月底，河北和北京境内突发极寒天气，工程沿线山区的气温达零下20多摄氏度。城市灯光闪烁繁华喧闹，乡村万籁俱寂，人们沉浸于温柔的梦乡。可是有谁知道，为了渠道融冰、破冰和碎冰，保证闸门正常调度，南水北调人挑灯夜战，与持续近半个月的极寒天气作战，度过了一个个不眠之夜，最终化险为夷。

有过多少次这样的紧急出动，排除险情，基层管理处人员已经记不清了。但渠道的一草一木知道，每天都有人巡渠，用脚步丈量每一寸土地。汗水滋润，关爱问候，渠道两岸草木葱茏，设施日新月异。

抒情篇

"节水优先、空间均衡、系统治理、两手发力"，习近平总书记提出的"十六字"治水思路，是工作原则和方向，更是工作措施和目标。实现这个目标，需要千千万万个水利人扛起新时代的旗帜，用实际行动，一步一个脚印，在工作岗位上艰苦奋斗，无私奉献。实现这个目标，需要南水北调人扛起编织国家大水网的骨干先锋旗帜，敢闯敢干，以高标准样板工程为基础，持续完成南水北调工程总体规划的"三纵四横"任务。只有这样，我们才能真正告慰那些为了南水北调事业前赴后继作出奉献和牺牲的优秀共产党员和无名英雄。

自 2003 年底中线工程开工，历经 18 载风雨，南水北调中线工程从无到有，建设者目睹了她的诞生，倾注了无尽的情感和心血，管理者陪伴了她的成长，精心浇灌出了渠道边鲜艳的花朵：工程经受住了多次极端天气的考验，至今没有发生过一起安全责任事故。

最新的统计数据表明，中线工程目前受益人口达 7900 万，在经济、社会和生态方面发挥的效益日益显著。2021 年春晚，在演员秦海璐参与的小品《大扫除》节目中，"南水北调"一词被她顺口拈来："你还要弄音乐喷泉，国家南水北调是为了解决我们生产和生活的用水问题，是给你玩喷泉的吗？"一句看似不经意的话语引起了南水北调人的强烈共鸣："南水北调工程的重要意义已经深入人心，我们的默默守护是值得的！"

花儿为什么这样红？因为有无数个共产党员和平凡英雄的事迹像丰碑一样矗立在渠道边，蜿蜒流淌在清水中，永远镌刻在日夜守护工程运行安全的南水北调人心中！4 月 22 日夜，雨后初晴，站在中线穿黄工程南岸跨渠桥梁上，一渠清水蜿蜒北上，打着漩涡潜入隧洞，渠水倒映着进口建筑物，流光溢彩。抬头仰望，天上繁星点点，一颗流星从天空划过。那一颗颗流星不正是长眠于大地，却仍牵挂着南水北调事业的工程建设者吗？是精益求精鞠躬尽瘁的郑守仁老先生，是青山无语万人相送的移民好干部刘峙清……他们约好了，在渠道上空深情凝望，希望自己参与的这个伟大的作品造福人民，功在千秋，利在后代，持续发挥它不可替代的作用，为美丽中国梦的实现，提供源源不断的水资源保证。为中华民族的伟大复兴，注入新的发展动力和丰富源泉。

看见梦想

刘铁军

一晃，在这弹丸小城，生活了半个多世纪。

1970年，我12岁，随父亲支援三线建设，全家从云南"漂移"到了湖北丹江口，没想到这一"漂"就是51年，将未来锁定在了这片有着温度的热土。

这是一座与水结缘的小城，坐守汉江，怀抱碧水。因为地理位置位于两河口的交汇处，形成了一座巨型水库，成为南水北调中线的核心水源区，这也让我的家人与南水北调中线结下了三代情缘，见证了中线从梦想走向现实，见证了小城的发展与变化，见证了新中国的成长与壮大。

父　亲

父爱如山，深邃内敛。

南水北调，这个充满着梦想的名字，最早是从父亲口中知道的。

1970年的春节，一场大雪把全家人关进了屋里，四季如春的云南让我们难以适应四季分明的湖北，没穿过冬装的我，第一次从父亲的口中，听到了一个全新的名词：南水北调。父亲说："这座大坝可了不得，不仅要防洪发电，将来还要给华北供水"。

父亲说，早在1953年2月19日，丹江口就被打上了红色的标点。毛主席在"长江"舰上，提出了南水北调的宏伟蓝图："南方水多，北方水少，如有可能，借点水来也是可以的。"

父亲惊人的记忆，常常让我自叹不如。从他的口中，我知道了丹江口建坝的故事。原来在我出生的1958年，红色标点就从梦想中走来。这年的9月1日，凤凰山上的一声炮响，拉开了南水北调中线水源一期工程破土动工的序幕，来自湖北、河南、安徽等省的10万建设者，云集丹江口，面对荒山秃岭，荆棘丛生，没有畏惧，住在油毡草棚，吃着腌菜杂粮，依靠一条扁担，两个箩筐，用人海战术，建成了一期工程。

一个梦想，开启了一场伟大的壮举，诞生了亚洲最大的"天池"，这就是中国的故事。

从此，南水北调开始印入我的脑海，我渐渐意识到，我所生活的这片河川不再简单。

1978年8月，父亲从军队转业到地方，这个单位就是丹江口水利枢纽管理局，负责丹江口水库的运行管理。那一年父亲47岁，不仅是人到中年的转折点，也是我和我的家

抒情篇

人定格在小城的起点，从此我们全家与丹江水结下了不解之缘。

1979 年，春节刚刚过完，父亲跟丹江口水利枢纽管理局副局长迟庆德，一路风尘，赶到郧阳地区，找到财贸主任田若如，买下了一块土地，叫马头羊场。父亲说："当时只花了 8 万元，一共有 15 个山头 2347 亩土地。"

从这以后，南水北调中线水源区掀起了一股热潮：全民种树，植树造林，绿化库区，美化丹江。

那个年代，一周只有一个休息日。到了周末，局属各单位的职工，在领导的带领下，主动来到马头羊场植树造林，不用动员，不用通知，家家户户准备好第二天中午的干粮，有的家庭一次准备几份，带上老婆孩子，全家老少齐上阵，很多人用军用水壶，盛满一壶开水，带上两个馒头，几块咸菜，席地而坐，一口干粮一口水，再吃上一口咸菜，心里充满着无限的快乐。父亲回忆说："1980 年春天，我曾代表物资处 40 多人到羊山植树，记得上坡的地方，就是马头羊场的办公室，我们那次栽种的都是日本的黑松，每一株两米多高，种了 400 多棵，那天各个单位的人都去了，有 1000 多人，连机关和厂队的都去了。"

那时的父亲，忙忙碌碌，天天早出晚归，每到周末，就会去马头羊场植树造林，中午从不回家，母亲常常会将盒饭做好，让父亲带上。直到 1989 年，这条绿化带，花了将近10 年时间才初具规模。

坝前坝后，栽种最多的是橘树，市区大坝一路种的都是雪松和冬青，马头羊场的 7 个沟壑种植了成片的橘树，还开辟了大面积的茶园，除此之外还引进了大量的美国松、日本黑松、西藏雪松及一部分东北的樟子松和马尾松。

父亲充满豪情地说："当时的梦想就是把中线水源区变成绿水青山，为南水北调贡献一份力量。"

如今 30 多年过去了，原来的马头羊场已改名松涛山庄。山与水的和谐共存让这片土地变成了南水北调中线核心水源区的一片绿洲，成为新时代绿水青山的形象标杆。

1992 年，父亲光荣退休，完成了一代人的历史使命。

2016 年 5 月，父亲突然中风，造成半身不遂，开始了他轮椅上的生活，那年父亲 85 岁。

2018 年 6 月，丹江口大坝开闸泄洪，父亲听说后，想去看看。我们将他抬到楼下，开车送到坝前。坐在轮椅上的父亲，两手扶着水泥护栏，用力地站立起来，仰望雄伟的大坝，又转头眺望奔腾的江水，露出一副若有所思的表情，因为语言障碍，没有说一句话，只是默默地遥望。

2022 年 5 月 26 日，父亲过 90 周岁的生日。时光距离父亲退休已经过去了 30 年。看着父亲慈祥的面容，让我想起那天站在坝前看水的情景，由衷地发出赞叹，他们不仅是南水北调的见证者，也是默默无闻的铺路人。

看　见

落叶无痕，父爱无声。

1991 年，父亲退休的头一年，我开始从事记者工作，这让我有了更多的机会与梦想拉近距离。

从 20 世纪 90 年代至 21 世纪初，南水北调中线水源工程，开始成为人们关注的焦点。从中央到地方，从国家领导人到省部级干部，从专家学者到工程院士，人们纷至沓来，我几乎参加了百余次的重大考察，用镜头定格永恒。

面对一湖碧水，我听见不同人发出的不同心声。有一次，随中国科学院考察团走进丹江口水库的"小太平洋"，一位院士由衷地感叹："像这样洁净的大容量水源，在中国已经为数不多了！"一位来自国家环保局的领导说："有了水，就拿到了生命的许可证。"而北京人常常会一吐为快，激动的表情饱含着满满的幸福："这就是咱家门口的'大水缸'啦！"

2002 年 5 月 8 日，时任国务院副总理的温家宝考察丹江口工程，当他乘船走进丹江口水库，看见小太平洋的一湖碧水时，一双深情的眼睛久久地凝视着清澈的湖面，从内心发出由衷的赞叹："这水真好！"看着温总理脸上露出久久不愿离去的神情，我用长焦按下快门，记录了这难忘的瞬间。

我曾多次从空中俯瞰，丹江口水库如天上银河，撒落人间，经过汉江水库和丹江水库的两次沉淀，湖水变得更加清澈宁静，宛如一颗闪亮透绿的宝石，镶嵌在秦巴山脉丘陵与平原的过渡地带。

这不得不让我惊叹，眼前的一湖碧水就是人与自然创造的一幅奇妙杰作。

为能保存中线原始的影像资料，是年 6 月，我和湖北日报社记者一起，行走 53 天，开始了一万里路人和水的中线踏访。

从汉江源头嶓冢山上涌出的第一股泉水，到涓涓细流汇成浩浩荡荡的汉江，从水源保护区的汉中安康到清水画廊的十堰丹江，从中线穿越的第一座城市南阳到河北的西黑山，从北上汉水归宿的团城湖到天津的入水口，从水源区到受水区，跨越 6 省市 5800 多千米，踏遍千山万水，克服千难万险，历经千辛万苦，我见证了 1432 千米长的南水北调中线生命线。

一万里路人和水，我看见河北的邯郸，有一个村共用一口井，地下井深已经打到 642 米，华北水资源的危机极其严重，南北方水源分布极度失衡。

一万里路人和水，我看见白洋淀，20 世纪 60 年代以来持续萎缩，先后干涸了 6 次，境内 36 个村的 10 万乡民，过去靠打鱼、割苇子生活，因为没有水，小伙子们被迫常年出去打工，他们望眼欲穿，盼望南水北调能缓解白洋淀的水危机。

一万里路人和水，我看见北京平原地下水位的埋深已达到18.6米，比1999年下降了6.8米，北京地下水平均每年下降1米多，市中心区域已经形成了一个2600平方千米的漏斗区。

一万里路人和水，我看见"九河下梢"的天津，水危机日甚一日，全市累计地面沉降量大于1500毫米的面积已达到133平方千米，最大沉降量已超过3米，地下水已拉响警报，天津人民把唯一的希望寄托于南水北调。

五月风，吹皱一湖碧水；南水北调，呼之欲出。

2002年12月27日，世界上最大的调水工程——南水北调终于拉开梦想大幕。为了等待这一天，沿线人民期盼了半个多世纪。

2005年9月26日，中线水源的控制性工程丹江口大坝加高正式开工建设。坝顶高程由原来的162米抬高到177.6米，水库面积将达到1050平方千米，库容量由过去的209亿立方米增加到339.1亿方米，这相当于全国14亿人口平均每人有24吨水存放在这里。

2014年12月12日，南水北调中线工程全面竣工，开始向北方供水，成为大国重器，举世瞩目。

南水北调，重组中国水资源的命脉；汉水北上，一条优化中国水资源配置的生命线。

一个梦想，托起了一条世界上最大的"人工天河"，这就是中国。

儿　子

人生开心的事就是经过努力之后，都变成了自己喜欢的模样。

2018年5月，我也光荣退休。让我高兴的是，儿子在我行将退休的两年之前，也加入了南水北调的行业，从事中线渠首的调度运行工作。儿子能为南水北调贡献自己的一份绵薄之力，也是我们全家的荣幸。

时光荏苒，岁月如梭。一晃5年过去了。

2020年端午节，我和老伴去探望儿子。在饭桌上，儿子告诉我，他现在是预备党员，正在接受组织的考验。我问他你为什么要入党？儿子回答说，共产党为民造福，南水北调就是最好的见证。1400多千米长的宏伟建筑，在世界上找不出第二个国家。2019年的疫情，也让我更清楚地看见了社会主义制度的优越，中国共产党的强大，西方死了那么多人，他们鼓吹的民主只是画饼充饥的口号，今天共产党带领全国人民实现中华民族的伟大复兴，这可是一个了不起的中国梦，比20世纪50年代初南水北调的梦想更宏伟更远大，作为一个中国人，谁不愿梦想成真呢？这就是我入党的决心。

看着儿子一脸的真诚，欣慰之余，让我想起2020年春节，我们一家四口，两地过年。原来说好了他们要回家过个团圆年，可到了年根上，儿子打电话跟我说，春节加班，调度离不开人，我们就地过年，哪也不去。

大年三十除夕夜，儿子上夜班，我给他打电话："要不我们过去？"儿子一听，吓了一跳，在电话里几乎是用命令的口气跟我说："你们千万不要过来，别再捅出个幺蛾子，这是原则。我们的调度管理非常严格，如果有一个人打一个喷嚏或者发烧感冒，都会影响整个群体，出了事就是天大的事儿，你能担责吗？"儿子的话，让我无言以对。之后儿子说："我们这啥都有，你们也别带东西过来啦，特别是冷链食品，以防踩雷，一定要小心谨慎。"

小时候，我培养他；长大后，他影响我。

儿子所在的渠首分局分管的185.55千米，虽然战线不长，却是调水源头，起着龙头的示范作用。工程的稳定，水质的安全，调度的精准，都直接影响着干渠的命脉。

每一次心对心的沟通，都能让我受益匪浅。在这185.55千米长的战线上，有干渠最大的开口尺寸，最阔的开口达到426米；还有最大的深挖方尺寸，最深之处达到47.5米；不仅如此，这里还有着输水干线中诸多的第一，第一道水质监测关口——陶岔水质自动监测站，第一个分水口——肖楼分水口，第一座大型渡槽——刁河渡槽，第一座"过水"的大中型城市——南阳，集结了输水干线最为复杂的工程建筑和地形地貌。

每一次点对点的交流，也让我知道了1432千米长的南水北调中线输水干线，还隐藏着一系列的"创新密码"，创造了多个中国之最、世界之最。穿黄工程，湍河渡槽，还有沙河渡槽，集结了输水干线最为复杂的工程建筑和地形地貌，无论是内径尺寸还是单跨跨度都创造了世界之最，渡槽的最大流量可达到420立方米每秒，还有节制闸、倒虹吸、分水口，以及与干渠交叉的诸多建筑物多达2385座，构成了纵横交错的立体运行体系，可谓世界调水工程过水建筑物中的"巅峰之作"，举世无双。

每一次走进中线，都能让我感受到"一江清水向北流"的伟大与壮阔。

看见梦想，一条流动的生命动脉

2020年12月12日，南水北调中线工程通水6周年。中线工程实现向北方调水345.27亿立方米，成为华北平原40多座城市不可或缺的重要水源，6900万人受益。

我生活的这座小城也因南水北调而扬名，实现华丽转身，被冠以"中国水都"的美誉，400多千米长的环库路，被列入中国最美的山水公路之一，丹江口这个过去的"山旮旯"小城，伴随着南水北调成长的步履，变成了一座走红网络的生态城市。

2021年5月13日，习近平总书记亲临陶岔渠首枢纽工程考察，让南水北调成为几代领袖前赴后继的形象高地，让陶岔渠首从20世纪50年代初的梦想走向新时代的大舞台。

制度的优越和国家的强大让我们见证了中国的实力。这让我想起总书记来到邹庄村，走进邹新曾家中说的一句让全国人民最暖心的话，人民就是江山，共产党打江山，守江山，守的是人民的心，为的是让人民过上好日子。我们党的百年奋斗史就是为人民谋幸福的历史。

2021年6月19日，在庆祝中国共产党成立100周年之际，南水北调中线水源控制性工程——丹江口水利枢纽被中宣部命名为全国爱国主义教育示范基地。

一个梦想，筑起了中国水利史上一座最伟大的丰碑，这就是中国！

今天仰望这座丰碑，更能体会到一代伟人一个"借"字的深刻内涵，诙谐幽默中体现出毛主席的高瞻远瞩，中国人民一往无前的斗志精神，把梦想变成现实的雄才大略。

看见梦想，一条天河，惊艳世界。今天像一条腾起的龙头，舞动着雄伟的身躯，携带着一渠碧水，饱含着水源地人民的情怀，流向华北平原，流向首都北京，流向新时代的中国梦！

从"困惑"到"调水"

邢春江

我喜欢水，自幼与水结下很深情缘。水，丰富了我单调的童年，触摸着我懵懂的少年，并一直陪伴我走到成年。时至今日，我愈发深切地感受着水，眷恋着水。从"困惑"到"调水"，水无时不在，无处不在，一直贯穿着我的成长岁月。

我出生在冀中南农村，那里干旱少雨，缺水严重。我的父母靠种地为生。我从小就和他们一起与水打交道，水成为我童年中无法抹去的记忆。我家耕种着十亩农田，这是我们全家人的生存之本，也是我们的全部希望。父母勤勤恳恳，日出而作、日落而息，总盼望着能有一个好收成，让我们全家人的生活得到改善。但决定这些的不是他们的劳动和付出，而是水。从小到大，我目睹着我的父母和水所作的斗争。盼天降雨，恨天不悯农；打井无水，怨地不惜农。我经常看着他们无助地站在自家的田地里，为水而喜，为水而忧。河北是严重的缺水地区，干旱少雨是经常的。因此，在我童年的记忆里，更多地充满了父母的无奈和叹息。缺水，为什么会缺水呀？

小时候，我们都吃井水。村东头有口大水井，她就像一位慈祥的母亲，哺育着村子里一代代淳朴善良的人们。让我记忆很深刻的是，每天早晨，村里的路上络绎不绝，都是人们扛着扁担去打水的身影，村里充斥着扁担发出的"吱呀吱呀"的响声。父亲每天起得很早，去那口大井里打水，挑回家，我们全家人一天做饭喝水就都够了。挑水的都是青壮年，老人、小孩和妇女是挑不动的。所以，吃水就成了村里一些孤寡老人的最大难题。有一年，在我长大到应该接替父亲去挑水的年纪时，村里的自来水通了，那些老人们甭提多高兴了。"这自来水比个儿子都要好啊，吃水不忘挖井人，咱们得记住共产党的恩哪。"可后来人们又发现了问题，孩子们的牙齿依然在变黄、变稀，这一切并没有因为自来水的到来而改变。于是，人们又开始叹息："什么时候能彻底告别高氟水、苦咸水，喝上'好水'啊？"可"好水"又在哪里呢？

水给我的童年也带来了很多欢乐。村边有条小河，像一条玉带，由南及北环绕着村庄缓缓流过。河里的水非常充盈，碧波荡漾。水里鱼虾也很多，在河面上穿梭跳跃。我经常和小伙伴们去河边钓鱼捉虾，在河岸的柳树下纳凉，做柳笛，吹柳哨，捉迷藏。炎热的夏天，我们便脱光了衣服在小河里尽情玩耍。河水充满着吸引力，在水里、在岸上，游泳的、

抒情篇

钓鱼的、玩耍的、纳凉的，人们各得其乐。水，为这个单调的小村庄增添了几分灵性，几分欢乐。后来，不知道什么时候，河里的水越来越少，最后干枯了，长满了杂草。人们每次路过那里，也只是漫不经心地看两眼，充满无奈地叹两声气。水呢，水都到哪里去了？

我出生在小村里，喝着村里的水长大，从小便与水结缘。我喜欢水，更怀念家乡的水。可是，水的问题也一直深深地困扰着我。后来，我从事了伟大的南水北调事业。我的所有问题都在这里找到了答案。引来优质江水 4.83 亿立方米，720 万狮城人民共饮长江水；有效改善水环境，打造靓丽沧州；编织大水网，构建大水利体系，加强沿海强市建设。所有这些，都让我心潮澎湃。我热爱生我养我的家乡，渴望早日引来长江水，让祖祖辈辈生活在这片土地上的人们不再为水而苦恼、忧虑。多少次，我仿佛看到清澈的长江水缓缓流入沧州大地；多少次，我仿佛看到沧州大地上到处绿波荡漾，清水涟漪；多少次，我仿佛看到家乡的父老乡亲们在自家院子里畅饮长江水。

从小喜水、忧水、盼水，长大后调水，我在对水的困惑和感悟中成长。如今，作为一名南水北调人，我为自己所从事的事业而自豪，承载着狮城人民的梦想，担负着家乡百姓的重托，我当再接再厉，争取早日引来生命之水、幸福之水，泽惠家乡百姓！

我与南水北调中线工程

李卫星

南水北调中线工程是当今世界上最大的水资源调配工程，与三峡一样并称我国两大跨世纪水利工程。与三峡不同，中线调水工程历史不算悠久，过程不算曲折，围绕它的国际交流、合作或全国性的科技协作也不算太多。在长江委内，直接参与中线调水的规划、设计人员比三峡也少一些，因此它在国际、国内引起的争议与关注，相形见绌。但中线调水却深刻地影响了治江事业，并对我产生了深刻的记忆。

一

我第一次知道南水北调，是 1986 年。当时高二文科班的地理、历史课与初一的内容如出一辙，只是增添了极少的较新内容。几年前翻来覆去，我对中国地理、世界地理、中国历史、世界历史这四本教材早已滚瓜烂熟，几乎达到了过目不忘的地步。而中国地理中增添的极少内容中，最重要的莫过于有关南水北调的描述。通过这些描述，我第一次知道中国正在进行的南水北调规划分三条线，其中东线在长江下游，从江都水利枢纽沿大运河逐级提水北上，贯穿三省一市。中线在长江中游，近景从汉江的丹江口水库引水，远景从规划中的三峡水库引水。利用地势自流，同样贯穿三省一市（当时中线没有天津分干渠计划），西线工程从长江上游引水，但只是远景，书上没有提出引水线路，我也没有多少印象。回家后，听在长科院工作的父亲说长办就是南水北调中线工程的设计单位，父亲也随长科院的同事到河南郑州、许昌、南阳等总干渠边出差路过几回。只是中线调水工作几十年来始终雷声小、雨点小，三峡工程虽然遥遥无期，但长办人都在关注，南水北调中线工程不仅没有动工苗头，就连长办内部关注的人也不多。

此后，高考压力增大，我对南水北调中线工程的了解仅止于此。

这就是我对南水北调中线工程的最初印象——美好而又有些虚无缥缈。但冥冥之中，似乎总有种力量，让我对这个横亘近半个中国的调水计划难以忘怀。六年后，我大学毕业来到了长江委，或许就是受到这种力量的吸引吧！

抒情篇

441

二

第一次了解南水北调中线工程，是 1992 年。当年 7 月我从大学毕业分配到长江委宣传中心。正赶上长江博物馆筹建，我的第一项任务就是跟在郑瑞林等老同志后面帮着打杂。展览馆中最引人注目的展板，是 1953 年 2 月毛主席在"长江"舰上接见林一山的大幅照片，下面有一段醒目的文字是"南方水多，北方水少，能不能供一点水给北方？"

此后，我知道在此之前的 1952 年 10 月，毛主席曾在郑州邙山视察黄河时，向时任黄河水利委员会主任王化云说过类似的一段话："南方水多，北方水少，如有可能，借一点水来也是可以的！"

由此，南水北调中线工程作为伟大领袖毛主席做出的战略决策，在我心目中的地位骤然高大起来。

1992 年 10 月，党的十四大把南水北调与三峡工程同时列入中国跨世纪的骨干工程之一。一度在长江委引起过轰动，但热度没有维持多久，就归于沉寂。我记得当年采访老领导时，听到两句意味深长的话。一句是，我问："南水北调中线工程在你们心中，像什么？"老同志答："像雾像雨又像风，什么样的传言都有。我虽然为中线调水干了几十年，但也弄不清楚哪是真的，哪是假的。"还有一次，我问他对南水北调中线工程规划的感受时，他套用了一句广告语："难言之隐，一洗了之。"

当时三峡工程已经通过人大上马，长江委围绕它开展的各项工作如火如荼，而包括中线工程在内的南水北调，却仍然陷入长期的议而不决的争论之中，从事相关工作的老同志心中的无奈，由此两句，非常形象地表现了出来。

三

第一次接触南水北调中线工程沿线，是 1995 年。

这年 9—10 月，为筹备《大江文艺》第三届笔会，我曾两次赶赴丹江口工程管理局（今汉江集团）联系会务，住进了当年建设者们建成的、悠久历史的招待所——三会议室，并借助工作间隙，花 10 元钱购票乘电梯到坝顶，第一次近距离地接触这座在脑海中想象无数次的雄伟大坝。我先从坝顶鸟瞰丹江口城区，只见楼房林立、车水马龙，丹江口小城尽收眼底；然后到上游面向西北方向眺望，只见水库碧波万顷。山岛竦峙，还有游船不时驶过，水波翻卷处出现一条条灵动的涟漪，景色优美得令人陶醉。

我花了大约一小时的时间，沿着几百米的大坝走过来，走过去，看着它的土坝、溢流段、厂房段以及很有特色的垂直＋斜面升船机，真想看看船到底是怎样沿着这样复杂的升船机过坝的，可惜的是等了半天也没有一条船过坝。只得怅然回头，整理思绪，依依不舍地原路返回。

这次坝顶之行，让我对这座"汉江流域规划的主体南水北调中线的源头三峡工程科技进步的天梯"以及"唯一被周总理誉为五利俱全"的水利工程油然产生了无限敬意。

此后的 2000 年，《大江文艺》在丹江口又举办了一次笔会，汉江集团专门为参加笔会的同志们安排一条游船在水库内航行了两个多小时，直到水库最宽阔的"小太平洋"才返回，这是我第一次进入水库核心区，对这座水库，除了仰望还是仰望。

四

第一次为南水北调中线工程服务，是 2003 年。

2003 年 3 月 4 日，受长江委宣传新闻中心指派，我与刘小康、陈仲原组成现场采访组，跟随上任不久的长江设计院院长钮新强前往丹江口库区，检查丹江口大坝加高淹没实物指标调查（简称"加坝调查"）进展情况。然后深入库区进入了为期整整一个月的综合采访。

在此之前的 2002 年底，中央正式批准南水北调工程上马。12 月 27 日，东线工程开工典礼在北京人民大会堂和江苏省、山东省施工现场同时举行，江泽民总书记为工程开工发来贺信。朱镕基在人民大会堂主会场宣布工程正式开工。而中线工程因为库区淹没和移民调查尚未结束，不能立即开工。因此长江委及湖北、河南两省紧急行动，自上而下形成省、市、县、乡四级调查组，每个层级又自内到外分为长江设计院库区处、长江水校学生、勘测人员和地方配合人员四个环节，从而形成横向到边、纵向到底的调查网络，对整个库区淹没涉及的土地、房屋、人口以及工矿企业、专业项目等各项重要实物的数量、规模、功能进行全面调查，为后来的移民搬迁、安置提供依据。

在这一个月的时间里，我们在库区处和地方同志的陪同下，走遍了库区五县（河南淅川和湖北丹江口、郧县、郧西、十堰市张湾区）的近 20 个乡镇，除采访了长江委库区处、勘测队的工程技术人员外，还采访了几十名政府官员、移民干部，以及更多的普通移民，目睹了移民们为工程建设做出的牺牲、奉献，目睹了长江委人精益求精的工作能力和一丝不苟的工作态度，听到了长江委副主任王忠法和长江设计院院长钮新强两场热情洋溢的讲话，极大地丰富了我对长江委的感性认识，也弥补了我没有亲身经历三峡移民规划的遗憾。

丹江口大坝加高移民淹没实物指标调查共历时两个半月，这对于历史不过是短暂的一瞬，可对于凝聚了长江委几代人心血、汗水和集体智慧的南水北调中线工程来说，却是从理想到现实，从梦想到成功。洁净的汉江水，正遵从人类的意志，汩汩北流，滋润华北，惠及京津。我能亲眼见证着中国的进步，深感自豪。

采访期间，我先后在《中国水利报》《人民长江报》和长江水利网等媒体发表了 20 多篇消息、报道。同一年，我与单学忠、李民权合作，撰写了记录南水北调移民规划的长篇报告文学《蔚蓝色阳光》，并有幸获得第七届湖北产业文联"楚天杯"一等奖，这也是当时我在文学创作领域获得的最高奖。这次采访，给我留下了深刻而又温馨的记忆。

五

第一次亲历南水北调中线工程建设现场，是 2007 年。

2005 年 9 月 27 日，南水北调中线工程穿黄工程在河南省温县黄河北岸正式开工，此后两年，在项目法人南水北调中线办公室的领导下，在参建各方共同努力下，工程始终进展顺利，到 2007 年上半年时已经完成了南北共四个工作竖井的挖掘与浇筑工作，南北明渠和黄土高边坡的治理也达到预想要求，随着从德国订制的盾构机运送、安装到位，穿黄隧洞的盾构挖掘前期工作均告完成，只待一声令下，正式开挖。

2007 年 7 月 8 日，"南水北调中线穿黄工程盾构掘进始发仪式"正式启动，7 月 6 日，在长江设计院万会斌的陪同下，我与张志杰、刘丽、姚忠辉、杨林等驱车赶赴河南温县，就穿黄工程有关情况，对长江委驻工地负责人符志远、张五一等进行采访，并在开工现场的竖立平台边亲眼看着巨大的盾构机如切豆腐般刺穿坚硬的基岩，不一会儿就几乎将十多米的机身全部钻了进去。随着高音喇叭传来"始发仪式成功"的消息，现场锣鼓喧天、鞭炮齐鸣。大家都知道，随着盾构机的逐步掘进，全长 4.25 千米的穿黄隧洞即将贯穿，制约中线调水的最大难题即将解除，全线引水已经指日可待。

长江委副主任、长江设计院院长钮新强出席了始发仪式，他与参会代表一起沿着环形楼梯缓缓下到 70 余米深的工作竖井里，近距离地目睹了这一铭记历史的时刻。在接受记者采访时，他饱含激情地说道："穿黄工程作为南水北调中线工程的一个节点、一个关键，它的成功与否从某种意义上标志着整个中线工程的成败。长江设计院和黄委设计院，长江设计院和长江科学院、长江委水文局等单位克难攻坚、联合攻关，攻克了多项技术难点。今天南水北调中线穿黄工程盾构掘进始发，是对我们之前工作的检验，同时又是我们下一阶段工作的一个起点。在接下来盾构穿越的整个过程中，可能还会碰到各种各样我们预计到或者以前我们还没有预计到的一些技术难点，长江设计院穿黄设代处要在南水北调中线建设管理局穿黄建管部的组织下，和参建各方密切配合，做好技术支撑，保证整个穿越按工期要求顺利进行。"

启动仪式结束后，我回到长江委，又对参与穿黄工作，并做出重要贡献的长科院水工所、七勘院以及为工程作出重要贡献的过迟等人进行了补充采访。了解到穿黄工程背后面临着黄河的河势与缩窄、砂土液化和冲刷、蠕动沙层、沉降变形、抗震等诸多世界性难题，长江委专家们就主要建筑物施工及机械设备、线路比较、工程布置、输水建筑物结构型式等进行了多年艰苦的技术攻关，知道了许多感动人心的故事。其中最让我难忘的，莫过于陈雪英和曾小惠。长江委副总工陈雪英积劳成疾，在去世前不久仍十分仔细地审阅穿黄工程的报告，认真提出的修改意见写满了小小的记事本。规划处女工程师曾小惠于 1997 年因患胰腺癌去世，年仅 51 岁。去世前，她对同事说：我为南水北调中线规划前期工作干了一辈子，没有看到工程上马，我死后，请你们把我埋在南水北调中线渠首陶岔，我要看到南水北调中线工程开工的那一天。此外，过迟同志因为研究穿黄设计过于投入，饮食没有规律，导致胃溃疡、胃穿孔，不得不到医院做了部分胃切除的手术，被人戏称为"黄河没有穿孔胃先穿了孔"。

所有的成就都来之不易，没有人能够随随便便成功。在穿黄工程这里，得到了深刻的体现。

六

第一次见到中线通水，是 2014 年。

在这年 11 月，南水北调中线试通水仪式在北京团城湖举行，国内各电视台争相报道。借助在北京鲁迅文学院第 24 届中青年作家研究班学习的机会，我在通水仪式后不久，乘地铁到颐和园，并沿着湖南岸向西走到了团城湖边。可惜的是，由于水资源保护的需要，团城湖已经被铁丝网围了起来，只能远观，不能靠近，但由东南向西北延伸的总干渠末端清晰可见，汩汩的清流汇入湖中的声音隐约可闻。毛主席、周总理牵挂了数十年，中华民族期盼了数十年的汉江水入北京的夙愿已经实现，颐和园这个曾经见证过英法联军、八国联军和日本侵华屈辱历史的皇家园林，正见证着中国的崛起，见证着中华民族伟大复兴的中国梦，这已经足够了。

此后的 2015 年 1 月，在胡甲均董事长的邀请下，中国水利作协暨《大江文艺》杂志社年会在汉江集团召开。会后下起了小雪，大家兴致勃勃地登上游艇，从大坝码头出发，一路向北进入水库核心区，又向东一直开到了陶岔渠道。与会作家们一边欣赏水库美景，一面交流创作心得，不觉间雪越下越大。到陶岔渠首时岸边的积水已经冻成了冰。湖北水利厅美女作家何红霞等不慎滑倒，并沿着坡面向水中滑去，顿时尖叫起来。幸亏有人及时拉住才没有落入水中。返回水库码头时，雪更是下得天昏地暗，气温一下降低了十多摄氏度。汉江集团的主人们及时为大家准备了丰盛的晚餐，胡甲均董事长亲自主持当晚的座谈会，希望大家写出优秀的作品，让大家听得心里暖融融的。从那时起，我们启动了丹江口工程往事漫忆的征稿工作。并在 2018 年 9 月丹江口工程开工 60 周年之际由长江出版社正式出版。我作为主要编撰者之一，全过程参与了书稿的编辑、出版工作，其间故事，如鱼饮水，冷暖自知。但我们最终拿出了丰厚的、高质量的成果，就同样也足够了。

七

以上我与南水北调工程的接触，全部局限于中线工程。至于东线工程，惭愧得很，直到 2019 年，我才有机会第一次接触。但与中线工程不同的是，这一次我利用半个月的时间，从扬州的江都水利枢纽开始，沿着大运河一路向北，经邵伯、宝应、金湖、洪泽等县市抵达淮安后，又经泗阳、宿迁、邳州、徐州、鱼台，济宁，最后抵达大运河与黄河交界处的山东省梁山县。行程大约 600 千米，基本贯穿了东线调水的南半段，也是不断提水上升段。一路走，一路看，一路思索，既陶醉于现代科技，也对古人开凿大运河的辛劳与智慧，充满了感恩。

至于南水北调西线工程，或许较为偏僻，或许是还处于远景规划的原因，我始终没有接触任何一条可能的调水线路。只是在 2021 年 4 月，借助到宁夏沙坡头出差的机会，在当地人的引导下，参观了规划中的黑山峡（大柳树）水利枢纽坝址，这也是林一山主任当年极力主张，在黄河上兴建的西线调水重要枢纽。我相信，在党和国家的亲切关怀下，在包括水利人在内的全国有识之士的齐心协力下，横亘在其间的诸多难题终将攻克，西线调水也最终会成为现实。到那时，我已经老了，或许还真有可能像东线工程这样，"让我一次看个够"。

衷心期望这一天早日到来。

图书在版编目（CIP）数据

丹心寄北流 . 漫忆篇 / 南水北调中线水源有限责任公司编 .
—武汉 ： 长江出版社，2023.5
ISBN 978-7-5492-8892-2

Ⅰ . ①丹… Ⅱ . ①南… Ⅲ . ①报告文学 – 中国 – 当代 Ⅳ . ① I25

中国国家版本馆 CIP 数据核字 (2023) 第 091083 号

丹心寄北流 . 漫忆篇
DANXINJIBEILIU.MANYIPIAN
南水北调中线水源有限责任公司　编

责任编辑： 邱萍
装帧设计： 彭微
出版发行： 长江出版社
地　　址： 武汉市江岸区解放大道 1863 号
邮　　编： 430010
网　　址： http://www.cjpress.com.cn
电　　话： 027-82926557（总编室）
　　　　　 027-82926806（市场营销部）
经　　销： 各地新华书店
印　　刷： 湖北金港彩印有限公司
规　　格： 787mm×1092mm
开　　本： 16
印　　张： 28.5
字　　数： 600 千字
版　　次： 2023 年 5 月第 1 版
印　　次： 2023 年 8 月第 1 次
书　　号： ISBN 978-7-5492-8892-2
定　　价： 248.00 元（共两册）

丹心寄北流

实｜录｜篇

冷莹 著

长江出版社
CHANGJIANG PRESS

序言

P R E F A C E

2014 年 12 月南水北调中线通水以后，我和很多北京人一起喝上了南来的汉江水。人类文明写在水纹上。自古以来，人类逐水而居，治水而兴，水利兴，则天下定、仓廪实、百业兴。人类在不断推动水利发展的过程中推动文明的诞生与进步。新中国成立以来，尤其是改革开放后，国家大幅度增加了水利投入，开工兴建了大批影响深远的重要水利设施，新时代的中国，江河崛起，世界瞩目。

在新中国波澜壮阔的 70 多年征程里，诞生了一项项令世界惊叹的"中国奇迹"工程。作为人类有史以来最大规模的调水工程，南水北调无疑是其中璀璨的明珠，同时它也是一项直接流淌进了中国 1.4 亿人生活脉搏里的民生工程。今天，沿南水北调东线、中线工程形成的两条绿色生态长廊，已如同延展身姿翔于中华大地上的两条巨龙，优化了 40 多座大中城市的经济发展格局，书写着新时代生态文明建设的华丽篇章。

作为我国重大战略性基础设施工程，南水北调工程是世界上覆盖区域最广、调水量最大、工程实施难度最高的调水工程。工程从最初的构想到实现南水北上，一路走来长达半个世纪征程，背后的艰辛可想而知。

冷莹深入南水北调中线采访数月，撰写了这部长篇报告文学。她对书稿反复修订，历经四版后最终定稿。我拿到这本书的手稿时，从书中诸多细节处都可以看到冷莹投入的心血与精力。

《丹心寄北流》呈现了南水北调中线建设过程中诸多的动人心魄之处。各领域专家长达半世纪的勘察、调研和可行性研究；长江委几代人不懈续力的推进；40余万移民的舍家为国；20余万建设者的勠力前行……最终才成就了南水北调中线工程这一世纪伟业。工程通水后，在南水北调中线的源头——被誉为"亚洲天池"的丹江口水库边，南水北调中线水源人用日复一日的坚守，在雨雪风霜、疫情来袭等任何突发情况下，都牢牢捍卫着这处横跨鄂豫两省的亚洲第一大人工湖的安全，坚定护卫着绵延4600多公里的岸线和库区每一滴北上的甘霖。《丹心寄北流》在翔实的素材基底上，流淌着文学语言的情采。冷莹的语言很有自己的风格，节制含蓄，迤逦中见沉雄。人物描写细致凝练，文伏波、杨小云、文丹、齐耀华……这些为南水北调中线工程奉献年华与智慧的几代水利人，在她的笔触下，都鲜活地立于这部长篇报告文学的人物画廊里。这本书不仅具备文学意义，也挖掘了水利人在广衷精神高地上的时代意义。这是一个中国纪实文学创作的好时代。近年来，在强国复兴的铿锵时代脚步声下，涌现出大量优秀纪实文学作品。很高兴看到青年一代的作家们拿起笔，书写蓬勃强劲的时代气象。很高兴看到冷莹在这部作品里展现出当代青年水利作家的"沉下去"——扎根事实与细节的夯实，以及"浮上来"——作品具备个人的鲜明气韵。希望冷莹笔耕不辍，手里的笔永远保持灵魂热度，未来写出更多、更好作品。

全国政协常委、中国作家协会书记处书记

丹心寄北流

实 | 录 | 篇

目录

C O N T E N T S

丹心寄北流

—目录—

序章

沧浪之水雄古今

在中国广袤版图的中部，一条蜿蜒的河流丹江与它的母亲河汉江，在鄂西北的崇山峻岭中交汇出一片注定要在历史中闪耀荣光的地域。绵亘于汉水以南的武当山，与据守于汉水北部的大横山，两脉雄伟的山川如同两只张开的有力臂膀，温柔而坚定地护佑着这片土地。

1. 山水灵秀古均州

六百年前，明永乐皇帝北修紫禁城，南修武当山，三十万军民夫匠会聚于此，手提肩挑，历时十二年，成就了一座山的荣耀；而六百年后，一个宏伟的国家工程再次眷顾这里，大坝巍峨，汉水北上，奔赴着一方水的使命，一江清水南水北调，又将北京和这片土地紧紧牵在了一起。

六百年，十个甲子的轮回，历史的机缘如命运般重复，点亮了这个神奇的地方——丹江口。

丹江口，古时曾称之"均州"，历史悠久的它至今已有2200多年建制历史。春秋战国史中，它被称为均陵郡；自秦代，设武当县；隋唐则改称均州；民国始称均县。在新中国，沐浴着时代的荣光，它踏歌水利兴盛的步伐，升级变身为有"中国水都"之称的丹江口市。

古均州传承千载，素有"铁打的均州城"之称。丹江口市位于江汉平原与秦巴山区结合部，总面积3121平方公里，辖20个镇（办、处、区）194个村，总人口47万。均州城地处汉水中游，共有6座城门，外有护城河，汉水绕城，水陆交通便利，地理位置十分优越，是地区政治、经济、文化中心。境内的武当山是中国著名的道教圣地、国家5A级旅游景区、世界文化遗产。

丹江口市拥有丰富的矿产资源，钛、铁、钒等储量居湖北省之首，原铝、电石、铁精粉的产出能力傲视华中。当地植被资源丰富，武当山可谓天然药库，仅《本草纲目》中有记载的中药材就拥有400多种。这里物产丰饶，是湖北省第二大柑橘产区、武当道茶主产区，以及水产大市，所产出的武当蜜橘，口感独特，皮薄肉厚，细嫩多汁，酸甜适宜，是享誉四方的"中华名果"。武当蜜橘、武当榔梅、均州名晒烟、金桩堰贡米、丹江口翘嘴鲌、丹江口鳡鱼、丹江口鳙鱼、丹江口青虾，是这方水土独有的8个国家地理标志产品。

如果说富饶山水是造物主对这片土地的偏爱与恩赐，那么深厚的人文历史则是这方山水人杰地灵的最佳代言。丹江流域是古代江汉流域通往关中的交通要道，相关文献记载与考古发现表明，丹江口水库及周边区域自古就是经济发达、人文厚重、古韵悠长的地区，这里曾创造出绚丽的古代文化。这里有古脊椎动物与古人类遗址、新石器时代文化；有夏商周时期、两汉至隋唐时期的文化；以及明武当山"皇室家庙"的大规模兴建等等。几乎囊括了从人类起源发展到后来各历史时期的印迹，这里的多项考古发现填补了中国考古工作的阶段空白。从郧县柳陂青龙山恐龙蛋化石群遗址到"郧县人"化石；再到郧县青龙泉、郧县大寺、淅川下王岗新石器时代遗址；以及郧县五峰春秋墓、淅川下寺楚贵族墓地、郧县唐李泰家族墓地、丹江口市均县镇古墓葬以及武当山古建筑群等等，均表明这里是中国古代文化的发源地之一。这里还拥有丰富的民间文化遗存：被誉为"中国汉族民歌第一村"的红色革命根据地吕家河，有着"汉民族文化活标本"之称；伍家沟传承的丰富民间故事，被誉为"中国民间文化活化石"，并于2006年入选第一批国家级非物质文化遗产名录；于2008年被列入第二批国家级非物质文化遗产名录的武当山庙会；地方独特的传统戏曲——武当神戏，至今已有近400年历史，主唱大本头戏、连台本戏，以历史故事为主，以唱功见长……

这是一片灵秀的土地，富集山之灵与水之秀于一体，并在山水的灵秀之中孕育了其独特的传承千载的灿烂文化。

2. 时代华歌丹江口

历史的车轮风驰电掣，曾经的均县已退出大家的视线，华丽转身为今天光彩更为照人的丹江口市。依坝建城的丹江口，于1983年经国务院批准撤县设市，1986

年被国务院批准为甲类开放城市。

随着丹江口大坝初期工程、丹江口大坝加高工程、南水北调中线工程的陆续建设，丹江口也在日新月异地变化发展着：一座座大桥相继通车，一幢幢高楼拔地而起，一片片住宅小区错落有致，一座座公园遍布城区。如今的丹江口不仅是南水北调中线工程调水源头，也是中国美丽山水城市，还是中国县域旅游竞争力百强县市。

为服务这项国家级重大调水工程，丹江口市多年来深耕水源地生态环境建设，大力推进产业结构调整，进行城市功能转移，将全市的发展思路转移到发展生态农业、生态工业、生态旅游等山水特色经济以及建设生态城市上。在工业发展上坚持走新型工业化道路，重点发展冶金、汽车零部件、生物医药、绿色食品及高新技术"四大一新"支柱产业，发展有利于生态建设和环境保护的生态产业。

来到今天的丹江口市，你不得不惊叹这是一座魅力无限的滨江新城。它通江达"海"、交通便捷。境内有一级公路 4 条，二级公路 10 条。襄渝铁路、汉十高速、十淅高速、汉十高铁丹江口南站和武当山站、从城区直达武当山的一级公路、被誉为"中国最美山水公路"的环库生态旅游公路……在这里，对外通道实现了一级路贯通，与国省高速路网实现了快速连接，形成了内外联通的路网格局。这里机遇涌动、商机无限，东风公司、汉江集团、农夫山泉等都在此投资兴业。全市现有规模以上企业 171 家、上市企业 1 家，形成了汽车及装备制造、水资源及农副产品加工、新能源新材料、生物医药、轻工纺织服装、电子信息等为主的产业格局，并且是湖北省重要的汽车零部件工业集散地。市内举世瞩目的丹江口水利枢纽，电站装机容量105万千瓦，年发电超50亿千瓦，同时还发挥着防洪、供水、航运、灌溉等综合效益。

得天独厚的山水环境，加上严苛的生态保护措施，让今天的丹江口市在经济社会阔步发展的步伐下，依然保持着最美的自然风貌。

丹江口市大力实施"生态立市"战略，建设生态滨江城市。坚持"把城区当景区打造"，先后建设了沧浪洲湿地公园、樱花林、南水北调砂石遗址体育公园等10处生态修复工程；5公里的"一江两岸"景观带。绿化覆盖率达到40.5%，公园绿地服务半径覆盖率达到88.1%，成功创建国家园林城市。全市现有牛河国家级森林公园、丹江口水库国家级风景名胜区、静乐宫太极峡、南神道、沧浪海等A级以上景区14个。国家4A级旅游景区达到5家。湖光山色的千岛画廊，自然天成的太极峡，幽远神秘的武当山南神道，鬼斧神工的金蟾峡……这些风光各异的自然瑰宝一同擦亮着丹江口的山水名片，让人流连忘返。丹江口环库公路，被《人民日报》誉为最美山水公路，评价其"简直可以媲美挪威的天堂之路"，公路一侧依临水体清澈、岛屿幽绿的丹江口水库，另一侧则是重峦叠嶂的国家森林公园，一路行进于"三季有花、四季见绿"的山光水色之中。"两岸灯火涟水波，一江清水流城过。两桥飞虹跨江岸，一坝锁江映碧波"。丹江口库区森林覆盖率达53%。沧浪洲头看万山红遍，层林尽染。

"一年好景君须记，最是橙黄橘绿时。"丹江口大力打造环库生态经济带，最美的季节是丰收之秋，果美鱼肥人喜乐。作为湖北省"生态大县"，丹江口市已形成数十万亩的优质柑橘园、核桃园、茶园、果园生态养鸡等生态特色产业基地，为群众铺出一条条致富路。山中有鲜果，水里有河鲜。这里有10万亩水面通过国家有机认证，年产有机鱼过5万吨，品种有鳙鱼、鲢鱼、银鱼、鳜鱼、蒙古红鲌、翘嘴红鲌、草鱼鲤鱼、青鱼、黄鱼、沙丁鱼等，多达60余种。甘甜清澈的库区水，养育出的鱼儿肉质细嫩，味道鲜美。大力推进美丽乡村建设的丹江口市，打造了武当花谷、三官殿"农耕渔耕"体验园、习家店农博园、关门岩最美渔村、二道河渔家灯火等一批精品乡村旅游景区景点，休闲采摘、农家乐等随处可见，实现了生态产业与生态家园的相互促进、融合发展。全市生态村覆盖率超过80%，建成省级生态乡镇12个，生态村64个。

丹江口市先后被评为"中国优秀旅游城市""国家旅游名片""中国美丽城市""中国美丽山水城市"，旅游业正逐步成为其战略性支柱产业。2020年10月9日，生态环境部发布第四批国家"绿水青山就是金山银山"实践创建基地名单，丹江口市榜上有名。

丹江口市依托丹江口水利枢纽而盛名远播。来到这里的游客，第一站往往都是一睹丹江口水库芳容。

丹江口水库是我国于1958年开始建设的亚洲第一大人工湖，横跨鄂豫两省，库区主要分布于河南省淅川县和湖北省丹江口市境内。丹江口水库库岸线绵延4600多公里，库区有着2200多个岛屿，散布若星，是世界上岛屿最多的人工湖。被誉为"中国水都""亚洲天池"的丹江口水库不仅是国家级风景名胜区，更有着一个显赫的身份——南水北调中线工程核心水源区，担当着清流北上的光辉使命。

立于丹江口水利枢纽的坝顶放目远眺，人们都会被眼前这片阔达1050平方公里的库面所震撼。目及之处，只见浩瀚无垠水面，群岛寂影，水鸟翱翔，清波如鉴，醉人心神。这里的水质优良稳定，可掬起直接饮用。库区水质已连续20多年稳定在国家Ⅱ类以上标准，并于2015年荣获首届"中国好水"水源地称号，为当地发展酒类、饮品、食品类提供了最珍贵的天然资源。2009年5月21日，世界保护级别最高的极危生物，对水环境的要求极高、只能生存于高度洁净的水域中的"水中大熊猫"——桃花水母，在丹江口大坝下游首次被发现。2018年9月2日，长江科学院研究人员在丹江口水库"小太平洋"成功采集到桃花水母活体标本。此次发现的桃花水母群聚面积达1500平方米，是库区有史以来发现桃花水母群聚面积最大的一次，同时也是首次在现场采集到活体标本。桃花水母的大面积出现，是丹江口水库水质优良的有力证明，同时也是对整个南水北调中线工程水源地保护体系的强力肯定。

3. 沧浪之水雄古今

古均州之水，史上闻名。

"沧浪之水清兮，可以濯我缨；沧浪之水浊兮，可以濯我足。"沧浪古水，漾过了孔子与屈原的心弦，也在数千年的光阴里熟稔于华夏儿女耳畔。

"沧浪"为何意？清代胡渭在《禹贡锥指》中解释说："沧浪者，汉水之色。"说明"沧浪"意谓水青色。沧浪之水，到底在哪里呢？《尚书·禹贡》中记载："山番冢导漾，东流为汉，又东为沧浪之水"，是此为迄今发现最早记载"沧浪"之名的古文献。那么，滔滔三千里汉江，呈"沧浪"之色的江段又在哪里呢？郦道元在《水经注》中指出，"武当县西北四十里汉水中有州名沧浪洲"，这正是后来的均州城，也就是今日丹江口所在地。清代的钟岳灵也在实地考察后写下《沧浪赋》："汉水源出陇西山番冢，历郧乡而下数百里内……其水奔趋澎湃，至均之关门崖，滩始平，越十数里至槐关……江流乃缓……水清隐隐可见，但深不知几许，水至此汇停渊寂，若池昭然……色若结绿，纹如湘簟，较之他水百倍澄鲜……"上述文字对汉水的流向、

◎ 汉江源头（白玉超 摄）

流速，以及历经之地均作了说明阐述，就文中所言，可以推断"沧浪"之地就在均州。

作为中国沧浪文化的发源地，今天的丹江口市仍有许多以"沧浪"命名的地名，沧浪海、沧浪洲、沧浪桥……有着深厚历史及文化底蕴的沧浪之水，如今正静静纳于宽阔明净的丹江口水库之中。

作为汉江"长女"的丹江，历史及传说则来得更为深远悠久。全长443公里的丹江是汉江最大的支流，发源于陕西省秦岭凤凰山南麓，流经商洛市商州区、丹凤县、商南县，于商南县湘河镇梳洗楼村出陕，随后向南，流经河南省，最后在湖北省丹江口市汇入汉江。《山海经》中《南山经卷一》有记："又东又东五百里，曰丹穴之山，其上多金玉。丹水出焉，而南流注于渤海。有鸟焉，其状如鸡，五采而文，名曰凤凰，首文曰德，翼文曰义，背文曰礼，膺文曰仁，腹文曰信。是鸟也，饮食自然，自歌自舞，见则天下安宁。"这里的"丹水"指的便是丹江，它被古人赋予了浓重的神话色彩，相传江面飞翔着寓意天下安宁的凤凰。

从历史中一路走来，这一地域与水利有着不解之缘。早在4000多年前，大禹便在此处治水。在武当山下汉江两岸，至今还存有禹王庙、禹迹桥、禹迹池等遗迹。步入新中国，在党和国家领导人的殷切关怀下，水利部长江水利委员会（以下简称"长江委"）三代水利人殚精竭虑、薪火相传，在此缔结出一朵瑰丽的新时代水利之花。

1951年9月，长江委的一支地质勘探来到了丹江口，展开了坝址地质勘探工作。

1958 年 9 月 1 日，来自湖北、河南、安徽三省的 10 万建设大军，浩荡云集丹江口，锣鼓喧天声中，人们斗志昂扬，一项不仅将彻底改变丹江口命运，更关系到整个中华民族复兴步伐的国家工程拉开了序幕……

在毛泽东、周恩来等老一辈无产阶级革命家和党中央的亲切关怀下，在鄂豫两省的积极努力下，丹江口水利枢纽工程于 1958 年 9 月 1 日正式开工，1967 年 11 月下闸蓄水成为亚洲最大淡水基地，1968 年 10 月实现第一台机组发电，1974 年初期工程全面建成。

丹江口水利枢纽位于湖北省丹江口市汉江与其支流丹江的汇合口下游 800 米处，控制流域面积 95200 平方公里，约占全流域面积的 60%，控制全流域水量的 70%~75%。丹江口水利枢纽的建设对汉江流域规划的实现具有关键性作用。丹江口水利枢纽建成后，大坝雄峙，紧锁苍龙。丹江口水库与汉江下游的杜家台分洪工程联合运用，成为汉江中下游及至长江防洪减灾的重要屏障。

作为汉江上最璀璨的明珠，丹江口水利枢纽是我国自行设计、建造的根治和综合开发汉江的关键性工程。工程建成后数十年来，运行平稳，效益显著，稳定发挥着防洪、发电、灌溉、航运、养殖等巨大的统合效益，曾被周恩来总理誉为全国唯一"五利俱全"的水利工程。丹江口水利枢纽的设计与修建不仅实现了综合治理、充分利用汉江水资源的目标，也为其后的长江葛洲坝工程、长江三峡工程建设锻炼了人才队伍，奠定了技术基础与丰富经验。

◎ 丹江口水利枢纽雄姿

丹江口大坝加高后，水域面积达到 1050 平方公里，成为多年调节水库，是我国水资源配置的重要水源地，也是中国史无前例的超级工程——南水北调工程的中线工程水源地。在根治汉江水患的同时，丹江口水利枢纽登阶实现了南水北调梦想，它的崛立奏响了一曲气壮山河的治水壮歌。

4. 南北共梦一江水

新中国波澜壮阔的 70 多年征程，诞生了一个个令世界惊叹的"中国奇迹"，南水北调工程是其中一张闪亮的名片。

水是维持工业、农业生产和人民生活的血液，水系是社会发展的纵横血脉。我国南北水资源分布严重不均衡，南方水多，北方水少，尤其黄淮海流域是我国水资源承载能力与经济发展矛盾最为突出的地区。作为我国重大战略性基础设施工程，南水北调工程是世界上覆盖区域最广、调水量最大、工程实施难度最高的调水工程，从东、中、西三线分别从长江上游、中游、下游向北方地区调水，构筑起"南北调配、东西互济"的大水网格局，全面改善我国水资源配置格局。南水北调工程重构了我国的水系，把长江水引向黄淮海等严重缺水的华北地区，有力解决了我国南方水多、北方水少的问题，让北方过亿居民喝上甘甜的长江水，北方长期超采的地下水水位也缓慢回升。目前，沿南水北调东线、中线工程形成的两条绿色生态长廊，已把长江和黄河亲密连接起来，在中华大地上形成壮美一体的景观，书写了新时代生态文明建设的华丽篇章。

其中的南水北调中线工程，起于丹江口水库陶岔渠首，止于北京市颐和园团城湖，输水干渠地跨河南、河北、北京、天津4个省、直辖市。中线工程全长1432公里，输水干渠总长1277公里，供水范围总面积15.5万平方公里。

南水北调中线水源工程是南水北调中线的关键性、控制性和标志性工程，由丹江口大坝加高工程、丹江口水库征地移民工程和水源工程运行管理专项三个设计单元组成。

南水北调中线水源工程中的丹江口大坝加高工程，是我国最大的大坝加高改造工程。要想南水自流北上，必须让库区大坝"长高"，增大库容。坝高水涨，才能使大坝在满足防洪、发电、通航的基础上，肩负起一渠清水北上、润泽沿线的重任。按设计要求，要对丹江口大坝加高14.6米，坝顶高程要从原来的162米增高到176.6米，正常蓄水位需从157米抬高到170米，总库容由209亿立方米增加到339亿立方米。在一座服役近40年的老坝上浇筑"新坝"，要让新老混凝土"亲密结合"、新老坝体实现联合受力，难度不亚于新修一座大坝。工程施工难度大、技术要求高、度汛标准高、施工环境复杂、质量非可控因素多。丹江口大坝加高工程于2005年9月开工，历经了近8年艰辛漫长的加高工程，终于告捷。在长江委的领导下，中线水源工程人以智慧与心血、持初心和坚韧，一路攻坚克难前行，应对了种种此前并无经验可循的严峻挑战，按期、优质完成了工程建设任务。建设过程中，诸多技术难题都属于国内乃至世界范围内的首度攻克，创造了一项又一项技术奇迹，最终顺利为南水北调中线工程的实施创造了条件。

丹江口水库征地移民是南水北调中线水源工程成败的关键。在南水北调中线工程中，移民搬迁的难度和强度均创中国水利工程移民之最，年度搬迁安置人口在国内和世界上均创历史纪录，在世界水利移民史上前所未有。丹江口水库征地移民工程涉及湖北和河南两省，范围广、人数多。自1958至2012年间，大批移民搬迁、返迁、复搬迁，54年间反复跋涉在故乡与新居的路上。几代移民心怀大义，慨然泪别故土，谱写出舍家为国、碧水丹心的壮丽篇章。大坝加高新增淹没土地面积307平方公里，搬迁安置人口共计34.49万。移民安置强度高、迁复建任务重。在丹江口水库加高的征地移民工作中，中线水源公司发挥组织、协调作用，紧密依靠当地政府，仅用6个月的时间，就完成了坝区征地、移民搬迁安置任务。2012年，河南、湖北两省34.49万的移民搬迁安置工作全部完成。2013年8月，丹江口库区移民安置工程顺利通过了国务院南水北调办组织的蓄水前验收。

这项工程背后还有更多关于爱与奉献的故事难以细数……2006年4月，国务院正式批复《丹江口库区及上游水污染防治和水土保持规划》。在陕西，仅丹治工程一期就治理小流域 348 条，治理水土流失任务 7681 平方公里，营造水土保持林 19.95 万公顷，陕西无疑是南水北调背后的卫士；河南南阳市，从 20 世纪 90 年代开始，先后关停企业 800 多家，静态损失约百亿元，关闭、取缔、搬迁养殖户逾千家，取缔养鱼网箱 5 万多个，政府投入资金近 5 亿元帮助企业转产、职工转业、渔民上岸，在汇水区建成 60 个污水垃圾处理点；湖北十堰市，关停"十五小"企业 329 家，关闭 106 家黄姜加工企业，迁建 125 家，导致职工下岗 6 万人，每年直接财政收入损失 15 亿元，每年配套支出 15 亿元用于生态保护和水污染防治工程建设，为保障库区青山绿水，共建成国家省市三级保护区面积 22.4 万公顷，有效管护森林 1059 万亩，森林覆盖率达 64.7%，是全国平均水平的 3 倍；作为南水北调中线核心水源区，为确保库区水质安全，护航"一江清水永续北送"，丹江口市以壮士断腕的勇气，关停企业 198 家，拆除网箱 12.1 万只，取缔库汉养殖 10.8 万亩；为蓄积一库清水，丹江口水利枢纽当时的管理者、建设者——汉江集团从 2013 年 9 月起就开始大幅度减少发电量保蓄水，集团上下全员曾一度减薪 30%……

南水北调中线水源工程，前后历时 50 年调查论证，10 余年开工建设，无数专家与水利人呕心沥血奉献，汇水区各地方不计代价呵护水源与生态。2014 年 12 月 12 日，几代人的梦想终于实现——一江清水自丹江口水库陶岔渠首北上，跨越大半个中国，引流华北，解渴京津。南水北调中线工程，从此开始日夜不辍地为我国水资源战略配置发挥它的重要贡献。

◎ 长江与黄河的首次『握手』（水利部文明办 供图）

六百年前，以山为盟，武当与故宫共同祈福大明王朝；六百年后，以水为媒，丹江口与北京共筑盛世中华梦。山屹水绕，丹江口与北京的缘分与情意深缔。

在全国人民为之激动的通水欢欣时刻，习近平总书记作出重要讲话，指出"南水北调工程功在当代，利在千秋。希望继续坚持先节水后调水、先治污后通水、先环保后用水的原则，加强运行管理，深化水质保护，强抓节约用水，保障移民发展，做好后续工程筹划，使之不断造福民族、造福人民"。李克强总理也指出，中线工程正式通水，是有关部门和沿线六省市全力推进、二十余万建设大军艰苦奋战、四十余万移民舍家为国的成果。李克强向广大工程建设者、广大移民和沿线干部群众表示感谢，希望继续精心组织、科学管理，确保工程安全平稳运行，移民安稳致富；希望充分发挥工程综合效益，惠及亿万群众，为经济社会发展提供有力支撑。党中央、国务院对南水北调工程高度重视。习近平总书记、李克强总理分别就中线工程通水多次作出重要批示。2014 年习总书记的新年贺词，全文仅 1300 多字，其中就用了63 个字"点赞"南水北调，这既是对全体建设者的鼓舞和鞭策，也是寄予这项国家工程的殷切期望。

中线通水后，南水北调中线水源人并没有停止忙碌的脚步，他们转而投入了紧张的水源工程运行管理工作之中，担当起了"守井人"，辗转于风雨雪阳，用日复一日的坚守护卫着每一滴北上的甘霖。

清碧汉江水，不负众望，在豫京津冀润泽出大美景象，奔流出千家万户的幸福笑容与地域发展的广阔蓝图。一江甘美好水，不仅提升了北方民众的幸福品质，也成为受水区经济社会发展的有力支撑，在缓解受水区水资源供给矛盾、改善水质、保护生态环境等方面，发挥了不可或缺的战略性基础作用。通水后的中线工程泽被沿线北京、天津、河北、河南 4 省市民众，现已成为沿线多地的主力水源和社会经济发展的生命线。北上的南水，不仅为四个省市的 20 多座大中城市提供饮用水，同时还兼顾着农业和生态用水的任务。截至 2022 年 2 月 21 日，南水北调中线工程全线已累计供水 438.17 亿立方米，惠及沿线 24 座大中城市约 7900 万人。居民们喝上好水，企业得到助力，生态大面积恢复，北上的南水正在改变北方的模样。南水北调工程，作为"中国可持续发展的支撑工程"，是中国水资源配置的重要战略支点，是区域经济社会发展的重要支撑。它在保障我国水安全中的地位之要不可替代。

一江清水赴征程，甘霖永续通南北。越平原，穿江河，跨山岭，横贯城市与村庄，将清流献于现代文明的腹地，日月不滞。润泽强国梦想，铿锵复兴步伐。

从 1952 年至 2014 年，至今天，致未来，跨越半个多世纪，一代伟人的构想，50 年的论证历程，20 余万建设者的勠力前行，40 余万移民舍家为国的情怀，几代人呕心沥血的奉献，梦圆。

第一章

缘起篇　重排江河，奇志寄宏愿

海洋、江河、湖泊、溪流，仿佛地球奔腾不息流淌的血液，迸发出强劲绵长的生命脉动，孕育出大千世界蓬勃盎然的生机。从远古时代，人类就逐水而居、治水而兴，文明的兴起与衰落与水有着至为亲密的关系。水资源不仅关乎着人类群体的生死存亡，也是人类社会发展前进步伐中的重要因素。人类在不断推动水利发展的过程中发掘着自己的智慧，推动文明的诞生与进步。

我国每年河川径流量为 2.6 万亿立方米，居世界第六位，但平均到每一个人，只有 2000 立方米，约为世界平均水平的 1/4。且我国的淡水资源在地区分布和时间分布上严重不均匀。在地区上，南多北少，东南多西北少；在时间上，则冬春少雨、夏秋多雨。我国的降水主要由东南季风带来，年降水量总体上从东南沿海往西北内陆递减，秦岭淮河以南的南方地区，年降水量在 800 毫米以上，属于湿润地区，水资源较为丰富。而秦岭淮河以北的北方地区，年降水量在 400 毫米至 800 毫米之间，属于半湿润区。全国多年平均年地表水资源量南方地区占 84%，北方地区占 16%。全国多年平均年地下水资源量南方地区占 70%，北方地区占 30%。中国自古以来就是农业大国、水利大国，作为全球 13 个人均水资源最贫乏的国家之一，且负荷着水资源分布严重不均的背景，以不到世界 7% 的土地养活着世界 22% 的人口，除了相对优越的自然条件外，中国的水利建设功不可没。

中华民族的发展史、文明史，可以说就是一部除水之害、兴水之利的治水史。自大禹治水的上古传说开始，华夏儿女改造自然、发展水利的步伐就不曾停歇。灌溉兴农、河防疏浚、漕运贸易，中华民族在治水历史长河中闪耀出智慧和坚韧的光芒。

古往今来，水脉与国运相通，善治国者先治水。不论时代如何更迭兴衰交替，兴修水利一直被视为安国兴邦、泽被后世的伟大功绩。水利作为重要的产业，与国家、民族的命运紧密相连，大凡太平盛世，都会出现标志性的水利工程。都江堰、灵渠、京杭大运河这些古代先辈们缔造的超级工程，跨越古今，依旧深深地影响着今天的人们。

据史书记载，在新中国成立前的 2000 多年间，我国发生较大洪水 1092 次，发生较大旱灾 1056 次。新中国成立以来，党和国家最高领导人极度重视水利民生，我国开展了对淮河、海河、黄河、长江等大江大河的治理，中华民族开发利用江河的澎湃大潮日逐浪高！尤其是改革开放后，国家大幅度增加了水利投入，开工兴建了大批影响深远的重要水利设施，新时代的中国，江河崛起，尽现风流。

星移斗转，沧海桑田，今天的南水北调，在全新时代焕发出新的光芒。历时半个多世纪论证、建成并已见效的南水北调工程，是人类有史以来最大规模的调水工程，也是新中国、共产党为民族谋复兴、为人民谋幸福的一座世纪丰碑……

1. 南涝北旱，水资源配置急需优化

长江，从唐古拉山脉发足，劈山穿峡揽纳百川，雄奇多姿盘踞胜景，润富庶，养繁华，六千余公里绵延奔腾；

黄河，自高原雪域出发，九曲狂涛俯瞰激昂，逶迤九省容纳百流，破天堑，塑沃野，五千公里跌宕征程。它们同为中华民族的母亲河，孕育数千年灿烂文明，是中华文明的历史摇篮和文化源泉，但两者水文等具体情况却有着很大的差异。

长江全长 6397 公里，流域面积约 180 万平方公里，是我国最大的河流，多年平均径流量达到 9600 亿立方米。长江水系发达，由数以千计的大小支流组成，其中 1 万平方米以上的支流就达到了 49 条，其中雅砻江、岷江、嘉陵江和汉江 4 条支流的流域面积都超过了 10 万平方公里。一江水浇灌着千里沃野，长江流域以全国 18.8% 的国土面积，生产了全国 33% 的粮食，养育了全国 32% 的人口，创造了全国 34% 的 GDP。长江流域水能、森林、矿产、土地资源丰富，社会经济发展有悠久的历史。虽然长江也有洪涝灾害，但是基本不会改道，运航条件出色。在水利、商业和工业的推动下，长江流域地区已经形成一个农轻重产业结构比较协调、经济发展水平在全国居先的地区，是我国水资源配置的战略水源地、重要的清洁能源战略基地、横贯东西的"黄金水道"、珍稀水生生物的天然宝库，在我国经济社会发展和生态环境保护中具有十分重要的战略地位。

黄河全长 5464 公里，流域面积约 752443 平方公里，是中国第二长河，但多年平均径流量约 580 亿立方米，仅为长江的 1/17 左右。黄河支流众多，流域面积大于 100 平方公里的支流共 220 条，大于 1 万平方公里的支流 11 条，较大支流是构成黄河流域面积的主体。黄河的流域面积占全国国土面积的 8.3%，养育全国 12% 的人口，灌溉 15% 的耕地，GDP 占全国比重仅有 14%，与长江流域差距巨大。黄河流域的经济社会发展整体滞后，产业构成以第二产业为主体，其中初级加工业占比较高，能矿资源采掘业特色突出；第三产业比重低于全国平均水平，显著低于沿海地区；第一产业占比高于全国平均水平，草原牧业特色鲜明。流域内部发展差距较大。黄河水富含泥沙，每年都会产生 16 亿吨泥沙，其中有 12 吨泥沙流入大海，剩下的 4 吨泥沙，汇聚在黄河下游，形成了冲积平原。历史上黄河多次洪涝决堤，有文献记载的决堤泛滥就高达 1500 多次，带来巨大灾难性损失。而黄河一旦进入枯水期，则周边断水断流。2001 年缺水 40 亿立方米，2003 年缺水 110 亿立方米，2005 年缺水 160 亿立方米。

纵观中国版图，江淮河汉盘亘在我国东西南北的生命线上，共同孕育了

◎ 干旱

几千年灿烂的中华文明。其中长江平均水资源总量远高于黄河、淮河及海河。全国水资源量的八成集中在长江及其以南地区，20世纪后北方水资源短缺局面日益严重。

在我国北方，耕地占60%以上，人口占40%以上，而水资源只占全国的1/3。从经济布局看，北方有许多重要的工业基地，同时对保障全国粮食供给具有重要意义。尤其是黄淮海地区，人口高度集中、平原土地丰富、矿产资源富集、光热资源充足，水资源严重短缺已经成为经济社会发展的重要制约因素。黄淮海流域总人口4.4亿，水资源量仅占全国总量的7.2%，人均水资源只有462立方米，是全国平均水平的1/5，仅为世界平均水平的1/16，是我国水资源与经济社会发展最不适应、水资源供需矛盾最突出、缺水最严重的地区。20世纪80年代以来，黄淮海流域地区依靠对当地水资源的过度开发，曾维持了经济社会的高速发展。对海河流域开发利用水量已达到了总水量的95%以上，黄河、淮河用水也都超过了60%，造成了河流断流、湖泊干涸、地下水超采、水环境恶化等，代价十分沉重。尤其在华北地区，由于人口城市众多、经济发达，用水量大，另外随着经济发展，用水量不断增加，加上工农业用水带来水源污染等，进一步加剧了水资源紧缺的矛盾。区域内很多城市大量开采地下水，导致地下水水位快速下降，形成地下水漏斗区，造成地面沉降和塌陷等问题，对区域生态环境的破坏极大。连我们的首都北京市，年人均水占有量也不足200立方米，仅相当于全国水平的1/10和全球水平的1/30，每年用水缺口达15亿立方米，是全世界最"干渴"的城市之一。

华北地区水资源的供需矛盾极为突出，很难通过自身解决水资源短缺。中国水利水电科学研究院水资源专家甘泓博士曾指出，黄淮海流域已是我国总体节水水平最高的地区，进一步节水，其单方节水投资将随着节水程度的不断提高而迅速增加。

在人口和经济布局难以大规模改变的情况下，通过跨流域调水，转移部分丰水地区水资源，满足缺水地区发展需求，是解决我国水土资源矛盾的重要措施。那么，能否从水量相对充沛的长江流域调水，将南边的浩荡长江水注入我国西北部，来缓解北方水资源严重短缺的局面呢？水是生命之源，也是国家发展之基。南水北调对解决北方经济发展的制约因素，对全国经济、社会发展大局，意义都十分重大。调水到北方，不仅能解决北方缺水，还能实现长江、黄河、淮河和海河水资源的合理配置，这些都具有十分重要的战略意义。

我国至今未形成水资源可以调配的完整水网布局，南涝北旱是中华民族的心腹之患。完善的交通网、电网、信息网、水网四大网络是现代社会的基本需求。改革开放以来，经过多年持续的规模建设，曾经制约国民经济和社会发展的交通网、电网、信息网等"瓶颈"已经被一一冲破，唯独这张关系到国计民生的水网还滞后于时代发展的步伐。

2. 一个伟大构想，拉开中国水网新格局

1949 年，新中国成立，抗日战争和解放战争的硝烟刚刚散去，大江大河屡屡泛滥成灾的现状成为压在党和国家最高领导人心上的重大忧患。在百废待兴的新中国成立初期，水利是党和国家领导人深切关注的问题。

1952 年 10 月深秋的一个雨夜，一列神秘专列驶出北京。这是毛泽东主席的首次休假，他将此次假期用于视察黄河，并亲自确定了路线。沿途所经，都是历史上黄河频繁为患的重灾区。正是在这次考察中，毛泽东对南水北调查勘表现出浓厚的兴趣，他提出一个设想："北方水少，南方水多，如有可能，借一点水来也是可以的。"这个想法在当时看来很大胆，但这并非一个空穴来风的想法，而是基于中华民族可持续发展提出的一个高瞻远瞩的战略构想。

跨流域调水是社会发展的必然产物，支撑着人类社会的可持续发展。古今中外许多调水工程的实践已证明，建设跨流域调水工程是缓解缺水地区水资源短缺供需矛盾、促进地区经济繁荣和社会发展的有效途径，也是支撑缺水地区可持续发展的重要基础设施。我国早已出现中小河流间、平原河道间的跨流域调水工程。著名的都江堰灌溉工程就具有跨流域调水性质，它将岷江干流的水引入内江灌溉农田。该工程使曾水患不绝的成都平原成为"水旱从人"的"天府之国"，成都也因此成为历史上繁荣的名城。陕西的郑国渠，以引泾水向东注入洛水灌溉良田，后经扩大引水范围，发展成为 100 万亩以上的大型灌区，即陕西泾惠渠灌区；广西的灵渠沟通了湘江和漓江，成为连接长江和珠江两大水系的古运河；著名的京杭运河始凿于公元前五世纪的春秋末期，经隋、元两代扩展成为跨越钱塘江、长江、淮河、黄河、海河五大流域，曾沟通南北的交通要道……世界上的诸多他国，也都建立了相当规模的跨流域或长距离调水工程。如美国加利福尼亚州调水工程、澳大利亚的雪山调水工程、以色列的加利利湖北水南调工程、秘鲁的马赫斯调水工程、苏联的额尔齐斯河东水西调工程等等。

跨流域调水工程在全世界的发展，是人类社会进步的标志和时代趋势。若我国能实现南水北调，无疑将构筑起黄淮海地区以及全国水资源优化配置的基本格局，从根本上改变我国水资源分布不均的不利状况，对我国经济社会的可持续发展起到重要的支撑和保障作用，服务国计民生、造福子孙后代。

长江，可以说是改善我国北方生态与环境的重要支撑点。但对于长江的水账，能借出多少水，从什么地方、以什么方式调水，毛泽东并不足够清楚，他还需要听取长江委的意见。1953 年 2 月，毛泽东在"长江"舰上见到长江委首任主任林一山

时，便开门见山地急切问道："南方水多，北方水少，能不能把南方的水借给北方一些？"在得到林一山肯定的答复后，毛泽东深感欣慰，兴奋的他当即拿着笔在林一山随身携带的地图上，沿着长江流域与黄河流域的边界一路向东，询问最佳的引水河流与最佳引水点。林一山一一做了回答，并认为在汉江的丹江口附近建坝壅水为水源地的方案最好。毛泽东高兴地对林一山说："你回去后立即派人查勘，一有资料就即刻给我写信。"临走时，毛泽东紧紧握住林一山的手，说："南水北调工作要抓紧。"从此，南水北调中线工程的研究工作正式拉开序幕。

汉江作为长江最大的支流，水资源总量丰富，其河川径流量相当于黄河，但水资源开发利用率却比较低，消耗量仅占天然径流量的7%，剩下的水都源源不断地汇入浩浩长江。由此可见，汉江流域水资源在满足本流域社会、经济与环境发展用水后，尚有多余的水资源可外调。

南北调配、东西共济，形成大水网正是时代刚需。以人力重排江河——一代伟人的一个大胆构想，为一项载入史册的伟大水利工程埋下了一颗强劲优秀的种子，开启了南水北调工程线上水利人栉风沐雨半个世纪的不懈征途，也为中国拉开了新的宏大水网格局。

3. 不懈推进，半个世纪风雨征程

在新中国，南水北调始终牵动着党和国家领导人的心。在此后南水北调工程一路行进的征途上，全程凝聚着历届中央领导的高度重视和推动。

在丹江口大坝边，曾有一处印刻着红色基因的、与丹江口水利枢纽同龄的著名"三会议室"。"三会议室"并不是一间会议室，而是一处招待所的别名，是错落有致掩藏在坝边山坡树荫中的几栋小平房。"三会议室"几经变迁，

◎ 丹江口坝址原始自然面貌

从五六十年代的土墙茅草房，到七十年代的红砖小平房，八九十年代又改造成为了钢木结构的园林住宅。它是大坝建设时期总指挥长张体学开会商议建坝大事的地方，后来也主要供党和国家最高领导人在视察丹江口工程建设时工作和生活使用。丹江口大坝建设时期很多著名的决策就是在"三会议室"拍板的，它曾接待过李先念、邓小平、王任重等党和国家领导人。

可以说，今天已建成并展现成效的南水北调工程，是人类有史以来最大规模的调水工程，同时也是中国共产党为民族谋复兴、为人民谋幸福的一座世纪丰碑。

大江大河流域的自然、社会、经济条件十分复杂，只有经过统一、全面的规划，协调防洪、发电、灌溉、航运等各方需求，照顾上中下游各地区之间的利益，克服只按单一目标选点、无视全局的弊端，才能托举高质长效的利民工程。作为当今中国最大的水资源调配工程，南水北调中线工程经历了长逾半个世纪的跋涉征程。

根据我国资源分布实际情况，从 20 世纪 50 年代开始，国家组织各领域专家对南水北调进行了近 50 年的勘察、调研和可行性研究，在科学论证的基础上进行民主决策。论证阶段包括 1952—1961 年的南水北调探索阶段、1972—1979 年以东线为重点的规划阶段、1980—1994 年东中西线规划阶段和 1995—2002 年全面论证及总体规划阶段。来自水利、经济、社会、环境、农业等多领域的科技工作者投身其中，几代人开展了披荆斩棘的接力前行之路，南水北调工程是新中国多学科、跨地区、宽领域团结合作的典范。

1952 年 11 月，当时的水利部部长傅作义、副部长李葆华，率各有关部门负责人及中外专家近百人，进行汉江查勘，重点查勘了丹江口坝址，初步确认丹江口是少有的高坝良好坝址。之后长江委经过深入勘察设计研究，进一步确认河床地质条件优越，宜于布置混凝土坝，两岸布置土石副坝。

1954 年，长江中下游发生特大洪水灾害，加速了丹江口工程勘测设计研究工作的进程。1955 年 3 月，汉江流域规划工作正式展开，规划研究比较了引汉济黄的方案，推荐从丹江口水库引水，经南阳盆地过方城进入淮河、黄河的引水方案。这一年，丹江口水利枢纽工程被列入国家第一个五年计划重点建设工程之一，南水北调（济淮、济黄）任务作为一项近期任务列入当时的规划报告。

1956 年 3 月，长江委完成了《汉江流域规划简要报告》，在报告中推荐丹江口水利枢纽作为治理开发汉江乃至长江的第一期工程。同年，长江委成立汉江规划设计室，专门研究汉江规划、丹江口工程设计和引汉济黄等工作。

1958 年 2 月底，周恩来同李富春、李先念一起率领国务院有关部委及有关省区的领导和中苏专家共百余人视察三峡。考察团听取了三峡工程研究和长江流域规划工作汇报、汉江流域规划和丹江口水利枢纽工程设计的汇报。2 月 27 日，周恩来总理在船上主持了专题会议，听取了长江委丹江口工程负责人魏廷铮关于汉江流域规划和丹江口水利枢纽初步设计的汇报，并对丹江口工程进行了重点研究讨论。这是一次对丹江口工程具有历史决定性意义的会议。3月6日，周恩来在重庆为三峡工程现场会议作总结讲话时又

支援物资运来丹江

多次谈到丹江口工程。他说："对丹江口工程，水电部、各省以及流域机构要适当进行分工，设计仍由长江流域规划办公室搞，湖北省应着重政治领导，施工将来要另设工程局。"并指出，丹江口工程"肯定列入第二个五年计划"。

1958年3月25日，中共中央政治局在成都召开会议，毛泽东亲自主持会议，周恩来作了《关于三峡水利枢纽和长江流域规划的报告》。会议批准了长江流域的第一期工程——丹江口工程在1959年作施工准备或正式开工，并将"南水北调"引汉灌溉工程并列为丹江口的同期工程。

1958年5月，在此前国内没有任何经验可资借鉴的情况下，长江委经过潜心研究、反复论证，以敢为人先的气魄如期拿出了丹江口水利枢纽初步设计要点报告，确定工程主体任务是防洪、发电、灌溉和航运，远景引水济黄、济淮。

1958年7月，水利电力部水力发电建设总局以〔58〕工字第190号函复丹江口工程局，同意马上动工。1958年8月《关于水利工作的指示》明确指出：全国范围较长远的水利规划，首先是以南水北调为主要目的地，即将江、淮、河、汉、海各流域联系为统一的水利系统规划。这是"南水北调"一词第一次写入中共中央正式文献。1958年8月31日，周恩来亲自主持北戴河长江会议，同意兴建丹江口水利枢纽工程。

1958年9月1日，丹江口水利枢纽正式破土动工。来自湖北、河南、安徽三省的10万建设大军浩浩荡荡地云集丹江口，参加工程大会战。

1959年，长江委编制完成《长江流域综合利用规划要点报告》，首次提出从长江上、中、下游引水的南水北调总体布局，奠定了中国南水北调的基本框架。

同年，国家进入"三年困难时期"，生活物资和水泥、钢筋等基本施工物资都极度匮乏；1960年夏，苏联撤走指导专家；1966年"文化大革命"爆发……诸多历史原因之下，60年代丹江口工程压缩规模，引汉济黄无法实施，南水北调中线工

程建设也由此进入低潮。

在如此境况下，丹江口初期工程依然于 1973 年按规划建成，成为新中国水利建设史上第一个大型综合利用水利工程，在初步解除了汉江洪水对中下游地区威胁的同时，实现了显著效益。

70 年代后，由于北方地区持续干旱，兴建南水北调工程的呼声有所提高。在此阶段，长江委对中线调水进行了深入研究——在测量方面，针对不同坝线方案，完成了陶岔到宝丰段 1 ∶ 10000 地形图，对其与主要河道交接处做了 1 ∶ 2000 ～ 1 ∶ 5000 的纵横断面图，同时与相关单位合作，掌握了宝丰以北的地形图及航测图；在地质方面，长江委与地质部合作，完成了大量地质测绘及物探工作，对总干渠沿线两侧 3 ～ 15 公里地区进行了普查；在科研方面，针对南阳地区膨胀土进行长期原型观测，探讨总干渠边坡稳定因素的敏感性和渠道边坡变形破坏原理，为总干渠的设计提供依据；规划设计方案上，在比选的基础上，确定了总干渠在黄河以南及以北的线路走向，推算出丹江口初期引水规模为 100 亿立方米，最终规模为 230 亿立方米，其不足部分，则应考虑从长江调取。与此同时，对汉江中下游的补偿方案也进行了初步研究。

1979 年，在中国水利学会于天津举办的南水北调学术讨论会上，长江委派代表做了《丹江口水库可调水量分析》的发言，论述了丹江口水库在中线调水中的作用，指出丹江口是中线调水无可替代的水源，为了服从中线调水大局，丹江口的发电量将有所降低，汉江下游的航运和灌溉水源也将受损，但长江委和湖北省都会以大局为重。文章指出，丹江口损失的发电效益可以通过兴建其他电站予以替代，而大量优质的水源，却是任何措施也无法替代的。这篇文章引起社会各界强烈关注。

20 世纪 80—90 年代，黄淮海流域持续干旱，黄河断流时间和长度逐年增长。1980—1981 年，海河流域再次发生旱灾，灾情比以往更为严重。各地不仅工农业用水不足，甚至连城乡居民的生活用水都无法保证，官厅和密云两大水库不得不动用死水位运行。为保证北京城市用水，国务院决定从 1981 年起，这两座水库只供北京，不再向天津和河北供水。此后，河北不得不超采地下水，而天津在除临时接收黄河调水外，还不得不投巨资兴建引滦入津工程。到了 20 世纪 90 年代，局面愈演愈烈。华北地区陷入有河皆干、有水皆污的境地。黄河的断流天数，在 1992 年为 61 天，1993 年 75 天，1994 年 121 天，1995 年 122 天，1996 年 136 天，1997 年 226 天……不仅时间延长，而且断流河段也有加长趋势。与此同时，长江流域却连续发生规模以上洪水，1991 年、1995 年、1996 年、1998 年、1999 年都发生了大洪水，其频率远远超过有实测纪录的任何一个时期，其中 1991 年下游洪水和 1998 年的全流域性大洪水更是惊动中央。一边是水少得旱死人，一边是水多得淹死人，实施南水北调，将南方多余的水输送北方，已成为越来越多有识之士的共同认识。从 1980 年起，国家加大了南水北调的工作力度，并计划在"六五"期间（1981—1985年）正式实施。水利部也应时而动，改变了此前以东线为主的计划，决定由淮委、海委对东线调水，长江委对中线调水，黄委对西线调水工程进行平行研究，这段历史一直延续到 1994年，也被称为"东、中、西线规划研究阶段"。1987 年，长江委提交的《南水北调中线工程规划报告》，推荐在丹江口水库已建成初期规模的条件下，向北方年均调水 100 亿立方米的方案，全线自流到北京。在这段时期，长江委对中线调水的研究取得了重要成果。在线路选择上，增加了黄河以北的线路，并针对灌溉效益最大化，对黄河以南线路做出重大调整，选择了西部高线；在输水形式上，也放弃了南北大运河计划，确定了总干渠功能为单一输水；为确保水质，计划输水总干渠全程与相关河道、交通道路采取立交方式。

半个多世纪的酝酿，终于在春天开始喷薄芬芳。1992 年 10 月，中国共产党十四次代表大会把南水北调列入中国须抓紧兴建的跨世纪特大工程之一，南水北调的实施提上了国家的议事日程。这是第一次在党中央代表大会上提出兴建国家重点工程。长江委的规划设计工作也由此进入攻坚阶段。

1994 年，南水北调东线、中线、西线先后完成规划报告，并经水利部、国家计委，报送国务院。党中央、国务院对南水北调工程极为重视，江泽民对我国水资源问题作出重要批示，指出："南水北调的方案，乃国家百年大计，必须从长计议、全面考虑、科学比选、周密计划。"李鹏总理指出南水北调是一项跨世纪的重大工程，关系到子孙后代的利益，一定要慎重研究，充分论证，科学决策。中央决定采取积极而又慎重的态度，对工程的总体规划及各线的开工顺序进行论证，以期找到最佳实施方案。

从 1995 年起，南水北调进入为期三年的论证时期。

1995 年 6 月，李鹏总理主持召开国务院第 71 次总理办公会议，专题研究南水北调问题，并提出 4 条意见：一、工程的主要目的，是解决京津华北地区的严重缺水状况，是以解决沿线城市用水为主；二、方案要兼顾用水要求、投资效益和承受能力，东线、中线、西线都要研究，不可偏废，丹江口水库从发电、防洪改为供水、防洪为主；三、资金打足，确保落实；四、成立南水北调工程论证委员会。遵照会议纪要精神，水利部成立了南水北调论证委员会。于 1996 年 3 月底提交了《南水北调工程论证报告》，建议"实施南水北调工程的顺序为：中线、东线、西线"。邹家华副总理任主任的南水北调工程审查委员会，审查通过了该论证报告。并明确指出三条线的关系不是非此即彼，而要统筹兼顾、全面规划、分步实施。也就是说，三条线都要建，而且都要分步建设。

应国家计委、水利部的要求，长江委在 1996 年又提交了一份中线调水规划报告，在 1991 年规划的基础上进行了微调。

20 世纪 90 年代南水北调各项工作提速，第八个五年计划《纲要》、党的十四大报告等均对南水北调工作作出了部署。随着综合国力和经济实力的不断增强，加上黄淮海流域经济社会发展与水资源短缺矛盾以及生态环境危机日益加剧，规划建设南水北调工程步入了快车道。

2000 年 9 月国务院组织召开座谈会，听取南水北调工作汇报，明确要求南水北调工程规划编制要遵循先节水后调水、先治污后通水、先环保后用水的原则（"三先三后"原则）。

2000 年 12 月 21 日，国家计委、水利部在北京召开了南水北调工程前期工作座谈会，布置南水北调工程总体规划工作。

2001 年 12 月 10 日，初冬的北京大雪初停，寒意浓浓。然而，南水北调总体规划最后两个专题审查会场却暖意融融。下午 4 时，水利部副部长、水利部南水北调领导小组常务副组长张基尧宣布：南水北调工程总体规划 12 个专题规划全部通过专家组论证，近期将报送国务院。顿时，会场内响起了热烈的掌声——历时半个世纪的南水北调工程，从此进入倒计时阶段。

《南水北调工程总体规划》是一项巨大而复杂的系统工程，采取跨部门、跨地区、跨学科联合协作编制，其内容涉及计划、财政、水利、农业、国土、物价、建设、环保等专业和部门；参与工作工程技术人员多达 2000 余人。总体规划成果包含 1 项总报告、4 项分报告、12 项附件、45 项专题，可以说是凝聚了新中国上上下下几代人的心血和智慧。

2002 年 5 月 8 日至 11 日，温家宝副总理考察了南水北调中线工程，在丹江口大坝听取了长江设计院院长钮新强的设计工作汇报。2002 年 8 月，国务院 137 次总理办公会审议并通过《南水北调工程总体规划》。2002 年 12 月 23 日，国务院以"国函〔2002〕117 号"正式批复《南水北调工程总体规划》。《南水北调工程总体规划》通过审批，意味着南水北调的豁然突破。这突破一方面体现了社会发展的客观要求，另一方面也体现了党中央、国务院的高瞻远瞩。

历经大半个世纪的反复论证，南水北调工程迎来了 21 世纪初的建设高潮期。2002 年 12 月 27 日，一个载入中国治水史册的日子。这一天，南水北调工程开工典礼在北京人民大会堂和山东、江苏三地同时举行。江泽民主席致信祝贺，温家宝副总理在开工典礼上发表重要讲话。随着朱镕基总理宣布开工的一声令下，南水北调工程历史性地从规划阶段转入实施阶段，几代人的治水夙愿，南水北调这一跨世纪的构想，开始变为现实。

在南水北调推进过程中，李先念、董必武、李岚清、邓小平、江泽民、温家宝、习近平等中央领导人都曾亲临丹江口水利枢纽视察，并对南水北调进程密切关注。

新中国成立以来，我们的党中央、国务院高度重视水利工作。江泽民同志曾多次亲临水利建设和防汛抗洪一线，作过一系列重要指示。他指出，水是人类生存的生命线，是经济发展和社会进步的生命线，是实现可持续发展的重要物质基础。温家宝在 2001 年 5 月检查京津冀抗旱防汛工作时指出：我们党和政府在水利工作的认识上有一个新飞跃，即肯定在水利工作的思路上把水资源问题提到突出的位置。同时他还强调，水利建设是关系经济社会发展的大事，关系国家的可持续发展，是国民经济建设的一个战略重点。党的十四届五中全会，第一次把水利放在基础设施建设的首位。党的十五届五中全会把水资源问题提到突出的位置，同粮食、油气资源一起作为国家的重要战略资源，予以高度重视，在我们党的文献中全面而完整地阐述了水利建设的方针：一是水利建设要全面规划、统筹兼顾、标本兼治、综合治理。坚持兴利除害结合，开源节流并重，防洪抗旱并举，下大力气解决洪涝灾害、水资源不足和水污染问题。二是水资源可持续利用是我国经济社会发展的战略问题，核心是提高用水效率，把节水放在突出位置。大力推行节约用水措施，发展节水型农业、工业和服务业，建立节水型社会。三是加强水资源的规划与管理，搞好江河全流域水资源的合理配置，协调生活、生产和生态用水。这反映了党中央对水利的高度重视和对水利建设的新要求。正是在这样的治水新思路的指引下，南水北调的决策、方针、原则等一些关键的环节得以确定。

毛泽东主席提出伟大设想，历届党和国家领导人高度重视、全力推进，几代水利人接续奋斗、攻坚克难，这一跨越半个多世纪的重大战略性工程终于迈入新的征途。

4. 筚路蓝缕，长江委三代人续力伟业

南水北调中线工程的前期工作，水利部分主要由长江委承担。在国家计委和水利部的领导下，长江委和有关流域机构、部、委、省（市）分工协作，开展各线路的前期研究工作。

南水北调中线工程跨越四个省市和长江、黄河、淮河、海河四大流域。为了选择一条最合适的线路，半个世纪里，长江委的勘察设计人员翻山越岭，餐风宿雨，踏遍了沿线的山水旮旯，掌握了大量第一手资料，分析比较了上百种方案。他们踏破的鞋与用坏的地图无法计量。

查阅南水北调中线勘察设计的工作量，有这样一组数据：50 年来，南水北调中线工程全线累计钻探进尺达 30 万米；仅在穿黄勘测过程中，地质测绘总面积就达到 300 多平方公里；仅《南水北调中线一期工程可行性研究报告》，总字数就超过 2000 万字，图纸近万张，投入 800 多人……

在风雨征程的半个世纪里，长江委积累了大量的勘测、水文、科研和规划设计成果，为国家决策提供了依据。

1951 年 9 月，长江委已开始在丹江口坝址进行地质勘探工作。1952 年即着手组织汉江流域水利工程的规划研究。是年 11 月，水利部门组织上百名专家勘测汉江中下游河段，重点是丹江口坝址。这是长江委的设计重点由平原建闸转入高坝大库后，最为艰辛的一次勘察设计之路。

勘察团从沙洋登船，溯汉江而上，分乘七八只木舟，每舟约 10 人左右，从负责人到普通员工，人人都自备行李混挤住于船舱内。由于水道落差大、水流急，河面上卵石滩又多，经常需要船工上岸背纤，船队一天只能走十余公里。快到丹江口的 11 公里水路，差不多走了一个星期。到丹江口坝址后，专家们首先查勘两岸地形，并登坝址右岸凤凰山，然后勘察坝址地质及水工布置。现在雄伟的丹江口坝区，在当时还仅仅是一个名叫沙陀营的荒凉偏僻小村庄。当时的沙陀营只有稀稀拉拉几十户人家，大部分住着茅草房。两岸是荒山僻岭，山沟里看得到豹子洞，夜晚常有豹子出没。据说，抗日战争时，日本人路过这里，往下眺望，因太荒僻都没敢再下来。

在这次勘察中，长江委的勘测人员深入山沟，在山沟里搭起帐篷，每个勘测队员身背一个水壶一个饭盒。每天早上，他们带好午饭、水和工具就开始了一天的勘测工作，天黑后才返回住地。如果在人烟稀少的山里工作，他们只有先做完一天的工作，天黑后才下山临时找老乡联系吃住。借宿也时常就是就借老乡的大晒席卷成筒，放在打麦场，人睡里面，两头用柴捆堵住，以防野兽侵袭。20 世纪 50 年代初的沙陀营还没有公路，当时沉重的钻探设备只能用船从汉江运来，然后靠人抬肩扛运往钻场。在当时艰苦的工作和生活条件下，有的同志在暴雨和洪水中被汉江吞没了，有的人被豹子抓伤后严重感染只好回汉口治伤……他们中的很多人因为这次户外工作，余生饱受胃病、腰肌劳损、血吸虫病等职业病的折磨，有的还因工伤致残。

就是在这样的条件下，众人依然优秀地完成了丹江口大坝的选址地质勘测工作。该次勘察结果初步确认丹江口是少有的高坝良好坝址。之后，经过后续深入勘察设计研究，进一步确认了河床地质条件优越，宜于布置混凝土坝，两岸布置土石副坝。

在南水北调工程的规划设计阶段，为收集水文基础资料，先后对丹江口至北京沿线干渠进行了 4 次大规模交叉河流断面测量。为了获得这些珍贵的资料，当时参与测量的长江委汉江局人也都有一段风吹雨淋、披荆斩棘的难忘经历。

中线工程的老专家曾本枢，从1953年开始就参加了中线工程输水选线、引江济汉规划、唐白河规划、汉江引水口比选等工程的踏勘。在野外一个个年头跑下来，个中艰苦不必细说。提起1953—1954年的踏勘，尽管时隔多年，他始终记忆深刻。那时，他和规划小组的同志到荆江北区、洪湖、大通湖等滞洪区徒步踏勘，沿途就寝在老百姓家，有时还住在猪圈旁、小船上。特别是1954年夏末长江特大洪水之后，规划小组走在洪泛区，树上都挂着缠着躲水的蛇，蚊虫叮咬更是难耐，成为大家记忆里抹不掉的岁月。

类似的记忆，在参加过断面测量的汉江局水文勘测工钟勇脑海中同样清晰存在。1981年4月，北方的天气乍暖还寒。钟勇他们一行4人在黄河的一个洲滩上进行水文测量，不知不觉天色已晚。洲滩非常大，钟勇在专注于测量时和同事们走散了。北风不停地吹，他知道如果露宿野地一定会被冻死。于是钟勇背着仪器在洲滩上到处寻找可以借宿的地方。一直走到第二天凌晨2时，才遇到南阳第七钻探队的钻井棚，在说明情况后，钟勇被允许在钻井棚里过了一夜。这样的考验，钟勇身边很多同事也都遇到过。

更有为水文测验付出生命的事迹，让大家记忆的色彩颇为沉痛。1991年，丹江口库区，水文勘测工卢铭山和陈祥生一起在做同位素测量的实验。取沙回来的途中，卢铭山就在甲板上分析起了取回的沙样。谁知陈祥生进了一趟船舱后出来，卢铭山就不见了。询问船老大未果，陈祥生四处寻找。当他远远看见有个人头浮沉于江面，才突然意识到卢铭山落水了。等他们的船转回那里时，卢铭山早已不见踪影。卢铭山，这名毕业于河海大学的水文勘测工，用他年轻的生命，为稳固南水北调工程的根基添上了沉甸甸的一笔。

我想，北上的汉江甘霖不会忘记，正是这些水文职工的无私奉献，为调水积淀了厚重的科学依据。

在长江勘测规划设计研究院（以下简称"长江设计院"），南水北调是三代人一脉相承、薪火相传的执着大业。

在过去的半个世纪里，长江设计院的南水北调中线工程建设大军前赴后继：第一批中线勘察人如今都已年过古稀，20世纪80年代加入中线规划行列的第二批中线人也到不惑之年，如今，90年代以来的新生力量正逐渐成为中线建设的主力军。

尤其在20世纪80年代以来，第二、第三代中线勘测设计人员不仅继承了长江设计院老专家的优良传统和几十年的经验，而且学历更高、知识面更广，形成了博士—硕士—学士—技术工人、教授—高工—工程师—技术员的"宝塔型"梯队结构，专业设置和人才结构更趋合理，成为一支业务能力强、学术水平高、能打硬仗的设计队伍。

"南水北调中线工程前期研究工作，已持续了半个世纪，勘测规划设计人员新老更替多次，但都以对中线工程前期技术工作的过去、现在和将来负责的精神，用心血铸就着鸿篇巨制。"长江设计院院长钮新强如是说。

长江设计院曾有一位长期从事南水北调规划工作的女高工，在中线工程开工前被查出身患绝症，弥留之际，她留下了这样的遗言：我干了一辈子南水北调，最大的愿望就是能看到开工，现在我看不到了，请把我的骨灰埋在丹江口水库的山上，等到开工的那一天，我也能看上一眼……

在长江设计院资料室里，堆积如山的、可用卡车来装载计量的一张张报告和规划设计图纸上，不同时期、不同人员的笔迹，一笔一画里凝聚着长江委几代勘察设计人员的殚精竭虑和矢志不渝，凝聚着他们对南北一体"生命水线"的无限憧憬。

2005年2月，由长江设计院负责主编，沿线有关省（市）设计院参编的《南水北调中线一期工程整体可行性研究报告》全部完成。整体可研报告是南水北调中线一期工程重要的控制性技术文件，对于确保工程技术方案的统一性和完整性具有重要作用，并为工程投资管理提供了依据。

这是一部凝聚了半世纪几代人梦想的薪火传续、凝结着近千参编人员心血和智慧的鸿篇巨制。水利部领导在面对108册、2000多万字、过万张图、厚达一人高的技术报告时，称赞道：这不仅是一项科学技术成果，更是一项保持共产党员先进性教育活动的硕果。

5. "奇迹" 方城垭口，沉睡千年后的苏醒

南水北调中线输水线路从丹江口水库引水北上，利用伏牛山和桐柏山间的方城垭口是工程布局的一大亮点。但凡走过南水北调中线工程输水线路的人，都会对方城垭口感兴趣。

方城垭口位于江淮分水岭之地——河南南阳方城县，是伏牛山和桐柏山之间一个天然低平的垭口。垭口地势平坦，两侧地面高程达 200 米以上，垭口处仅为 145 米，被形象地比喻为南阳盆地"水盆"边沿上的天然"缺口"，是国内江河分水岭中唯一一个没有起伏的"奇迹"。正是这种独特的地形，才能使南水北调中线工程总干渠在此处无须翻越高山就顺利地"流出"南阳盆地，从长江流域进入淮河流域，实现全程水自流到京、津。

中线工程没有在高山中开挖大隧洞，而是保存了原有的山、水、林、田布局，可以说"方城垭口"就是南水北调中线自流输水线上的"鱼嘴"，中线布局充分地利用了南阳盆地周围难得的"鱼嘴"地形，顺势建渠，工程布置和地理环境达到了高度的统一，形成了浑然一体的工程体系。方城垭口无疑是南水北调中线工程高度重视生态建设与环境保护的细节之一，工程的诸多细节都说明了南水北调中线工程既是实现我国水资源优化配置的重大战略性基础设施，同时也是一项伟大的生态环境工程。

更为有意思的是，在距南水北调中线工程方城段只有百米远的地方，就

是宋代襄汉漕渠旧址，且两者走向都基本一致。

襄汉漕渠，"襄"为古襄邑城（今睢县）的简称，"汉"指汉水。《宋史》中对襄汉漕渠的开凿有明确记载。宋太宗赵光义太平兴国三年（公元 978 年）正月，西京转运使程能上书，提出修建襄汉漕渠建议——自南阳下向口（今南阳夏饷铺一带）筑坝置堰，拦截白河引水北上，越过方城垭口，经石塘、沙河、蔡河、睢水，抵达京师汴京，与南方的湘潭漕渠连贯起来，以解决南方粮物北运京师之急需。赵光义采纳程能建议，下诏征发民夫及官兵 10 万人，施工月余，浚渠百余里。然而在方城垭口，由于地势渐高而水不能至。适逢白河上游连降暴雨，石堰冲毁，漕渠开挖就此停止。公元 988 年，赵光义再次命人开凿襄汉漕渠，引白河水北上，但终因地势悬绝而最终搁浅。

从此以后，襄汉漕渠便沉寂在历史漫长的风烟里，直到南水北调这一大国重器的擦身而过，重新拭亮了它尘封的名字。襄汉漕渠可谓我国古代南水北调工程的最早尝试，也为今天的南水北调中线工程提供了宝贵的经验借鉴。

提到南水北调中线上的方城垭口，背后还有个有趣的故事和一个关键性的人物。

20 世纪 50 年代早期，长江委针对南水北调中线研究的重点，是引汉江水补充黄河，因此也被称为"引汉济黄"阶段。主要研究的有三条线——伏牛线、秦岭线和陶岔—方城线。

最先被考虑的是伏牛线，即在丹江口附近做高坝，壅水至海拔 350 米后，再由丹江支流的淅川往东北方向穿过伏牛山至嵩县流入伊河，然后流入黄河。这条线路最短，地势最高，可能发挥的灌溉效益较大，但工程量巨大，而且水库淹没也很大，短期内缺乏兴建条件，因此主要是提供参考。

真正开始查勘的，是秦岭线。秦岭线指打通分隔汉江与渭河分水岭的秦岭，将汉江水通过支流输入分水岭以北的渭河支流，再由渭河输入黄河。与伏牛线相比，它充分利用现有南北孔道，沿途人烟稀少，工程量及淹没损失较小。长江委还组织查勘队对其中主要的线路进行了实地查勘，并确定了路线。但秦岭线并没有红火多久，随着方城缺口的发现，就飞快地退出历史舞台。

方城缺口位于伏牛山与桐柏山交接处。东西长 15 公里，南北宽 20 公里，其两侧地面高程均超过 200 米，唯独此处仅为 145 米，自古以来便是人们南下荆襄、北入中原的交通要道。在开始时，几乎没有人将它与中线调水联想到一起。长江委原副总工、时任规划科科长的王咸成在翻阅《宋史·河渠书》时，偶然读到北宋时期程能向朝廷建议开凿白河漕运之事，发现了"抵方城，地势高，水不能至"以及"以致水，然不可通漕运"这两处文字。毕业于武汉大学的王咸成，与长江，尤其是汉江打了一辈子交道，有很高的学识，也有着很开阔的思路。他敏锐地将之与南水北调中线工程联系起来，认为丹江口蓄水后，只要在这里修一条引水渠，让渠水高度超过缺口，就可以实现自流引水直抵黄河，这无疑比建大坝壅水要优越得多。

王咸成把这个重大发现报告给林一山。林一山听闻很激动，立即组织查勘队按图索骥。此次查勘，不仅发现了方城缺口，还借助《方城县志》在当地一个叫"始皇沟"的地方找到了古代运河的开凿痕迹，而且恰恰就在长江委设想的引水线路上。经测量，其地面高程 148 米，只要向下开挖 10 米左右就能满足工程全程自流引水的要求。这一发现让林一山非常高兴，他当即自掏腰包，在武汉长春街（原长江委办公地址）附近的一个餐馆为查勘人员庆功。

林一山在其著作《关于长江流域规划若干问题的商讨》中，将陶岔—方城线的优点总结为五条："（1）穿过分水岭地区是一个缺口，这样可以不用抬高丹江口水库直接由库尾引水……并且不需要穿凿隧道；（2）引水渠道可以和灌溉唐白河平原的计划结合；（3）开明渠就可以成为连接长江与黄河的一条伟大的运河；（4）丹江口水库是汉江综合开发计划中最有利的水利枢纽，因此使引汉济黄济计划可能提早实现；（5）这一方案可以分期实行，在完成唐白河广大平原 1200 万～ 1500 万亩灌区的巨大农业增产计划以后，我们已获得了很大的利益，可以作为继续扩建工程的投资。"

陶岔—方城线方案一经推出，便以绝对优势淘汰了一众与之对比研究的诸多线路，成为中线调水的最终选择。

方城垭口的发现对中线调水来说意义重大，直到今天，仍是水利界广受称道的发现之一。在南水北调工程反反复复的论证过程中，大小事项上都出现过诸多持不同意见和独到建议的专家、研究人员等，正是因为他们的敏锐和认真，才使得规划方案更为科学合理！

今天，在方城县城东南三四公里处的城关镇八里沟，可以看到一条杨树夹峙的南北走向的幽静深沟，那是宋代襄汉漕渠的遗址。水利部、长江水利委员会的相关专家多次来这里考察。为保护襄汉漕渠遗迹，1985 年 10 月，方城县人民政府将襄汉漕渠沙山段、二龙山段、东八里沟段列为县级重点文物保护单位。如今的鸭河口水库二分干渠大赵至杜洼段、郁庄至二龙山段，也正是利用了襄汉漕渠故道，浇灌着全县大片良田。

在方城垭口，古今水利人隔着历史尘光，完成了默契的一次击掌。古人沉寂于历史风烟的未竟南水北调梦想，终于在这个时代被焕然实现。

6. 文丹：女承父志，南水北调中线上两代人的芳华

◎ 文丹

干练短发，一双温柔的眼睛，爱笑，气质优雅。初次见面，她给人的第一感觉是如沐春风。随着采访渐入，聊起工作与专业，她不自觉地神情严肃起来，眼神也透射出果决睿智，整个人散发着一种气场强大的明亮锐气。这正是文丹。采访前我在南水北调的诸多资料里都见到过她的掠影，通过资料故事在我脑海中构建起来的她，与眼前的文丹本人，气韵无比贴近。

文丹，长江委设计院规划处原副处长、教授级高级工程师、设计院专家委员会委员、长江委科技委委员。文丹这个名字，连同她的一生，都与丹江口、与南水北调紧密镶嵌在了一起。

文丹的父亲文伏波是我国著名的水利学专家、教授级高级工程师、中国首批工程院院士，长期从事长江水利水电建设事业，先后参加过荆江分洪工程设计及施工、汉江杜家台分洪工程设计、丹江口水利枢纽初步设计等。他参与主持设计的葛洲坝二、三江工程及其水电机组获国家科技进步特等奖，葛洲坝大江截流设计获国家科技进步特等奖、国家优秀工程金质奖和优秀设计奖。文伏波主编了《长江流域地图集》、参编了《葛洲坝工程》丛书、《长江志》丛书、《大中型水利水电工程丛书》等重要水利著作。他参与编写的《平原地区建闸设计手册》在相当长一段历史时期内，都是我国平原地区建闸的重要参考资料。1955 年 1 月至 1959 年 7 月的第一次长江流域总体规划——《长江流域综合利用规划要点报告》，文伏波参与了编制工作；1980 年代，第二次长江流域总体规划——《长江流域综合利用规划简要报告》（简称《简要报告》，1990 年 7 月）由文伏波主持编制；21 世纪初的第三次长江流域总体规划的编制，文伏波亦有倡导之功。

1958 年 9 月 1 日，由于受到全国工业"大跃进"的影响，尚处于初步设计阶段的丹江口水利枢纽工程被仓促上马，提前开工。丹江口水利枢纽是汉江治理史上从平原建闸向高坝大库建设的首次实践，是当时中国最大、世界一流的水电站。当时的现场情形是：准备不够充分，缺乏机械化设备，施工方召集了 10 万民工，准备用人海战术进行大兵团作战。这就意味着，现场设计人员不仅需要修改大多数施工

详图，而且还需要调整施工方式，其工作量之巨、工作强度之大、工作难度之高，不言而喻。时任长江水利委员会施工设计室副主任的文伏波身负重任，受命进驻丹江口工地现场负责工程现场设计。开工初期，工地的工作条件和生活条件极其艰苦，设计人员都与民工同住在用油毛毡和芦席茅草搭起来的工棚里，听凭风雨袭人。由于人多，大米和面粉供应困难，主要靠红薯、玉米、蚕豆等杂粮充饥，至于副食品和蔬菜的供应更是匮乏。在那时条件异常简陋艰辛的丹江口施工现场，文伏波一待就是12年。

生活的艰苦和物资的匮乏犹可克服，肩负的责任相比之下更为沉重。当时新中国成立时间不长，一穷二白，百废待举，在大江大河上建高坝大库尚属首次，无前例可循。而丹江口水利枢纽又是一个多功能的综合性水利工程，库容巨大，无论是设计蓄水位、坝轴线选择，还是坝型和枢纽布置等，都十分复杂，只要有一个领域、一个细节出现问题，都会影响工程建设。设计是工程建设的灵魂，设计水平的高低，对于工程项目的质量、投资和效益，都起着至关重要的作用。那些年里的文伏波每日早起夜归，辗转于现场设计和技术指导工作。他总是主动及时解决、处理现场技术问题，不断改进设计成果。与此同时，恪尽最大努力严格监督施工单位按照设计图纸进行施工，以确保工程质量。在丹江口施工初期做地基处理时，文伏波就谨记长江流域规划办公室（以下简称"长办"）主任林一山的叮嘱，一切以工程质量为准。这让当时坚持大干快上、追求施工进度的湖北革委会主任张体学无可奈何，以至于张体学玩笑着埋怨文伏波说："你能吃苦，也非常勤劳，就是什么都听林一山的。"得益于文伏波的坚持，丹江口大坝工程质量虽然后来出现了问题，但地基处理却十分到位。

尽管林一山竭尽全力坚持工程质量，但受"大跃进"形势的影响，施工方一味调施工速度而忽视施工质量；以及开工的次年即1959年，国家进入"三年困难时期"，生活物资和水泥、钢筋等基本施工物资都极度匮乏；再加上1960年夏，苏联撤走指导专家等，这些因素都直接影响到工程质量，以至于1962年3月至1964年12月中旬停工近3年。停工期间，文伏波主持处理丹江口大坝质量事故，即找寻质量事故的原因，做丹江口大坝补强设计，做好机械化施工的准备工作。1964年12月中旬，一切准备就绪，丹江口水利枢纽工程复工，进入有计划、重质量、按客观规律施工的新阶段，并于1973年10月建成。

在丹江口现场设计过程中，文伏波率领现场设计人员，根据当时需要，共同研究出多个技术创新。如：根据人力施工的特点，改混凝土双墩大头坝为宽缝重力坝；由于缺乏钢板，将右岸一期低水围堰设计成土石混合围堰；摸索出在大流量河流上

施工导流的独特方法，即第一期围堰和第二期围堰共同使用同一个纵向混凝土围堰方案，该方案被后来的葛洲坝水利枢纽工程和三峡水利枢纽工程采用；施工单位在开挖地基时，就尽量将较好的石头保存下来，以备将来作为混凝土浇筑的骨料使用，这样既可以节省投资并加速工期，又能避免应力过于集中，这一成功经验被三峡水利枢纽工程采用后，迅速在全国范围内推广使用；对大坝地基施工中发现的大型破碎带交汇区，采用钢筋混凝土楔形梁的办法进行地基处理等。

然而，所有这些技术创新，不仅未能让文伏波引以为傲，相反，在 2008 年丹江口水利枢纽工程施工 50 周年总结经验教训之际，文伏波说："丹江口工程的诸多创新，是屈从于时代的产物，多少有些冒险、激进，不值得提倡。如果可能，我宁可老老实实地按照既定的机械化施工方案，把工程平平安安地做下来。"文伏波对水利工程质量的重视可窥见一斑。

文伏波晚年曾多次提及，现场设计丹江口水利枢纽工程，是他一生中最难忘的岁月。

对南水北调中线工程，文伏波一生魂牵梦萦。1986年，文伏波卸任长江水利委员会副主任、党组副书记职务，退居二线。然而，他仍然发挥余热，在参与三峡工程的论证和招标工作之余，陪同林一山实地考察南水北调西线工程，为南水北调工程做准备。2003年12月30日，南水北调中线工程开工后，丹江口水利枢纽工程为中线工程的水源工程，需要加高大坝，78岁的文伏波仍多次去到施工现场调查研究并进行技术指导。

在当时的十几年里，文伏波一直驻扎在丹江口建设工地，次女文丹在武汉出生时，他也未能陪在妻子身旁。以至于家人在电话中跟他开玩笑，说孩子是个男孩时，他一度亦信以为真。当时身在丹江口工地的文伏波，望着眼前建设中的丹江口水利枢纽和滚滚丹江水，给孩子取名为文丹。那时候，文伏波自己也没有想到，女儿一生的职业生涯，竟然真的和眼前的丹江口和南水北调工程紧密缠绕。

直到文丹满月，文伏波才得以抽空回家，亲手抱起初次见面的女儿。

那些年，丹江口水利枢纽施工现场事务忙碌，文伏波不仅平时极难回家，甚至春节也很少能与家人团聚。时光如梭，在丹江口水利枢纽一点点平地拔节生长起来的那些年里，在武汉的小文丹也一天天长大了。她会说话了，会走路了，开始上学了……由于与父亲的见面太少，小时候的文丹根本分不清父亲的面容，时常把长江委的另一个设计总工、同样长得高高瘦瘦戴副眼镜的邻居伯伯洪庆云错喊成爸爸。

文伏波很珍视偶尔能回家的短暂时间，尽可能地陪伴家人，在家时鲜少谈论工作，文丹在上大学前对水利并没有什么清晰概念，只知道干水利的人格外辛苦忙碌。父亲对她影响最深的就是爱看书，"文化大革命"以前家里处处是书，父亲自己爱书，也鼓励孩子们阅读，文家兄妹三人打小就喜爱阅读。书本给了文丹一个广袤高远的世界。

恢复高考的时候，文伏波建议女儿报考武汉水利电力学院学水利。出于对女儿的了解，他狡黠地笑着说："学水利，可以把祖国的大好河山到处走遍。"文丹当即心动了。

1982年7月，文丹作为"新三届"的大学生毕业分配到长江委规划处农水科（现为长江设计公司水利规划院供水与灌溉部）汉江组，主要工作就是分析与研究南水北调中线工程调水后对汉江中下游的影响与对策。从此，文丹再未离开过南水北调这个课题。

一项国家级水利工程，贯穿父女俩的职业生涯，在文丹与父亲的人生间形成了奇妙的连接与辉映。

南水北调中线工程的规划论证是件烦琐、复杂、困难的长期工作。从渠首到北京团城湖，南水北调中线干线工程跨越长江、淮河、黄河、海河四大流域，工程规模巨大、线路长、各类交叉建筑物众多，涉及社会、经济、环境、工程技术等方方面面，具有工程技术难度大、社会经济关系复杂等特点。

文丹在后来几十年的水利工作中，才深刻地理解了父亲那句"学水利，可以把祖国的大好河山到处走遍"的意义。当文丹和她的同事们背着沉重器械一次次用脚步丈量着穷山恶水甚至不毛之地时，她越来越理解了做水利的父亲，理解了他与家人的聚少离多，也理解了他肩上的重任承担着多少民众的盼望以及国家的期许。

一次次深入的踏勘，尤其是在对受水区水资源进行调查和分析的过程中，缺水地区的水荒及当地人的生活都深深地触动着文丹。90年代的沧州地区，踏勘人员经常在工作中找不到饮用水，只能买瓶装水或饮料解渴，实在不行就泡浓茶，来掩盖当地地下水的强烈苦咸味。当地人看见"搞调水的"文丹他们很激动，拉着工作人员就诉苦："我们沧州原来是武术之乡啊，现在居然有很多人参军都不合格。严重缺水，没办法只能喝含氟量超高的地下水，一个个喝得骨质疏松，张嘴都是浮斑牙大黄牙。"在许昌，剃头不能洗头，甚至很多餐馆吃饺子都不准喝饺子汤，因为缺水严重，一锅水要用来煮很多锅饺子。在河南南阳，文丹和同事刚把路线图拿出来，当地的几个农民就围了上来。他们把引水渠叫大河，"大河过你家门口没有"，他们七嘴八舌地热烈讨论着，措辞居然还比较专业，嘴里时不时就能蹦出几个专业术语。兴奋的农民们越说越起劲，不知不觉就把工作人员全都扒开了挤到一边。文丹和同事们感觉好笑又欣慰。回忆起当时的情形，她感慨地对我说道："南水北调工程的设计论证工作50年代已开始，60—70年代，前辈们就在线路查勘上做了大量工作。在我们去踏勘的时候，在受水区，南水北调工程已深入人心。"

最让文丹难忘的，还是1993年长江委组织的那次全线大查勘。

那时是3月下旬，天气乍暖还寒。为了确定中线总干渠的线路及主要交叉建筑物、控制性建筑物的布置，在前辈多次踏勘的基础上，文丹一行人满怀激情从料峭春寒走到炎炎夏日，沿着陶岔渠首一直查勘到中线末端北京。那是文丹诸多查勘中历时最长、间距最远的一次。其中纵穿河南省40天、河北省境内从南到北20天……队伍一直从3月跋涉到6月。

为了寻找合理的线路、尽可能地以最优方案调蓄水库、确定最适合分水的口门、与各类大小河流交叉的可行的交叉建筑物布置与型式等，文丹及同事们每天一路颠簸、忍饥耐渴、晨出夜返，一路上不是长时间坐车坐到膝关节僵硬，就是在野外走到小腿肿胀。面对寻常人难以忍耐的艰苦，他们相互打气：我们可比 50 年代的前辈们查勘时幸福多了，那时候他们都是用板车拉着自己的行李走着查勘、野外露宿的。那次野外查勘给文丹和同事们留下了一生都难以磨灭的饱满记忆：在合肥，在一处没有遮挡的果园中四处寻找"厕所"的文丹被三条突然窜出来的大狗同时狂叫着包围，幸好几位农民及时出现解救；查勘队伍从寒走到暑，大家都着冬装出发，夏天的衣服基本没怎么带，越走天越热，有位男同事后来就只能光个膀子外面穿皮衣，热得面红耳赤，好不容易才买到件短袖衬衣……曾经的艰辛后来都成了大家回忆里的开心果，至今历历在目。

工程规划与地方利益难免要有碰撞之处。每到一处，为了基本确定关键的控制建筑物或争议较大的线路，文丹一行都要与沿线地市从据理力争再到握手言和。一路艰辛但也取得了丰硕成果，既圆满完成了查勘任务，也收获了沿线各省市同一战壕的战友情，更是形成了南水北调中线输水总干渠的线路与主要建筑物的布置与型式，此后各阶段的工作都只是在此基础上进行局部调整与优化。

1993 年的大查勘为今天的一渠清水向北流奠定了坚实的基础。

南水北调工程经历历史状况多，时间跨度长。几代长江委水利人栉风沐雨，筚路蓝缕，共同致力这一世纪工程，他们都对南水北调有着特殊而深厚的感情。长江水利委员会成立的半个多世纪里，无论机构怎样变更，人员如何变动，有一个围绕南水北调工作的部门始终存在。部门的名称多次变更，但不变的是，在这个部门里，始终有一群人在为南水北调苦苦追求着，默默奉献着。文丹入职时，这个部门名为农水科，从部门员工到主任，文丹在这个部门里燃烧着自己的水利青春。

作为一项大型国家调水工程，南水北调中线工程的规划论证不可避免是烦琐复杂的长期工作。在这项长期的工作中，文丹从刚毕业时的热血沸腾，在经历了多次听说项目要通过审批却又落空，在多次巨大的激动与失落反复落差之后，她的个性也渐渐变得沉稳起来，唯剩沉静如水地俯首耕耘。

1996—1997 年，审查委员会办公室组织委员、专家多次考察中、东线工程；分组审查各类专题报告并最终提出《南水北调工程审查报告》。论证审查期间，中线工程争议较大的主要问题有：丹江口水库是否按最终规模加高、中线工程调蓄运用、汉江中下游补偿工程安排、中线工程成本核算等。针对其中的中线工程调蓄运用问题，国务院副总理邹家华要求直接听取专项汇报。为此，1997 年 9 月 23 日下午，国家计委农经司司长魏昌林、国家计委农经司投资处处长石波、水利部规计司司长郭学恩、长江委总工陈雪英、长江委规划处处长魏山忠，连同文丹一行六人，肩负使命，走入中南海。在邹家华副总理所在办公楼的会议室，简明扼要地汇报了中线调蓄运用的多种方式，包括充库调蓄、补偿调蓄、在线调蓄等等，以及根据中线工程的特点，如何充分利用北方受水区已建大量水库的调蓄功能和地下含水层的调蓄作用，来提高调度运行的质量等。由于准备充分，无论现场有什么问题，大家都可以当即回答，解惑释疑。邹副总理很快就领会了中线工程调蓄运用的特点与方式。此次的及时汇报，有力地促进了规划审批工作。

1998 年，国家计划委员会向国务院报送了《南水北调工程审查报告》，其中关于中线工程的实施结论意见是："可全面开工，一次建成""也可按分步实施方案进行建设，工程由南而北推进，逐段发挥效益"。

1999—2001 年期间，北方地区再次发生连续的严重干旱，天津市被迫实施第六次引黄应急。此时，南水北调经过长时间的论证，主要问题已基本解决。同时，随着改革开放的持续，中国的技术力量和综合国力大大加强。兴建南水北调开工条件已经成熟。

2000 年，朱镕基总理在听取水利部南水北调工作汇报时，指出实施南水北调工程要"先节水后调水、先治污后通水、先环保后用水"，要高度重视水资源的节约和保护。并强调南水北调工程的实施势在必行，但是各项前期准备工作一定要做好，关键在于搞好总体规划，全面安排，有先有后，分步实施。为此，根据水利部统一布置，开展了南水北调中线工程规划修订工作。中线工程规划修订，以解决受水区城市生活、工业供水为主，适当兼顾生态与农业用水为目标，重点研究工程的建设规模、分期方式与运行管理体制等问题。并针对中线工程中的一些重大技术问题开展了六个专题研究，其中，《汉江丹江口水库可调水量研究》《供水调度与调蓄研究》两个专题研究还在如火如荼地开展，水利部组织的审查评审就已发出了通知。时间紧、任务重，各专题组集中在汉口迎宾馆，文丹一行相关人员加班加点突击编制。《南水北调中线工程规划（2001 年修订）》及六个专题研究报告顺利通过了水利部组织的审查。

其后，水利部于 2002 年编制完成了《南水北调工程总体规划》及 12 个附件，并与国家发展计划委员会联合呈报国务院审批，附件 8 即为《南水北调中线工程规划（2001 年修订）》。《南水北调中线工程规划》作为我国治水新思路的一个具体体现，被业内诸多专家一致认为，极具开拓创新、与时俱进的特色。

2002 年 12 月，国务院批准了《南水北调工程总体规划》，明确了中线一期工程调水 95 亿立方米的方案。

50 年科学论证，50 多个方案比选，110 多名院士献计献策，千百名水利科技人员的接续奋斗……消息下来的那一刻，文丹已无年轻时的雀跃，却依然难抑内心的激动。从父亲那辈人手里薪火相传下来的"调水梦"，所历经的筚路蓝缕的勘察与论证之路，正犹如在土壤中不断积蓄力量的萌发。终于，在文丹这代人的手中，在时代有力的前进步伐下，开始抽枝展叶、茁壮成长！近一个甲子的漫长而卓绝的努力、绵延而艰辛的付出，终要创造的是经天纬地的大业，谱写的是重整山河的壮丽诗篇，彰显的是中华民族的崛起。

第二章

生态篇　誓护清水，情意润京津

一江南水送京津，南水北调工程成败在水质。

今天，站在号称亚洲第一大人工淡水湖的丹江口水库前，只见碧波荡漾，倒映群山。仿佛天地寂静间，唯余眼前这块浩瀚无垠的宁静清透宝石。通水以来，这里的水质一直都非常优良，各项指标基本上都在 II 类水的标准以上，有些指标甚至达到了 I 类水的标准限值。当地人说，这里的水不经任何处理可以直接饮用。

为确保一库清水，长江委自 2003 年开始已在中线水源地架设水质自动监测站，实时自动监测库区水质，并于当年成立了长江流域水资源保护局丹江口局。库区面积大、库岸战线长，经济利益曾令库周的不法谋利行为趋之若鹜。作为在长江流域依法行使水行政管理职能的流域机构，长江委义不容辞担当起重任。2013 年 12 月，为确保 2014 年南水北调中线工程顺利通水，在水利部统一部署下，长江委联合鄂豫陕三省，在丹江口库区持续展开了一场声势浩大的"打非治违"专项执法行动，并将执法区域延伸至丹江和汉江上游陕西省安康段约 500 公里河段，通过卫星影像解译排查，使藏匿多年危害水库水环境安全的违法乱象逐一现出原形，严厉打击查处了一批涉水违法案件。中线工程通水后，长江委铁腕执法，乘胜追击，专项执法行动不断杀出"回马枪"，坚持高压严打发力，终令长久以来盘旋在库区上空的

阴霾得以驱散，涉水乱象得以遏制，切实保障了水源地的库宁水清。

2003 年 3 月 18 日，湖北丹江口库区湿地省级自然保护区成立，主要保护对象为河道型塘库生态系统以及淡水资源。保护区中由河流水坝工程而形成的湿地，具有多功能独特生态系统功能，除了为人们生产、生活提供多种资源外，在抵御洪水、控制污染、调节气候、保护生物多样性、保护水体、美化环境等方面也具有重要作用。2004 年 10 月，为加强水源区生态建设，汉江集团毅然关停了已经运行 30 多年、产值过亿元的第一电解铝厂，当年减少经济收入 1670 万元。2005 年汉江集团又关停了年产量为 1.3 万吨的第二电解铝厂，经济损失达 6800 多万元。2009 年 10 月 12 日，丹江口市的城区污水处理厂试运行成功，此后丹江口市又不断新增污水处理点，对居民生活污水和工业污水严格处理，并且把工业污水的排污标准纳入相应的法律法规，从法律层面保护水环境。为扎实推进农村生活垃圾和污水治理，丹江口市还制定了农村生活垃圾及生活污水治理工作考核办法，组建联合考核组对各镇（办、处、区）农村生活垃圾、生活污水治理进展情况每季度进行一次考核，并予以通报、奖惩。同时丹江口市也建立起了科学的灌溉系统，降低对丹江口流域水质的污染。为担当好"一江清水送北京"的政治使命，丹江口市组织各镇（办、处、区）成立了"党员护水队"。护水队员们日常深入到全市库区村庄（社区），进行现场踏勘调查维护水源清洁、家园清洁和田园清洁。

单凭库区的努力是不够的，整个汇水区的水质都密切关系到南水北调的成功与否。如何确保入库的都是洁净好水？中线工程的水质，早在《南水北调工程总体规划》中就被划下了红线：保证库区及入渠水体水质严格控制在国家地表水环境质量标准。"先节水后调水，先治污后通水，先生态后用水"是南水北调工程的基本原则。国务院先后批复实施《丹江口库区及上游水污染防治和水土保持规划》《丹江口库区及上游水污染防治和水土保持"十二五"规划》，通过建设污水处理厂、工业点源治理、生态农业示范区、小流域综合治理等措施进行源头保水，简称"丹治"工程。

放眼汉江上游，大家都在为保护一库清水向北流作出贡献。上游流域陕西、湖北、河南 3 省 43 个县直至丹江口库区，各地方积极关闭污染性企业，严格审批新开工项目，同时加大环境基础设施建设力度，齐心呵护水源地，共筑生态保护屏障，全力支持南水北调工程建设。"丹治"工程治理水土流失面积超 1.74 万平方公里。随着"丹治"工程的逐步实施，丹江口库区及上游水土保持工程项目区水土流失面积持续减少、林草覆盖率大幅提高、土壤侵蚀量显著减少、水源涵养能力稳步提高、生态环境不断改善，中线水源区鄂豫陕三省 43 个县全部实现了水土治理全覆盖。

与此同时，为进一步加强丹江口库区水源地保护和生态建设，2012 年 5 月，水利部正式批复同意汉江流域为全国加快实施最严格水资源管理制度试点，结合汉江流域"三条红线"指标，水源地保护有了明确依据。

一系列水环境治理切实改善了丹江口库区及上游地区生态环境，减少了水土流失，有效控制了农村面源污染，为库区构建了一套牢固的生态屏障，有效提升了水源区的水资源保护力度和水平，为远在千里的京津地区提供了稳定水源保障。

2015 年，丹江口库区及上游水污染防治和水土保持"十二五"规划考核结果表明，丹江口水库陶岔取水口、汉江干流水质达到 II 类，主要入库支流水质符合水功能区要求。同年 7 月，丹江口库区水入选首批"中国好水"。

通水以来，南水北调中线水质稳定。今天的汉江上游及流域周边，环境和生态保护工作成绩卓然。丹江口市森林覆盖率超三分之一，库区沿岸环绕着百里绿色长廊，同时兼具了生态环境示范区和观光风景区的功能。

为努力减少对水源区生态环境的影响，力争对受水区输水效益的最大化，南水北调中线工程采用有坝引水，全程自流，在修建过程中充分利用我国黄淮海平原独特的地形，避免了对山体的破坏。工程在环境保护方面尚未发现有影响工程决策的制约因素，并且坚持整体设计与周围的山水林田湖草生命共同体高度融合，有效促进了沿线地区生态环境向好发展。作为一项宏伟的生态环境工程，南水北调中线工程是习近平生态文明思想的重要实践。

从国家到地方的努力，成效写在青山绿水间，大家齐心护卫着南水北调工程推动中华梦圆之路奋勇向前。

1. 蜿蜒汉江奔赴新使命

"夏禹崩来一万秋，水从嶓冢至今流。"秦岭南麓，在秦岭和大巴山绿云接天的温柔臂弯中，云雾缭绕的嶓冢山峰，虫鸣鸟啼，风动花影，溶洞间流淌出泉水清淙，汇聚远流。这里，是汉江的源头。

汉江，又称汉水，古时曾叫沔水，是长江最大的支流，全长 1577 千米，流域面积 15.9 万平方公里，与长江、黄河、淮河一道并称"江河淮汉"，是沟通长江与黄河流域的重要纽带。

在中华民族悠久的历史中，先民们无数奋发的篇章，都与大江大河相生相伴。汉江，很早便与我们祖先的命运休戚与共。成文于两千多年前的《禹贡》——我国最早的地理文献之一，便记载有"大禹嶓冢导漾，东流为汉"。以黄河流域为主要歌颂对象的《诗经》和以长江中游为主要吟咏对象的《楚辞》，也都有描绘汉江及汉江流域的篇章。它蜿蜒的身姿、秀美的岸景，屡屡出现在历代文人骚客的诗画之中。

◎ 安康市石泉县汉江风光 （周小铃 摄）

　　汉族、汉语、汉字、汉文化这些当今家喻户晓人人皆知的名称，起源都要追溯到汉江。这些与"汉"字组合的称谓均来自汉朝。汉朝的开国皇帝刘邦以"汉"字为国号，源于他曾受封汉中王于汉中，而汉中地名则来源于汉江。追根溯源，皆由汉江派生而来——汉江的"汉"，赋予了华夏文明个性鲜明的概念，是华夏民族文化、精神的集合体。汉江串联融汇着中华文化的千年传承，直到今天仍然对每一个中华儿女产生着血脉相连的深刻影响。汉江在悠久的岁月中奔流，雕刻沿岸如画山川，哺育两岸生灵，也孕育出中华民族历史长河中闪耀的颗颗文明之珠。汉江所孕育的汉水文化，融秦文化、巴蜀文化、荆楚文化、中原文化等多边文化为一体，是具有浓郁地方特色的区域性文化，是中国传统文化的重要组成部分。汉江流域，是伟大中华文化的重要发源地之一。

　　汉江自发源地一路轻吟浅唱，九曲奔流，历经陕、豫、鄂三省 50 余县市，一路接纳褒水、子午河、牧马河、堵河、丹江、唐白河、蛮河、涢水等众多支流，于湖北省武汉市注入滚滚长江。汉江多年平均水量 500 多亿立方米，相当于黄河的入海水量。汉江河道曲折，自古有"曲莫如汉"之说，诗人李白曾为它发出"横溃豁中国，崔嵬飞迅湍"的惊叹。干流丹江口以上段为上游，长约 925 公里，两岸高山耸立，峡谷多，水流急，水量大，水能资源丰富；丹江口至钟祥的中游，流经低山丘冈，接纳南河和唐白河后，水量和含沙量大增，多沙洲、石滩，河道不稳定；钟祥以下为下游，迂回在江汉平原，河床坡降小，水流缓慢，曲流发育，河汉纵横。

汉江流域，并非风调雨顺之地。奔流的汉江，时而曲折迂回，似在诉说悠长往事；时而浪花飞溅，怒吼着一条大江的不驯。它在惠泽民生的同时，也给两岸民众带去巨大的创伤。历史上的汉江曾是一条桀骜不驯、灾害频繁的河流。由于河槽泄洪能力与洪水来量严重不平衡，在很长的历史里，汉江中下游平原都是长江洪水长期危害的重灾区。历代以来，特别是明清以后，洪水灾害频繁，只能依靠修筑堤防防洪。据历史资料记载，从1822年至1955年，汉江干堤发生溃决73次，平均每两年即溃口一次，因此江汉平原素有"沙湖沔阳洲，十年九不收"之称。1935年的特大洪灾，襄阳段流量达5万立方米每秒，干堤多处溃决，洪水横扫汉北平原，夺走8万余条性命，淹没土地670万亩，受灾人口370万。汉江中下游作为历史上的重大洪灾区，谈之令人色变。在汉江畔，流传着"汉江发水浪滔天，十年就有九年淹。卖掉儿郎换把米，卖掉妮子好上捐。打死黄牛饿死狗，背起包袱走天边"的悲歌。这也是中华人民共和国成立后，在开始制订《长江流域综合利用规划》之前，先行开展《汉江流域综合利用规划》的紧迫原因。1957年，长江委的《汉江流域规划报告》指出：在汉江修建丹江口水库，既可解决汉江中下游的防洪，又可为引水到华北、黄淮平原创造条件。

江畔最为雄浑的诗篇，是古往今来中华儿女不懈化水害为水利，追求美好生活的智慧、艰辛和梦想的足迹。新中国成立后，汉江治理开发进入新的历史时期，一系列优秀的水利工程在汉江上相继出现。1956年在仙桃下游约

◎ 汉中市南郑区的新集镇山村风光（王辛石 摄）

6公里修建了杜家台分蓄洪工程，1967年建成了丹江口水利枢纽初期工程，还先后建成石泉、安康、石门、黄龙滩、鸭河口等水利枢纽，后又在干流上修建了王甫洲工程。汉江上这些长藤挂瓜式的工程在挽手护卫着汉江安澜的同时，也产生着发电、灌溉、航运等巨大的效益，其中丹江口水利枢纽堪为一颗最耀眼的明珠。它不仅是华中电力系统最重要的调峰、调频电站之一，也是南水北调中线工程的引水水源。

今日之汉江，不仅滋养着水域沿线的子民，更肩负起奔流北上、哺育辽阔北方生灵的伟大使命。今日之汉江，已不仅是流域两岸人们的母亲河，更是中华民族复兴伟大征程的重要血脉。它律动着时代的脉搏，与中华民族复兴大业紧紧相系。

为确保一江清水进京，自"丹治"工程开展直至今日，从汉江丹江口库区溯游而上各省市乡镇都一直竞相展开着严苛的生态保卫战，坚持捍卫清流，力筑汉江上游生态保护屏障。在打造汉江生态经济带的浪潮中，各地也一直高树着绿色旗帜。

蜿蜒汉江，涉古行今，如今岁岁安澜，更在新时代谱写着新的篇章。一江清流，见证着南北一体的团结大爱与大国荣光。

2. 从源头开始的千里护水

为加快库区水土保持步伐，2007年10月，丹江口库区及上游水土保持工程（一期）启动实施，对丹江口库周及丹江上中游、汉江干流沿岸区、汉中盆地及其周边水土流失较严重的陕西、湖北、河南3省5市25个县（市、区）进行重点治理，效果显著。2012年，长江委继续承担编制丹江口库区及上游水土保持"十二五"规划，并得到国务院批复，治理范围扩大至陕西、湖北、河南3省8市43个县（市、区）。

南水北调中线工程，陕西水源地面积6.27万平方公里，占整个工程水源地面积9.52万平方公里的三分之二。据测算，丹江口水库的入库水量，陕西省的贡献率接近70%，陕西省南区的汉中、安康、商洛三市（以下简称陕南三市）是南水北调中线的核心水源区，为保证汉江、丹江出陕断面水质常年稳定保持在国家地表水Ⅱ类标准，6.27万平方公里的陕西水源地境内，800多万的陕南三市城乡群众付出了巨大的努力。

陕西省汉中市宁强县，境内的嶓冢山峰是汉江的源头。三千里汉江从这里启程，逶迤奔流，历经陕、豫、鄂三省50余县市，于湖北省武汉市注入滚滚长江。汉江在汉中市境内干流长达270公里。汉中承担着护佑"中央水塔"，以及作为南水北调的水源地保障"一库清水永续北上"的神圣使命。在宁强县汉水源村，为了保护水源，村民们狠下功夫调整产业。培育食用菌要砍伐山里的木材，那就换产业；养

◎ 汉江上游的城固县古路坝水土保持生态示范园
（李军平 摄）

殖场会对水源造成污染，那就关闭养殖场。他们通过"公司＋农户"的模式，
将河道旁的耕地流转给一家企业，种植对水源具有涵养作用的茶叶和中药材。
汉水源村的转型路径，是陕南三市探索保护与发展的一个缩影。宁强县作为
"南水北调水源地，汉江源头第一城"，当地严格实施退耕还林、水土保持、
工业限制等水资源保护措施。宁强环保局数据显示，仅2014年，宁强就投入
了4000多万元建设美丽乡村，对家园、田园、河道、水沟、塘库、水源统一
进行了清理，实施改厕、改厨、改圈，清除城乡垃圾达1798吨。宁强县的空
气和地表水质量均达到国家Ⅰ类标准。为确保一江清水出境，汉中全市实施
汉江综合整治和流域内污染防治工程，流域内的生态环境保护取得显著成效。
自2007年以来，汉中开展了以小流域治理为单元的综合治理工程，域内宜林
则林、陡坡封禁、村庄周边提高耕地治理标准，全力改善水源地环境、涵养
水资源、减少面源污染、保护水资源，以达到土不下山、水不乱流的治理效果。
在2014年至2016年三年间，汉中在全市开展了汉江流域污染防治专项行动，
大力推进以汉江流域县城和39个镇为重点的污水垃圾集中处理；以中心城区
和平川县城为重点的城市扬尘治理和以企业淘汰落后产能为重点的节能减排
治污；以及以农村环境整治为重点的面源污染治理等"四大战役"。此外，
汉中市还制定了工业污染源全面达标排放计划，对重点企业全面调查评估。"丹
治"期间，关停了大批厂矿企业，对汉江流域及其主要支流的涉重金属企业、
医药、化肥、皂素、电镀、食品酿造等企业和污水处理厂废水排放问题进行

重点整治，严格监控汉江、嘉陵江干流及其主要支流排污口的排污量，督促沿汉江重点镇加快污水垃圾"两场（厂）"建设。全市涉水重点污染源达标排放率95%以上，工业危险废物安全处置率100%，医疗废物集中处置率达97%。汉中市在汉江流域综合整治中，堤防主体治理、退耕还林、长江防护工程造林、水土流失治理等工作成绩突出，为水土保持、实现生态修复奠定了坚实基础。近年来，汉中坚持"河长主治、源头重治、工程整治、依法严治、群防群治"的"五治"方针，共设立河长、湖长、巡河员4000多名，使河湖都有了"管护人"。通过不断强化城镇生活污染治理、推进农村污染防治、采用"河长＋河道警长"全覆盖等措施，汉中在确保南水北调中线水源充沛、水质安全上下足功夫。在南水北调建设当中，汉中以铁腕作为力筑起汉江上游生态保护屏障。监测表明，汉江源头水质达到Ⅰ类标准，出境断面水质达到Ⅱ类标准。

汉江安康段水资源丰富，汉江由西向东横贯全境，由石泉左溪河口入境，经石泉、汉阴、紫阳、岚皋、汉滨、旬阳、白河7县，境内流长340公里，其中一级支流23条，二级支流31条，流域面积5平方公里以上河流多达941条。水资源总量262亿立方米，占陕西省水资源总量的58.9%，占丹江口水库来水总量66.4%。为了保护这方清水，确保南水北调中线水质良好，安康市政府将保护汉江作为重大政治责任，各级党委、政府采取强有力的措施，坚定保护汉江，确保水质安全。在安康市紫阳县的水利防总水面监控系统，1300多名河长和300多个高清摄像头将本县域汉江流域全面监控起来，摄像

◎ 丹江水土保持二期工程启动会（张小林 摄）

第二章 生态篇

头监控一发现异常，监控人员立即电话通知河长摸清排查污染源，严格监控水质。据安康市南水北调办统计，仅2010至2015年间，安康市用于水质保护总投入就达300余亿元，先后建成21个县级污水垃圾处理项目，并实施了大量汉江综合整治举措。与此同时，还累计关停了300余家"两高"企业，直接减少产值近300亿元。仅2015年一年，安康市就开展市级执法检查督查21次，组织开展各类环保专项执法检查9次，出动执法人员2152人次，检查督查各类企业2783家，查处环境问题919个，立案处罚87家，依法关停35家企业。近年来，安康市全面推进"河长制"、河流网格化管理、全民造林常态化等机制，抓好"护水、增绿、治污、移民、兴业、富民"六大工程，实施最严格的环境监管和最积极的生态建设，为保障一江清水北送下功夫。2021年12月1日，冬日寒气侵人的早晨，在安康旬阳市双河镇清澈的双河边，队长朱先萍带着一群身穿红马甲的女子护河队队员，正一手持编织袋、一手拿火钳，沿着河道捡拾垃圾。每月1日和15日都是这支女子护河队到河道边捡拾垃圾的日子。自发维持河道清洁、尽最大努力确保洁净的双河水汇入汉江的行动，护河队已经坚持了多年。在安康，守护汉江水源已经成为民众的共识，在他们眼里，这是责任，也是荣耀。

商洛市。为确保每一条河流干净，对规模较大的村庄，均按照以秦岭美丽乡村建设为目标，做好村容村貌建设，消灭农村面源污染。对于规模较小开发不便的村落，结合精准扶贫和丹江流域生态环境保护工作进行生态移民搬迁。商州区腰市镇，户户配备垃圾桶，每个村民小组设置有垃圾收集箱，村村配置有保洁专员，在全镇重要位置设立100多个垃圾桶，确保垃圾不入河道，污水管治责任到个人。腰市镇紧邻丹江的二级支流小黄川河，从治理前垃圾遍地、乱石杂草布满河道的"野河道"，变成了一条清澈的景观河，还拥有了一条长6公里、水面宽约6米的亲水景观长廊。丹江最大的支流银花河在丹凤县竹林关镇汇入丹江，为了保护丹江，竹林关镇集合秦岭最美乡村建设，围绕竹、水、路、街、业、居、景七大元素，将自身打造为景色优美、宜居休闲，集乡村、古镇、水域为一体的特色小镇。商洛市在全面实施综合治理、推进生态建设、提高治污能力、调整产业结构的基础上，在全市范围内全面开展"碧水行动"，对水源区水质从源头上严格把关。市委、市政府将"清水北送"纳入市重点工作目标考核，并在此基础上形成长效机制长期实施。2014年商洛制定了《商洛市丹江等流域污染防治工作三年行动计划》，以3年时间实施了城镇环境综合整治、沿江小流域治理、工业污染防治、农村生活污水垃圾处理、农业面源污染治理、畜禽养殖污染治理、饮用水水源地保护等八项措施，加强商洛境内流域水污染防治。为确保丹江水清澈，商洛全面推行重点污染源企业挂牌管理。对全市重点污染源企业实行了挂牌管理和一企一策一档管理。出台环境违法"黑名单"管理暂行办法，明确"黑名单"管理罚则与退出机制。为了加大对污染企业的震慑力度，商洛市环保局兵分7组同时出击，对全市环境执法大检查情况进行重点督查，对检查出的问题进行集体约谈、现场交办、限期整改。通过一系列措施，商洛境内丹江、洛河、乾佑河、金钱河、银花河等6大河流20个断面水质达到地表水功能区标准，商洛市10个城市集中式饮用水水源地水质达标率100%，丹江从商南县出省断面水质稳定达到Ⅱ类标准。

为了保护汉江小流域水质，消灭农村面源污染，陕南三市都启动了生态移民搬迁项目。将居住分散的偏远山区居民集中搬迁到镇上移民安置小区，在镇上设立农业园区等劳动密集型生态产业，实现搬迁移民搬得进、能致富，为水源保护奠定坚实的群众基础。建立完善的污水处理厂和垃圾处理场，高频通过各种宣传教育方式不断普及和提高群众对保护好汉江水质的认识，引导群众实现水源保护人人参与。在"十一五"开展的五年间，陕南三市关停了大量污染企业，陕南农民"当家的致富产业"黄姜皂素加工企业基本关停，造纸、电镀等高污染行业已然绝迹，中药、缫丝、钢铁、有色金属等多个支柱产业受限。水源涵养区全面"出击"，为水源站岗。

南水北调通水以来，汉江出陕断面始终保持在Ⅱ类水质。一系列水环境治理切实改善了汉江上游地区的生态环境，减少了水土流失，有效控制了农村面源污染，为丹江口库区构建了一套牢固的上游生态屏障，为远在千里的京津地区提供了稳定的水源保障。国务院南水北调办曾多次对陕南三市护水工作予以肯定。

除了陕西，丹江口水库的豫鄂其他汇水区，也都在因地制宜采取着各类举措，植绿护绿，涵养水源，不惜牺牲地方经济利益来守护碧水青山。

发源于河南洛阳市栾川县的淯河（又名老鹳河）是丹江口水库的重要水源之一，也是洛阳唯一汇入长江流域的河流。淯河源头位于栾川县冷水镇南泥湖村，在栾川境内经三川镇和叫河镇，流入三门峡市卢氏县，再经南阳市西峡县和淅川县，汇入丹江口。栾川县水源区关闭取缔重污染企业，其他企业严格执行环境评价影响制度。该县积极引导工矿企业向农副产品加工、特色养殖、花卉苗木等绿色产业转型，促进流域地区绿色发展。在农业生产方面，调整施肥结构，限制使用高毒、高残留农药，推广使用沼气等生态能源，实现种植产业结构调整，控制农业面源污染。目前水源区内大部分耕地已推广种植彩叶苗木、中药材等生态作物。洛阳市则在《规划》框架下，拧紧企业排污闸门，调整农业种植结构，大力实施治理工程，改善流域生态环境。

地处豫西深山区的三门峡市卢氏县共辖19个乡（镇），其中6个乡（镇）处于南水北调中线工程水源地保护区。卢氏县以实施"碧水工程"为抓手，加大对县、乡划定的集中式饮用水水源地保护区范围内的建设项目清查力度，对存在环保问题

的建设项目限期整改，对违法建设、治理无望或不符合环保政策的建设项目限期拆除，禁止在保护区内新建、扩建向水体排放污染物的建设项目，在饮用水源保护区设立明显标志，落实饮用水源各项保护措施，确保集中式饮用水水源地水质和饮用水安全。加大对洛河、老灌河、淇河、杜荆河四条河流域内的排水企业综合整治力度，确保所有河流出境水质达到规定要求。强化对南水北调中线工程卢氏水源涵养区6个乡（镇）3个垃圾中转站和6个污水处理厂的监管。在多重举措之下，卢氏县洛河、老灌河出境断面水质远优于各年度市定的断面水质标准，优于国家Ⅲ类水质标准，其中有部分因子达到国家Ⅰ类水质标准，城市集中饮用水水源地水质达标率达100%。

作为中线工程水源地之一的河南南阳市，对工程水质工作高度重视。不讲条件、不计代价，南阳市严把项目环保关，先后否定、终止了上百个大中型项目选址方案和大中型项目前期工作，否决、终止各类工业项目近500个，关停规模以上企业1000多家，关闭搬迁畜禽养殖场，取缔库区养鱼网箱，依法拆除"三无"船舶，杜绝经营性餐饮……直接损失超百亿元。政府投入资金近5亿元，帮助企业转产、职工转业、渔民上岸。在汇水区建成大量污水垃圾处理点，高标准完成村庄环境综合整治及工业点源污染治理。南阳市淅川县，在此前年财政收入正常就是5亿余元，仍毅然关停并转了357家企业。企业是一个地方经济发展的命脉，这300多家企业对淅川的财政收入来说可以说是致命的，但是淅川毫不迟疑地以保水质为第一责任，以壮士断腕的决心力护水源。以金戈利集团为例，此前是一家以黄金开采冶炼为主的企业，由于矿山开采过程中破坏森林植被，对生态环境有所影响，中线工程启动后，董事长秦银占忍痛关闭了金矿，改行发展生态农业。秦银占说，这是很阵痛的一个过程，但在南水北调这一国家工程面前，这是淅川本土企业责无旁贷的责任。根据检测，丹江口水库的水质中数值偏高的总氮、总磷主要来源于农业生产中的化肥、农药残留和生活垃圾，农业面源污染已经成为影响水质的另一道难题。网箱养鱼是淅川的支柱产业，鱼饲料残留直接污染库区水质。淅川县取缔了库区 5 万余箱养鱼网箱和禁养区内 600 余家养殖场（户），通过贷款筹措资金帮助 8000 多户渔民弃网上岸，全面取缔网箱养鱼。并引导农民改变耕作方式，传统的小麦、玉米等农作物逐步被金银花、有机茶等取代。与传统农作物种植相比，生态农业不仅收益高，而且农药、化肥都省了，仅此一项淅川县每年减少传统氮肥用量达 2000 多吨。与此同时，淅川县还大力推动以绿护水，在环丹江口库区造林 30 余万亩，干渠沿线建起护水绿色生态屏障。为切实加强水源地保护，全力改善水生态环境，南阳市税务部门还别出心裁地推出了"绿色税制"助力生态文明建设。通过全面落实税收优惠政策，不断创新服务方式，积极为企业减税降费，扶持新型经营主体发展，充分发挥"绿色税制"对经济和生态的促进作用。以邓州市三达水务有限公司为例，该企业是邓州市第一污水处理厂，设计日处理污水规模 3 万吨每日，污水处理后流入运粮河，经刁河、白河注入汉水、长江。当地税务部门关注到该企业的特殊性，主动对其进行靶向式走访，针对企业特点，安排业务骨干实地走访宣传税费减免优惠政策，并征求意见建议，为该企业提供了税收绿色通道，

◎ 陕西宁陕县综合治理（张小林 摄）

开展税收优惠政策"回头看"。2021年，该企业环保税全额减免，增值税享受即征即退70%的政策，第一季度就享受税费减免30.8万元，节省下来的资金，主要用于防污治理、工艺改进、提高污水处理净化能力。税务部门通过宣传以保护环境的生态税收的"绿色"税制，让企业两头收益，通过税收"反哺"实现了企业绿色生态健康发展。为了保住一库清水，南阳全面落实《丹江口库区及上游水污染防治和水土保持"十二五"规划》，在保护区开展生态环保专项行动，消除影响水质安全的环境隐患。通过一月一督查、一季一通报，强力推进项目实施。南阳把打造绿色水源地作为重要目标，全域坚守耕地红线、林地绿线、水域湿地蓝线，突出伏牛山、桐柏山、千里淮河、南水北调中线库区和干渠"两山两水"生态建设，构建生态屏障，全市森林覆盖率超过三分之一。

神农架林区地处鄂西北，因华夏始祖炎帝神农氏在此搭架采药、教民稼穑而得名，是全国唯一以"林区"命名的行政区，同时也是丹江口水库的重要水源涵养地。为确保南水北调中线工程水质安全，神农架林区坚持"保护第一、科学规划、合理开发、永续利用"的建设方针，秉承"保护就是发展，绿色就是财富，文明就是优势"的理念，以保护南水北调水源、保障生态环境安全为首要目标，加大生态保护、生态建设、修复和环境污染防治力度，推进一批重点生态建设、环保工程，全面提升生态环境质量，不断强化生态与水源涵养功能。出台《生态资源管护责任追究暂行办法》，成立生态资源环境保护合议庭，建成"空中有飞机、山头有监控、路口有探头、林内有巡护"的立体管护网络，在全国率先编制《国土空间开发利用管控规划》，生态功能区红线面积比例高达89.6%，为南水北调中线工程健康发展提供了重要资源支撑。

位于以秦岭——淮河为标志的南北分界线上的湖北省十堰市，则是南水北调中线工程核心水源区、水质保障区、水源控制区和环保高压区。身担重任，十堰市养山、护水、治水的脚步从未停歇。在汇入丹江口水库的12条支流中，十堰占10条。在十堰市流传着一句话：环保决定生死。要么达标排放，要么关门走人，企业没有选择的余地。十堰全面实施河流治理工程，坚持"五城联创（创建国家卫生城、国家环保模范城、全国文明城市、国家森林城市、国家生态城市）"，在全省率先出台环保"一票否决"实施办法，关、停、并、转污染企业，大力建设污水处理厂、垃圾处理厂、垃圾处理池，推动产业绿色转型，发展旅游产业，清洁能源、生物医药等绿色产业也不断壮大。以被称为"药用黄金"的黄姜为例，许多县里曾经六成耕地种的是黄姜，农民靠卖鲜黄姜实现高收入，但黄姜加工对水质影响非常大。如今，黄姜产业在十堰早已谢幕，取而代之的是550万亩特色产业基地，其中无公害、有机农产品基地面积达166万亩。从"铁腕治污"到"生态创建"，每年都有大量新的生态乡镇、生态农村创建成功。坚守"管住斧头不乱伐、守住山头不乱挖、护好源头不污染"的理念，多措并举，有效管理2896万亩青山，全市森林覆盖率达64.72%，对水源区水质安全起到了很好的保障作用。十堰曾有泗河、神定河、犟河、官山河和剑河等五条河流不达标，近年来，当地大力实施截污、控污、清污、减污、治污五大工程，整治排污口，完成河道清淤，建设生态河道，建成清污分流管网长达1400多公里。全球30多种污水处理工艺，十堰就应用了26种，成为全球污水处理技术"富集地"。如今全市地表水水质总体早已为"优"，35个地表水监测断面达标率为97.1%，过去不达标的五河治理也已成为全国样板。不仅政府在行动，在民间，为南水北调看好水源的观念也深入人心。汉江师范学院生态文明研究中心的副主任胡玉就是十堰市民间河长发起人之一，在他的动员组织下，许多来自各行各业的市民行动起来，主动报名成为十堰民间河长，开展环保志愿服务，坚持当好北方人民的"守井人"。以守护南水北调中线水源为初衷也为契机，十堰市不断实现生态经济化、经济生态化，以武当山为龙头，打造全域生态区、全域水源区、全域风景区，将生态文化旅游发展成为第二大支柱产业；以生态为内核，利用优质水资源，发展饮料、医药、绿色有机食品产业；以汽车为工业基础，建成新能源汽车整车生产企业6家，产销量居全国前列……当下的十堰市，早已由一座老工业城市，悄然变身为生态产业城。

丹江口市，大力实施"生态立市"战略，完善生态文明制度建设，积极发展生态经济，改善生态环境，围绕"经济强、百姓富、生态美"目标，深入开展"碧水、蓝天、净土"三大行动，强化生态建设与保护，夯实绿色发展的环境基础，构筑绿色发展的生态屏障。在丹江口库区，森林覆盖率过半，守护绿水青山卓有成效。深入开展"清水行动"，实施官山河、浪河、安乐河、大柏河、沙沟河生态治理，流域面积5平方公里以上河流实现河长制全覆盖。扎实推进"四个三重大生态工程"。城乡污水和垃圾处理实现全覆盖，所有行政村农村环境得到综合整治，城乡环境空气实现自动监测。

为确保南水北调中线工程水质安全，为实现中华民族伟大复兴的中国梦，在丹江口水库的上游各水源涵养区，汉江清流一路汇聚爱与责任前行。2014年是激动人心的通水年，也是在这一年，丹江口水库被列入秦巴片区生物多样性的功能区和生态文明示范先行区。在北上的一渠南水里，映现着汇水区人们的奉献和牺牲，也承载着他们的自豪与情意。

3. 中线水源"守井人"

净水流深，情深向北。千里调水，水质是焦点，源头清水更是重中之重。在碧波万顷的丹江口水库，南水北调中线工程的"守井人"——南水北调中线水源人用日复一日的坚守护卫着每一滴北上的甘霖。对他们来说，保护好库区的水质与生态环境既是政治任务，也是光荣使命。

沿着库边崎岖的山路，南水北调中线水源公司的采样人员驱车辗转于丹江口水库各主要支流入库口，在不同的入库河流监测断面和水库库湾角落，认真采取水体样本；有时，也会是在颠簸的操作小船上，采样人员顶着水面凛冽的寒风巡于宽阔库区，完成观测和取样。一年四季，风雨雪阳，他们重复着这些工作，丝毫不曾懈怠。

在位于丹江口大坝左岸坝头的中线水源工程水质监测中心实验室，负责水质检测的人员接过采样人员递过来的保温箱。箱里装着的数十个瓶瓶罐罐，正是刚刚从库区和支流断面采回的水样，这些样水在接受前处理后即将进入水质分析。"将采来的水样注入这部原子吸收分光光度计中，按下加热按钮，只需30秒就可以鉴定里面的重金属成分。"一名正在仪器前忙碌的技术人员介绍道。在这个投资1000多万元建成的中心实验室里，配备了目前国内外最先进的水质监测设备，设置有原子吸收室、原子荧光室、气质联用室等多个专业实验室。湖北省计量测试技术研究院定期对设备进行检测，以确保监测

◎ 中线水源公司中心实验室，工作人员正在进行日常水样检测

数据准确。陶岔渠首断面每日进行常规水质 9 参数人工监测，7 个自动监测站每 4 小时进行常规水质 10 至 15 个参数趋势监测，库区 32 个监测断面每月进行基本 24 项水质参数人工监测，库内 16 个断面补充 5 项监测工作，每季度开展浮游生物监测工作，每年进行地表水 109 项全指标、生物残毒、底质监测等工作，同时开展微塑料等新污染物的监测工作。信息系统为支撑的水质监测体系，搭配有移动监测车、船和信息化系统……在中线水源公司，已形成的这套集日常监测、高效应急于一体的水库水质监测系统，如同"千里眼"，悉数捕获核心水源地水质的细微变动，及时对水质监测数据进行分析并上报结果，大幅度提高了南水北调中线工程水质监测的工作效率。

"站网建成后，实现了中线水源地水质状态的自动监测和信息的及时传输，大幅度提高了水环境监测的工作效率，也为管理部门提供了高效、科学的决策支撑信息。"中线水源公司副总经理齐耀华表示，通过规范的监测与密集的排查机制，公司对核心水源地提供全方位立体化的监管，将水污染隐患消除到最低。

中线水源公司精心布控的这张紧密监控网络，为"一库清水送津京"提供了科学依据，有力地护佑一库清水永续北上。

自通水以来，丹江口库区的水质监测工作经受住了大大小小的考验。

2020 年春节期间，新冠病毒在武汉爆发，疫情阴霾笼罩湖北，丹江口也应急封城。疫情之下，供水线就是"生命线"，保障供水安全尤为关键。南水北调中线水源公司会同项目管理单位制订了《应对新型冠状病毒感染疫情期间水质应急监测方案》，在常规监测的基础上增加疫情防控特征指标监测，在库区 31 个断面的 29 项常规监测基础上，增加了余氯和生物毒性等疫情防控特征指标项目的监测。对陶岔、马蹬、青山固定监测站实行加密监测，将常规指标监测、生物毒性监测频次由每日 6 次加密为每日 8 次，并对监测数据实行逐级校核、审核。采取 24 小时应急响应，严格执行 24 小时值班与突发事件应急响应信息报告制度。中线水源公司防疫工作领导小组每日督促检查，早上 7 点多就开始陆续打卡微信群。公司每日按时向相关单位及部门进行数据信息报送。

丹江口封城后，因监测中心实验室其他同事暂时无法返岗，"滞留"于丹江口的米长青与已经在丹江口成家的同事韩佰辉，两人主动承担起了平常需要四五个人的实验室分析工作。疫情发生以来，两人一直分开工作、生活，避免交叉感染。实验室和宿舍只有一步之遥，50 多天以来，米长青每天两点一线。在封城的第 50 多天，他们注意到现场监测的气象指标提示，库区已连续多天最高温度在 20 摄氏度以上。气温回升过快，丹江口水库或将面临春季水华暴发的风险。此时，根据《应对新型冠状病毒感染疫情期间水质应急监测方案》要求，应立即开展库区人工应急监测。

◎ 湖北十堰张湾区西沟清洁小流域（张小林 摄）

韩佰辉和米长青做完复工体检、经过层层审批后，两人于3月6日终于踏上了应急监测船。这是疫情以来，韩佰辉和米长青的第一次碰面工作。晴空如洗，库区碧波轻漾，他们在6个断面逐一取样，并现场检测水温、pH值等。颠簸的应急监测船上，取样工作一待就是三四个小时。取样返回监测中心实验室后，两人迅速投入到了水样的检测分析工作中。据检测分析，丹江口水库水质目前未受疫情影响，易暴发春季水华的水域pH值、溶解氧、水体透明度等水体理化指标均为正常，两人这才松了口气。

疫情期间，中线水源公司经多方沟通协商，办理通行手续，组织人员对丹江口辖区龙山镇、武当山镇和六里坪镇库区现场水域、岸线、消落区以及地震监测点、地灾监测点设施等进行巡查，确保地震和地灾自动监测设施运行状况良好，水库保持安全运行状态。及时了解地方管控政策变化，分别组织专人前往疫情期间交通管制区域内监测站点，对生物毒性等自动监测仪器试剂进行更换，并对总磷、总氮等指数监测仪器进行校准，检查取水系统、纯水机等辅助设施，处理设备缺陷，全面保障数据准确有效。

在此次疫情期间，水质监测工作人员克服了交通封阻、饮食不便等诸多困难，坚守丹江口水库持续开展了为期4个月的水质应急加密监测，确保了疫情期间丹江口库区水质监测数据的"真、准、全"。

2020年疫情期间，丹江口水库水质监测结果显示：水质稳定保持在Ⅰ类水标准，生物毒性指标监测数值为0.00%，水质良好未受疫情影响，切实保障了中线水源地的供水安全。在战"疫"中坚定"卫士"职责，公司以护航工程从源头安全平稳运行的硬核支撑，诠释了"源头守井人"的担当与尽责。

2021年10月17日，水质监测中心实验室。米长青正在全神贯注操作水质分析仪器，此时的他已经连续工作十几个小时。据他提及，他的个别同事此前曾连续3天未走出过实验室的办公楼。此时，他们已经连续一个多月周转在这种紧张的工作节奏里了。这个秋天，随着汉江流域遭遇大洪水及多轮秋季洪水，丹江口水库迎来了建库以来洪量历史最大的秋汛，稳稳经受住了艰巨的挑战：最大入库洪峰24900立方米每秒，为近十年来最大入库洪峰；连续7场超10000立方米每秒洪峰……10月10日，丹江口水利枢纽自建成以来首次实现170米满蓄目标，激动人心。就在丹江口水利枢纽深孔泄洪的壮观景象成为网红图片的同时，不为那些热情网友们所知的是，此时中线水源工程水质监测的工作人员正投入于高度紧张的工作之中。

平常每月一次的采样，此时变成三天一次，甚至密度更频。不仅如此，为在水库满蓄的情况下全力做好水质保障，让受水区民众喝上水质不受影响的清澈好水，中线水源公司提出了更为严密的水质监测要求，在例行监测之外，要求蓄水自167开始每升高1米便进行加测全指标测试。1轮全指标检测，从乘车船采样、24项加补充5项检测，到交互数据按流程出具报告，平时需要10多天时间才能全部完成。这样的全指标检测，在刚过去的1个月里，米长青和他的同事们就进行了6轮。为了争分夺秒地拿出检测结果"透视"水质情况，整个汛期大家都自发地熬夜加班，通宵达旦是常事。检测室的几位工作人员协力同心，将拿出检测结果的时长从10多天压缩到了5天。包含整个"十一"在内的假期与周末，米长青和同事们连月来没有休息过一天。虽然大家满脸皆是掩饰不住的疲惫，但没有人发出一声哪怕轻微的抱怨。面对采访，米长青有些羞涩地说：对于库区的水质检测工作，大家自知肩上的责任很重，但内心也都有一致的隐隐骄傲，毕竟这里是南水北调中线的水源，这里的每一滴水都带着北上的使命，服务于国家工程。

在采访中，米长青不止一次扭头看向操作间里正在忙碌工作的同事。简短的采访交流结束，他立刻奔回工作台前继续他的工作。在米长青的操作下，ICS-900离子色谱仪开始水质分析，大约在30分钟后，一组精准的数据就将自动生成。

经年以来，丹江口库区的水质经受住了重重考验，不间断的严密监测，如道道防护网，任何微小的水质变化都逃不过中线水源公司水库水质监测系统和工作人员的"眼睛"。特别是2021年，面对特大暴雨袭击、新冠疫情反弹等多重挑战，中线水源公司通过强化预报、预警、预演、预案措施，科学精准调度工程，实现中线工程年度调水突破90亿立方米，完成年度计划的121%。

要科学地全面保障南水北调中线水源品质安全、源区安宁、生态安适，要让沿线受水区7900多万人将南水喝得安心、用得放心，守井人肩上的重担远不止于水质监测。

绵长岸线，辽阔库区，突如其来的事故，极为考验管理单位的应急能力。在浪河水域，曾有一辆装载着汽车配件、饼干、空气瓶等物的货车，翻下浪河高速，掉进了水库。当时正值清明假期的第一天。接报后，中线水源公司火速行动，应急抢险人员第一时间赶赴到事发现场，开展应急监测。所幸，事故货车的污染源只有油箱中剩余的汽油，监测人员迅速反应，在采取吸油毡吸油等处理措施后，立即在事发上下游布点，监测水质变化。经过3次取样监测，直至污染物参数降至零，他们才放心地离开。

丹江口水库范围广阔，库周百姓对于水质的保护意识尤为重要。供水以来，中线水源公司通过各类科普宣传活动不断强化库周百姓的护水意识，形成良好护水氛围。同时密集组织开展库区巡查，一方面通过巡库向库周百姓宣传，另一方面不断加强对水库消落地的管理，利用无人机对消落带利用、库岸安全稳定和水域漂浮物等可能影响水质的相关情况进行重点巡查。编制相应管理办法，与当地政府和南水北调管理机构密切沟通。

绵延4600多公里，相当于两个京广线长度的库岸线；库中多达2200多个的岛屿，比新安江的千岛湖还多出一倍，堪称世界上岛屿最多的人工湖。山清水秀、碧波万顷的辽阔库区盛载着大自然的丰富馈赠，同时也让不少追求经济利益的商家趋之若鹜。拦汊筑坝侵占库容、名目繁多的违规运营项目带来污染，各类违法乱象层出不穷。广阔的水域，多山的地貌，构成了丹江口水库生态战略防线，也给管理带来了巨大的压力。多年来，在长江委领导下，中线水源公司严厉打击丹江口库区水事违法行为，多轮"打非治违"严防水质污染，查处了一批水事违规案件，并成功探索了联合执法机制，在库区形成了良好的法治氛围。库区历年高发频发的非法拦汊筑坝、非法弃土弃渣、非法取水排污等涉水严重违法行为，已从2013年的96例大幅下降至目前仅零星分布，以前个别区域的非法拦汊筑坝行为现基本"绝迹"，库区水事秩序有了根本性好转。

丹江口水库在发展渔业方面有着得天独厚的优势，曾是当地的"聚宝盆"。在20世纪80年代，丹江口水库就发现有68种鱼，经济价值比较高的主要有四大家鱼及鳡鱼、翘嘴红鲌、鲤鱼、鲫鱼等20余种。其中，鳡鱼和翘嘴红鲌都是性情凶猛的肉食性鱼类，同时也是丹江口水库的两大美味"招牌"，这两种鱼都被评为了国家地理标志产品，而且还登上过央视，深受市场赞誉。丹江口水库湖汊众多，水面开阔，可以利用的养殖面积为6.2万公顷，一年曾出鱼1.5亿斤。为保障供水，2014年，丹江口库区周边省市县均按照属地管理、依法取缔、试点先行、区域推进的原则，依法推进清除网箱养鱼设施工作。2014年7月，丹江口市正式启动库区网箱清理工作，当时登记在档的网箱总数达 12 万多只，经过 3 年多的持续清理，累计拆解网箱 101903 只。2017 年 3 月 28 日，丹江口市"雷霆行动"拉开大幕，在 60 天的时间里，重点围绕"库区渔政管理、网箱养殖、库汊拦网（含土、石筑坝）养殖、筏钓房（钓鱼平台）、非法营运船只、库周环境卫生、水污染防治"等七个方面开展专项整治，坚决取缔非法养殖或库汊拦养、乱建筏钓房等行为。雷霆行动为建库以来规模最大的一次综合整治行动。6 个综合执法专班采取 5+1 的方法，每个专班除由公安、海事、渔政、水务、环保等 5 个部门外，还从乡镇抽调一名干部，直接深入到各村组；各乡镇也配套成立了指挥部和领导小组，并组建工作专班，分片包户，分组包箱，倒排工期，建立台账，实行挂图作战，销号作业。这次"雷霆行动"涉及江南、江北数百公里的岸线，19767 只网箱被拆解上岸。库区网箱基本"清零"，库周转型生态型旅游经济，为保障核心水源地水质扫清障碍。针对偶尔冒尖的"漏网之鱼"，中线水源公司建立巡察机制，对违法养殖等污染水质行为及时进行劝阻和上报。2021 年 1 月 1 日开始，丹江口整个库区全面禁渔，杜绝一切生产性捕捞。

清理水面做减法，维护生态做加法。

2003 年，针对丹江口大坝加高后新淹没区内的名木古树，在库区内特别启动了古树迁移计划。其中树龄最大的超过 400 年，最小的也有 120 多年，包括皂荚、黄连木、枫杨、栓皮栎、刺楸、刺柏、侧柏等品种，其中一级保护 5 株，二级保护 8 株，三级保护 32 株。按照为它们量身定制的古树移栽方案，由专业、有资质的园艺公司"护航"，这批特殊的"移民"都搬迁到了新家。

为了保障丹江口水库生态环境修复，强化水生生物资源保护，中线水源公司遵照国家批复，于 2017 年完成了全循环水养殖的鱼类增殖放流站的建设及试运行，此后每年开展鱼类增殖放流活动，高规格增殖放流改善水域环境。所谓增殖放流，就是通过人工手段向天然水域放流一些目标保护的鱼类，扩大它们在繁衍过程中的初始种群，提高它们的繁衍能力，最终达到保护目标。进行增殖放流是对整个生态系统结构和功能进行优化的一种科学干预的手段。丹江口大坝加高后，对产漂流性卵的鱼类产卵场有一定影响，增殖放流一方面可以补充水库鱼类种类数量，增强鱼类种群自我繁衍能力，维持适宜种群规模，保护鱼类物种多样性，缓解工程运行对鱼类资源的影响；另一方面，则是以南水北调水质管理为目标，在水生生物食物链网关系以及物质循环与能量流动效应下，对生物操纵关键物种实施增殖放流，增强其种群繁衍与增长能力，优化水库水生生物食物链网结构，从而达到长久维持良好水质的目标，确保一库清水北送。丹江口水库已累计放流鲢鱼、鳙鱼、草鱼、青鱼、鳊鱼、中华倒刺鲃、团头鲂等丰富品类优质鱼苗。2021 年，首次达到年度放流 325 万尾设计规模。5 年内，8 次放流，近千人参与，累计放流 13 类鱼种 580.75 万尾，大大增强了受保护物种的自我修复能力，有力修复库区水生态环境，保护水质安全。这既是保护丹江口库区及汉江流域鱼类资源的具体行动，也是坚持"生态优先、绿色发展"理念、强化国家战略实施水利支撑的生动实践。

强化入库支流水质自动监测站建设，实现库区全天候远程动态监测，做好年度鱼类增殖放流，保护库区水生物多样性，建立库区综合信息管理系统，严格执行年度水量调度计划，保障足额优质供水……中线水源公司以打造汉江流域水生态保护的骨干企业为目标，以实际行动争创跨流域优质水源供给的样板企业。

在中线水源公司的多措并举、紧密呵护下，丹江口水库的水质被牢牢捍卫着。自通水以来，中线水源工程安全运行事故为零，丹江口水库水质始持续改善，水中含氮量下降幅度超过三成，始终达到或优于Ⅱ类。2020年的监测结果显示，在向北方供水的取水口——陶岔断面，一年365天，Ⅰ类水就达到343天。

至今，已有超过380亿立方米的清澈丹江水流向北方，成为京津冀豫20多座大中型城市的主力水源。

4. 一路续力，挽臂筑起安全防线

北上的汉江水现已成为奔涌不息的绿色生命线，守护着工程沿线人民群众的饮用水安全与品质。习近平总书记强调，要加强南水北调工程沿线水资源保护，持续抓好输水沿线区和受水区的污染防治和生态环境保护工作。对这条来之不易、千里跋涉的绿色生命线，输水沿线区和受水区极尽珍视与呵护，挽臂为它筑起了坚固的安全防线。

为保护远道而来的南水，环保部等4部委联合工程沿线省、市开展了总干渠两侧保护区划定工作，规范工程两侧建设性项目开发，构建起水质保护屏障，防范水质污染风险。为给南水护航，国务院南水北调工程建设委员会（以下简称"国务院南水北调办"）组织开展了水源保护区内污染源调查和风险分类，会同各地核查、处理中线沿线垃圾场、污水排放点。《南水北调工程供用水管理条例》《河北省南水北调配套工程供用水管理规定》等先后颁布实施，也为南水北调水质保护工作提供了法律支撑。

中线工程在设计之初，就充分考虑到外界污染源对于总干渠内水源的影响。工程在设计、建造和运行上采取多项措施，保证输水安全。为了保证水质及水的过流速度，同时放大生态效益，南水北调中线干线工程选择开挖明渠及管涵方式输水。明渠两侧种植狗牙根和鸡爪草等生命力强、固土能力突出的草类，守护着绵延渠道

边坡。明渠段1196公里的总干渠，被设计成全线封闭立交形式。渡槽、倒虹吸、左岸排水等手段，让中线工程与外界河流形成了立体交叉，互不影响。在总干渠两侧设置截流沟和导流沟，防止外部洪沥水进入总干渠；在总干渠开口线外设置隔离带，防止人为污染；整个中线工程凡与总干渠交叉的河道、公路、铁路、管线全部采用立交方式，确保污染物不进入渠道；沿线每段都有退水设施，通过关闭闸门可及时截断污染水。仅仅局限在设计上，是无法满足工程运行需要的。在运行中细化、实化，是中线工程各管理处的重要工作。抽排倒虹吸积水、清理淤泥污物、实施防渗处置……以1238座跨渠桥梁为例，交通事故引发的水污染事件也会成为影响工程水质的污染风险，封闭跨渠桥梁排水管、设集油池、设保护坎，在桥面竖起温馨提示牌，留下工作人员联络方式……沿线各管理处都用细节夯实了跨渠桥梁的管理。

在总干渠两侧电子围栏范围外，《南水北调中线干线工程两侧生态带建设规划》明文要求，要设置生态带、水源保护区，竖起绿色保护网。为保护干渠水质，中线京津豫境内生态带累计近700公里，20万亩。围栏范围之外，水源保护区内的管理，则更多依靠地方政府行政管理部门行使职责。河南省为保护干渠水质，开展了总干渠两岸生态带建设，总长度约631公里，面积23万亩。在有效改善沿线的生态环境的同时，中原也新增了一条纵贯南北的绿色长廊。为推动南水北调后续工程高质量发展，巩固提升供水保障能力，2021年10月，河南省林业局还出台了南水北调中线工程干渠生态廊道管护质量成效专项补助政策，共下拨700万元，根据年度考评情况对干渠沿线的南阳、平顶山、许昌、郑州、焦作、新乡、鹤壁、安阳等8个省辖市分别进行补助。

河南省焦作市是南水北调中线工程唯一穿越中心城区的城市。作为南水北调配套工程，焦作以市区12公里长的总干渠为基础，在总干渠两侧建设各100米宽的绿化带，形成了一条绿色生态长廊，给市民提供了一个环境优美的休息锻炼场所。这条名为天河公园的绿化带很好地保护了南水北调水质安全，绿化面积近200万平方米，相当于焦作市城市人口人均增加绿地2平方米。如今，它已成为焦作市当地有名的生态旅游景区，带动了经济持续健康发展。

守护"南水北调生命线"被河南省列为行政工作之重。多年来严厉打击涉南水北调工程建设犯罪，依法惩处南水北调沿线污染水源、破坏生态违法犯罪。严守自然生态安全边界，筑牢南水北调工程生态安全司法保护屏障。不断加强南水北调工程沿线水资源保护，持续抓好输水沿线区和受水区的污染防治和生态环境保护工作。及时修复南水北调水源地生态环境，并把生态保护和生态修复目标贯穿于执法司法全过程。在民众间广泛开展宣传教育，每年利用"世界环境日""节能减排周""水周"等重要时间节点开展环保宣传活动，利用广播、电视、网络、报纸等多种形式多角度深入宣传环保及相关法律法规，增强群众对南水北调工程重要意义的认识，树立节水护水绿色发展理念。

为进一步确保对南水北调工程的保护有法可依，《河南省南水北调饮用水水源保护条例》（以下简称《条例》）于2022年3月1日起在河南省正式施行，实行最严格的生态环境保护制度。针对实际工作中存在的功能区复杂且范围重叠、管理主体多元且职责交叉等问题，《条例》压实了各级政府及其部门的职责，明确了相关主体的责任、公民和法人的权利和义务。同时，充分考虑南水北调饮用水水源保护和高质量发展的前景，结合保护管理实际以及未来受水区范围扩大、水质标准提高等可能出现的情况，对后续工程建设及其保护措施制定了前瞻性的法律规范。《条例》对工程保护做了专章规定，要求对南水北调工程划定管理范围和保护范围，分别由工程管理单位和所在地县级以上人民政府负责管理，并配备必要人员和设备，以强化保护力度。

河南从守护生命线的政治高度，持续加强水源地生态建设和环境保护，打好污染防治攻坚战，统筹推进水资源集约节约利用工作，坚决守护好一渠清水。以张河村为例。淅川县九重镇张河村距离渠首约6公里，南水北调总干渠穿村而过。村里，一排排石榴树连绵成片，正挂着红彤彤喜人的果实。为了守护碧水，张河村有水不能养鱼，有山不能放牧，有矿不能开发。村民们为保水质做出了牺牲，但也换来了软籽石榴这个绿色富民产业。大家借助良好的生态环境，选择发展起了软籽石榴等绿色产业，最终实现了生态效益和经济效益的双赢。不仅如此，张河村还带动了周边乡镇村民。放眼今天的九重镇，5万余亩的软籽石榴铺满了山岗，染绿了库区，村民生活像石榴籽一样甜。"紧靠丹江水，春有花、夏有荫、秋有果、冬有绿，一年四季处处是景。生态和文化旅游业发展势头好，让水源地群众依靠绿水青山端起'金饭碗'。"在淅川县老城镇，镇党委书记翟成敬说道。为了守护南水北调工程，南阳市持续加强生态环境保护与污染防治，将保水质、护运行工作纳入生态可持续发展体系，大力开展水源区环境综合整治，建设环库生态隔离带，打造干渠绿色廊道。通水以来，南阳水源区累计关停工业和矿山企业 200 多家，封堵入河生活排污口 400 多个；清理库周及汇水区违法建筑，下大力气取缔养鱼网箱；否定 70 多个大中型建设项目选址方案，终止 60 多个大中型项目的前期工作。在淅川，先后投资 1 亿多元，在库区、主要入库河流和跨渠桥梁安装视频监控探头 1500 多个，对入库五大河流、库区周边等重点部位实施 24 小时实时监控。为避免农业面源污染影响水质，南阳水源区还积极推广生物有机肥。仅渠首淅川县就累计推广施用生物有机肥 20 多万亩，大大减少了农药使用量。目前，南阳市森林覆盖率超过 40%，高效生态农业发展迅速，库区及周边县重点发展了猕猴桃、食用菌、软籽石榴、薄壳核桃、金银花等高效生态农业，水源区建成 12 大类近 300 万亩无公害农产品生产基地，取得了生态效益和经济效益的双赢。

为防范水质污染、保障输水水质安全，河北按照完全封闭式输水渠道、非完全封闭式输水渠道、建筑物段三种不同工程类型，划定完善了南水北调中线总干渠饮用水水源保护区方案。南水北调中线一期工程总干渠饮用水一级水源保护区面积为 112 平方公里，二级水源保护区面积为 110 平方公里。根据要求，一级水源保护区内禁止新建、扩建与供水设施和保护水源无关的建设项目；禁止向水域排放污水，已设置的排污口必须拆除；禁止堆置和存放工业废渣、城市垃圾、粪便和其他废弃物；禁止设置油库；禁止放养禽畜，严格控制网箱养殖活动；禁止可能污染水源的旅游活动和其他活动。二级水源保护区内不准新建、扩建向水体排放污染物的建设项目。通水以来，河北省持续加大生态保护修复力度，不断加强南水北调工程沿线受水区的污染防治。

在南水北调中线工程河北段内，现有自动监测站 13 个、水质中心 1 个、实验室 4 个，实现了水质自动采样、自动监测、自动传输、监测数据上传。自南水北调工程通水后，南水北调中线建管局河北水质监测中心通过自动监测、常规监测等方式，不断健全水质安全风险防范体系。

南水北调中线天津干线工程全长 155 公里，全线建有 2 座水质自动监测站和 1 座拥有国家计量认证资质的水质实验室，开展 6 个固定监测断面 40 项指标的日常检测工作。中线工程通水以来，天津市以南水北调输水沿线为重点，对工业、城镇、农业农村等各类污染源，实行控源（源头预防）、治污（末端治理）两手抓，"一

河一策"系统治理。南水北调天津分局不断推进工程运行管理规范化、标准化建设，研究影响工程长期安全运行的深层次问题，化解各种风险因素，强化运行维护管理，形成了"五位一体"运行管理体系——以运行调度为龙头、以水质保护为核心、以工程管理为基础、以信息机电为保障、以安全应急为关键，有效应对了冰冻灾害、暴雨袭击、台风影响，实现了不间断安全供水，水质稳定达标，有力保证了南水在155公里区域内的安全平稳运行。

南水北调中线京石段，为做好水质监测工作，干线运行管理单位水质监测中心设置了3个固定实验室负责日常常规监测，12个自动监测站实时监控水质状况，30个固定监测断面承担日常水质监测。同时加强工程巡查，全线组建了600多人的专职巡查队伍，建立健全了突发事件应急管理体系，构建了由综合应急预案、专项应急预案组成的预案库。

密云水库既是首都战略水源地，又是南水北调来水调蓄库。"南水"进京，是密云水库命运的转折点。随着南水进京，密云水库蓄水量持续攀升，在保证北京市民生活用水的前提下，密云水库也具备了滋养其下游水系、回补地下水的能力。出库量减少，入库量增加，再加上近几年的汛期降雨、上游来水，密云水库蓄水量稳步增加、水面不断扩大。2018年蓄水量创世纪新高，连续突破21亿、22亿、23亿、24亿、25亿立方米五道关口。2021年8月23日，密云水库蓄水量突破历史最高纪录的33.58亿立方米。

通过生态补水，密云水库下游潮白河水位上升，干涸多年的潮河河道再现碧波荡漾的美景。"要像保护眼睛一样保护密云水库"，是密云水库综合执法大队大队长宇兴评对队员们说得最多的一句话。近年来，密云水库以周边小流域为单位，以水源保护为中心，构筑了"生态修复、生态治理、生态保护"三道防线，以确保"清水下山、净水入库"。为了改善水环境，密云水库流域实行最严格的"河长"制度。密云水库流域北京境内纳入河长制管理的河流有 96 条，河道长 1519 公里，流域面积 3495 平方公里，涉及密云、怀柔、延庆 3 个区、24 个乡镇、403 个村。96 条河流，每个季度都至少要巡查一遍。

在水质统一监测的基础上，北京市南水北调办还设立了三道防线。第一道防线设立在北拒马河渠首处，第二道防线设在永定河大宁调压池处，第三道防线设立在团城湖调节池及各水厂分水口，三道防线形成严密防护。北京的输水通道基本为暗涵，江水自进入地下管涵后，基本就杜绝了人为污染。为节约水资源，北京市长期实行大规模高效节水灌溉工程，包括取消大水漫灌模式，积极推广喷灌、微灌等高效节水设施，年均节水过亿立方米。2016 年以来，全市地下水位多年持续实现回升。

一条水脉情系中国，沿线的"铁腕护卫"们在清波间书写下南北一体的汩汩深情。

5. 齐耀华：丹江畔的峥嵘岁月

1984 年，齐耀华从陕西机械学院（后更名为西安理工大学）水电站动力设备专业毕业，随工作分配，成了丹江口管理局电厂机修分厂的一名助理工程师。

这是齐耀华第一次真正意义上正式要离开自己的家乡奔赴远方。西安交通大学教职工子弟出身的他，上大学时都住在与陕西机械学院仅一条马路之隔的交大家属院中，从家里的窗口就直接可以看到自己的大学寝室窗口。从小听着父亲"好男儿志在四方"的教诲，对丹江口的奔赴，令从小在西安四方城里长大的齐耀华内心多少有些兴

◎ 齐耀华

奋，学水利的他对于与丹江口水利枢纽的即将谋面也充满期待。22 岁，正是讲究形象的年纪，出发那天，齐耀华穿着母亲为自己准备的衬衣和夹克，拎着被褥行囊，从西安坐飞机到安康，那时候的小型飞机一路抖得比拖拉机还要厉害。到安康后，又转乘了三个半小时的大巴，在历经颠簸路程后终于抵达了位于山野深处的丹江口。如果当时从西安全程坐大巴车过来，则需要 20 多小时。

20 世纪 70 年代，作家沈从文、张兆和夫妇曾在丹江口生活。张兆和在写给家人的信中介绍："丹江口是三线工业建设地区，耕地少，人们种红薯、玉米和芝麻。在丹江口使用自来水很方便，有专门洗东西的水槽，一溜排着 6 个水龙头。"张兆和还记载了她登上丹江大坝的情景："登上 328 级木梯，站在大坝上，水电站就在我们脚下，大坝一边的溢洪道像大瀑布那样轰鸣，烟云弥漫，很壮观。另一边是绿水青山，翠绿的小岛、停泊在山脚下的数不尽的机帆船，美极了。"作家笔下的丹江口美好而浪漫。但脱离了浪漫主义的修辞，客观地说，当时的丹江口，还只是山野间的一片萧瑟之地。那天，呈现在齐耀华眼前的丹江口水库如一片无垠明镜，静静躺于群山的怀抱之中，旁边灰色的大坝巍然耸立。当时的右岸还是大片未开发的农田。而旁边的镇区街道冷清，在库区职工们下班的短暂喧嚣后，即隐入灯火寂寥的夜色，飞快地深陷长山阔水间的深刻宁静之中。

齐耀华站在库区前，此时他身上的衬衣和夹克早已在行程中灰尘仆仆。这一次奔赴，就是漫长余生。从此，齐耀华的人生坐标从西安转换到了丹江口。他在这里，绵延了他一生所挚爱的事业、遇见了他生命中的爱人，拥有了幸福的家庭。在这片土地上，他所付的年华皆有所成，而家庭给了他最温馨的陪伴……他的整个人生，将根须深深扎进了这片南水北调中线的水源之地。

在电厂，齐耀华进入了水轮机班做检修工作。水轮机班的检修在丹江电厂的工种中是最苦的。位于水下十几米的蜗壳，每年都有大中小修。在直径约 5.5 米的阴暗湿冷的水下空间里，巨大的涡轮叶片上布满了被水流高射流击打和侵蚀出的坑洞。检修人员搭着架子进行叶片的表面处理，以及焊接、打磨等工作。在打磨时，小小空间里充斥着灰尘。齐耀华和他的同事们戴着沉闷的防毒面具，干完活出来时，除了双眼，从头到脚全都是黑灰的。对那段时光，齐耀华回忆起来还很喜悦。他说那时候丹江口水库的生态就很好，每次检修时，蜗壳里全是活蹦乱跳的鱼，一次关住几千斤是常有的事，十几斤重一条的鲶鱼、成群结队的沙丁鱼都很常见。说起有次被一条野生鳜鱼扎破了手，回家后高烧了两天，齐耀华直乐得开怀大笑。他再次感叹："我们库区的生态是真好啊！"在电厂水轮机班，齐耀华一步一个脚印，以踏实的工作作风从基层技术员提升副班长再到助理工程师。

齐耀华在电厂工作 5 年后，时值汉江综合开发公司成立，主要负责汉江梯级电站的建设工作。齐耀华被调任为公司工程技术部工程师，从事右岸防汛自备电厂的建设工作。几年后，齐耀华又被调任为汉江王甫洲水利水电总公司高级工程师。在王甫洲枢纽工作了 10 年的齐耀华对那里有着深厚的感情。当时在工程部的他负责枢纽的金属结构、机电设备等相关事宜，说起王甫洲当时的 4 台水轮发电机组是在全国最先进的奥地利进口的，如今已是南水北调中线水源公司副总的齐耀华眉宇间尤有隐约的骄傲。

1998年12月份，已是副总工的齐耀华从王甫洲调到汉江集团，先后担任了技术部副部长和发展计划部部长。2004年8月，水利部批准组建南水北调中线水源公司，主要负责丹江口大坝的加高工程、水库移民工程和中线水源调度运行管理。齐耀华再次受命调任，并于2005年2月出任公司副总经理、党委委员。此后近20年至今，齐耀华都专注赴于这项南水北调的事业中，先后负责公司的计划、征地移民、财务等相关事宜。

2008年11月25日，丹江口库区移民试点工作全面启动。齐耀华带领着公司环境移民部，承担起中线水源公司征地移民和生态环保的重要任务。

按照南水北调工程建设征地补偿和移民安置暂行办法，丹江口水库的征地移民工作实行"南建委领导、省级政府负责、县为基础、项目法人参与"的管理体制。说到库区移民，齐耀华最深的体会就是，中国的征地移民只有在中国的国情之下，才能十分有效地开展。南水北调移民的高效与成功，跟从省政府高层开始逐级向下担当责任的行政力量息息相关。为了争分夺秒地为工程开道，中线水源公司与地方政府精诚合作，灵活主动地解决了搬迁中的诸多问题。例如，加高工程于2005年9月26日启动，搬迁初步设计报告2005年5月才批，但事实上，2005年的元月搬迁就开始了。政府与中线水源公司形成默契：抢在主体工程施工之前把准备工程干了。报告审批下来之前，移民的补助标准未出，当地移民局与政府协商后提出了一个灵活策略：在国

◎ 丹江口大坝加高后泄洪（杨飏 摄）

第二章 生态篇

家的批复下来之前，先按接近标准的临时标准安排发放补助，等国家政策标准下来后再进行补发。政府的主动作为，让齐耀华感激和感动。为给推进工程扫清障碍，实现早日通水，两省开展了竞赛式的工作模式。河南省首先提出"四年任务、两年完成"，与之相对应，湖北省则提出"移民工作四年任务两年基本完成，三年彻底扫尾"的总体安排。为了南水北调这项工程的早日成功，大家心往一处想，劲往一处使。齐耀华感慨地说道："为了国家工程，地方政府主动背负更多职责，这就是我们国家的特点。"

在征地移民的过程中，工作人员采取干部包乡包村包组到户认领任务的方式，以"5+2""白＋黑"的工作强度，事无巨细地为移民解决各家不同情况的顾虑，尽可能满足移民的诉求。为让移民们对新居放心，组织移民代表组成建房委员会，到现场对房子建设和房屋的质量户型把关。移民搬家时，工作人员都上门帮助搬迁，有些移民几块旧砖旧瓦都舍不得，工作人员全然没有怨言，都尽可能地按照移民的心意全数耐心搬迁。坝区附近很多地方属于丘陵，农民们的菜地往往面积不大，且都是自己一锄头一锄头开垦出来的，一块地通常养上好些年土壤才会变得肥沃，农民们称之为"熟土"。坝区的移民征地工作中，三官殿菜湾村有村民嫌搬迁后分下来的是开垦的新地，地里都是"生土"，意见颇大。搬迁受阻，包村干部急得睡不着觉。齐耀华获悉后，第一时间协调施工单位，用挖掘机和施工卡车运输车辆，帮移民们将原来土地上的熟土挖出后转运到新地上，用五六天的时间就在新安置点造出来百亩地左右的熟地。移民们顿时喜笑颜开，欣然接受了搬迁。

在移民搬迁工作中，很多地方工作人员都给齐耀华留下了一生难以磨灭的印象。拿当时的丹江口市来说，市政府专门成立了一个拆迁指挥部，市委书记亲自领头抓搬迁工作。当时的市长助理蔡文，一天睡不了两小时的觉，在集中办公的临时办公室——位于派出所门口的一间小平房门口，随时集中着围着他问问题的移民们。自从移民工作开始后，齐耀华每次见到蔡文都听到他嗓子是哑的。

当地政府的主动作为、深入基层负责移民工作的同志们的艰辛不易，齐耀华看在眼里，感动之下更觉肩上的担子沉重。在那段时间里，他带领移民环保部的同事们，紧锣密鼓地协调湖北、河南两省移民机构开展规划工作，应需高效组织咨询会、专家会等；及时跟踪了解移民搬迁进展情况，对实施情况进行监督检查，按月编制工作简报，对实施过程中出现的新情况新问题即时通报，积极督导、配合两省移民机构和监理单位进行研究，及时解决；主动定期了解两省移民资金需求，积极筹集、及时拨付移民资金，为保障移民安置工作顺利实施提供坚实的资金保障。中线水源公司积极发挥的组织作用，大力地保障了移民工作的顺利进行。

2012年，丹江口库区移民搬迁工作仅用6个月的时间，坝区征地、移民搬迁安置工作全部完成。中线水源公司与湖北、河南一道，实现了国务院南水北调工程建设委员会确定的"四年任务，两年完成"的移民目标，做到了"不伤、不亡、不漏、不掉"一人，创造了我国水库移民迁安、同时也是世界工程建设移民安置的奇迹。

2021年9月8日，南水北调中线一期丹江口水利枢纽大坝加高工程坝区建设征地移民安置总体通过验收（终验）。验收会上，水利部水库移民司谭文副司长对坝区建设征地与移民安置总体验收（终验）行政验收顺利通过表示祝贺，并指出，丹江口水库库区、坝区征地移民安置的圆满完成为我国水利工程移民安置工作积累了宝贵经验，是深刻贯彻落实习近平总书记在"推进南水北调后续工程高质发展座谈会"上重要讲话精神的具体体现。会议上的齐耀华，内心感到无比宽慰，也替那些在移民工作中艰辛付出的同志们感到自豪。

比起移民那场突击战，水库的环水保工作则是更为长久的持续攻坚战，一江水肩负着北上使命，事关7900万人的饮水安全，需要时刻保持警惕。负责环水保工作十几年来，齐耀华的心头未曾有过一刻松懈。

手机24小时待机，齐耀华随时关注着水库水质监测系统、办公OA、库区环水保相关的工作汇报等消息；第一时间整治清理发现的涉库违法违规行为和项目，确保丹江口库区生态安全；在疫情期间，齐耀华亲自带队开展库区巡查，加大丹江口库区巡查密度和频次；特大暴雨、台风、寒潮等极端天气，放不下心的齐耀华经常通宵紧盯巡查及监测工作……

在长达8年的大坝加高工程施工期间，这项既是在城区内施工，又要在施工期间保障水利枢纽正常运行的特殊工程，全程施工环水保工作达标，水质保持洁净，砂石、废水、噪音、扬尘等处理到位，环境保护工作零投诉；丹江口大坝加高后，新增了300多平方公里消落区。由于一些居民无序开发利用，可能影响供水安全。为此，齐耀华多次带队深入一线库区，不远千里奔忙，对汉江源头区和丹江口水库库区进行全面巡查，针对如何管好水护好水开展各类调研，以确保工程安全、供水安全。中线工程通水以来，库区管理范围内筑坝拦汉、非法养殖、违规建房、非法占用岸线、违规填库造地等违法违规行为被坚决制止，切实保护好每一方库容、每一寸岸线，对库区岸线安全、消落区监督管理到位，库面水域洁净。经受住了特大暴雨、台风、寒潮等极端天气考验，以密不透风的防范预警措施将一切安全风险"归零"。在汛期、疫情等特殊期间，圆满完成巡查及水质监管任务；做好增殖放流护卫生态……

自通水以来，丹江口库区的水质经受住了重重考验，中线水源工程安全运行事故为零，丹江口水库水质持续改善，水中含氮量下降幅度超过三成，始终达到或优于Ⅱ类。

2018 年 9 月，丹江口水库发现了只生存于极洁净水域的、面积宽达 1500 平方米的世界保护级别最高的"极危生物"桃花水母群聚。2018 年 11 月 15 日，时任国家副主席的王岐山莅丹考察，并在丹江口水库舀了一瓶未经任何处理的自然水喝了下去，现场同志无不感受到他对丹江流域生态建设、对丹江口水库水质的信心。2021 年 5 月，习近平总书记考察南水北调中线工程，乘船视察了丹江口水库，察看了现场取水水样，并赞道"水质看着不错"。……这些时刻，都是齐耀华和他的同事们收藏于心、一生难忘的欣慰时刻。

十几年来，齐耀华在他的岗位上，带领大家忠诚地守护着这座世纪水源丰碑，从守护生命线的政治高度，坚决扛起"守好一库碧水"的政治责任，确保南水北调供水安全、水质安全。成绩显著，但他却从未敢因此有半点掉以轻心。"9·29"事故始终是悬在他心头的警铃。2000 年 9 月 29 日凌晨 3 时，一辆运输车在丹江上游陕西丹凤县境内翻车，10.39 吨氰化钠泄漏进汉江流域的丹江支流武关河中，造成汉江流域重大水污染事件，污染源距丹江水库入库处 100 公里。当时，丹江口水库水质紧急启动加强监测，监测队伍兵分两路，一路沿陆路绕行 300 公里，以最快的速度赶往丹江入库口的上游荆紫关和大石桥，布控两个监测断面，拦截可能已被污染的河水；另一路根据污水扩散下移的速度，在丹江库区布控断面，进行逐时监测。一场分段合围、保护水资源、保卫人民生命安全的紧急战役最终取得胜利。但这件事让齐耀华从此日夜悬胆：注入丹江口水库的河流众多，它们并不是中线水源公司所能把控的，那么我们所能做的，就只有尽可能随时做好应急防范。这个警示，齐耀华经常向公司做环水保工作的同志们灌输。

"消落地网格化管理、库周全线安置铁丝网、入库道路设置岗哨、地方专人管护、库周植树涵养水源……"在齐耀华的工作日志里，曾去密云水库"取经"得来的经验，被他细致地记录和参考。"通水 5 年，丹江口水库的水已取代密云水库，成为北京城区的主要供水水源及储备水源，那么在源头水质的保障上，也应该向密云水库看齐。"齐耀华说道。为了改善水环境，密云水库流域实行最严格的"河长"制度，1519 公里长的河道，3495 平方公里的流域面积，96 条河流，每个季度至少都要巡查一遍。"丹江口水库的人力和财力都没法同密云水库相比。所以我们的环水保工作永远不要掉以轻心，更要紧绷心弦尽最大努力。"齐耀华说，"护水之路没有节点，永远需要向前不断探索。"

采访中，我面前的齐耀华精神矍铄，眼神清亮，举手投足间果决干练，很难想象，他其实是个白血病患者。直到采访中，朋友打来的一个问候电话泄露了齐耀华的秘密。早些年前开始，齐耀华就常感疲惫，当时以为是工作太累并没有在意，直到 2018 年被查出身患慢性粒细胞白血病。"这病的得病概率在 1/20 万，我竟然得到了，你说我这到底是什么运气，不去抽个奖是不是可惜了？"向来乐观的齐耀华在得知病症时竟然还有心情同妻子开玩笑。因为胸部有很多积水，就在采访的第二天，齐耀华还要去医院做个手术。在齐耀华的话语间，慢性粒细胞白血病就如同感冒般轻巧，这让人有些讶异。在采访结束时，听到齐耀华闲聊及人生的一段话，我突然就理解了他。当一个人对人生所行经的旅程不留遗憾的时候，面对前方，即便是面对生死，自然也就没有了太多恐惧。1962 年出生的齐耀华马上就面临退休了。在回顾自己的水利一生时，他对我说道："我这一辈子很简单，就想干好几桩实实在在的事。当年参与建设的自备防汛电厂，在今天除了能够防汛还能产生一定的效益。王甫洲现在本息全还完了，并且是汉江集团效益最好的单位。但最值得我骄傲的，还是有幸守卫南水北调的水源工程且不负职守。我一个普通人，在自己的一辈子里能干好三两件事，这让我觉得踏实。这份踏实，同时也是我的幸运，它来自我的生而逢时，我的人生遇上了一个好的时代。"

我想，这确是一个好时代，这个时代烙印了如齐耀华这般，一个个平凡而又伟岸的水利人高质感的一生。

第三章

移民篇　甘易小家，托举大家国

能否妥善安置移民是工程是否成功的一个重要标志。在南水北调中线加高工程中，丹江口库区移民搬迁的难度和强度均创中国水利移民之最。库区移民搬迁是南水北调中线水源工程成败的关键。

丹江口库区移民安置涉及范围广、人口多、情况复杂，大坝加高后，新增淹没土地面积 307 平方公里，搬迁安置河南、湖北两省人口共计 34.49 万人。在湖北、河南两省直接组织领导下，2012 年 9 月，34.49 万的移民搬迁安置工作全部完成。中线水源公司发挥组织、协调作用，紧紧依靠当地政府，仅用 6 个月的时间，就完成了丹江口水库坝区征地、移民搬迁安置任务。世界著名移民专家、世界银行原社会政策与社会学高级顾问迈克尔·塞尼评价："南水北调是世界上最重要的水利工程之一，丹江口库区移民是一项伟大的工程。"

移民们的搬迁，为这个工程作出了无私奉献。无数移民心怀大义，慨然泪别故土，谱写出舍家为国、碧水丹心的壮丽篇章。丹江口库区淹没的每一条曲折山路不会忘记，北上的每一滴甘霖不会忘记，从移民到工作人员，其间多少催人泪下的故事，至今不曾让人忘怀。

1. 丹江口库区的往返"候鸟"

丹江口工程一波三折的建设历程，让这里的移民在历史上曾走出了一条极具悲壮色彩的曲线。

工程 1958 年开工，1962 年主体工程暂停，1965 年复工，1973 年完成初期规模。自 1958 年底开始的移民安置，至 1978 年结束，分 6 批迁安，90% 以上是农业人口，其中后靠移民 21.13 万人，远迁移民 17.23 万人。丹江口水利枢纽初期工程共迁移人口 38.2 万人，淹没耕地 42.9 万亩。

这 38.2 万移民，尤其是河南淅川的移民，或曾远迁青海，或插队湖北，或投亲靠友，移民安置区分布达 20 个县市，其中大多曾经历返迁改迁，最多的返迁过七八次。据记载，1958 年丹江口大坝开工，1959 年淅川县 2.2 万人移民青海；1961 年大坝围堰壅水，淅川县 2.6 万人搬出库区；1962 年因大坝工程质量问题暂停，迁出的淅川移民大部分又返回库区；1964 年，中央同意丹江口水库工程恢复施工；1966 年到 1968 年，3 批近 7 万淅川人搬迁到湖北的三个地区；1971 年到 1978 年因水库加高，淅川县又有 8 万多人搬迁到县内其他地区。在前期的丹江口水库建设中，库区淹没涉及淅川县 302 个生产大队，移民 20.2 万人，占当时淅川县全县总人口的 46.7%。涉及淹没湖北十堰 30 万亩土地，占淹没总面积的 60.6%。在国家大局和个人命运的两难选择之间，淅川人民一次次选择了顾全大局、小家大国。在水利作家赵学儒的报告文学中，就有着一位名为何兆胜的老人，原籍在河南省淅川县仓房镇沿江村的他，几乎一生都在搬迁中。他 23 岁远赴青海，后返流淅川；30 岁再迁湖北荆门，然后又返老家；70 多岁再次搬迁到黄河以北太行山下的辉县常村镇沿江村。老人一生辗转三省四地，成为新中国"移民标本"，也是丹江口库区移民的"活字典"。

在 1959 至 2012 年间，丹江口库区的大批移民搬迁、返迁、复搬迁的反反复复，53 年间如落单候鸟般跋涉在故乡与新居的路上，所受之苦远非常人所能想象。移民们越移越穷，越移越苦，越移越伤心，"谈移色变"是几代人内心共同的痛。

进入 21 世纪，历经了 50 年的波澜起伏，南水北调工程迎来建设高潮期，工程历史性地从规划阶段转入实施阶段。2002 年 8 月 23 日，国务院召开的第 137 次总理办公会议，审议通过了《南水北调工程总体规划》。同年 10 月 9 日，国务院第 140 次总理办公会批准丹江口水库大坝加高工程的立项申请。2005 年 9 月 26 日，丹江口大坝加高工程启动建设。几代人的调水夙愿，南水北调这一跨世纪的构想，开始大步迈向现实。

大坝加高实施攻坚前行，移民问题却令人如鲠在喉——特殊的地理位置，注定了几代人都踌躇在移民路途之中的库区人们，又要面临新一轮的背井离乡。此次，随着丹江口大坝坝顶高程加高，淅川县和十堰市又将再次大批移民。淅川县新增淹没面积 143.9 平方公里，占库区总淹没面积的 49%，淹没涉及 11 个乡镇、185 个行政村、1312 个组，10.73 万人，加上淹没影响人口，共需搬迁安置农村移民 16.2 万人。其中淅川县内安置 1.9 万人，县外迁移安置 14.3 万人，县外安置区涉及南阳、平顶山、漯河、许昌、郑州、新乡 6 个省辖市、25 个县（市、区）。而十堰将淹没 25.2 万亩土地，占库区淹没土地总面积的 54.6%，辖区水域面积由 450 平方公里攀升至 620 平方公里，将再次移民 18.2 万人，涉及十堰市所辖的 5 个县市区的 30 个乡镇，其中 10.5 万人在库区内后靠安置，7.7 万人被安置在库区外的省内 9 个地级市 21 个县市区。

此次，移民搬迁的难度和强度均创中国水利移民之最。移民工程涉及湖北和河南两省，范围广、人数多、安置强度高、迁复建任务重，是继三峡工程之后，中国规模最大的一次水库移民"大迁徙"。20 世纪的库区移民，因为国家经济困难，补偿标准低，至今还有一些遗留问题，这也给此次的移民工作增加了难度。

时任河南省水利厅厅长、省南水北调办主任、省移民办主任的王树山指出了这次移民搬迁的新难点：这次大规模移民搬迁是在我国全面落实科学发展观、经济社会高速发展、改革攻坚和各种矛盾凸显的重要时期进行的，移民群众思想比较活跃，接受信息的渠道比较多，愿望和诉求也比较多。同时，移民群众民主意识非常强。因此，与 20 世纪 50—70 年代相比，难度相对更大。

迁徙的集结号再度吹响。移民问题如不解决，大坝加高就绝无可能；大坝不加高，中线不实现通水，华北平原，尤其是其京广铁路以西地区的缺水问题无法解决。丹江口水库加高，所面临的水库征地移民难题，成为南水北调中线水源工程成败的关键。

2. 十几年脚步丈量下的实物调查

水库蓄水，要影响多少人口、淹没多少房子、多少地？能否搬得出、安置得好？精益求精的库区淹没实物指标调查，是剥开移民问题茧房的第一步。

1990 年 11 月下旬，长江委库区处一行 20 余人来到丹江口，展开了南水北调中线工程移民安置可研阶段库区淹没实物指标初步调查。调查涉及凉水河、石鼓、习家店、均县镇、六里坪、武当山、浪河、丁家营、土关垭、土台、牛河、三官殿、丹赵路等 14 个乡镇办事处，32 个管理区，160 个村。市乡两级抽调干部 150 余人，紧密配合长江委开展外业调查登记工作。那一段时光，成为所有工作人员一生中烙印的深刻记忆。

移民迁徙线 172 米高程，土地征用线 171 米高程，林地征用线 170 米高程，调查淹没面积 108 平方公里，调查登记丹江口市库区 62714 人，16.2 万亩地，120.87 万平方米房。长江设计院的调查人员顶风冒雪，白天进行外业调查，晚上回到驻地整理资料、处理数据，从早晨七时工作到晚上十时以后，有时甚至要忙到凌晨二三时。库区淹没的村组大多处于山间的沟汊之中。为了调查方便，60% 的调查人员都住在船上，生活起居、整理资料全在阴冷潮湿的船舱里。男职工往往一二十人打通铺睡下层舱，女职工睡上层舱，船上潮气大，早上起来，被子、鞋子都湿了，吃住在船上的调查人员都戏称自己是"渔民"。由于水土不服及工作艰辛，许多调查人员都陷入不太健康的状态：有的皮肤红肿瘙痒；有的脚上起满水泡；有的扭伤了腰；而身患糖尿病、胃病等慢性病的一些同志病情加重；打青霉素过敏、差点连命都没保住的一位同志，身体刚好转就立刻投入了工作；有的调查人员从武汉带了一大箱中草药到调查现场，边熬中药治疗边工作……没有人抱怨，只默默咬紧牙关克服。

丹江口库区的干部和当地民众用"走千山万水，历千辛万苦、进千家万户、留千言万语"对调查组的工作给予了高度评价。

同志们用脚步丈量出来的调查数据，为后来的工作打下了重要的基础。1991 年 4 月，七届全国人大四次会议将南水北调列入"八五"计划和十年规划，南水北调中线工程进入了初步设计阶段。

2002 年底，中央正式批准南水北调工程上马。长江委及湖北、河南两省紧急行动，开始新一轮的库区移民实物指标调查工作。

当时，就水库淹没指标调查，从上到下形成了省、市、县、乡四级调查组，每个层级又自内到外分为库区处、长江水校学生、勘测人员和地方配合人员四个环节，从而形成横向到边、纵向到底的加坝调查网络。调查组于 2003 年 2 月 9 日进驻丹江口市，于 2 月 12 日开始进行淹没实物指标调查，到 4 月 27 日结束。调查的艰苦让所有工作人员终生难忘。

由于移民太分散，且多在密如梳齿的库汊深处，调查工作的推进犹如大海捞针、深山觅宝，跋涉一天能找到几户都很难说。一个 580 人的联合调查组，历时 75 天，对整个库区淹没涉及的土地、房屋、人口以及工矿企业、专业项目等各项重要实物的数量、规模、功能进行全面调查，为后来的补偿提供依据。

2003 年早春，中线工程丹江口水库淹没实物指标调查激战正酣，此时正值"非典"肆虐，在当地政府和有关部门支持下，全体调查人员一边抗御"非典"，一边坚持调查，无一人退缩。

调查组踏遍库区的沟沟坎坎，访千家万户，历千辛万苦。2003年4月28日，丹江口大坝加高移民淹没实物指标调查外业工作终于基本完成，《丹江口水利枢纽大坝加高工程初步设计阶段水库淹没实物指标调查报告》顺利提交，并于当年7月通过了水规总院组织的专家审查，为国家决策交上了一份满意的答卷。

3. 创造效率奇迹的闪电行动

2004年8月，南水北调中线水源公司正式成立后，积极开展征地移民初步设计编制组织工作。

2008年，《库区征地移民可行性研究报告》及《库区移民试点规划报告》完成。

2008年11月25日，湖北省在武汉召开丹江口库区移民试点工作动员会议，标志着南水北调中线丹江口库区移民试点工作全面启动。

南水北调工程移民工作一直是党中央、国务院紧密关注的大事。2006年《大中型水利水电工程建设征地补偿和移民安置条例》和《国务院关于完善大中型水库移民后期扶持政策的意见》的发布实施，高度体现了党中央、国务院对水库移民的关心。文件提高了征收耕地的补偿补助标准，适当扩大了对移民财产的补偿补助范围，规范了补偿补助资金的发放，强化了移民安置规划

◎ 河南淅川县综合治理（张小林 摄）

的法律地位，并调整了移民后期扶持政策。为移民工作提供了政策支持，将对移民的关怀与牵挂落到实处。中共中央政治局常委、国务院副总理李克强多次在国务院南水北调工程建设委员会全体会议上对移民工作作出重要指示。2010年10月8日至9日，李克强在河南考察时强调，移民搬迁安置是南水北调工程的关键，要扎扎实实、深入细致地做好工作，实现和谐搬迁、妥善安置，确保移民搬得出，稳得住，能发展，可致富。

按照南水北调工程建设征地补偿和移民安置暂行办法，丹江口水库的征地移民工作实行"南建委领导、省级政府负责、县为基础、项目法人参与"的管理体制。

南水北调中线水源公司在南水北调移民管理体制的构架下，针对丹江口库区征地移民工程涉及范围广、人口多、情况复杂的客观情况，在做好库区淹没影响范围内人口、实物调查的基础上，根据社会、人口、资源和环境相协调的原则，完成了库区征地移民安置初设报告和试点方案编制和报批。丹江口大坝加高蓄水位提高至170.0米后，淹没涉及河南、湖北两省6个县（市、区）、40个乡镇、15座城集镇、585家单位、161家工业企业。库区规划搬迁建房人口32.8万人，农村规划生产安置人口27.28万人。坚持以土为本，以农业为基础，以有偿调整土地、出县外迁安置为主的原则，农村移民规划出县外迁安置20.49万人，安置在湖北汉江中下游、河南总干渠沿线53个县市区的304个乡镇或县属农场。淹没涉及的城镇、企业、专项设施，依据规划复建。此次移民工程共涉及34.49万人，其中约23万人需要外迁。仅河南省淅川一个县就需移民16万余人，湖北省丹江口市、郧县、郧西县、张湾区、武当山特区5个县需移民近18万人。

2003年淹没区已实行"禁建令"。国务院办公厅下发《严格控制丹江口库区淹没线以下区域人口增长和基本建设的通知》（国办发〔2003〕12号），要求"在丹江口工程区域内，任何单位或个人均不得擅自新建、扩建和改建项目"。凡违反规定的建设，拆迁时一律不予补偿。停建令下发以后，172米水位线以下基础设施全部停建，库区群众长期处于等待状态，经济建设和群众生活水平受到极大的影响。很多移民群众房屋破旧，家里没有像样的家具物品，交通、环境、卫生、饮水等生活条件都很差。每逢刮风下雨，从县领导到乡干部，无不胆战心惊，唯恐房屋倒塌给群众造成生命财产损失。早一日完成移民，移民即可早安定、早发展、早脱贫、早致富。2009年两会期间，时任河南省委书记的徐光春和省长郭庚茂"参谋"出了一个思路，针对丹江口库区移民强烈要求尽快搬迁的呼声和国务院南水北调办公室提出的中线工程于2014年实现通水的目标，河南省打算"四年任务、两年完成"。河南省委、省政府及时组织力量，深入移民群众中间展开调研。郭庚茂多次入库区调研，语重心长地对移民群众说："看到你们因为迟迟搬迁不了，生产生活受到影响，党和政府也很放心不下。所以，我们正采取措施，加快移民搬迁进度。让你们早一天搬迁，早一天安定，早一天发展。""四年任务、两年完成"由河南省委、省政府决策变成了集体意志。和"四年任务、两年完成"相对应，湖北省则提出了"移民工作四年任务两年基本完成，三年彻底扫尾"的总体安排。

在这次征地移民工作中，当地各级政府主动作为，深入基层的政府工作人员采取干部包乡包村包组到户认领任务的方式，以"5+2""白＋黑"的工作强度全力以赴移民工作，全面解决各家不同情况的顾虑，尽可能满足移民的诉求，过程中涌现无数感人故事。

湖北省丹江口市均县镇党委副书记刘峙清被称为"移民的贴心人"，他在移民外迁工作中先后52次赴枣阳、宜城，来回往返近万里护送移民，完成22批次2300多户共9100多人次移民搬迁护送任务。在移民内安工作中，足迹遍布全镇36个内安移民安置点。先后化解矛盾19起172人次。他为均县镇移民工作作出突出贡献，却因突发脑出血去世，年仅42岁。丹江口市六里坪镇马家岗村委会文会马里学，因投入移民工作过度劳累导致动脉破裂，抢救无效逝世，享年53岁。在河南省淅川县，移民搬迁期间共10名党员干部牺牲在移民迁安一线。在湖北十堰郧县，2010年顺利完成外迁工作后全县全力推进近3万人的内安，为了国家工程，郧县人牺牲奉献，两次移民搬迁造成元气大伤，很多人对搬迁产生强烈抵抗心理。郧县舒家沟村位于淹没线下，必须全村后靠安置。村民陈立莲家是砖房，当时在村里算条件比较好的，加上祖祖辈辈住在那里，她很舍不得拆迁。"姑，你就支持我的工作，带头拆吧！你拆完大家就会跟着拆了。"她的侄儿、时任舒家沟村党支部书记的李秀林上门相劝。陈立莲看着自己的侄儿和他的同事们在个别情绪激动的移民面前打不还手骂不还口地做移民工作，心一酸，带头扒了自家的房子，原先不肯搬迁的村民们见状都纷纷跟着拆房搬迁。为了做好移民工作，当时的郧县对118个移民村派驻工作队，5000多名移民干部包保移民户，全县开展"我回家乡劝移民"活动，发动所有干部职工，通过亲戚、朋友、同学等关系做通移民的思想工作。经过移民干部们的努力，移民从开始抵触搬迁，到后来服从大局、支持搬迁。60484人义无反顾的搬迁，是郧阳区对南水北调的巨大支持……

基层搬迁中，这样的故事数不胜数。为了移民，两省南水北调办、省移民办工作人员的手机号码向全省移民公开，接到电话督促协调工作不隔天、不过夜。大部分人员每天晚上都是办公到十一二点钟，没有过过一个完整的星期天、节假日，没有让一份批件过夜处理。那时候的春节，大家都是分头带队深入移民村，和移民一起度过。

南水北调中线水源公司作为丹江口库区征地移民项目法人，发挥组织、协调作

用，紧紧依靠当地政府，积极协调湖北、河南两省移民机构开展规划工作。

公司先后组织咨询会、预审会和初审会 30 余次，专家现场查勘 15 次，参加相关会议 200 多次；累计发出专业任务委托文件 30 份；共组织编制库区试点移民报告 65 本（册），总体可研中征地移民部分 4 本（册），库区征地移民报告 413 本（册），水库环保水保初步设计 18 本（册）。

中线水源公司负责筹集丹江口库区移民资金。在该项工作中，公司有关部门主动与省级移民机构联络，及时掌握两省移民动态和资金的流向和存量情况，了解两省移民资金需求。建立移民资金动态管理机制，主动定期积极筹集、及时拨付移民资金，适时提取银团贷款和申请过渡性资金，启动银团贷款近 60 亿元。2009 年底，库区试点移民正在收尾阶段，大规模移民即将开展，而中央财政资金还没有到位。在巨大的资金压力面前，中线水源公司积极想办法，拜访银团各成员行，向他们紧急求援。已近年底，银行信贷规模紧缩，在事前并无提款计划的情况下，争取到了银团贷款 21.5 亿元，无异于雪中送炭，及时解了燃眉之急。在库区大规模移民外迁的两年内，中线水源公司每年保证资金需求近 200 亿元，全部用于水库征地移民工作，弥补了中央资金暂缺的空档，为保障移民安置工作顺利实施提供了坚实的资金保障。

在移民工作实施过程中，公司全程及时跟踪了解移民搬迁进展情况，对实施情况进行监督检查，按月编制工作简报，对实施过程中出现的新情况和问题即时通报，积极督导、配合两省移民机构和监理单位进行研究，及时解决。

◎ 移民搬迁（水利部文明办 供图）

第三章 移民篇

2011 年 6 月 27 日，国内甚至世界水库移民史上永远值得铭记的日子。这一天的丹江两岸，凌晨 5 时已处处涌动着人群。淅川县仓房镇沿江村的 98 户 443 位移民在晨曦中乘着 14 辆客车，渡丹江、跨黄河，行程 600 余公里，于下午安全到达新乡市辉县常村镇新家。这一天，河南省共投入车辆 1028 台，出动工作人员 5400 多人，成功搬迁了 7 个批次 1121 户 5193 名移民，创下了南水北调工程丹江口库区第二批大规模移民中单日人数最多、规模最大、情况最复杂、任务最重的搬迁纪录。

2010—2012 年，湖北省组织移民搬迁，共动用搬迁车辆近 3 万辆次，组织各级干部群众近百万人次，完成移民及地方帮扶投资 250 多亿元，在 10 个市、23 个县（市、区）的安置区新建移民新村安置用地近 22 万亩。

2012 年，强度和难度在全世界水库移民搬迁史上绝无仅有的丹江口库区移民搬迁工作，仅用 6 个月的时间，坝区征地、34.49 万的移民搬迁安置工作全部完成，而且还多是跨县市安置。中线水源公司与湖北、河南一道，实现了国务院南水北调工程建设委员会（以下简称"国务院南建委"）予以确定的"四年任务，两年完成"的移民目标，做到了"不伤、不亡、不漏、不掉"一人，创造了我国水库移民迁安、同时也是世界工程建设移民安置的奇迹。

丹江口水库移民搬迁任务基本完成后，库区清理成为保证水库水质安全的关键。中线水源公司于 2012 年 5 月委托长江设计院编制了《南水北调中线一期工程丹江口水库库底清理技术要求》，2012 年 10 月又委托长江设计院编制了库底清理规划专题报告，并上报国务院南水北调办。报告获得批复，为丹江口水库设立了库底清理技术标准。丹江口移民迁移线库岸长度达 4600 公里以上，2013 年初，国务院南水北调办明确任务后，中线水源公司立即组织完成了《丹江口水库库区建设征地永久界桩》设计工作，并负责委托了承揽单位。在 3 个月内，完成了 18502 座永久界桩、24 座水位标志牌的埋设，以及 22134 界址点的测绘工作，为地方库区移民自验提供了边界依据，同时也满足了工程完建后水库运行管理和库区经济社会发展的需要。

2013 年 8 月 22 日，丹江口库区移民安置工程顺利通过了国务院南水北调办组织的蓄水前验收。

2021 年 9 月 8 日，南水北调中线一期丹江口水利枢纽大坝加高工程坝区建设征地移民安置总体验收（终验）行政验收会在丹江口组织召开。由水利部水库移民司谭文副司长任主任委员，湖北省水利厅、长江水利委员会、中线水源公司、水利部南水北调规划设计管理局等单位负责同志任副主任委员，水利部办公厅、规计司、移民司、南水北调司、南水北调规划设计管理局、水规总院、长江水利委员会、湖北省水利厅、中线水源公司、汉江集团公司、十堰市水利工程移民服务中心、丹江口市人民政府、长江设计公司等单位代表任委员的南水北调中线一期丹江口水利枢纽大坝加高工程坝区建设征地与移民安置总体验收（终验）委员会，现场查看了湖北省移民安置、企业（单位）复建以及档案管理情况，并召开行政验收会议，听取了湖北省移民安置实施情况的汇报，听取了项目法人（中线水源公司）、规划设计、监理等单位的相关工作情况汇报，听取了南水北调规划设计管理局技术预验收工作情况的汇报。经验收委员会充分讨论，一致同意通过行政验收。坝区建设征地移民安置总体通过验收（终验）。水利部水库移民司谭文副司长对坝区建设征地与移民安置总体验收（终验）行政验收顺利通过表示祝贺，并指出，丹江口水库库区、坝区征地移民安置的圆满完成为我国水利工程移民安置工作积累了宝贵经验，是深刻贯彻落实习近平总书记在"推进南水北调后续工程高质发展座谈会"上重要讲话精神的具体体现。

2014 年 11 月，在南水北调中线一期工程正式通水前夕，北京市政府为表达对丹江口移民的感谢，特向湖北、河南两省发出了组织南水北调中线移民代表赴京观摩的邀请。中共北京市委、市政府像接待全国"两会"代表一样，予 200 名移民代表以最高礼遇。登天安门城楼、住北京饭店、游故宫、登长城、拜天坛、瞻仰毛主席纪念堂、参观北京团城湖工程等。移民代表们在分享北京市各项建设成果的同时，切实感受到了首都对移民的情意和移民付出价值的肯定，增强了对自己南水北调移民身份的认同感和自豪感。

在工程正式通水的神圣时刻，习近平总书记深情寄语道："沿线 40 多万人移民搬迁，为这个工程作出了无私奉献，我们要向他们表示敬意。"

2021 年 5 月，习近平总书记在渠首调研时，又特地对淅川人民说道："你们为了沿线的人民能够喝上好水，舍小家为大家，这是一种伟大的奉献精神，沿线人民、全国人民都应该感谢你们。吃水不忘掘井人，你们就是掘井人。"

4. 移出幸福新生活

南水北调移民安置，不仅要关注移民的物质需求，更要关注移民的精神情感寄托和发展需求。在丹江口库区移民的迁安工作中，细节处处充满了温度与用心。

在外迁安置区，库区移民农业人均耕地可达到 1.76 亩，是库区内耕地的 2~3 倍。交通、用电、用水和农业灌溉条件都大大改善，一改过去在库区贫穷落后的现状。在保障不低于原生活水平的基础上，逐步实现与当地居民共同发展。

搬迁到陌生的环境里，孩子上学又是一大难题。为此，河南省在每个移民新村都建一所小学，保证 11 岁以下的孩子就近在村内上学，12 岁以上的再出村。湖北则在 192 个外迁安置点都考虑了配建学校或扩建当地学校。

南水北调工程移民的另一个重要创新是将移民新村建设与新农村建设相结合，将被征迁群众生产生活安置与当地社会经济建设相结合，多渠道安排资金，协调地方在供水、供电、交通、通信、医疗、教育等方面出台扶持政策。国家相关库区移民政策、各项支农惠农政策和新农村建设资金，优先倾斜在库区移民，让移民新村实现一次规划、一步到位。

在河南省新郑市多个移民新村，家家户户都是白色美观的二层小楼，村里健身广场、图书室等公共设施一应俱全。水利作家凌先有为新郑移民点写下诗句："喜看移民镇，连排别墅房。黄楼琉璃瓦，绿树铁栏墙。丹水飞娇燕，梧桐栖凤凰。淅川别故土，新郑是家乡。"

湖北省十堰市郧阳区。内安移民工作启动时，地方政府就明确提出要高起点规划、高标准建设，要把移民安置点建成社会主义新农村示范点。因此在选址上，尽量靠近集镇、中心城边等，共享公共基础设施服务，避免搬到偏远地区后造成交通、用电用水、就医入学困难。在土地分配上，更注重土地质量和产出效益，全区 60 多个安置点配套设施建设都比较到位。郧阳柳陂镇卧龙岗移民社区文化广场，由 14 位移民人物、3 条看家狗、10 条汉江鱼、1 棵柿子树和一口老水井组成的南水北调移民雕像群，静静矗立，纪念着移民们对南水北调的贡献。2012 年 9 月 18 日，国务院南水北调办和湖北省委、省政府在卧龙岗社区安置点庄严宣布，湖北省南水北调中线工程丹江口库区农村移民搬迁工作顺利完成，那个时刻也标志着涉及鄂豫两省的南水北调中线工程移民安置工作全部结束。卧龙岗社区里安置着当年来自舒家沟村的南水北调移民 184 户共 850 人。走进社区，只见安置点房屋规划整齐，每栋移民安置小楼干净敞亮，道路宽阔整洁，家家配有小车库，门前的小菜园里种着当季小菜。社区里卫生室、幼儿园、超市齐全。6000 多平方米的社区文化广场更是气派，社区篮球场、LED 电子屏、太阳能路灯、健身器材、清洁垃圾桶等一应俱全。原先靠土地吃饭的移民将 430 亩田流转给光伏农业产业园，如今，村民们在太阳能电板下种植起草莓和油牡丹。为了保护丹江口水库水质，移民安置点还完善基础配套设施，建成卧龙岗污水处理厂，实现了雨污分流和生活污水集中处理。柳陂镇易家垭子村，18 个大棚连成一排，棚内绿油油的反季节草莓正欢快生长。村民陈强通过种植反季节草莓，带动移民就业。在他的带动下，全村已发展草莓 200 多亩，产值上千万元，带动用工 50 多人。移民搬迁后，柳陂镇加强产业配套设施建设，大力发展有机蔬菜和生态旅游观光产业，促进产业融合，壮大乡镇集体经济。这里的移民安置点利用宅基地的弃土回填，再将淹没线下原农用地表层沃土覆盖其上实施移土培肥，有效破解了移民生产安置难题。目前全镇有 10300 多亩大棚蔬菜，15000 多亩水果。每天清早就有不少十堰城区市民开车进镇来买菜，老百姓在家门口就能赚钱。每逢周末，村里更是不乏来休闲娱乐、生态采摘的游客。通过大力发展有机蔬菜和生态旅游观光产业，加强产业布局引领，激发移民内生动力，让村村有产业、家家有项目、人人有事做，在帮助移民们实现"搬得出、稳得住、能致富"的目标同时，也推动乡村振兴。"我们一直在推动移民融入乡村振兴发展中去，既强化他们舍小家顾大家、向善向上的移民精神，也淡化他们的移民身份，让他们逐渐成与城镇居民接轨，做乡村振兴的先行者。"郧阳区委书记孙道军说。这里的移民已经完全改变了以往的生产生活方式。除了生活环境，卫生条件、社会治安等明显好转，以前大家依靠耕地，是小农经济，现在收入来源多元化，可以务工，可以发展生态观光农业，有了更多选择。十堰市的 18.2 万南水北调移民中，当年建档立卡的贫困户有 2.2 万人，如今他们已经全部脱贫。

丹江口市阳西沟移民新村，偎山傍水，风景怡人。村里一幢幢白墙青瓦的小楼整洁有序林立，宽阔的水泥路上行驶着移民的私家小车。一片盎然绿意中，村里广场上的紫薇花花开正艳。丹江口市浪河镇浪河口村吴家院移民安置点前，几百亩果园望不到边，冬桃、石榴等相互比拼生长。吴家院移民安置点紧临库区，为防止面源污染、保护水质，2013 年以来，当地先后引进多家农业公司，流转土地发展生态果园经济，带动库区移民致富。近年来，丹江口库区后靠移民在保护水环境的同时，通过发展特色种植、乡村旅游等

◎ 丹江口市阳西沟移民新村

措施，让移民端上了"绿饭碗"，鼓起了钱袋子。

浪河口村党支部副书记裴宏坤介绍，南水北调移民搬迁安置后，浪河口村对消落区进行了治理，通过治理不仅能防止消落区水土流失，还治理土地500多亩，并引进生态农业合作社，发展水果种植400多亩。在龙头企业带动下，移民户自主发展果园种植200余亩，收入从几千元到数万元。村民吴远志，身体有残疾，靠种植冬桃年纯收入2万多元。目前，丹江口市已建有广袤的柑橘基地、核桃基地、青茶基地、杂果基地等，中药材基地更是多达3000多亩，有效带动了库区移民转型发展、增产增收。

南水北调工程的移民采取了相对集中安置的政策，尽可能继续沿用原来的村名，保留原来的基层组织架构，在新村建造有承载着思故的纪念物。相对集中的安置，为移民适应新环境提供了缓冲的时间，便于沟通和互相照顾。同时，每个家庭都配有联系人，帮助解决生产生活中的各种问题，实行责任制，3年不撤，要保证群众向政府反映诉求的渠道透明、畅通。在移民搬迁中，对涉及的回民村，充分考虑民族习俗，专门为回民建设了清真寺。搬迁时，一些特殊群体都有专车接送。

在河南省淅川县鹳河西岸，还建有一座占地面积4.47平方公里，总投资7.5亿元，按照国家5A级景区标准建设的南水北调移民生态文化苑。苑内的古树园区，林立着来自淹没区的1000多棵古树：600岁的梭罗、700岁的青冈、800岁的樱桃、1000岁的银杏，1200岁的黄楝……一株株历经数百上千年、饱经沧桑的古树，在这处新家经过精心养护，依然巍峨挺拔，生机盎然。这是全国首个以移民为主题的旅游景区，以"望得见山，看得见水，记得住乡愁"为理念，在弘扬南水北调移民精神的同时，以淅川的历史文化和生态文明为主线，打造淅川移民寻根问祖的精神家园，让移民们在寻根拜祖时能在淅川找到心灵深处的记忆，能偎依到自己的根。

搬得出、稳得住、能发展、可致富，移民工作并不以搬迁为结束，仍任重道远，地方政府和相关工作人员为之长期坚持不懈地付出着努力。

丹江口库区移民安置后的生活，一直是党和政府的牵挂。

2018年春节前夕，丹江口库区出现了两次多年不遇的大降雪，对库区移民的生产生活产生了一定的影响。2018年1月30日至2月1日，国务院南水北调办副主任蒋旭光一行，带着党组的牵挂与重托，专程赴湖北省调研南水北调丹江口库区移民安稳发展及定点扶贫工作，慰问库区移民干部群众并看望中线水源公司的干部职工。

2021年5月13日下午，习近平总书记专程查看了南阳市淅川县的水利设施、移民新村等，实地了解南水北调中线工程建设管理运行和库区移民安置等情况。总书记强调，吃水不忘挖井人，要继续加大对库区的支持帮扶。南阳市委书记表示，南阳将加大投入力度，创新扶持方式，多措并举畅通增收渠道，让作出巨大牺牲和奉献的移民群众稳得住、能发展、可致富；加快转型发展，着力培育科技含量高、市场前景好、经济效益优、节能环保型的项目和企业，努力走出一条生态优先、创新引领、水清民富的高质量发展之路。"我们将按照总书记的要求，坚持生态优先、产业为重，继续做好库区移民安置后续帮扶工作。"河南省发展和改革委员会李副主任表示，河南将深入实施汉江生态经济带战略，支持水源区发展特色产业和现代农业，保障移民群众持续致富。

在湖北省，丹江口水库移民工程共搬迁安置18.2万人。"总书记强调，要继续做好移民安置后续帮扶工作，全面推进乡村振兴，种田务农、外出务工、发展新业态一起抓，多措并举畅通增收渠道，确保搬迁群众稳得住、能发展、可致富。总书记的重要指示，让我们进一步明确了努力方向、更有信心干好工作。"湖北省水利厅移民处处长曹德权说，我们将着力扩大移民的就业渠道，开展移民创业就业和技能培训等，增强移民发展内生动力。

5. 李勇：丹江口库区移民迁安背后的名字

2004年7月，南水北调中线水源公司组建前夕，李勇从长江设计院调任南水北调中线水源公司。

从武汉到丹江口，从省会城市到山区城市。面对着家中老人年迈、孩子尚小，而夫妻俩即将两地分居的情况，李勇的爱人在考虑了一天后仍表示支持他的工作，两边的老人也鼓励他好好工作不用担心家里。李勇湿着眼睛，把家交给了同样工作辛苦的爱人，毅然放弃了优越的生活条件和相较之下高工资收入的单位，来到了地处丹江口水库边的丹江口市，投身于南水北调水源工程的建设之中。

◎ 李勇2015年获 "湖北省劳动模范" 称号

当时，摆在李勇面前的，是南水北调中线水源工程丹江口库区移民搬迁的建设管理工作，其强度和难度在全世界水库移民搬迁史上前所未有。而李勇，是新成立的中线水源公司里唯一一位移民征迁专业的专家。

2004年8月，南水北调中线水源公司正式成立后，立即积极开展征地移民初步设计编制组织工作。在初步设计阶段，项目法人起组织、协调作用。李勇同志按照中线水源公司安排，充分发挥个人专长，组织和督促设计单位做好初步设计报告编制工作。

在设计院时丰富的移民规划设计和实践经验，使得李勇接手新工作后，便能第一时间迅速投入状态。作为长江设计院的老专家，李勇从20世纪80年代就开始参与南水北调工程的前期规划工作，1993年就参与了库区淹没实物指标调查工作。2003年，他带领设计单位人员足迹踏遍库区六县市区，完成了丹江口水库淹没实物补充调查。那些年里，他跑遍了库区的移民村社，对各村社的历史移民情况和艰难生活现况十分了解，对移民们关于丹江口工程所做的奉献与牺牲很清楚。由于库区在2003年国家颁布了停建令，库区建设和发展落后，很多库区移民比较贫困，房屋破旧而且小，房屋结构、人均住房房面积、人均土地都远低于全国其他水库。如果按照原规划按实物量补偿，补偿费用根本不足以修建基本用房，连"搬得出"都很难做到。对基层第一手情况的了解，使李勇深刻地认识到农村是重点，必须坚持有土安置、外迁为主的思想，在资金补偿上要向农民倾斜。此次移民搬迁，应该作为改善提升农民生活水平的重要契机。根据多年规划设计经验，李勇提出了人均不足24平方米按24平方米的补偿标准和16倍的土地补偿标准、房屋低于砖木结构按砖木结构补偿、按安置标准增列生产安置补助费等均高于国内其他大型水利工程征地移民标准的系列建议。这些建议得到了上级主管部门和河南湖北两省移民机构的认同，被纳入了初设报告。

在编制初步设计报告的过程中，河南、湖北两省政府也都提出了大量的修改意见，凡是对移民生产生活有利的，以及有重大影响的基础工程项目，如坝区的汉江桥、库区的几座大桥、均县镇的整体搬迁、郧县县城的整治工程等，国调办、中线水源公司、设计院都认真研究、予以采纳。李勇积极综合上级主管单位和两省移民机构的建议，及时收集和反馈到设计单位，督促设计单位在符合国家法律、法规和相关政策的前提下纳入报告编制。由于丹江口水库征地移民规划内容复杂，涉及农村、城集镇、工矿企业、专业项目等，一套规划设计报告400余本，垒在地上有两米多高。为了加快编制进度，李勇在与上级主管部门协商后，要求设计单位分批分类提交，并组织预审和初设，审查意见一出来，及时要求设计单位组织人员进行修编和完善。为了督促设计单位加快修改完善进度，李勇不定期到设计单位沟通，有时甚至常驻设计单位，确保设计质量。

初设报告充分考虑了库区的实际情况，使库区征地移民规划设计成果与时代发展相适应，外迁和内安移民安置效果好。移民点房屋规划整齐，耕地阡陌成片，基础设施完善，环境优美，移民群众十分满意。这为搬得出、稳得住的移民工作顺利开展打下了良好的基础。

在移民工作中，李勇经常深入移民搬迁安置现场。

2005 年，丹江口坝区征地，范围所涉及的移民 642 户 2572 人，单位 40 个，工矿企业 22 家，需要在丹江口大坝加高工程开工前夕完成搬迁。2005 年 1 月 4 日，大坝加高施工营地和右岸施工道路范围所涉及的居民、企业开始搬迁，标志着坝区征地移民工作拉开帷幕。李勇同志带着部门人员天天跑现场，了解问题、解决问题。他们逐家逐户对红线内移民宣传政策做动员，与移民干部一道帮助移民搬迁。抬物件、帮装车，现场的李勇带领部门同志们经常一干就是半天。腰椎本来就不太好的李勇几次直到停下来的时候，才发觉自己的腰已经酸痛得直不起来了。有时，也会遇到不理解的移民言语粗鲁甚至辱骂、恐吓，李勇都默默受下，一遍遍耐心宣传国家政策做工作。李勇对部门同事说得最多的一句话就是："移民们不容易。做移民工作就是要耐心，不能发脾气。"在大家的努力之下，坝区移民拆迁仅仅用了 1 个月的时间就顺利完成。丹江口坝区位于城区，工程施工对居民的影响很大。作为公司环境移民部主任，李勇再三对施工单位强调不得扰民，在出现纠纷时不得强势，要立即报告，由公司环境移民部联系市南办、市移民局现场协调解决。由于土石料的运输要使用城区道路，石料筛分系统就在城区，李勇要求施行单位采取措施，切实降噪，不得沿路抛洒，每天清扫道路并洒水降尘。在丹江口大坝加高工程施工过程中，李勇不分时间段带领部门人员加强对现场巡查，对料场开采运输、施工环境等方面出现的大小矛盾纠纷，第一时间予以解决。在李勇率领全部门的努力之下，大坝加高工程建设的几年中没有一件影响周围环境的事件发生，实现了居民零投诉。

2009 年两会后，34.49 万库区移民的搬迁安置工作进入白热化。

南水北调工程通水任务当前，没有硝烟的移民迁安战场，对移民工作人员是极大的考验。移民工作事繁责重，环境移民部只有 5 个人，每个人都承担起多项工作。为了实现中线水源工程丹江口水库移民"四年任务、两年完成"的工期目标，李勇率领环境移民部的同志们全身心地投入征地移民工作中，履行项目法人职责。按照国调办《南水北调工程建设征地补偿和移民安置暂行办法》，他们在丹江口水库移民实施过程中积极配合两省移民主管机构实施移民安置工作，频繁赴库区移民搬迁现场，一旦发现不利于移民搬迁的问题，立即配合两省移民指挥部召集相关各方召开协调会议研究、及时予以解决。遇到重大难点问题，积极配合两省共同向上级主管部门反映协调。如反映的移民房屋和基础设施价差问题影响到移民搬迁建房，李勇立即同两省移民主管部门一起积极向上级主管部门反映，在得到上级重视后，及

第三章 移民篇

◎ 陶岔渠首枢纽工程日落景
（水利部文明办 供图）

时委托设计单位编制价差报告，推动移民房屋和基础设施价差符合实际。为了确保两省移民内安安置点的房屋建设质量和进度，李勇经常到移民安置点现场检查，跑遍了涉及移民安置的河南湖北两省 50 多个县市。2012 年，李勇组织了近 30 人的由专家和相关各级人员组成的检查组，历时 12 天对库区内安移民居民点进行大检查。在检查过程中，逐户了解建设情况，对建设进度和建设质量情况进行梳理，形成检查报告，及时与两省移民主管机构反馈，提交上级主管部门，确保了移民建房质量和进度。

从 2008 年开始库区移民试点规划，到 2010 年库区征地移民初设报告获得国务院南水北调办批复，历时 3 年，李勇同志就像一只不知疲倦旋转的陀螺一般工作着。

2011 年的丹江口烙印着历史上的特别画面。每天清晨，客车和货车组成的搬迁车队在不远处的村庄外准时集结，村民肩头的编织袋，那些五颜六色的包裹里装着沉甸甸的故土离愁。2012 年，强度和难度在全世界水库移民搬迁史上绝无仅有的丹江口库区移民搬迁工作，坝区征地、34.49 万的移民搬迁安置工作全部完成，在实现了"四年任务，两年完成"移民目标的同时，做到了"不伤、不亡、不漏、不掉"一人，创造了我国水库移民迁安、同时也是世界工程建设移民安置的奇迹，为确保南水北调中线工程如期通水做出了突出贡献。

李勇所领导的中线水源公司环境移民部先后于 2009 年和 2012 年被国务

院南水北调办公室和湖北省评为先进单位，部门工作得到上级主管部门和河南、湖北两省政府移民机构的好评。李勇个人也于退休前夕荣获2015年"湖北省劳动模范"光荣称号。

长期从事征地移民规划设计工作的李勇落下了腰椎、颈椎的毛病，病痛一旦犯起十分难受，只能站着办公。在这种情况下，那些年，李勇晚上加班依然是常态。看着他在办公桌前站着一手扶腰，一边赶工作，同事们很不忍心，常常苦劝他休息一会儿。面对"不听劝"的李勇，同事们都很心疼，每次出差时行李都不让他自己提，坐车时司机也总会为他准备好一个靠枕顶住腰部。多年过去，提及同事们的关心，李勇依然很感动。

高度近视的李勇，在那些年里视力下降飞快且还伴随着白内障，连看电脑都非常费劲。医生建议尽快做手术，他却总牵挂着忙碌的征地移民工作一拖再拖。直到2014年工程实现通水后，他才于2015年初在爱人的一再坚持下去做了手术。

从2004到2014，从一名规划设计者转换到南水北调工程的建设管理者角色。来丹江口时一头黑发的李勇，在退休回到武汉时已是满头银丝。夫妻分处两地，那些年里妻子一人承担了太多，甚至在80多岁的老母亲摔坏了腿需要人贴身照顾的时候，远在北京正组织库区征地移民初步设计报告审查的李勇也无法赶回。太多对家庭的抱憾都让李勇深感愧疚。但与此同时，他依然为将自己人生中最美好的年华贡献给了南水北调而欣慰。

第四章

建设篇 频克难题，中国从不缺奇迹

一江南水迈步北上征途，要完成它的润泽使命，实现构建水网新格局的使命，成为大国复兴强有力的助力，就必须要硬闯道道技术难关。南水北调是新中国创造"世界之最"的标杆工程，其过程攻克了一项项世界性难题、创造了一项又一项技术奇迹。

与传统水利工程不同，南水北调中线工程所涉及的许多软科学与硬技术是世界级的，是水利学科与多个边缘学科联合研究的前沿领域。无论是丹江口大坝加高的新老混凝土结合、处在研究和认识阶段的膨胀土渠道及边坡处理、隧道穿越黄河，还是超大规模的大型输水渡槽工程等，其设计技术难度均堪称世界之最。

在工程建设的道路上，南水北调中线工程一路攻坚。工程技术人员以精湛的专业能力，燃智慧与心血、持初心和坚韧，应对了种种此前并无经验可循的严峻挑战，破解了一项又一项世界级技术难题。一项水利工程情系民生，无数平凡英雄力赴伟业，最终成就了江水壮阔奔流北上，映现盛世波光。

1. 十万大军起高坝

1958 年 9 月 1 日，来自湖北、河南、安徽三省的 10 万建设大军浩浩荡荡地云集丹江口，开山的炮声震天动地，宣布丹江口工程正式破土动工。

工程按 175 米标准开工，以兴建唐白河灌区为工程目标，引汉济黄作为远景目标。工程实施由湖北省人民政府负责，省长张体学亲驻工地担任指挥长，带队的都是市委、县委书记，现场人人干劲冲天。张体学剪彩并持锄破土。时任湖北省委书记的王任重写下了"腰斩汉江何须惊，敢教洪水变金龙。他年更立西江壁，指挥江流向北京"的诗句，憧憬着的是南水北调中线工程调水进京的高光时刻。

在当时的施工方案上，长江委做出的设计是机械化施工。但限于当时国力，修建这样大规模的水利枢纽，客观上存在诸多困难，施工机械和材料都存在困难。负责施工建设的湖北省制订了"政治挂帅，加强领导，依靠群众，自力更生，土洋结合，以土为主，先土后洋"的指导方针。当时全国范围内"大跃进"的高潮正兴。为了早日实现两岸千百万人民治理汉江的迫切愿望以及"向北方供水"的美好憧憬，没有施工准备阶段，在极短的时间内便组织起 10 万民工参加工程大会战。建设者们在极其艰苦恶劣的自然条件和当时十分落后的生产力条件下，自挑干粮，带着极为简陋的工具和少量机械，在荒山秃岭、荆棘丛生之地，展开了一场战天斗地的施工壮举。当时的情形是：众人住芦席棚，吃粗茶淡饭，依靠两个肩膀、一条扁担、两个箢箕，人拉肩扛。民兵们诙谐地自创顺口溜："生活好、生活好，鸡蛋炒干饭，腰花、肉片、青菜汤。"鸡蛋炒干饭指玉米和白米对半，腰花是蚕豆，肉片则是红薯干。除此之外还有"呱呱叫"，是冬瓜、南瓜加辣椒。环境条件则是"白天路不平，夜晚灯不明，下雨水泥路，刮风迷眼睛"。张体学和其他领导们每天带领民工在现场日夜奋战，坐镇指挥，吃住都在河边的挖泥船上。最初，工地上只有 1 台 440 马力的柴油机，只供指挥部照明，到了夜晚，10 万人的工地一片漆黑。后来，才陆续有了 4 台 75 马力和 4 台 250 马力的锅驼机，发电、照明、抽水都靠它们。民工们靠点蜡和煤油灯，夜战工地点马灯。10 万人很快便展开了三班倒的方式，昼夜不停地赶工。在不到 2 平方公里的施工现场，随时有几万人在一起施工，白天人山人海，晚上篝火如长龙，从采料场延绵到江边，照得丹江畔犹如星空璀璨。

在当时凭借肩挑背扛、土法攻关的施工条件下，第一期工程在一年以内就完成了土石方开挖 170 万立方米、填筑 220 万立方米、浇筑混凝土 40 万立方米。1959年 12 月，丹江口工程胜利实现了大江截流，这在当时可谓是来之不易的辉煌成就。1993 年，6 集电视剧《省长与大坝》在湖北电视台播出，艺术再现了当时以张体学为首的丹江口水利枢纽建设者的业绩。

在当时"大跃进"的年代背景下，施工进行中不可避免地带有一些激进的时代特征。受急于求成思想影响，工期一再压缩，致使计划中的施工程序和施工布置也不得不随之改变。数万民工在汉江两岸组成左翼和右翼兵团，同时作战，工程进度虽快，但质量难以把控。

为保证工程的质量，同时避免设计方与施工方矛盾过于尖锐，长江委主任林一山对设计代表组的工作交代了三条原则：第一，凡关系到大坝主体安危的，要坚持标准不能让步；第二，凡改变设计后出现问题，但可以采取补救措施的，如施工方面坚持，说服无效，可以修改；第三，属于施工方法，可以提出意见，不能统一的，不要坚持，按施工意见办。

为了适应当时的施工现实，长江委设代组人员在力所能及的范围内，对原设计进行了修改。但为保证工程的安全，在地质方面，尤其是基础开挖方面始终坚持原则，寸步不让。当时在丹江口工地现场负责工程现场设计的长江委施工设计室副主任文伏波，全力坚持工程质量，最大程度严格监督施工单位按照设计图纸进行施工。驻守现场的一位女工程师丁琦，为保证大坝基础的安全，每天总是拿着个地质锤敲打浇筑面，遇到不合格的地方就要求返工，否则决不验收，因此得到了"小钉锤"的外号。工程总指挥、时任湖北省省长张体学常开玩笑说，他一看到丁琦拿着地质锤到处敲打就心惊胆战，因为说不准什么时候就要返工。

完善的质检制度在当时的客观情形下最大程度保证了基础工程的质量。因此，尽管以后在混凝土施工上出现了问题，但大坝基础尚好，把住了安全最关键的一环，也使将来的补强工作成为可能。丹江口工程停工而没有下马，

◎ 1959年3月5日，大围堰施工全貌

基础工程立下了"汗马功劳"。

工程建设过程中，经历了因片面追求高速度高指标而导致浇筑的坝体出现裂缝等质量事故，工程被迫停工进行质量事故处理阶段；由于国民经济遇到严重困难，工程暂停施工，调整工程规模阶段；恢复施工后以机械化为主的施工阶段三个阶段。

施工准备工作不足，再加上对混凝土大坝施工缺乏经验，初期浇筑的约100万立方米的混凝土坝体，出现了较严重的温度裂缝、冷缝、架空和强度不足等混凝土质量问题。作为工程设计方，长江委设计人员多次提出裂缝检查分析报告和处理裂缝的补强方案，申述裂缝等事故性质严重，希望严格控制混凝土浇筑温度，搞好散热措施。但工地却仍然在当时"反右倾"的形势下，提出"大反右倾，大鼓干劲，大挖潜力，掀起一个以大坝浇筑为中心的施工高潮"，要求年浇筑混凝土160万立方米。为完成这一任务，放弃了对浇筑质量的控制，致使大坝上下出现了较多的架空、蜂窝，最严重的是大坝最关键部位出现了贯穿性裂缝，好比将整个坝体竖着砍了三刀，直接威胁着整个工程的安全，如不进行处理，后果不堪设想。虽然工程设计方面曾多次就混凝土裂缝等质量事故问题向指挥部等上级作过报告，湖北省委、水利电力部也曾先后组织了6次质量检查，由于有关方面对裂缝、质量事故的看法与处理措施意见不一致，当时不可能从根本上解决问题。1960年以后，质量事故增多。1961年11月，水电部党组和湖北省委再次组织质量检查组到工地检查，该检查组在《关于丹江口大坝工程质量的检查报告》中指出：大坝存在较严重的质量问题。《报告》明确指出了问题的严重性和复杂性。由于坝体内存在着大量的裂缝、冷缝、架空与基岩结合不良等弱点与强度不足，破坏了整个大坝的整体性，降低了坝体的抗渗、抗滑能力，影响到坝体的稳定。更由于这些质量问题还发生在大坝河床部分的基础部位，是承受水压力最大的地方，就使得问题的性质更为复杂和严重。

10万农民大军筑起丹坝，是新中国历史上一幕永远动人心魄的往事。那段历史定格着当年的建设者们攻克艰险坚忍不拔的意志，但同时也留下了不尊重科学和轻视客观规律的教训。

1962年2月，周总理在京召开会议，明确指示工程暂停施工，并要求长江委负责设计，强调施工服从设计、设计监督施工的原则，首次明确了设计在工程建设中的主导地位。此外，周总理还强调要搞好机械化施工准备。

1962年3月，丹江口主体工程暂停施工。丹江口工程暂停施工，给工程命运带来了预想不到的重大变化。当时国家刚遭遇了三年自然灾害，伴随着国民经济的调整，一大批同期上马的水利工程相继下马。受当时国力所限，丹江口工程原先一次建成的方案也不得不让位于分期开发，工程规模大为压缩，正常蓄水位由170米降到157米。比丹江口更命运多舛的，还有中线调水工程的一系列"小伙伴"。淮河燕山水库，因调水线路变更而长期搁置，直到 2003 年中线调水实施时才正式开工。黄河下游一系列水库，因"带头大哥"三门峡的失败，几乎全军覆没，其中竣工不到三年的花园口和位山水利枢纽在 1963 年先后被炸毁。正在兴建的泺口枢纽、王旺枢纽被迫停建。曾经声势浩大的黄河下游开发工程，无不跌落马下。宏伟的京汉运河计划，因为中线不上马，被迫长期搁置，随着公路、铁路的快速发展，渐渐失去必要性，在 1990 年前后，被正式拿下。一系列的挫折，导致中线调水规划设计出现了深刻的变化。一是在原有近期引汉、远景引江的基础上，增加了丹江口大坝加高或不加高的新选项，因此给相关的勘测、规划、设计和科研工作增加了很大的工作量。二是，由于淮河燕山水库和黄河下游一系列工程的意外下马，导致原定燕山——花园口的引水线路完全失效，长江委只能另寻出路。长江委再度面临新的设计挑战。

在分期开发方案中，如何确定工程初期规模，合理发挥综合效益，长江委倾注了很大的力量。部分专家坚持 140 米蓄水方案。在各方面专家意见不一，争论不下的情况下，长江委设计人员深入地研究了蓄水位 140 米、145 米、155 米方案，拿出翔实的资料，经过反复比较，认为将蓄水位由 140 米提高到 155 米，坝顶高程 162 米，增加投资十分有限，而防洪、发电效益却增加明

◎ 1964 年底，国务院同意丹江口水利枢纽工程建设新方案，工程复工，进入机械化施工阶段。大坝在浇筑混凝土

显。这一方案在长江委的坚持下，1966 年得到中央批复，丹江口水利枢纽初期规模由此确定了下来。在当时的客观条件下，长江委的林一山主任同意按低水位方案上马，但是大坝基础等仍按 170 米的标准做。在当年，根据国务院指示精神以及当时国民经济状况，长江委设计人员研究了多种分期建设方案，几经反复，最后国务院于 1964 年 12 月 7 日批准按初期规模正常蓄水位 155 米、坝顶高 162 米复工续建，并先按蓄水位 145 米运行。

这期间，长江委还继续组织力量对陶岔等引水闸进行设计，通过该水闸，可以引丹江口水库的水灌溉唐白河流域。如今的南水北调中线引水口，就设在陶岔。

1964 年 12 月，主体工程恢复施工，丹江口工地逐步恢复了大坝混凝土的浇筑，热火朝天的工作场面再次在工地上出现。

但此时的局面已与 4 年前有了根本的区别，最为突出的是尊重科学、质量第一的观念深入人心，丹江口工程进入新的建设时期。依照设计方案，工地制订了较为完备的机械化施工方案，民工数量由最多时的近 10 万人，逐步减少到 3.5 万人，最后又减到 1 万人，违背科学、打乱仗的情况基本没有出现。遵照周恩来总理的指示，设计施工双方通力合作，对大坝混凝土质量进行全面调查分析和试验研究。当时全国范围内的大量优秀技术人员和先进机械设备也都调往丹江口支援。在丹江口工程枢纽的建设中，周总理投入了巨大关怀，除经常了解施工中存在的问题外，还多次亲自处理施工中发生的各类重大问题。大坝补强设计，在当时国内没有先例可循，当年参与补强设计和试验研究的工程设计师们克服重重困难，先在室内进行小试件模拟试验，再到大试件试验，后选择典型坝块进行实验，最后才在坝体正式处理。丹江口工程复工后现场有序不紊，推进顺利。在当时的施工现场，林一山亲自下到基坑，和刚参加工作的清华毕业学生一起搞灌浆，满身浆泥的他亲昵地称他们为小老虎。

今天，在丹江口大坝不远处，还可以看到水面上凸出的几个桥墩，那里默然书写着一个所有丹江口老水利人难忘的故事。那里原本是 50 年代修建丹江口水库大坝时一座临时施工桥。1960 年 9 月 6 日，围堰拆除后突发大水，给下游大堤带来威胁。9 月 10 日下午，湖北省省长兼丹江口大坝建设指挥部指挥长张体学一行赶到那座施工桥上指挥防汛抗洪。当时的洪水约有两万多个流量，气势汹汹翻滚着骇浪。桥体在波浪中阵阵摇晃。就在桥上的人紧急撤离之际，桥的设计师、一位陈姓工程师向桥赶来。在大家的阻拦中，他大喊道："我要看看有什么质量问题！""危险！""这桥是我设计的。如果这桥出了问题，我应该与它一起消失！"这位工程师拂开阻拦，在大雨中带着他的照相机跑到桥上收集数据资料。随着洪水掀起滔天巨浪伴随的一声巨响，陈工程师和他的桥一同被吞噬在水中。在后来丹江口水利枢纽的几次施工建设中，那几个桥墩和那位随波浪逝去的陈总工一直在默然地提醒着大家：水利建筑的施工质量就是生命。

补强处理工作从 1964 年底至 1967 年全部完成，虽然经历过"文化大革命"，但工地对质量补强，选定的施工规范、温度控制要求、施工方法等没有人提出要推翻打倒。从复工到完建，基本上是遵照规范执行的。1967 年 11 月 18 日丹江口大坝下闸蓄水，犹如撕开雾霾的一抹亮色，让在场的人们无不欣慰欢畅。1968 年 10 月 1 日实现首台机组正式投产发电。在历经了一番跌宕起伏与力挽狂澜后，丹江口初期工程于 1973 年按规划要求建成。1973 年 9 月，电厂 6 台机组全部投产发电，丹江口水利枢纽初期工程全面竣工，成为新中国水利建设史上第一个大型综合利用水利工程。

工程完工之时，《人民日报》拟发表《丹江口水利枢纽建成》的通讯表示庆祝，在提前看到大样时，林一山将标题增加了四个字，改为《丹江口水利枢纽"初期规模"建成》，报纸也按此发表了。"初期规模"这四字透露了林一山魂牵梦绕的南水北调不渝之梦。

在那期间，长江委设计人员还陆续编制了续建的初步设计报告和机电、通航建筑物、左岸土石坝、引水渠首等专项设计报告。

随着国民经济的发展，工农业用水用电量不断增加，长江委报请提高 10 米的大坝发挥了重要作用。1975 年，经长江委论证，国家批准，丹江口水库按照 157 米蓄水，进一步提高了工程效益。如果当年长江委没有自己的观点，或是有了观点而不敢坚持，丹江口不可能蓄水到这个高程，工程的效益将大大地降低。

2014 年中线通水之时，一位美籍华裔水利专家感慨道："不能不佩服林主任的远见卓识。就大坝一项而言，当年如果不是按 170 米基础修建，就不可能这样轻而易举地迅速直接加高；整个工程设计施工的复杂性、工程量、投资与时间都不可同日而语！"在今天的丹江口枢纽坝体内，诸多从前仪器设备的基础部分仍可以继续应用。这一切，都见证了长江委规划设计与实施的远见。

实践证明，丹江口水利枢纽初期工程设计方案是成功的，经得起历史考验，正如文伏波院士所说：历史证明丹江口水利枢纽工程设计水平一流。

长江委为共和国水利史增添了一座历史的丰碑。而周总理的功劳，也将永远铭刻在中华人民共和国的水利史上。

2. "穿衣戴帽"铸标杆工程

改革开放后，随着经济社会的飞速发展，我国北方缺水的矛盾日渐突出，实施南水北调工程迫在眉睫。进入21世纪后，中国的国力大大增强，2001年，中国的GDP超过万亿美元，名列世界第六大经济体。经过多年改革开放的积累，中国已经有能力同时兴建南水北调中东两线工程。

2002年8月23日，国务院召开第137次总理办公会议，审议通过了《南水北调工程总体规划》。其中中线工程全长1432公里，将丹江口水库大坝加高后，经陶岔渠首向北方的河南、河北、天津、北京全程自流供水。10月9日，国务院第140次总理办公会批准丹江口水库大坝加高工程的立项申请。11月8—14日，党的十六大报告强调，要"抓紧解决部分地区水资源短缺问题，兴建南水北调工程"。

丹江口大坝加高工程，是南水北调中线工程关键性、控制性、标志性工程，也是国内水电工程加高续建项目中规模和难度最大的大坝加高工程。

加高丹江口库区大坝，即在初期工程基础上进行培厚加高和改造，使新老坝体实现亲密一体，联合受力，业内将其形象比喻为"穿衣戴帽"。在陈旧的混凝土坝体上加高培厚，世界大型水利工程上没有先例。但只有坝高水涨、增大库容，才能使丹江口大坝在满足防洪、发电、通航的基础上，肩负起一渠清水自流北上、润泽沿线的重任。

◎ 南水北调中线丹江口大坝加高工程发电区域（常飞 摄）

第四章 建设篇

◎ 2005 年 9 月 26 日，丹江口大坝加高主体工程正式开工

　　按设计要求，要对丹江口大坝加高 14.6 米，坝顶高程从 162 米增高到 176.6 米，正常蓄水位从 157 米抬高到 170 米，较初期规模增大库容 116 亿立方米，增加防洪库容 33 亿立方米，总库容由 209 亿立方米增加到 339 亿立方米。

　　丹江口大坝加高工程作为国内最大的水利枢纽改扩建工程，具有不同于一般新建工程的显著特点，影响其工程质量的因素来自多方。一是度汛标准高。施工期大坝度汛标准与初期工程大坝的防洪标准一样，为万年一遇加 20% 校核，工程施工进度必须满足当年度汛要求。二是施工难度大。丹江口大坝加高工程施工工艺复杂，技术要求高，施工组织难度大。三是建管体制复杂。工程是在原枢纽正常运行的情况下进行，既要协调处理好参建各方的关系，保证加高工程进度，又要满足运行单位的需要，保证原枢纽安全运行。四是安全形势严峻。工程是在城区内施工，与枢纽运行同步进行，施工设备和人员、运行设施和人员，相互交叉，施工场地狭窄，高临空，水上、水下作业并行，安全生产管理的非控因素多，增加了管理难度。既是国内规模最大的大坝加高工程，又要在不影响大坝运行的情况下，完成初期大坝混凝土缺陷检查处理和大坝加高，丹江口大坝加高工程建设难度在大坝加高史上可谓世界之最。

　　2004 年 8 月，长江委组建南水北调中线水源有限责任公司，作为项目法人承担起丹江口大坝加高建设管理的使命。

　　经过公开招标和择优遴选，长江勘测规划设计研究院、中国水利水

电建设工程咨询西北公司、中国葛洲坝水利水电工程集团公司、中国水利水电第三工程局、中国水利水电第十一工程局等单位分别承担具体的设计、监理和施工任务。

2005年9月26日，丹江口大坝右岸施工营地排山倒海的爆破声向世人宣告，丹江口大坝加高工程启动建设。

大坝加高工程主要包括：混凝土坝培厚加高；左岸土石坝培厚加高及延长；新建右岸土石坝、左坝头副坝和董家营副坝；改扩建升船机；金属结构、机电设备更新改造等。

在一座服役近40年的老坝上重新浇筑"新坝"，其技术要求之高、施工难度之大，不亚于新修一座大坝。在老混凝土坝体上贴坡加厚、加高，新老混凝土在外部气温作用下，会产生排他反应，对结合面和坝体应力产生影响。如何让新老混凝土"永结同心"，并且"血肉相连、健康成长"，确保新老坝体协同工作、联合受力等相关技术标准要求，是丹江口大坝加高工程遇到最大的关键技术难题。

"好在一期施工时，在坝体上就预留有凹凸不平的键槽，通过预埋钢筋、锚杆加固等'强筋壮骨'技术处理，较好实现了新老混凝土的有效黏合。"年逾八十的教授级高工杨小云介绍道。当年建坝时她就是技术员，大坝加高试验时是项目负责人，二期加坝她又被聘为技术顾问，对大坝的情况极为熟悉。丹江口水库大坝在初期工程建设时，已为加高

◎ 2013年大坝加高施工期间，中线水源公司总工程师汤元昌（右）和长江设计院院长钮新强（左）在现场讨论闸墩植筋问题

大坝做了充分准备，当年水利前辈的卓越远见，令年轻一代的技术员们敬佩不已。工程技术人员经过反复研究，确定了加高坝体以直接浇筑为主，在新老坝体竖直接合面采用人工补凿键槽、溢流坝段堰面采用宽槽回填为辅，在结合面周边锁扣插筋，加强新浇混凝土温控措施，适当控制大坝加高期间丹江口水库水位等综合措施。为确保加高工程的安全性和可靠性，技术人员还进行了反复的新老混凝土结合试验，从模型试验到实地现场试验，并对不同坝面层块结合的技术要求做了精细计算研究。最终系统提出了丹江口大坝加高工程施工技术要求，成功解决了新老坝体联合受力问题，让新老混凝土完美地完成了"世纪之吻"。

除了新老混凝土接合问题的解决，在国务院南水北调专家委员会和长江委专家的指导下，南水北调中线水源公司充分利用各方科技力量，通过试验研究、科学论证，对老混凝土拆除及控制爆破、大体积混凝土锯缝、闸墩钻孔植筋、高水头下帷幕灌浆和老坝体缺陷检查与处理等系列技术难题——进行了攻克。

那段时间，对中线水源公司的副总工程师汤元昌、杨树明等负责工程现场工作的同志来说，通宵达旦的无眠之夜是常事。大家的努力没有白费，由

◎ 2007 年 3 月 7 日，丹江口大坝第一仓加高混凝土浇筑（汉江集团 供图）

于准备工作落实充分，主体工程混凝土开浇比计划还提前了1个月。

丹坝加高工程在建设规模及工程难度上国内外均无先例，其管理极具复杂性和挑战性。作为整个项目建设的指挥中心，南水北调中线水源公司针对丹江口大坝加高工程的特殊性和复杂性，明确提出"以一流管理、树一流形象、聚一流人才、建精品工程"的目标，组建了精干高效、权责明晰、运转有序的公司内部管理机构，形成了由项目法人、设计、监理和施工单位组成的工程质量、安全管理体系，建立了公司与地方政府、运行单位定期协商沟通机制，制定下发了80多项工程建设和内部管理的规章制度，为工程建设奠定了组织基础和制度保证。制订计划、优化方案、确保安全生产管理，紧密联合相关单位群策群力攻关……南水北调中线水源公司人日常围绕的这些看似基础的工作，成为巨型建设系统正常运转的前提和保障。

安全始终是中线水源公司放在首位的工作。施工期间，面对工程施工的同时枢纽需正常运行，以及施工区紧邻城区、城市生活和施工生产必须共同使用城区道路的复杂施工环境，中线水源公司在"安全第一，预防为主，综合治理"的方针下，建立各级安全管理机构、制定管理办法、完善安全设施、划分责任区、落实责任制。加大安全投入，通过日常与定期检查结合实时排查，对重大危险源登记挂牌明示，狠抓安全隐患整改。认真做好日巡查、周检查、月考评，加强考核、严格奖惩。在整个施工期间，持续实现安全生产目标，以较大安全事故零发生率，保证了施工安全和枢纽度汛安全。与此同时，加强协调，妥善处理度汛、施工、发电和老坝体裂缝检查处理的关系，确保了工程进度目标的顺利实现。

南水北调工程是千秋工程，工程质量必须经得起社会和历史的检验。中线水源公司以质量管理为核心，以建设"精品工程"为质量目标，坚持高起点、高标准、严要求开展质量管理工作，建立健全适合工程特点的质量管理体系，从完善质量管理制度，落实质量管理责任，强化各参建单位质量管理意识入手，采取强针对性措施，加强检查、规范行为和建立奖惩机制，严格源头管理，强化过程控制。在公司的精心管理下，19458个单元工程，全部合格，优良16532个，优良率92.7%；119个分部工程，全部合格，未发生任何质量事故，主要分部工程质量优良，工程质量得到强力保障。

中线水源公司按照"静态控制，动态管理"的原则，建立了规范有序的合同管理机制和资金管理运行机制，强化投资计划和合同管理，强化对招投标管理、合同签订、变更索赔、工程量审核及价款结算等各环节监督的把关工作，履行层层审核、层层把关的手续，做到各个环节既分工合作，又互相制约，降低融资成本，确保工程投资合理利用，确保了工程安全、资金安全、干部安全。

一路走来，南水北调中线水源公司荣获"文明工地""工程建设管理先进单位""安全生产管理优秀单位"和"质量管理先进集体"等称号。

这项工程还为丹江口市增加了一个富有温度与故事的建筑——那就是具有开创性的丹江口大坝加高工程施工大桥。在工程修建时，最初立项是将原老渡口改为两车道桥，后来在地方规划和相关部门的协调和争取下，以共筹共建的模式将此桥由二车道调整为四车道，将桥位也由坝下1.2公里下移至2公里处，实现了在工程所需的同时兼顾当地城市发展。丹江口大坝加高工程施工大桥，至今为丹江口市发挥着较大的交通效益。

这是刻在南水北调中线水源公司人心田上的一系列日期与记事，同时也是一串激昂奋进的清晰脚印：2005年11月25日，丹江口大坝贴坡第一仓混凝土在左岸25#坝段和右岸12#坝段同时开始浇筑，创造了前期准备工程和主体工程同年开工建设的佳绩；2007年6月，大坝贴坡混凝土浇筑全线达到原坝顶高程；2009年6月，大坝达到设计176.6米高程；2010年3月31日，丹江口大坝需要加高的54个坝段全部加高到顶，标志着丹江口大坝加高工程取得重大阶段性胜利；2013年5月27日凌晨3时，随着最后一仓混凝土浇入第14坝段中墩并振捣完毕，标志着丹江口大坝加高主体工程完工；同年8月29日，大坝加高工程一次性通过国务院南水北调办组织的蓄水验收，水库具备蓄水条件。

2000多天的激情奋战，3000人的挥汗战场，丹江口大坝的建设者们以高度的责任感和使命感，在举国期盼中创造了一个个令人惊叹的建管奇迹，成就了丹坝巍峨。升级改造后的大坝加高到176.6米，水库正常蓄水位抬高到170米，与北京形成约百米落差。保坝洪水位174.35米，总库容339.1亿立方米，电站装机90万千瓦，过坝建筑物可通过200吨级驳船。挡水建筑物的洪水标准按千年一遇洪水设计，按可能最大洪水（万年一遇洪水加大20%）校核。"这么短的时间内建成如此大规模、涉及面如此之广的工程，在世界上其他任何一个国家都是不可能做到的。"中国工程院院士王浩感慨道。

2014年10月17日13时，丹江口水库水位突破历史最高纪录，上升到160.08米。这标志南水北调中线工程已完全具备条件，有能力保障南水自流北上，宣告着毛泽东构想的"南水北调"即将成真，北方人民世代期盼的调水梦即将成为现实。

2014年12月12日，几代人的梦想终于实现——一江清水自丹江口水库陶岔渠首北上，跨越大半个中国，引流华北，直达京津。

2020年12月11日，丹江口大坝加高设计单元工程档案一次性高质量通过水利部专项验收。

在大坝加高工程建设期间，胡锦涛、温家宝等党和国家领导人，水利部、国务院南水北调办、长江委的领导多次视察工程建设情况，看望慰问工程建设者。中央电视台心连心艺术团专程赴丹江口慰问演出，给工程建设者以极大的鼓舞和力量。南水北调中线正式通水之际，习近平总书记指出，南水北调工程是我国改革开放和社会主义现代化建设的一件大事，成果来之不易。

丹江口大坝加高工程作为国内最大的改扩建工程，在水利工程建设史上尚无先例。丹江口水利枢纽的建成，为我国积累了设计、建设、管理大型水利水电工程的宝贵经验，为葛洲坝工程、三峡工程建设作了充分的技术准备。工程完工后，4000多名建设者转战长江葛洲坝工程，后来又投身建设三峡工程，丹江口大坝加高工程为我国大型水利水电工程建设锻造了一支重要的技术队伍。丹坝加高工程中攻克的大量技术难题，如新老混凝土结合、大体积混凝土锯缝、键槽切割、闸墩钻孔植筋、高水头下帷幕灌浆、老坝体缺陷处理等，对我国的筑坝技术有很大的推动作用。为了强化对我国调水工程规划管理与技术创新的推动、从技术角度进一步扩展社会影响与公众认知，中线水源公司及时组织各参建单位和各部门对工程进行了全面的技术总结，并与《人民长江》杂志社合作出版了《南水北调中线水源工程建设管理专辑》，展示在丹江口水利枢纽加高建设中对于重点工程项目建设管理以及科研设计施工组织等方面的研究成果。这些成果成为助推我国现代工程进展的重要经验财富。

3. 丹江口水利枢纽：大坝雄峙锁苍龙

丹江口水利枢纽是长江委设计的第一座高坝大库，也是长江委工程设计由平原建闸向建设高坝大库的第一次伟大实践。该枢纽名副其实地"五利"俱全，在三峡工程建成之前，一直是长江流域综合效益最大、功能最齐全的水利枢纽，是综合开发和治理汉江控制性的龙头水库。

丹江口水利枢纽初步解除了汉江洪水对中下游地区的威胁，为鄂豫两省工农业生产提供了廉价电力，改善了1000多公里汉江航道，灌溉大量良田。在丹江口大坝，巨大的坝体有序分布着供航运使用的升船机、深孔泄洪坝段、堰顶泄洪坝段、厂房坝段等。防洪、发电、灌溉、航运、供水，丹江口水利枢纽折射出人和水的复杂亲密关系。

防洪是丹江口水利枢纽的首要任务。自下闸蓄水以来，丹江口工程通过水库拦蓄、削峰，结合中下游分蓄洪工程的联合运用，大大提高了汉江中下游的防洪能力，降伏了肆虐千年的洪水。1983年秋季，汉江发生大洪水，洪峰流量达34300立方米每秒，是中华人民共和国成立以来最大洪水。丹江口水利枢纽的诸多老水利人至今还记得迎战那场特大洪水时惊心动魄的情景。时值九十月之交，当时据气象预测，

汉江上游没有大的降雨过程。为了多蓄水，水库水位已上升到 156 米多，逼近正常蓄水位 157 米。10 月初，汉江上游突降大暴雨，10 月 3 日出现特大洪水，10 月 6 日入库流量已达 34300 立方米每秒，尽管开闸下泄的洪水流量已超过 20000 立方米每秒，但库水位仍在迅猛上涨，10 月 7 日 20 时已达 160.07 米，创下历史最高水位纪录，离坝顶只差一米多，接近漫坝。当时立于坝顶之上，能感觉整个大坝都在上下摇晃。当时的丹江口水利枢纽管理局党政领导，率领全局处以上干部上坝抗洪抢险，日夜坚守大坝。众人以人在坝在为号，誓与大坝共存亡。时任丹江口水利枢纽管理局局长的綦连安站在坝顶上，指着汹涌的洪水说："我们要竭尽全力战胜这场特大洪水，确保大坝和中下游千百万人民生命的绝对安全。不保住丹江口大坝，我们将成千古历史罪人。万一洪水漫坝、出现了险情，我将随洪水泄到东海，去见东海龙王。"在那场惊心动魄的洪水之战中，丹江口水利枢纽成功迎战，经丹江口水库调蓄后，汉江中下游遥堤安然无恙。继而在 1998 年夏季，长江再一次发生自 1954 年以来又一次全流域大洪水，丹江口水利枢纽关闭全部泄洪闸门，拦蓄洪水 37 亿立方米，避免了下游杜家台分洪区及民垸分洪运用。若没有丹江口水库拦蓄，1998 年武汉关的水位将超过 1954 年洪水位近 1 米，后果不堪设想。2005 年 10 月 1 日，正当人们欢庆"十一"之际，又一场汉江罕见级别的洪水悄悄来袭。经水情预报部门对洪峰及洪水总量准确及时预报，丹江口水库提前一天腾出库容。在枢纽防汛指挥部科学调度下，丹江口水库精准控制下泄流量，既实现了水库不超正常蓄水位的既定目标，又减轻了中下游的防洪压力。喷涌而出的洪水，翻滚汇入江中，气势磅礴，声势震天。在离泄洪区不远的坝前"亲水平台"上，大人、孩童们却无惧洪水嬉戏玩耍，在水中逐浪，在浪花中嬉戏，呈现出一幅人水和谐相处的画卷。在丹江口水利枢纽于南水北调的步伐中成功实现"加高"后，在170米正常蓄水位的标准下，丹江口水利枢纽发挥出了更大的防洪减灾效益，经科学调度，汉江中下游的防洪能力可由20年一遇提高到近百年一遇。建库以来，丹江口水利枢纽充分发挥了拦洪削峰作用。截至2021年底，已累计拦蓄入库洪峰流量大于1万立方米每秒的洪水93次，避免了下游民垸和杜家台滞洪区数十次的分洪，减免下游农田、河滩地淹没损失达620亿元。枢纽安全度汛，汉江中下游河道水势平稳，取得了较好的防洪效益。

丹江口水力发电厂投产运行后，极大地缓解了鄂、豫两省的电力紧张局面，为促进两省工业发展作出了重要贡献。丹江口水力发电厂装机初时90万千瓦，为当时全国最大水电站，后扩容到百万千瓦，擎起鄂西北电力供给的大旗。发电厂6台机组全开满发，日发电可达2160千瓦时。作为华中电网骨干电厂，丹江口水力发电厂发挥了调峰、调频和事故备用等巨大作用。

汉江中游唐白河流域地势平坦，土地肥沃，为豫西南、鄂西北主要农产区，因为缺水，农业生产发展受到严重影响。尤其是鄂西北的"三北"地区（老河口、襄阳、枣阳3县市的北部丘陵岗地），年降雨量很少，且分布不均，是湖北省干旱最严重的地区，人称"三北旱包子"。丹江口水库建成后，通过陶岔、清泉沟两处灌溉引水渠首，为湖北、河南两省引丹灌区24万公顷耕地提供了自流灌溉水源，灌溉大量良田，昔日滴水贵如油的"三北"，如今五谷丰登，旱涝保收，已成为鄂西北的"小江南"。

丹江口水利枢纽工程的建成，改善了1000多公里的汉江航道，大大提升了汉江通航条件，促进了汉江水运事业的发展。丹江口大坝加高升船机改造升级后，通航能力更是由150吨级提升到300吨级。航船搭乘"电梯"过坝，彻底结束了以往"汉江千道弯，湾湾有险滩，船在汉江行，如过虎门关"的历史。

丹江口库区在污染防治体系建设、水质保护、水生态建设和保护等方面也做了大量工作。通过积极开展生态调度，为保护汉江中下游的水生态环境和水生物资源创造有利条件。多次实施生态应急调度，消除或缓解了枯水期汉江个别河段出现的"水华"现象，改善了汉江中下游地区水生态环境。

工程建成后数十年来，运行平稳，效益显著，长江委人力保工程质量的美名传为佳话。

丹江口水利枢纽在初期工程建设中，就为远景实施中线引水预留了大坝加高的基础，给后来南水北调工程的正式动工奠定了基石。丹江口大坝主体加高壮举历时近8年，圆满完成了既定任务目标，为实现通水目标奠定了良好的基础。

2014年10月17日13时，丹江口水库水位突破历史最高纪录，上升到160.08米。这标志南水北调中线工程已完全具备条件，有能力保障南水自流北上，宣告着毛泽东构想的"南水北调"即将成真，北方人民世代期盼的调水梦即将成为现实。

2014年12月12日，几代人的梦想终于实现——一江清水自丹江口水库陶岔渠首北上，跨越大半个中国，引流华北，直达京津，圆梦中国。全面加高后的丹江口大坝，巍然耸立于三千里汉江之上，成为新时代旗帜下一座不朽的丰碑。

4. 平凡人铸就的"世界之最"

业内周知，南水北调是新中国创造"世界之最"的标杆工程。南水北调中线工程，从丹江口库区的陶岔渠首枢纽引水，长达1432公里的输水总干渠沿唐白河平原北部及黄淮海平原西部布置，经伏牛山南麓山前岗垅与平原相间的地带，沿太行山东麓山前平原及京广铁路西侧的条形地带北上，横跨长江、淮河、黄河、海河四大流域。工程建设过程攻克了一项项世界性难题、创造了一项又一项技术奇迹。

"与传统水利工程不同，南水北调工程所涉及的许多软科学与硬技术是世界级的，是水利学科与多个边缘学科联合研究的前沿领域。"长江设计院副总工程师、南水北调中线一期工程技术负责人吴德绪说，"无论是丹江口大坝加高的新老混凝土结合、处在研究和认识阶段的膨胀土渠道及边坡处理、隧道穿越黄河，还是超大规模的大型输水渡槽工程，其设计技术难度均堪称世界之最。"

全长约1277公里的南水北调中线总干渠，有近400公里的渠道要穿越膨胀土地区。

在民谚中，膨胀土被描绘成"晴天一把刀，雨天一团糟"。土木工程界则称之为"工程癌症"，如何克服它是世界性的技术难题。在膨胀土上修渠，这种土会反复地遇水膨胀，失水收缩，造成渠道垮塌。中线工程膨胀土问题勘察研究始于20世纪70年代引丹干渠施工期的滑坡处理。当时，在陶岔引渠边坡及后续的施工中，当开挖坡比1：3时，相继出现了13处滑坡。勘测技术人员通过研究，发现是膨胀土在作怪，经典土力学理论根本无法预测其稳定性。从此开始了南水北调中线工程膨胀土问题的研究历程。

20世纪80年代，长江勘测技术研究所已分别就黄河南、黄河北膨胀土的分布、基本物理力学性质开展了调查、试验和研究，获取了工程沿线膨胀土的基本信息，综合勘测局随后对沿线膨胀土开展了系统的取样、分析测试。相关专家也开展了我国水利行业最早的膨胀土现场观测试验。90年代，专家继续对国内膨胀土地区的渠道工程进行系统调研，收集整理分析了国内膨胀土渠坡建设期和运行期的稳定性表现信息。同期，长江委综合勘测局派出技术人员赴美国考察学习，了解美国对膨胀土的处理及加州北水南调工程膨胀土处理经验。总体看，2000年以前，膨胀土研究主要侧重于基本物理力学参数的测试，尚未真正涉足边坡破坏模式与机理及应对处置领域。南水北调中线工程是我国遇到的第一个膨胀土地区的大型水利工程，尽管之前开展了大量的勘测研究，但对膨胀土的认识仍然十分有限，更没有成功处理的工程经验。

进入21世纪，当南水北调中线工程初步设计已经基本完成，膨胀土渠道设计方案焦急地盼着研究成果的进展。2005年5月，水利部水利水电规划设计总院在北京召开了"南水北调中线一期工程总干渠膨胀土处理方案技术讨论会"，正值工程可行性研究总报告审查之时，膨胀土边坡问题研究得到有关部门响应并纳入"十一五"科技支撑计划。2006年12月，科技部批准实施"十一五"科技支撑课题"膨胀土地段渠道破坏机理及处理技术研究"。长江水利委员会长江科学院（以下简称长科院）联合有关单位，牵头成立课题组对膨胀土边坡问题进行了系统深入研究。经长科院总工程师程展林及其科研团队艰辛的力学思辨、数值分析和试验验证及逻辑推演，取得重大突破。通过膨胀土和膨胀岩两个试验段的大型原型试验，系统分析了膨胀土边坡的

◎ 穿黄工程进口（水利部文明办 供图）

破坏特征，首次将膨胀土边坡破坏分为裂隙强度控制下的边坡整体破坏和膨胀作用下的边坡浅层破坏两种模式；系统研究了膨胀土的强度理论；提出了稳定分析新方法；提出了膨胀土渠道边坡的处理原则和思路，形成了包括水泥土、土工格栅处理膨胀土渠坡的全套技术，并编制了有关技术标准，为解决中线工程膨胀土边坡稳定问题奠定了基础。"十二五"期间，作为重大专项之一，课题得到进一步深入研究。经多方案研究，结合南水北调工程具体条件，最终选择了坡面保护与局部裂隙发育的渠段渠坡加固的设计方案，并系统提出了膨胀土坡面保护材料——水泥改性土的特性、非膨胀土膨胀性控制标准。其中所采用的抗滑桩加坡面梁的膨胀土渠道边坡加固结构方案，与目前常用的抗滑桩加固方案节约工程费用近 50%。为开展膨胀土研究，国家提供了 700 多万元的专项研究经费，工程业主南水北调中线工程建设管理局配套提供了 2 亿多元的工程费。研究人员重担在肩，呕心沥血不懈攻坚，单是现场试验就长达 5 年，最终成功驯服了膨胀土这只横亘在南水北调中线工程上的"拦路虎"。

穿黄工程是南水北调中线的"咽喉"工程，也是南水北调工程成败的关键词之一。

南水北调中线总干渠，南起丹江口水库，北抵北京市玉渊潭，全线沿京广线西侧延伸 1245 公里，沿途要与 600 多条河流（渠）发生交叉。为避免与当地防洪、除涝发生影响，又便于保护水质，总干渠均与之立体交叉。在穿越低洼地形或通过地面建筑物密集地带时，均布置隧洞、渡槽、暗渠或倒虹吸。穿越公路、铁路时，还布置有公路桥、铁路桥。在这些建筑物中，穿黄工程规模最大、地位最重、单项投资最多，也是全国人民最为关注的工程。

长江与黄河要在中原大地完成交汇，北上的江水要穿越属于地震区带、地质条件复杂、河势多变的游荡性黄河段，既要安全通过黄河，又要保证水质，这成为设计者面前的又一挑战。穿黄工程的难度，首先在于地质条件，黄河是世界含沙量最大的河流，这里的河滩与河床存在着单一砂性、半砂半土、单一黏土三种不同的地层结构，其性状有很大的不同，无论采取何种方式兴建穿黄建筑物，都必须同时面临这三种结构。而且这里存在较多、较高的黄土高边坡，晴天时似坚硬如铁，但一遇到下雨被冲刷得沟壑纵横，从而容易导致地层失稳，影响工程安全。其次，穿黄工程的水文条件也非常复杂，这里地处黄河由峡谷向平原的过渡带，黄河由孟津冲出峡谷后，河道骤然展宽，流势趋于平缓，大量泥沙沿程堆积，使这里成为典型的游荡型河段，河道宽浅，水流紊乱，主流摆动十分明显，有"三十年河东，三十年河西"之称。这对穿黄建筑物自然是严峻的挑战，更何况其规模均远远超出了国内的现有水平。

南水北调中线穿黄方案论证的关键是过河建筑物型式的选择。早时，穿黄工程有地上渡槽"飞渡"和地下隧洞"穿越"两个不同的设计方案，采用任何一种方式穿黄，跨度之长、难点之多，都为迄今为止国内水利工程仅见。围绕长江委牵头设计的隧洞方案和黄委牵头设计的渡槽方案为争论焦点，据老专家尹旅超回忆，仅他参加过的在北京由水利部召集国内众多"大咖"专家的论证会议就不下4次。随着研究的深入，大渡槽方案由于在经济上不合理，很快就被放弃。经长江委大胆假设、小心求证，发现隧洞方案比之前大多数专家推荐的渡槽方案更具有优越性，它不仅技术先进，而且投资还要节省。隧洞方案除了造价低的优势外，更重要的是，它不与河面接触，不会对黄河的河势产生大的影响，还可避免与黄河规划的冲突，并且，盾构法施工技术在国内外均有成功经验可借鉴。综合安全、施工、设备、运行管理等方面，国家最终采用了李村隧洞穿黄方案。

穿黄河段，就在中国历史上曾经演绎过大禹治水传说的郑州荥阳。荥阳孤柏嘴，黄河在这里水流变得缓慢平静，河面变窄，河岸也比较平顺，而且没有河汊。穿黄隧洞采用双线平行布置，在孤柏嘴黄河河床底部开凿两条长达4250米的穿黄隧洞，两洞相距28米。隧洞内径7米，开挖直径超过9.2米，深埋于黄河河床下23至35米深。

这是我国第一次采用大直径隧洞穿越黄河，也是我国水利界第一次采用泥水平衡盾构机在软土地基中进行水工隧洞的掘进施工。如何从黄河底下复杂的地层中开凿出数千米的隧洞？又如何在承载内外水压的情况下保证隧洞不漏水……面对中线穿黄工程的关键技术问题，长江设计院保持了一如既往的严谨。为摸清中线地质条件，不屈不挠的南水北调中线穿黄人，地质勘测队伍50多年如一日，深入险滩潮头，累计钻探进尺达30万米、室内试验约6万组、现场试验近万次。从20世纪90年代初开始，大批技术人员奔赴日本、德国、英国等国，考察盾构制造厂家、工程施工现场和已建相似建筑物。三代人前赴后继，地质成果硕果累累。在近十几年的论证、探索中，长江设计院提出了19个规划比较方案，穿黄工程的布置方案达40余个，从技术上不断地否定自我，最终得出了种种最优方案。

随着一个个举世瞩目的科技创新在穿黄工程中大显神威，穿黄勘测设计工作者迎来了最大欣慰。2005年9月27日，南水北调中线工程穿黄工程在黄河北岸正式开工，2007年7月，随着盾构机缓缓地向隧洞内推进，全长4.25公里的穿黄隧洞正式进钻。水底软土地层隧洞高压输水、竖井与隧洞间不均匀沉降和抗震，竖井防水与地基加固、整体稳定与结构安全，以及长距离施工等一系列重大技术问题，在长江委工程技术人员的独具匠心与勇于创新之下一一解决。国内最深的调水竖井、国内穿越大江大河直径最大的输水隧洞、国内水利工程最深的盾构始发……穿黄工程一举创下了多项国内水利工程之最。隧洞穿黄这项惊世之作，为中线工程顺利建成写下了至为关键的一笔。

荥阳邙山，又一次见证了中国水利人改造山河的壮举。跨越几千年历史的尘光，邙山大禹岭，山岭之巅手持长柄锸的大禹塑像欣慰地目睹了他的传人续写中国治水史的辉煌。

此外，还有世界首次大管径输水隧洞近距离穿越地铁下部——中线北京段西四环暗涵工程，世界规模最大U形输水渡槽工程同时也是迄今为止国内单跨过水断面最大且单跨重量最大的输水工程——"天下第一跨"中线湍河渡槽工程，目前世界上综合规模最大的渡槽工程——中线沙河渡槽……随着一个个世界级技术难题的被攻克，一座座水利科技创新的丰碑被铸就，工程一路凯歌。

在南水北调工程建设阶段，时任国务院南水北调办主任的鄂竟平率领飞检大队直插现场，突击检查，严格查验质量，用绝不网开一面的"严苛"，打造"经得起时代检验的工程"。

不负国之期望，南水北调工程最终成为提升我国基础工业、制造业等领域创新能力的标杆工程。2022年8月25日，南水北调中线穿黄工程通过水利部主持的设计单元工程完工验收。至此，南水北调中线87个设计单元工程全部通过水利部完工验收。南水北调这项国之重器大工程的建设队伍，向国家、向人民交上了满意的答卷。

在这份答卷背后，沉淀着一个个平凡而又伟大的名字：于丹江口取沙样工作中落水牺牲的年轻大学生水文勘测工卢铭山。长江委的副总工程师陈雪英，积劳成疾，去世前不久仍在仔细审阅穿黄工程的报告，认真提出的意见写满了记事本。担任过"穿黄"设计总工程师的过迟同志，消瘦得如同一尊"蜡像"，痴迷于钻研穿黄隧道设计工作的他，饮食没有规律，胃病日益严重却没有及时得到治疗，最终导致胃穿孔，被送到医院做了部分胃切除的手术，被人戏称为"黄河没有穿孔胃先穿了孔"。长江设计院的副总工程师吴德绪，长期坚守工地，即使半夜12时施工方要求设代人员到场指导，他也自己立刻亲临现场。他的工作作风和技术水平在中线工程建设中为长江设计院立起一块金字招牌，历年被评选为院先进工作者。在做好自身承担的设计工作之外，吴德绪还主持完成了一系列总干渠工程初步设计技术标准，为协调全线工程设计建立了设计标准体系。2011年，南水北调中线建设管理局授予吴德绪"南水北调中线京石段工程临时通水特别贡献者"光荣称号。中线南阳段方城6标项目经理陈建国，面对亲人的相继离世，他带着75岁的父亲住到工地，夙兴夜寐把工程质量放在第一位，他所负责的标段进度质量安全多次名列前茅，6次获得第一名，被国务院南水北调办树为标杆单位，他个人也先后获得"感动中原十大人物""全国五一劳动奖章"等荣誉称号……

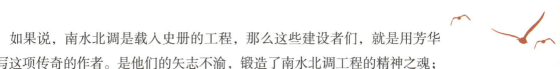

如果说，南水北调是载入史册的工程，那么这些建设者们，就是用芳华书写这项传奇的作者。是他们的矢志不渝，锻造了南水北调工程的精神之魂；是他们一次又一次弯下的脊梁，让中华民族昂首挺胸地将复兴的步伐走得更快更稳。

5. 汤元昌：戎马水利四十载

眼前的汤元昌看起来比实际年龄要年轻得多。穿着格子衬衣和牛仔裤的他挽着袖管，走起路来飒飒生风，说话的节奏和思维运行都很快，笑声十分爽朗。如果不是他亲口告知，完全猜不出面前的他已经 61 岁了。

汤元昌，南水北调中线水源公司副总经理、总工程师、工会主席，同时也是最早参与公司组建时的"元老"。

说起南水北调，汤元昌清晰地记得通水那天的心情。2014 年 12 月 12 日，那天中午，汤元昌早早来到丹江口大坝，站在坝顶遥遥守候着神圣一刻。在他眼前的丹江口水库，烟波浩渺，群岛耸峙，宛如仙境。在他脚下，"穿衣戴帽"后的加高坝体巍峨矗立，似强而有力的臂弯，将一库清水稳稳揽蓄入怀。14 时 32 分，远处陶岔取水口的闸门提起，清澈的汉江水奔腾着欢歌北上，南水北调中线工程正式通水。这是北方受水区民众期待已久的时刻，也是无数南水北调中线人感慨万分的时刻。此时，抬起手腕望着手表上的显示时间，作为一个南水北调中线上的老水利人，汤元昌的心中漾满了难以言说的激动

◎ 汤元昌

第四章 建设篇

109

与自豪。

与南水北调的深刻渊源，似乎就伏藏在汤元昌人生的命运线里。

1982年，22岁的黄石大冶小伙子汤元昌从武汉水利电力学院水利水电工程建筑专业毕业，成为天津中国水利水电基础工程局的一名技术员。时值丹江口水利枢纽左岸土石坝防渗加固工程施工阶段，天津中国水利水电基础工程局是施工单位，丹江口水利枢纽左岸土石坝防渗加固工程成为汤元昌大学毕业后参与的第一项工程。

在大学校园里，汤元昌对南水北调就有所耳闻。当时的南水北调还没有规划到那么深远，初步构想是引江济黄。南水北调在漫长的历史年代里几度陷入沉寂，但可以说是几代水利人始终不辍的梦想。丹江口水利枢纽，因此也在汤元昌心中被披上了希冀色彩。在丹江口坝区工作的日子，怀着这份尊重与希冀，汤元昌对每个工作细节都恪尽职守，严谨细致。这种工作习惯，后来跟随了他一生的职业生涯。

与丹江口和南水北调的渊源，在汤元昌的生命中延续着。

丹江口水利枢纽左岸土石坝防渗加固工程之后，汤元昌又陆续转战于天津海河二道闸、江西万安水电站、四川汶川草坡水电站、广东大亚湾核电站等工程建设，并在炮火下的伊拉克工作过数年，一直奋战在水利水电工程施工和工程建设的一线。

1989年，汤元昌调入丹江口水利枢纽管理局，回到了他毕业后的第一站——丹江口，先后从事丹江口防汛自备电厂、汉江王甫洲水利枢纽工程的建设管理任务。2001年，他进入汉江集团南水北调项目部，开始做南水北调相关工作。

2002年8月23日，国务院召开的第137次总理办公会议，审议通过了《南水北调工程总体规划》。2004年，丹江口大坝面临加高建设管理的重任，南水北调中线水源公司开始组建。汤元昌受组织委派，参与筹建并担任重要工作。这对汤元昌来说，意味着他将真正在南水北调中线水源工程这项国家战略性的基础设施工程中承担起较重要的职责。汤元昌内心的激动与兴奋无法言说，但同时压在他心上的，还有凝重。作为一名资深的技术人员，他明白前方的路绝不轻松，他面临的，既是机遇，更是从事水利事业以来的一次较大挑战。

2005年9月26日，丹江口大坝加高主体工程开工建设。那几年，建设任务如同重担压在汤元昌心上，整个建设期他日夜不敢有丝毫松懈。

丹江口大坝加高工程，既要保证在原枢纽正常运行的情况下进行，又是在城市中进行大型水利枢纽施工。这两大叠加的属性表现出五个特点：度汛标准高、施工难度大、建管体制复杂、安全形势严峻、影响工程建设的因素多。在这项水利工程建设史上尚无先例的国内最大改扩建工程里，充斥着工程建设与枢纽安全度汛、工程进度与质量安全、建设资金静态控制与动态管理、培厚加高与老坝体缺陷检查处理、传统工艺和科技创新等诸多矛盾和制约。在无成熟经验可借鉴的南水北调中线水源有限责任公司，汤元昌和他的同事们与相关参建队伍携手并肩披荆斩棘前行。

针对施工中的一道道技术难题，汤元昌带领技术团队夙兴夜寐潜心钻研。针对新老混凝土结合的难题，他们牵头提出了"五措施""五控制""五确保"质量保证法，通过试验研究、科学论证，成功解决了大坝新老混凝土质量控制难题；首次在国内水利工程施工中大面积运用"键槽切割"，在老坝体形成键槽，确保了施工进度和结合面质量；采用闸墩植筋加固施工，满足了大坝加高规范要求；在国内首创绳锯超大体积切割法，解决了右岸转弯坝段反向变形问题和 143.0 米水平裂缝问题，大大缩短了施工周期，填补了水利水电施工空白；高水头帷幕灌浆解决了枢纽正常运用条件下大坝基础处理难题，成为"十一五"国家科技支撑计划项目……

大坝加高工程施工方案是工程建设成败的关键之一。原方案中混凝土拌和系统、综合加工系统集中布置在左岸，砂石骨料加工系统集中布置在右岸，这样不利于工程进度，且施工成本高。汤元昌组织技术人员多次踏勘现场，经多方案比选和多次优化，最终确定为左、右岸分别独立布置的方案，该方案使施工系统相对独立，布置灵活，解决了场地紧张的问题，减小施工风险，更重要的是可使左、右岸形成独立的施工区，互不依赖，施工互不干扰，可同时由两个施工队伍来完成施工任务，形成竞争态势，有助于加快建设进度。这一方案最终不仅加快了进度，还为工程节省了投资近千万元。

安全生产是汤元昌主要负责的工作之一。整个工程建设期，"安全"二字始终如同利剑悬于汤元昌的心上。这次大坝加高工程的施工环境太特殊了：加高施工与运行管理交叉、施工作业多层立体交叉、施工设备和运行设备交叉、施工人员与运行人员交叉、施工道路和城市交通道路交叉、施工作业船舶和地方商业船舶运行交叉、施工作业区和居民生活区交叉……一个个纵横交错的交叉点织成了一张细密的安全风险网。汤元昌带领人员每天履薄临深地奔走在各个施工点进行"飞检"和巡查。不断加强建设安全管理体系、强化安全教育培训、严格奖惩机制、狠抓安全措施的落实、做好隐患排查与整改、与施工单位签订安全生产责任书，结合"隐患治理年""百日督察活动"开展重大危险源和各种安全专项治理行动……汤元昌全力扣紧所能想到的所有"保险带"，为安全生产树起一道道铜墙铁壁的保护屏障。他和工程部人员经常蹲守在施工现场，发现问题，现场当即解决，刻不容缓。仅在 2006 年，就查处了违章作业 768 人次，隐患 363 人次，全部限时整改。生性爽朗爱笑的汤元昌，在那几年表情都不自觉变得严厉冷酷，让人望而生畏。他的老伴笑话他："老汤啊，你天天唬着个脸吓唬谁呢，你看看还有谁敢上前跟你搭腔。"汤元昌说，"没人理我是小事，但安全是天大的事，是人命关天的事。"

2009 年 4 月，中线水源公司被国务院南水北调办公室评为"南水北调工程 2008

丹心穿北流

实录篇

◎ 2013 年 5 月 27 日，大坝加高工程完成溢流堰面浇筑最后一仓混凝土（中线水源公司 供图）

年度建设质量先进集体""南水北调工程建设 2008 年度安全生产管理优秀单位"，汤元昌同志被评为"南水北调工程建设 2008 年度安全生产管理优秀个人"。

2010 年 3 月 31 日，随着最后一仓混凝土浇筑到顶，坝体以焕然一新的姿态达到 176.6 米高程。2013 年 5 月，溢流堰面加高全线达到设计高程，大坝加高任务全部完成。2013 年 8 月 29 日，丹江口大坝加高工程一次性通过国务院南水北调办组织的蓄水验收。那天，汤元昌脸上露出了久违的欢畅笑容。

加高后的大坝如同襁褓中的幼儿，尽管建设者们对它知根知底，但让它经受考验、证实自己的安全性与负荷能力的过程，依然深切牵动着汤元昌和同事们的心。

2017 年 8 月底，一场"华西秋雨"不期而至。8 月以来，受持续降雨影响，汉江发生 2011 年以来最大洪水，中下游干流宜城至汉川江段全线超警，12 条中小河流发生超警以上洪水；丹江口水库连续出现了 8 次洪水过程，1—9 月水库累计来水量高达 242 亿立方米，较常年同期偏多 1.8 倍，最大 30 天洪水量 175 亿立方米。这场洪水改变了丹江口大坝加高工程通过蓄水验收后来水持续偏枯的局面，使水库具备了蓄水试验的条件。2017 年 9 月 22 日，丹江口水库蓄水试验工作正式启动。根据调度规程要求和历年来丹江口水库水情统计资料，中线水源公司选取了 164.0 米及 167.0 米两个阶段的水位，利用已布设的各类监测设施开展试验研究。蓄水期间，由于季节性气温变化、新老混凝土变形模量差异、混凝土温度边界条件变化等方面原因，新老混凝土结合状态、大坝变形、应力状态均将处于调整阶段。通过蓄水试验可检验初期大坝缺陷处理效果，了解新老混凝土结合面的实际状况，利用水库水位上升阶段工程安全监测数据，分析推测水位进一步上升后加高工程运行工作状况，评价大坝加高工程的安全性，为确保工程安全、防洪安全和供水安全提供技术支撑。为统筹做好蓄水试验工作，长江委成立了蓄水工作领导小组，保证各项工作有序推进。汤元昌作为蓄水试验工作现场总负责以及应急处置组的组长，带领着他的"军队"现场作战。初期与加高工程总计布设2600余个监测点。在蓄水期间，加密监测频次：自动化监测每天4次，垂直位移观测每天1次，水平位移观测每天1次，渗流观测每天1次，内观仪器两天1次，强震监测在当日资料分析后报送结论意见……高频次的监测弥补了大坝高水位下安全数据的空白。各项监测数据和巡查日报于次日12时之前汇总，并及时报送长江勘测规划设计研究有限责任公司进行甄别及整编分析，整编成果实时提交给水利部大坝安全管理中心进行评价分析，分别形成蓄水评估报告，保证了监测数据采集、整编与分析评估工作及时、系统、准确、可靠。自2017年9月开始，汤元昌和蓄水试验工作相关人员全体集中办公、住宿，整整两个月，60多个日日夜夜，一直到11月初蓄水试验工作完结。两个月下来，年近60的他已是面容沧桑如同野人，回到家时，将老伴吓了一大跳。

　　2017年9月23日9时，丹江口水库水位达到初期工程坝顶高程162米时，汤元昌的心也提到了嗓子眼。在连绵的雨天里，他连续几夜都没睡好觉。试验选取的是164米、167米两级水位，但162米新老坝体结合部才是他心

◎ 坝区环境建设（杨飏 摄）

中最为关注的重点风险部位。162 米，是丹江口水库新老混凝土坝结合点，也是检验这座世纪工程能否长久安全运行的一道"底线"。这是国内首次完成的大型老坝顶加高混凝土水平结合面接受来水考验，是否会出现渗漏？162.05 米、162.20 米、162.50 米……水位不断上升，加高坝体开始挡水，考验大坝加高施工质量、止水效果的时刻到了。在水位上升过程中，汤元昌每天都要对 162 米廊道进行 4 次以上的巡查，观察有无渗漏现象。经过反复巡查，全面排查，直到再三确认水位上升全过程水平结合面无渗水，结合部的施工质量、止水效果经受住了考验，汤元昌才长吁了一口气。

9 月 27 日 20 时，库水位突破防洪限制水位 163.50 米，达到水库蓄水试验设置的第一阶段水位 164（±0.5）米，这一水位要求保持 5 天以上，以便做好观测，取得有效数据。工程监测组和工程巡查组依据相关工作要求，有序开展现场观测和巡查工作，汇总各监测项目的所有观测数据，及时提交给长江勘测规划设计研究有限责任公司和水利部大坝安全管理中心进行分析研判。长江勘测规划设计研究有限公司、水利部大坝安全管理中心相继于 10 月 3 日提交了大坝工作性态的评估结论。一致认为，164 米水位下大坝总体工作性态正常，具备进一步蓄水条件，可进入 167 米阶段的蓄水试验工作。此时，又一次洪峰量级超过 10000 立方米每秒的洪水涌入库中，让大家迅速投入了新一阶段的战役。10 月 4 日清晨，一通急促的电话声打断了紧张的工作节奏。"汤总，我们在巡查中发现 162 米高程廊道 31 号坝段观测房顶板出现漏水……"现场人员汇报声中略显慌乱。"先不要慌，注意观察，我马上就到。"放下电话，在伊拉克工作时见惯了子弹和火箭炮的飞行痕迹、亲历了多次炮火落在旁边都没慌乱过的汤元昌，当时伞都不记得拿就在雨中一口气直奔到 162 米廊道。察看了漏水部位情况，他随即转身又来到坝顶观察周边情况，发现机组流道通气孔与漏水部位很近。经查图核对，混凝土厚度只有两米。他初步研判，水来自通气孔，原因应该是漏水部位的这一仓混凝土浇筑欠密实所致。心中大致有数后，他让技术人员立即向通气孔投放高锰酸钾验证判断。很快，试验人员就高兴地回报，漏水中有高锰酸钾成分，汤元昌的判断是正确的。原因找到了，这在很大程度上消除了大家的恐慌。接下来就是处理了。汤元昌和设计人员沟通讨论后，决定先期对顶板进行表面浅层防渗处理，保证不影响蓄水工作的进行。漏水止住后，后期按设计要求做好了处理工作。

10 月 24 日，库水位升至 166.6 米。10 月 29 日 2 时，库水位被准确地控制在 167 米——水库水位的历史新高。而且，枢纽经历 166.5 米以上水位长达 18 天，充分保证了 167 米水位期间安全监测数据采集的有效性和工作状态分析。长江勘测规划设计研究有限责任公司、水利部大坝安全管理中心分别对监测资料进行了系统分析，提交了《丹江口水库蓄水试验报告》《丹江口水利枢纽大坝安全监测系统分析与大坝安全性态综合评估报告》。两报告均认为，丹江口大坝及陶岔枢纽有关大坝稳定、应力、变形、渗流等重要安全监测数据均在设计允许范围之内，大坝工作状态平稳，大坝总体工作性态正常，具备正常运行条件，加高后的大坝经受住了考验。蓄水试验顺利实现目标，现场所有人的脸上都洋溢着兴奋和自豪。

2018年7月10—11日，水利部组织专家召开丹江口水库蓄水试验报告审查会，对《丹江口水库蓄水试验总结报告》和《丹江口水利枢纽大坝安全监测资料系统分析与大坝安全性态综合评估报告》进行了审查。审查意见为：一是蓄水试验内容、工作范围和试验方案基本符合水利部批复要求，试验工作全面完成，试验目标已经实现，达到了预期效果；二是丹江口水利枢纽工程经受了历史最高水位167米的考验，大坝总体工作性态正常；三是同意丹江口水利枢纽具备正常运行条件的结论意见。

蓄水实验后不久，汤元昌又投入了忙碌的工作中——负责丹江口大坝的加高工程档案验收工作。

验收涉及遗留问题处理、图纸等档案资料整理、工程量的审定、甲供材料的核销、变更索赔处理、管理工作报告的编写等多个环节。进度推进刻不容缓，需要做的事情有很多，光是需要整理的大坝加高工程设计单元施工图的绘制就有1500多张。已是半头白发的汤元昌领着同事们超饱和运转，稳步推进大坝加高工程设计单元、水库征地移民设计单元、调度运行管理专项设计单元、各类专项验收悉数有序开展。

他们克服了15年超长时间跨度、23家主要参建单位人员更替等重重困难，保证工程档案"应收尽收"。按照公司档案管理的"完整、准确、系统、安全"四性要求，不到2年时间，整编11762卷档案，共计137950条目录，文件材料120多万页。

2020年11月，工程合同档案入库率从37%提升至100%。

2020年12月11日，水利部督办项目——丹江口大坝加高设计单元工程档案工作比计划提前20天通过验收。

戎马水利四十载，汤元昌在工程施工和建设管理领域充分发挥着自身的技术优势，所主持工程项目的质量、安全、进度以及技术含量达到同类行业的领先水平，多次受到上级主管部门的表彰奖励。对自己的学识储备永远不够满意的汤元昌至今每天保持着学习习惯，他关注着业内好些"大V"的公众号，也随时留意最新的专业论文资料。"这世界变化太快了，工程管理与科技各方面都日新月异，不学习就跟不上年轻人的脚步了。"汤元昌爽朗地笑着说。

回顾一路走来的职业脚印，汤元昌说：我人生的骄傲与幸运是一枚硬币的两面。我为这一生能从事水电事业而骄傲，也为我所在的时代感到幸运！

6.杨小云：我与大坝的53年

2021年10月的丹江口水库，无垠碧波接远天、吞青屿，一天天展示着比平时更为浩渺辽阔的气度。在大坝的另一端，泄洪口卷起滔天巨浪，浪声振聋发聩。10日14时，丹江口水利枢纽首次实现170米满蓄目标，实现了工程规划设计的目标和要求。这是丹江口水利枢纽这座水利丰碑一个全新的历史节点。

83岁的杨小云这天专程来到了坝顶，亲眼见证她期待已久的这一时刻。作为一名参加了丹江口初期工程和大坝加高工程的建设者、管理者，她人生中有足足53年的光阴都浇筑于丹江口水利枢纽之上。这一刻对她来说，无异于是自己陪伴着长大的孩子成年的神圣时刻。

杨小云，享受国务院特殊津贴的教授级高级工程师，历任水利部丹江口水利枢纽管理局工程管理处及生产技术处主任工程师、副处长，汉江集团公司技术部副部长、南水北调中线水源公司工程部技术顾问、中国水利学会工程管理专业委员会大坝安全学组成员等职务。22岁就来到丹江口工作、一路护航大坝"长高"通水的她，被誉为丹江口大坝的"活字典"。

1963年7月，刚从华东水利学院（现名河海大学）毕业的杨小云随工作分配来到丹江口工程局报到。当时正值丹江口大坝停工进行质量问题研究及

◎ 杨小云

补强处理，同时进行机械化施工准备。杨小云参与了王家营骨料筛分系统的框架混凝土浇筑工作，并亲历了 1965 年 1 月混凝土生产系统建成投产的过程。年轻的杨小云干劲十足，她与工人同吃同住同劳动，百斤重的水泥咬紧牙关背上就走。在历练中一路快速成长，杨小云参与了架空事故试验坝块水泥灌浆的现场试验和试验报告的编写，指导了 1965 年初至 1967 年 9 月的坝体补强施工。

从 1967 年到 1973 年初期工程建成，杨小云先后经历了大坝下闸蓄水、丹江电厂第一台机组正式投产发电、六台机组全部投产发电等重要历史节点，在一线参与了左岸土石坝加固处理、混凝土坝坝体排水孔疏通养护、大坝安全监测等多项技术工作。正是这些技术上的历练，让她一步步成长起来。

1983 年，丹江口水库迎来了自建库以来所经受的最大洪水，那时亲历的场景令杨小云一生记忆深刻。当时她正站在下游人行道上，看着眼前的框架式预制板和栏杆柱上下振动，她的身体也因坝体强烈的震感而抖动。杨小云亲眼看着丹江口水库水位超过正常高水位 157 米，又到达 160.07 米，14—17 坝段 8 个表孔同时泄洪时，坝顶震动，江水向下奔腾的轰鸣声震耳欲聋。当时，丹江口水利枢纽管理局应急成立了大坝安全监测和检查抢险工作组，下设几个小组，杨小云被分配在混凝土坝小组。10 月 6 日，发生入库洪峰达 34300 立方米每秒的洪水，库水位达 160.07 米，开闸泄洪最大下泄流量 19600 立方米每秒。高水位期间，杨小云和其他观测检查人员夜以继日坚守在大坝一线，认真做好各项记录，取得了宝贵的监测成果和检查记录，为大坝安全运行提供了第一手资料，监测检查结果表明，大坝高水位运行正常。然而，险情还未完全排除，19—24 坝段表孔工作闸门门顶高程为 160.14 米，距 160.07 米水位仅有 7 厘米，杨小云和同事们丝毫不敢放松，密切关注库水位上涨情况。经科学调度，最终 160.07 米库水位持续一周未上涨，大坝安然无恙，表孔工作门未漫顶溢流，抗洪取得了胜利，杨小云和同事们这才安下心来。连续抗战多日的她直到那晚，才安然睡了个安稳觉。

1984 年 3 月，杨小云被聘为丹江口水利枢纽管理局工程管理处主任工程师，投入到大坝的安全运行管理中。

1991 年 11 月，她担任丹江口水利枢纽管理局生产技术处副处长。在任职期间，她组织汇编了《丹江口水利枢纽工程管理文集》和《大坝安全管理手册》。

退休后的杨小云接受单位返聘，继续服务于丹江口水利枢纽工程管理及丹江口大坝加高工程建设。其间，曾先后 3 次参与"丹江口大坝加高新老混凝土结合现场试验"项目，并作为项目负责人承担了现场试验的组织实施工作。

2005 年 9 月 26 日，万众瞩目的丹江口大坝加高工程正式开工。在大坝加高工程中，杨小云负责初期工程老坝体裂缝等缺陷检查及处理工作，参加了坝顶、上游面水上水下、廊道内裂缝等缺陷检查及处理，以及初期坝体混凝土钻孔检查和闸墩层间缝检查和处理工作共 18 个分部工程。她参与过三次"丹江口大坝加高新老混凝土结合现场试验"项目，并作为负责人承担了现场试验的组织实施工作，汇编了三次试验的总报告。长江委对三次试验作出了评价，认为资料可靠，施工工艺可用于丹江口大坝加高工程。在大坝加高工程中，杨小云负责初期工程老坝体裂缝等缺陷检查及处理工作，协助查找初期工程历史档案，协力解决大坝加高的难题。在担任技术顾问期间，她孜孜不倦，精心钻研，提出了很多宝贵的书面意见，她的指导资料翔实、分析严谨、技术措施得当，为丹江口大坝加高工程建设顺利推进作出了贡献。在这项规模和难度都属国内水电工程加高续建项目中最大的工程面前，杨小云凭着高度的责任心，与同事们一路克难前行，先后解决了新老混凝土结合、初期坝体钢筋混凝土和大面积薄层混凝土拆除、转弯坝段反向变形问题处理等多项技术难题，确保了工程建设的顺利进行。

2014 年 12 月 12 日，南水北调中线工程正式通水，水润京津的世纪梦想终于实现。作为参与者、建设者、见证者，杨小云视之为一生中最感欣喜的一个日子。

2016 年 1 月，已 77 岁的杨小云这一年才算真正退出了工作岗位。

离开了工作岗位的杨小云，依然继续用自己深厚的技术功底发挥着余热。作为丹江口水利枢纽工程极具影响力的专家之一，她爱钻研，善总结，认真梳理重要工程关键部位和难点疑点，把自己的工程技术经验变成一个个图表、数字，写成一篇

篇报告，汇聚成一份份总结。她组织汇编的《丹江口水利枢纽工程管理文集》和《大坝安全管理手册》，完善了丹江口水利枢纽工程管理规范，成为后来人建设和守护丹江口水利枢纽工程的导航。2018年，她应中线水源公司邀请编写了《南水北调中线水源工程丹江口大坝加高工程建设重大关键技术总结》。她先后多次接受中央、省及长江委等多家媒体的采访，应邀回忆过往，讲述汉江水利建设者的艰辛付出及荣耀时刻。

杨小云的水利人生，相比普通职业者多工作了17年。她陪在丹坝身畔的日子，整整有53个年头。在这53年里，从丹江口大坝初期工程的建设、完建和管理，丹江口大坝加高工程的建设、管理，到丹江口大坝实现几代长江委水利人一江清水北送的梦想，杨小云一路护航一路见证。从大坝一寸寸长高，到补强施工、下闸蓄水、全面完工，再到"穿衣戴帽"加高至176.6米，杨小云熟悉它的每一个细节与部位，如同熟悉自己一生走过的年华。

杨小云的一生，与丹坝彼此成就。在丹坝，她攻克无数技术难关，凝心总结毕生经验，为后人开展水利建设当好"引路人"。她以一生心血呵护这座"国之重器"，丹坝也赠予她水利人充实的一生与荣誉。"水利部科学技术进步三等奖""丹管局优秀女职工""丹管局优秀共产党员"等诸多荣誉，都承载着杨小云生命的足迹，以及她对丹江口工程的一往情深。

第五章

运管篇　源头哨兵，诺言铭刻清流间

　　泪泪汉江水，横跨半个中国，润泽北方大地。屹立于辽阔水面的丹江口水利枢纽，是一座巍峨的世纪丰碑，源源不断地向北方输送着强国泽民的澎湃血液。这不仅需要科学高效的调水方案、预案，更考验着调度管理部门统一调度、协调管理的能力和决心。

　　通水 7 年多以来，南水北调中线水源公司在水利部、长江委的正确领导和大力支持下，以"建好管好水源工程，确保一库清水永续北上"为己任，严格履行水源工程运行管理的主体责任，担当履职、攻坚克难，较好地完成了各年度工作任务，保证了工程安全、供水安全、水质安全、库区安全和国有资产保值增值。

　　1050 平方千米的水域面积，4655 千米长的库岸线，南水北调中线水源公司的水源"哨兵"们，数年如一日扎根丹坝坚守岗位，艰辛而荣耀地担当着为国之重器护佑水源的使命。他们经受住了特大暴雨、台风、寒潮等极端天气考验，共克时艰护水脉，超额供水践初心，连年实现供水目标；用心呵护核心水源地水质安全，用密不透风的防范预警措施将一切安全风险"归零"；在疫情严峻形势下做好档案验收工作，全力以赴保障工程验收进度；实现丹江口大坝安全监测智能化，严控大坝工程运行管理安全；技术赋能佑库区，增殖放流护生态；补短板、强监管、力巡查，保运行……"零"事故实现工程运行安全平稳。

中线水源工程完建运行以来，丹江口水利枢纽经历了重重运行考验，加高工程各建筑物及设施运行正常，供水运行安全、平稳、有序。自工程通水以来截至 2022 年 2 月 21 日，已累计向北方供水 438.17 亿立方米。如今，在北京，城区日供水量南水占比超过 70%；在天津，14 个行政区居民喝上南水；在河南，受水区 37 个市县全部通水；在河北，4 条配套输水干渠全部建成通水……丹江水已成为京津冀豫沿线大中城市的"生命线"，直接受益人口达 7900 余万人。向北方 50 余条河流生态补水总量已超 73.2 亿立方米，全面助力华北地下水超采综合治理和河湖生态环境复苏，推动了沿线的生态文明建设和绿色发展。北上的汉江水，从设计之初的补充水源，已逐渐转变为很多城市的主力水源，在保障水安全、修复水生态、改善水环境、优化配置水资源等方面，充分发挥出社会、经济、生态等综合效益。

2021 年 5 月 14 日，习近平总书记主持召开推进南水北调后续工程高质量发展座谈会并发表重要讲话。他强调，要站在"守护生命线"的政治高度，维护南水北调工程安全、供水安全、水质安全，守好一库碧水。

深入贯彻落实习近平总书记重要讲话精神，切实维护中线水源工程"三个安全"，栉风沐雨服务工程建管，忠诚担当护航国之重器，中线水源人将履职尽责的诺言写在了每一滴如期北上的清水里。他们用满腔的赤诚守护着这座世纪水源丰碑，庇护一库清水的永续北上。

1. 栉风沐雨保日夜潺湲

清澈南水，奔流北上。南水北调中线自 2012 年 12 月 12 日通水以来，1432 公里奔流的脚步不曾片刻停歇，在那不辍的脚步声中，低吟着鲜为人知的奉献故事。

工程通水不久即遭遇到特别考验。

2012 年至 2014 年上半年，丹江口水库已遭遇连续枯水，给丹江口水库蓄水、南水北调中线一期工程如期通水带来了不利影响。2012 年，丹江口水库来水较多年均值偏少 9%；2013 年全年来水偏少 33%；2014 年夏汛期结束时，水库全年累计来水仅有 103.2 亿立方米，较历史同期的 213 亿立方米偏少一半多，为历史同期最低值。形势严峻，时任汉江集团公司、南水北调中线水源公司董事长、党委书记的胡甲均多次在会议上强调，要将"保通水"作为首要的政治任务。

从 2013 年 9 月起，汉江集团就开始大幅度调减发电量，为蓄水减少发电耗水量。2014 年，水库死水位从初期工程的 139 米过渡到后期工程的 150 米，需约 55 亿立方米的水量垫底。为了确保通水目标的顺利实施，汉江集团主动再次调减发电量。2014 年，成为汉江集团历史上发电量最少的一年。那一年，即使在当前水库水位较高的情况下，为了保障通水，丹江口水力发电厂 6 台发电机组也仅维持 2 台机组发电。发电减少给汉江集团带来了极大影响，集团从 2013 年就出现了历史上首次亏损。同时，2013 年、2014 年汉江集团"直供电"减少、"倒送电"增加，铝业公司、电化公司等汉江集团的工业企业用电成本剧增。汉江集团一方面主动关停了工业企业约 50% 的产能；另一方面，汉江集团多次赴省电力公司沟通，协调丹江口电力直供区三县市降低用电负荷，大幅降低直供区的用电需求，直接影响了发电收益。面对从未出现过的连续亏损，汉江集团上下全员减薪 30%。面对着自身付出巨大牺牲、艰难等待而蓄积起来的一库清水，汉江集团人心中百感交集，使命与荣光共有。

2015 年，进入 7 月份后，南水北调中线工程水源地遭遇了罕见特枯年份：汉江流域降雨与前期预测存在较大偏差，丹江口水库实际来水急转直下，主汛期 7、8 月份分别偏少 4 成和 8 成，后汛期 9、10 月份分别偏少 7 成和 9 成，7—10 月偏少近 7 成，其中 10 月来水偏少更是高达 9 成。"这是丹江口水库的特枯年份，必须及时调整实时调度计划才能保证供水。"一位多年从事丹江口水库调度工作的专家在会商时直言。

长江防总的办公大楼。密集的会商次数，不断延长的会商时间，根据实际情况，一次又一次对原调度方案进行精细调整，打破常规采取新的调度手法。寥寥数句的调度令背后，是越来越多次计算、分析、比对，见证着长江防总精细调度丹江口水库保供水的点滴片段。与此同时，汉江集团与中线水源公司在水库来水不足的形势下，不惜牺牲企业利益，果断采取措施，大幅压减用电负荷，有效减少下泄流量，全力保障了南水北调中线供水。

2015年10月31日，南水北调中线工程首个调水年度即完成，调水量定格在21.67亿立方米，这是一个载入史册的数字，它记录着中线工程第一个调水年度的累积供水量。供水成绩与枯水年份形成强烈对比，背后是长江防总、长江委的务实调度和中线水源公司、汉江集团的不懈担当。

此后，在南水北调中线干渠沿线城市用水需求量连年上升的情况下，无论是在特大暴雨、寒潮等极端天气下、汛期、枯水年、疫情等特殊期间，南水北调中线水源人都一如既往地顶住了巨大供水压力，保证水质水量，持续实现供水目标。

供水管理事关重大，其首要目标就是保证水量。正式通水以来，中线水源公司严格执行水利部和长江委批复的供水计划，每日报送水量和水质数据。履行供水主体责任，与汉江集团一道全力保障供水安全，做好水量调度实施，加强协调配合，建立供水调度联商机制，保证指令畅通。

汉江秋汛，既是加高期对丹江口大坝质量的考验，也是供水期对库区洪水资源化利用成效的检验。"既要保证度汛安全，又要确保足额供水。我们要以守土有责的决心，理顺思路、落实责任，按照长江水利委员会提出的'全委一盘棋'治江兴委理念，积极加强与汉江集团公司等多方沟通协调，充分发挥委内各单位技术优势，共同做好供水管理工作，共护一库清水永续北上。"南水北调中线水源有限责任公司副总经理汤元昌说。为安全度汛，中线水源公司特别成立防汛工作领导小组，并编制有《丹江口大坝加高工程年度度汛方案》和《丹江口大坝加高工程特大洪水抢险预案》。根据来水量，启动相应级别防汛应急响应，及时开展调度指令。不仅如此，在做好精准精确调度的基础上，还充分利用汛前腾库容的有利时机，充分利用工程输水能力，力争向北方多调水、增供水。

2017年，丹江口大坝加高后首次面对高水位的考验。2017年8月底，汉江流域发生自2011年以来的最大秋汛，连续数轮强降雨，让平素温柔和顺的汉江变得狂野不羁。8次洪峰过程中有4次超10000立方米每秒的入库洪峰量级，其中3次入库洪峰量级超过17000立方米每秒。9月23日，水库水位突破162米原坝顶高程，大坝加高部分开始挡水；10月29日，库水位达到前所未有的167米。与秋汛过招，精准打出"拦、分、蓄、滞、排"组合拳——在长江委未雨绸缪、提前分析预判的有力领导下，中线水源有限责任公司联手汉江集团，周密部署系列措施，力保丹江口水库的蓄水和供水安全。在这场突如其来的秋汛"大考"中，在长达50余天的日夜坚守和顽强奋战中，中线水源人决策的果敢智慧与昼夜守责的坚韧充分彰显。

◎ 2017 年大坝经受高洪水位考验，泄洪场面壮观（李庆 摄）

据当时身为蓄水应急处置工作巡查组成员之一的工程部工作人员夏杰回忆，在整个高水位蓄水试验期间，巡查组成员吃住都在坝上，众人风雨无阻、夜以继日地展开大坝巡查，对大坝坝顶、土石坝排水沟、坡面、马道、混凝土坝廊道、近坝区进行拉网式摸查，对发现的异常进行详细的现场勘察、分析、对比，及时展开 25 坝段补钻排水孔等应急处置现场工作。秋汛中的丹江口大坝，怀拥一库碧水，安若泰山地发挥着它的效益。"大坝工作性态总体正常，丹江口水库具备抬升蓄水条件，可按设计工况正常运行。"这份节选自水利部大坝安全管理中心的评估，对丹江口大坝蓄水试验结果作出了客观、肯定的评价，也宣告着丹江口大坝经受住了高水位的考验，工程质量合格，运行管理到位。这一年，利用丹江口水库秋汛库水位持续上涨时机，工程还实现了洪水资源化，从南水北调中线向白龟山水库生态补水 2.05 亿立方米，有效缓解了平顶山市区水资源缺失状况。

在 2019 年的秋汛中，通过调度，丹江口水库逐步增加向南水北调中线一期工程供水流量至 350 立方米每秒；并通过 4 道调度指令及时启动预泄调度，逐步增加向汉江中下游下泄流量，确保了水库和汉江中下游防洪安全。统筹考虑防洪、供水需求，多措并举，在满足汉江中下游需求的前提下，通过调整下泄流量、压减用电负荷等一系列措施，全力保障了南水北调中线工程实现足额供水。

2020 年、2021 年，中线一期工程连续两年超过规划多年平均供水规模。

2020 年，中线工程顺利通过加大流量考验。中线工程通水五年多来，工程运行经受住了设计流量 350 立方米每秒下的汛期特大洪水和冰期极端天气的重大考验，运行状况良好。尽管如此，尚没有经过设计最大流量420立方米每秒输水状况下的实践检验，中线工程竣工验收工作就不能算圆满。2020年初，作为水利部综合治理华北地区地下水超采的重要抓手，南水北调中线工程计划再次向河南河北等重要河流生态补水10亿立方米左右。在水利部的指导下，沿线地方政府与运行管理等相关单位一拍即合：以设计最大流量输水！在保证安全供水的前提下，检验工程质量、实施生态补水。重大决策的基础是中线工程运行管理规范化、标准化、信息化日渐成熟。在这次考验中，中线工程运行管理经受住了新冠肺炎疫情防控和汛期叠加的双重考验。其中，渠首首当其冲，自4月29日起，按两个阶段分步实施加大流量输水：4月29—30日，陶岔入渠流量由350立方米每秒逐步增至385立方米每秒；5月6—9日，由385立方米每秒逐步增至420立方米每秒，并维持至6月20日结束。设计最大流量输水期间，全线水质监测频次加密，在渠首更是24小时加强水质监测与维护，全力保障中线工程安全平稳运行。50余天，中线一期工程经受住了考验，顺利通过加大流量输水考验，全方位检验了工程运行状况，充分证明了工程满足设计要求，质量可靠，运行安全。2020年5月9日—6月21日，通过优化调度，中线一期工程首次以420立方米每秒设计最大流量输水，并借机向沿线39条河流生态补水9.5亿立方米，全方位展现了工程最大流量输水运行状况，验证了工程大流量输水能力，集中检验了工程质量和运行管理水平。并发挥了显著的生态效益，提升了华北地区地下水超采综合治理成效，提振了工程沿线城市复工复产的信心。在2020年11月1日，中线一期工程已超额完成2019—2020供水年度水量调度计划，向京津冀豫四省市供水86.22亿立方米，超过《南水北调工程总体规划》中提出的中线一期工程口门多年平均规划供水量85.4亿立方米，标志着工程运行六年即达效，并实现连续七年年供水量逐年递增。

2021年，汉江流域遭遇大洪水及多轮秋季洪水过程，丹江口水库迎来建库以来洪量历史最大的秋汛。丹江口水库拦蓄洪峰超1万立方米每秒洪水7场，迎战入库最大洪峰流量24900立方米每秒，为10年来最大入库洪水。秋汛期水库累计拦洪107亿立方米，极大地减轻了汉江中下游防洪压力。为最大限度地发挥水资源效益，丹江口水库优化调度方案（2021年度）获水利部批复并成功运用。科学调度，提前谋划，中线水源公司扎实细致做好蓄水准备工作，预先做好丹江口水利枢纽土石坝抗震稳定性复核、生活饮用水标准水质检测、170米蓄水位土地征收线下房屋和人口排查清理工作，为实施蓄水奠定良好基础。与此同时，全面做好枢纽防汛工作，与汉江集团一道，编制了丹江口大坝加高工程防超标准洪水应急预案、库区地震应急预案、水质异常应急监测预案和汛期水库地质灾害巡查监测责任制，落实人防、物防、技防各项措施。库区秋汛期自9月中旬开始实施汛末提前蓄水，10月10日

14时，自2013年加高工程完工后库区首次实现工程170米满蓄目标，实现了工程规划设计的目标和要求。当年保持169米以上高水位运行55天，167米以上运行127天。整个秋汛期各项监测数据表明，大坝运行性态正常、水质稳定达标、库岸安全可控。此次170米蓄水的成功实现，标志着汉江秋汛防御与汛后蓄水取得双胜利，进一步为南水北调中线工程和汉江中下游供水夯实了坚实基础，也为丹江口水利枢纽工程整体竣工验收及中线水源工程竣工验收创造了有利条件。

2021年10月21日，中线水源公司抓住丹江口水库水位首次蓄满这一难得高水位时机，组织水质监测项目部技术人员开展了库区水质异常应急监测演练，检验应急实战能力。公司副总经理付建军在动员大会上强调，此次演练不仅是落实南水北调工程水质安全保障重点工作任务，更是检验丹江口库区水质监测队伍在面对高水位、大流量、恶劣天气情况下应对突发性水质异常事件的能力。本次演练模拟了丹江口水库水位上涨至170米后，仓房水源保护区区界（位于陶岔渠首上游）水质指标出现异常变化的应对情况。演练开始后，演练人员全面出动，分工到位，迅速对监测设备、应急监测车辆、船舶完成检查，启动待命。由于当天丹江口库区风力达到Ⅴ～Ⅵ级，应急监测船无法出航，在接到报告后，应急监测指挥小组立即组织人员根据现场对应急监测方案进行讨论调整，协调车辆、分配人员、增配便携式现场监测仪器，监测人员合理分工，密切配合，迅速赶往演练地点，有序完成现场采样实时分析、应急监测车连续监测、报告编制等演练任务。本次演练充分结合了丹江口水库汛后蓄水实际，有效检验了水质应急监测预案的合理性和可操作性，锻炼了监测队伍快速反应的实战能力，为监测人员在丹江口库区正常蓄水位水质应急监测方面积累了宝贵经验。

2020 年至 2021 年供水年度，水利部下达年度陶岔渠首入干渠计划供水量为 74.23 亿立方米，实际供水 90.54 亿立方米，超计划 12%，顺利完成了水量调度计划，其中向北方生态补水 19.9 亿立方米。年度供水总量和生态补水量均创历史新高。2021 年，面对特大暴雨袭击、新冠疫情反弹等多重挑战，通过强化预报、预警、预演、预案等措施，科学精准调度工程，实现了中线工程年度调水突破 90 亿立方米，完成年度计划的 121%，中线水源地逾 350 立方米每秒流量超长待机，澎湃着水脉永续动力。2020—2021 年度，丹江口水库库中及入库支流河口断面水质良好，陶岔渠首断面水质超过 300 天符合 I 类水质标准，按全年均值评价，水质符合 I 类水质标准。

千里长渠通南北，丹江碧水赴奔腾。中线水源工程如今已达到了设计流量输水，工程效益也随着供水负荷提高逐步增长。

2. 不仅要保供水，更要供"好水"

南水北调，成败在水质，持续靠生态。习近平总书记在推进南水北调后续工程高质量发展座谈会上指出，要从守护生命线的政治高度，切实维护南水北调工程安全、供水安全、水质安全。

中线水源公司在建设和运行管理过程中都高度重视水土保持工作。

丹江口大坝加高工程自 2005 年开工建设以来，中线水源公司共完成 34 个单项工程、1647 个单元工程的水土流失预防和治理任务，水土流失防治指标达到水土保持方案确定的目标，有效控制了水土流失，对保障工程安全运行和综合效益稳定发挥，具有重大现实意义。在水库大坝安全管理和正常运行工作中，牢抓坝区水土保持自主验收，积极督促、协调水保评估、设计、监理、监测和施工单位，落实每个验收节点的目标和任务，精心组织完成坝区水保尾工项目汤家沟营地水土保持施工。2020 年 6 月 30 日，水利部督办项目丹江口大坝加高工程水土保持设施通过自主验收。2021 年 12 月 22 日，该工程被评为国家水土保持示范工程。水利部指出，望充分发挥示范引领作用，为有效防治水土流失、推动新阶段水土保持高质量发展、建设美丽中国作出更大贡献。

在中线水源公司，全方位搭建有"人工＋信息化"的水质监测体系。在库区的

◎ 坝顶绿化（杨飏 摄）

　　日常水质监测管理中，每日要进行常规水质 9 参数人工监测，7 个自动监测站每 4 小时进行常规水质 10 至 15 个参数趋势监测，库区 32 个监测断面每月进行基本 24 项水质参数人工监测，库内 16 个断面补充 5 项监测工作……布下的水质监测"天网"让水质情况纤毫毕见地实时展现。疫情期间，在做好自身防护的前提下，监测人员在防疫政策收紧、防疫物资吃紧的严峻形势下坚守岗位，将履职尽责的诺言写在一次次困难重重的水质监测取样与仪器维护工作里。水质监测取样与仪器维护工作涉及陕西、湖北、河南三省，外出开展水质取样检测及仪器设备维护不仅需要动人，更需动车、动船。每月月初，天蒙蒙亮，负责丹江口水库水质监测的人员就整装出发，他们要跑遍库区所有水质监测断面，天黑透时才能回到驻地。一年四季，风雨无阻，长时间乘车盘旋于库边曲折的山路上，或是乘坐着操作小船颠簸于浪尖的他们，在不同的入库河流监测断面和水库库面完成观测和取样，遇上身体状况略为欠佳时就常常吐到面色苍白。水质就是南水北调工程的生命线，水质监测工作人员咬紧牙关，无人有一丝懈怠。库区环水保工作，不仅写满细致与辛苦，有时也潜伏着危险。一次维护工作中的遇险，至今让工作人员张乐群和他的同事们感到后怕。库区的 4 个浮动式自动监测站，都是用浮船搭载着监测仪器飘在水面，每周都需要维护校准。在一次常规的维护中，当维护到龙口浪河断面的 4 号站时，突然刮起了大风。狂风中，技术人员所在的小小测船如风浪中翻飞的一片树叶，完全不听使唤。几名技术人员紧紧地抓着船舷，与急风骤浪博弈，等待救援。整整10小时过去，直到晚上11时，风浪渐小，他们才被成功解救。那时正是春寒料峭的三月，而张乐群和同事们上岸后才发现，他们厚厚的衣服里内衣已全被冷汗浸透，紧紧地贴在了后背……

为应对水质异动，公司未雨绸缪开展应急演练。一旦监控到突发污染事件，在第一时间启动应急响应，连夜研究应急监测方案。工作人员第一时间到现场取样，多阶段加密应急监测，及时分析监测成果……环环相扣，有条不紊地护航着水质保护，充分发挥供水效益。

公司制订有《巡库管理办法》《消落区管理与保护指导意见》和库区管理专项规划等方案，库区巡查管理人员在"定期督、日常巡、现场管"的多维度水库巡查管理体系下，通过"空天地"一体化监测手段密集开展库区巡查，核查库区拦库养殖及网箱养鱼、违建等多个项目。仅在2021年，就开展了库区巡查1041人次，巡查岸线1.88万公里，核查养殖、违建项目279个。

丹江口水库生态环境保护与水生生物资源保护，是中线水源公司运管工作中的重要部分。凌晨3时，丹江口库区的羊山林场码头。运管人员郑海涛来到增殖放流站，清点鱼苗数量，核对检疫证明，进行运输包装……为了即将到来的放流活动他和同事们已经加班加点忙碌了一周。备水、降温、装鱼、充氧、扎口……一系列准备工作完成后，12万余尾优质鱼苗按品种规格悉数

◎ 工作人员乘船在丹江口库区采集水样

包装上车。放流栈道上，鱼群们抵着透明袋身快速摆动身体，渴望着新的奔赴。几小时后，这些鱼苗们就欢畅地跃入丹江口库区广袤清碧的水中，振鳍游弋，就此归江。增殖放流，这一由南水北调中线水源公司负责的生态补偿项目，护航着丹库的水生态环境，助力着水质安全。2017年，国内放流规模最大、增殖放流种类最多的丹江口水库鱼类增殖放流站建成并投运。2021年，首次达到年度放流325万尾设计规模。5年内，8次放流，近千人参与，累计放流13类鱼种580.75万尾。

为给库区环水保营造浓厚氛围，中线水源公司通过开展形式多样、入脑入心的系列宣传活动，不断增强公司员工及水源地民众水法治观念。利用"世界水日""中国水周"等契机，中线水源公司屡次创新形式、制定方案，对内加大知识普及，营造浓厚氛围，对外融合供水管理、库区管理等业务工作进行法规宣贯，引导大家参与河湖生态环境保护、树立节约用水意识、践行绿色发展理念。公司通过组织节水主题宣传、水源地水环境保护宣讲、库区普法等活动，以节水进机关、进一线的方式深入开展系列宣传活动，面向社会宣扬习近平总书记"节水优先、空间均衡、系统治理、两手发力"的治水思路，倡导"节水护水，人人有责"的理念，做好惜水、节水、护水、爱水的宣传，进一步动员全社会共同打好节约用水攻坚战，推进水资源集约安全利用。在植树节联合丹江口市共同开展"共建护水示范林"联合植树活动，绿化水源地。公司库区管理部多次联合库周地方政府开展专项宣传，通过开展核查违建项目、悬挂宣传标语、摆放宣传展板、发放法规资料等活动，送法入库区，向库区民众宣传水法水情，提升水源地惜水爱水、节水护水意识，加强南水北调中线水源地保护。联合汉江集团文旅公司开展水源地水环境保护和节水宣讲活动，宣讲水源地水环境保护和保护地下水资源的重要意义，并就丹江口库区水质状况、鱼类资源保护等进行了交流讨论。2022年3月22日，中线水源公司以"线上"形式参加了在塞内加尔首都达喀尔举办的第九届世界水论坛暨世界水展，通过制作全英文视频、展板在"线下"展台布展，向全球观众生动展示了公司在提升供水保障能力、水资源利用效率、水生态修复水平上所作出的努力。

"守护一库碧水"，既是中线水源人的政治责任，也是他们心上胜过生命的荣誉。全面落实环水保工作细节，以实际行动维护"国之重器"，作为源头哨兵的中线水源人严谨关注着库区环境和每一滴水的质量。

130

3. 智慧赋能，信息化"铠甲"为运管护航

打造智慧水利，是新时代水利建设与运行管理的必然趋势。

水利部部长李国英强调推动新阶段水利高质量发展，要大力推进智慧水利建设，要按照"需求牵引、应用至上、数字赋能、提升能力"要求，以数字化、网络化、智能化为主线，构建数字孪生流域，开展智慧化模拟，支撑精准化决策，全面推进算据、算法、算力建设，加快构建具有预报、预警、预演、预案功能的智慧水利体系。

中线水源公司坚持科技创新与公司发展相结合，围绕工程建设与运行管理的重点难点问题，力促公司科技创新工作不断实现新突破，不断加快智慧水利和数字孪生南水北调建设，推进丹江口水库全面数字化转型，推进管理体系和管理能力现代化，努力打造"数字水源、智慧水库"。

在南水北调中线工程一期工程中，丹江口大坝可谓是"心脏"。每年汛期，都需要对大坝进行加密监测，这是一年中监测人员最忙的季节，他们顶烈阳冒大雨，进行大坝的安全监测。但是，细心的人会发现，现在每天在坝上进行安全监测的人员减少了，取而代之的是监测台上的棱镜装置。人工观测被自动观测取代，大大节约了人力物力，也提高了工作效率和监测数据的准确性。走进丹江口大坝安全自动化监测中心站，墙面监控显示屏上清晰显示着当天的水位、流量等各种数据，2392个测点数据不断更新，实现了对大坝坝体及库区的可视化监控，技术人员只需在电脑屏幕上轻轻一点，便能实时读取、分析大坝安全相关核心参数。这是丹江口大坝安全自动化监测信息平台，是利用 BIM、空间移动网络等信息新技术，结合丹江口大坝安全监控的需求，构建起来的一个全域监控的管理系统。通过密布的监测点，编织了一张大坝安全守护网，实时监测大坝变形、渗压、渗流、温度等各类信息，掌握整个枢纽的运行状态。一旦发现异常数据，工作人员会立刻展开分析、研判，第一时间妥善处理。"新系统投用后，大大减少了我们开展大坝安全监测相关工作的时间。以监测大坝水平位移前方交汇信息为例，过去我们需要 10 个人工作 15 天获取完整数据，现在只需 1 个人 1 天时间便能完成。"工程部技术人员介绍道。尤其在疫情高峰期，大坝安全监测数据的准确获取，为判断大坝安全提供了第一手可靠数据。考虑到大坝本身新老坝体结合的特殊性，对于工程运营管理的安全防范要求更为严苛，中线水源公司高度重视工程安全运转保障，大力推进安全监测系统整合。这套丹江口大坝安全监控系统能够实现监测数据的即时采集、分析、传输、展示和应用，自动化传输、数字化管理、高效化运行，成为人工巡查监测的强力支持，为大坝安全运营插上了信息化的双翼。

◎ 陶岔渠首水质自动监测站（水利部文明办 供图）

丹心寄北流

实录篇

2016 年底，中线水源公司建成了陶岔渠首枢纽至丹江口的水量监测数据远程实时传输系统。该系统是对陶岔渠首入干渠调水流量实时监测与统计，并将数据接入推送至长江流域管理及国家水资源监控能力建设项目中央平台，实现与供调水管理部门、公司与中线干线局、汉江集团，实现实时调用共享供调水流量、水量、水位等信息的唯一通道。为保证这一信息通路的正常稳定运行，公司重新修编了《南水北调中线水源工程陶岔渠首（2019—2021 年度）水量监测、数据远程传输与系统维护管理方案》，规定了监测系统设备巡查、养护制度和突发事件的具体处理流程，增加了考核与验收规定，进一步完善了合同实施的监督考核，以合同委托长江设计院下属的三峡院承担实行 24 小时水量监测和监测数据实时在线传输、月度报告，为工程运行管理、供水科学调度提供了基础数据信息支撑。

水质决定着供水的成败。水质的好坏光凭肉眼看不行，必须要用科学数据说话。丹江口大坝左岸坝头建有中线水源工程水质监测中心实验室，这个投资 1000 多万元建成的中心实验室，配备了目前最先进的水质监测设备，设置有原子吸收室、原子荧光室、气质联用室等多个专业实验室。湖北省计量测试技术研究院还会定期对设备进行检测，保证监测数据准确。

陶岔渠首断面每日进行常规水质人工监测，7 个自动监测站每 4 小时进行常规水质参数趋势监测，库区 32 个断面每月进行水质参数人工监测，每年进行 109 项全指标人工监测，还有强大的信息系统为支撑……中线水源公司已

132

形成了较为完善的水质监测体系，可以精准捕获核心水源地水质的细微变动，及时对水质监测数据进行分析并上报结果。规范先进的监测，有效助力了公司对核心水源地全方位立体化的监管。

在档案验收工作中，也彰显着中线水源公司"科技赋能"的力量。受疫情影响，档案验收工作时专家不能到现场指导。面对这种情形，中线水源公司自主开发出档案验收数字化验收平台，将档案资料100%电子化并入库，只需轻点鼠标，档案检索、信息搜集等板块的电子图像就脉络清晰地一一呈现。通过这个系统，专家们轻松在线完成指导验收工作。在线验收，打通了档案验收的"最后一公里"。该平台在运行管理系统工程设计单元工程档案验收中实现了数字化线上检查评定功能，这在南水北调工程验收工作中尚属首次，获得了水利部验收组专家的高度肯定。丹江口库区移民安置工程档案资料数据庞大，当时工作人员几乎跑遍了水库淹没区的每一寸土地，负责丹江口库区移民安置设计单元工程档案收集整理的中线水源公司库管部的张乐群回忆起当年的情形，充满感慨："为了真实记录每家每户每人的情况，掌握库区移民的一手资料数据，简直磨破了几双鞋。"丹江口库区移民安置工程范围广、情况复杂，涉及搬迁安置人口共计34.49万，四年任务，两年完成，年搬迁强度在国内和世界上创历史纪录。为将这首恢宏的移民"史诗"完整地呈现，公司主动与湖北、河南两省联动协作，将百万档案数字化后进行系统管理，在线对档案归档情况及时监督检查，按月编制工作简报，严格执行"档随事走、档随人走"。今天，点开丹江口水库移民信息系统，想跟踪任何一个移民的信息都很容易。档案信息管理系统、档案云存储系统、声像档案网站以及正在开展的数字化档案馆项目建设，正逐步实现档案管理系统与其他业务系统的无缝集成。海量的数据在无形中正聚立高耸形成"数字大坝"，忠诚捍卫着"国之重器"的运行管理。

中线水源公司全面完成了信息系统网络安全等级保护定级，加强专业技能培训，网络安全防护能力得到提升。

"有别于普通水库，丹江口水库的功能与战略地位都具有独特性。作为全开放型饮用水水源水库，丹江口水库库区面积大、分布广。千军万马人工式的库区管理方式不现实，加强库区综合管理必须依靠信息化、智能化。"库区管理部主任李全宏介绍。中线水源公司通过卫星遥感手段，分析库区变化情况，实时监测库区内拦库筑坝等违规建设情况。同时，公司还采购了带RTK测绘功能的无人机、带摄录功能的望远镜等单兵巡查装备，将库区巡查人员进行全副武装，为第一时间发现违规违章问题及时取证提供了极大便利。中线水源公司组织开展了170米蓄水位库区航摄，建立了高清本底数据，为后续建设数字孪生水源工程奠定坚实基础。在国家没有大投入的情况下，中线水源公司通过使用自有资金，开展了丹江口水库综合管理平台顶层设计第一阶段项目实施，运用大数据、云计算、人工智能等手段，全面提升水库综合管理平台。于 2021 年，中线水源公司以水利部信息中心审查通过的《丹江口水库综合管理平台顶层设计》为指导，引入水利信息化行业高新技术机构，深挖业务工作需求，投入资金 4000 余万元，整合汇集了大坝管理、供水管理、库区管理及电子政务等应用系统数据，运用"空天地"一体化感知、库区管理"一张图"、巡查 APP、视频智能识别分析等新技术，完成了丹江口水库综合管理平台（一期）建设并投入试运行，依靠大数据分析、知识图谱等先进技术，为库区安全监测提供更多支撑与详细分析，稳步迈向"数字库区、智慧水源"目标。

中线水源公司的数字化信息化智慧体系，为丹江口水利枢纽穿上了层层坚硬的"铠甲"。除此以外，公司也十分注重巡查机制。

早 8 时，丹江口大坝坝顶就走来一群娘子军。她们除了携带着检查工具，还人手一件厚厚的外套。她们是大坝安全监测员，每天两次进坝检查。巡查廊道位于大坝大体积混凝土内部。由于大体积混凝土有隔热保温的作用，温度常年保持在 20 摄氏度，越靠近底部，温度越低，最低可达 14 摄氏度左右。即使是在室外三十四五摄氏度的高温下，进入廊道也必须得披上厚外套。在工程运行方面，中线水源公司建立了工程巡查机制，按照制定的管理办法，督促各责任方认真履行好职责，加强工程巡查、维护保养及安全监测。按照《南水北调工程运行管理问题责任追究办法（试行）》的要求，对巡视检查发现的问题及时督促整改落实。库区水域的巡查管理人员，则在"定期督、日常巡、现场管"多维度的水库巡查管理体系下，通过"空天地"一体化监测手段密集展开库区巡查，一经发现拦库养殖及网箱养鱼、违建等行为立即进行处理……

智能与人工巡防，合力成钢铁双翼，一丝不苟地守护着枢纽与水域的安全和洁净。

4. 锐兵出击，迎战档案工程验收"大考"

在平稳经历了增高、通水、蓄水层层考验后，丹江口水利枢纽迎来的是"工程验收"的大考。

工程档案是工程建设的重要组成部分，档案专项验收也是工程验收的前置条件。为做好水源工程档案验收工作，长江委成立了以委领导为组长，相关部门负责人为成员的验收领导小组，从这一"豪华阵容"中，长江委对这项工作的重视程度可见一斑。"要充分认识中线水源工程验收工作的重要性，按时保质完成各项验收工作，

为中线水源工程画上圆满句号。"2020年12月，长江委副主任、南水北调中线水源工程验收领导小组组长吴道喜，在丹江口大坝加高设计单元工程档案验收前提出明确要求。

中线水源公司高度重视档案工作，从健全组织、完善制度、配齐人员、改进设施、增强技术、落实经费六个方面打造了高质量的档案管理体系，坚定履行档案工作与工程同布置、同检查、同审核。为此，中国工程院院士郑守仁曾说："水利枢纽从勘测、规划、设计、建设，一直到加高全过程的档案资料，为今后丹江口水利枢纽的安全运行，提供了技术支撑。"但丹江口大坝加高、丹江口库区移民安置、运行管理系统3个设计单元12大类验收专项、数百项合同归档、近千项工程量核算、数万项数据变更核校……这项国内建设规模最大的大坝加高工程，验收涉及的专项内容、验收程序、验收标准，都较一般新建水利枢纽更为严密繁复。而此时，距离水利部验收时间节点不足千日。

时间紧，任务重，人员少。面对急难险重的验收工作，自2019年3月以来，中线水源公司作为组织单位，认真贯彻落实水利部、长江委关于水源工程验收的相关决策部署，秉持一贯以来的铁军作风，倒排工期，精准编制各专项验收进度计划图，压实责任，层层传导，立下了奋战千日的军令状。为有力推进档案专项验收，中线水源公司成立了以公司主要领导为组长，公司各部门及设计、施工、监理等单位负责人为成员的档案验收工作领导小组。以"建精品工程，交优质档案"为目标，建立"统一领导、分级管理"的组织体系，定期召开推进会，分任务、提要求、明时限、强督办。公司分管领导主动下沉一线，扎实推进各项工作。

"各司其职、全力以赴、逐一销号、问责追责"，这是时任中线水源公司总经理的王威在"把脉"档案验收工作的重难症结后，对档案验收全体工作人员开出的四个对症"处方"。2019年3月，中线水源公司编制了中线水源工程档案验收进度计划图，通过"挂图作战"传导压力、夯实责任。以中线水源工程三个设计单元档案专项验收节点为红线，编制档案计划进度表，倒排工期，绘制横道图和拓扑图，挂图作战，倒逼落实；以合同验收为抓手，全面清理合同，全力推进未完项目建设与验收；以细化档案分类目录保完整，全面收集整理资料，确保档案应归尽归；以规范档案材料整理保质量，确保入库档案完整、准确、系统、规范、安全；以督办考核保落实，确保三个设计单元档案通过专项验收，力推工程验收进入快车道。从"机构、制度、人员、资金、设施、技术"六个方面，建立起全面档案管理体系。

在王威的办公室里，丹江口大坝加高工程、中线水源调度运行管理专项工程、丹江口水库征地移民安置工程及档案专项验收四幅巨大的验收进度示意图，占满了整整一面墙。图上详细分解了各验收项目内容、责任人、完成进度；红黑两色马克笔留下的醒目标识，清晰地标注出每一项子类的关键时间节点。在中线水源公司各办公区域，也均"任务上墙"，验收工作纳入重点督办内容，每月下达督办任务清单，各部门及时反馈办结情况。

"全体员工要以档案专项验收工作这项'主线'为依托，做到工作队伍不散、人心要齐、直面困难、认真整理、动态管控、优质高效，全力推进工程验收工作目标实现。"在工作会上，王威郑重强调。

制度保障是最大限度地调动积极性的有效途径，使命感与责任担当则是凝心聚力的内核驱动力。公司通过适时修订《公司督办管理办法》《公司员工加值班管理办法》《公司员工绩效考核办法》等一系列管理政策，奖惩分明，以精细化管理贯穿验收工作全过程，保证各部门严格按照"作战图"全力推进验收进度。

中线水源公司积极寻求技术支撑，不断加强与长江设计院、长江科学院、河湖管理中心、汉江集团、水电总公司等单位的沟通联络，通过建立周例会制度，每周与主标施工、监理等参建单位进行沟通协作，凝聚合力推进验收工作。

"我们都是超饱和运转，光是大坝加高工程设计单元施工图的绘制都有1500多张。"负责组织领导丹江口大坝加高工程验收工作的中线水源公司副总经理汤元昌说。作为中国水电工程加高改造项目中规模和难度最大的工程之一，丹江口大坝加高工程留下的档案总量达到11762卷，共计137950条目录，文件材料120万页。而档案验收难点远不止庞大数量——工程时间跨度达15年之久；参建单位众多，主要参建单位就有23家之多，且人员更替频繁；随着档案管理的发展完善，验收标准不断提高……验收涉及的遗留问题处理、图纸等档案资料整理、工程量的审定、甲供材料的核销、变更索赔处理、管理工作报告的编写等多个环节，进度推进刻不容缓，需要做的事情有很多。

库区移民档案则具备形成点多、面广、收集难的问题。丹江口大坝加高时新增淹没土地面积 307 平方公里，水库水位抬升造成淹没河南、湖北两省 6 个县（市、区）、40 个乡镇、15 座城集镇、585 家单位、161 家工业企业；各类房屋面积 623.98 万平方米；等级公路（四级以上）247.47 公里；大中型桥梁 35 座；码头 86 处；水电站 9 座，抽水泵站 138 座；水文、水位站 35 个；Ⅰ～Ⅳ等水准点 92 个；供水管道 30.80 公里；电力线路 580.33 公里，电信线路 954.90 公里，广播电视线路 820.45 公里。共搬迁安置河南、湖北两省人口共计 34.49 万，年度搬迁安置移民 16 万人，年搬迁强度在国内和世界上创历史纪录……一串串数字，叙述着库区移民档案规模之巨大、任务之繁重。公司主动与湖北、河南两省联动协作，依托信息化管理模式，在线对档案归档情况及时监督检查，按月编制工作简报，严格执行档随事走、档随人走；丹江口水库移民信息系统，共收录库区 2 省 6 县市 40 个乡镇移民安置档案，涉及移民搬迁安置、集镇工矿企业迁建、专业复建、库底清理等，在库区移民搬迁的重大事项决策、维稳维权、解决矛盾纠纷、后期扶持等方面，发挥了重要作用。

运行管理系统工程主要包括综合管理信息系统、工程管理用房、大坝安全监测系统整合及自动化系统、武警守卫部队营房、运行管理码头、工程视频监控系统、安全防护设施等，涉及房建、交通、信息化及水利建设等多行业。针对运行管理系统工程档案涉及行业多，无经验可鉴、无案例可循的现状，公司加强系统性谋划，组织专家提前介入，实现闭环管理，各个击破；档案人员分组下沉一线、主动联系，"手把手"培训指导，"面对面"解决问题，做到档案整理问题归零。同时设计单元档案实现全文数字化管理，开发档案数字化验收平台，实现了档案的"在线验收"。

在人手严重紧缺的情况下，公司所有部门都参与到档案验收工作中来，连司机班会电脑的三个年轻司机也被抽调了过来，加入了以"5+2""白+黑"著称的档案验收工作组。办公室的杨涛没做过档案工作，通过调研、学习、请教，了解档案，也担起了重任，他在 2020 年丹江口大坝加高工程档案自验、专家检查评定中，负责撰写验收报告，制作 PPT。

档案验收工作人员及如山堆积的档案所在的小楼，灯光时常通宵达旦，被称为公司的"不夜楼"。档案专项验收牵头部门——中线水源公司办公室主任曹俊启和他的诸多组员们都在这里度过了数不清的不眠之夜。中线水源公司要求以档案专项验收为抓手，细化节点，加强督办，确保设计单元各类档案应收尽收；对实体档案的完整性、准确性、系统性要严加检查审核，及时整改，确保质量。曹俊启坚信，只有完整、准确、系统、安全的档案，才能真正为工程管理运行、供水保障起到支

撑作用。在他的带领下，组员们"人人都是档案员"，按照"谁形成、谁负责"原则，全员参与文件材料收集，全面梳理项目合同，清单管理、逐项销号；实行单张与整套竣工图"双审定"；明确主标合同1.9万个单元工程编码；统一案卷著录标准，细化归档范围；结合实际细化主标段档案整理分类三级文件目录体系编制完成《项目档案归类与编号方案》；合理布局档案库房，落实"三室分开""十防要求"，制定档案灾害应急预案，确保档案实体和信息安全……"档案验收是几个专项工程验收工作中唯一一项能梳理与检验工程全貌的工作，进度与质量必须做到双控。"在档案验收工作推进会上，办公室副主任吴继红斩钉截铁地强调。

2020年初，新冠肺炎疫情汹汹袭来。至3月底全面复工，中线水源公司档案验收工作停滞近四个月。一定要把疫情耽误的时间抢回来！王威在档案验收工作推进会上的讲话掷地有声："我们要确保档案验收工作任务不减、目标不变、质量不松、时间不延……"复工后，公司工程验收领导小组先后12次召开专题会议，调整优化档案验收工作节点，逐级下沉一线，狠抓责任落实和工作成效。2020年5月起，为提升工作效率，中线水源公司以"三集中"（集中时间、集中地点、集中人员）的方式开展档案整理和检查审核工作。近200个日夜的"三集中"抢回了被疫情耽误的四个月时间。

"三集中"期间，由于时间紧迫，为节约时间，同事们吃饭都常常是派一个人去食堂代领。因为档案整编工作需要长期伏案，资料员王晓洋犯了颈椎病，但为了不耽误进度，她咬着牙坚持，凌晨四点钟才下班的她早上六点又精神抖擞地出现在办公室。档案工作人员白鹏因在松涛山庄集中整编档案，家里老人五一期间动手术他也不能陪同和照顾，直到春节回家才看见老人身上的刀疤，他鼻子酸了。后来河南老家发大水，家里被淹，他也没法回去。白鹏深感愧对家人，家人却勉励他好好工作，在岗位上做出成绩。公司档案室的姜康家在十堰，因工作无法顾及一双幼儿，大半年里双休也极少能回家一趟，以至孩子后来见了他都往家人身后躲……像这样的寻常故事，"三集中"期间中线水源公司很多很多。大家化小悲情为大动力，互相鼓劲——早日给档案验收工作交上满意答卷。

针对三个设计单元工程档案特点，众人坚持问题导向，灵活施策，进展顺利。十年筑梦水源展宏图，万卷工程档案绘春秋。中线水源工程三个设计单元形成的百万卷完整规范的工程建设档案、征地移民档案、水库水质档案和运行管理档案，通过公司数字档案馆，实现档案数字资源"收、管、存、用"的一体化管理，在保证南水北调中线水源工程安全、供水安全、库区安全和社会安全等方面发挥着重要的作用。在大家的努力下，大坝加高工程设计单元、水库征地移民设计单元、调度运行管理专项设计单元、各类专项验收悉数有序开展，稳步推进，无一拖延滞后，尾工项目进展顺利。

丹江口大坝加高工程，合同档案入库率从 2020 年 4 月份的 37% 提升到了100%，418 个合同，5 万卷档案，保质保量入库；库区移民安置工程，99 个合同，196 万卷档案，顺利通过验收；运行管理系统工程，千余卷档案，通过项目法人验收。

2019 年，丹江口库区移民安置档案通过水利部验收。

2020 年 12 月 11 日，丹江口大坝加高设计单元工程档案工作提前 20 天顺利通过水利部专项验收。

2021 年 10 月 22 日运管系统工程档案通过水利部专项验收。水利部验收组组长尹宏伟对该设计单元工程档案专项验收给予高度评价。最后一个设计单元工程档案的顺利验收，宣告南水北调中线水源工程档案专项验收工作全部完成。

克服了 15 年超长时间跨度、23 家主要参建单位人员更替等重重困难，不到 2年时间，137950 条目录，120 多万页文件材料，大坝加高设计单元工程档案工作为后续工程的安全运行提供了技术支撑；百万卷移民档案，见证了无数"个体服从集体，小家服从国家"的爱国爱党情怀，为移民安居乐业、长治久安做出了贡献；千卷运行管理档案，舒展开中线水源工程的运管履责篇章，演奏出中线水源人团结奉献的动人乐章。丹江口水利枢纽的档案专项验收工作为水利工程档案规范化管理积累了丰富经验。卷帙浩繁的档案，展现和铭刻了工程攻坚克难润泽大国的脚印，也彰显了中线水源公司令人瞩目的严谨高效和上下一致的浓烈责任感。

5.飘扬党旗赓续红色基因

今天的南水北调以事实证明，党中央关于南水北调工程的决策完全是正确的。历时60多年论证、建成并已见效的南水北调中线工程，是中国共产党为民族谋复兴、为人民谋幸福的一座世纪丰碑。屹立于碧波之上的丹江口水利枢纽工程，是红色基因的一处化身，是党史学习教育和爱国主义教育的活教材。

作为南水北调中线水源的守护者，中线水源公司内部高高飘扬的党旗赓续着红色基因，公司综合党支部作为"红色引擎"，展示着党员的精神风貌，以冲锋在前的奋进与奉献精神不断激发着公司的内生动力。

2020年初，一场史无前例的疫情在湖北爆发，以武汉为中心，湖北多地都按下了"暂停"键。但在丹江口，来自中线水源公司的一群身影却始终活跃在疫情防控的第一线。

他们逆行向前，巡视检查，用责任和担当护佑着工程和供水安全，保证了南水北调中线工程供水正常进行。2月20日，在交通尚未恢复的情况下，经地方政府批准，工程财务支部党员秦赫前往库区水质自动监测站，更换检测试剂。以往川流不息的高速公路此刻空空荡荡，但是保障好水库水质安全的责任，使秦赫逆行向前的步伐更加坚定。在疫情防控期间，他和同事8次深入库区进行设备维护、保养，采取水样；计划环移支部的几名党员先后3次深入库区进行巡查，巡查工作不因疫情而停止，检查标准不因疫情而降低。没有吃饭的地方，他们就自带泡面、自加热米饭，没有住宿的地方，他们就深夜返回丹江，第二天凌晨再度出发；在丹江口封城后的50多天里，因监测中心实验室其他同事无法返岗，"滞留"于丹江口的米长青与同事韩佰辉，两人承担起了平常需要四五个人的实验室分析工作……正是有了他们的负重前行，疫情防控期间，丹江口水库水质始终保持在国家地表水Ⅱ类及以上标准，为沿线省市提供了清洁可靠的水源，供水任务打赢疫情防控的攻坚战。

在疫情最严重的高发阶段，公司40名党员冒着病毒感染的危险下沉社区，协助社区做好疫情防控工作。他们在飞雪侵衣的寒冷中，登记出入人员、劝返不合要求的出行者、宣讲防疫知识、进行病毒消杀，用自己的责任与担当守护社区人民的安危。他们之中最多的值守了41次，疫情之下的他们如同闪亮的党徽，全力绽放自己的一点红艳守护着小区群众的安康。丹江口市大坝办事处在致参与疫情防控工作党员的感谢信中写道：是你们，用自己的责任感，守护了夜幕下的万家灯火；是你们，用自己的爱心，践行自愿服务精神，温暖着这座城这群人。这是对他们最客观的评价，也是对他们工作最真诚的赞誉。此外，2月28日，长江委直属机关党委发号召

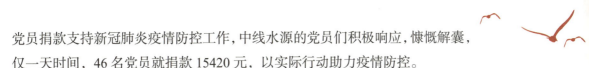

党员捐款支持新冠肺炎疫情防控工作，中线水源的党员们积极响应，慷慨解囊，仅一天时间，46名党员就捐款15420元，以实际行动助力疫情防控。

这样的逆行者还有很多，综合支部党员杨硕先后三次奔波于公司员工所在的每一个小区，将防疫药品发放到员工手上，让员工感受到组织的关怀和温暖；综合支部的党员曹俊启、黎伟、杨涛等坚守办公重地，全面排查员工健康状况，及时收集整理上报信息，多渠道采购配发防护物资，制定印发《新冠肺炎防疫期间办公手册》细化防控措施，办理车辆及人员通行手续，为防疫和生产提供后勤保障，制定复工复产措施，做好办公区的消杀，保障了办公区的安全……在关键的时候，一名党员就是一面旗帜，零感染、全面复工、供水正常进行都是他们交出的高分答卷。

沧海横流方显英雄本色，疫情是最好的试金石，是最强的检测剂，中线水源公司的全体党员在这场没有硝烟的战斗中践行了共产党员的初心和使命，用自己的行动书写了属于他们的时代篇章。

中线水源公司始终坚持工程建管和党的建设"两手抓、两不误、两促进、双丰收"的原则，紧紧围绕工作中心，从全从严从实推进党建工作。全面推进党的思想、组织、作风和廉政建设，落实全面从严治党各项工作要求，持续推动巡察问题整改，坚决防止"四风"反弹，盯紧关键少数、抓住关键环节，开展正反典型教育，筑牢拒腐防变思想防线。

扎实开展党史学习教育和水利部"三对标、一规划"专项行动，深入学习领会习近平新时代中国特色社会主义思想、党的十九大、十九届历次全会

○『中国水周』期间面向游人宣讲活动（水利部文明办 供图）

第五章 运管篇

141

精神和"十六字"治水思路，及时跟进学习习近平总书记重要讲话精神，通过读书征文等活动激发全体党员学习党史的热情。建立党史学习教育常态化长效化制度机制，巩固拓展党史学习教育成果。公司领导层精心备课，为员工们亲授党课。如公司总经理、党委副书记马水山的《弘扬伟大建党精神，汲取百年奋进力量，奋力开创公司高质量发展新局面》，公司党委书记、副董事长舒俊杰的《知史鉴今汲取力量，锐意进取开拓新局》，公司副总经理王健的《树立正确党史观 践行初心担使命》等内涵深刻的优质党课，都让公司全体员工在对党史党课的学习中汲取了发展的智慧、激发了奋斗的热情，不断凝聚起新时代中线水源改革发展的强大动力。

同时，公司还持续加强着基层党支部的建设，广泛开展支部联学共建，相互学习、共同提高。强化党建在企业治理和能力建设等方面的政治引领作用，深入推进党建与业务工作融合，引导广大党员干部以高度的政治责任感和强烈的历史使命感履行好中线水源工程运行管理职责。

扎实开展"我为群众办实事"实践活动，积极完成水利定点帮扶、联县驻村帮扶和长江委内部帮扶工作。持续开展"党旗在验收工作中迎风飘扬"专项活动，有力彰显党员的先锋力量。

大力赓续红色基因，弘扬伟大建党精神。在中线水源公司，党旗始终在工作一线高高飘扬，提振了常态化疫情防控、防汛供水、安全生产等工作的"精气神"。党中央、国务院赋予南水北调工程建设管理者的神圣职责和光荣使命，在中线水源公司，已化为基层每个共产党员的高度认同，成为每个中线水源党员的自觉追随。

6. 从建到管，"水源铁军"彰显"丹"当

工程的安全运行，是南水北调中线这座当代水利丰碑的基石。没有稳固的地基，一切都是空中楼阁。扎根水源地，履责永远是中线水源人根深蒂固的品质与荣誉。

中线水源公司自组建以来，承担了丹江口大坝加高建设管理、库区征地移民迁安等艰巨任务，一路以优异成绩通过了重重考验。工程建设期不怕苦、不怕累、不怕难的精神影响和激励着每一位中线水源人。在以优秀的成绩走过了工程主要建设期之后，从进入运行管理期开始，中线水源公司既要承担大坝加高工程的尾工建设任务、完成工程验收等工作，又要平稳完成转型，做好安全监测、防汛度汛、巡视检查、蓄水验收、保障供水等工作，保证工程的运行管理安全。一支一直致力于工程建设的水源铁军，迎来了工程运行时代的种种挑战。从建到管的转变，并非朝夕之易事。

2015年春节前夕，大雪飘飞的丹江口。在中线水源公司会议室，正展开着一场别开生面的会议。一大群中线水源人围坐在桌前，热火朝天地讨论着。尽管室外的温度已经零下，但每个人的额头都微微渗出了汗。"公司的人员不足""机构设置无法满足供水管理的要求"……公司从上到下，众人以"清零"的心态迎接转型，管理层与实施层促膝长谈，大家结合自己的职责，直面工作中的困难和不足，毫无保留地说出自己工作的思路和建议。当时的总经理吴志广仔细记下了大家的发言。通过一轮轮的座谈，公司上下交流沟通、互相倾听，逐步在认识上达成共识。中线水源公司，以这种"笨拙"却异常夯实的方式，在工程建设管理向运行管理转变的思路上迈出了重要的一步。

面对转型期的千头万绪，中线水源公司遵照"全委一盘棋、共谋新发展"的治江兴委理念，快速理顺体系、建章立制，扎实推进工程运行管理的"规范化、标准化、精细化、信息化"建设。在前期库区监管缺乏必要手段的情况下，公司积极探索履行库区管理职责的有效途径。首先从理顺外围关系着手，大力开展各项调研工作，走访兄弟单位及长江委相关部门，多次向上级领导做专题汇报；制定了巡库方案，组织相关单位深入库区，分批对汉江源头区、汉江库区和丹江库区进行了巡查，对现场查看移民安置、城集镇迁复建、文物保护、地灾防治、地震监测、消落地管理等情况进行摸底，为管好库区奠定基础；通过完善规范运行管理工作方案、健全突发事件应急管理体系、强化内部监管和人员培训、培养坚实人才队伍打通人才上升通道等诸多举措，快速实现了运行管理的严密有序运转。

按照工程建设对项目法人的要求，公司组织各部门相继制订了涉及工程设计、项目立项、招标投标、计划合同、工程质量、安全生产、文明施工、资金管理、档案管理、生态环境保护及公司内部管理各个环节的规章管理制度80余项。《丹江口大坝加高工程汛期安全巡视检查及应急处置办法》《丹江口水利枢纽大坝加高工程蓄水期安全监测技术要求》《工程运行安全生产管理办法》《液压启闭机运行规程》等一系列运行管理制度和操作规程，为大坝的安全运行穿上层层密不透风的铠甲。通过不断完善规章制度，规范建管行为，落实了全方位用制度管人、用规章理事，保证了工程建运管的顺利。

习近平总书记指出"创新是第一动力、人才是第一资源"。建设精品工程，人才是支撑。公司成立之初就确定了构建适合工程建设管理特点的"全、小、精"公司。以精干的组织机构，保证运管的高效运转。"全"就是内设机构齐全，公司内设综合、工程、计划、财务、环境移民五个职能部门，建立了完备的法人治理结构，且党群组织一应俱全。"小"就是人员少，公司仅有70余人。"精"就是员工需一专多能，具有较高的专业水平和实际工作能力，员工中过半拥有高级以上技术职称。精干的

◎ 不断增强安全意识，提高监测能力，大坝安全监测培训进行中

管理构架，使公司各部门权责清晰，分工明确，运转有序，执行有力，保证了中线水源工程建设的优质、高效。中线水源公司十分注重人本管理，着力打造了一支政治坚定、业务过硬、团结务实、勤政廉洁的职工队伍。按员工的专业特长，合理安排工作岗位，做到人尽其才，才尽其用。从建向管之初，过去十多年一直专注于工程建设的水源人，亟须增强对工程运行管理的知识储备，熟悉供水运行管理的政策法规。为此，中线水源公司举办了中线水源工程运行管理培训班、丹江口大坝加高工程完工财务决算培训班、通讯员培训班等诸多学习培训活动，解决大家在工作中遇到的困惑及难题，切实提升大家在运行管理中的能力。多年以来，公司科学制订培训规划，有针对性地开展一系列的员工培训和现场学习，提高员工综合素质和工作能力，在实践中提高员工发现问题、分析问题和解决问题的能力。围绕人才发展，公司专门编制了中长期人才发展规划课题研究报告及公司"十四五"人才发展规划。在"以人为本"的企业文化框架下，公司建立了以员工健康为核心的企业服务模式，营造尊重员工、重视员工的文化氛围，强调员工在企业发展中的主体地位，满足员工多样化需求，努力实现人的价值最大化，构建企业"团结、和谐、圆融"的核心价值体系。

专业素养决定成败。中线水源公司充分发挥自身协调优势，将大坝工程建设中的各个项目，交由枢纽运行单位——汉江集团公司及施工承包单位运行维护，工程安全监测由长江空间信息技术工程公司承担，水量监测工作由长江三峡研究院承担，水库水质监测由长江科学院承担，大坝加高工程的辅助项目水文项目、地震监测委托专业队伍进行运行管理。同时，以组建枢纽管理中心为契机，进一步整合中线水源公司、汉江集团公司运维队伍，形成工作合力，确保工程安全运行。

一路走来，中线水源公司对工程运行管理规律的认识不断深化，运行管理能力不断通过综合考验，已建立起被证实适应中线水源工程实际的运行管理体系。并且在长期不断的探索总结中，中线水源公司建立的工程运行管理体系不断完善。通过丹江口水库汛期地质灾害监测巡查责任制，及时发现问题高效处理；不断加强大坝安全监测、水情测报、水库诱发地震监测和大坝强震监测工作，做好数据分析；通过汛期工程防汛责任制度的严格落实，加强了巡查和隐患排查处理，确保了工程运行安全；建立了月度水量调度方案编报、年度水量调度计划、月度水量调度方案、实时调度及应急调度等机制，做到调度有规可依，通畅内部和外部供水调度运行渠道，以确保供水调度指令高效畅通；根据工程运维管理办法和工程运维考核办法，每月和年终做好考核工作……在高效有序的制度管理下，每位中线水源人都在自己的岗位上兢兢业业有条不紊地履责担当。

大坝的运行维护管理人员按照水工建筑物和水工机械运行管理规定频次、内容和路线，认真组织开展工程日常巡查、定期检查、特别检查以及专项检查，对巡视检查中发现的缺陷、隐患等及时督促进行修复处理。按照设备运行维护、检修规程规范要求，做好日常维护保养，发现设备故障或缺陷及时组织处理。每年汛前，按照年度设备检修维护计划，开展设备检修、维护、电气试验，确保防汛设备达到100%完好率。特种设备按规定定期委托特种设备检测机构开展设备检测。

大坝安全监测工作人员按照有关规范和设计技术要求中规定的项目、频次和时间，对坝基及土石坝坝体沉降、应力、变形、孔隙压力、渗流渗压等状态进行巡视检查和仪器监测，以保证观测工作的系统性和连续性，确保监测数据频次、质量符合规范要求。

针对汛期特别期间，为确保丹江口大坝加高工程度汛安全，明确防汛职责，认真落实防汛值班带班制度，提前做好应急处置方案，做好汛前、汛期、汛后检查工作，对检查出的问题及时整改，完成编制大坝加高工程度汛方案、超标准洪水应急预案及左岸土石坝副坝铁路缺口封堵、右岸土石坝与混凝土坝结合部不均匀沉降等防汛重点部位应急抢险预案。会同汉江集团组建了400余人的抢险队伍，储备所需防汛物资设备与物资，按照度汛方案租赁了自卸车、装载机、反铲、挖掘机等抢险机械设备，汛期保证随调随到。会同汉江集团开展了汛前应急演练，进一步提升应急处置反应速度和能力。制定《2021年汛期及汛后蓄水加强大坝工况监测实施方案》，汛期加密大坝安全监测、巡视检查频次，及时进行隐患排查处理。

　　为坚决落实安全生产管理，公司严格贯彻"安全第一、预防为主、综合治理"的安全生产方针，坚持以习近平总书记关于安全生产重要论述武装头脑、指导实践，严格落实安全生产责任制，全力推进安全生产专项整治三年行动，深入排查治理隐患，强化风险管控，坚决防范生产安全事故。及时调整安委会成员并明确相应职责，签订了安全生产责任书。积极组织开展全国"安全生产月"活动，积极组织相关学习。2021年9月，公司安委会及安委会办公室成员共21人，完成丹江口市政府举办的企业负责人及安全生产管理人员安全生产管理知识培训，均取得培训合格证书。公司自2020年开展安全生产专项整治三年行动至今，在排查治理安全隐患和辨识危险源并进行安全风险管控上取得了较突出的成绩，均按要求填报水利安全生产信息系统。截至2021年12月15日，中线水源公司已实现连续安全生产3803天。在水利部、长江委组织的质量监督检查工作中，从未曾出现过不合格或不通过被约谈情况。

　　水质监测站网运行维护人员，每月完成中心实验室40多种仪器设备的维护、保养、维修并建立设备档案。定期对自动监测站进行巡检，完成仪器设备定期维护、保养，保证仪器设备处于正常运行状态。每月按照计划进行质控检查和考核，确保各项监测仪器、车（船体）系统、辅助系统正常稳定运行，同时保证移动式监测车（船）与水质信息化平台联网正常，可快速准确作出响应。

◎ 大坝蓄水首次实现170米（邢佃兵 摄）

库区测设工作人员，风雨无阻开展界桩、标志牌等测设工作，深度推进库区政企协同管理，以日常巡查、专项督查、网格化现场管理等多维手段强化库区管理，保持专项应急演练频率以提升应急处置能力。

⋯⋯⋯⋯⋯⋯

扎根丹坝的中线水源人，以一年又一年安全运行"零"事故和超额保供水的成绩，满腔赤诚守护着这座稳稳屹立于风雨中的世纪丰碑，保障一江清水永续北上。一位位在水源地默默坚守自己岗位的中线水源人，正如同小小拼图，拼起中线水源公司这面水源地上让人倍感安心的大旗。旗帜招展，迎风彰示工程安全、供水安全、库区安全的踏实稳健。

南水北调中线水源有限责任公司先后多次荣获国务院南水北调工程建设委员会办公室"文明建设管理单位""建设管理先进单位""质量管理先进集体""安全生产管理优秀单位""文明工地"等荣誉称号。2014年获得"湖北五一劳动奖状"。2016年荣获人社部、原国调办表彰的"南水北调东、中线一期工程通水先进集体"光荣称号。

2021年，中线水源工程三个设计单元工程全部通过完工验收，工程全面进入运行管理阶段，公司改革发展进入关键转型期。公司新一届领导班子和全体员工凝心聚力，认真梳理工作思路，形成改革发展共识，落实运管主体责任，加强顶层设计，加快能力建设，努力提升工程管理水平，实现了"十四五"良好开局。"我们还将继续秉承铁军作风，不忘初心，不负嘱托，牢记守护一库清水的使命，继续做好工程验收和运行保障，准时递交一份合格答卷。"

面对未来，中线水源人充满了坚定和信心。

北上的每一滴水，都凝结着"水源铁军"中线水源人的忠诚与荣耀，也承载着优化水资源配置、实现区域协调发展的历史使命，更彰显着中华民族盛世梦圆的伟大与荣光。

第六章

盛景篇　水载兴盛，南北同饮一江水

南水北上，天河筑梦。蜿蜒在今天中国版图上的南水北调中东线两条人工长河，宛如两条腾飞的长龙，强大而忠诚地守护着这片古老大地。以地跨鄂豫的丹江口和江苏江都水利枢纽为源头，在中华大地上构筑起一个超级水脉，其规模之大，历史上无，世界罕见，是地球上最为壮观的水利坐标系。工程沟通了长、黄、淮、海四大流域，初步构筑了我国南北调配、东西互济的水网格局，我国北方地区水资源短缺局面从根本上得到缓解，水资源配置格局持续优化。在这个蓬勃新时代，这项令世界注目的世纪工程，用事实诠释了民生工程的要义，以成效证明了大国重器的力量，承载着中华民族伟大复兴的中国梦奋勇向前。

其中的中线工程，一渠清水从丹江口水库出发，历时 15 天，跋涉1400 多公里抵达北京颐和园内的团城湖。团城湖水渠两侧树木葱茏，与颐和园的美景遥相呼应，相得益彰。湖畔，南水经水闸汩汩汇入湖中的清逸声音隐约可闻。千里水脉，江河浩荡，润泽梦想，催促复兴。颐和园，这个曾经见证过英法联军、八国联军侵华，见证过日本侵略者那段最耻辱历史的皇家园林，在这个崭新时代，正见证着中国的崛起，见证着南北同饮一江水的温度与团结，见证着中华民族伟大复兴的中国梦。

自 2014 年 12 月 12 日南水北调中线通水以来，中线水源已顺利完成 7 个年度供水计划任务，在保障水质的基础上，年度供水量逐年上升。截至 2022 年 2 月 21 日，南水北调中线工程全线已累计供水 438.17 亿立方米，惠及沿线 24 座大中城市约 7900 万人，生态供水超 70 亿立方米。中线各受水城市的生活供水保障率已达到 95% 以上，工业供水保证率达 90% 以上。水资源极度匮乏的燕赵大地，由此迎来"长江时代"。一渠清水润民心，重整山河易新颜。河湖水体的自净能力提升，水环境容量增加，河湖水质改善，山水为之增色，大地为之回绿。华北部分地区地下水位止跌回升，北京地下水位大幅回升，增加地下水储量逾 16 亿立方米。北上汉水水质稳定保持在 II 类及以上，全年水污染事件发生率为零。来自丹江口水库的优质南水，改变了北方多地的供水格局，已经成为京津冀豫沿线大中型城市的主要水源，成为解渴北方的大动脉。

因为南水北调（中东线）这项史无前例的水利工程，中国 1.4 亿人的生活得到改变、40 多座大中城市的经济发展格局得到优化。甘美好水提升了民众的幸福品质，全面助力华北地下水超采综合治理和河湖生态环境复苏、夯实生态之基，成为沿线和受水区省市社会、经济、生态改善和发展的保障线，为中华民族伟大复兴提供了强有力的水资源保障。与此同时，南水北调也给水源"贡献区"带来了发展机遇，为南北双赢奠定良好基础。作为国家战略性基础设施的南水北调工程，波澜壮阔地谱写着祖国南北一体的温度与腾飞之歌。

1. 回眸，调水前的北方悲歌

南水北调中线受水区是我国水资源最为匮乏的地区。

京津冀地区，以全国 2.3% 的区域国土面积，养活着占全国 8.0% 的人口，创造着占全国 11.0% 的生产总值。该地区多年平均水资源总量不足全国总量的 1%；人均水资源量只有全国均值的十分之一左右。在水资源严重短缺的背景下，京津冀地区虽然持续推进节约用水工作，但仍然不得不依靠过度开发利用地表水、大量超采地下水、不合理占用农业和生态用水维持经济社会发展。黄河、淮河和海河三大流域的水资源开发利用率都远远超过国际社会公认的 40% 的合理限度，水资源承载能力与经济社会发展、生态建设和环境保护之间的矛盾日趋尖锐，带来大面积地下水漏斗区、河道长期断流、湖泊湿地萎缩、地表地下水质恶化、海水入侵等一系列问题。京津冀平原区地下水超采面积占平原区总面积的 90% 以上，形成了 33 个地下水水位降落漏斗区，其中漏斗面积超过 1000 平方米的就有 7 个，形成了沧州等 14 个地面沉降中心，最大地面沉降量甚至达到 2.5 米。北京市 60 年代以来平原区累计超采地下水 40 多亿立方米，形成了 1000 多平方公里的下降漏斗区，东郊漏斗区中心地下水埋深 40 多米，西郊地下含水层已近疏干，东郊约 200 平方公里出现地面下沉；天津市南水北调通水前每年约超采地下水 3 亿多立方米，年均地面沉降达 15 ～ 112 毫米；河北省已形成地下水位下降漏斗区 30 多个，面积达 2 万多平方公里；沧州漏斗面积 9400 多平方公里，漏斗中心水位埋深 90 米以上，引起地面下沉 1 米多；石家庄市区西部中心水位埋深 40 多米。华北平原地下含水层相当于一个庞大的地下水库，具有多年调节的功能。地下水位大面积持续下降，不仅使原有机井提水设施不断改型换代甚至报废，地下水位下降引起的地面沉降还使地表建筑遭受破坏，另外也存在土地沙化、海水入侵等严重威胁。这些都表明了华北地区缺水问题的严重性。

"永定河，出西山，碧水环绕北京湾。"永定河是北京的"母亲河"，发源于山西宁武县的桑干河和内蒙古兴和县的洋河，流经内蒙古、山西、河北、北京、天津 5 个省区市，全长 759 公里，北京段长 170 公里。20 世纪 80 年代以后，永定河持续断流。北京市曾多次治理永定河，从 2003 年开始，每年定期由上游的洋河和桑干河向下游的永定河北京段补水。但永定河仍然水量偏少，自净能力较差，部分河段仍然干涸。2017 年初，国家发展和改革委员会官方网站公示了永定河生态恶化状况：由于流域水资源过度开发导致河道断流，近 10 年主要河段年均干涸 121 天，年均断流 316 天，致使永定河生态系统严重退化。北京周边有大量农田因连年缺水而弃耕。

北京附近的官厅和密云两水库，原来为农业供水，后来随着城市和工业的发展，供水需求紧迫，库水改为全部供应北京、天津两市，不久又改为仅供北京市用水。1985 年还可以满足北京需水要求，到 1985 年以后，北京市用水也将紧张。自 90 年代开始，北京持续干旱，密云水库水位一次次刷新最低值。过去，北京居民饮用的自来水 60% 以上都来自密云水库。随着北京用水量增加，密云水库库存一度降到 6 亿立方米，离死库容只剩下 2 亿立方米，市民生活用水直面困境。南水北调工程通水前，北京人均水资源量只有 100 立方米左右，比沙漠国家以色列还低。

因为水资源短缺，有专家甚至提出了迁都的建议。超采地下水难以维持，北京不得不四处为水化缘。

中线通水以前，天津的 19 条主要行洪河道已有 14 条干涸。昔日"滔滔河水入海流"的景观，在海河已不复存在。

仅 2007 年冬至 2008 年春，因少有有效降水，河北省抗旱形势十分严峻，全省受旱耕地达 5000 多万亩，逾 30 万人出现临时性饮水困难，且沧州一带因饮用含氟量高的深层地下水，导致氟骨病等地方病蔓延，居民健康受到危害。有着"华北之肾"美誉的白洋淀，由大大小小共计 143 个湖泊组成，20 世纪 50 年代的白洋淀面积有 561 平方公里。随着华北缺水问题不断严重，白洋淀干涸现象越来越频繁，20世纪 60 年代干涸 1 次，70 年代干涸 3 次，从 1984 年开始连续 5 年出现了干涸现象，露出的湖底能跑马车，而且污染问题越发严重，水质不断恶化。

河南人均水资源量约 400 立方米，不及全国平均水平的五分之一，是严重缺水地区。河南省许昌市，是南水北调中线上著名的"干渴之城"。早在唐宋时期，许昌城河中遍植莲花，城中水润荷香，曾有"一城荷花半城柳"之说。然而，近半个世纪，许昌惨遭缺水之痛，人均水资源量仅为全国的 1/10。20 世纪 80 年代，被列为全国 40 个严重缺水的城市之一……

彼时，水资源短缺、水生态恶化、水环境污染成为北京、天津、河北、河南等北方地区的常态问题。2014 年 3 月 14 日，习近平在中央财经领导小组第五次会议上的讲话中指出，"我国水安全已全面亮起红灯，高分贝的警讯已经发出，部分区域已出现水危机。河川之危、水源之危是生存环境之危、民族存续之危。水已经成为我国严重短缺的产品，成了制约环境质量的主要因素，成了经济社会发展面临的严重安全问题。"

2. 南来的奔涌绿色生命线

2014 年夏，还没有正式投入运行的南水北调中线工程，已应急调水河南平顶山进行抗旱支援。

河南省是南水北调中线一期工程主要受水区之一。2014 年入夏后，河南省遭遇63 年来最严重夏旱。高温少雨干旱天气持续发生，河南省中西部和北部部分地区发生了严重干旱，河道径流不断减少，50% 以上的中小河流断流，主要作物大面积受旱，人畜饮水困难。旱情凶猛地蚕食着平顶山的每一寸土地，不仅农作物受旱严重，城市供水形势也十分严峻。其中平顶山市旱情最为严重，百万市区人口面临断水危机。平顶山市区唯一饮用水源地——白龟山水库的水位更是跌到了死水位线 97.5 米以下。在严峻的旱情下，白龟山水库被两次特批启用死库容，以保障城区供水。7月 18 日启用一期死库容 686 万立方米，7 月 30 日第二次动用死库容 640 万立方米。两次动用死库容抗旱，这在河南省防汛抗旱历史上还是首次，却依然无法解百万人

◎ 修建在汉江边的陕西省紫阳县污水处理厂（王辛石 摄）

民饮水之困。

　　河南省防指紧急请示国家防总，要求从丹江口水库通过南水北调中线总干渠向平顶山市实施应急调水。8月6日，应国家防总决定，由长江防总统一调度，当时还未通水的中线干线工程河南段临难受命，应急调水。清冽的汉江水沿着南水北调中线总干渠一路北上，在百万平顶山人民的热切期盼中，于8月18日晚10时流入平顶山市的"大水缸"白龟山水库。"丹江口的水来了，解了我们的燃眉之急。"8月22日，河南省平顶山市副市长冯晓仙在白龟山水库大坝上对中央媒体采访团激动地说道。平顶山市卫东区退休干部张玉娥回忆起当初的情景仍很激动，她感慨地说："是南水北调及时送来了救命水！"

　　截至9月20日16时，丹江口水库应急调水河南平顶山任务圆满结束，累计调入平顶山市水量5010万立方米。平顶山市城市生活用水得到有效保障，生产和生态用水得到补充，旱情得到有效缓解，此次应急调水取得显著社会效益。

　　2014年12月12日，中线工程一期正式通水运行。南水北调中线一期工程直接受水城市24个，除北京市以及天津市外，河南省13个、河北省9个。12月27日，来自丹江口水库的江水正式进入北京市民家中。沿线受水区的居民终于喝上了甘甜的汉江水。供水沿线群众热切期盼南来之水，在中线工程正式通水时，沿线多省市都专门举行了"喜迎丹水"仪式，工程沿线一片喜庆气氛。

　　地处中原的河南省，水资源总量不足全国的1.42%，人均水资源量不及全国平均水平的1/5，郑州、濮阳等地人均水资源量还不足全国平均水平的

1/10。中线工程通水以前，河南省受水区城镇供水水源主要来自黄河水、境内周边的径流或水库和地下水，水质普遍较差。中线工程通水后，依托南水北调干线这条纵贯南北的主动脉，借助配套工程，极大改善了河南省受水区水资源紧缺状况，为它们提供了水安全保障。90岁的沈君振老人离休前是河南省平顶山市石龙区法院副院长。20世纪90年代后期，私营煤矿一拥而上，石龙区地下水遭到严重破坏。水质不好，矾气重，白色衣服洗一次就变黄，浇地庄稼都活不成。年轻时沈君振下班第一件事，就是到离家二三里地的河沟边一个水井里挑水。4年前，中线工程还没有通水前，老人说："喝上南水北调水这辈子就无憾了。"中线工程通水后，南水明显改善了河南省受水区居民用水水质，彻底改变了省内一些地区长期饮用高氟水、苦咸水的状况。老人每天拧开家里的水龙头，用南水泡茶喝。如今，他最高兴的事情就是"多吃几年好水"。"吃上好水就是过上了好日子！"老人家说。在河南焦作，南水北调中线工程开通以前，大多数居民饮用水源是当地的地表水，煮一壶水，壶里一圈水垢。南水北调中线通水后，工程焦作段位于中线工程的中上游，全长38.46公里，是目前焦作居民的主要饮用水来源。郑州中心城区，自来水八成以上为南水，鹤壁、许昌、漯河、平顶山主城区用水100%为南水。千万河南人像沈君振一样过上了拧开龙头就喝上好水的好日子。如今，河南省南水北调供水已覆盖南阳、平顶山、漯河、周口、许昌、郑州、焦作、新乡、鹤壁、安阳、濮阳等11座省辖市及41座县级市及县城的89座水厂。截

◎ 供水后的天津市容（水利部文明办 供图）

至 2022 年 2 月 21 日，南水北调中线工程已经累计向河南省供水 154.07 亿立方米。供水范围覆盖河南省 11 个省辖市市区、43 个县（市）城区、101 个乡镇，直接受益人口 2600 万人。农村饮水安全，既是脱贫攻坚的重要内容，也是重大民生工程。南水的到来，缩小了河南受水区的城乡差距，助推了农村脱贫。中线工程沿线河南省安阳市内黄县、汤阴县，濮阳市清丰县、南乐县，天津市北辰、蓟州、宝坻、武清、宁河、静海 6 个区等数千个村镇，城乡供水一体化工程使城市和农村全都用上了南水北调水，居民幸福感爆棚。为让中线工程综合效益得到更有效发挥，河南省在"十四五"规划中提出，要按照节水优先、优水优用、先近后远、先易后难的水源配置思路，优化南水北调水资源配置，合理扩大供水范围，科学布局调蓄工程，完善供配水体系。河南省要向省内水资源紧缺、水源单一的城市和无其他替代水源的深层地下水开采区扩大供水，范围将涵盖 13 座省辖市的 76 座城市及城乡一体化供水涉及的乡镇，扩大范围包含沈丘、项城、孟州、沁阳、林州、开封市区等 26 座市(县)。到 2025 年河南省将从南水北调配套体系就近引水，向中东部地区城市和工业供水，增加改善 125 万人用水问题，最终受益人口将达到 2525 万人。

"上大学的时候，同学们都看我的牙，我真的很尴尬，连笑都不敢张嘴，都是抿嘴，没办法，我只好花钱做牙美容，隔一段时间做一次。现在喝上长江水，再不被高氟水困扰了！"河北省沧州泊头市播音员于红蕾露出洁白的牙齿，笑着说。沧州一度是我国最严重的氟中毒危害区，也曾是全国唯一饮用高氟水的地级城市。因长期饮用高氟地下水，过去许多孩子长了氟斑牙，一些成年人患有不同程度的氟骨病。不仅仅是沧州姑娘"笑不露齿"，沧州的成年汉子也腰弯站不直。中线通水后，百分之百切换长江水后的沧州市彻底摆脱了饮用高氟水的困扰，极大地改善和提高了人们的生活质量与健康水平，带来满满幸福感。河北省邯郸市邱县，地下全是苦咸水。2017 年 8 月，邱县南水北调配套工程全部完成，水厂一期工程日供水 3 万吨，全县 7 个乡镇 216 个村 26 万人的饮水全部由咸苦涩的井水全部切换成了甘甜的南水北调水，实现了城乡供水一体化。邱县西常屯村 70 多岁的姜书河说，过去一年难得洗一次澡，现在村里家家户户用上了太阳能热水器，洗澡不再是难题。南水的到来，加快了沿线城乡供水一体化，中线工程沿线数千个村镇数千万群众受益。河北省石家庄市，南水已成居民主力水源。黑龙港地区的 1300 万人告别了长期饮用高氟水、苦咸水的历史。

南水北调中线，天津输水支线长 155 公里。2014 年 12 月 27 日，南水正式进入天津。中线通水使天津市 910 万市民喜饮甘甜的长江水，结束了"自来水腌咸菜"的历史。

二十世纪七八十年代，海河流域进入枯水期，水质极其恶劣。泡茶，是苦的；熬粥，是咸的。"自来水腌咸菜，汽车没有骑车快，小白菜西红柿搭着卖"被老天津人幽默地称为"天津三大怪"。中线工程通水后，天津城市生产生活用水水源得到有效补给，南水已覆盖天津市16个行政区中的14个，中心城区、环城四区及滨海新区、武清等区实现了南水、引滦双水源保障，城市供水"依赖性、单一性、脆弱性"的矛盾得到有效化解。2018年天津市启动了新一轮农村饮水提质增效工程，通过延伸自来水管网等措施，改善了全市1157个村、129.9万农村居民的饮水质量，逐步实现农村供水城市化和城乡供水一体化。"以前的自来水越喝越觉得渴。洗头是涩的，总觉得洗不干净。现在的水好喝得多。"家住天津市南开区怀庆里小区8号楼的张爱云老人说。"以前水壶里总是有水垢，有时候大片大片的水垢会从壶里掉下来。"天津市红桥区龙禧园小区居民刘丽娜说，"以前浇花、洗衣服、喝水等日常用水都需要将水沉淀一下才能继续使用，而现在已经完全没有这种困扰了。"天津市静海区大丰堆镇后明水厂附近的后明庄村，劳作了半天的居民王翠云打开水龙头接了一杯水，感慨道："又清又甜，直接喝都行。"

北京市五棵松地铁站和全国所有地铁站一样，站台之上，列车年复一年穿梭呼啸，乘客日复一日来往匆匆。但和全国其他地铁站不同，在这座站台下3.67米处，两条巨大的混凝土涵道横贯站台，穿行而过，来自千里之外的滔滔江水由此奔腾北上。它们一路穿越2条铁路、4条河流、8座过街天桥、23座立交桥，与100多条地下管线纵横交错，最终流向河湖、水库，流向千家万户。南水通达入户后，自来水硬度由原来的380毫克/升降至130毫克/升。丰台区的居民感叹："这几年明显发现水的口感好了，水垢也明显少了！""以前水质很差，水碱很多，家家户户都得安装净水器或者用桶装水。现在，直接用自来水就没问题了，水很甘甜。"家住北京市丰台区星河苑小区的居民王冬梅说。北京按照"喝、存、补"的用水原则，将引来的南水用于自来水厂供水、存入密云等大中型水库和回补应急水源地，包括向密云、十三陵、怀柔等地表水库引水。全市人均水资源量由原来100立方米提升到150立方米，城区自来水日供水量近七成来自南水。供水范围基本覆盖中心城区和大兴、门头沟、昌平和通州部分地区。雄安新区所涉及的雄县、安新、容城三县也全用上了丹江水。

南水北调工程改变了我国的供水格局，使水资源配置得到极大优化。它现已成为奔涌不息的绿色生命线，守护着工程沿线亿万人民群众的饮用水安全。由于水质优良、供水保障率高，受水区对南水北调水依赖度越来越高。截至2022年2月：

在北京，城区居民 75% 以上喝的都是南水；天津城区基本是 100%；在河南，十余座省辖市用上南水，其中郑州中心城区 90% 以上居民生活用水为南水北调水，基本告别饮用黄河水的历史；河北省黑龙港流域 500 多万人彻底告别了世代饮用高氟水、苦咸水的历史。可以形象地理解为，北京主城区的 10 杯水里已有 7 杯多来自南水，石家庄、邯郸、保定、衡水主城区的 10 杯水里约有 7.5 杯来自南水。目前全线已有超过 7900 万人口受益，其中多个城市主城区 100% 使用南水。南水北调工程改变了黄淮海平原受水区供水格局，极大地缓解了水资源供需矛盾。北京、天津、石家庄等北方大中城市基本摆脱缺水制约，南水已成为京津冀地区诸多城市供水的生命线。

3. 硬核支撑，为经济发展"解渴"

水兴则城兴。

水资源格局影响和决定着经济社会发展格局，作为不可或缺的重要生产资料，水资源的有效配置在保障其他要素市场化配置、畅通经济循环中发挥着不可或缺的重要作用。南水北调工程在加快培育国内完整的内需体系中充分发挥水资源保障供给作用，打通水资源调配互济的堵点，解决北方地区水资源短缺的痛点，通过构建国家水网将南方地区的水资源优势转化为北方地区的经济优势，畅通南北经济大循环，促进各类生产要素在南北方的优化配置，实现生产效率效益最大化。水资源调配和承载能力的改变，带来发展格局和方式的转变，国家重大战略实施有了强劲水动力。

通水 7 年来，南水北调工程优化水资源配置效益凸显，有力地推动了受水区社会经济的高质量发展。

华北平原土地肥沃、光热资源充足，但因缺水，部分耕地无水灌溉或灌水不足，供水区粮食作物平均亩产低于全国平均水平近四分之一，农田有无灌溉亩产可相差 2～6 倍。调水工程实施后，直接供农业部分水量，并由供工业和城市生活用水中释放出当地原占用农业的水量，这将使耕地得到比较多的灌溉用水，提高灌溉农业的比重，使土地、光热资源得到更充分的利用。

中线供水区具备能源、原材料和交通优势。由于缺水，建设能源、原材料基地和综合经济开发区受到制约，规划兴建的一些大型工业企业如钢铁厂、化纤厂、碱厂和火电厂，多因水源缺乏保证而举棋不定或另择他址。南水北调实施后，促进了当地资源优势的发挥，对改变我国基础产业落后的局面具有重要意义，并可有力促进纺织、机械、造纸、生物化学、食品等工业以及第三产业的进一步发展，为改善工业结构及综合经济的发展提供较大的空间。

河南南阳市，利用南水北调向母亲河白河的生态补水，当地不仅有效缓解了农业用水紧张的局面，还为优质棉花及无公害蔬菜生产基地提供了灌溉水源。郑州航空港区和卫辉市均严重缺水，富士康和百威啤酒落子两地时，当时林林总总的选择因素中都有这一条：南水北调中线工程通水后将有效破解当地水资源困局。水源极度短缺的郑州航空港区年受水量达 9400 万立方米，完全可以支撑其中期发展，对中原外向型经济引领更加有力。此外，河南省工程沿线过去受制于水的旅游业被广泛盘活。郑州在市区段干渠两侧各 200 米范围，高标准规划建设了南水北调生态文化公园。许昌依托中心城区河湖水系连通工程，打造"五湖四海畔三川，两环一水润莲城"的城市景观，拓宽了城市发展路径。随着中线总干渠生态带建设和河湖水质持续改善，沿线河湖周边楼面地价迅速提升，过去以主要街道为轴线的地价分配模式逐渐转变为以人居环境为核心的地价模式。如焦作城区段，随着环境质量、商住条件、社会公共服务能力以及相关基础设施地不断完善，呈现了突出的土地增值潜力和空间。

河北邯郸市邱县位于河北省南部，地处黑龙港流域上游，十年九旱是邱县气候特点，历史上邱县祖祖辈辈受尽了旱、涝、风、沙、碱"五害"之苦。以前庄稼地用井水灌溉，浇地需要排队，不少农民自家农田的"春灌"变成了"夏灌"。邱县属于资源性严重缺水，多年来供水调度实行生活和工业用水优先，农业和生态用水主要靠开采地下水，用水成本高，还引发了地表沉陷、中浅井水质污染等生态问题。南水北调中线工程通水以后，邱县全县用上了南水北调水，不仅人喝上甘甜南水，庄稼也每年及时"饮水"。近年来工程持续向滏阳河生态补水，支流老沙河水源充足。南水北调置换出一部分地下水，这让邱县底气十足，决定打造水网、林网、路网的"三网融合"工程，全面改善乡村水生态环境。还以新"三网融合"工程为纽带，加速当地乡村振兴步伐，培育了特色产业，增设滨河步道、自行车道，为群众游玩休闲提供了良好的空间。如今的邱县，完全换了模样，路宽，水清，林茂，游客如织，有如富饶江南旅游水乡。

"因为有了南水，我们9家钢厂才得以在这里合并重组，生产才能顺利进行。"河北永洋特钢集团有限公司办公室主任张青说。河北永洋特钢产业园地处邯郸市永年区与武安市交界处，企业原来生产全靠地下水。河北省限制地下水开采，企业关停了7口井。为生存和发展，企业申请铺设了一条专用供水管线，以南水作为生产水源。用上了南水，生产不仅保证率高而且因为水质好、硬度低，处理成本一吨比原来低了一块钱。"南水助我们形成了如今的河北永洋特钢集团，没有南水就没有我们的今天。"张青说。

像这样的例子数不胜数。跋涉北上的"南水"，让沿线的工业经济发展聚集区、能源基地和粮食主产区，更充分地发挥区位优势、资源优势，助力京津冀协同发展。北京、天津、石家庄等北方大中城市基本摆脱缺水制约，绘制发展新画卷……

南水北调工程，还成为经济稳增长的"压舱石"。工程建设加大了对建筑材料等产品的需求，带动相关产业发展，直接吸纳大量劳动力就业，发挥了扩大内需、增加就业、促进区域协调发展的重要作用。工程在建设期间对水源区和沿线地区加大治污环保力度，投资数百亿元进行水污染治理和生态环境建设，促进了各地加快产业结构调整的步伐。

与此同时，南水北调还有力地促进了社会环境的稳定与健康。水资源分配和利用是人类社会生产生活的重要因素。而当水资源不足时，地区之间、部门行业之间争水常引发水事矛盾和纠纷。如河北省60年代初平原地区每年水事纠纷不足30起，70年代末增加到190起，1992年已增至近千起，这对于社会是个不安定因素。省际对水资源分配利用的争夺也很激烈。调水实施后，缺水地区水资源危机得到极大缓解，有利于地域间、部门间、城乡间的关系的和谐稳定。

南水北调中线干渠宛如玉带，串联起粮食主产区、能源基地和重要城镇。据国务院南水北调办测算，东、中线一期工程通水后，每年至少增加工农业产值近千亿

元。而按 2016 年至 2019 年全国万元 GDP 的平均用水量 70.4 立方米来计算，通水 7 年来，494 亿立方米的南水已有效支撑了受水区 7 万亿元 GDP 的增长，切实增强了北方地区经济发展后劲，并为京津冀协同发展、雄安新区建设、中原经济区、郑州国家中心城市、黄河流域生态保护和高质量发展等区域协调发展战略实施提供了强有力的水资源保障。

南水北调工程不仅是绿色生命线，也是一条黄金水脉。

4. 不是江南，已胜似江南

大江北上，不仅肩负着解决水资源危机的历史重任，也承载着受水区民众对进一步促进生态复苏、打造幸福宜居环境的梦想。南水北调工程不仅是一项伟大的水利工程，而且是一项大范围的生态环境治理工程。南水北调中线不只是一条简单的"解渴"供水线，更是一条诠释生态文明的发展线，是沿线修复水生态、改善水环境、建设生态文明的利器。这条绿色水路所到之处，无不重焕生机，绽放绿色发展的夺目光彩。

南水北调中线工程在养蓄地下水方面发挥了重要的作用。自工程通水至 2020 年底，南水北调东中线一期工程受水区城区地下水压采量超 30 亿立方米，农村地区地下水压采也取得一定成效。工程受水区涉及的北京、天津、河北、江苏、山东、河南等 6 省市，于 2018 年至 2020 年间，浅层地下水水位基本保持稳定。2020 年，天津、河北、山东、河南受水区深层地下水水位平均上升 1.94 米。其中最为显著的标志是北京市地下水水位的回升。南水北调中线通水后，通过实施地下水压采和回补等综合措施，北京利用南水北调来水等水源相继实施了潮白河、永定河等河道生态补水工作，有效促进重点水源地、永定河平原段等地下水严重超采区的地下水资源涵养修复，平原区地下水水位从 2016 年起实现止跌回升，生态补水区域周边地下水水位回升更为显著。北京市平原地区地下水位连续 6 年回升，2020 年 9 月末，北京市平原区地下水埋深平均为 22.49 米，与 2015 年同期相比回升了 3.68 米；密云水库蓄水量于 2021 年 8 月 23 日突破历史最高纪录的 33.58 亿立方米；昌平、延庆、怀柔、门头沟等区的村庄都出现了泉眼复涌。河北省，深层地下水水位由每年下降 0.45 米转为每年上升 0.52 米左右，补水后河道沿线附近浅层地下水水位显著上升，河湖水量明显增加。2020 年华北地区浅层地下水水位较上年总体回升 0.23 米，持续多年下降后首次实现止跌回升。华北地区地下水超采导致的漏斗区因南水北调止跌回升，绿水青山变金山银山。据 2022 年 3 月统计数据，南水北调东、中线一期工程 2020—2021 年度完成生态补水近 20 亿立方米，是年度计划的 3 倍多。生态补水超过供水总量的 1/5，已成为南水北调的重要供水目标。

绿色始终是南水北调工程的底色。《南水北调工程总体规划》提出，南水北调的根本目标是改善和修复黄淮海平原和胶东地区的生态环境。南水北

◎ 在穿黄研学基地参观学习的学生（水利部文明办 供图）

第六章 盛景篇

调中线工程显著改善了受水区生态环境。全面通水 7 年来，沿线河流水量明显增加、水质明显改善，有效保障了沿线河湖生态安全，推动了复苏河湖生态环境。为强力贯彻落实习近平总书记关于生态文明建设和保障水安全的重要指示精神，中线工程的生态工程定位近年来更加凸显，具体做法已由原来的置换地方水源改善生态，转变为直接向沿线河道补水，有效改善修复区域生态环境，促进华北地区生态文明建设。2016 年以来，中线工程充分利用丹江口腾库容防汛，将洪水资源化，一次次生态补水，为豫冀部分干旱地区送去甘露。南水所到之处，一片润泽欢歌。

在河南，因为南水北调中线工程的生态补水输送，省内沿线城市的生态环境得到明显改善，地下水源持续得到涵养和回升。通水前，河南省为维系经济社会的快速发展，多年来地下水超采严重，超采总量为 5.73 亿立方米，形成了大面积的地下水漏斗区。南水北调中线工程通水后，河南省各受水区不断加快自备井封停步伐。河南许昌，水一度是最大的短板和瓶颈。北汝河曾经是许昌城市供水的主要水源，南水北调中线工程通水后，北汝河水被置换出来，用于生态修复、水系连通和农业灌溉。原本缺水之地做起了水文章，实施了水系连通工程、水生态文明建设。历史上曾别号"莲城"的许昌重新变得名副其实，河畅湖清，水韵悠悠，从"干渴之城"重回清流潺潺的"水润之城"。在南水北调中线的涵养下，新乡、郑州、焦作等地，地下水水位均出现回升现象，大河小沟重现出从前水草丰茂、鱼虾成群的模样。河南省的白河、贾鲁河、淇河、安阳河等 25 条河流因为南水入境而变得清澈温婉。不仅水生态环境在改善，林业生态也在变化。焦作是煤城，过去乌黑一片，现在满眼绿色。如今每年 11 月底到来年 3 月，焦作成为候鸟必经之地。据不完全统计，在焦作生长的各类野生和濒危保护鸟类现已超过 280 多种，像黑鹳、白天鹅、白鹭、苍鹭随处可见。南水北调，给焦作的生态环境带来了巨变。类似的景象还在河南更多的地方展现着。"树多了，风沙小了，好些原来见不到的水鸟都来了。"在距离南水北调干渠不远的南阳市卧龙区邢庄，当地的村民感叹道。

在北方，已有 50 余条河流受到南水北调中线工程的生态补水。沿线城市河湖、湿地水面面积明显扩大。天然河道得以阶段性恢复，一大批河湖重现生机。生态补水为华北地区河湖增加了大量清洁的环境用水，提高了水体的自净能力，增加了水环境容量，改善了河湖水质。工程沿线河湖生态环境明显改善，焕发新颜。绝迹多年的鱼虾重现河流，消失已久的水鸟飞回湖畔。河北省滏阳河、滹沱河、七里河等13 条河流恢复河道基流，有水河段总长度超过 1200 公里。"霞明深浅浪，风卷去来云"，干涸多年的滹沱河石家庄市区段，曾经一度成为石家庄北部主要沙尘污染源，如今重现诗人卢照邻在《晚渡滹沱赠魏大》一诗中所见到初唐时的滹沱河美景，碧波绿影，自 2019 年夏天开始，白鹭、白天鹅等珍稀鸟类开始在滹沱河筑巢繁衍。邢台七里河在生态补水下碧波重现，下游的狗头泉、百泉干涸了 18 年后稳定复涌。邢台白马河因为少水杂草丛生，南水北调生态补水后，有了水塘和湿地，久违的蛙鸣回来了，此起彼伏。"通过白马河，中线工程向邢台市园博园供水，形成了一个面积超大、令人流连忘返的湖泊园林。"一位当地群众伸出了大拇指，为南水北调中线工程点赞。在白洋淀上游，干涸了 36 年的瀑河水库重现水波荡漾，滏阳河等天然河道得以恢复，受水河湖周围地下水水位得到不同程度回升。瀑河沿线，保定市徐水区德山村的村民老代说："现在的河道，又变回了我们小时候的模样。"在白洋淀，南来的长江水与黄河水实现交融，入淀水质由劣 V 类提升至 II 类。淀区水位升高，淀区面积在原来 171 平方公里的基础上增长了逾百平方公里，水位稳定保持在 7 米左右，"华北之肾"重新焕发了生机和活力。天津的海河也因为南水而充盈起来，生态水注入天津市海河城区段，河道水质明显改善，海河两岸游人如织，候鸟稀客红嘴鸥逐年增多。2021 年 9 月 4 日上午 10:20，南水北调中线工程向永定河生态补水进口节制闸开闸放水，湖北丹江口水库的汉江水顺利汇入永定河，补水规模为 25 立方米每秒，助力永定河实现了 1996 年以来 865 公里河道的首次全线通水。工程沿线曾经干涸的洼、淀、河、渠、湿地，陆续重现生机，初步形成了河畅、水清、岸绿、景美的靓丽风景线，生态成效显著突出。南水北调中线工程串起华北千百河流，通江达海，催生出一幅广阔绮丽的生态繁春图。"水一来，整个生态就变了。"补水沿线，群众纷纷点赞。水生态环境修复带动了河流沿线地区的发展，发挥了河流的生态引领作用，为当地百姓营造了优美的亲水环境，人民群众的获得感、幸福感和安全感显著增强。

◎ 漕河渡槽全景图

"尊重客观规律，科学审慎论证方案，重视生态环境保护，既讲人定胜天，也讲人水和谐。"这是习近平总书记在推进南水北调后续工程高质量发展座谈会上总结的南水北调重要宝贵经验之一。

南水北调中线工程自运行以来，严格落实党中央、国务院确定的"先节水后调水、先治污后通水、先环保后用水"的"三先三后"原则，有力地推动着沿线生态文明建设和绿色发展，如魔术师一般催生和丰盈着沿线的绿色风景，工程沿线生态重现盎然生机，在造福当代的同时泽被后人。

南水北调中线工程是贯彻和落实习近平生态文明思想的生动实践，充分体现了人与自然和谐共生的理念。专家评价南水北调工程：恢复北方水生态系统，为北方补充生态用水，还生态欠账，南水北调实在是一项伟大的生态工程。

5. "天河"北上，节水护水深入人心

北上的汉江水大幅改善了受水区居民生活用水水质，人民群众获得感、幸福感和安全感显著增强，南水北调中线现已成为奔涌不息的绿色生命线，守护着工程沿线人民群众的饮用水安全与品质。与此同时，中线工程在受水区经济、社会、生态效益同步发挥，为各省市经济社会高质量发展提供了有力的水资源保障。绿色水路所到之处，一度干涸的河湖也重焕生机。通过中线工程持续向北方诸多河流进行生态补水，推动了沿线大批河湖景貌的蓬勃复苏，受水区河湖生态环境显著改善，展现了河畅、水清、岸绿、景美的靓丽风景线，绿色发展的实践在新时代绽放夺目光彩。

南水来之不易。习近平总书记强调，要坚持节水优先，把节水作为受水区的根本出路，长期深入做好节水工作，根据水资源承载能力优化城市空间布局、产业结构、人口规模。同时指出，南水北调沿线，无论城市建设、产业布局、农业生产，都要考虑节水这个因素，要更科学用水、更合理布局。

"南水北调不是一条简单的调水线，更是一条践行'节水优先'、诠释'生态文明'的发展线。"原水利部党组书记、部长，国务院南水北调办主任鄂竟平强调，"只有落实好'节水、治污、环保'这'三先'，才有'调水、通水、用水'这'三后'的最大效益。"

各地方纷纷表示，一定要认真贯彻落实总书记重要指示，全面落实节水优先方针，采取更严格的措施抓好节水工作，坚决避免敞口用水、过度调水。沿线各级政府积极统筹、合理安排、科学调度，在用足用好南水上下功夫。在受水区各地掀起了节水革命，沿线各地先后建立水资源刚性约束制度，拧紧节水"龙头"，淘汰限

制高耗水、高污染行业，加强用水定额管理，推进节水型社会建设。在输水干渠沿线，各地方将转变用水方式的"节流"与南水北调的"开源"形成合力。目前，受水区万元GDP用水量、灌溉水利用系数、万元工业增加值用水量等节水指标全国领先。

河南省全面落实节水评价制度，将节水作为约束性指标纳入地方党政领导班子和领导干部政绩考核内容。同时，提高工业用水超定额水价，倒逼高耗水项目和产业有序退出；推进农业水价综合改革，推进农业灌溉定额内优惠水价、超定额累进加价制度。"我们将在建立水资源刚性约束制度上下更大功夫，严格用水总量控制。"河南省水利厅党组书记刘正才表示。河南省农业农村厅党组成员谢长伟说，河南将持续推广高效节水灌溉技术，创新集成适合粮食作物和经济作物应用的水肥一体化技术模式，力争到2025年水肥一体化技术模式应用面积超过1000万亩。

通水以来，河北省坚持节水优先、空间均衡、系统治理、两手发力的治水思路，不断加强南水北调工程沿线水资源节约。河北省从2014年开始就在全国先期开展地下水超采综合治理试点，通过实施"节、引、调、补、蓄、管"6大行动，强力推动地下水超采治理工作落实，取得阶段性成果。2018年，河北省严格控采地下水，对南水北调受水区机井实施全部关停，并于当年印发了《地下水超采综合治理五年实施计划》，要求到2022年全省地下水压采量达到54亿立方米以上，压采率达到90%以上。2021年5月28日，河北省十三届人大常委会第二十三次会议审议通过了《河北省节约用水条例》，并于2021年7月1日起实施。《条例》明确了政府及相关部门职责，强化了水资源刚性约束，严格节水管控措施，规划指导了各行业、全领域节水，明确了节水激励保障和违反《条例》的法律责任等。截止至2021年底，据统计，河北已累计关停取水井13万多眼，累计压减地下水超采量52.3亿立方米，全省超采区地下水位实现整体大幅回升。

南水北调工程已成为天津重要的城乡供水"生命线"，天津坚持"多渠道开源节流，节水为先"，出台了全国第一部地方节水条例。作为南水北调中线受水区，天津节水工作始终走在全国前列。2005年，天津市被命名为国家节水型城市，2010年，天津市荣膺"全国节水型社会建设示范市"称号，建成了全国首个省级节水型社会试点。"十二五"期间，天津市水资源利用效率和效益有了显著提升，各项节水指标在全国名列前茅。"我们要按照习近平总书记要求，始终坚持节水优先、以水定城，实行用水总量和强度双控，严格取水用水管理，同时优化水资源配置，加强水资源和水生态保护，让来之不易的南水，为天津全面建设现代化大都市提供有力保障。坚持让南水北调的每滴水都用在关键处。"天津市水务局党组书记、局长张志颇表示，天津将强化最严格水资源管理，实行用水总量和强度双控，大力推进农业、工业、城镇等重点领域节水，科学合理配置外调水、地表水、再生水、淡化海水等多种水资源，用好来之不易的每一滴水，进一步提高水资源利用效率和效益。

北京坚决落实"以水定城、以水定地、以水定人、以水定产"的要求，大力推进节水型城市建设，16 个市辖区已全部建成节水型区。近年来，北京市万元地区生产总值用水量由 15.4 立方米下降至 11.3 立方米。通过开展南水北调中线工程开放日等活动，北京市大力做好宣传教育工作，让更多北京人了解南水北调工程运行管理背后的故事，营造节水爱水护水的社会氛围。北京市节约用水办公室主任赵潭表示，北京将继续实行用水总量强度双控制度，科学制定全市年度用水计划，并逐级分解下达到区、乡镇（街道）、村庄（社区），深入做好节水工作。

为保障水质，确保一泓清水永续北送，环保部与国务院南水北调办共同制定了南水北调工程水质监测方案。南水北调办还和地方政府组织开展了中线工程突发水污染事件应急演练和联合应急演练，不断提高应急处置能力。

南水北调中线干线全长 1432 公里，基本都是明渠。为做好沿途护卫工作，各地方高度重视干渠两侧生态环境建设，加强防护林建设。为确保水质安全，中线干渠两侧水源保护区内的污染企业被关停，工业企业逐步改造、外迁，促进了工程沿线的产业优化布局和转型升级。在农业发展方面，中线工程促进了传统农业提质增效增收和都市生态农业健康快速发展。在工业发展方面，优质的水源助力提高了企业的产品质量和市场竞争力。对南水的保护和受水区产业的优化布局、转型升级形成相互促进、彼此护航的良性循环。

2017 年，南水北调工程被列入"砥砺奋进的五年"大型成就展。在当年 9 月至 12 月，中共中央宣传部、国家发展改革委等共同举办"砥砺奋进的五年"大型成就展上，南水北调工程展区位于序厅右侧第一个展区，在现场播放的《国家超级工程——南水北调》宣传片及工程沙盘前，社会各界群众超过 200 万人次驻足参观。

2021 年春晚，在演员秦海璐参与的小品《大扫除》节目中，"南水北调"一词被顺口拈来，"你还要弄音乐喷泉，国家南水北调是为了解决我们生产和生活的用水问题，是给你玩喷泉的吗？"清泉奔流，南北情长。珍惜南水，呵护南水，南水北调工程的重要意义已经深入人心。

6. 饮水思源，反哺水源区

一渠清水，书写着一个国家的豪迈步伐，连接着南北两地人们的悠长情意。

受水区从盼水望水到效益显著。保障居民生活和城市工业用水、修复和改善生态环境、提升应急抗旱排涝能力，通水以来，南水北调中线工程在受水区创造了实实在在的社会、经济和生态等综合效益，为保障国家重大战略实施和经济社会可持续发展发挥了重大作用。在这份功绩背后，汇水区人民的作出的贡献与牺牲不容忽视。

温家宝总理曾强调，要高度重视汉江流域的经济、社会发展，南水北调为北方经济发展提供保障，也要借此加快汉江流域经济发展，这两个方面是相辅相成的。

2021年5月13日下午，习近平总书记深入走访南阳市淅川县的水利设施、移民新村等，实地了解南水北调中线工程建设管理运行和库区移民安置等情况。总书记强调，吃水不忘掘井人，要继续加大对库区的支持帮扶。

如何对汇水区进行反哺，一直是国家领导机构和受水区地方政府专注的问题。

南水北调中线工程从丹江口水库调水后，丹江口水库下泄流量和中下游区间来水仍可以满足汉江中下游地区现状和发展用水需要，但由于调水改变了水源区水资源的自然分布，必然会对汉江中下游的水情、河势、生态、环境产生一定的影响，主要体现在干流流量趋于均化、用水不便、对水质和环境的影响、航运影响等方面。

干流流量趋于均化：调水后，丹江口水库保证 500 立方米每秒的下泄流量，因此干流枯水年和枯季流量加大，中水流量历时减少，中下游河床变化总趋势向单一、稳定、窄深、微弯型发展，仍在冲刷的下游河床冲刷强度减弱。用水不便：调水后，虽然水资源总量能满足汉江中下游用水需求，但由于水库下泄流量均化，来水和需水，尤其是农业需水在时间分布上不尽协调，难以完全满足沿岸工农业发展用水的水位要求，沿江引提水闸站的供水能力受到不同程度的影响，如罗汉寺、兴隆、谢湾、泽口等农业灌溉闸，不能再自流引水。对水质和环境的影响：主要表现在流速减缓、自净能力略有下降，另外，中丰水流量及历时减少也会降低东荆河的分流机会，造成东荆河水质和用水条件进一步恶化。航运影响：调水后，汉江中下游河势的变化对航运有利，但下泄流量中水时间缩短将影响航运部门的营运效益，汉江造床流量减小，也将增加河道整治的难度和成本。

为此，国家投资 64 亿元实施汉江中下游四大工程，在一定程度上降低或消除调水对汉江中下游地区带来的影响，改善用水条件，保障汉江中下游地区社会、

◎ 兴隆水利枢纽俯瞰图（李伟 摄）

经济持续发展，也为南水北调二期工程调水 130 亿立方米提供有力的保障。2014 年 9 月，汉江中下游四项治理工程——兴隆水利枢纽、引江济汉、部分闸站改造和局部航道整治工程正式建成运行。兴隆枢纽位于丹江口水库下游、引江济汉入水口上游，是一个低水头的拦河建筑物，其任务是抬高水位，改善该枢纽以上河段的取水条件和航运条件；引江济汉工程是从枝江大埠街挖一条河道，引长江荆江河段水至潜江高石碑，补济汉江下游水量，解决受调水影响的东荆河灌区水源问题和兴隆以下河道的航运问题；干流沿岸闸、站改扩建工程主要包括受调水影响的 11 座水闸及部分提水泵站，其中较大的主要有泽口、谢湾闸，拟增建泵站以提高供水保证率，其他受影响的闸站将根据调水后的水情改建或重建；局部河段航道整治工程包括对已整治河段因调水引起整治流量减小而需要增加整治的工程。四项治理工程为保护汉江沿线环境发挥了巨大作用。

为了缓解调水影响，保护汉江中下游生态安全，国家还实施了多项针对汉江中下游的治理措施。2011 年国家下达投资计划 6.9 亿元用于汉江中下游生态环境治理项目，其中中央投资 4.39 亿元，地方投资 2.51 亿元，主要用于汉江中下游污水处理厂建设、水生生物保护、环保科研和生态环境监测等 45 个项目建设。此外，于 2015 年起，国家每年下达南水北调汉江中下游生态保护与建设转移支付资金 6 亿元，分 5 年实施，共 30 亿元。

2018 年，国务院批复同意《汉江生态经济带发展规划》，并在批复中指出：国务院有关部门和单位要按照职责分工加强指导，围绕《规划》确定的总体目标和重点任务，研究制定具体政策，在体制机制创新、政策措施实施、重点项目安排等方面给予积极支持；同时，注重调动社会力量参与，为《规划》实施创造良好环境，为增强汉江流域经济发展动力提供有力支撑

饮水思源，是中华民族几千年来深入骨髓的传统美德。南水润北国，泽被京津冀。怀着对水源区的感激之心，受水区也在行动。

为支持南水北调水源区发展，自2014年开展对口协作工作以来，北京市区两级安排资金32亿元，实施项目900多个，重点用于水质保护、精准扶贫、产业转型、民生事业、交流合作等领域；北京16区与湖北、河南两省水源区16个县市区扎实开展结对帮扶工作。此外，一批北京地区企业到水源区投资兴业，促进了当地的经济社会发展。"京"力扶贫，是水源地收到的珍贵礼物。

其中仅湖北十堰市就引入签约项目近百个，投资总额近300亿元，为当地生态环境保护和经济社会发展注入了强大动力。湖北十堰是南水北调中线工程核心水源区，汇入丹江口水库的16条主要支流有12条在十堰境内，被称为"华北水井"。在这里，北京市累计投入协作资金13.5亿元，实施项目442个。为助力库区打好脱贫攻坚战，北京帮助20多个贫困村发展茶叶、食用菌等特色产业，辐射带动贫困人口2万多人。不仅如此，从入库河流、支流污染治理及生态修复工程、到环库生态隔离带建设，从沿河两岸乡村环境

◎ 湖北十堰张湾区经果林（张小林 摄）

第六章 盛景篇

169

◎ 丹江流域的桃花谷水土保持科技示范园（董汉军 摄）

综合整治、到新建和改扩建污水处理厂建设……北京动员技术资金雄厚的京企参与水源区水质保护，如首创集团接管东风水务公司，北京碧水源对十堰市及相关县市区污水垃圾处理设施进行托管运营等，全力追求生态扶贫一举双赢。

北京市对口协作项目，位于丹江口市东环工业新区丹赵路办事处计家沟村三组的中关村海淀园丹江口分园电子孵化园，项目总占地 203 亩，概算投资 1.2 亿元。其中 2014 至 2016 年北京市对口协作援助资金 3450 万元，2018 年援助资金 1150 万元，4 年间共援助资金 4600 万元。2015 年，北京市海淀区援助丹江口市沧浪洲生态湿地保护区项目（续建）200 万元，海淀区.丹江口市友谊大桥项目 200 万元。2016 年，北京市海淀区对口协作无偿援助丹江口市沧浪洲生态湿地步行桥建设项目 400 万元。2018 年 10 月，北京海淀区向丹江口市捐赠 400 万元用于支持凉水河镇油坊沟生态旅游村项目建设；北京海淀慧网通达科技有限公司向丹江口市捐赠 25 万元的医疗设备，并与汉江集团网络信息中心签订丹江口绿色大数据中心项目战略合作协议。

河南南阳是南水北调中线工程的渠首所在地，是丹江口水库的主要淹没区和移民搬迁安置区。为了更好地保护水质，北京的大型专业化企业走进南阳，帮助建设污水处理厂、垃圾处理场、垃圾焚烧发电厂等，走出一条践行"绿水青山就是金山银山"的绿色发展之路。在河南，当地特色产业助扶贫发展得风生水起。北京支持国家杂交小麦产业化基地落户邓州，支持建设西峡香菇、淅川软籽石榴、竹山食用菌等特色产业基地带动贫困村发展，打造了"栾川印象""渠首印象""南水源"等一批绿色农产品品牌，助力脱贫攻坚。南阳淅川九重镇，工程核心水源区、国家重点生态功能区，当地5万余亩的软籽石榴绿色产业颇有名气。守着"大水缸"，带着"紧箍咒"，为了保护水质，库区周围有重重铁律：有树不能伐、有鱼不能捕、有矿不能开、有畜不能养。严格的环水保，倒逼出软籽石榴这个绿色生态产业，让当地人最终实现了生态效益和经济效益的双赢。为什么九重镇就能长出这么甜蜜的石榴果实呢？除了当地独有的水资源、土壤和光照条件外，还有秘密武器，就藏在一道道田垄里。"北京不仅给我们提供了垄上的除草布，还给我们带来了水肥一体化技术，用上之后既节水又节肥。"河南仁和康源农业发展有限公司常务副总经理李峰介绍道。以往种庄稼，往往采用大水漫灌的方式，灌溉水会把地表的有害物质带到河道里面；而使用了水肥一体化技术后，果园采用滴灌式灌溉，每次浇水一棵树只用8升水，单位亩产提高了一到两成，裂果率也下降了一半，成熟之后结出来的大果更多，收益也上升了。"通过北京援建的水肥一体化项目，企业和农户的收益都增加了。"李峰说。以前这里的老百姓种了一辈子粮食，现在改种果树之后，不仅可以涵养水源，每万亩还可以为当地提供700个劳动就业岗位，直接为当地群众增加840万元的就业收入，再加上每年土地流转收入816万元，每万亩每年可为地方创造出1600多万元的直接经济收入。淅川县把生态产业发展融入脱贫攻坚大局，借助京淅对口协作机遇，与北京市有关部门沟通联系，拓展合作领域，为淅川带来巨大的政策红利和广阔市场。一系列"组合拳"使淅川的产业迅速发展壮大。目前，已发展生态香菇、软籽石榴、杏、李、无公害蔬菜、小龙虾等特色产业。在北京市农业部门的帮助下，淅川县的无公害蔬菜，已在北京卖出了好价钱，这是京豫对口协作结出的硕果。此外，京方还投资2.4亿元，在淅川建成扶贫车间148个，让4400多户留守贫困人口实现门口就业。

淅川县渠首北京小镇文化街项目，也是2019年至2020年北京市对口支援合作办、河南省发改委、南阳市和淅川县共同推动的京豫（宛）协作重点示范项目之一。在南水北调的水源地建设起这样一个充满北京文化风情小镇，体现了"饮水思源、涌泉相报"的深厚情谊，也是以产业导入的形式推动淅川县发展的具体举措。在文化广场上，有石柱名为"精神堡垒"。造型主体将石柱以"四横三纵"的形式进行几何分割，寓意东线、中线和西线三条调水线路与长江、黄河、淮河和海河四大江河形成的宏大格局，丹阳、丹江口、渠首、淅川、荆紫关等调水源头的地名被镌刻在多个小体块上，体块之间相互结合，代表着南北调配、东西互济，像一枚巨型的印章矗立在广场，承载着受水区人民对水源区人民深深的感激之情，也将南水北调的历史脉络烙印在人民心中。

中线工程通水以来，天津市吃水不忘送水人。丹江口水库的水，有近 70% 来自陕西的汉中、安康和商洛三地。作为受水区，天津一直在积极推进与陕西水源区的对口协作。

2014 年，天津印发了《天津市对口协作丹江口库区上游地区工作实施方案》，2016 年又把对口协作范围扩大，在原有陕西省汉中市、安康市、商洛市 28 个县（区）基础上，增加了宝鸡市的太白县、凤县和西安市的周至县，达到 31 个县（区）。刚进入"十三五"，天津市就编制完成了《天津市对口协作陕西省水源区"十三五"规划》，明确了"十三五"期间天津市安排对口协作资金 15 亿元。2017 年就已投入对口协作资金 3 亿元，实施生态环境建设、产业转型升级、社会事业、脱贫攻坚、经贸交流等 5 大类 36 个项目。在汉中，建设汉江滨水生态公园，通过河道清淤疏浚等生态工程措施，有效修复汉江城区段水生生物资源，确保汉江出境断面水质符合Ⅱ类以上标准；在商洛，建设垃圾渗滤液处理工程，加强城市垃圾无害化处理，保护丹江源头水质。2016 年 6 月，安康职业技术学院新校区中，天津市援建一座面积 22757.8 平方米的图书馆。"图书馆的建成，完善了学院配套功能，提升了学院文化品位，满足了教育教学和师生阅读需求。"安康职业技术学院黄绪山老师说，"通过援助，我们与天津市有关部门和天津人民，彼此之间建立了深厚的友谊。"现在，安康职业技术学院年培养学生 3000 余名，为安康市输送了强有力的人力资源。喝着甘甜丹江水的天津，用实实在在的行动反哺南水北调水源区，多管齐下，促进两地经济共同发展，实现水源区和受水区双赢。

2013 年 10 月 16—18 日，在丹江口市的武当柑橘推介会上，来自京津冀豫等受水区柑橘市场和大型超市的 200 多名客商，现场签订了 1.2 亿公斤的武当蜜橘购销协议。

2014 年 10 月 20 日，来自北京的百名文艺家以"饮水思源·感恩进库区"为主题的慰问演出在丹江口市工人体育馆举行。

2014 年 10 月 28 日，丹江口市农特产品北京展卖月活动在北京市海淀区启动；同日，丹江口市与天津市南开区结为友好城市协议签订仪式在南开区行政服务中心举行。

2017 年 1 月、5 月，北京、天津两市分别印发了《北京市南水北调对口协作"十三五"规划》《天津市对口协作陕西省水源区"十三五"规划（2016—2020 年）》。两市于"十三五"期间安排协作资金 40 亿元，围绕"保水质、强民生、促转型、助

脱贫"主线，助力水源区开展生态环境建设、脱贫攻坚、产业转型升级等工作。

2021 年 5 月，习近平总书记考察南水北调中线工程，专程乘船视察了丹江口水库，察看了现场取水水样，并在河南南阳主持召开了南水北调后续工程高质量发展座谈会。习近平总书记强调"南水北调工程事关战略全局、事关长远发展、事关人民福祉"，充分肯定了南水北调工程的重大意义，并再一次肯定，"南水北调工程是重大战略性基础设施，功在当代，利在千秋"。

2022 年 8 月 8 日，在南水北调构想提出 70 周年之际，由水利部、农业农村部共同指导的大型纪录片《你好，南水北调》启动仪式在北京举行。

…………

南水北调一衣带水，流淌着诉不尽的同胞情长，承载着我国华夏大地南北一体的团结与温度。

后记

兼济南北、伏洪解旱，一江水壮阔奔流北上，映现盛世波光。丹江口这个名字与中华民族复兴大业紧紧相系。丹江口水利枢纽，作为中国水利建设史上的重要丰碑，也在国家发展版图上绽放耀眼水利之光。

弹指一挥间，丹江口水利枢纽工程已建成60余年。几代"调水人"前赴后继，最早一批的建设者们已白发皓首、岁在迟暮，甚至大多已辞别人世。多少平凡英雄华年尽付，才换取一库甘霖日夜兼程向北奔流。2021年，秋汛累计来水量约340亿立方米，较常年同期偏多约4倍，为1969年建库以来历史同期最高。2021年10月10日14时，是南水北调中线工程又一创造历史的时刻，丹江口水利枢纽首次实现170米满蓄目标，创造了丹江口水利枢纽工程建成以来历史最高纪录，圆满实现了工程规划设计的目标和要求。这一天，16名长江委离退休职工代表集体"故地重游"，诸多建设元老也纷纷自行赶来，不约而同踏上丹江口圆梦之旅。此时的坝区，环形绿化带如绿色飘带沿着坝面徐徐延展，树木高低错落，绿草如茵，与碧水蓝天交相辉映，构成一幅人水和谐的美丽画卷。众人站在浇灌着自己青春和心血的大坝上，感慨万千。在大坝深孔泄洪的轰隆飞浪声中，这座巍然屹立半个多世纪的高坝正稳稳经受着超10000立方米每秒洪峰的考验，入库洪峰流量最高达24900立方米每秒。已84高龄的杨小云深情地注视着蓄水位达到170米的辽阔水面，注视着库区高峡平湖的壮阔秀美，犹如注视自己最心爱的孩子。在丹江口大坝脚下的丹江口工程展览馆，三层楼高的馆里，详细地展示着丹江口水利枢纽的初期工程建设、大坝加高的全过程。文丹在展览馆中凝望着一张旧照片伫立良久：在那张 1958 年的照片中，她的父亲文伏波正与同事热烈地讨论着丹江口水利枢纽工程设计方案……60 年的栉风沐雨，几代人的薪火相传，才谱写出这一段段绚丽感人的篇章，才镌刻下这新中国宏大水网格局下蓬勃发展的史诗。

屹立的丹江口水利枢纽，如同汉江上不朽的无言丰碑。它充分证明了党中央、国务院的决策是完全正确的，彰显了中国特色社会主义制度优势，展现了中国共产党领导下的中国智慧、中国速度和中国力量。它深情记录着几代中国共产党领导人心怀民生的魂牵梦绕，记录着长江委水利人的栉风沐雨鏖战前行，记录着无数平凡英雄的矢志不移勠力拼搏。一位位曾经的贡献者与今天坚守者们的身影，乃至整个新中国向着强大与复兴、自强不息披荆斩棘前行的脚步，都将被这汩汩不绝的清流所铭记和映现，千古同辉。

南水北调中线工程实现了丰水的长江流域与缺水的黄淮海流域联通互补，提高了我国水资源综合利用效率，优化了我国经济社会发展布局，改善了我国生态环境质量。工程全面通水 7 年来，发挥了巨大的经济、社会、生态效益，沿线人民群众获得感、幸福感、安全感持续增强，对全面建成小康社会、落实国家"江河战略"、支撑我国经济社会均衡发展、提高发展质量、支撑重大国家战略实施、建设美丽中国等具有十分重大的历史和现实意义。该工程有力保障和推进了经济社会高质量发展，推动了中华民族伟大复兴的激昂脚步，开创了人类水利史的奇迹，是集我国重要的民生工程、生态工程和战略工程于一体的、当之无愧的"大国重器"。

习近平总书记强调，要加快构架国家水网主骨架和大动脉，为全面建设社会主义现代化国家提供有力的水安全保障。十九届五中全会通过的"十四五"规划明确提出实施国家水网。2022 年全国水利工作会议提出，要以重大引调水工程和骨干输

后
记

配水通道为纲、以区域河湖水系连通工程和供水渠道为目、以控制性调蓄工程为结，构建"系统完备、安全可靠，集约高效、绿色智能，循环通畅、调控有序"的国家水网。在未来引江补汉工程实施后，南水北调中线工程年输水能力将扩大至 117.4 亿立方米，可以更好地满足受水区民众用水需求，助力沿线受水区域社会经济高质量发展，优化我国水资源配置和改善水生态环境，为工程沿线地区整体发展注入更强大的动力，激发更旺盛的活力。可以预期，随着南水北调后续工程开工建设，丹江口水利枢纽在构建国家水网主骨架和大动脉中将发挥更大的重要作用，浓墨重彩地书写——丹心寄北流，汉水谱华章。

随着东中线后续工程建设的不断推进、供水格局的不断完善，南水北调工程的整体供水量将进一步持续快速增加。正如习近平总书记在推进南水北调后续工程高质量发展座谈会上所强调，"水网建设起来，会是中华民族在治水历程中又一个世纪画卷，会载入千秋史册"。南水北调这一超级工程，正在不舍昼夜的流淌中奋笔疾书大国气象新蓝图。

图书在版编目（CIP）数据

丹心寄北流．实录篇 / 冷莹著．—武汉 ： 长江出版社，2023.5
ISBN 978-7-5492-8892-2

Ⅰ．①丹… Ⅱ．①冷… Ⅲ．①报告文学－中国－当代 Ⅳ．①I25

中国国家版本馆 CIP 数据核字 (2023) 第 149205 号

丹心寄北流．实录篇
DANXINJIBEILIU.SHILUPIAN

冷莹　著

责任编辑：	邱萍
装帧设计：	彭微
出版发行：	长江出版社
地　　址：	武汉市江岸区解放大道 1863 号
邮　　编：	430010
网　　址：	http://www.cjpress.com.cn
电　　话：	027-82926557（总编室）
	027-82926806（市场营销部）
经　　销：	各地新华书店
印　　刷：	湖北金港彩印有限公司
规　　格：	787mm×1092mm
开　　本：	16
印　　张：	11.5
字　　数：	240 千字
版　　次：	2023 年 5 月第 1 版
印　　次：	2023 年 8 月第 1 次
书　　号：	ISBN 978-7-5492-8892-2
定　　价：	248.00 元（共两册）